LE FANTÔME

COUPS DE CŒUR

## DU MÊME AUTEUR
*CHEZ POCKET*

Coups de cœur
Joyaux
Naissances
Disparu
Le cadeau
Accident
Cinq jours à Paris
Malveillance
La maison des jours heureux
Au nom du cœur
Honneur et courage
Le ranch
Renaissance
Le fantôme
Le klone et moi
Un si long chemin
Douce amère
Forces irrésistibles
Le mariage
Mamie Dan
Voyage
Le baiser
Rue de l'espoir
L'aigle solitaire
Le cottage
Courage
Vœux secrets
Coucher de soleil à Saint-Tropez
Rendez-vous
À bon port
L'ange gardien
Les échos du passé
Impossible
Éternels célibataires
La clé du bonheur
Miracle
Princesse
Sœurs et amies
Le bal
Villa numéro 2
Une grâce infinie
Paris retrouvé
Irrésistible
Une femme libre
Au jour le jour
Affaire de cœur
Double reflet

Offrir l'espoir

# Danielle Steel

Avec quelque 80 best-sellers publiés en France, plus d'un demi-milliard d'exemplaires vendus dans 47 pays et traduits en 28 langues, Danielle Steel est l'auteur contemporain le plus lu et le plus populaire au monde. Depuis 1981, ses romans figurent systématiquement en tête des meilleures ventes du *New York Times*. Elle est restée sur les listes des best-sellers pendant 390 semaines consécutives, ce qui lui a valu d'être citée dans Le Livre Guinness des records. Mais Danielle Steel ne se contente pas d'être écrivain. Très active sur le plan social, elle a créé deux fondations s'occupant de victimes de maladies mentales, d'enfants abusés et de sans-abri. Danielle Steel a longtemps vécu en Europe et a séjourné en France durant plusieurs années (elle parle parfaitement le français) avant de retourner à New York pour achever ses études. Elle a débuté dans la publicité et les relations publiques, puis s'est mise à écrire et a immédiatement conquis un immense public de tous âges et de tous milieux, très fidèle et en constante augmentation. Lorsqu'elle écrit (sur sa vieille Olympia mécanique de 1946), Danielle Steel peut travailler vingt heures par jour. Son exceptionnelle puissance de travail lui permet de mener trois romans de front, construisant la trame du premier, rédigeant le deuxième, peaufinant le troisième, et de s'occuper des adaptations télévisées de ses ouvrages. Toutes ces activités ne l'empêchent pas de donner la priorité absolue à sa vie personnelle. Avec ses huit enfants, elle forme une famille heureuse et unie, sa plus belle réussite et sa plus grande fierté. En 2002, Danielle Steel a été faite officier de l'Ordre des Arts et des Lettres. En France, son fan-club compte plus de 29 000 membres.

**Retrouvez toute l'actualité de l'auteur sur**
**www.danielle-steel.fr**

DANIELLE STEEL

# LE FANTÔME

# COUPS DE CŒUR

PRESSES DE LA CITÉ

Le papier de cet ouvrage est composé de fibres naturelles, renouvelables, recyclables et fabriquées à partir de bois provenant de forêts plantées et cultivées durablement pour la fabrication du papier.





ISBN : 978-2-266-22797-1

## SOMMAIRE

# Le fantôme

*À Tom*
*pour l'espoir,*
*et un nouveau départ,*
*avec toute ma tendresse,*

*D. S.*

# I

Sous la pluie battante de novembre, le taxi mit une éternité pour arriver à Heathrow. Il était dix heures du matin, mais il faisait si sombre que Charlie Waterston pouvait à peine distinguer les images familières de la cité qui défilaient à travers la vitre ruisselante. La tête appuyée contre le dossier, les yeux clos, il se sentait d'humeur aussi morose que le temps.

C'était dur de penser que tout était fini. Que dix ans d'existence à Londres venaient de s'envoler, de se terminer, de s'évanouir. Au début, tout avait paru si parfait... Une vie qui commence, une carrière qui promet, dix ans d'exaltation et de bonheur. Et soudain, à quarante-deux ans... plus rien ! Il avait amorcé le long et pénible voyage de l'autre versant de la montagne. Depuis un an, la situation n'avait cessé de se dégrader, lentement mais sûrement. Et aujourd'hui encore, il avait du mal à accepter la réalité.

Le taxi s'arrêta enfin devant l'aérogare. Le chauffeur se retourna vers son passager, interrogateur.

— Vous repartez aux États-Unis, pas vrai, m'sieur ?

Charlie hésita une fraction de seconde avant d'ébaucher un signe de tête affirmatif. Oui, il retournait chez lui... Après dix ans à Londres. Dont neuf avec Carole. À présent, c'était fini. En un instant, sa vie avait basculé dans le néant.

— Oui, je rentre, dit-il d'une voix qui n'était plus tout à fait la sienne.

Mais le chauffeur ne pouvait pas le savoir. Lui ne voyait qu'un « gentleman » vêtu d'un costume impeccablement coupé sous un Burberry. Il avait un parapluie coûteux, un attaché-case au cuir un peu lustré, rempli de contrats et de documents. Pourtant, malgré son costume très « british », il n'avait pas l'air anglais. Il ressemblait à ce qu'il était réellement : un séduisant Américain, qui avait élu domicile en Europe. Il se sentait parfaitement à l'aise sur le Vieux Continent. Repartir le terrifiait. Il avait peine à s'imaginer à New York ; il devait s'y rendre par la force des choses. Mais de toute façon, vivre sans Carole n'avait plus de sens.

Le cœur lourd, il descendit de voiture, héla un porteur à qui il confia ses bagages – il n'emportait que deux valises. Il avait expédié le reste de ses affaires par bateau.

Il passa au guichet d'enregistrement, puis dans le salon des premières classes où il constata avec satisfaction qu'il ne connaissait personne. Il avait une bonne heure d'attente devant lui mais il avait emporté des dossiers qu'il se mit à étudier jusqu'à ce que son vol fût annoncé. À bord de l'appareil, les hôtesses qui lui indiquèrent sa place remarquèrent tout de suite son physique agréable : grand, athlétique, avec des cheveux châtains et de beaux yeux bruns… L'une d'elles nota aussi qu'aucune alliance ne brillait à son annulaire. Mais il s'avança sans la voir et s'assit près du hublot, le regard tourné vers le rideau de pluie… Il lui était impossible d'échapper à ses souvenirs. Impossible de ne pas ruminer ce qui s'était passé, encore et encore, cherchant sans cesse la faille, la plaie secrète par laquelle les forces vives de leur amour s'étaient écoulées sournoisement, sans qu'ils s'en aperçoivent.

C'était absurde ! Comment avait-il pu être aussi aveugle ? Aussi inconscient ? Croire au bonheur alors que, déjà, elle s'éloignait de lui ? Était-ce arrivé brusquement ou leur merveilleuse entente n'avait-elle été qu'un leurre depuis le début ? Il avait vécu dans la réconfortante conviction d'un bien-être parfait, d'une félicité sans défaut... jusqu'à la fin brutale... jusqu'à l'année dernière... jusqu'à Simon... Fallait-il être stupide ! Oui, complètement idiot pour voyager de Tokyo à Milan, et signer des contrats de construction mirifiques, tandis que Carole sillonnait l'Europe pour représenter les clients de son cabinet d'avocats. Le travail. Les occupations. Les rendez-vous d'affaires... Chacun menait sa vie de son côté, comme s'ils vivaient sur des planètes différentes. Pourtant, chaque fois qu'ils se retrouvaient, chaque fois qu'on les voyait ensemble, aucun doute ne subsistait dans les esprits : ils étaient faits l'un pour l'autre. Et maintenant que le ver était dans le fruit, Carole semblait la première étonnée. Le pire était qu'elle n'avait nulle envie de revenir en arrière. Et ce n'était pas faute d'avoir essayé. Sans résultats.

Un peu avant le décollage, une hôtesse lui proposa un apéritif qu'il refusa. Elle lui tendit alors le menu, un walkman, la liste des films disponibles. Aucun des titres ne l'attira. En fait, il voulait repasser dans sa tête le film de sa vie. Réfléchir. Se pencher sur la question qui l'obsédait, dans l'espoir de trouver la bonne réponse. Il se sentait à bout. Parfois, il avait envie de hurler, d'assener un coup de poing dans un mur ou d'assommer quelqu'un. Bon sang, pourquoi lui avait-elle infligé cet affront ? Pourquoi ce type n'avait eu qu'à passer par là pour que la vie de Charlie et de Carole, leur amour, tout ce qu'ils avaient bâti ensemble, s'écroule comme un château de cartes ? Mais à qui la faute ? À Simon ? N'y avait-il pas déjà une fissure dans leur couple ? s'interrogea Charlie pour la énième fois. Et, après tout, pourquoi fallait-il absolument jeter le blâme sur quelqu'un ? Il n'avait fait que chercher un bouc émissaire pour finalement se demander s'il n'était pas lui-même le coupable. Oui. Il avait dû commettre une erreur pour que Carole se tourne vers un autre homme… Tout avait commencé un an plus tôt, alors qu'elle et Simon étaient partis s'occuper d'un procès à Paris.

Simon Saint James était associé senior dans le cabinet juridique où elle était employée. Elle aimait bien travailler avec lui. Souvent, elle lui rapportait, en riant, une de ses reparties spirituelles. Elle le disait intelligent, plein d'humour et coureur de jupons. Il s'était marié trois fois et avait eu sept enfants. Affable, dynamique, séduisant, il avait un charme fou… à soixante et un ans ! Carole était de vingt-deux ans sa cadette. Inutile de lui rappeler, comme Charlie avait tenté de le faire, que Simon aurait pu être son père. Elle en était consciente. Mais ni sa perspicacité ni sa lucidité n'avaient empêché l'inévitable de se produire. Pour rien au monde elle n'aurait voulu blesser Charlie, et en cela il la croyait. Elle n'y était pour rien. C'était arrivé, voilà tout.

Carole avait vingt-neuf ans quand Charlie l'avait connue. Belle, brillante, compétente, elle occupait un poste important dans un cabinet d'avocats de Wall Street. Ils étaient sortis ensemble pendant environ un an, puis Charlie avait été muté à Londres pour diriger les bureaux européens de Whittaker et Jones, le cabinet d'architectes qui l'employait. À l'époque, ses rapports avec Carole ne dépassaient pas le stade du flirt ; aussi fut-il ravi de quitter New York.

Elle vint passer un long week-end en Angleterre, sans aucune intention d'y rester. Mais elle tomba amoureuse de Londres, puis de Charlie. Ici, c'était différent. Tellement plus romantique ! Elle revint chaque fois qu'elle le put, pour des séjours de plus en plus prolongés. Ce fut la période la plus idyllique de leur vie. Ils allaient skier à Davos, à Gstaad ou à Saint-Moritz. Carole avait été dans une école suisse lorsque son père travaillait en France. Elle avait des amis un peu partout en Europe. Elle parlait français et allemand couramment, qualités très prisées sur la scène sociale de la City. Charlie l'adorait. Après six mois d'allers-retours, elle trouva un emploi dans la filiale londonienne d'un cabinet juridique américain. Ils achetèrent une vieille maison à Chelsea et s'y installèrent. Ils étaient follement épris l'un de l'autre. Et si heureux. Si gais… Leur vie n'était qu'un tourbillon de sorties et de fêtes. Ils commençaient presque toujours leur soirée à l'Annabel's avant de faire la tournée des boîtes, quand ils ne partaient pas à la découverte de ravissants petits restaurants et de night-clubs en dehors de la ville. C'était le paradis…

Il fallut près d'un an pour restaurer leur maison – une véritable ruine. À la fin des travaux, la demeure avait retrouvé toute son ancienne splendeur. Elle était leur havre de paix, leur royaume enchanté. Ils la décorèrent avec un goût exquis. Ils firent le tour des antiquaires, battirent la campagne anglaise à la recherche de portes anciennes, se rendirent à plusieurs reprises à Paris où ils firent l'acquisition de meubles d'époque… La vie leur souriait. Entre leurs innombrables occupations et leurs voyages d'affaires, ils trouvèrent tout de même le temps de se marier. Ils passèrent leur lune de miel au Maroc, dans un palais que Charlie avait loué. Le rêve se poursuivait…

On leur enviait leur style flamboyant, leur gaieté, leurs succès. Ils faisaient partie de ces gens que tout le monde voudrait connaître. Ils donnaient des réceptions somptueuses, s'entouraient de personnes passionnantes. Mais par-dessus tout, Charlie préférait les tête-à-tête avec Carole. Il était fou amoureux d'elle. De ses longs cheveux blonds. De son corps de liane qui semblait avoir été sculpté dans du marbre blanc, de ses jambes magnifiques. De son rire clair, de sa voix un peu voilée et sexy. Rien qu'en l'entendant murmurer son prénom, dix ans plus tard, il avait des frissons.

Oui, ils avaient tout pour être heureux. La réussite, l'argent, l'amour. Il ne leur manquait qu'une seule chose : des enfants. Mais ils n'en voulaient pas, ils n'en avaient pas besoin. Ils avaient souvent évoqué la question mais ce n'était jamais le bon moment. Les clients de Carole l'accaparaient par leurs exigences – c'étaient eux, ses enfants, disait-elle en riant. Charlie avait, lui aussi, d'autres chats à fouetter. Alors, il n'avait pas insisté. Il aurait voulu avoir une petite fille qui aurait ressemblé à sa maman mais, en réalité, il aimait trop Carole pour la partager. En fait, rester sans enfants les arrangeait. Durant les cinq dernières années, ils en parlèrent de moins en moins, puis plus du tout. Après le décès de ses parents, il ne resta plus personne à Charlie à part Carole. Il n'avait aucune famille. Pas de cousins ni de cousines, pas de grands-parents, pas d'oncles ni de tantes, personne. Mais Carole lui suffisait. Elle était tout pour lui. Il imaginait que leur mariage durerait jusqu'à la fin des temps. À ses yeux, leur union incarnait la perfection. Il ne s'ennuyait jamais avec Carole, ne se lassait pas de sa compagnie ; ils ne se disputaient presque jamais. Aucun des deux ne reprochait à l'autre ses voyages. Leurs séparations rendaient au contraire leurs retrouvailles plus excitantes. Il adorait rentrer de l'étranger et la trouver là, allongée sur le canapé, un livre entre les mains, ou assoupie devant le feu de la cheminée. La plupart du temps, elle était encore au bureau lorsque son mari revenait de Bruxelles, de Milan, de Tokyo ou d'ailleurs. Mais une fois à la maison, elle ne pensait plus qu'à lui. Elle possédait l'art et la manière d'écarter tous les soucis extérieurs. Malgré sa fatigue. Elle ne lui faisait jamais sentir qu'il pouvait compter moins que son travail ; quand, parfois, un procès compliqué la préoccupait, elle n'en parlait pas. Elle donnait la priorité à Charlie... Charlie, qu'elle avait placé au centre de son univers. Pendant neuf ans. Neuf années merveilleuses. Et soudain, boum ! L'explosion ! Il avait l'impression que sa vie venait de s'arrêter.

Dans l'avion qui poursuivait inexorablement sa route vers New York, Charlie remontait le temps.

Tout avait commencé quinze mois plus tôt, en août. Elle le lui avait dit lorsqu'elle avait fini par tout lui avouer. Elle avait toujours été l'honnêteté personnifiée. Sincère, intègre, loyale. En un mot, irréprochable... jusqu'au jour où elle était tombée amoureuse d'un autre... Carole et Simon s'étaient rendus à Paris afin de résoudre un litige important. Ils avaient travaillé d'arrache-pied pendant six semaines, dans une atmosphère tendue. Pendant ce temps, Charlie menait une négociation délicate avec de gros clients à Hong Kong. Il y retournait une semaine par mois et après trois mois de complications, il était à bout de nerfs. Il n'avait plus une minute à consacrer à sa femme, chose rare, qui n'excusait en aucun cas l'infidélité de Carole – du reste elle en était convenue. Car, comme elle le lui avait expliqué, son absence n'entrait pas en ligne de compte. Le temps... avait-elle dit... la fatalité... et Simon. Elle le trouvait exceptionnel et elle était amoureuse de lui. Il lui avait fait perdre la tête et, tout en sachant qu'elle avait tort, elle n'avait pas eu la force de le repousser. Au début, elle s'était efforcée de résister à l'attirance qu'il exerçait sur elle. En vain. L'attirance avait été la plus forte. Cet homme lui plaisait infiniment, elle l'admirait, ils s'étaient découvert, à la longue, un tas de points communs. Exactement comme avec Charlie, au début, quand ils s'amusaient tant... Mais pourquoi ? Qu'est-ce qui avait changé ? Et quand ? Charlie lui avait posé la question d'une voix plaintive, par un après-midi pluvieux, alors qu'ils se promenaient dans Soho. Pourquoi se détachait-elle de lui ? Pour lui, l'existence qu'ils menaient était toujours aussi amusante. Aussi drôle. Exactement comme au début. Mais tandis qu'il essayait de la convaincre, Carole avait seulement hoché la tête. Oh, non, avait-elle répondu à travers ses larmes, non, ça n'avait plus rien de drôle... Ils avaient pris des chemins séparés, avaient des besoins différents, voyaient, chacun de son côté, des gens que l'autre ne connaissait pas. Ils passaient le plus clair de leur temps loin l'un de l'autre. D'une certaine manière, ils étaient devenus adultes, avait-elle conclu, mais Charlie n'avait rien voulu entendre. Avec Simon, c'était autre chose. Elle qui avait tant apprécié les absences de son époux goûtait maintenant, jour après jour, la présence constante de son amant. Celui-ci prenait soin d'elle d'une manière particulière... Laquelle ? avait voulu savoir Charlie mais, en dépit de ses efforts, Carole n'avait pas su trouver les termes adéquats... Comment mettre des mots sur des notions aussi abstraites que les rêves, les désirs, les sentiments ? Tous ces petits détails qui vous font aimer quelqu'un envers et contre tout, à votre corps défendant ? Elle s'était alors mise à pleurer et Charlie avait mêlé ses larmes aux siennes.

Elle avait cédé à Simon en se disant qu'il s'agissait d'une passade, d'une aventure sans lendemain. Et elle le pensait sincèrement. C'était la première fois qu'elle faisait un écart de conduite. Elle tenait à son mariage comme à la prunelle de ses yeux. Elle l'avait signifié à Simon, dès leur retour à Londres, et il avait répondu qu'il comprenait parfaitement. Il lui avait d'ailleurs avoué que lors de ses mariages, il avait souvent été infidèle. Il en avait éprouvé des regrets, un sentiment de faute, le poids de la culpabilité... D'un commun accord, ils décidèrent de mettre fin à l'aventure. C'était sans compter avec leur propre désir. Leur frustration. Aucun des deux ne pouvait se passer de l'autre. Peu à peu, ils recommencèrent à quitter le bureau ensemble, l'après-midi. Ils se réfugiaient dans l'appartement de Simon, juste pour bavarder. Carole avait besoin d'une oreille compatissante. Simon fit montre d'une compréhension extraordinaire. Il l'aimait au point de tout tenter pour rester auprès d'elle, même de devenir son ami, après avoir été son amant. De son côté, elle déploya des efforts surhumains pour se détacher de lui. Elle ne réussit qu'à se rapprocher davantage. Charlie voyageait constamment, elle se sentait seule, et Simon était là à se languir d'elle. Pour la première fois, elle comprit que la solitude lui pesait. Que, peut-être, elle lui avait toujours pesé, sans qu'elle s'en rende compte. Dès lors, la présence enveloppante de Simon n'en fut que plus nécessaire.

Leur attirance physique l'emporta sur leurs bonnes résolutions deux mois plus tard. Alors, la vie de Carole ne fut plus qu'un long mensonge. Elle allait retrouver Simon presque tous les soirs, après le bureau. Ils se rencontraient le week-end, s'inventant des réunions de travail. Et lorsque Charlie s'absentait, ils passaient carrément plusieurs jours ensemble dans le Berkshire, chez Simon. Carole s'en voulait. Elle avait tort sur tous les plans, elle le savait. Mais elle n'y pouvait rien…

Vers Noël, la situation entre les deux époux devint de plus en plus tendue. Charlie affrontait de grosses difficultés liées à un chantier à Milan. En même temps, il devait conclure un contrat à Tokyo, qui risquait de tourner court. Il passait tout son temps dans les avions. Il n'était plus jamais à la maison. Et lorsqu'il réapparaissait, il souffrait du décalage horaire, se disait épuisé ou de mauvaise humeur. Une mauvaise humeur qu'il passait, parfois, sur Carole. Oh, pas souvent, il était si peu là ! À cette époque, Charlie était toujours par monts et par vaux, en train de résoudre différents problèmes. Encore heureux qu'ils n'aient pas eu d'enfants, pensait-il. Carole, elle, ne le pensait plus qu'à moitié. Elle réalisa une fois de plus qu'ils vivaient dans des bulles séparées. Des mondes parallèles. Ils n'avaient plus le temps de se parler, d'être simplement ensemble, de partager leurs sentiments. Il avait son job, elle avait le sien, et entre ces deux pôles que restait-il ? Pas grand-chose, quelques nuits dans le même lit, quelques sorties, quelques réceptions mondaines. Elle se demanda tout à coup si l'édifice qu'ils avaient cru bâtir existait vraiment ou si c'était une illusion. Elle ne trouva aucune réponse à la question qui la hantait : aimait-elle toujours Charlie ?…

Pendant ce temps, entièrement pris par son métier, Charlie n'avait vu que du feu. Carole lui échappait et il n'avait rien remarqué d'inhabituel. Il passa le réveillon seul à Hong Kong. Elle fêta le nouvel an à l'Annabel's, avec Simon. De plus, Charlie était si occupé qu'il oublia d'appeler sa femme pour lui souhaiter la bonne année.

La crise survint en février. Charlie revint de Rome sans prévenir et trouva la maison vide. Carole était partie en week-end. Elle rentra le dimanche soir tard sans se donner la peine de se justifier. Elle ne prétendit même pas qu'elle était chez des amis. Pourtant, quelque chose en elle mit Charlie sur ses gardes. Cet air détendu, cette beauté radieuse, il les lui avait déjà vus, du temps où ils faisaient l'amour durant tout le week-end. Bah, qui songeait désormais à ce genre d'exercice ? Il lui en fit néanmoins la remarque, en plaisantant bien sûr, sans s'inquiéter outre mesure. L'espace d'un instant, un vague signal d'alarme avait résonné au fin fond de son subconscient... Le reste de son cerveau avait continué à dormir.

Ce fut Carole qui, finalement, lui apprit la vérité. Elle savait qu'inconsciemment il était plus ou moins au courant et qu'un jour il se rendrait à l'évidence. Soucieuse d'éviter l'esclandre, elle prit les devants. Elle lui raconta toute l'histoire – quand cela avait commencé, comment, et que cette liaison durait depuis cinq mois, avec une brève interruption au retour de Paris. Elle ajouta qu'elle avait essayé de rompre mais qu'elle en avait été incapable. Il en resta bouche bée, pétrifié, les yeux brûlant de larmes.

— Je n'ai rien d'autre à te dire, Charlie, mais j'ai pensé que tu devais savoir. Ça ne peut plus durer, dit-elle d'une voix douce, un peu rauque, plus sexy que jamais.

— Qu'est-ce que tu comptes faire ? demanda-t-il.

Surtout ne pas s'emporter. Rester « civilisé ». Il chercha à se rassurer en se disant que ce genre de déboire arrivait fréquemment au sein d'un couple. Mais une vive douleur le transperça. Il ignorait que cela faisait si mal d'apprendre que la femme qu'on aime vous trompe. La vraie question était de savoir si elle aimait Simon... Il redoutait la réponse mais il la posa. Il voulait tout savoir. Il le fallait.

— Est-ce que... tu es amoureuse de lui ? bredouilla-t-il, comme si son esprit avait de la peine à formuler ces mots.

Bon sang, que deviendrait-il si elle le quittait ? Il n'osait l'imaginer. Pour ne pas la perdre, il était prêt à lui pardonner ce faux pas. Il attendit, le souffle court, une réponse qui fut longue à venir.

— Oui, je crois, murmura-t-elle après une hésitation interminable.

Toujours honnête. Toujours franche.

— Je ne sais pas, reprit-elle pensivement. Quand je suis avec lui, j'en suis convaincue. Mais je t'aime aussi... Et je t'aimerai toute ma vie.

Elle n'avait jamais connu personne comme Charlie... Comme Simon non plus, d'ailleurs. À sa manière, elle les chérissait profondément tous les deux. Sauf que maintenant, il lui fallait choisir. Oh, elle aurait pu poursuivre sa double vie. D'autres le faisaient sans aucun scrupule. Mais pas elle. Carole estimait qu'elle devait prendre ses responsabilités... Simon lui avait proposé le mariage mais c'était hors de question pour le moment. Pas avant qu'elle ait résolu son problème avec son époux. Elle l'avait dit à Simon et il avait répondu une fois de plus qu'il comprenait. Et qu'il attendrait.

— On dirait que tu as pris ta décision, cria Charlie, la regardant intensément. Tu vas me quitter, n'est-ce pas ? (Il l'attira dans ses bras et tous deux fondirent en larmes.) Nom d'un chien, comment en sommes-nous arrivés là ?

Oui, comment ? C'était impossible. Impensable. Pourtant, Carole l'avait bel et bien trompé et ne paraissait guère prête à renoncer à Simon. Il essaya de la raisonner. Il l'implora de cesser de voir l'autre. Il alla jusqu'à lui proposer d'aller consulter ensemble un conseiller conjugal. Il plaida sa cause avec ferveur, tant et si bien qu'elle accepta de lui accorder une seconde chance. Ils allèrent à la consultation. Et elle ne revit plus Simon… pendant deux semaines. C'était sans espoir. Quelque chose s'était brisé à l'intérieur de leur couple. Le mécanisme semblait déréglé. La colère remplaça la diplomatie. Eux qui ne se disputaient jamais se mirent à se déchirer âprement. Charlie ne décolérait pas. Il avait envie d'assassiner quelqu'un, de préférence Simon. À ses accusations, Carole lui opposait un argument irréfutable : la solitude dans laquelle il l'avait confinée pendant si longtemps. En fin de compte, ils n'étaient pas un vrai couple, ils ne l'avaient jamais été, conclut-elle. Ils vivaient simplement sous le même toit comme des copains ou des colocataires. Charlie ne la dorlotait pas comme Simon, ajouta-t-elle. Il ne pensait qu'à ses affaires. À la fin, elle l'accusa d'égoïsme. La preuve en était que, lorsqu'il rentrait de voyage, il lui adressait à peine la parole, sous prétexte qu'il était épuisé. Il ne se rappelait son existence que lorsqu'il avait envie de faire l'amour. Et, selon elle, cette façon machiste de « communiquer » en disait long sur sa définition du mariage. En fait, il s'agissait de différences propres à la nature des hommes et des femmes. Leur vie n'était plus que reproches. Un jour, en pleine consultation chez le conseiller conjugal, abasourdi, il entendit sa femme affirmer que leur union tournait exclusivement autour de Charlie et qu'elle avait trouvé en Simon le premier homme qui se souciait de ses sentiments à elle. Charlie n'en crut pas ses oreilles.

Elle avait repris secrètement sa liaison avec Simon. En quelques semaines, le drame se noua et entre les deux époux ce ne fut plus qu'une longue succession d'affrontements et de récriminations. En mars, Charlie dut se rendre à Berlin. Carole boucla ses bagages et emménagea chez Simon. Elle l'annonça à Charlie au téléphone. Il demeura prostré à l'autre bout du fil, dans sa chambre d'hôtel, en pleurs. Elle n'avait aucune envie de continuer ainsi, poursuivit-elle. C'était trop pénible.

— Ça suffit maintenant ! s'écria-t-elle dans l'appareil, en larmes elle aussi. Je commence à me détester... Et à te détester aussi. Laissons tomber. Je n'en peux plus.

Le stress la rongeait et son travail s'en ressentait.

— Ah, non ! hurla-t-il, en proie à une rage froide. D'autres couples survivent à tous les orages, pourquoi pas nous ?

Il quémandait sa pitié. Il y eut un très long silence à l'autre bout de la ligne.

— Charlie, murmura-t-elle finalement, c'est non. Je te le répète, je n'en peux plus.

Au ton de sa voix, il devina sa détermination. C'était une fin de non-retour. La fin tout court. La réalité lui tomba dessus comme une chape de plomb. Carole était éprise d'un autre homme. Elle ne l'aimait plus. Peut-être même sans raison précise. L'âme humaine est insondable. Peu importaient les « comment » et les « pourquoi ». C'était arrivé, et que ça lui plaise ou non, Charlie n'avait plus qu'à s'incliner. Carole l'avait quitté pour un autre.

Durant les mois qui suivirent, il oscilla entre la fureur et le désespoir. Son travail ne le passionnait plus ; il cessa de voir ses amis. Parfois, il restait seul à la maison, pensant à elle, dans le noir, éreinté, affamé, incapable de comprendre ce qui avait pu se produire. Un vague espoir le portait : un jour, Carole mettrait fin à sa liaison avec Simon. Elle se lasserait de lui, le trouverait trop vieux, trop pompeux. Elle se rendrait compte qu'elle s'était entichée d'un paltoquet. Mais le ciel n'exauçait pas ses prières. Carole et Simon filaient toujours le parfait amour. De temps à autre, un magazine publiait leur photo et Charlie ne s'en sentait alors que plus délaissé. Carole lui manquait à tel point qu'il crut en mourir. Il éprouvait une solitude affreuse, une sorte de gouffre sans fond. Parfois, n'en pouvant plus, il l'appelait. Le pire était qu'elle répondait gentiment au téléphone. Elle restait la même. Sa voix chaude et sensuelle caressait l'oreille de Charlie, puis elle raccrochait. Souvent, il s'imaginait qu'elle allait revenir. Qu'elle était en voyage, ou partie faire des courses. Que la porte allait s'ouvrir et qu'elle rentrerait. Mais elle ne revenait pas. Elle était partie. Partie à jamais.

À présent, la maison portait les marques de l'abandon. Carole avait emporté tous ses vêtements et ses livres. Plus rien n'était comme avant. Charlie jetait un regard alentour et mesurait, songeur, l'ampleur des dégâts. Le vide. La cassure. Il avait alors la sensation qu'il ne lui restait plus rien, sinon la souffrance.

Ses collègues de travail ne tardèrent pas à remarquer le changement. Il avait une mine de papier mâché. Il avait maigri et se plaignait constamment d'être fatigué. Il était devenu irritable, se disputait avec ses collaborateurs pour un rien. Il ne donnait plus signe de vie à ses amis et déclinait invariablement leurs invitations. Certain que tout le monde était au courant de son infortune, il s'enferma dans sa coquille. Il n'avait nul besoin de subir les regards moqueurs des gens ou de répondre à leurs questions pleines de sous-entendus. Pourtant, il ne pouvait s'empêcher d'éplucher les rubriques mondaines des journaux, cherchant fébrilement les noms de Simon et de Carole. Il sut ainsi qu'ils avaient assisté à telle réception ou qu'ils passaient un week-end à la campagne.

Simon Saint James sacrifiait volontiers aux obligations sociales et Carole avait toujours adoré sortir. Elle devait bien s'amuser avec son nouveau compagnon. Charlie avait beau s'efforcer de ne plus y penser, il n'y parvenait pas.

L'été fut pour lui une véritable torture. Il savait que Simon possédait une villa dans le sud de la France, entre Beaulieu et Saint-Jean-Cap-Ferrat. Ils lui avaient rendu visite, autrefois, avec Carole. Il était également propriétaire d'un yacht, et Charlie passait des heures à imaginer Carole sur le pont. La nuit, d'horribles cauchemars le hantaient... Carole en train de se noyer. Il se réveillait en sursaut, puis se demandait si ces songes révélaient une crainte ou un secret désir de vengeance. Il retourna chez le conseiller conjugal pour en parler, sans plus de résultats. Septembre le trouva plus maussade, plus abattu encore que le début de l'été.

Carole lui avait téléphoné, quelques semaines plus tôt, l'avertissant qu'elle avait demandé le divorce et, poussé par un obscur besoin de souffrir, il avait voulu savoir si elle vivait avec Simon. Il crut la voir pencher la tête sur le côté, tandis qu'elle lui donnait la réponse à laquelle il s'attendait.

— Oui, Charlie, tu le sais bien.

Elle avait une voix triste. Elle détestait le blesser. Elle n'avait jamais eu l'intention de lui faire du mal. Mais le mal était fait désormais, et elle n'y pouvait rien. Simon la rendait heureuse. Il lui procurait la vie à laquelle elle avait toujours aspiré. Ils avaient passé un merveilleux mois d'août en France où il lui avait présenté tous ses amis. Des gens charmants. Lui-même s'appliquait à prévenir tous ses désirs. Il l'entourait d'égards. Il l'appelait « l'amour de sa vie », « la femme de ses rêves ». Jour après jour, elle découvrait sous le masque du grand juriste quelqu'un de très vulnérable et d'attachant. Elle l'aimait profondément et, à la lumière de ce nouvel amour, elle put mieux définir son ancienne relation avec Charlie... Deux nombrilistes, vivant côte à côte, sans se comprendre. Ils ne s'en étaient pas aperçus pendant dix ans. Elle en avait pris conscience maintenant, grâce à Simon, mais Charlie continuait à l'ignorer. Elle lui souhaitait à lui aussi un grand bonheur, une vraie rencontre mais pour le moment, il n'avait pas l'air d'y songer.

— Tu vas l'épouser ? ne put-il s'empêcher de demander.

Il avait l'impression que l'air s'était retiré de ses poumons et qu'il allait suffoquer.

— Je n'en sais rien encore.

Elle mentait. Simon avait hâte de régulariser leur situation mais cela ne regardait pas Charlie.

— Pour l'instant, ce qui importe le plus, c'est de régler notre problème, reprit-elle après un silence. (Elle l'avait presque forcé à prendre un avocat, mais Charlie ne l'avait pas encore contacté.) Il va falloir partager nos biens, quand tu auras le temps.

Il réprima une violente nausée.

— Carole, je t'en prie. Donne-moi... donne-nous encore une chance, dit-il d'une voix chevrotante.

Il détestait sa propre lâcheté, mais il l'aimait tant ! L'idée de la perdre pour toujours lui était insupportable. Et puis, pourquoi devraient-ils « partager leurs biens » ? Il n'avait que faire des porcelaines, des meubles ou du linge de maison. Tout ce qu'il voulait, c'était récupérer sa femme. Reprendre la vie commune... Repartir de zéro.

— Et si nous faisions un bébé ?

Simon était trop âgé pour y penser. À soixante et un ans, avec trois ex-femmes et une nombreuse progéniture, il ne voudrait certainement pas procréer de nouveau. Un bébé serait le cadeau que seul Charlie pouvait lui offrir.

Un silence suivit. À l'autre bout du fil, Carole ferma les yeux, puisant en elle le courage de répondre. Elle ne voulait pas d'un bébé de lui. Elle ne voulait pas de bébé du tout. Avec personne. Elle avait une vie bien remplie. Une carrière très prenante. Et maintenant, elle avait Simon. Les joies de la maternité ne la tentaient pas. Elle voulait simplement divorcer, de manière qu'ils cessent de se déchirer.

— Charlie, c'est trop tard. Pourquoi en parler maintenant ? Nous n'avons jamais désiré d'enfant, ni toi ni moi.

— Peut-être avons-nous eu tort. Si nous en avions eu un, ce serait différent. Notre mariage aurait été plus solide.

— Ça n'aurait fait que compliquer les choses. Les enfants n'ont jamais empêché les gens de se séparer. Ç'aurait été plus pénible, c'est tout.

— Est-ce que tu vas avoir un enfant avec lui ? cria-t-il, désespéré.

Il détesta le ton pleurnichard de sa voix. C'était toujours pareil. Il finissait invariablement par la supplier de lui revenir, tel le mendiant qui implore en vain la clémence d'une princesse inaccessible. « Tu n'es qu'une pauvre loque ! » lui susurra une petite voix intérieure. Mais la fin justifie les moyens. Il venait de lancer l'ultime appel. Le dernier argument. Le seul, sans doute, qui plaidait en sa faveur.

Elle répliqua, exaspérée :

— Non, je n'aurai pas d'enfant avec Simon. J'essaie d'avoir une vie normale. Je ne veux pas te gâcher la tienne. Bon sang, Charlie, ressaisis-toi. Quelque chose s'est cassé entre nous. Tâche de le comprendre. Et de l'accepter. Ça arrive à tout le monde. C'est comme lorsqu'une personne meurt. On ne peut plus rien faire. On ne peut pas la ramener à la vie. Il faut que tu vives sans moi, Charlie.

— Je ne peux pas, balbutia-t-il.

Elle le crut. Une semaine plus tôt, elle l'avait croisé par hasard et elle lui avait trouvé une mine épouvantable.

— Je ne peux pas vivre sans toi, Carole.

— Si, tu le peux. Tu te le dois à toi-même.

— Pourquoi ?

Il n'y avait aucune raison de continuer à vivre. La femme qu'il aimait l'avait abandonné. Son travail l'ennuyait. Même la maison avait perdu son âme. Pourtant, il ne la vendrait pas. Il ne disperserait pas ses souvenirs… Partout où il posait le regard, il voyait Carole. Carole qui avait été sienne et qui maintenant appartenait à Simon… Le salaud !

— Charlie, tu es trop jeune pour dire des choses pareilles. Tu n'as que quarante-deux ans. Tu as toute la vie devant toi. Ta carrière, ton talent. Tu rencontreras une autre femme. Tu fonderas un foyer, tu auras des enfants…

Étrange conversation, pensa-t-elle en même temps. Si Simon l'avait entendue, il aurait été furieux. Pour lui, il n'y avait pas de quoi en faire un drame, et il ne s'était pas gêné pour dire le fond de sa pensée. La situation était on ne pouvait plus banale mais Charlie, en mauvais perdant, s'ingéniait à la compliquer. Il mettait Carole sous pression et lui communiquait ses angoisses.

— Voyons, chérie, ces choses-là arrivent à tout le monde. Lorsque mes deux premières femmes m'ont largué, je ne me suis pas roulé par terre en hurlant ma douleur… Tu veux que je te dise ? Ton ex est terriblement immature.

Elle n'avait plus parlé de Charlie à Simon. En proie à ses conflits intérieurs, elle fit l'impossible pour les résoudre. Elle parvint à surmonter sa culpabilité, en décidant qu'elle ne laisserait pas Charlie à son triste sort sans essayer de lui apporter un peu de réconfort. Mais comment s'y prendre ? Charlie s'accrochait à elle comme un naufragé à sa bouée de sauvetage. Chaque coup de fil semblait augmenter son désarroi au lieu de l'apaiser. À la fin, elle comprit qu'elle n'avait pas le choix. Ou elle le quittait définitivement, ou elle se noyait avec lui. Dès lors, elle chercha à sauver sa peau.

À la fin septembre, ils procédèrent enfin au fameux « partage des biens ». Simon se trouvait au nord de l'Angleterre pour une affaire de famille et Carole passa un week-end atroce avec Charlie. Il mégotait sur tout, feignait de lésiner sur chaque objet, non pour le lui dérober, bien sûr, mais pour la garder plus longtemps à la maison. Il y voyait l'occasion de la persuader de quitter Simon. Ils vécurent deux journées cauchemardesquès. Charlie s'était mué en moulin à paroles et Carole se bouchait les oreilles. Il pleura misère et poussa des soupirs poignants, dans l'espoir de la faire changer d'avis. Peine perdue, naturellement.

Le dimanche soir, il s'excusa platement, alors qu'elle s'apprêtait à repartir. Il réussit à lui adresser un sourire espiègle. Il se tenait dans l'encadrement de la porte d'entrée, le visage blême. Carole n'en menait pas large non plus.

— Je te demande pardon, dit-il. Je me suis comporté comme un crétin tout le week-end. Je ne sais pas ce qui m'arrive. Chaque fois que je te vois, que je te parle, je deviens dingue.

C'était la réflexion la plus sensée qu'il exprimait depuis le samedi matin, lorsqu'ils avaient commencé à dresser l'inventaire.

— Ça va aller, Charlie. Je sais que ce n'est pas facile pour toi.

Pour elle non plus d'ailleurs, mais cela, il n'avait pas l'air de le comprendre. Dans son esprit, Carole ne souffrait pas. C'était elle qui l'avait quitté. Ç'avait été son choix. Et elle avait Simon. Elle vivait dans les bras d'un autre homme, et ne subissait pas les conséquences de l'abandon : le chagrin, la solitude... Carole n'était pas seule. Alors que lui, il n'avait plus rien. Il avait tout perdu.

Elle l'embrassa sur la joue. Un instant après, elle faisait tourner le moteur de la Jaguar de Simon, puis démarrait comme un bolide. Charlie suivit du regard la voiture qui disparut au tournant. « C'est terminé », se répéta-t-il une fois de plus, sans parvenir encore à croire qu'elle ne reviendrait plus. Il entra dans la maison. À la vue des cartons et du service en porcelaine de Carole, empilé sur la table de la salle à manger, il sut soudain qu'une page venait d'être tournée. Définitivement. Il s'écroula dans un fauteuil et fondit en larmes. Elle lui manquait tellement ! Passer deux jours avec elle à partager leurs biens lui avait semblé préférable à son absence.

Lorsqu'il eut fini de pleurer, la nuit était tombée. Il faisait sombre dans la maison. Bizarrement, il se sentit un peu mieux. Comme si ne plus se cantonner dans le déni le délivrait de ses tourments. Il n'y avait plus moyen de fuir la réalité : elle était là, claire et nette. Carole l'avait quitté. Et elle allait emporter toutes ses affaires – c'est-à-dire presque tous les objets et les meubles qu'ils avaient choisis ensemble, autrefois. Il y avait consenti, naturellement. C'était le dernier cadeau qu'il pouvait lui offrir.

Le Ier octobre, la série noire se poursuivit. Le directeur du siège new-yorkais de la firme de Charlie eut une crise cardiaque. L'homme qui aurait dû normalement le remplacer annonça alors à ses partenaires son intention de les quitter et d'ouvrir son propre cabinet à Los Angeles. Les deux principaux associés de l'entreprise, Bill Jones et Arthur Whittaker, débarquèrent à Londres par le premier vol pour convaincre Charlie de prendre la direction de la société mère. Il ne manquait plus que ça ! Depuis son arrivée à Londres, dix ans plus tôt, il n'avait jamais envisagé de retourner à New York. Son travail à l'étranger le passionnait. L'architecture offrait des possibilités beaucoup plus enthousiasmantes en France et en Italie, sans parler de ses voyages en Asie.

— Je ne peux pas, déclara-t-il, d'un ton sans réplique, en réponse à leur proposition.

Les deux autres ne bronchèrent pas. Ils avaient besoin de Charlie à New York et ils ne repartiraient pas sans avoir eu gain de cause.

— Pourquoi ? C'est juste pour un an ou deux, après quoi vous pourrez revenir, si vous le désirez. Le secteur du bâtiment s'est beaucoup développé aux États-Unis ces dernières années, vous savez. Vous vous y plairez. Peut-être même plus qu'ici.

Il demeura silencieux. Pour lui, la question ne se posait même pas. Hélas, pour eux non plus. Ils eurent la délicatesse de ne pas lui préciser qu'il était obligé d'accepter l'offre parce que, sa femme étant partie, il était le seul associé à ne pas avoir d'attaches… Pas de femme, pas d'enfants, pas de famille. Rien. Sauf la maison, bien sûr, qu'il pourrait louer pendant un an ou deux. Contrairement à ses collègues, Charlie était libre comme l'air.

— Nous avons besoin de vous, mon vieux. Personne d'autre ne peut nous rendre ce service.

C'était la vérité. Le directeur des bureaux de Chicago avait refusé de se déplacer, invoquant la maladie de son épouse, un cancer du sein. Elle suivait une chimiothérapie, il leur était donc impossible d'emménager dans une autre ville. Il y avait bien deux ou trois responsables du cabinet new-yorkais, mais d'après les deux grands patrons, aucun ne possédait les compétences requises. Non. Charlie représentait la meilleure solution. Il savait que refuser nuirait à sa carrière.

— Réfléchissez, insistèrent-ils.

Il hocha la tête. Au fond, il n'avait pas le choix. Il eut la sensation qu'un train lancé à grande vitesse dans la nuit allait l'écraser, et qu'il n'y avait pas moyen de l'éviter. Il resta silencieux, les bras ballants. Une envie impérieuse d'appeler Carole afin de lui exposer son dilemme le submergea mais il se ravisa. Cela ne servirait à rien.

Charlie se rassit à son bureau et se passa la main sur le front. En quelques mois, sa vie s'était transformée en désert. Sa femme était partie et maintenant, il allait être forcé de quitter l'Europe. Les changements se succédaient autour de lui à une allure infernale. Les deux associés repartirent deux jours plus tard. Il leur avait promis une réponse rapidement ; il réfléchit intensément pendant les quinze jours qui suivirent. Il n'y avait aucune issue de secours. Il manquait singulièrement d'arguments. Il ne pouvait même pas prétendre que sa femme s'y opposait… Vers la mi-octobre, il sut qu'il n'y avait pas d'alternative. Il devait accepter. Ils ne lui pardonneraient jamais un refus. Il tenta de négocier la durée du séjour à six mois mais n'y parvint pas. Ses nouvelles responsabilités lui prendraient un an, voire davantage. Les architectes spécialisés dans le design ne courant pas les rues, ils avaient décidé de remplacer Charlie à Londres par son assistant. Dick Barnes possédait toutes les qualités requises pour diriger la filiale européenne. Il désirait cette promotion depuis longtemps. Sa compétence, son talent, son expérience aussi faisaient de lui l'homme de la situation. Charlie craignait qu'un an plus tard Barnes rechigne à lui céder sa place... Mais que pouvait-il faire sinon s'incliner ? Il signa à contrecœur le contrat l'obligeant à rester un an à New York. Après, ils verraient. C'était tout vu ! pensa-t-il tristement tout en commençant à empaqueter ses affaires. On aurait dit que sa vie s'était arrêtée d'un seul coup. Ses patrons lui avaient précisé qu'ils l'attendaient avant Thanksgiving... Carole lui passa un coup de fil peu après. Elle avait appris la nouvelle par une amie commune, dont le mari travaillait pour Charlie. Elle commença par le féliciter de ce qu'elle considérait comme un avancement.

— Je ne prends pas ce départ pour un grand pas en avant, répondit-il d'une voix lugubre, heureux tout de même qu'elle se soit manifestée. Je n'ai aucune envie de me retrouver à New York, ajouta-t-il dans un soupir.

Elle compatit. Elle savait combien il aimait Londres et c'était pourquoi elle l'avait appelé. Pour le soutenir moralement. Simon se serait opposé à cette initiative, s'il avait su. Il avait conservé d'excellents rapports avec deux de ses ex-épouses mais elles s'étaient remariées et ne s'accrochaient pas à lui comme Charlie se cramponnait à Carole.

— Un petit changement te fera le plus grand bien, dit-elle gentiment. Une année, ce n'est pas long.

— Pour moi c'est énorme, marmonna-t-il, le regard tourné vers la fenêtre de son bureau.

Il crut la revoir avec une netteté hallucinante. Si belle, si désirable... « Un petit changement », avait-elle dit. Elle ne se rendait pas compte. Un sourire désenchanté éclaira les traits tirés de Charlie. Du moins, il n'aurait plus peur de la rencontrer par hasard dans un restaurant, une boutique, ou en sortant de chez Harrod's.

— Je ne sais pas comment je me suis embarqué dans cette galère, dit-il, en pensant à New York.

— Tu n'avais pas le choix, rétorqua-t-elle, pratique.

— Non, c'est vrai.

Il y avait longtemps qu'il n'avait plus le choix. Sa femme, son emploi, son destin ne lui appartenaient plus.

Elle lui demanda ce qu'il comptait faire de la maison. Légalement, elle en possédait la moitié mais elle ne voyait aucun inconvénient à ce que ce soit Charlie qui l'habite.

— Je pense la louer.

Elle approuva. Deux jours plus tard, elle le rappela. Elle avait réfléchi, expliqua-t-elle, omettant de préciser qu'elle en avait longuement discuté avec Simon. Et elle en était venue à la conclusion suivante : les locataires allaient détériorer les lieux, ce qui entraînerait une dévaluation du prix de la propriété. Tout compte fait, il valait mieux la vendre. Elle pria Charlie de s'en charger avant de quitter Londres.

Dès qu'elle prononça ces mots, il eut la sensation d'avoir perdu un ami cher. Cette maison, il l'avait adorée, tout comme Carole, d'ailleurs. Mais il n'avait pas la force de discuter. Il avait commencé à comprendre qu'il ne servait à rien de s'accrocher au passé. Le passé était mort, désormais. Quelques jours plus tard, il mit la maison en vente. À sa surprise, elle trouva acquéreur dans les dix jours, à un prix correct. Mais cet argent fut une maigre consolation pour Charlie.

Le jour où il prit l'avion, il ne laissait plus rien derrière lui. Le contrat était signé, la maison vendue, ses biens expédiés. Une semaine plus tôt, Carole était passée lui dire au revoir.

Évidemment, ç'avait été pénible. Ils s'étaient regardés, gênés. Le regard de Charlie exprimait mille reproches, celui de Carole se dérobait. Elle devait se sentir coupable, car elle allait d'une pièce à l'autre, ne sachant trop quoi dire. Des images du passé traversaient sa mémoire, des moments heureux, des petites scènes amusantes. Finalement elle s'immobilisa dans leur chambre, près de la fenêtre, les yeux brillant de larmes. Le jardin était nu, avec ses arbres sans feuilles. Elle ne l'entendit pas venir. Il la regarda du seuil de la porte, perdu dans ses propres souvenirs, et lorsqu'elle se retourna, elle réprima un sursaut de surprise en le voyant.

— J'aimais bien cette maison, murmura-t-elle en essuyant ses larmes.

Il acquiesça. Pour une fois, il ne pleurait pas. Il avait trop souffert et maintenant une sorte d'indifférence l'engourdissait.

— Tu vas me manquer, dit-il.

C'était la déclaration d'une vie entière.

— Toi aussi, répondit-elle doucement, avant de l'entourer de ses bras.

Ils restèrent enlacés un long moment. Les regrets revinrent hanter Charlie. Si Simon n'avait pas existé, ils auraient encore été ensemble. Ils auraient vécu ici, heureux de se retrouver chaque soir. Il aurait refusé le contrat new-yorkais, parce que l'emploi de Carole ne lui aurait pas permis de le suivre.

— Je suis désolée, Charlie, fut tout ce qu'elle déclara, tandis qu'il se demandait comment dix ans de vie commune avaient pu se volatiliser ainsi.

Il avait tout perdu. Sa femme, sa maison, et même le droit de résider en Europe… Le jeu cruel de « la case départ ». Il avait surmonté tous les obstacles et, près du but, un faux pas l'avait précipité au bas de l'échelle. Une sensation d'irréalité l'envahit.

Ils sortirent de la maison, la main dans la main. Peu après, Carole s'en alla. Elle avait promis à Simon de le rejoindre dans le Berkshire. Charlie ne s'était pas donné la peine de lui demander si elle était heureuse. Cela n'était que trop évident. Sa vie s'était fondue entièrement dans celle de Simon. Il avait mis neuf mois pour le comprendre. Neuf mois de malheur...

Il expédia ses affaires par bateau dans un entrepôt new-yorkais, puis il s'installa au Claridge, aux frais de sa société. Il ne lui restait plus que quelques jours avant le départ. Ses collègues offrirent un dîner au Savoy en son honneur. Tous s'y rendirent, ainsi que plusieurs clients importants. Durant les derniers jours, ses amis ne cessèrent de l'inviter. Il déclina toutes les offres, sous prétexte qu'il avait mille choses à régler. En fait, il n'avait plus envie de les voir... Très précisément depuis que Carole l'avait quitté. Il préférait partir discrètement, sans avoir à fournir d'explications trop douloureuses pour lui.

Lorsqu'il poussa la porte de son bureau pour la dernière fois, Dick Barnes prononça un discours, disant qu'il avait hâte de le revoir parmi eux. Charlie n'en crut pas un mot. Manifestement, son ancien assistant espérait conserver le poste de directeur. Charlie ne lui en tint pas rigueur. C'était tout à fait normal. Il n'en voulait plus à personne, pas même à Carole. La veille de son départ, il l'appela pour lui faire ses adieux, mais elle était sortie, et il se dit que c'était aussi bien comme ça. Ils n'avaient plus grand-chose à se dire, à part exprimer des regrets. Il souhaitait toujours une explication qu'elle ne lui fournirait jamais, car il n'arrivait pas encore à comprendre ce qui avait pu se passer. Elle avait visiblement très bien accepté leur séparation. Mais elle avait Simon. Alors que Charlie n'avait personne pour le consoler.

Il tombait des cordes, le matin de son départ. Il se réveilla tôt mais resta au lit pour faire le point. Pourquoi il partait, où il allait, et pour quelle raison. Un poids énorme lui comprimait la poitrine. L'espace d'une seconde, il songea à tout envoyer promener, à donner sa démission à ses partenaires, à racheter sa maison. C'était une idée insensée qui, bizarrement, le rasséréna, même s'il savait qu'il ne la mettrait jamais à exécution. Il resta allongé, écoutant le martèlement obsédant de la pluie contre la vitre, incapable de se lever. Il devait être à l'aéroport à onze heures – son avion décollait à treize heures. La matinée promettait d'être longue... Il se fit violence pour ne pas appeler Carole. Il parvint à mettre un pied hors du lit, prit une douche chaude, enfila un costume sombre et une chemise blanche égayée d'une cravate Hermès... À dix heures précises, il arpentait le perron de l'hôtel, sous l'auvent, attendant son taxi. Il huma pour la dernière fois l'air de Londres, écouta les bruits de la circulation, contempla les façades familières de l'autre côté de la rue. Un fol espoir l'étreignait ; un *Deus ex machina* allait l'arrêter avant qu'il ne soit trop tard. Carole arriverait en courant, nouerait ses bras autour de son cou et lui dirait qu'il avait fait un mauvais rêve et qu'il s'était enfin réveillé.

Mais ce fut le taxi qui vint. Le groom de l'hôtel ouvrit la portière. Il ne restait plus qu'à prendre place dans la voiture et à partir pour l'aéroport. Carole ne viendrait pas. Elle ne viendrait plus jamais, il le savait à présent. Elle appartenait à Simon.

Il se laissa conduire à travers la ville, la tête lourde. Les gens vaquaient à leurs occupations coutumières, d'autres faisaient leurs emplettes. De grosses gouttes de pluie tombaient sur le pare-brise... Une pluie glaciale de novembre. Un temps typiquement britannique en hiver. Une heure plus tard, il était à Heathrow. Dorénavant, il n'y avait plus moyen de revenir en arrière.

— Désirez-vous quelque chose à boire, monsieur Waterston ? Une coupe de champagne ou un verre de vin ? s'enquit poliment l'hôtesse, le tirant de sa rêverie.

L'appareil avait atteint sa vitesse de croisière. Il avait traversé l'épaisse couche de nuages et la pluie avait cessé.

— Non, rien, merci, répondit-il d'un air un peu moins maussade que lorsqu'il était monté à bord.

Les membres de l'équipage avaient remarqué son air désespéré. Il avait refusé les cocktails, son walkman gisait intact, dans son sac de plastique, sur le siège voisin. De nouveau, il se tourna vers le hublot et lorsque l'on commença à servir le dîner, il s'était assoupi.

— Je me demande ce qu'il a, murmura l'une des hôtesses à sa collègue, dans la cuisine. Il semble complètement abattu.

— Des remords, répondit l'autre en riant. Il est allé en boîte tous les soirs et a honteusement trompé sa femme.

— Qu'est-ce qui te fait penser qu'il est marié ? s'enquit celle qui lui avait proposé le champagne, désappointée.

— Il a une marque blanche à l'annulaire mais il ne porte pas son alliance... Comme tous les maris volages.

— Peut-être est-il veuf, espéra la première, et sa remarque arracha un soupir moqueur aux deux autres.

— Mais non ! C'est encore un de ces hommes d'affaires américains surmenés qui se donnent du bon temps en Europe, déclara la plus âgée des hôtesses, avant de s'avancer dans le couloir des premières classes en poussant un chariot chargé de fromages, de sorbets et de crèmes glacées.

Elle passa devant Charlie, qui somnolait.

Sa collègue n'avait pas tout à fait tort. Il avait retiré son anneau de mariage la veille. Il l'avait tenu au creux de sa paume, comme un talisman, et l'avait contemplé, se remémorant le jour où elle le lui avait glissé au doigt. Il y avait si longtemps... Dix ans à Londres, dont neuf avec Carole. Toute une vie. Maintenant, tandis que l'avion survolait l'Atlantique à destination de New York, il savait que c'était fini à jamais. Il avait enfoui l'alliance dans sa poche.

Il dormit pendant le vol en rêvant qu'elle était avec lui. Elle riait tout en parlant mais lorsqu'il voulut se pencher pour l'enlacer, elle le repoussa. Sans comprendre, il renouvela son geste. Dans le lointain, un homme les observait... Elle se tournait vers lui et quand Charlie leva le regard, il le vit qui faisait signe à Carole. Elle s'échappa alors de ses bras, et courut rejoindre l'autre... C'était Simon... Et il riait...

# 2

L'avion se posa sur la piste d'atterrissage avec une secousse brutale. Charlie se réveilla en sursaut. Il avait dormi pendant tout le vol, épuisé par les émotions successives des derniers jours... des dernières semaines... des derniers mois...

Il était quinze heures, heure locale. Il sourit à la plus jolie des hôtesses qui lui tendait son Burberry. « Dommage qu'il n'ait pas ouvert un œil plus tôt », pensa-t-elle, déçue, en lui rendant son sourire.

— Aurons-nous le plaisir de vous revoir bientôt sur nos lignes, monsieur Waterston ?

D'emblée, elle l'avait classé dans la catégorie des Américains vivant en Europe. De son côté, elle ne tarderait pas à rejoindre sa base à Londres.

— Non, hélas, répondit Charlie, regrettant déjà la capitale britannique. Je vais rester à New York, précisa-t-il, comme si cela pouvait intéresser son interlocutrice.

Elle ébaucha un vague signe de tête avant de s'éloigner. Charlie enfila son imperméable, prit son attaché-case. La file des passagers avançait vers la passerelle de débarquement à la vitesse d'un escargot. Au bout d'un moment qui lui parut plus long qu'un siècle, il réussit à récupérer ses deux valises sur le tapis roulant. Il était seize heures environ lorsqu'il émergea de l'aérogare, à la hauteur des taxis. Le froid lui coupa le souffle. On n'était qu'en novembre mais l'air était glacial. Il s'installa dans une voiture, donna au chauffeur l'adresse du studio que sa compagnie avait loué pour lui, en attendant qu'il trouve un appartement. Il savait qu'il s'agissait d'un logement de dimensions modestes, situé entre Lexington et la Troisième Avenue, à deux pas de son cabinet d'architecte, ce qui était pratique.

— D'où venez-vous, m'sieur ? s'enquit le conducteur en mâchonnant un gros cigare.

Ce disant, il effectua un slalom spectaculaire entre une limousine et deux autres taxis, fit une queue-de-poisson à une camionnette, pour se fondre, finalement, dans la circulation du vendredi après-midi.

— De Londres, dit Charlie en regardant par la fenêtre, tandis qu'ils dépassaient le panneau indicateur de Queens.

— Et combien de temps êtes-vous resté là-bas ?

Tout en bavardant, le chauffeur zigzaguait allègrement parmi les voitures. C'était l'heure de pointe et, aux approches de la ville, les embouteillages l'obligèrent à ralentir.

— Dix ans.

Son conducteur le fixa dans le rétroviseur.

— Dites donc, ça fait une paye ! Vous êtes de passage ?

— Non, je vais m'établir ici, expliqua Charlie.

Soudain, il se sentit vidé de ses forces. Il était neuf heures et demie du soir, pour lui, et les buildings lugubres qui bordaient l'autoroute achevèrent de le déprimer... Le chemin menant à Londres était tellement plus agréable ! Mais, enfin, il était arrivé chez lui... Façon de parler, car il se sentait presque étranger à cette ville. Il avait vécu sept ans à New York, après avoir obtenu son diplôme d'architecte à Yale, mais il avait grandi à Boston.

— Il n'y a pas d'autre endroit comme celui-ci dans le monde, affirma le chauffeur, la figure fendue d'un large sourire, agitant son cigare en direction du paysage urbain qui se profilait à l'horizon.

Ils venaient de s'engager sur le pont de Brooklyn. Les gratte-ciel de Manhattan brillaient dans la lumière poudreuse du crépuscule mais l'Empire State Building laissa Charlie de marbre... Le reste du trajet se déroula dans un silence pesant.

Le taxi le déposa à l'angle de la 44e Rue et de la Troisième Avenue. Il régla la course, descendit sur le trottoir. En entrant dans l'immeuble, il se présenta au portier. Il était attendu. La direction de sa société avait laissé les clés du studio à la réception. Mais rien ne l'avait préparé au décor de formica et de plastique qui s'offrit à sa vue lorsqu'il entra « chez lui ». Charlie laissa errer un regard médusé sur le comptoir incrusté de pépites dorées qui tenait lieu de bar, les tabourets recouverts de moleskine blanche, le canapé convertible, les meubles bon marché et les fauteuils de vinyle verts. Pour couronner le tout, des plantes artificielles accrochaient la lumière crue du plafonnier. La laideur à l'état pur ! Le mauvais goût dans toute sa splendeur ! Effaré, il cligna des yeux. C'était donc pour *ça* qu'il avait traversé l'Atlantique ? Était-ce pour échouer dans ce clapier que le destin l'avait privé de sa femme, de sa maison, de tout ce qu'il chérissait ? On aurait dit une chambre d'hôtel minable dans un film de série B. Comment ne pas penser aux trésors qu'il avait perdus ? En une année, sa vie, ses rêves, ses projets avaient été anéantis. Et cet affreux studio était en harmonie, finalement, avec toutes ces choses qui étaient déjà mortes en lui... Il posa ses bagages en poussant un soupir, ôta son imperméable et le jeta sur l'unique table de la pièce. Au moins, la laideur ambiante allait l'inciter à chercher le plus vite possible un appartement convenable. Il prit une bière dans le réfrigérateur, puis s'effondra sur le canapé. Des visions fugitives de sa suite au Claridge et de sa résidence londonienne jaillirent dans son esprit. L'espace d'une seconde, l'envie insensée d'appeler Carole l'assaillit.

« Tu ne peux pas t'imaginer combien c'est moche ! »

Il lui disait toujours de petites phrases comme ça, drôles, tristes ou choquantes… Mais sa main ne se tendit pas vers le téléphone. Il resta assis là, éreinté, s'efforçant de faire abstraction du vide effrayant qui l'entourait. Des posters aux murs représentaient des couchers de soleil et un panda. La salle de bains adjacente ressemblait à un placard mais il était trop fatigué pour prendre une douche. Il resta immobile, prostré, l'œil fixe… Longtemps après, il ouvrit le canapé convertible. À onze heures du soir, il dormait à poings fermés. Il avait oublié de dîner.

Lorsqu'il se réveilla le lendemain, le soleil inondait les vitres. Il était dix heures mais son bracelet-montre indiquait trois heures, l'heure de Londres. Il se leva en bâillant. La pièce évoquait un champ de bataille, avec le lit défait au beau milieu. À la lumière du jour, elle avait vraiment l'air d'une cage à lapins. Le réfrigérateur regorgeait de bières et de sodas ; il découvrit un paquet de café derrière le comptoir mais rien à manger. Après une bonne douche, il passa un épais sweater en laine sur un jean et vers midi, il sortit. C'était une journée splendide mais glaciale. Il avala un sandwich puis fit du lèche-vitrines en remontant lentement la Troisième Avenue. Les trottoirs fourmillaient de monde – des gens très différents de ceux que l'on croise à Londres. Une vague de nostalgie le submergea. Jadis, il avait pourtant aimé cette ville. C'était ici qu'il avait rencontré Carole, ici qu'il avait commencé sa carrière. Il avait peine à croire qu'il était revenu pour un bon moment mais il fallait bien se faire une raison… Il acheta le *New York Times*, éplucha les petites annonces immobilières. Dans l'après-midi, il visita deux appartements qu'il trouva horribles – trop exigus et trop chers. Il regagna son minuscule studio qui lui parut plus sinistre que jamais. Accablé, il se laissa tomber sur le canapé. La fatigue et le décalage horaire aggravaient son sentiment de solitude. Il se passa de dîner et s'efforça de parcourir les dossiers qu'il avait apportés avec lui dans son attaché-case… Le lendemain, bien que ce fût dimanche, il se rendit à pied à son bureau.

Les locaux étaient situés au quinzième étage d'un immeuble imposant, au coin de la 51e Rue et de Park Avenue. Le hall jouissait d'une vue imprenable sur Central Park. Des maquettes y étaient exposées. Charlie les examina attentivement. Pendant un instant, il oublia ses réticences et se mit à envisager l'avenir avec davantage d'optimisme. Après tout, cette nouvelle expérience serait peut-être enrichissante. Mais, à peine formulée, cette pensée positive céda le pas au doute. Parviendrait-il à s'acclimater ? Ici, tout semblait si différent… Il ignorait encore jusqu'à quel point !

Le lundi, il se réveilla d'un seul coup, à quatre heures du matin. Son organisme vivait encore au rythme de Londres. Pour tuer le temps, il lut et relut les documents qu'il avait rangés avant son départ. Il avait hâte de se mesurer à ses nouvelles fonctions… Enfin, il prit le chemin du bureau.

Une fois sur place, il constata que l'ambiance n'était pas au beau fixe. Il régnait une tension presque palpable. Visiblement, ses collaborateurs ne songeaient qu'à leur ascension et pratiquaient le « chacun pour soi ». Il les fit venir l'un après l'autre dans son bureau, pour faire connaissance, et chacun en profita pour démolir les copains… Oh, pas ouvertement, bien sûr ! Par de petites anecdotes, des plaisanteries douteuses, des allusions plus ou moins mesquines. À l'évidence, il n'y avait aucun esprit d'équipe. Ils formaient un groupe de gens de talent, certes, mais complètement égoïstes et tournés vers eux-mêmes. La plupart paraissaient prêts à piétiner les autres à seule fin de consolider leur position au sein de l'entreprise. Leur conception de l'architecture ne manqua pas d'étonner Charlie. Ils travaillaient dur, ils se donnaient du mal, mais les résultats dataient singulièrement au regard de ce qui était produit en Europe. Dans le passé, lors de ses brefs séjours, il ne l'avait pas remarqué mais à présent, cela lui sautait aux yeux.

Les deux grands pontes du cabinet, Bill Jones et Arthur Whittaker, l'avaient présenté au personnel. Les employés lui avaient réservé un accueil à la fois chaleureux et mesuré. Il avait échangé des poignées de main, sacrifié au rite des politesses d'usage. Il fut ravi de retrouver deux architectes avec qui il avait travaillé dix ans plus tôt, avant de quitter New York. À sa surprise, ils n'avaient guère progressé depuis ce temps-là. Ils se contentaient de proposer indéfiniment le même genre de projets. Et c'était pareil pour tous, réalisa-t-il, en se penchant sur les travaux des autres architectes. Quant aux jeunes stagiaires, ils semblaient encore plus inhibés que leurs aînés.

— Bon ! Qu'est-ce qui se passe ici ? s'enquit-il négligemment un peu plus tard, tandis qu'il avalait un morceau en compagnie de deux de ses associés.

Il les avait invités dans son bureau, une vaste pièce d'angle aux murs lambrissés de boiseries, avec une vue panoramique sur l'East River.

— On dirait que vous avez peur d'innover. Vos projets sont d'un conservatisme déconcertant. Comment expliquez-vous cela ?

Les deux autres échangèrent un regard par en dessous. Aucun des deux ne semblait pressé de répondre, mais Charlie n'avait pas l'intention de lâcher prise.

— Allons, messieurs, un peu de cran ! J'ai eu l'occasion d'admirer des projets autrement plus modernes chez vous il y a quinze ans. Aujourd'hui, j'ai constaté un manque de créativité affligeant. Je suis censé être le nouveau directeur de cette agence. En conséquence, j'ai besoin d'informations… Donc, je répète ma question : qu'est-ce qui se passe ?

L'un d'eux émit un rire nerveux. L'autre, Ben Chow, se montra plus téméraire.

— Ici ce n'est pas l'Europe, monsieur. On a constamment les patrons sur le dos. Comme ils sont ultra-conservateurs, ils détestent prendre des risques. Ils sont bourrés de préjugés. D'après eux, la loi du marché aux États-Unis exige les bonnes vieilles constructions de leur temps. Ils se fichent éperdument des réalisations européennes, qu'ils considèrent comme des élucubrations, une sorte de mal nécessaire, si vous préférez.

Un « mal » qui avait permis à Charlie de créer sans entraves pendant dix ans. Stupéfait, il regarda tour à tour ses deux interlocuteurs.

— Vous parlez sérieusement ?

Chow hocha la tête, alors que son collègue se tortillait sur son siège, embarrassé.

— Oui, et c'est pourquoi aucun stagiaire ne reste plus d'un an ou deux. Les meilleurs sont embauchés par la concurrence : Pei, KPF, Richard Meyer, les grands cabinets qui ne brident pas leur talent. Chez nous, en revanche, on doit respecter la tradition... Vous le constaterez bientôt par vous-même. Ça m'étonnerait qu'ils donnent leur aval au moindre changement que vous voudriez apporter.

« C'est ce qu'on verra », pensa Charlie, adressant un sourire plein d'assurance à ses associés. Il n'était pas venu de l'autre côté de l'Atlantique pour fabriquer des immeubles en forme de pelle à tarte. Et personne ne le forcerait à renier ses idées...

Il comprit très vite qu'il se trompait lourdement. Les « dinosaures », ainsi que les employés avaient surnommé Jones et Whittaker, lui mirent les points sur les i. Ils avaient besoin d'un bon administrateur, pas d'un révolutionnaire. Refaire le monde n'entrait pas dans leurs préoccupations. À leurs yeux, les projets conçus en Europe ne présentaient absolument aucun intérêt. Comme Ben Chow le lui avait dit, la fameuse « loi du marché américain » constituait leur argument choc. Ils passaient peut-être pour des réactionnaires mais leur clientèle les avait choisis précisément pour cela.

Charlie tomba de haut. Quinze jours plus tard, il crut devenir fou. De directeur, il n'avait que le titre. Son rôle consistait à parader devant les clients les plus importants mais, au fond, il n'était qu'un homme de paille. On l'avait affecté au service des ventes, sans jamais faire appel à ses talents d'architecte. Chaque fois qu'il essayait de changer quelque chose, d'apporter la moindre modification à un plan, l'un des deux patrons débarquait dans son bureau pour le remettre à sa place.

— Je vais être franc avec vous, dit-il un jour à Arthur Whittaker, lors d'un déjeuner au Club de l'Université. Vos idées sur l'offre et la demande commencent à me donner des boutons.

— Je comprends, répondit Arthur, soucieux de ménager sa susceptibilité. (Ils n'avaient personne d'autre sous la main, et ils en étaient conscients.) Mais, Charles, soyez patient. Il s'agit de notre marché le plus fructueux.

C'était faux, tout le monde le savait. Arthur et son alter ego entendaient simplement imposer leur point de vue sur tout.

— Je ne suis pas d'accord avec vous, observa Charlie poliment. Depuis des années, l'Europe vous rapporte la part du lion... Le Japon aussi, du reste. Et pas seulement en termes de profit. Nos réalisations à l'étranger ont contribué largement à façonner votre image de marque. Je vous assure que ce que l'on fait ici pourrait être non seulement plus rentable mais aussi plus enthousiasmant.

Son vis-à-vis le scruta d'un air impénétrable, signe qu'il cherchait une réponse diplomatique. Manifestement, il ne partageait pas l'opinion de Charlie. Le fait que ce dernier s'ennuie au bureau représentait le cadet de ses soucis.

— Eh bien, Charles, vos propos donnent à réfléchir, commença Whittaker prudemment. Néanmoins...

Il se lança dans l'une de ses diatribes préférées sur la différence de mentalité entre les deux continents. Selon lui, Charlie avait perdu le contact avec les réalités américaines. Avec le temps, il s'adapterait. En fait, Jones et lui avaient prévu de l'envoyer sur plusieurs chantiers dans diverses villes. La semaine suivante, Charlie entreprit une tournée à bord de l'appareil privé de la compagnie. Mais, partout où il se rendit, il vit le même spectacle. Des constructions démodées, l'emploi systématique d'un classicisme fatigué, des projets qui avaient facilement quinze ans de retard. Pendant que des progrès prodigieux s'accomplissaient à Taipei, à Milan ou à Hong Kong, ses collègues américains s'étaient endormis sur leurs lauriers.

De retour à New York, il ne mâcha pas ses mots. En vain. Jones et Whittaker s'opposaient farouchement à toute forme de changement. Écœuré, Charlie regagna son bureau. Son rôle se résumait à peu de chose : diriger l'agence et se taire. Il se sentit aussi impuissant que l'entraîneur sur un terrain de football quand le match est engagé. Si ce n'est que les joueurs, en l'occurrence les architectes, avaient depuis longtemps renoncé à gagner la partie. C'était sans espoir. L'approche de Thanksgiving plongea Charlie dans la déprime. Il détestait son travail, et ne savait pas où aller pour les fêtes. En fait, les deux associés l'avaient invité la veille mais il n'avait nulle envie de se joindre à eux. Il s'inventa une visite à Boston, chez des cousins, et passa le week-end seul, devant la télévision. Il se fit livrer une pizza qu'il mangea debout, sur le comptoir de formica. C'était si triste que cela en devenait presque comique. Lui et Carole préparaient toujours la dinde traditionnelle. Ils invitaient leurs amis anglais, qui n'y voyaient qu'une bizarrerie de plus, importée d'Amérique, et la soirée se déroulait comme n'importe quelle réception. Il se demanda si, cette année, Carole fêterait Thanksgiving avec Simon. Pour ne plus y penser, il retourna au bureau où il examina minutieusement photos, plans et calques. Il parcourut l'historique d'un certain nombre de projets. Toujours les mêmes études sans envergure, les mêmes dessins désuets, à tel point qu'il eut l'impression de feuilleter éternellement le même dossier. À la fin du week-end, il était conforté dans son opinion. Il abhorrait son nouvel emploi… Il exécrait tout ce que l'agence produisait. Mais comment le leur dire ? Comment le leur faire comprendre ?

Le lundi, il alla au bureau comme un condamné. Il réalisa soudain qu'il n'avait pas cherché d'appartement. Par ailleurs, ses employés et collaborateurs avaient l'air tellement mal à l'aise lorsqu'ils le croisaient qu'il en vint à se demander si cette attitude ne reflétait pas son propre malaise. La moitié le traitait avec suspicion, l'autre moitié le tenait pour un excentrique. Et quant aux deux dinosaures, ils s'appliquaient à le discréditer aux yeux du personnel, ou, du moins, à le tenir en laisse.

— Alors, que pensez-vous de tout cela ? voulut savoir Ben Chow, dans la semaine, en pénétrant dans le bureau de Charlie.

C'était un garçon sympathique d'une trentaine d'années. Il avait fait ses études à Harvard et Charlie appréciait son talent et sa franchise.

— Honnêtement ? demanda-t-il.

Il savait que Ben ne le trahirait pas. D'une scrupuleuse honnêteté, il ne participait jamais aux ragots et aux médisances sans cesse entretenus par les autres employés de la société.

— Je n'arrive pas à définir notre but, reprit Charlie. Je suis frappé par l'uniformité des dessins. Comme si l'originalité était un péché capital… C'est vraiment absurde. Par ailleurs, la plupart des gens, ici, prennent un malin plaisir à dire du mal de leur voisin de bureau. Bref, la confiance règne !

Ses remarques arrachèrent un rire à Ben.

— Vous avez tout compris. Notre travail consiste à copier des ébauches qui remontent à la nuit des temps. Tel est le mot d'ordre de nos seigneurs et maîtres !

C'était la pure vérité. Ils n'avaient rien créé de nouveau depuis le départ de Charlie pour Londres.

— Mais pourquoi ? De quoi ont-ils peur ?

— Du progrès, je pense. Du changement. Ils utilisent les vieilles ficelles du métier parce que ça les sécurise. Ils ont gagné pas mal de prix il y a une quinzaine d'années, mais aujourd'hui l'agence s'est fossilisée. Les plus téméraires s'en vont. Les autres baissent les bras. Les projets les plus exaltants voient le jour en Europe.

Les deux hommes échangèrent un sourire de connivence. Ben Chow détestait les consignes imposées par ses patrons.

— Pourquoi ne vous donnent-ils pas de liberté ? demanda Charlie, de plus en plus désappointé.

— Parce que c'est leur territoire, dit Ben sans détours.

Il avait raison. Les deux têtes de la société entendaient exercer totalement le pouvoir. Ils ne laisseraient personne marcher sur leurs plates-bandes. À leurs yeux, les théories de Charlie Waterston étaient stupides. Des divagations qui ne fonctionnaient qu'en Europe ou en Extrême-Orient.

— Pourquoi restez-vous ? voulut savoir Charlie. Visiblement, ce que vous faites ne vous intéresse pas et la situation ne va pas s'améliorer.

— Je sais. Mais le cabinet possède encore une excellente réputation. À mon avis, ça ne durera pas. Dans quatre ou cinq ans, ils mettront la clé sous la porte. Je voudrais retourner à Hong Kong mais en attendant, j'ai décidé de continuer ici pendant au moins un an… Et vous ?

Il avait sa petite idée là-dessus. Charlie Waterston ne tiendrait pas le coup plus de six mois. Il était trop en avance, trop créatif pour se contenter de recycler à longueur de journées de la bouillie pour les chats.

— Ils sont d'accord pour que je retourne à Londres dans un an.

Sauf que Dick Barnes, celui qui l'avait remplacé, ne se laisserait pas déposséder de son poste si chèrement gagné.

— Méfiez-vous, répondit Ben tranquillement. Ils ont l'air d'apprécier votre efficacité. Ils essaieront de vous garder.

— Il n'en est pas question !

Son contrat le livrait peut-être pieds et poings liés à ses employeurs, mais pour un an seulement. Il leur en avait fait la promesse et il tiendrait parole. Mais pas un jour de plus…

Le lundi, une dispute homérique à propos d'une de leurs constructions à Chicago l'opposa à Bill et Arthur. L'affrontement dégénéra en une véritable guerre doublée d'un débat idéologique mettant en cause leur intégrité et la déontologie de leur profession telle que chacun la concevait. Bientôt, l'agence se divisa en deux factions ennemies. À la fin de la semaine, une trêve s'instaura entre les belligérants. Après quelques jours de tension, la plupart des associés se calmèrent. Une fois de plus, le compromis prit le dessus sur la révolte, alors que le problème était loin d'être résolu… Trois ou quatre jours plus tard, une nouvelle dispute éclata, au sujet d'un immeuble à Phoenix. Charlie descendit le projet en flammes. Il manquait d'imagination, pour ne pas dire de courage. Il s'inspirait toujours des mêmes concepts vieillots. Le même type d'édifice avait été érigé à Houston un an plus tôt.

— Bon sang, c'est trop ! hurla Charlie à l'adresse des deux associés, durant une réunion en petit comité, une semaine avant Noël.

La neige avait pris d'assaut New York. Les trois architectes qui devaient participer à la séance s'étaient trouvés bloqués en banlieue, et leur absence avait contribué à faire grimper la tension générale. Depuis le matin, la bataille faisait rage.

— Quand je pense qu'on prétend vendre aux gens du design ! reprit-il, furieux. Et qu'on leur ressort de vieux plans de derrière les fagots… C'est une honte ! Nous ne sommes plus des architectes, messieurs, nous sommes des entrepreneurs, vous rendez-vous compte ?

Ses vis-à-vis encaissèrent ses accusations avec autant de dignité qu'ils le purent. Ils lui rappelèrent que leur cabinet comptait parmi les plus réputés des États-Unis.

— Alors, recommencez à faire de l'architecture, bon sang ! Moi, je refuse de m'associer à cette supercherie.

Il leur tournait le dos et regardait les flocons de neige s'écraser mollement contre les vitres. Il se sentait frustré, humilié même, par leurs procédés. Il avait passé une année désastreuse. À sa surprise, ils le lui rappelèrent gentiment, lorsqu'il se tourna de nouveau vers eux. Ils avaient évoqué cette question un peu plus tôt et semblaient prêts à tout tenter pour essayer de le calmer.

— Nous savons que vous avez eu des problèmes… avec votre femme, Charles, dit Whittaker, tandis que Jones opinait du bonnet. Vous avez subi le stress de la séparation, nous comprenons cela très bien. Votre retour à New York, après dix ans d'absence, n'a pas dû arranger les choses. Peut-être avons-nous eu tort de vous presser de reprendre le collier aussi vite, sans vous accorder le temps de respirer. Vous avez besoin d'une petite pause. Nous avons un chantier à Palm Beach. Cela vous dirait d'aller superviser les travaux ?… Pendant un mois ?

Il leur trouva un air rusé.

— Un mois en Floride ? C'est une façon comme une autre de vous débarrasser de moi ! Pourquoi ne me mettez-vous pas carrément à la porte ?

Ils y avaient songé mais compte tenu de son immense succès à l'étranger et de ses années d'ancienneté, il leur aurait fallu lui verser des indemnités substantielles, que ni l'un ni l'autre n'avaient envie de débourser. De plus, il aurait eu le droit de les traîner en justice pour rupture abusive de contrat. Éviter le scandale constituait une autre des priorités qu'ils s'étaient fixées. Alors qu'un bref séjour en Floride donnerait à Charlie la possibilité de se ranger à leurs opinions… et à eux de consulter leur homme de loi.

— Vous mettre à la porte ? s'esclaffèrent-ils à l'unisson. Vous plaisantez, mon cher !

Ils affichaient une bonhomie dont il ne fut pas dupe. La Floride était un stratagème pour l'évincer momentanément. Pour gagner du temps. Le modernisme dont il se réclamait ne leur convenait pas. En fait, il incarnait tout ce qu'ils exécraient. Il était trop à l'avant-garde par rapport à leurs bureaux new-yorkais. Pris de court, ils lui avaient proposé le poste sans réfléchir et maintenant, ils le regrettaient amèrement.

— Pourquoi ne m'envoyez-vous pas plutôt à Londres ? demanda-t-il, plein d'espoir.

Ils secouèrent la tête avec ensemble. Ils ne le pouvaient pas. Ils avaient signé un contrat en béton avec Dick Barnes, lui laissant la place de Charlie pour cinq ans. Une sorte de pacte secret, que l'avocat de Barnes avait passé au crible. Naturellement, Charlie n'en savait rien.

— Je serais beaucoup plus heureux là-bas et, je suppose, vous aussi.

Il sourit à ses patrons. Oh, ils n'étaient pas méchants. Simplement, ils n'avaient aucun sens artistique. Et ils manquaient de courage. Ils étaient vieux, fatigués, et leurs productions s'en ressentaient.

— Nous avons besoin de vous ici, Charles, expliquèrent-ils, et il eut l'impression d'avoir affaire à deux frères siamois.

— Tâchons de tirer le meilleur parti de cette situation inextricable, acheva Bill Jones.

Ils avaient hâte d'arriver à un compromis.

— Pourquoi doit-on toujours faire des concessions ? constata Charlie, consumé soudain par une immense soif de liberté.

Au fond, il n'avait plus rien à perdre. Il avait déjà tout perdu le jour où Carole était partie. Il n'avait plus de femme, plus d'attaches, pas de famille, pas de maison. Il n'avait que son travail, mais son ancienne passion s'était muée en haine. Alors, pourquoi rester ? Qu'est-ce qui le retenait ici, en dehors de son contrat, un simple bout de papier, après tout ? Un bon avocat l'aiderait sûrement à le résilier. Une idée jaillit soudain, qui allégea le fardeau qui pesait sur ses épaules. S'il prenait une année sabbatique, cela arrangerait tout le monde.

— Peut-être devrais-je partir, dit-il d'un ton où ne transparaissait aucune émotion.

Ses patrons se regardèrent. Ils ne voulaient pas le perdre. Il était le meilleur directeur d'agence qu'ils avaient jamais eu.

— Un congé prolongé ? se hasarda l'un d'eux, guettant sa réaction.

Le visage de Charlie s'éclaira. Sans le savoir, Bill Jones venait de formuler sa propre pensée. Il lui restait encore un bien précieux, réalisa-t-il. Sa liberté. Il ne leur appartenait pas.

Il n'appartenait qu'à lui-même. Il pouvait partir, enfin libéré des contraintes qui l'étouffaient. Il se fichait éperdument du reste. Il pourrait même retourner à Londres, s'il en avait envie.

— C'est une excellente idée ! sourit-il.

Une étrange excitation, semblable à l'ivresse des profondeurs, ou à la sensation de voler, le gagnait. Il avait été ligoté et maintenant, d'un seul coup, ses chaînes s'étaient brisées.

— Si vous voulez me licencier, ça m'est complètement égal, précisa-t-il.

Ils frissonnèrent. Rompre un contrat les exposait à toutes sortes de poursuites judiciaires.

— Pourquoi ne prenez-vous pas quelques mois de vacances ?... avec solde, bien sûr.

Ils voulaient bien continuer à lui verser ses émoluments, à seule fin de s'épargner les querelles quotidiennes qu'il leur infligeait. Il avait réussi à les rendre fous, tous les deux.

— Accordez-vous un temps de réflexion. Vous conclurez peut-être que nous n'avons pas tous les torts, après tout.

Ils pourraient s'entendre s'il ne se montrait pas aussi intransigeant.

— Six mois de congé vous feraient le plus grand bien, Charles. Nous sommes prêts à en discuter avec vous les modalités, quand il vous plaira.

C'était un excellent architecte, ils avaient besoin de ses compétences, mais pas au point de subir, jour après jour, ses critiques acerbes sur chaque immeuble qu'ils construisaient.

Il les scruta, avec l'impression qu'ils lui cachaient quelque chose. Ils n'avaient certainement pas l'intention de le renvoyer à Londres. Naturellement, il avait toujours la possibilité d'y retourner par ses propres moyens. En y pensant, il se résolut à visiter d'autres villes, comme Philadelphie ou Boston, avant de regagner la Grande-Bretagne.

— Je voudrais m'établir à Londres, dit-il avec franchise. Je sens que je ne m'habituerai pas à New York, même après six mois de vacances... (Il s'efforçait d'éviter d'autres malentendus.) Ici, l'atmosphère est différente. Bien sûr, je peux toujours remplir mes fonctions jusqu'à ce que vous ayez trouvé quelqu'un pour me remplacer. Si vous me gardez dans votre agence, je crois que je ne serai pas un élément très productif.

— Nous en reparlerons en temps et en heure.

Ils avaient l'air soulagé. Ils pensaient que toutes les années qu'il avait passées à l'étranger l'avaient transformé en une sorte de renégat. Il avait été trop indépendant pendant trop longtemps et s'était bourré le crâne d'idées soi-disant modernes typiquement européennes.

Évidemment, il y avait toujours moyen de s'arranger, Charlie lui-même n'en disconvenait pas. Peut-être qu'après six mois il se sentirait capable de rester à New York, mais il en doutait... D'un autre côté, ils avaient peut-être vu juste. Ses démêlés avec Carole l'avaient épuisé. Il avait besoin de respirer un peu. De faire le bilan. De se retrouver. Il n'avait jamais quitté son travail. Il ne profitait pas de ses congés annuels et ne se souvenait pas d'avoir pris des vacances depuis l'université. Aujourd'hui, il aspirait au repos. Il fallait qu'il s'éloigne, qu'il parte loin, très loin, quelque part où il retrouverait la paix de l'esprit. New York n'était pas l'endroit idéal pour se refaire une santé mentale. Il deviendrait dingue s'il y demeurait un jour de plus.

— Où comptez-vous aller ? demandèrent-ils.

Ils l'aimaient bien, malgré leurs différends.

— Je n'en ai aucune idée.

Oui, où irait-il ? Il n'avait rien ici. À Londres non plus, d'ailleurs. Et il répugnait à prendre le risque de tomber sur Carole et Simon. Il serait peut-être plus judicieux de prolonger de quelques mois son séjour aux États-Unis.

— À Boston, probablement.

Il y avait grandi mais n'y connaissait plus personne. Ses parents étaient morts depuis longtemps et il avait perdu de vue la plupart de ses amis d'enfance. Restaient quelques vagues relations qu'il n'avait guère envie de revoir. Encore moins de mettre au courant de ses déboires conjugaux.

Il pourrait aller faire du ski dans le Vermont, se dit-il tout à coup, voyager à travers le pays une semaine ou deux avant de sauter dans un avion à destination de Londres. Il n'avait aucun projet pour Noël. Ses économies et son salaire lui permettaient de faire face aux dépenses. Il pourrait même partir skier en Suisse ou en France, s'il décidait de retourner immédiatement à Londres. Sauf qu'à Londres il ne saurait pas où habiter. Il n'avait plus de maison nulle part et ses biens devaient se trouver dans la soute d'un bateau traversant l'Atlantique, en route vers l'entrepôt. Mais quelle que fût sa décision, elle lui paraissait préférable au calvaire qu'il endurait à New York.

— Donnez-nous de vos nouvelles, dit Arthur Whittaker.

Les trois hommes échangèrent des poignées de main. Ils étaient soulagés de l'issue de la réunion. Les deux patrons surtout. L'espace d'un instant, ils avaient redouté le pire. Charlie aurait pu leur créer beaucoup d'ennuis s'il l'avait voulu, ils le savaient. Son contrat l'autorisait à rester sur place et à continuer à leur rendre la vie impossible.

— Je vous reverrai à mon retour, répondit-il.

Six mois ! Il était déterminé à jouir de chaque instant de liberté. Il ignorait si, au bout du compte, il aurait la force de reprendre sa collaboration avec eux. Pas à New York, en tout cas. Il réalisa qu'ils s'empressaient de changer de sujet de conversation chaque fois qu'il évoquait Londres. Comme s'il s'agissait d'un tabou. Il soupçonnait qu'ils ne lui rendraient pas son ancien poste de sitôt, et il n'était pas loin de la vérité. Dick Barnes avait été nommé directeur, ses collaborateurs l'estimaient, et il avait toutes les cartes en main si jamais Charlie réapparaissait pour réclamer sa place.

En rassemblant ses maigres affaires dans son bureau, il se demanda s'il retravaillerait un jour avec Whittaker et Jones. Ici ou ailleurs. Dans une autre ville des États-Unis ou à l'étranger. Sa question resta sans réponse.

Il dit au revoir à ses collègues. Il avait mis ses dossiers en ordre ; tout ce qu'il possédait se trouvait dans l'attaché-case qu'il tenait à la main. Il n'emportait aucun document. Il était libre maintenant. Il ne regrettait rien, sauf Ben Chow, qu'il alla saluer avant de quitter les lieux. Le jeune architecte l'accueillit avec un large sourire.

— Quelle chance vous avez ! chuchota-t-il entre ses dents, et tous deux éclatèrent de rire.

Une sensation d'immense bien-être inonda Charlie lorsqu'il fit ses adieux à ses deux patrons. Il partit, ne sachant pas ce que l'avenir lui réservait. Serait-il licencié ? Démissionnerait-il ? S'agissait-il, simplement, de longues vacances ? Peu lui importait. Pour la première fois de sa vie, il n'éprouvait aucune inquiétude. Il était sûr d'une chose : rester équivalait à tuer en lui tout élan artistique.

— Et maintenant ? se demanda-t-il à voix haute, sur le chemin de son studio.

Il avait donné son congé au propriétaire. Le froid mordant et les flocons de neige qui lui tombaient dans les yeux tempérèrent sa bonne humeur. L'incertitude remplaçait peu à peu l'euphorie... Pour où allait-il partir ? De quoi avait-il réellement envie ? De s'en aller dans le Vermont, comme il l'avait d'abord pensé, ou de s'envoler directement pour Londres ? Et, dans ce cas, pour quoi faire ? Passer Noël à Londres sans Carole ne ferait que raviver ses blessures. Il se sentirait seul, malheureux. Il penserait sans cesse à elle, lui achèterait un cadeau, chercherait à la rencontrer ou, à défaut, à la joindre au téléphone. Il se poserait les mêmes questions, encore et encore, sombrerait dans la même angoisse, revivrait la même humiliation, le même déchirement.

Il ne pouvait s'empêcher de se remémorer leur premier Noël ensemble. Ils n'étaient pas encore mariés, mais elle était venue exprès des États-Unis. Alors que cette année, elle serait avec Simon.

L'idée de vacances à la neige gagnait du terrain. Il loua une voiture par téléphone dès qu'il fut de retour dans son appartement. Il y en avait encore une disponible, chose rare en période de fêtes. Il indiqua qu'il en avait besoin pendant une semaine et demanda des cartes du Vermont, du New Hampshire et du Massachusetts. Une fois arrivé, il s'occuperait de l'équipement nécessaire.

Il se sentit plus léger. Comme un gosse qui fait l'école buissonnière ou qui s'apprête à quitter le domicile de ses parents. Vautré sur le canapé, il fit une fois de plus le point sur la situation. Sa belle carrière était tombée à l'eau et, curieusement, cela le laissait indifférent. Un sourire désabusé se dessina sur ses traits. Sa vie n'avait plus de sens, son chemin était jonché d'épaves et il s'apprêtait allègrement à prendre des vacances.

Avait-il donc perdu la raison ? Comme pour se raccrocher à la réalité, il faillit s'emparer du téléphone pour appeler ses amis londoniens, mais pour leur dire quoi ? De toute façon, il avait perdu le contact. Il ne les avait pas revus depuis des lustres parce qu'il refusait de montrer son chagrin et qu'il répugnait à répondre aux questions et aux cancans. Même leur sympathie lui avait été insupportable. Leur compassion sonnait faux. Il subodorait que la plupart continuaient à fréquenter Carole et Simon – et ce n'était qu'une déception supplémentaire, une trahison de plus. Il s'était enfermé dans sa solitude et maintenant il n'avait qu'à s'en prendre à lui-même.

Carole l'aurait traité d'idiot si elle avait su qu'il venait de quitter l'agence, pourtant dans son esprit plus aucun doute ne subsistait : il ne correspondait pas aux critères de ces gens-là.

Cette nuit-là, il fit ses bagages, vida le réfrigérateur, jeta des restes de nourriture. Le lendemain à huit heures précises, il était prêt à prendre la route. Un taxi l'emmena au centre-ville. Les vitrines décorées pour Noël brillaient de mille feux dans la grisaille mais Charlie ne les vit pas. Il était tout à la joie du départ. Cela aurait été dur de rester au bureau à entendre les autres évoquer Noël. Ils parlaient de leurs femmes, de leurs enfants, de leurs familles devant lui, qui n'avait plus personne. Plus rien. Il n'avait même plus son travail. Encore un an plus tôt il était un homme comblé, heureux en ménage, menant tambour battant une carrière éblouissante et habitant une somptueuse demeure. Et soudain, dix ans de bonheur s'étaient envolés… Il ne possédait plus qu'une voiture de location, deux sacs de voyage et des cartes de la Nouvelle-Angleterre.

— La voiture a des pneus neige, précisa l'employé de l'agence de location. Mais vous aurez intérêt à vous procurer des chaînes, si vous comptez visiter le Nord... Je veux dire n'importe quelle région au nord du Connecticut.

Charlie le remercia.

— Vous allez passer Noël en Nouvelle-Angleterre ?

— Oui, j'ai l'intention de faire du ski.

— Il y a beaucoup de neige, cette année. Ne vous cassez pas une jambe !

Il lui souhaita de bonnes fêtes, puis Charlie demanda s'il était possible de laisser la voiture à une agence de Boston. L'autre acquiesça. De retour du Vermont, il prendrait à Boston l'avion pour Londres. Il n'avait aucune raison de repasser par New York. Pas pour le moment. Peut-être dans six mois... peut-être jamais...

Il chargea rapidement le break blanc. Peu après, il traversait la ville. Il y aurait suffisamment d'espace à l'arrière pour y loger des skis. Pour l'instant, il avait posé sur la banquette ses deux sacs de voyage et les chaînes que l'employé lui avait fournies. Il portait un jean, un sweater en laine, une parka. Un sourire lui vint aux lèvres. Il alluma la radio et se mit à chanter.

Il s'arrêta pour acheter un gobelet de café et un sandwich au salami qu'il rapporta dans la voiture. Il jeta un coup d'œil à la carte géographique dépliée sur le siège du passager, tout en absorbant une gorgée de café chaud. Enfin, il redémarra en direction de l'autoroute. Il ignorait sa destination... Le nord, avait-il dit à l'homme qui lui avait loué la voiture. Le Connecticut... puis le Massachusetts... il pousserait peut-être jusqu'au Vermont. Oui, le Vermont semblait l'endroit idéal pour passer Noël. Il descendrait en flèche les pistes enneigées, les vacanciers seraient de bonne humeur, personne ne le bombarderait de questions indiscrètes.

Il n'avait plus qu'à rouler, tout en faisant attention à la neige qui n'arrêtait pas de tomber. Sans jamais regarder en arrière... Car il avait enfin compris qu'il était inutile de se tourner vers le passé... Que de ce côté-là, il n'y avait plus rien. Il se remit à fredonner doucement, tandis qu'il prenait la bretelle de l'autoroute, l'œil fixé devant lui. Comme s'il filait tout droit, vers l'avenir.

## 3

Le break traversa le pont de Triborough pour prendre la direction de Hutchinson River. La neige était devenue plus dense mais Charlie n'y fit pas attention… D'une certaine manière, le blanc est normal à cette période de l'année. Il se mit à fredonner un vieux noël. Pour un homme qui n'avait plus de travail, il se sentait d'humeur particulièrement joyeuse. Depuis hier, il tournait et retournait la même question dans sa tête : sa collaboration avec Whittaker et Jones était-elle définitivement rompue ? Il n'en savait rien. Le temps le lui dirait. Il avait six mois devant lui pour trouver la bonne réponse. Et Dieu sait quelle décision l'emporterait au bout du voyage. Pour l'instant, il n'en était qu'au début. Il ne songeait qu'à se détendre… Par exemple, il pourrait se remettre à peindre – il n'avait pas pratiqué son violon d'Ingres depuis des lustres –, donner des cours d'architecture, si l'occasion se présentait, ou encore visiter des châteaux en France. La Renaissance l'avait toujours fasciné. Bon ! Le Vermont d'abord, Londres ensuite, puis advienne que pourra. Il sut alors qu'il venait d'amorcer un tournant capital de sa vie. Pour la première fois, il ne s'apitoyait pas sur son sort. Il avait fait un choix. Et il était libre d'aller et venir au gré de sa fantaisie.

Des rafales de neige balayaient maintenant le pare-brise. Après trois heures de route, il s'arrêta à Simsbury. L'enseigne d'une pimpante petite auberge offrant le gîte et le petit déjeuner l'attira. Il entra. Les aubergistes l'accueillirent aimablement. Ils lui donnèrent leur plus jolie chambre et, une fois de plus, il se félicita d'avoir échappé à l'atmosphère déprimante de son minable studio new-yorkais.

— Vous allez dans votre famille pour les fêtes ? s'enquit aimablement la femme de l'aubergiste, une personne plantureuse aux cheveux teints en jaune paille.

— Non... Je vais faire du ski.

Elle hocha la tête avec un demi-sourire, puis lui indiqua les deux meilleurs restaurants de la région en se proposant de lui réserver une table.

Il hésita, avant de se pencher vers le feu de cheminée qu'il attisa avec le tisonnier.

— Non, merci. Je me débrouillerai.

Il détestait aller seul dans les bons restaurants. Il ne connaissait rien de plus triste que de s'attabler devant un plateau de fruits de mer et une demi-bouteille de vin blanc sans personne à qui parler.

— Si vous voulez dîner avec nous, vous êtes le bienvenu, dit-elle en l'observant avec intérêt.

Il était jeune, beau, et il voyageait tout seul... Elle trouvait bizarre qu'un homme aussi séduisant ne soit pas marié, puis elle conclut qu'il devait être divorcé. Dommage que notre fille ne soit pas encore arrivée de New York, pensa-t-elle.

Il déclina poliment l'invitation. Il ne pouvait deviner son intention de jouer les marieuses. Il en était toujours ainsi.

Charlie plaisait aux femmes sans s'en rendre compte. Depuis que Carole l'avait quitté, il n'avait eu aucun rendez-vous galant. Il était trop occupé à faire le deuil de leur union. Mais à présent qu'il avait rejeté le fardeau de ses responsabilités, il se sentait plus léger.

Plus tard, il sortit, à la recherche d'un repas chaud. Une épaisse couche de neige bordait chaque côté de la route soigneusement nettoyée et salée. Il traversa la jolie petite bourgade, regrettant de n'avoir personne avec qui partager ce moment paisible. C'était dur d'être seul tout le temps. Il ne s'était pas encore habitué au silence. Pourtant, ce fut seul et silencieux qu'il prit place dans un snack presque désert où il se hâta d'avaler un hamburger frites. Avant de s'en aller, il acheta des croissants pour le lendemain. Il se promit de se procurer un thermos. L'auberge offrait le petit déjeuner mais il voulait partir le plus tôt possible, au cas où les conditions atmosphériques s'amélioreraient.

Il prit le chemin du retour, dans la nuit froide et claire. En descendant de voiture, il regarda le ciel criblé d'étoiles. L'air lui glaça le visage mais un rire lui échappa. Il se pencha, saisit une poignée de neige crissante dans sa main gantée, en fit une boule bien ronde qu'il lança contre un arbre. Il souriait comme un gosse lorsqu'il gagna sa chambre à l'étage. La chaleur l'enveloppa. Dans l'âtre, les flammes léchaient les bûches. Comme chaque Noël, songea-t-il brusquement.

Sa joie tomba d'un seul coup quand il se glissa entre les draps propres du lit à baldaquin. La douleur familière le transperça. Ce soir, l'absence de Carole le tourmentait plus que de coutume. Il aurait donné n'importe quoi pour passer une nuit avec elle. Mais ce rêve ne se réaliserait pas, il le savait. Elle ne voulait plus de lui… plus de ses caresses. Il laissa ses pensées voguer vers elle, les yeux fixés sur le feu. Cela ne pouvait plus durer. Il n'allait pas passer le restant de ses jours à pleurer son amour perdu. Mais comment l'oublier ? Comment l'arracher de son cœur ? Pour la centième fois, il chercha en vain la raison pour laquelle il n'avait rien vu venir. À quel moment avait-il commencé à la perdre et pourquoi ne s'en était-il pas aperçu ? S'il avait pressenti la catastrophe, il aurait peut-être pu changer le cours des choses… Mais l'illusion du bonheur vous rend sourd et aveugle. On se réveille un beau matin et c'est fini. Il se demanda si un jour il aimerait de nouveau comme il avait aimé Carole… Carole qui lui avait préféré Simon. Non, il ne tomberait plus dans ce piège. Il ne ferait plus jamais confiance à une femme.

Le sommeil le fuyait. Il finit par s'endormir, alors que le feu se mourait. Les braises lançaient une douce lueur rosée ; dehors, la neige avait cessé de tomber. Le lendemain, un tambourinement à sa porte le réveilla. La femme de l'aubergiste apparut sur le seuil, un plateau chargé de muffins aux myrtilles et d'un pot de café fumant entre les mains.

— Bonjour, monsieur Waterston.

Il lui avait ouvert la porte vêtu en tout et pour tout d'une serviette de bain autour des reins. Ses pyjamas étaient restés dans une malle et il ne s'était pas donné la peine d'en acheter d'autres. Il avait un corps mince et musclé, remarqua-t-elle du coin de l'œil, se sentant soudain rajeunie de vingt ans.

— Oh, merci, murmura-t-il en lui rendant son sourire.

Il avait les cheveux ébouriffés, les yeux ensommeillés. Il alla tirer les rideaux et contempla le paysage. La neige scintillait sous le pâle soleil de décembre. L'aubergiste, armé d'une pelle, nettoyait consciencieusement la chaussée.

— Soyez prudent sur la route, tout à l'heure, l'avertit-elle.

— Il y a du verglas ?

— Pas encore, mais ça ne saurait tarder. La météo prévoit une tempête de neige cet après-midi en provenance du Canada.

Eh bien, il irait doucement, se dit-il, sans inquiétude. Il avait tout son temps pour traverser la Nouvelle-Angleterre. Il ne dépasserait pas les quarante kilomètres à l'heure s'il le fallait. Personne ne l'attendait. Il n'était pas pressé de chausser ses skis. Il y avait longtemps qu'il n'avait pas skié aux États-Unis. Il était allé à Sugarbush avec Carole, au début de leur idylle, du temps où tous deux vivaient à New York. Mais il ne retournerait pas à Sugarbush. Il n'avait pas besoin de ce genre de pèlerinage. Surtout pas à Noël...

Il partit une heure plus tard, douché, rasé, chaudement vêtu, emportant un thermos de café acheté à l'auberge. Il prit sans difficulté l'autoroute 91, en direction du Massachusetts. Il n'y avait pas trace de neige sur la chaussée ; il n'était donc pas nécessaire d'utiliser les chaînes. Il roula à vitesse régulière jusqu'à Whately, puis la neige se remit à tourbillonner et il regarda les flocons toucher son pare-brise comme des papillons phosphorescents.

La fatigue lui engourdissait les membres. Il avait roulé des heures durant et se trouvait aux environs de Deerfield. Bien qu'il n'eût aucune destination précise en tête, il décida de continuer pour se rapprocher le plus possible du Vermont où il comptait arriver le lendemain matin. La neige tombait dru.

Avec ses monuments historiques, Deerfield constituait l'une des villes les plus pittoresques de la Nouvelle-Angleterre. Charlie y était allé avec ses parents lorsqu'il était petit. Il avait été fasciné par les maisons, vieilles de trois siècles et parfaitement conservées. Déjà, tout ce qui touchait à l'architecture le passionnait. Il eut envie de s'arrêter, puis se ravisa. Avec un peu de chance, il atteindrait le Vermont avant la nuit. Le break traversa un pont couvert suivi d'un chapelet de petites maisons anciennes, qui dataient de la colonisation britannique... Il savait qu'un peu plus loin, des cascades dégringolaient dans un bassin. En été, il se serait arrêté pour se promener et se serait même baigné. Il connaissait ce paysage. Il avait grandi en Nouvelle-Angleterre. Il comprit soudain qu'il n'était pas venu ici par hasard. Son inconscient l'avait guidé vers les lieux de son enfance, les seuls capables de guérir ses blessures. Six mois plus tôt, il aurait éclaté de rire si quelqu'un avait avancé cette hypothèse.

Il dépassa le fort de Deerfield dont il avait contemplé, petit garçon, la masse trapue aux tours crénelées. Son père était avec lui et lui avait raconté l'époque des Indiens Iroquois et Algonquins, établis sur la piste des Mohawks où Deerfield avait été édifié plus tard... Professeur d'histoire américaine à Harvard, M. Waterston avait toujours une anecdote passionnante à livrer. Ces excursions représentaient des cadeaux, de père à fils... S'il avait été encore de ce monde, Charlie se serait confié à lui ; il lui aurait parlé de l'âchec de son mariage avec Carole. Et son père aurait certainement trouvé les mots pour le réconforter... Le souvenir des deux personnes qu'il avait aimées le plus au monde fit monter les larmes aux yeux de Charlie, qui s'efforça de se concentrer sur la route. Ce n'était pas le moment de rêvasser. Depuis une demi-heure, il n'avait parcouru qu'une trentaine de kilomètres. La neige drue et serrée avait sensiblement réduit la visibilité.

Il aperçut un panneau indiquant Shelburne Falls, une petite ville nichée à flanc de coteau, dominant la vallée. La rivière Deerfield charriait ses eaux glacées parmi les collines. La neige, qui tourbillonnait avec force à présent, ôta à Charlie l'envie d'aller plus loin. Bientôt, les routes seraient impraticables. Il chercha une auberge ou un hôtel. Mais il ne vit que des maisons soignées aux volets clos. Il arrêta la voiture et baissa la vitre. L'air glacé s'engouffra dans l'habitacle mais il aperçut, sur la gauche, une rue sinueuse menant vers une destination inconnue. Il remonta la vitre et tourna lentement le volant. Afin d'éviter de s'enliser dans la poudreuse, il avança lentement sur la chaussée. Il n'avait pas eu le temps de mettre les chaînes mais les pneus neige tinrent bon. La rue descendait en pente, parallèlement à Deerfield River. Une nuée de flocons enveloppait la voiture. Il distinguait à peine les formes tourmentées des arbres. Se croyant perdu, il envisageait de faire demi-tour lorsqu'il vit un pavillon au toit de bardeaux, ceint d'une clôture en bois où un panonceau signalait : PALMER : CHAMBRES À LOUER.

C'était exactement ce qu'il lui fallait. Il prit l'allée au ralenti. Il descendit de voiture, à la hauteur d'une boîte aux lettres en forme de maison. Emmitouflé dans sa parka, il se dirigeait vers le porche quand un setter irlandais déboula sur la pelouse gelée, en remuant la queue. Il lui tapota la tête, tandis que la neige continuait de tomber en larges étoiles tourbillonnantes. Arrivé à la porte d'entrée, Charlie utilisa le heurtoir en bronze. Il attendit pendant un long moment mais rien ne bougea à l'intérieur de la maison. Il devina la lueur d'une lampe derrière le voilage, frappa de nouveau, mais seul le silence lui répondit. Assis sur ses pattes arrière, le setter le fixait de ses yeux bruns et doux.

Alors qu'il avait pivoté et s'apprêtait à redescendre les marches du perron, la porte s'entrouvrit avec précaution sur une petite femme, qui le regarda d'un air étonné comme si elle se demandait ce qu'il faisait là. Elle était vêtue simplement : jupe grise, pull-over bleu pâle orné d'un rang de perles. Ses cheveux d'un blanc neigeux, tirés en arrière, formaient un chignon sur sa nuque, et ses yeux bleu vif examinèrent attentivement le visiteur, qui lui adressa un sourire penaud. Elle lui rappelait certaines vieilles dames qu'il avait connues jadis à Boston et avait davantage l'air d'une noble châtelaine que d'une aubergiste.

— Oui ? fit-elle en ouvrant un peu plus le battant pour permettre au chien de se faufiler à l'intérieur. Que puis-je faire pour vous ?

— J'ai vu la pancarte et j'ai pensé… mais vous êtes sans doute fermés en hiver ?

Beaucoup d'établissements n'ouvraient que l'été, pendant la haute saison.

— Je n'attends personne pour les fêtes, répondi-elle, circonspecte. Il y a un motel sur l'autoroute de Boston. Juste à la sortie de Deerfield.

— Merci. Et excusez-moi.

Il eut l'impression d'être un intrus. Elle paraissait si digne, si bien élevée, qu'il se fit l'effet d'un vandale cherchant à forcer sa porte. Alors, elle eut un sourire qui rendit ses yeux encore plus expressifs. Toute son énergie se concentrait dans son regard et malgré son âge, son visage avait conservé les vestiges d'une grande beauté. Avec délicatesse, elle s'effaça pour le laisser passer.

— Je vous en prie, c'est à moi de m'excuser. Décidément, j'oublie mes bonnes manières. Voudriez-vous boire quelque chose de chaud ? En effet, je ne reçois pas de visiteurs en hiver.

Il hésita une fraction de seconde, se demandant s'il ne valait pas mieux qu'il se rende tout de suite au motel qu'elle lui avait indiqué. Mais la tentation fut la plus forte. Du seuil, il avait un aperçu de la salle de séjour, une pièce aux belles proportions sous un plafond aux poutres apparentes, décorée de meubles d'époque et de tapis anciens. Des peintures anglaises et américaines du siècle passé ornaient les murs.

— Entrez donc. Glynnis et moi serons ravies de vous offrir une tasse de thé.

En entendant son nom, la chienne remua la queue.

— Pardonnez mon manque d'hospitalité. La surprise, sans doute.

Il entra dans le living-room. Un feu joyeux crépitait dans la cheminée, un antique piano demi-queue occupait le fond de la pièce. C'était encore plus beau qu'il ne l'avait imaginé, une sorte de grotte magique emplie de trésors oubliés.

— Je suis désolé de vous déranger. Je me dirigeais vers le nord mais j'ai été obligé de m'arrêter à cause de la tempête.

Il la regarda sans chercher à dissimuler son admiration. À un âge avancé, elle se déplaçait avec une grâce inimitable. Il la suivit dans la cuisine immaculée, où elle mit une bouilloire sur le feu.

— Vous avez une maison magnifique... euh... vous êtes bien madame Palmer, n'est-ce pas ? dit-il, se rappelant le nom sur l'écriteau.

— Oui. Merci. Et vous êtes monsieur... ?

Elle lui jeta un regard d'institutrice attendant la bonne réponse. Malgré lui, Charlie sourit. Il ignorait qui elle était et pourquoi le destin l'avait conduit ici, mais elle avait immédiatement gagné sa sympathie.

— Charles Waterston, répondit-il.

Ils se serrèrent la main. Elle avait les mains douces pour une vieille dame, et des ongles impeccablement manucurés. Une alliance en or brillait à son annulaire. C'était son seul bijou, en dehors du collier de perles. Elle semblait avoir mis ses économies dans la décoration de son intérieur. Habitué aux objets de valeur, Charlie ne put qu'approuver son goût.

— Et d'où venez-vous, monsieur Waterston ? demanda Mme Palmer tout en posant tasses et soucoupes sur un plateau.

Il ignorait si elle l'autoriserait à passer la nuit sur place ou si elle l'avait simplement invité à prendre le thé. Dans ce cas, il devrait se hâter de repartir, avant que le verglas ne transforme les routes en patinoires. Il la regarda poser une théière en argent sur un napperon de lin brodé, qui devait avoir le double de son âge.

— Voilà une question intéressante, dit-il avec un sourire, en s'installant dans le large fauteuil de cuir qu'elle lui indiqua.

Alors qu'elle continuait à s'activer devant une desserte George III, il reprit :

— J'ai vécu à Londres pendant les dix dernières années et je compte y retourner après les vacances de Noël. En fait, j'arrive de New York où j'ai passé plusieurs semaines. Je suis revenu aux États-Unis pour un an mais j'ai décidé d'écourter mon séjour.

Il se garda d'entrer dans les détails mais elle hocha la tête comme si elle avait tout compris, au-delà des mots.

— Vous avez changé vos plans ?

— On peut dire ça, oui, répliqua-t-il en caressant la tête de la chienne.

On eût dit que son hôtesse l'attendait, songea-t-il, tandis qu'elle disposait sur la table une assiette de cookies à la cannelle.

— Surveillez Glynnis, elle risque de les dévorer.

Sa remarque arracha un rire à Charlie. L'instant suivant, il fut à nouveau gêné. Il abusait de son temps. Il était presque l'heure de dîner et elle n'avait aucune raison de faire du thé. Pourtant, elle semblait apprécier sa compagnie.

— Glynnis adore la cannelle, expliqua-t-elle. Elle a aussi un faible pour le porridge. Bref, c'est une incorrigible gourmande.

Il sourit à la propriétaire du monstre friand de cookies. Il était difficile de faire la connaissance de Mme Palmer sans vouloir aussitôt connaître son histoire.

— Allez-vous repasser par New York avant votre départ pour Londres, monsieur Waterston ?

— Je ne crois pas. Après le Vermont, je repartirai par Boston. Je ne me plais pas à New York. Je préfère de loin l'Europe.

Un doux sourire éclaira les traits fanés de Mme Palmer. Elle prit place en face de lui, de l'autre côté de l'élégante petite table.

— Mon mari était anglais. Nous allions de temps à autre dans son pays rendre visite à sa famille. Quand ses parents sont morts, il n'a plus voulu bouger d'ici. Il disait qu'il avait tout pour être heureux à Shelburne Falls.

Elle souriait toujours mais quelque chose comme une ombre obscurcit un instant le bleu de ses yeux. Une ombre de tristesse, de peine profonde, ou simplement le souvenir de l'homme avec qui elle avait partagé une vie entière. Charlie se demanda si, à l'âge de Mme Palmer, il prendrait cet air-là lorsqu'il évoquerait Carole.

— Et vous ? D'où êtes-vous ? demanda-t-il.

Le thé, un Earl Grey, était un pur délice. Mais dans cette maison, tout paraissait merveilleux, presque magique.

— D'ici, répondit-elle en posant sa tasse en porcelaine de Wedgwood dans sa soucoupe. J'ai vécu toute ma vie à Shelburne Falls… Dans cette maison qui appartenait à mes parents. Mon fils est allé à l'école à Deerfield.

Charlie la regarda. Elle avait, pourtant, un côté cosmopolite. On avait peine à croire qu'elle fût aussi casanière.

— Quand j'étais très jeune, j'ai passé un an à Boston, chez une tante. C'est là que j'ai rencontré mon mari. Il était étudiant boursier à Harvard. Après notre mariage, nous nous sommes installés ici… il y a de cela cinquante ans. J'aurai soixante-dix ans l'été prochain.

Elle avait un sourire lumineux qui donnait envie de l'embrasser. Charlie se mit à parler de son père. Il enseignait l'histoire américaine à Harvard, peut-être lui et Mme Palmer s'étaient-ils croisés ? se demanda-t-il, tout en racontant leurs excursions à Deerfield, sa fascination pour les vieilles pierres, et les cavernes glacées au bord de Deerfield River.

— Je m'en souviens comme si c'était hier, dit-il, tandis qu'elle lui servait une autre tasse de thé.

Elle se sentait parfaitement en sécurité en sa compagnie. Il avait l'air si seul et en même temps si bien élevé. C'est étrange qu'il voyage tout seul, pensa-t-elle, n'a-t-il donc aucune famille ?

— Voudriez-vous rester ici, monsieur Waterston ? J'ouvrirais l'une des chambres d'hôte, ce n'est pas un problème.

Ce disant, elle jeta un coup d'œil à la fenêtre. La tempête de neige faisait rage et elle avait scrupule à le mettre dehors par ce temps. De plus, elle aimait bien bavarder avec lui.

— Êtes-vous sûre que ça ne vous gênera pas ? Si vous aviez d'autres projets, ne vous en faites pas pour moi. Je ne voudrais pas vous déranger…

Des rafales de vent faisaient trembler les vitres ; il n'était pas pressé de repartir. Il se sentait si bien dans cette cuisine, devant le feu de cheminée. Il appréciait, lui aussi, la compagnie de la vieille dame.

— Mais j'accepte avec plaisir, acheva-t-il.

Elle inclina la tête, enchantée. On eût dit un menuet dont chacun exécutait les figures à la perfection. Peu après, il la suivit à l'étage. Il s'intéressait davantage à la construction même de la maison qu'à la décoration, mais lorsqu'il pénétra dans la chambre qu'elle lui avait attribuée, il eut la sensation de replonger dans son enfance. Il contempla le large lit et les splendides tissus d'ameublement où le temps avait apposé son lustre. Partout, du chintz bleu et blanc ; des objets en porcelaine entouraient la maquette d'un voilier sur le manteau de la cheminée. Aux murs, des peintures de Moran : mers calmes, mers démontées, navires en perdition. On n'avait qu'à gratter une allumette pour enflammer les bûches dans l'âtre. Tout était en place, comme pour accueillir un invité de marque ou un être cher. C'était le genre de chambre où on a envie de rester.

— Magnifique, murmura-t-il avec gratitude.

Mme Palmer reçut le compliment sans aucune vanité. Elle avait l'habitude de fréquenter des personnes qui avaient les mêmes goûts qu'elle. Ses clients ne tarissaient pas d'éloges sur sa demeure. Ils étaient toujours recommandés par d'autres clients. Le bouche-à-oreille avait contribué à faire connaître la pension. Elle ne faisait pas de publicité et avait posé l'écriteau seulement un an plus tôt.

Depuis sept ans, louer des chambres l'aidait à arrondir ses fins de mois. Ses invités lui tenaient compagnie pendant une saison et lorsqu'ils s'en allaient, elle n'en ressentait que plus cruellement sa solitude. Elle qui redoutait les fêtes de Noël considérait l'arrivée de Charlie comme un cadeau du ciel.

— Je suis ravie que la chambre vous plaise, monsieur Waterston.

Il se détourna des tableaux qu'il était en train d'étudier pour la regarder.

— Je peux difficilement imaginer quelqu'un qui ne se plairait pas ici, répondit-il avec une révérence comique, qui arracha un sourire à son hôtesse.

— Si, pourtant, répondit-elle d'un ton nostalgique. Mon fils détestait cette ville. Il ne supportait pas ce qu'il appelait des « vieilleries ». Seul le confort moderne lui convenait, mais à part ça, c'était un gentil garçon. Il a fait son service militaire au Vietnam. À son retour, il est resté dans l'armée. C'était un des meilleurs pilotes d'essai de sa promotion. Il adorait voler…

Une ombre de tristesse passa dans ses yeux. Sentant qu'elle allait aborder un sujet particulièrement pénible, Charlie n'osa poser aucune question. Gladys Palmer poursuivit :

— Sa femme était également aviatrice. Ils ont acheté un petit avion après la naissance de leur fille. (Des larmes avivèrent le bleu de ses yeux, mais elle ne fléchit pas.) Moi, j'étais contre, bien sûr, mais que voulez-vous dire à vos enfants quand ils sont grands ? De toute façon, ils ne m'auraient pas écoutée. Leur appareil s'est écrasé près de Deerfield il y a quatorze ans – ils venaient me rendre visite, avec leur petite fille. Ils sont morts tous les trois sur le coup.

La gorge serrée, Charlie tendit la main pour lui toucher doucement le bras. Comme si ce simple geste de solidarité pouvait adoucir sa peine. Il n'est pire chose au monde que de perdre un enfant. Cela ne se comparait à aucune autre épreuve, pas même à celle qu'il avait traversée à cause de Carole. Il se demanda si elle avait d'autres enfants.

— Je suis désolé, murmura-t-il.

Sa main reposait toujours sur le bras de son hôtesse. Ils ne s'en aperçurent pas. Leurs yeux se rencontrèrent et il eut l'impression de la connaître depuis toujours.

— Merci, répondit-elle. C'était un garçon formidable. Il avait trente-six ans quand il est mort. Sa petite fille en avait cinq… Dieu, quel gâchis…

Elle s'essuya les yeux en poussant un soupir et il se retint pour ne pas l'entourer de ses bras. Mais il n'y avait pas seulement de la peine dans le regard limpide de Mme Palmer. Charlie crut y déceler un courage extraordinaire, une volonté d'aller vers les autres, en dépit de ses propres souffrances.

— Je suppose que le malheur nous est envoyé pour nous apprendre quelque chose. J'ignore quoi au juste. Il m'a fallu plus de dix ans pour arriver à en parler. Mon mari, lui, n'a jamais pu remonter la pente. Il avait le cœur faible, même du temps de sa jeunesse. Il n'a pas survécu plus de trois ans au deuil qui nous a frappés.

Elle avait beaucoup souffert, la vie lui avait infligé des blessures dont on pouvait encore apercevoir les cicatrices, mais elle était toujours là, droite et ferme, face à l'adversité. Charlie ne put s'empêcher de penser que leurs chemins s'étaient croisés pour une raison précise. Mais laquelle ? Ce n'était sûrement pas seulement le hasard qui l'avait conduit dans ce trou perdu.

— Avez-vous d'autres… d'autres parents ?

Il avait évité au dernier moment le mot « enfants » mais elle n'en fut pas dupe.

— Non, aucun, dit-elle avec un sourire vaillant, et de nouveau il fut frappé par la vivacité de son regard. (Les deuils successifs ne l'avaient pas aigrie, n'avaient pas atténué sa force de caractère.) Depuis onze ans, je suis seule. Voilà pourquoi j'ai commencé à recevoir des visiteurs en été, sinon ç'aurait été trop dur.

La solitude ne l'atteignait pas. Elle n'était pas du genre à s'apitoyer sur son sort. Une aura de force et d'énergie se dégageait de toute sa personne.

— Et puis, cette maison est si belle que j'ai envie de la partager. Mon fils James – que nous appelions Jimmy – et Kathleen seraient d'accord. De plus, si je ne louais pas mes chambres pendant quelques mois chaque année, je serais obligée de vendre.

Ç'aurait été une honte de brader cette merveille, songea Charlie. Il pensa ensuite qu'elle n'avait aucun héritier, personne à qui léguer ses biens, et cette constatation le ramena à ses propres problèmes. La même chose lui arriverait très certainement s'il ne prenait pas la vie à bras-le-corps, s'il ne se remariait pas, s'il n'avait pas d'enfants… Mais il n'avait plus le désir de vivre avec une autre femme.

— Et vous, monsieur Waterston, avez-vous une famille ? s'enquit-elle, tandis qu'ils ressortaient de la pièce.

Il avait l'âge d'être marié et père de famille. Dans son esprit, il n'avait pas plus de trente-six ans, comme son Jimmy.

— Eh non, dit-il doucement. Je suis comme vous, je n'ai personne. Mes parents sont morts depuis longtemps. Et je n'ai pas d'enfants.

Elle eut l'air surpris et se demanda s'il faisait partie de ces hommes qui préfèrent la compagnie masculine – mais non ! elle l'aurait deviné.

— Vous n'avez jamais été marié ?

Cela l'aurait étonnée. Il était trop séduisant, trop chaleureux pour résister au mariage ou, à défaut, à une liaison permanente. Puis, elle vit la souffrance dans ses yeux.

— Je suis en plein divorce. Nous avons été mariés pendant dix ans mais n'avons pas eu d'enfants.

— J'en suis navrée, murmura-t-elle d'une voix maternelle qui émut Charlie aux larmes. À ce qu'on dit, le divorce est une expérience terrible. Le déchirement de deux êtres qui se sont profondément aimés et qui se sont perdus en chemin… Ce doit être très pénible.

— Ça l'est. Je n'ai jamais perdu quelqu'un que j'aimais, en dehors de mes parents, bien sûr, mais les deux épreuves sont semblables, en fin de compte. Pendant un an, j'ai été au supplice. Finalement elle est partie, il y a neuf mois. Le pire, c'est que je croyais que nous étions heureux. Apparemment, je manque d'intuition. Ou alors, je suis complètement idiot.

Il esquissa un sourire désabusé, tandis qu'elle l'enveloppait d'un regard plein de compassion. Ils ne se connaissaient que depuis deux heures, et ils se dévoilaient leurs secrets, leurs déceptions, leurs chagrins l'un à l'autre, comme de vieux amis.

— Je crois que vous êtes trop sévère avec vous-même. Vous n'êtes pas le premier homme qui pense que tout va bien… et qui découvre le contraire. C'est une souffrance horrible, j'en conviens, cela vous déchire, et pas seulement le cœur. L'amour-propre aussi.

Elle avait visé juste. La trahison de Carole n'avait pas seulement brisé le cœur de Charlie. Sa dignité, son orgueil en avaient été mortellement atteints.

— Cela va vous sembler cruel, ce que je vais vous dire, mais vous vous en remettrez, reprit-elle. À votre âge, c'est normal. Vous n'allez pas panser vos blessures jusqu'à la fin de vos jours. Ce serait trop injuste. Vous aurez besoin de temps, c'est certain, mais vous finirez par sortir de votre coquille. Moi-même j'y suis arrivée. Oh, j'aurais pu fermer ma porte et me contenter de pleurer Jimmy, Kathleen, Peggy, puis Roland, en attendant la mort. Mais à quoi cela aurait-il servi ? Qu'est-ce que ça m'aurait apporté de gaspiller les années qui me restent à vivre ? Bien sûr que je me souviens d'eux. Parfois, je les pleure encore. Pas un seul jour ne passe sans que je me rappelle l'un ou l'autre. Parfois, ils me manquent tellement que j'ai l'impression que mon cœur va éclater... Pourtant, je suis toujours là. Je continue. Je donne aux autres ce que je peux, de manière que mon passage sur cette terre ne soit pas complètement inutile. J'essaie de trouver un sens à mon existence. On n'a pas le droit de gâcher sa vie. Il y a un temps pour tout : pour le deuil et pour la consolation.

Elle avait raison. Et elle disait exactement ce que Charlie avait besoin d'entendre. Un silence se fit, pendant lequel il médita ces propos, puis son hôtesse lui sourit.

— Voulez-vous dîner avec moi, monsieur Waterston ? J'allais faire griller des côtelettes de mouton et préparer une salade. Je suppose que vous aimeriez un plat plus consistant mais le restaurant le plus proche est à des kilomètres et la tempête de neige ne s'arrêtera pas de sitôt.

Sa voix se fêla. À plusieurs égards, son visiteur impromptu lui rappelait Jimmy.

— J'accepte volontiers. Puis-je vous aider ? Je suis assez bon aide-cuisinier.

— Entendu. Je dîne toujours à sept heures. Vous pouvez descendre quand vous voulez.

Ils échangèrent un long regard complice. Ils avaient passé l'après-midi à bavarder. Leurs confidences représentaient le plus beau des cadeaux, tous deux l'avaient compris. Comme ils avaient compris qu'ils avaient besoin l'un de l'autre.

Charlie fit du feu dans la cheminée de sa chambre. Assis sur le lit, il fixa les flammes. Les paroles de Mme Palmer résonnaient encore à ses oreilles. Oui, elle avait su trouver les mots justes. Les mots qui éveillent en vous un écho de vérité. C'était une femme remarquable, qui avait traversé de rudes épreuves et en était sortie grandie. Il admirait sa gentillesse, sa force et son courage. Pour la première fois depuis un an, il se sentit chez lui, dans cette chambre étrangère et pourtant déjà si familière.

Il prit une douche et se rasa. Il fut tenté de mettre un costume du soir pour lui faire honneur, puis, après réflexion, il opta pour quelque chose de moins classique. Il redescendit vêtu d'un pantalon de flanelle grise, d'un col roulé bleu marine et d'un blaser. Même ainsi, il avait une élégance princière. En le voyant, Gladys Palmer eut un sourire. Elle s'était quelquefois trompée sur les gens qu'elle recevait mais certainement pas sur Charles Waterston. Il y avait longtemps qu'elle n'avait pas rencontré un homme aussi agréable. Aussi sincère. Leur rencontre n'était peut-être pas fortuite. Le destin le lui avait envoyé pour l'aider à passer cette période difficile de l'année. Sa présence contribuait à faire revivre le souvenir de son fils, et de tous ceux qu'elle avait aimés et perdus des années auparavant. Pour elle, Noël représentait le moment le plus difficile de l'année.

Il fit griller les côtelettes, pendant qu'elle assaisonnait la salade et préparait une délicieuse purée de pommes de terre. En guise de dessert, ils dégustèrent un pudding. C'était un repas que sa mère aurait pu lui servir. Carole aussi, d'ailleurs… Il regretta qu'elle ne fut pas là. Il ne parvenait pas encore à se faire à l'idée qu'il ne la reverrait plus. Que leurs chemins s'étaient séparés à jamais et que, désormais, elle appartenait à Simon. Il ressentit la douleur lancinante qui accompagnait toujours le souvenir de sa femme. En regardant Mme Palmer, il se demanda comment elle avait survécu à la disparition brutale de son fils, de sa belle-fille, et de son unique petite-fille. Elle avait réussi à puiser en elle la force de continuer à vivre. Elle devait souffrir, bien sûr, comme lorsqu'on a perdu un bras ou une jambe et que l'on est amputé pour toujours. Il sut soudain qu'il lui faudrait aller de l'avant, coûte que coûte.

Mme Palmer refit du thé, qu'ils dégustèrent tranquillement, en bavardant. Ils évoquèrent ensemble l'histoire locale, le Fort de Deerfield, certaines personnes qui avaient vécu là-bas. Comme le père de Charlie, elle connaissait par cœur les légendes attachées aux personnages historiques de la région. Elle narra mille anecdotes sur les Indiens, parfois les mêmes que son père lui avait racontées, et que Charlie avait oubliées. Ils s'aperçurent soudain qu'il était près de minuit. Comme tous les solitaires qui manquent d'affection et de chaleur humaine, ils avaient parlé des heures durant sans s'en rendre compte. Il lui avait confié son fiasco à New York et elle avait analysé la situation avec beaucoup de finesse. Selon elle, il devait profiter de cette période pour vivre comme il l'entendait, puis, à la fin de ses six mois de congé, se poser les bonnes questions, comme celle de savoir s'il avait vraiment envie de retravailler pour Jones et Whittaker. Elle pensait, pour sa part, qu'il découvrirait de nouvelles facettes à son talent, et qu'il déciderait peut-être même de s'installer à son compte. Sa passion pour l'ancien, les châteaux médiévaux, les vieilles maisons comme celle-ci ne plaidait pas en faveur de ses employeurs actuels.

— Il y a tant de choses à faire, Charles, au lieu de vous confiner dans un bureau. L'architecture aujourd'hui ne se résume pas à toutes ces constructions ultra-modernes.

Il lui fit alors part d'un vieux rêve : construire un aéroport, à condition de s'associer à une très grosse agence. Pour ce qui était d'idées plus réalistes, oui, pourquoi pas, il pourrait ouvrir son propre cabinet.

— Vous en avez des choses à mettre au point pendant les six prochains mois, dit-elle, songeuse. Commencez par vous amuser un peu... Parce que, si j'ai bien compris, vous avez plutôt manqué de divertissements, ces derniers temps, ajouta-t-elle, une lueur espiègle dans le regard.

D'après ce qu'il lui avait raconté, il avait traversé la période la plus horrible de toute son existence.

— Votre idée d'aller skier dans le Vermont a du bon, continua-t-elle. Rien de tel que le sport pour s'éclaircir les idées. Et, qui sait, vous pourriez avoir un petit flirt.

Il se sentit rougir et tous deux éclatèrent de rire.

— Oh, non ! Pas après toutes ces années. Je n'ai pas regardé une femme depuis que j'ai rencontré Carole.

— Alors, il serait temps, rétorqua-t-elle fermement.

Il fit la vaisselle, pendant que Mme Palmer rangeait et que Glynnis somnolait près du feu. C'était un tableau charmant, une scène familiale. Enfin, ils se souhaitèrent bonne nuit. Charlie remonta dans sa chambre. Il eut à peine le temps de se brosser les dents. Un instant après, couché dans le grand lit confortable, il sombra dans le sommeil. Pour la première fois depuis longtemps, il dormit comme un bébé.

Il se réveilla à dix heures passées. Il y avait des années qu'il n'avait pas dormi aussi longtemps. Mais à présent, il n'était plus obligé de sauter dans son pantalon pour se précipiter au bureau. Il n'avait plus de devoir à accomplir, nulle part où aller. Douché et habillé, il jeta un coup d'œil par la fenêtre. La neige s'amoncelait et les flocons dansaient toujours dans l'air laiteux. L'idée de partir en voiture pour le Vermont perdit d'un seul coup son intérêt. Toutefois, il était hors de question qu'il s'incruste. Il trouverait bien un hôtel à Deerfield. Lorsqu'il apparut au rez-de-chaussée, Mme Palmer s'activait dans sa cuisine. Une odeur délicieuse s'échappait du four.

— Des galettes d'avoine ? s'enquit-il.

— Exactement, sourit-elle en lui versant du café dans une tasse.

— Vous avez vu ? Il neige toujours, dit-il, le regard tourné vers la fenêtre.

Elle hocha la tête.

— Vous tenez toujours à partir pour le Vermont ? demanda-t-elle d'un air inquiet.

Personne ne l'attendait, à moins qu'il lui ait caché un rendez-vous. Par discrétion. Oui, peut-être allait-il retrouver une jeune et jolie femme... Elle espérait que non. Elle avait envie qu'il reste un peu plus longtemps.

— Je ne suis pas pressé, expliqua-t-il. Mais je ne veux pas m'imposer davantage. Je suis sûr que vous avez mille choses à faire en prévision de Noël, ajouta-t-il poliment.

De nouveau, elle hocha la tête en s'efforçant de dissimuler sa déception. C'était idiot d'insister… Elle le connaissait à peine. À un moment donné, il repartirait. Elle ne pourrait pas le garder éternellement à Shelburne Falls, juste pour briser sa solitude.

— Je ne voudrais pas contrarier vos projets, dit-elle d'un ton uni qui ne laissait pas transparaître son désespoir. Mais je serais heureuse de vous avoir quelques jours de plus… En fait… (Elle s'interrompit un instant, avec une expression de fragilité qu'il n'avait pas remarquée jusqu'alors.) En fait, j'ai adoré bavarder avec vous. Je sais, je sais, vous seriez mieux avec des personnes de votre âge. En tout cas, sachez que vous êtes ici le bienvenu. Je n'ai aucun projet pour les fêtes…

Elle se tut, évitant d'ajouter « j'essaie simplement de survivre à Noël ».

— Vous êtes sûre que je ne vous dérange pas ?

On était le 21 décembre, quatre jours avant Noël, une date que tous deux redoutaient.

— Je suis sûre d'une chose : avec ce temps épouvantable vous devriez rester, affirma-t-elle d'une voix ferme.

Elle l'avait convaincu, devina-t-elle, avec une sensation de soulagement. Quelques jours de plus, c'était déjà énorme. Une sorte d'intermède à son isolement. Elle lui ferait visiter les environs. Il y avait un vieux pont et une forteresse moins connue que celle de Deerfield qu'elle souhaitait lui montrer. Et des monuments indiens qui, sans aucun doute, l'intéresseraient.

Peut-être, avec un peu de chance, reviendrait-il l'été suivant. Ils deviendraient amis, pensa-t-elle, avec un sourire radieux, tandis qu'elle lui offrait un copieux petit déjeuner. Charlie se laissa servir, embarrassé. Mme Palmer n'avait rien d'une simple aubergiste. On eût dit qu'il rendait visite à une amie de sa mère ou qu'il avait connu Jimmy autrefois.

Elle se mit à énumérer les sites classés de la région. Il la bombarda de questions, tandis qu'il attisait le feu de la cheminée. Alors, elle le regarda, avec un éclair joyeux dans les yeux, comme si elle s'apprêtait à lui avouer un secret.

— Pourquoi prenez-vous cet air mystérieux ? sourit-il.

Il avait enfilé sa parka pour aller chercher des bûches dans le hangar. D'habitude, cette besogne incombait aux fils des voisins mais Charlie tenait à se rendre utile. Elle lui rendit son sourire et il se demanda ce qu'elle avait en tête.

— Je viens de penser à quelque chose… que je voudrais vous montrer. Je n'y suis pas allée depuis pas mal de temps et aujourd'hui, je ne sais pas pourquoi, ça me manque. Il s'agit d'une maison. Je l'ai héritée de ma grand-mère. Son grand-père l'a achetée en 1850. Nous y avons vécu un an avec Roland mais il ne s'y sentait pas à son aise. Il la trouvait trop vieille, trop éloignée de la ville, trop isolée. Alors, nous avons acheté cette propriété il y a cinquante ans. Je n'ai jamais eu le cœur de vendre l'autre. Je l'ai gardée, comme on conserve un bijou qu'on ne porte jamais. Un joyau que l'on sort de son écrin de temps à autre, rien que pour l'admirer. Et j'aimerais que vous la voyiez, acheva-t-elle avec douceur, presque avec timidité. Elle se trouve dans les collines, précisa-t-elle.

— J'ai hâte d'y être, répondit Charlie.

Ils pourraient essayer d'y aller dans l'après-midi, malgré la neige. Mme Palmer était sûre qu'ils arriveraient à destination sans encombre. Il accepta pour lui faire plaisir et parce que les vieilles maisons le passionnaient.

Celle-là avait été construite aux alentours de 1790, expliqua-t-elle, par un Français, un noble débarqué en 1777 avec La Fayette dont il était le cousin. Elle n'en dit pas plus, sauf qu'il avait fait bâtir la demeure pour une dame.

Ils sortirent après le déjeuner. Ils prirent la voiture de Charlie, qui était plus spacieuse. Mme Palmer paraissait ravie de la promenade. Sur le chemin, elle montra à son conducteur quelques ruines tout en lui racontant d'autres légendes, mais elle garda un silence énigmatique au sujet de la fameuse maison. Elle était située dans les collines, à une dizaine de kilomètres de là, et appartenait à sa famille depuis cent cinquante ans. Mais personne ne l'avait habitée depuis que son arrière-arrière-grand-père en avait fait l'acquisition.

— Pourquoi ? voulut savoir Charlie.

Sans doute tout simplement parce que ce n'était pas pratique, se dit-il, de plus en plus intrigué néanmoins.

— Vous verrez, la propriété est magnifique. On dirait qu'elle a une âme. On sent encore la présence de la femme pour laquelle elle a été bâtie. J'ai essayé de convaincre Jimmy et Kathleen de l'utiliser comme résidence secondaire et ils l'ont fait une fois, mais Kathleen l'a détestée. Jimmy lui a raconté un tas d'histoires de fantômes qui l'ont terrifiée. Elle n'a plus jamais voulu y retourner. Quel dommage ! C'est l'endroit le plus romantique que je connaisse.

La voiture avançait péniblement contre le vent qui soulevait des nuages de poudreuse. La neige avait envahi la campagne. Ils durent s'arrêter. Mme Palmer proposa de terminer à pied. Ils étaient presque arrivés. Charlie arrêta le moteur. Il ne voyait rien alentour, en dehors des silhouettes tordues des arbres. Sa passagère lui adressa un sourire encourageant, et remonta le col de son manteau. Elle savait exactement où ils allaient.

— On ressemble au Petit Poucet perdu dans la forêt, dit-il, et tous deux se mirent à rire. Sauf qu'on a oublié les miettes de pain.

Ils avaient abandonné le break sur le bas-côté de la route et marchaient côte à côte, tête baissée contre le vent, bras dessus, bras dessous, en faisant attention de ne pas tomber. Les flocons de neige s'accrochaient à leurs vêtements comme des étincelles humides. Mme Palmer allait de l'avant d'un pas alerte, un sourire espiègle aux lèvres comme une mère qui s'apprête à offrir un jouet à son enfant.

— Qui était la femme pour laquelle la maison a été construite ? demanda Charlie en s'enfonçant dans la neige fraîche.

— Elle s'appelait Sarah Ferguson, répondit Gladys Palmer, fermement appuyée à son bras.

On eût dit une mère et un fils bravant les intempéries. La tempête se déchaînait sous le ciel plombé. L'espace d'une seconde, il eut peur qu'ils se perdent dans le sous-bois. Mme Palmer, elle, avançait sans la moindre hésitation.

— Une femme extraordinaire, reprit-elle. Elle est venue toute seule d'Angleterre, fuyant un mari tyrannique. Le comte de Balfour... Oui, lorsqu'elle est arrivée ici, en 1789, elle était comtesse de Balfour.

— Et comment a-t-elle rencontré ce Français ? demanda Charlie, sa curiosité piquée au vif.

Mme Palmer avait l'art et la manière de distiller les informations, laissant entrevoir, comme à travers un voile qui se déchire, le fil d'un récit captivant.

— C'est une longue, une très longue histoire, répondit-elle, frissonnant dans l'air glacial. Sarah était vraiment quelqu'un d'exceptionnel.

Avant qu'elle puisse en dire davantage, les arbres s'écartèrent sur une clairière. À travers la brume blanche, Charlie vit alors la maison : un petit château aux admirables proportions, érigé au bord d'un lac. Autrefois, des cygnes sillonnaient ses eaux profondes, expliqua Gladys Palmer. Malgré la neige qui l'aveuglait, Charlie n'en fut pas moins frappé par la splendeur du bâtiment. Il n'avait jamais rien vu d'aussi beau. Gladys avait eu raison de le comparer à un joyau. Alors qu'ils s'approchaient du perron lentement, presque religieusement, il se retint pour ne pas trépigner d'impatience.

Ils gravirent les marches – des marches en marbre, découvrit-il, agréablement surpris, puis s'abritèrent sous la marquise. Gladys sortit de son sac une longue clé en bronze qu'elle glissa dans la serrure. Elle jeta à son compagnon un coup d'œil par-dessus son épaule.

— Sachez que François de Pellerin l'a fait construire par des Indiens et des artisans du coin. Ils ont travaillé sous sa férule, car il leur a tout appris… On pourrait croire que la maison a été fabriquée par des maîtres-ouvriers venus exprès de France.

La porte s'ouvrit sur un autre monde. Charlie contempla, incrédule, les hauts plafonds, le parquet en marqueterie, les portes-fenêtres cintrées. Tout confinait à la perfection. Il crut apercevoir parmi de splendides gerbes de fleurs une foule élégante évoluant au rythme d'une musique aérienne. Il avait l'impression de voyager dans le temps. Subjugué, il traversa les pièces vides à la recherche d'autres trésors : cheminées en marbre, bois précieux, tentures rares. Les couleurs des murs s'harmonisaient : blanc crémeux, bouton-d'or, gris pâle, bleu ciel, pêche rosé, dans ce qui semblait avoir été le boudoir de Sarah.

— Qui était-elle ? chuchota-t-il, tandis qu'il découvrait les pièces.

Il s'arrêta pour admirer une frise dorée à la feuille. Tout, jusqu'au moindre détail, avait été parfaitement conçu. Ils étaient entrés dans une chambre à coucher. La chambre de Sarah, très certainement. Charlie s'efforça de l'imaginer. Était-elle belle ? Jeune ? Ou vieille ? Qu'est-ce qui avait incité cet aristocrate français à lui offrir ce superbe petit palais ? L'avait-il aimée passionnément ? Était-ce un amour réciproque ? Il ne savait presque rien d'eux, à part qu'ils étaient comte et comtesse, mais la magnificence du décor racontait une autre histoire. Une sorte de légende qui aurait été vécue, pourtant, par des personnages réels. Il bombarda son guide de questions mais Gladys, si volubile d'habitude, fit preuve de réserve.

— On raconte que Sarah Ferguson était très belle… J'ai seulement vu un portrait d'elle, une miniature, exposée au musée de Deerfield, si mes souvenirs sont exacts. C'est une célébrité locale. À son arrivée, elle a acheté une ferme qu'elle dirigeait toute seule, attitude jugée extrêmement choquante par les esprits bien pensants. Et lorsqu'il fit bâtir cette maison, ils vécurent ensemble avant de se marier, ce qui, à l'époque, provoqua un véritable scandale.

Charlie hocha la tête avec un sourire. Il imaginait très bien les médisances auxquelles les deux amoureux s'étaient exposés. Il avait hâte de se précipiter aux archives de la ville pour lire tout ce qui lui tomberait sous la main à propos de Sarah. Le comte français l'intriguait tout autant.

— Que sont-ils devenus ? Sont-ils rentrés en Europe ?

— Il est mort bien avant elle. Elle a vécu de nombreuses années dans cette demeure. En fait, elle est morte ici.

Sa tombe se trouvait quelque part dans la forêt, précisa-t-elle, avant de continuer :

— Il existe près d'ici une cascade. Un sanctuaire naturel pour les Indiens. Pendant longtemps, les habitants du village les ont vus se rendre là-bas, tous les jours. Le comte était leur ami. Toutes les tribus de la région le respectaient. Il s'était marié avec une Iroquoise avant d'épouser Sarah.

Cette remarque fit jaillir d'autres questions dans l'esprit enfiévré de Charlie.

— Qu'est-ce qui les a poussés l'un vers l'autre, puisqu'ils étaient mariés tous les deux, quand ils se sont rencontrés ?

Gladys secoua la tête. Même elle ne connaissait pas tous les détails.

— La passion, je suppose. Il y a des rencontres aussi brèves qu'intenses. Des amours fulgurantes. La fatalité les a séparés... Jimmy a juré qu'il a vu le fantôme de Sarah, l'été où ils sont restés ici, mais je ne l'ai pas cru. Je lui ai raconté trop d'histoires favorisant ce genre d'illusion.

Une illusion que Charlie souhaitait ardemment vivre à son tour. Soudain, il brûlait de tout savoir sur Sarah. Quelque chose d'impalpable dans cette maison lui donnait l'impérieux désir de la retrouver comme on a hâte de revoir une femme dont on a longtemps rêvé.

— C'est la plus belle maison que j'aie jamais vue, dit-il, passant d'une pièce à l'autre, incapable de s'arracher à la magie ambiante.

Lorsqu'ils redescendirent au rez-de-chaussée, il s'assit sur les marches de l'escalier, l'air pensif.

— Je suis enchantée qu'elle vous plaise, Charles.

La maison avait une signification particulière aux yeux de Gladys Palmer. Son mari ne l'avait jamais compris et son fils ne manquait pas une occasion de la taquiner. Mais entre ces murs, elle éprouvait une sensation singulière qu'il lui était impossible de partager ou d'analyser. À moins que quelqu'un ressente la même chose. Et visiblement, Charlie pensait comme elle. Il semblait si bouleversé qu'il en avait perdu l'usage de la parole. Ici, il pouvait communiquer avec sa propre âme. Une paix immense, inconnue jusqu'alors, l'avait envahi. Comme s'il était enfin arrivé à bon port, après avoir erré des années durant. À travers les portes-fenêtres, il regarda la vallée enneigée qui s'étirait en contrebas et il sut qu'il ne voulait plus repartir. Ses yeux se tournèrent vers Gladys, emplis d'une étrange lumière qu'elle seule pouvait reconnaître.

— Je sais, dit-elle doucement, en lui prenant la main. C'est pourquoi je n'ai jamais pu la vendre.

Elle adorait cette demeure. Sa maison de Shelburne Falls était ravissante, bien sûr, confortable et agréable à vivre mais elle n'avait pas le charme, le cachet, la grâce fantastique qui émanaient de cet endroit. Cette maison avait une âme. Elle dégageait la chaleur et la bienveillance de la femme qui avait vécu ici. Elle portait la marque indélébile de son passage. L'amour de François pour Sarah imprégnait chaque pierre. Aussi la question de Charlie ne l'étonna-t-elle pas outre mesure.

— Acceptez-vous de me la louer ? demanda-t-il d'une voix pleine d'espoir.

Il avait eu un coup de foudre dès qu'il l'avait aperçue dans la brume glaciale de décembre. Il avait toujours pensé que chaque lieu était chargé de souvenirs, que chaque construction avait son destin. Mais jamais il n'avait eu envie de quelque chose avec autant d'ardeur. La demeure semblait répondre à son attente, tissant autour de lui un mystérieux sortilège.

Aucune maison ne lui avait fait un tel effet, pas même celle de Londres qu'il avait tant aimée. C'était différent. Il éprouvait ici quelque chose qu'il ne parvenait pas à s'expliquer, une impression de déjà-vu.

— Je n'ai rien ressenti d'aussi fort de toute ma vie, tenta-t-il d'expliquer, et Gladys hocha la tête.

Elle ne l'avait jamais louée à personne. Elle y avait vécu un an, avec Roland, et en dehors du fameux été où elle l'avait prêtée à Jimmy et à sa femme, aucun être humain n'en avait jamais foulé le sol, excepté Sarah Ferguson, naturellement. Aucun membre de la famille Palmer n'avait apprécié l'endroit à sa juste valeur. On le considérait comme une sorte de curiosité. Tout au plus comme un bon investissement. Une fois, l'un d'eux avait lancé l'idée de le transformer en musée, mais le projet avait été abandonné. Gladys était la seule à y venir régulièrement. Elle s'était ruinée pour le maintenir en parfait état.

— Ça peut vous paraître fou, poursuivait Charlie, dans l'espoir de la convaincre. Mais je suis persuadé que c'est la raison pour laquelle je suis venu à Shelburne Falls. Notre rencontre a un sens, madame Palmer. C'était écrit. Comme si j'étais enfin rentré chez moi !

Elle inclina la tête. Oui, elle comprenait. Leurs chemins s'étaient croisés selon un plan qui les dépassait. Ils avaient mené des vies séparées, rien ne les prédisposait à se rencontrer, et pourtant c'était arrivé. Peut-être parce qu'ils avaient besoin l'un de l'autre. Elle avait perdu les êtres qu'elle chérissait, il avait perdu Carole. La force du destin les avait réunis envers et contre tout. Charlie était venu de loin, de Londres, puis de New York, comme s'ils s'étaient donné rendez-vous. Elle le considérait comme son cadeau de Noël, et maintenant, elle souhaitait l'aider à son tour. S'il restait, elle le verrait pendant un an… peut-être davantage. Elle n'en demandait pas plus. Bien sûr, il n'était pas le fils qu'elle avait perdu, mais elle voyait en lui un ami cher. Un don du ciel. On ne laisse pas passer un don du ciel, pensa-t-elle, avec émotion. Elle savait qu'il prendrait soin de la maison… qu'il l'aimait déjà profondément. Personne d'autre, dans sa famille, n'avait jamais eu envie de l'habiter.

— D'accord, dit-elle tranquillement, le cœur battant à tout rompre.

Lui louer le manoir équivalait à un acte d'amitié dont il semblait mesurer l'ampleur. Sans un mot, il traversa la pièce à grandes enjambées, la serra dans ses bras, posa sur sa joue flétrie un baiser, comme il aurait embrassé sa mère. Gladys lui sourit à travers ses larmes.

— Merci, dit-il, d'une voix enrouée. Merci infiniment. Je vous promets de m'en occuper comme vous l'auriez fait vous-même.

Ils restèrent un moment dans le salon, côte à côte devant les portes-fenêtres, à regarder la neige recouvrir la vallée lentement, en silence.

# 4

Le lendemain, Charlie fit le tour des magasins de Shelburne Falls et de Deerfield afin d'acheter des objets de premiere nécessité. Mme Palmer disposait d'un vieux lit dans le débarras au-dessus de son garage, et de quelques meubles : un buffet, un bureau, quatre chaises, une table en bois de palissandre patiné par les ans. C'était amplement suffisant. Il n'avait nul besoin de mobilier. Il avait loué la maison pour un an. Qu'il reparte à Londres ou à New York, il n'aurait aucune raison de revenir à Shelburne Falls… sauf peut-être les week-ends, au cas où il reprendrait son poste chez Whittaker et Jones.

Après la visite du château, Mme Palmer et lui avaient pris le chemin du retour, excités comme des gosses, riant aux éclats et parlant en même temps. Le soir même, il invita la vieille dame au restaurant pour célébrer leur contrat de location. Le lendemain, en se rendant à Deerfield pour faire des emplettes, il entra dans une petite bijouterie où il acheta des perles montées en boucles d'oreilles pour Gladys.

Il emménagea le 23. Longtemps, il resta immobile dans le salon à admirer le panorama, le cœur gonflé d'une joie indicible. Enfin, la chance tournait. Il se laissa envahir par le calme et la beauté des lieux. Il fit et refit le tour du propriétaire, inspectant tous les recoins, goûtant la paix, le silence et le luxe. La nuit le trouva debout, en train de défaire ses bagages, de ranger ses quelques affaires. Il n'avait pas encore le téléphone mais cela ne lui manquait pas, au contraire. En cette période de l'année, il aurait été tenté, plus qu'à l'ordinaire, d'appeler Carole.

Le matin du réveillon, il contempla la vallée du haut de sa chambre. De nouveau, la mélancolie le happa. Les souvenirs des Noëls passés fulgurèrent. Les Noëls à Londres, le dernier Noël avec Carole, un an plus tôt. Un soupir lui échappa, puis il se détourna de la fenêtre.

Sa première nuit dans sa nouvelle maison s'était déroulée sans incidents. Pas de bruits étranges, pas de grincement de parquet, pas d'ombres suspectes. Il sourit en repensant aux histoires de fantômes de sa chère Mme Palmer, puis à Jimmy qui prétendait avoir vu Sarah. La mystérieuse châtelaine le fascinait toujours autant. Après les fêtes, il mènerait sa propre enquête à la société historique de la région, dans l'espoir de reconstituer l'histoire de Sarah et de François.

En attendant, Charlie, qui avait acheté un cahier et s'était mis à dessiner des croquis de la demeure sous différents angles, était impatient de montrer ses ébauches à Mme Palmer.

Il se rendit chez elle en voiture, l'après-midi du 24. Elle prenait le thé avec trois amies, et il fallut attendre qu'elles soient parties pour évoquer le seul sujet qui, à présent, leur tenait à cœur : le petit château sur la colline. Charlie ne tenait pas en place : il avait découvert un cabinet caché et une armoire secrète… vide, hélas. Il mourait d'envie d'explorer le grenier. Son air de petit garçon jouant à la chasse au trésor faisait rire Gladys.

— Le grenier, naturellement ! le taquina-t-elle. Mais qu'espérez-vous trouver là-haut ? Un fantôme ? Les bijoux de Sarah ? Une lettre qu'elle aurait écrite à François... ou à vous, peut-être ? Ça, ce serait formidable, n'est-ce pas ?

Ils éclatèrent de rire. Gladys ne s'était pas amusée autant depuis des années. Quel bonheur de pouvoir partager son amour pour la maison avec quelqu'un ! Toute sa vie, elle avait trouvé refuge là-bas, au cœur de la paisible retraite où elle pouvait réfléchir et rêver à loisir. Après la mort de Jimmy, elle y avait passé plusieurs après-midi, à la recherche d'un peu de réconfort. Elle y était retournée encore, lorsqu'elle avait perdu Roland. Elle en ressortait plus calme, plus sereine. Comme si l'esprit de Sarah avait le pouvoir d'apaiser son chagrin.

— Je voudrais tant savoir à quoi elle ressemblait. Vous m'avez dit que vous avez vu un portrait d'elle, une fois. À quel endroit ?

Il sourit à la vieille dame qui lui avait fait les plus beaux cadeaux au monde : sa confiance, et le château que François avait offert à Sarah. Elle se mit à réfléchir tout en lui tendant la crème fouettée au coulis de framboise... Elle avait préparé la dinde de Noël et son invité avait apporté une bonne bouteille de vin. Ce soir, il dormirait au château mais il reviendrait demain pour lui offrir les boucles d'oreilles.

— Je suis presque certaine que dans les archives de la société historique, il y a un livre sur elle. C'est peut-être là que j'ai vu son portrait. Ou alors au musée, je ne sais plus.

— J'irai vérifier après les fêtes.

— De mon côté, je fouillerai dans ma bibliothèque. Je crois que j'ai un ou deux livres qui racontent l'épopée de

François de Pellerin. Il fut un personnage important de la seconde moitié du XVIII^e siècle, dans cette partie du monde. Les Indiens le considéraient comme l'un des leurs et les colons l'avaient pris en sympathie. Même ceux qui étaient d'origine britannique le respectaient, ce qui, pour un Français, était plutôt rare.

— Pourquoi est-il venu ici ? Je suppose qu'il a aidé les États-Unis à conquérir leur indépendance, mais pour quelle raison est-il resté ensuite ? À cause de la Révolution française.

— Sans doute à cause de son épouse iroquoise… ou à cause de Sarah, hasarda Gladys. Je me suis toujours intéressée à elle, mais il est difficile d'en savoir plus. Ma grand-mère, elle, semblait plus attirée par François. Peut-être en était-elle un peu amoureuse. Son grand-père, qui a connu Pellerin, lui a raconté beaucoup de choses sur lui. Elle me les a répétées… Sur Sarah, elle ne savait presque rien. Si ce n'est que François est mort très longtemps avant elle.

— La pauvre…

Ils parlaient du couple comme s'il s'agissait de vieilles connaissances. Il se dit que Mme Palmer aussi devait se sentir affreusement seule depuis la mort de son mari. Heureusement, elle était entourée d'amis. Et maintenant, elle avait Charlie… Charlie qu'elle tenait pour un ami « spécial ».

— Avez-vous toujours l'intention d'aller skier, Charles ? demanda-t-elle, tandis qu'ils dégustaient la traditionnelle tarte aux pommes accompagnée de glace à la vanille.

Cette fois-ci, Charlie ne l'avait pas aidée à la cuisine mais elle s'était parfaitement acquittée de ses tâches ménagères. Il était arrivé en costume de soirée et nœud papillon. Elle l'avait reçu, très élégante dans une robe en soie noire que son mari lui avait achetée vingt ans plus tôt à Boston, égayée d'un collier de perles – son cadeau de mariage.

Charlie lui en avait fait compliment et elle l'avait remercié d'un charmant sourire. Tous deux estimaient qu'ils avaient de la chance de s'être rencontrés. Charlie avait l'impression de passer Noël en famille, tout comme Gladys d'ailleurs. Il se rendit compte qu'il ne songeait plus au Vermont.

— Peut-être irai-je pour le nouvel an, répondit-il d'un air vague.

Elle le regarda en souriant. Il semblait plus heureux, plus détendu, plus jeune même, que lorsqu'il était arrivé. Il avait perdu cette expression douloureuse qui lui crispait le visage.

— Ce serait dommage de partir maintenant, reprit-il d'une voix distraite.

Le Vermont se trouvait à des centaines de kilomètres de Shelburne Falls et il n'avait plus guère envie de partir.

— Essayez donc Charlemont, offrit-elle. C'est à vingt minutes d'ici. La station est moins chic, les pistes de ski certainement moins belles mais vous pourrez aller dans le Vermont une autre fois.

Lorsqu'il serait lassé de la petite ville. Et du château.

— Quelle bonne idée ! J'irai peut-être dans quelques jours. Oui, pourquoi pas ?

Ils bavardèrent jusque tard dans la nuit. Aucun d'eux n'osait prendre congé de l'autre, de peur de se retrouver en proie à ses démons intérieurs. Ils avaient traversé trop d'épreuves, essuyé trop de revers – surtout Gladys – pour se risquer à finir seuls la soirée de Noël. Charlie ne se leva que lorsqu'il la vit étouffer discrètement un bâillement. Il l'embrassa gentiment sur la joue, la remercia pour l'excellent dîner. La chienne le salua en remuant joyeusement la queue, tandis qu'il se glissait dehors.

Il se fraya un passage laborieux dans la neige fraîche, qui crissait sous ses semelles, jusqu'à la voiture. La route de Deerfield semblait se creuser entre deux murs de glace. Aux abords du château, une blancheur irréelle auréolait la vallée. Un doux tapis cotonneux habillait le paysage. Des lièvres bondissaient sur la surface blanche vers le sous-bois, et au tournant, il aperçut les yeux brillants d'une biche dans le faisceau lumineux de ses phares. On eût dit que les humains avaient disparu, laissant la place aux animaux, aux étoiles, et aux anges...

Il s'engagea dans l'allée, gara la voiture dans le hangar, continua son chemin à pied, comme il l'avait fait plus tôt dans la journée en compagnie des déménageurs transportant les meubles qu'il avait empruntés à Mme Palmer. Il n'y en avait pas beaucoup mais il avait toujours adoré les grands espaces vides.

Il se mit à fredonner, en marchant d'un pas vif. Le bien-être désormais familier s'insinua dans chaque fibre de son corps. Dans son malheur, il avait trouvé un havre de paix, l'endroit idéal pour lui redonner la sérénité et la promesse d'une guérison. Dans cette maison, il se sentait revivre. Exister. Il était à nouveau lui-même. Il savait, avec certitude, qu'une force supérieure avait guidé ses pas jusqu'ici. Il fit jouer la longue clé de bronze dans la serrure. La porte s'ouvrit. En entrant, il fut envahi par cette quiétude singulière qu'il avait éprouvée dès le premier instant. Deux cents ans de bonheur avaient apposé leur sceau sur l'édifice. Il n'y avait là rien d'étrange, rien de maléfique, au contraire. Même en pleine nuit, les pièces irradiaient une lumière bienfaisante. Cela ne tenait pas à la couleur des murs, ni aux dimensions des pièces ou au paysage, mais à une sorte d'aura dont on ressentait tout de suite les effets. Si des esprits hantaient ce lieu, il s'agissait d'esprits heureux.

En gravissant l'escalier qui menait à sa chambre, il eut une pensée émue pour Mme Palmer. En quelques jours, il en était venu à la chérir comme une mère. Il voulait dessiner quelque chose pour elle, peut-être un tableau, une vue de la vallée qu'il peindrait de l'étage. Il entra dans sa chambre et appuya sur l'interrupteur. Les appliques s'allumèrent et Charlie fit un bond. Une femme se tenait au beau milieu de la pièce, et le regardait. Elle était toute de blanc vêtue, la main tendue vers lui, un sourire sur les lèvres. Elle parut sur le point de dire quelque chose, mais tourna les talons et disparut derrière les rideaux. Elle avait de longs cheveux d'un noir de jais, une peau plus claire que l'ivoire le plus fin, des yeux d'un bleu intense. Il avait noté tous ces détails avec une netteté hallucinante. Qui était-ce ? Sûrement pas un fantôme. C'était une femme en chair et en os, qui s'était introduite dans sa maison pour lui jouer un mauvais tour.

— Bonsoir ! fit-il à voix haute, s'attendant à la voir surgir de derrière le rideau.

Rien... Elle devait avoir honte de sa blague de mauvais goût, surtout un soir de Noël.

— Vous êtes là ? cria-t-il, plus fort. Qui êtes-vous ?

Ce disant, il traversa la chambre, écarta d'un seul coup le rideau. Personne. La fenêtre était ouverte. Il était sûr de l'avoir fermée, au cas où il aurait neigé, mais le doute prit le dessus. Peut-être avait-il oublié d'abaisser l'espagnolette. Il alla vers l'autre rideau. Rien non plus. Bizarre ! Elle devait pourtant bien être quelque part. Elle ne s'était tout de même pas envolée. Sa beauté l'avait frappé mais là n'était pas la question. Il ne voulait pas que les villageois commencent à lui jouer des tours, histoire de lui faire croire que la demeure était hantée. N'importe qui pouvait pénétrer à l'intérieur. Il suffisait de pousser fortement l'une des portes-fenêtres du rez-de-chaussée. Les loquets, vieux de deux siècles, ne résistaient pas. Tout était d'époque dans cette maison, des plinthes à la robinetterie, en passant par les vitres en verre soufflé où des bulles d'air flottaient dans la matière translucide. Gladys avait fait installer l'électricité et changer la plomberie dans les années cinquante. Charlie lui avait promis de vérifier les joints, et Gladys avait déclaré qu'elle ne céderait jamais à la tentation des radiateurs électriques, car elle ne connaissait rien de plus laid... Elle avait sûrement raison mais pour le moment, Charlie avait autre chose en tête. Retrouver la jeune femme qu'il avait vue dans sa chambre. Il regarda derrière tous les rideaux, inspecta la salle de bains, puis l'armoire. Elle n'était nulle part et pourtant, il savait qu'il n'était pas seul. Il se sentait observé. Elle était toujours là, mais où exactement ? Il n'aurait pas su le dire.

— Qu'est-ce que vous faites ici ? demanda-t-il d'un ton pressant.

Un bruissement de soie derrière lui le fit se retourner brusquement. Mais il n'y avait rien, non, rien du tout, à part une sensation d'ineffable douceur qui peu à peu l'enveloppait, comme si elle était simplement venue se présenter à lui... Il sut alors qui elle était.

— Sarah ? dit-il dans un murmure.

Il se rendait ridicule à la fin ! Et si ce n'était pas une apparition ? Si c'était une créature réelle, qui guettait sa réaction ? Une fille du voisinage qui irait tout à l'heure rapporter à ses copains qu'elle l'avait bien eu ? Pourtant, au fond de lui, il savait que non. Il la sentait tout près de lui mais ne pouvait pas la voir. Il eut beau scruter la pièce, il ne découvrit que le vide. La feihme en robe blanche était partie. Il l'avait vue, cependant, si clairement ! Elle l'avait regardé droit dans les yeux et lui avait souri. Comme pour lui souhaiter la bienvenue chez elle. Dans sa chambre. Il savait par Gladys que cette chambre avait été celle de Sarah et de François. Ici, elle avait dormi dans ses bras et avait donné naissance à leurs enfants.

Il faillit prononcer son nom une nouvelle fois mais il n'osa pas. Il ne craignait aucune présence hostile, il n'avait pas peur d'elle. Il souhaitait simplement la revoir. Sa silhouette, ses traits fins s'étaient gravés dans sa mémoire. Il ne l'oublierait jamais.

Finalement, il se dirigea vers la salle de bains. Il en émergea peu après, vêtu d'un pyjama de flanelle qu'il avait acheté en ville, avec le reste. Le système de chauffage fonctionnait assez bien. Il y avait des cheminées dans chaque pièce, mais le froid s'engouffrait dans les parties communes. Il pénétra dans la chambre avec le fol espoir de l'apercevoir à nouveau, mais elle ne reparut pas. Il jeta un regard alentour, puis se coucha et éteignit les lampes. Il ne s'était pas donné la peine de tirer les rideaux car la lumière du jour ne le gênait pas. Il demeura allongé, regardant la pièce éclairée par la lune.

Il ne la voyait pas, mais elle était là, il le savait. Aucune autre présence ne se faisait sentir, à part elle ; Sarah Ferguson... Sarah Ferguson de Pellerin. Un nom aussi noble, aussi élégant que celle qui l'avait porté. Elle était d'une beauté merveilleuse, se dit-il, avant de sourire de sa réaction. Il venait de réveillonner avec une dame de soixante-dix ans, et s'apprêtait à passer le reste de la nuit avec le fantôme d'une femme qui avait vécu deux siècles plus tôt... Cela le changeait complètement des réveillons mondains de Londres, avec Carole. S'il racontait son aventure, les gens penseraient qu'il était fou à lier. Il se demanda s'il n'avait pas réellement perdu la raison.

Il resta longtemps allongé dans l'obscurité moirée de lune, se remémorant les grands yeux bleus qui, l'espace d'un instant, l'avaient dévisagé. Il murmura son nom mais ne reçut aucune réponse. Il n'était pas féru d'histoires de spectres et de tables tournantes et ignorait à quoi il devait s'attendre. Peut-être à un mouvement, à un courant d'air ou un bruit. Il n'avait jamais entendu dire que les esprits parlaient et pourtant, lorsqu'il l'avait aperçue, elle avait paru sur le point de lui dire quelque chose. Et elle lui avait souri.

— Joyeux Noël, dit-il, et sa voix résonna étrangement dans la chambre silencieuse qui avait été autrefois celle de Sarah et de François.

Il n'y eut pas de réponse. Seulement la douce sensation de sa présence.

# 5

« J'ai rêvé ! »

En se réveillant le jour de Noël, Charlie considéra sa vision de la nuit sous une tout autre lumière. Il décida de n'en souffler mot à personne, sous peine d'être traité d'ivrogne. Pourtant, à la réflexion, la certitude l'emporta sur le doute. La réalité n'est-elle pas une notion subjective, une tranche de vie propre à chacun ? Il avait vécu cet instant insensé avec Sarah, si naturelle et si vraie qu'il l'avait prise pour une voisine… Il descendit au rez-de-chaussée et regarda par les portes-fenêtres du salon l'étendue immaculée de la neige. On distinguait clairement les traces de ses pas à lui… et seulement les siens. Sa belle visiteuse de la nuit serait donc venue par les airs, à moins qu'elle ne se soit glissée par la cheminée comme le père Noël ! Il remonta l'escalier, songeur. Une seule conclusion s'imposait : l'apparition de la veille n'avait rien d'humain. Pourtant, il n'avait jamais cru aux fantômes. Il passa les doigts dans ses cheveux, ne sachant quoi penser. Cette nuit, il était convaincu d'avoir vu Sarah Ferguson. Aujourd'hui, les rayons du soleil dissolvaient les ombres de la nuit. Il penchait pour une explication plus rationnelle : il s'était endormi et avait rêvé, point final. Il n'en parlerait à personne, pas même à Gladys. Mais peu après, alors qu'il traversait l'allée brillante de givre en direction du hangar où il avait garé sa voiture, machinalement, il chercha des empreintes de pas sur la neige. Il n'y en avait pas, naturellement, en dehors des siennes. Il prit la voiture, son cadeau au fond de sa poche.

Gladys le guettait derrière le rideau en macramé. Elle courut lui ouvrir la porte, ravie, le serra affectueusement dans ses bras, puis feignit de lui reprocher son absence à la messe. La veille, Charlie avait presque consenti à l'accompagner à l'église, puis s'étant ravisé, il lui avait dit de ne pas l'attendre.

— Oh, s'excusa-t-il. Je suis un mécréant ; j'aurais probablement fait fuir les anges eux-mêmes.

— J'en doute. Dieu a l'habitude de frayer avec les païens. Il s'ennuierait s'il n'était entouré que de bonnes âmes.

Avec un sourire, Charlie lui glissa le petit paquet dans la main. Elle le regarda, les yeux écarquillés, avant de retirer lentement le papier glacé, comme si elle avait peur de le déchirer. Elle ôta le ruban avec délicatesse. C'était un geste de vieille dame. Charlie avait déjà vu sa grand-mère agir de la même manière... Enlever le papier cadeau en le lissant du côté de la main, puis conserver précieusement le ruban. Gladys ouvrit le couvercle avec précaution comme si elle s'attendait à ce qu'une souris jaillisse de la boîte. Un cri aigu se figea sur ses lèvres quand elle vit les boucles d'oreille sur leur lit de satin sombre. Elles ressemblaient à celles que Roland lui avait offertes et qu'elle avait perdues, cinq ans auparavant. Ce jour-là, elle en avait eu le cœur brisé... De nouveau, son regard caressa les deux perles. Elles étaient presque identiques... sauf que celles-ci étaient d'un plus bel orient, constata-t-elle, les yeux embués de larmes.

— Oh, mon cher, cher garçon, merci. Je ne vous mérite pas.

Charlie était la réponse à ses prières.

Elle évita de se remémorer le réveillon de l'an passé, si triste et solitaire. Mais la solitude reviendrait. Charlie ne resterait pas éternellement à Shelburne Falls, ce serait stupide de le croire. Elle se contenterait de sa présence au jour le jour, sans penser à l'avenir...

— Je les porterai jusqu'à la fin de mes jours, promit-elle en effleurant les boucles du bout du doigt.

À son tour, elle lui donna ses cadeaux : un livre de poésie qui avait appartenu à son mari, et une écharpe en laine qu'elle avait achetée dans une boutique de Deerfield. Il en fut très touché, surtout par le livre. La dédicace, destinée à Roland, datait de Noël 1957... Des années s'étaient écoulées depuis, moins longues cependant que les deux siècles qui le séparaient de Sarah, mais il garda le silence. Comme si elle avait lu dans ses pensées, Gladys le questionna devant les tasses de thé fumantes qu'elle venait de servir.

— Tout va bien ? Au château, je veux dire.

Ses yeux vifs sondaient les siens. D'un air qui se voulait décontracté, Charlie reposa sa tasse. Ses mains tremblaient.

— Absolument. Tout fonctionne à merveille, le chauffage comme la plomberie. J'ai eu des litres d'eau chaude pour mon bain ce matin.

Le regard de Gladys se fit plus pénétrant. Sa question le prit de court.

— Vous l'avez vue, n'est-ce pas ?

— Qui ça ? feignit-il de s'étonner, sans y parvenir tout à fait.

Il saisit une galette d'avoine, que Glynnis, couchée devant le feu, lorgna d'un œil brillant de convoitise. Il lui lança un morceau que la chienne engloutit avec un jappement de bonheur.

— Je n'ai vu personne, reprit-il innocemment, mais Gladys ne fut pas dupe.

D'instinct, elle sut qu'il mentait et agita l'index sous le nez de son jeune ami.

— Oh si, vous l'avez vue ! Je savais qu'elle vous apparaîtrait mais je n'ai pas voulu vous faire peur. Elle est belle, n'est-ce pas ?

Il n'eut pas la force de nier.

— Vous l'avez vue aussi ? demanda-t-il, interloqué.

Ils échangèrent un long regard, comme s'ils partageaient dorénavant un sombre secret… Sauf qu'il n'y avait rien de sombre dans tout ce qui concernait Sarah. Sarah n'était qu'azur et lumière.

— Oui, une fois, admit-elle en se calant dans son siège. J'avais alors quatorze ans, mais je n'ai jamais oublié. J'ai été frappée par sa beauté. Elle m'est apparue dans le salon. Elle m'a souri, puis elle a disparu du côté du jardin. Je me suis ruée dehors, je l'ai cherchée partout, mais je ne l'ai pas retrouvée. Je ne l'ai jamais dit à personne, sauf à Jimmy, des années plus tard, mais il ne m'a pas crue. Il a pensé qu'il s'agissait encore d'une histoire de fantôme jusqu'au jour où Kathleen l'a aperçue à son tour dans leur chambre. La pauvre en a été littéralement terrifiée. Elle n'a pas voulu rester une minute de plus dans cette maison… Alors que moi, quand je l'ai vue, malgré mon jeune âge, je n'ai pas eu peur. Je n'avais qu'une hâte : la revoir, mais malheureusement, mon vœu n'a pas été exaucé.

Charlie hocha la tête. Il avait eu la même réaction. Il avait attendu longtemps, dans l'espoir qu'elle réapparaîtrait, et il avait été déçu.

— Au début, j'ai cru qu'une voisine me faisait une blague, dit-il. Je l'ai cherchée derrière les rideaux, je suis même sorti pour m'assurer qu'il y avait des traces dans la neige, mais il n'y avait rien. Quand j'ai réalisé qui elle était, j'ai décidé de ne pas en parler. Pas même à vous… Et si vous n'aviez pas insisté, je n'aurais rien dit. Je ne crois pas aux fantômes, acheva-t-il sobrement.

Pourtant, il en avait bel et bien vu un !

— J'avais le pressentiment qu'elle viendrait vers vous. Vous êtes si sensible, si réceptif, si fasciné par son histoire… Et, confidence pour confidence, je ne crois pas non plus aux manifestations surnaturelles, contrairement aux gens d'ici. Ils se régalent de récits de lutins, de spectres et de sorcellerie. J'ai toujours relégué ces croyances au rang des superstitions. Sarah, c'est différent. Elle avait l'air si réelle… Je m'en souviens comme si c'était hier.

— Moi aussi, je l'ai prise pour une femme réelle, répondit Charlie, pensivement. Non seulement je n'ai pas eu peur, mais j'ai commencé par me fâcher. J'ai cru que j'étais victime d'une blague de mauvais goût… Dommage que je n'aie pas compris tout de suite. (Il lui jeta un regard plein de reproche.) Vous auriez dû m'avertir.

Elle rit, puis secoua la tête, faisant danser à ses oreilles les perles dont elle semblait vraiment fière.

— Allons, vous savez bien que vous m'auriez traitée de vieille folle. Pis, vous m'auriez taxée de sénilité. Est-ce que vous m'avertiriez que les tables tournent, si vous le constatiez ?

Il haussa les épaules avec un sourire. Elle avait raison. Il ne l'aurait pas crue, de toute façon.

— Non, bien sûr. Et maintenant ? Que va-t-il se passer à votre avis ? Va-t-elle revenir ?

Rien de moins sûr. Gladys ne l'avait pas vue plus d'une fois en soixante-dix ans.

— Je n'en ai pas la moindre idée. Je vous l'ai dit : les fantômes ne sont pas ma spécialité.

— La mienne non plus.

Mais, bien qu'il ne voulût pas l'admettre, il brûlait de la revoir. Bon sang, que lui arrivait-il ? Cette sombre fascination pour une femme du XVIII^e siècle en disait long sur sa vie amoureuse… Il continua à parler avec Gladys de Sarah et François. Il était quatre heures de l'après-midi lorsqu'il prit congé. Tandis qu'il roulait dans les rues de la ville, la vue d'un téléphone public lui donna envie d'appeler Carole. Il sortit de voiture, glissa sa carte dans l'appareil et décrocha. C'était son premier Noël sans elle… Il composa le numéro de Simon, puisqu'elle vivait avec lui désormais. « Allez, réponds ! » pria-t-il, tandis que les sonneries s'égrenaient. Il était neuf heures du soir à Londres. Même s'ils étaient partis à la campagne, ils devaient être rentrés à cette heure-ci. Il s'apprêtait à reposer l'écouteur quand quelqu'un décrocha. Il reconnut la voix de Carole, un peu essoufflée, comme si elle avait couru ou monté un escalier quatre à quatre. Oui, c'était bien elle, pensa-t-il, dans cet après-midi de Noël, frissonnant sous l'abri de plexiglas.

— Allô ? répéta-t-elle.

Dans l'écouteur flottait l'écho caractéristique des appels de longue distance. Qui cela pouvait-il bien être ?

— Salut, c'est moi. Je voulais juste te souhaiter un joyeux Noël.

Il se fit violence pour ne pas ajouter « et te demander de revenir si tu m'aimes toujours ». Il avait eu tort de l'appeler. Rien que le son de sa voix ravivait ses blessures. Ils ne s'étaient pas parlé depuis qu'il avait quitté Londres.

— Comment ça va ? dit-il, s'efforçant de paraître nonchalant et échouant lamentablement.

— Très bien. Et toi ? Et New York ?

Elle semblait pleine d'allant, très occupée, tandis que lui chassait des fantômes au fin fond de la Nouvelle-Angleterre.

— New York est égale à elle-même, je suppose. (Il marqua une pause avant de se jeter à l'eau :) Je suis parti la semaine dernière.

— Pour aller faire du ski ? s'enquit-elle, soulagée, comme si elle le trouvait enfin normal.

Au début, il lui avait semblé nerveux, voire déprimé.

— Entre autres. En fait, j'ai pris un congé de six mois.

— Ah bon ? fit-elle, surprise. Que s'est-il passé ?

Elle l'avait quitté mais elle se faisait toujours du souci pour lui.

— C'est une longue histoire. Mon séjour à New York a été un cauchemar. Mes collègues reproduisent éternellement les mêmes projets. On dirait qu'ils utilisent les calques d'il y a vingt ans. Leur clientèle est constituée de vieux milliardaires qui ne connaissent rien à l'architecture moderne. L'agence est un panier de crabes. La plupart des employés s'ingénient à démolir les copains aux yeux de la direction. Bref, c'était invivable. J'ai essayé d'apporter quelques changements, mais je me suis heurté à un mur. La situation s'est envenimée peu à peu, à tel point que les patrons ont fini par m'accorder des vacances.

Elles se termineront en juin mais je ne suis pas sûr de vouloir recommencer. J'en ai par-dessus la tête de leurs sornettes.

— Reviendras-tu à Londres ? demanda-t-elle.

Elle était navrée pour lui. Charlie adorait son métier et s'était toujours montré d'une loyauté à toute épreuve vis-à-vis de sa société. Il devait considérer ces vacances forcées comme un échec supplémentaire.

— Je n'en sais rien. Il faut que je fasse le point. J'ignore encore quelle sera ma décision finale. Pour le moment, j'ai loué une maison en Nouvelle-Angleterre pour un an. Après, j'aviserai...

— Où exactement ? voulut-elle savoir, déconcertée.

— À Shelburne Falls, une petite ville du Massachusetts, près de Deerfield. Tu vois où c'est ?

À l'autre bout de la ligne, Carole secoua la tête. Elle ne voyait pas, non. Elle avait grandi à San Francisco et, à part la Californie et New York, elle ne connaissait pas les autres États.

— La maison est fabuleuse. Et j'ai rencontré une femme épatante.

Il faisait allusion à Gladys Palmer, pas à Sarah, bien sûr. Il crut entendre Carole pousser un ouf de soulagement. Si son ex-mari refaisait sa vie, les choses seraient beaucoup plus simples pour elle... et pour Simon. Elle eut un petit rire enchanté.

— Oh, Charlie, c'est formidable. J'en suis ravie. Tu avais besoin de rencontrer quelqu'un. Tu mérites d'être heureux.

Il sourit.

— Merci, mais ne te réjouis pas trop vite. La dame en question a soixante-dix ans. Elle est la propriétaire de la maison que j'ai louée. C'est un ravissant petit château construit en 1790 par un comte français pour sa maîtresse.

— Ah... fit-elle, complètement déroutée. C'est romantique en diable !

Cela ne ressemblait guère à Charlie de se cloîtrer dans un château perdu, ni de prendre un congé de six mois. N'était-il pas en train de sombrer dans la dépression nerveuse ? se demanda-t-elle, affolée.

— Tu vas bien, Charlie ? Je veux dire... vraiment bien ?

— Oui, je crois. Enfin, je n'en suis pas sûr. Par moments, ça ne va pas du tout. Mais je me dis que je vais m'en sortir. Je te tiendrai au courant...

Il allait lui dire au revoir quand il lui posa la question qui lui brûlait les lèvres depuis le début. Il savait qu'il risquait de se casser le nez, mais tant pis ! Il y avait une chance infime pour qu'elle se soit lassée de Simon depuis que Charlie avait quitté Londres.

— Et toi, quoi de neuf ? Comment va Simon ?

« Tu n'en as pas encore assez de lui ? Tu ne le détestes pas ? Est-ce qu'il te trompe déjà ? »... Il se fichait éperdument de ce que fabriquait Simon. Il voulait récupérer sa femme.

— Il va bien, répliqua Carole tranquillement. Nous allons bien, tous les deux.

— Dommage ! s'écria-t-il spontanément, comme un gosse, et il l'entendit rire.

Elle imaginait parfaitement l'expression boudeuse qu'il arborait. Elle l'aimait, à sa manière, mais pas suffisamment pour rester avec lui. Elle était très éprise de Simon. Elle aurait été incapable d'expliquer comment elle en était arrivée là, mais à un moment donné elle avait compris qu'elle n'était plus amoureuse de son mari. Charlie reçut le message cinq sur cinq.

Il n'y avait plus d'espoir… Il n'avait plus qu'à l'admettre et à essayer de vivre avec, pendant les quarante ou cinquante années à venir. Au moins, il avait Gladys maintenant, songea-t-il avec un sourire espiègle. Et Sarah… Cela dit, il les aurait volontiers échangées toutes les deux contre Carole. Il s'efforça d'oublier son allure sexy, ses longues jambes, sa taille fine qui le rendaient fou de désir, tandis qu'ils poursuivaient leur conversation. Elle lui annonça qu'elle et Simon passeraient le nouvel an à Saint-Moritz.

— J'étais en route pour le Vermont quand je me suis arrêté ici, il y a cinq jours, expliqua-t-il. J'ai rencontré la vieille dame qui m'a loué le château. Tu connais le reste…

Ç'aurait été trop long de lui raconter la suite. Des flocons de neige s'étaient remis à tourbillonner dans l'air coupant. Il était frigorifié.

— Donne-moi de tes nouvelles.

— Pourquoi ? demanda-t-il, les sourcils froncés. Qu'est-ce que ça changera ?

— Je veux juste savoir que tu vas bien, répondit-elle, regrettant déjà ses paroles.

— J'aurai le téléphone et un fax la semaine prochaine. Je t'appellerai pour te donner les numéros.

Ce serait un bon prétexte pour lui téléphoner. Carole poussa un soupir gêné. Simon venait d'entrer dans la pièce. Ils avaient des invités et elle s'était absentée trop longtemps.

— Envoie-les-moi par fax à mon bureau, suggéra-t-elle.

Elle n'était plus seule dans la pièce, il le sut immédiatement. Elle ne s'était pas gênée pour le tromper un an plus tôt, et maintenant qu'elle vivait avec Simon, elle avait des scrupules à parler à son mari au téléphone !

— Je te rappellerai de temps en temps. Je pense à toi, dit-il, la sentant de plus en plus distante.

Il avait vu juste. Un brouhaha de voix lui parvint. Les invités, qui avaient fini de dîner, avaient gagné le salon pour le café. C'était une soirée en petit comité, très agréable au demeurant.

— Moi aussi... Et joyeux Noël, s'empressa-t-elle d'ajouter, comme si elle venait seulement d'y penser.

« Je t'aime », aurait-elle voulu murmurer, mais elle s'abstint. Même si Simon n'avait pas été présent, elle n'avait plus le droit de dire ces mots à Charlie. Elle les aimait tous les deux, mais elle avait choisi Simon. Elle considérait Charlie comme un ami cher et rien de plus.

Il raccrocha et demeura un moment à regarder le téléphone, tandis que de minuscules flocons de neige tournoyaient autour de lui. Une brusque bouffée de colère le suffoqua. Il se retint pour ne pas décocher un coup de pied dans un poteau, pour ne pas la rappeler afin de lui réclamer des comptes.

« Nom d'un chien, qu'est-ce que tu fiches chez Simon à jouer les épouses modèles ? »

Elle était encore sa femme, après tout. Le divorce n'avait pas été prononcé. Il n'en fit rien, bien sûr. Une fois de plus, il ravala son amertume. Il s'engouffra dans le break et mit le cap sur les collines en maudissant Carole.

Elle occupait encore ses pensées quand il entra dans le hangar où d'habitude il se garait. Il laissa la voiture, continua à pied vers le château qu'il chérissait comme s'il y avait vécu toute sa vie. Il poussa la porte en se demandant si l'esprit de Sarah l'accueillerait. Il avait besoin d'une présence. De quelqu'un avec qui parler. Mais il n'y avait personne. Rien ne bougea, pas le moindre bruit ne retentit, il n'y eut aucune apparition, aucune sensation. La maison était vide. Il s'assit dans le noir sur l'une des chaises de Mme Palmer, les yeux tournés vers la porte-fenêtre. Il n'avait pas allumé la lumière. Il voulait simplement rester là et réfléchir... Penser à la femme qu'il avait passionnément aimée et perdue, puis à celle qu'il avait aperçue l'espace d'un instant la veille au soir, comme dans un rêve...

# 6

Le lendemain de Noël, Charlie se leva tôt, débordant d'énergie, avec la ferme intention d'aller en ville pour acheter des produits de nettoyage… Avant de partir, il prit une échelle pour monter au grenier. C'était un vaste espace éclairé *a giorno* par une succession de lucarnes rondes. Gladys y avait entreposé des cartons de vieux vêtements – les affaires de Jimmy, ses uniformes militaires, ses jouets d'enfant, les petites robes de Peggy, que Charlie contempla, le cœur serré. Pendant plus d'une heure, il fureta au milieu des boîtes en carton, des malles et des cantines de métal. Mais rien ne retint son attention car, visiblement, aucun des objets qu'il découvrit n'avait appartenu à Sarah. Il redescendit, déçu. Il avait caressé le fol espoir d'une découverte mais sa chère propriétaire était une vieille dame trop bien organisée pour ne pas remarquer un coffre ou un sac qui aurait contenu les affaires de Sarah. Il ignorait le but exact de ses recherches, peut-être désirait-il tout simplement se sentir plus près de la belle châtelaine… morte depuis près de deux siècles, se remémora-t-il. Une voix intérieure le mettait en garde : son intérêt pour elle risquait de tourner à l'obsession. Il avait suffisamment de problèmes sans se mettre à croire subitement aux fantômes ou, pire encore, tomber amoureux d'une morte. Comment aurait-il expliqué une chose pareille à Carole ? Mais une telle éventualité ne se présenterait pas, il le savait. Sarah ne réapparaîtrait pas. D'après Gladys, il y avait peu de chances pour que le phénomène se reproduise. D'ailleurs, l'avait-il vraiment vue ? Maintenant, en plein jour, il en doutait. Une seule conclusion s'imposait : il avait été le jouet de son imagination. La pression à laquelle il avait été soumis des mois durant, d'abord avec la séparation, puis à cause de son travail, avait exacerbé sa sensibilité. La femme qu'il avait aperçue n'existait pas. Ce n'avait été qu'une chimère, un songe nocturne qui se dissipe aux premières lueurs de l'aube.

Il acheta ses produits ménagers au supermarché de Shelburne Falls avant de faire un saut à la société historique de la ville. C'était un bâtiment étroit surmonté d'un toit de bardeaux, qui abritait une bibliothèque et un petit musée. La bibliothécaire l'accueillit fraîchement. Elle avait un visage figé et des yeux hostiles.

— Je vous demande pardon, commença-t-il avec un sourire chaleureux qui n'apporta aucun changement à l'expression fermée de son vis-à-vis.

Manifestement, il la dérangeait. Ou elle avait passé un Noël déplorable, ou elle n'était pas heureuse... Ou encore elle avait simplement un caractère de chien... C'était pourtant une très jolie jeune femme, avec d'immenses yeux verts, un teint de magnolia, des cheveux auburn. Grande, mince, les traits fins, elle posait sur le plateau lisse de son bureau une main longue et blanche, aux doigts fuselés. Elle arborait une expression austère et presque rébarbative, qui semblait destinée à briser net tout élan de sympathie.

Charlie s'éclaircit la voix.

— Je cherche des documents concernant Sarah Ferguson et François de Pellerin... Je ne connais pas les dates exactes, mais ils ont vécu ici à partir de 1790. Elle, un peu plus longtemps, si mes renseignements sont exacts. Est-ce que ces noms vous disent quelque chose ?

Sans l'ombre d'un sourire, elle griffonna deux titres sur un bout de papier qu'elle lui tendit d'un geste sec.

— Là-bas, marmonna-t-elle, laconique, indiquant les rayonnages au fond de la salle. Excusez-moi, je suis occupée.

Rien à voir avec les autres habitants de Shelburne Falls et de Deerfield, qui l'avaient immédiatement adopté. Lorsqu'ils avaient su qu'il avait loué le château, ils lui avaient souhaité la bienvenue. Mais pas elle. Elle lui rappelait les gens pressés et indifférents que l'on croise dans le métro à New York. Et encore, même eux paraissaient plus ouverts.

— Quelque chose ne va pas ? ne put-il s'empêcher de demander.

Elle n'était quand même pas aussi désagréable sans raison.

— Pourquoi ?

Elle le fixa froidement. Ses yeux, d'une nuance rare entre la topaze et l'émeraude, restaient inexpressifs. Il se dit confusément qu'elle serait ravissante si elle souriait.

— Vous n'êtes pas dans votre assiette, on dirait, remarqua-t-il gentiment.

Son regard brun sonda celui de son interlocutrice, qui ne broncha pas.

— Je vous l'ai déjà dit : je suis occupée.

Elle détourna la tête. Charlie s'approcha du rayonnage. Il trouva sans difficulté les deux livres et commença à les feuilleter fébrilement dans l'espoir d'y découvrir les portraits des deux amants. Son souffle fut coupé quand, alors qu'il tournait rapidement les pages du second volume, il vit la reproduction d'un tableau. Inutile de se demander qui il représentait, tant la ressemblance était frappante. Tout y était : la lueur dans le regard, la forme des lèvres, effleurées par un sourire. Elle avait l'air sur le point de parler. C'était la femme aux longs cheveux noirs et aux yeux bleus. L'apparition qu'il avait vue deux jours plus tôt. Sarah.

Il ne s'aperçut pas que la bibliothécaire l'observait, intriguée par son expression interdite.

— Elle était de votre famille ?

Pour un peu, elle aurait regretté son impolitesse de tout à l'heure. Personne ne mettait jamais les pieds dans cette bâtisse, sauf, en été, quelques visiteurs égarés, pendant la saison touristique. La société historique de Shelburne Falls, mentionnée dans les guides, n'attirait pas les foules, et Francesca Vironnet avait accepté cet emploi de bibliothécaire et de conservateur de musée justement pour avoir la paix. Les contacts humains ne l'intéressaient pas. Ici, elle pouvait rédiger tranquillement son doctorat, sans être dérangée. Elle avait obtenu une maîtrise d'histoire en France, quelques années plus tôt, et une autre en Italie. Elle aurait pu entrer dans l'enseignement mais ces derniers temps elle préférait de loin les livres aux hommes. Elle tirait une grande fierté de ses responsabilités, tenait à jour les archives, et veillait avec soin sur les antiquités exposées au premier étage qui tenait lieu de musée.

Charlie leva le nez de son livre, surpris qu'elle se soit donné la peine de lui adresser la parole. Sous son regard profond, elle éprouva une sorte de gêne.

— Non. J'ai entendu parler de Sarah et de François par des amis. Ce sont des personnages passionnants.

Il fit semblant de ne pas remarquer l'air pincé de la bibliothécaire.

— Oui, finit-elle par répondre prudemment. Il y a beaucoup de légendes à leur sujet.

Elle s'était drapée dans sa dignité, soucieuse de ne pas se laisser impressionner. Il avait cette allure intelligente et sophistiquée des Européens qu'elle avait fréquentés autrefois, mais il était hors de question de céder à l'impulsion de mieux le connaître.

— Je suppose que la plupart sont fausses, reprit-elle d'un ton revêche. Si on les replace dans leur contexte historique, ce ne sont jamais que des gens tout à fait ordinaires.

C'était un point de vue cartésien mais déprimant. Charlie se sentait beaucoup plus proche des théories de Gladys, beaucoup plus attiré par cette sublime histoire d'amour portée à la dimension de légende. Et voilà que cette fille rabaissait ses héros à la condition de simples mortels. Qu'est-ce qui avait bien pu lui arriver pour qu'elle soit aussi désagréable ? Si l'on faisait abstraction de sa beauté, il avait rarement rencontré quelqu'un d'aussi déplaisant.

— C'était tout ce dont vous aviez besoin ? demanda-t-elle d'une voix professionnelle où transparaissait néanmoins une pointe d'agacement.

Visiblement, elle avait hâte de se débarrasser de lui.

— Je ferme tôt aujourd'hui, ajouta-t-elle, le confortant dans son opinion.

— Vous n'avez rien d'autre sur eux ? s'entêta-t-il, réfrénant sa colère.

Il n'allait pas se laisser mettre à la porte sous prétexte que cette chipie détestait l'humanité entière.

Il ne s'était pas trompé. Elle n'aimait que les livres, les meubles et les objets dont elle avait la garde... parce que les livres et les objets sont neutres. Ils ne vous font pas souffrir.

— Je consulterai le catalogue, rétorqua-t-elle sèchement. Avez-vous un numéro où je puisse vous joindre ?

— Pas encore. J'aurai le téléphone la semaine prochaine. C'est moi qui vous rappellerai.

Comme pour défier sa froideur, il lui apprit qu'il avait loué la maison où Sarah avait vécu avec François.

— Vous voulez dire le château sur la colline ?

Une lueur fugitive dansa dans ses yeux avant de s'éteindre presque aussitôt.

— Oui, exactement, répondit-il en la fixant.

Il avait eu l'impression qu'une porte s'était entrouverte entre eux l'espace d'une fraction de seconde, puis s'était refermée à jamais.

— Vous n'avez pas encore vu de fantôme ? demanda-t-elle, sarcastique.

— Non, pourquoi ? Il y a un fantôme ? Personne ne m'en a parlé, répliqua-t-il d'une voix unie.

— Je le suppose. Il n'y a pas une seule maison à cent lieues à la ronde qui ne soit pas hantée, du moins au dire des propriétaires. Peut-être, à minuit, verrez-vous les deux amoureux échanger des serments et des baisers au clair de lune.

Cela la fit rire, ce qui détendit ses traits, mais elle avait détourné la tête comme pour éviter le regard de Charlie.

— Eh bien, je vous tiendrai au courant si jamais je vois quelque chose.

Elle ne répondit pas. Elle avait perdu tout intérêt pour la conversation. La porte ne s'était pas seulement refermée, se dit-il. Elle avait été solidement verrouillée de l'intérieur.

— J'emporte ces livres. Où dois-je signer ?

Elle poussa un livre sur la surface polie du bureau d'acajou, en lui signifiant qu'il devait les rendre dans une semaine.

— Merci, dit-il.

Il partit sans lui souhaiter bonne soirée, ce qui ne lui ressemblait pas. Mais elle était si froide, si renfermée, si distante, qu'il en eut presque pitié. Quel terrible événement l'avait durcie à ce point ? Qu'est-ce qui l'avait rendue aussi sombre et insensible à son âge ? Elle devait avoir vingt-neuf, trente ans. Carole, au même âge, faisait l'effet d'un tourbillon de gaieté, de sensualité et de chaleur, alors que cette femme ressemblait à un mince et pâle rayon hivernal. Elle ne pouvait rien réchauffer, encore moins le cœur d'un homme. Pas le sien, en tout cas. Belle, certes, mais froide comme un glaçon, se dit-il en remontant en voiture, puis il n'y pensa plus... Il avait hâte de lire les livres.

Lorsque Gladys lui rendit visite le lendemain, il attaqua sans préambule leur sujet favori. Il avait déjà fini le premier livre et avait commencé le second, tôt ce matin.

— Vous l'avez revue ? voulut savoir la vieille dame, pleine d'espoir, et Charlie se mit à rire.

— Bien sûr que non, répondit-il tranquillement.

Il n'était même plus sûr de l'avoir vraiment vue la première fois.

— Je me demande si vous la reverrez, songea-t-elle, rêveuse, notant au passage que la maison rutilait.

Les rares objets qu'il avait disposés çà et là dénotaient un goût très sûr. Elle avait eu raison de lui confierson cher palais. Grâce à lui, la maison, qui avait été si vide, si triste et solitaire, semblait revivre. Gladys avait été tellement malheureuse quand sa belle-fille avait refusé de l'habiter.

— Vous ne l'avez jamais revue, lui rappela-t-il, et elle rit à son tour.

— Peut-être parce que mon cœur n'était pas assez pur, ou mon esprit pas assez fort, plaisanta-t-elle.

— Selon ces critères, je ne l'aurais même pas aperçue.

Il lui parla ensuite de son coup de fil à Carole.

— Elle vous a prise pour ma future épouse... Elle avait l'air soulagée de me savoir enfin casé, mais je l'ai détrompée. Je lui ai dit que je n'aurais jamais eu cette chance.

Il adorait la taquiner. Pour la énième fois, Gladys remercia sa bonne étoile. C'était devenu une habitude, depuis que Charlie avait frappé à sa porte, par ce froid après-midi de décembre. Le destin le lui avait envoyé, elle en était persuadée.

— Comment s'est déroulée votre conversation ? demanda-t-elle gentiment.

Leur rupture lui avait causé une peine immense, même s'il en parlait moins maintenant.

— Laborieusement. *Il* était là. Ils avaient des invités. Ça m'a mis en colère. Ça m'étonnerait que je parvienne un jour à me faire à cette idée sans que ça me rende furieux.

— Vous y arriverez. Le temps y pourvoira. On s'habitue à tout.

Elle serait morte de chagrin si Roland l'avait quittée, pensa-t-elle en même temps. La mort les avait séparés mais ils avaient vécu heureux ensemble de nombreuses années. Elle n'aurait pas supporté de le perdre à cause d'une autre femme. Elle imaginait parfaitement l'angoisse et l'humiliation qu'avait subies Charlie. Et elle éprouvait un immense respect à son égard, car son infortune ne l'avait pas aigri. Il avait conservé toute sa gentillesse, son savoir-vivre, son intégrité, plus une bonne dose d'humour. On pouvait deviner ses cicatrices, mais il ne les exhibait pas.

— Je l'ai appelée pour lui présenter mes vœux, expliqua-t-il... L'année prochaine je ne commettrai pas la même erreur.

— L'année prochaine vous serez peut-être avec quelqu'un d'autre, dit-elle avec douceur.

Il secoua la tête. Il avait été trop échaudé pour renouveler l'expérience.

— Ça m'étonnerait, répondit-il avec un sourire malicieux. À moins que je séduise Sarah.

— Quelle bonne idée !

Ils éclatèrent de rire, puis Charlie lui annonça son départ pour le lendemain. Il avait suivi ses conseils. Il avait loué une chambre à l'hôtel de la station de ski pour quatre jours. Il lui demanda si elle voulait qu'il redescende pour le réveillon du nouvel an, et sa question provoqua un sourire ému chez Gladys. C'était caractéristique de Charlie cette prévenance, cette façon de faire passer les autres avant lui. Et la volonté de se rendre utile. Il se proposait toujours pour faire les courses de Gladys ou pour lui préparer un plat... Il avait un peu remplacé dans son cœur le fils qu'elle avait perdu depuis quatorze ans et qui lui manquait si cruellement.

— Vous êtes un amour, Charles, mais non. Partez tranquille. Je ne fête pas le nouvel an depuis des années. Roland et moi ne sortions jamais ce jour-là. Nous restions au chaud et nous nous couchions à dix heures comme n'importe quelle nuit de l'année... Ne vous inquiétez pas pour moi. Restez à Charlemont et skiez autant que vous pourrez.

Il promit de lui laisser le numéro de téléphone de son hôtel. Mme Palmer l'embrassa tendrement avant de prendre congé.

— Attention ! Ne vous cassez rien ! l'avertit-elle en riant. Sarah serait désolée.

Il aimait la lueur espiègle qui allumait les yeux clairs de Gladys quand elle évoquait Sarah ou François.

— Moi aussi, croyez-le. Il ne me manquerait plus qu'une jambe ou un bras cassé... Un cœur brisé suffit.

Sa façon de se moquer de lui-même ne l'en rendait que plus attachant.

Il accompagna sa visiteuse jusqu'au perron et agita la main, tandis que la guimbarde de Mme Palmer caracolait dans l'allée. De retour au salon, il se plongea dans le deuxième livre. Il le termina au début de l'après-midi. Il s'agissait d'une biographie de François de Pellerin axée surtout sur le rôle de négociateur qu'il avait joué entre l'armée américaine et les Indiens. Il avait servi principalement de porte-parole aux six tribus iroquoises.

Aucune apparition ne vint perturber sa nuit. Aucune présence ne l'accompagna tandis qu'il longeait le couloir menant à sa chambre. Il empila dans une valise ses vêtements de ski, puis se mit au lit. Une douce torpeur l'engourdissait.

Juste comme il fermait les paupières, il entendit le bruissement soyeux des rideaux, mais il était trop fatigué pour rouvrir les yeux. Avant de sombrer dans le sommeil, il la sentit tout près de lui, comme un souffle.

# 7

Comparée aux stations de sports d'hiver européennes que Charlie avait fréquentées assidûment avec Carole, Charlemont ne payait pas de mine. Les deux époux avaient passé des vacances inoubliables à Val-d'Isère, à Courchevel et à Cortina, bien que Charlie eût un faible pour Saint-Moritz. Mais il prit plaisir à dévaler les pentes enneigées. Dès le premier jour, il essaya toutes les pistes, comme on relève un défi… Il n'avait pas skié depuis un an. Vers midi, les effets bénéfiques de la montagne se manifestèrent ; il se sentit comme un homme neuf. Il voulut monter une dernière fois au sommet ayant le déjeuner. L'air était vif et le soleil brûlant. En s'installant sur le télésiège, Charlie sourit à une petite fille, qui avait la moitié de sa taille. Personne ne l'accompagnait, remarqua-t-il, alors qu'elle allait emprunter la piste noire. Ses parents ne s'inquiétaient-ils donc pas ? La barre de sécurité s'abaissa et tout en s'y cramponnant, elle se tourna vers lui avec un sourire amical. Il lui demanda si elle venait souvent ici.

— Pas trop, répondit-elle. Seulement quand maman a le temps. Elle écrit un livre, ajouta-t-elle d'un ton de conspiration.

Elle avait de grands yeux d'azur, des boucles blond-roux et elle devait avoir entre sept et dix ans, ce qui représentait une large fourchette mais Charlie ne connaissait rien aux enfants. C'était une jolie petite fille qui, pendant l'ascension, fit montre d'un parfait sang-froid. Elle fredonna à mi-voix une comptine, puis se tourna de nouveau vers son voisin.

— Est-ce que vous avez des enfants ?

— Non... je n'en ai pas, répliqua-t-il, se croyant presque obligé de se justifier.

Elle hocha la tête d'un air entendu en l'observant avec cet intérêt passionné propre aux enfants. Elle s'efforçait de deviner qui il était et ce qu'il faisait. Il portait un pantalon noir et une parka vert foncé. Elle était vêtue d'une combinaison bleu ciel, presque de la même couleur que ses yeux, et était coiffée d'un adorable bonnet de laine rouge cerise. Elle ressemblait aux enfants qu'il avait vus aux sports d'hiver en Europe, avec sa frimousse d'ange, ses yeux brillants et le halo doré de ses bouclettes. Elle incarnait l'innocence et la joie, et son sourire communicatif réchauffait le cœur.

— Vous êtes marié ?

La question amusa Charlie. Elle devait être plus âgée qu'il ne l'avait pensé au premier abord. Sa mère l'avait pourtant mise en garde : ne pas importuner les grandes personnes, ne pas parler aux étrangers. Mais elle avait négligé ses conseils et s'était fait un tas d'amis sur place.

— Oui, dit-il machinalement, presque par réflexe.

Mais il n'avait aucune raison de mentir à cette enfant, et il essaya de se rattraper.

— C'est-à-dire... oui et non. C'est assez compliqué. Voilà : je suis encore marié mais je ne le resterai pas longtemps.

Elle le scruta avec intensité.

— Ah, vous êtes divorcé. Moi aussi, avoua-t-elle solennellement.

Il sourit à l'irrésistible petit lutin.

— Je suis désolé, dit-il en s'efforçant de conserver son sérieux, tandis que le télésiège s'approchait du sommet. Et tu as été mariée longtemps ?

— Toute ma vie.

Il décela une détresse infinie dans le ton de sa voix. Soudain, il comprit : elle ne le taquinait pas. Elle parlait de ses parents. Mais oui ! Ils avaient divorcé et elle en avait subi les conséquences. Elle devait se sentir elle-même « divorcée », puisqu'ils ne vivaient plus tous les trois ensemble.

— Désolé, répéta-t-il, et cette fois-ci, il était sincère. Quel âge avais-tu quand tu as divorcé ?

— Sept ans. J'en ai huit maintenant. Nous vivions en France.

— Ah oui ? fit-il avec un intérêt renouvelé. Moi, je vivais à Londres. Quand j'étais marié, je veux dire... Et tu habites aux États-Unis maintenant, ou tu es de passage ?

— Nous avons une maison à quelques kilomètres d'ici. (Elle poursuivit, heureuse de pouvoir raconter sa vie :) Mon papa est français. On allait skier à Courchevel.

— Moi aussi, renchérit-il, comme s'ils étaient de vieux copains. Mais dis-moi, tu dois être drôlement douée pour que tes parents t'autorisent à skier toute seule.

— C'est mon papa qui m'a appris, déclara-t-elle avec fierté. Maman n'est pas très douée. Elle est trop lente. Alors, elle m'a donné la permission de skier seule dans la station, à condition de ne pas avoir d'accident, de ne pas suivre quelqu'un et de ne pas trop parler.

Elle avait énuméré les trois règles d'or en comptant sur ses doigts, et Charlie éclata de rire. Heureusement qu'elle n'était pas obéissante, se dit-il, ils ne seraient pas devenus d'aussi bons amis.

— Où habitiez-vous en France ? demanda-t-il.

Le télésiège s'immobilisa. Ils étaient arrivés à destination. Il l'aida à descendre et elle sauta dans la poudreuse avec la légèreté d'un elfe.

— À Paris, répondit-elle en se penchant pour vérifier les fixations de ses skis. Rue du Bac, dans le 7^e^. Au dernier étage d'un vieil immeuble.

Il aurait voulu savoir pourquoi elle était venue ici et si sa mère était américaine. Elle devait l'être s'il en jugeait par l'anglais impeccable de l'enfant. De toute façon, il n'eut pas le temps de poser la moindre question, car elle prit appui sur ses bâtons avant de se lancer sur une piste qui aurait fait reculer plus d'un adulte. Elle descendait à vive allure, slalomant en souplesse. Charlie la suivait de près. Il était à un mètre derrière elle. Lorsqu'il fut à sa hauteur, elle leva sur lui un regard approbateur.

— Vous skiez comme mon papa, affirma-t-elle.

Dans sa bouche, c'était le plus beau des compliments. De son côté, Charlie ne chercha pas à dissimuler son admiration. Sa petite compagne skiait à la perfection. Décidément, sa vie avait complètement changé ces derniers temps ! Il s'était lié d'amitié avec une vieille dame de soixante-dix ans, il passait le plus clair de son temps à chasser des fantômes et maintenant, il s'amusait comme un fou avec une petite fille. Rien à voir avec son existence londonienne si prévisible et ordonnée entre ses voyages, son domicile et son cabinet d'architecture. Maintenant il n'avait plus rien : plus de femme, plus d'emploi, pas même de projets. Il n'avait plus que la neige étincelante sous le bleu intense du ciel.

La petite fille s'arrêta dans un parfait demi-tour au milieu de la pente. Charlie l'imita et elle le gratifia d'un commentaire élogieux.

— Vous skiez vraiment bien. Presque aussi bien que papa. Il est champion de ski. Il a participé aux jeux Olympiques dans l'équipe française, autrefois. Maintenant, il pense qu'il est vieux. Il a trente-cinq ans.

— Je suis encore plus « vieux » que lui et je n'ai jamais eu l'honneur d'apporter ma modeste contribution aux jeux Olympiques... Au fait, comment t'appelles-tu ?

Il avait oublié de le lui demander. Elle le regarda en balayant une mèche blonde de son front.

— Monique Vironnet, répondit-elle avec un accent français impeccable, et il comprit qu'elle était parfaitement bilingue. Papa s'appelle Pierre. Pierre Vironnet. Vous l'avez déjà vu skier ?

— Probablement. Mais je n'ai pas retenu son nom.

— Il a gagné une médaille de bronze.

Une ombre de tristesse noya ses yeux.

— Il te manque beaucoup, n'est-ce pas ? dit-il gentiment.

Tous deux regardèrent l'étendue irisée de la neige s'étirant jusqu'au pied de la montagne. Aucun d'eux n'avait envie de redescendre...

— Je le vois pendant les vacances, expliqua-t-elle. Maman n'est pas contente quand je vais à Paris. Elle dit que papa a une mauvaise influence sur moi... Quand nous étions là-bas, elle pleurait tout le temps. Elle pleure ici aussi, mais un peu moins.

Charlie hocha la tête. Il connaissait ce sentiment de déchirement. Il avait beaucoup pleuré, lui aussi, l'année dernière à

Londres. La fin d'un mariage ne peut être que douloureuse. Il n'y a pas de rupture facile. Il se demanda si la maman de la fillette était aussi jolie qu'elle. Malgré ses tourments, la petite Monique respirait la joie de vivre. Ce n'était sûrement pas un hasard. Les enfants sont toujours le reflet de leurs parents.

— On y va ? s'enquit-il finalement.

Ils s'étaient attardés sur la montagne. Il était treize heures passées et il mourait de faim. Ils se remirent à slalomer sur la pente. Ils souriaient de plaisir, à la fin de leur parcours.

— Bravo, Monique, c'était formidable.

Entre-temps, il s'était présenté et à partir du moment où elle avait su son nom, elle l'avait tutoyé tout naturellement.

— Charlie, tu es un as. Comme papa.

— Merci, mademoiselle. Tu n'es pas mal non plus.

Il avait scrupule à retirer ses skis et à la laisser là.

— Tu ne vas pas retrouver ta maman ?

Il ne s'inquiétait pas pour elle. Elle ne courait aucun danger à Charlemont. Mais tout de même, ce n'était qu'une enfant et il ne voulait pas l'abandonner à son sort.

— Maman m'a dit qu'elle me retrouverait à l'heure du déjeuner.

— Alors, viens. Je t'accompagne.

Il avait envie de la protéger.

Ils retirèrent leurs skis et s'engagèrent sur la plate-forme grouillante d'une foule bigarrée. Monique eut beau chercher sa maman du regard, elle ne la vit nulle part.

— Elle est peut-être retournée à l'hôtel, conclut-elle. De toute façon, elle ne mange pas beaucoup.

Charlie eut la vision fugace d'une créature frêle et gracile. Il demanda à Monique si elle avait faim et elle répondit, avec enthousiasme, qu'elle prendrait bien un hot dog frites et une tasse de chocolat.

— Papa m'a fait connaître la cuisine française… miam-miam, dit-elle avec une mimique réjouie qui fit sourire Charlie.

Il commanda pour lui un hamburger et un Coca-Cola. Il n'avait pas froid. La descente l'avait détendu et, en plus, il s'était amusé comme un gosse.

Ils prirent place à une table et ils avaient entamé leur repas quand un petit cri échappa à Monique. Charlie tendit le cou, tourna la tête dans tous les sens, mais la cohue des vacanciers lui bouchait la vue. Les gens se saluaient, agitaient les bras, marchaient lourdement, gênés par leurs grosses chaussures. La plupart avaient hâte de regagner les sommets. Monique s'était levée. Elle avait vu quelqu'un que Charlie ne put distinguer de prime abord mais qui se détacha bientôt de la masse humaine. Une grande femme vêtue d'une parka beige bordée de fourrure, d'un sweater et d'un pantalon collant, beiges également. Elle ôta ses lunettes noires pour fusiller la petite fille d'un regard furibond. Charlie eut l'impression qu'il l'avait déjà vue quelque part, mais où ? Peut-être sur la couverture d'un magazine européen. Son élégance et la ravissante toque de vison dont elle était coiffée lui donnaient une allure de top model. Son regard furieux passa de Charlie à sa fille.

— Où étais-tu passée ? Je t'ai cherchée partout. Tu étais censée me retrouver au restaurant à midi, oui ou non ?

Mortifiée, Monique leva des yeux implorants sur sa mère. À la surprise de Charlie, elles n'avaient rien de commun. La mère paraissait aussi froide que la fille était chaleureuse. Elle était en colère, sans doute parce qu'elle s'était inquiétée, ce dont on ne pouvait la blâmer.

— Je suis navré, s'excusa-t-il. C'est ma faute. Nous avons pris le télésiège ensemble, nous avons skié et bavardé. Nous n'avons pas vu le temps passer…

Ses explications eurent le don d'exaspérer davantage la mère de Monique.

— Elle n'a que huit ans, coupa-t-elle.

Elle le dévisageait d'un air féroce qui lui rappela vaguement quelqu'un mais il ne put mettre un nom sur ce visage courroucé. De nouveau, la jeune femme se tourna vers sa fille, qui semblait au bord des larmes.

— Monique, qui a payé ton déjeuner ?

— Moi, intervint Charlie… Écoutez, madame…

La mère l'ignora royalement.

— Je t'ai donné de l'argent ce matin. Qu'est-ce que tu en as fait ?

D'un geste furieux, elle retira sa toque et un torrent de cheveux sombres aux reflets auburn se déversa sur ses épaules. Elle avait des yeux d'un vert profond, remarqua Charlie. Elle ne ressemblait guère à sa fille.

— Je l'ai perdu, avoua la petite, tandis que deux larmes apparaissaient au bord de ses cils. Je te demande pardon, maman.

Elle avait enfoui son visage dans ses mains pour cacher ses pleurs à Charlie. Celui-ci déploya un nouvel effort pour les calmer toutes les deux.

— Voyons, ce n'est pas grave… pas grave du tout…

Il se sentait responsable de cette scène pénible. Mais son gentil sourire ne parut pas émouvoir la mère de Monique. Elle le remercia d'une voix sèche, harponna sa fille par le bras et l'entraîna avec elle sans la laisser terminer son repas. Il les regarda se fondre dans la foule, en réprimant une brusque bouffée de colère. Il n'y avait aucune raison de traiter aussi sévèrement cette enfant. Elle lui avait peut-être interdit de fréquenter des étrangers, mais il n'avait tout de même pas l'air d'un satyre. Franchement, elle aurait pu montrer un peu plus de compréhension. Mais elle manquait d'humour. Et de chaleur humaine. Il termina pensivement son hamburger en songeant à elles : à l'adorable petite fille et à sa mère acariâtre. Soudain, il se rappela. Il sut alors où il l'avait déjà rencontrée et qui elle était. La bibliothécaire de Shelburne Falls. Toujours aussi désagréable ! « Maman pleure beaucoup », avait dit Monique. Elle était malheureuse, elle cherchait à oublier quelqu'un ou quelque chose, mais cela n'excusait pas son comportement. La méchanceté ne trouvait pas grâce aux yeux de Charlie.

Il reprit le télésiège, seul cette fois. Arrivé en haut, il tomba sur Monique. Elle le regarda d'un air embarrassé et hésitant, mais au fond, elle avait espéré cette rencontre. Elle avait eu tellement honte, tout à l'heure, quand sa mère l'avait grondée devant son nouvel ami.

— Je suis désolée. Maman a été furieuse après toi, murmura-t-elle. Elle est fâchée tout le temps maintenant. Contre tout le monde. Elle est fatiguée. Elle travaille dur, tu sais. Elle écrit jusque tard dans la nuit.

Elle lui cherchait des excuses, bien sûr. Mais rien ne pouvait plus la racheter. L'opinion de Charlie était faite.

— Est-ce que tu veux encore skier avec moi ? demanda tristement la petite fille.

Son père devait lui manquer, ce qui n'avait rien d'étonnant compte tenu du caractère épouvantable de sa mère. Pourvu que le père soit plus indulgent que cette garce au cœur de pierre, pensa Charlie.

— Oui, je veux bien. À condition que ta mère n'y voie aucun inconvénient...

Il n'aurait plus manqué qu'elle le prenne pour un pervers ou un pédophile cherchant à abuser de sa petite fille. Mais il n'avait pas le courage de rejeter Monique. Elle semblait si seule, si assoiffée d'affection.

— Maman se fiche éperdument de savoir avec qui je skie, expliqua-t-elle d'une voix raisonnable. Elle s'est fâchée parce que tu m'as invitée à déjeuner. Elle dit qu'on peut se débrouiller toutes seules... Est-ce que ça t'a coûté cher ? demanda-t-elle, levant sur lui ses grands yeux bleus.

Il rit.

— Non, trois fois rien. Je crois qu'elle s'est fait du souci pour toi et que ça l'a contrariée. Les mamans piquent des colères quand elles s'inquiètent pour leurs enfants, poursuivit-il, soucieux de la consoler. Les papas aussi, d'ailleurs. Je suis sûr que ce soir, elle sera à nouveau gentille.

Monique n'eut pas l'air de partager l'optimisme de Charlie. Elle connaissait sa mère mieux que lui. Elle était maussade, d'humeur changeante. Pourtant, elle n'avait pas toujours été ainsi. Elle était gaie quand Monique était très petite, mais il y avait si longtemps que les souvenirs de cette époque s'étaient presque entièrement estompés. Elles vivaient alors autrement. Sa maman n'avait pas subi ce qu'elle appelait « la désillusion », « la trahison » ou « l'effondrement de ses espérances ». Ses parents s'aimaient encore, en ce temps-là. Aujourd'hui il ne restait plus qu'amertume et rancœur.

— À Paris, elle pleurait toute la journée, murmura-t-elle. Et ici, elle est en colère.

Charlie hocha la tête. Il commençait à comprendre. Mais quoi qu'il ait pu arriver, cette femme n'avait pas le droit de faire payer ses malheurs à sa fille.

— En fait, elle n'est pas très heureuse, continua Monique. Peut-être que son travail ne lui plaît pas.

Il acquiesça. Il soupçonnait qu'il s'agissait d'une cause plus profonde mais il ne se risquerait pas à évoquer ce sujet avec une enfant de huit ans.

— Peut-être que ton papa lui manque, hasarda-t-il.

Ils dévalaient maintenant la piste côte à côte.

— Sûrement pas ! s'exclama Monique, tandis qu'ils négociaient élégamment, à l'unisson, un virage en épingle à cheveux. Elle dit qu'elle le déteste.

Charmant ! pensa-t-il, fou de rage. Quelle belle manière d'élever une petite fille !

— Mais, moi, je ne crois pas que ça soit vrai, poursuivit sa petite compagne, d'une voix pleine d'espoir. (Ses yeux demeuraient tristes.) Un jour, peut-être, nous retournerons là-bas. Mais papa est avec Marie-Lise maintenant.

La situation s'avérait compliquée. « Les parents se déchirent et les enfants trinquent »... Il avait connu les mêmes déboires avec Carole, si ce n'est qu'il n'y avait pas d'enfant pour subir le naufrage. Cependant Monique semblait forte, en dépit des griefs de sa mère.

— Est-ce que ta maman serait d'accord ? s'enquit-il prudemment, non par intérêt pour la mère, mais par affection pour l'enfant. Pour retourner en France, je veux dire.

— Non... En tout cas, pas encore. Elle dit qu'il faut que nous restions ici.

C'était une solution comme une autre, compte tenu des circonstances. Mais habitaient-elles à Shelburne Falls ? La mère de Monique y travaillait, il le savait, mais elles pouvaient loger ailleurs, en banlieue ou à Deerfield. Il posa la question à la petite fille, qui l'observa avec intérêt.

— Comment le sais-tu ?

— J'ai vu ta maman à la société historique. J'ai emménagé à Shelburne Falls à Noël. Juste avant, j'étais à New York.

— Je suis allée à New York une fois. Grand-mère m'a emmenée à F.A.O. Schwarz.

— C'est un magasin de jouets extraordinaire, dit-il, et elle approuva avec son enthousiasme coutumier.

Arrivés en bas de la piste, ils coururent ensemble vers les télésièges. Charlie ne songeait plus à la mère de Monique. Il était prêt à affronter sa colère pour faire plaisir à l'enfant. Il éprouvait une profonde affection à son égard. C'était une petite fille pleine de vie, intelligente et bien élevée. Malgré ses problèmes avec ses parents, le chagrin ne l'avait pas aigrie, contrairement à sa mère. Celle-ci s'était laissée sombrer sans espoir de refaire surface. Il ignorait comment elle était avant. Mais la déception l'avait marquée d'une façon indélébile. On aurait dit qu'elle était morte ou possédée par un esprit malveillant, qui l'enfonçait chaque jour un peu plus dans son malheur. D'une certaine manière, Charlie avait de la compassion pour cette femme, si revêche fût-elle. Monique surmonterait cette épreuve. Mais pas elle, il en était maintenant persuadé.

Cette fois-ci, en glissant sur la piste, ils parlèrent de l'Europe. Monique, les yeux brillants d'excitation, lui avoua qu'elle adorait la France. Un jour, quand elle serait plus grande, elle irait vivre à Paris, avec son papa, décréta-t-elle. Elle passait chaque été deux mois de vacances avec lui, dans le

Midi. Elle ajouta que son papa faisait des reportages sportifs à la télé. Et qu'il était un présentateur célèbre.

— Est-ce que tu lui ressembles ?

Elle avait des cheveux doux et brillants, de grands yeux d'un bleu magnifique.

— D'après maman, oui.

Ce devait être un supplice supplémentaire pour sa mère. Si le père de Monique était un ancien champion olympique, un présentateur sportif de renom et qu'il avait une petite amie nommée Marie-Lise, la mère avait dû obtenir le divorce avec une pension alimentaire substantielle à la clé… Mais peut-être pas. Le fait qu'elle pleure constamment ne plaidait pas en faveur de son ex-mari. Et tout en dévalant tout schuss la piste enneigée, il se surprit à en vouloir à l'humanité. Les gens avaient l'art de se gâcher la vie, et par la même occasion celle des autres. On triche, on ment, on trompe son conjoint et on finit par perdre l'espoir et le respect de soi-même. Encore heureux que certains couples réussissent à rester mariés, conclut-il tristement. Cela n'avait pas été son cas. Il s'était cru le plus heureux des hommes jusqu'au jour fatidique où il avait découvert que sa femme était follement éprise d'un autre. Le quiproquo classique, digne d'une pièce de boulevard. C'était sûrement ce qui était arrivé aux parents de Monique. Il comprenait mieux à présent l'expression dure de sa mère, la moue amère au coin de ses lèvres bien dessinées. Pierre Vironnet l'avait détruite. Ou alors, elle était une garce dont il avait été heureux de se débarrasser. Qui pouvait le dire ? Et après tout, quelle importance ?

Cette fois-ci, Monique ne manqua pas le rendez-vous avec sa mère. À quinze heures juste, Charlie la renvoya chez elle. Elle partit en courant, se retournant pour agiter sa menotte gantée de rouge assortie à son bonnet, et il prit le télésiège pour une dernière descente. Il se lança sur l'une des pistes qu'il descendit seul – ni mieux, ni plus vite qu'avec sa petite compagne. Son père lui avait appris à skier comme une championne, ce père dont elle ne cessait de chanter les louanges, songea-t-il en arrivant en bas de la pente. En repensant à la petite fille qui avait vécu à Paris, il se surprit à regretter de n'avoir pas eu d'enfants. Naturellement, cela aurait compliqué son divorce avec Carole mais après dix ans de mariage, ils auraient eu autre chose à partager que quelques meubles d'époque, des vases en porcelaine et du linge de maison.

Il regagna l'hôtel, songeur. Le lendemain, il ne vit pas Monique. Ni sa mère. Sans doute étaient-elles reparties. Il n'avait pas demandé si elles resteraient pour le week-end. Probablement n'en avaient-elles pas l'intention. Il skia tout seul pendant les deux jours qui suivirent. Trois ou quatre jolies skieuses essayèrent d'attirer son attention. Il feignit de ne rien remarquer. Il n'avait rien à leur dire. Il ne suffit pas de courtiser une femme, encore faut-il se montrer à la hauteur. Il se sentait vide. Il avait oublié toutes les histoires drôles qui avaient fait fureur à Londres l'an passé et de toute façon, il n'avait pas envie d'être amusant. Pas étonnant que la seule fille qui avait su le charmer ait huit ans ! Cela en disait long sur ses états d'âme.

La veille du nouvel an, il tomba à nouveau sur Monique.

— Où étais-tu ? demanda-t-il, enchanté.

Ils étaient en train de chausser leurs skis au pied de la montagne. La mère de la fillette n'était pas en vue, constata-t-il, et une fois de plus il se fit la même réflexion : voilà une femme qui devenait enragée à l'idée que quelqu'un avait offert un hot dog à sa progéniture, mais qui la laissait seule à longueur de journée. Enfin, elle savait que Monique était en sécurité à Charlemont. Elles y venaient régulièrement, presque tous les week-ends depuis qu'elles avaient emménagé à Shelburne Falls. Elle détestait Pierre, leur vie commune et même la France, mais pas leur sport favori. Contrairement à sa fille, elle pratiquait le ski de fond.

— On est rentrées parce que maman avait du travail, expliqua-t-elle, adressant à son grand copain un sourire resplendissant. Mais on va rester ici ce soir et retourner demain à la maison.

— Moi aussi. (Il était là depuis trois jours et comptait regagner Shelburne Falls le lendemain soir.) Mais alors, vous allez fêter le réveillon à l'hôtel ?

— C'est possible, dit-elle avec espoir. Mon père me laisse boire du champagne. Ma mère pense que ça détruit le cerveau.

— Elle a peut-être raison, répondit-il, amusé, songeant à toutes les bulles qu'il avait ingurgitées ces trentes dernières années et aux effets controversés de l'alcool. Deux ou trois petites gorgées ne te feraient pas de mal.

— Elle ne voudra pas en entendre parler, gémit-elle, puis, sur un ton plus enjoué : on est allées au cinéma, hier. C'était chouette.

Ils suivirent leur parcours habituel. À midi, il la renvoya chez sa mère. L'après-midi, ils se revirent à nouveau. Monique était accompagnée d'un de ses petits camarades. Il se débrouillait bien sur la piste, observa Charlie, mais Monique était d'un avis différent. Selon elle, Tommy ne parviendrait jamais à skier convenablement. Avec un sourire, Charlie laissa les enfants le dépasser. À la fin de la journée, il rentra, assommé par la fatigue et le grand air. À sa surprise, il les rencontra plus tard dans le salon, après dîner. Elles étaient assises devant la cheminée. La mère de Monique avait allongé ses longues jambes devant les flammes. Elle se tourna vers sa fille et lui dit quelque chose en souriant. Elle avait un beau sourire, et force fut à Charlie d'admettre qu'elle était très belle... Oui, une très jolie femme, malgré son air glacial et maussade.

Après une hésitation, il décida d'aller les saluer. Il aurait été mal élevé de faire semblant de ne pas les avoir reconnues. Il s'approcha de la mère de Monique. La jeune femme était coiffée en catogan et le feu mettait des reflets chatoyants dans sa longue chevelure auburn. Il remarqua ses yeux verts en amande. Elle avait un sourire qui lui donnait une allure exotique mais à l'instant où elle l'aperçut, son visage s'assombrit. On eût dit une fenêtre qui se referme sur la lumière.

— Bonsoir, dit-il en s'efforçant de paraître plus détendu qu'il ne l'était en réalité. La neige était fabuleuse aujourd'hui, n'est-ce pas ?

Francesca Vironnet esquissa un vague « oui » de la tête. Son regard indifférent se détourna vers l'âtre.

— Pas mal, répondit-elle du bout des lèvres. Monique m'a dit qu'elle vous a revu, ajouta-t-elle, presque avec naturel.

Charlie se raidit. Il ne voulait pas que cette femme aille l'accuser d'un quelconque abus de confiance vis-à-vis de sa fille. Ils skiaient ensemble, point final. Monique lui témoignait de l'amitié parce qu'elle se sentait seule et que son père lui manquait.

— Il paraît que vous êtes très gentil avec elle, continua Francesca, tandis que Monique bavardait avec Tommy.

Elle ne l'avait pas invité à s'asseoir.

— Vous avez des enfants ?

Elle avait supposé que oui. Sa fille n'avait pas été très bavarde au sujet de leurs conversations. Elle ne lui avait pas signalé qu'elle avait parlé de son père à Charlie.

— Non, je n'en ai pas... Mais je trouve Monique très attachante.

Son interlocutrice s'était figée dans une attitude réservée et presque hostile. Comme un animal blessé au fond de son terrier. On ne voyait que ses grands yeux briller à la clarté des flammes. Il n'aurait pu dire pourquoi, peut-être par pure curiosité, mais il eut envie de la tirer de là. À une époque, il aurait relevé le défi sans tarder. La vie l'avait rendu prudent, lui aussi. Le jeu n'en valait sûrement pas la chandelle. Et pourtant, on ne pouvait qu'être touché par la détresse qui se lisait dans son regard.

— Vous avez de la chance de l'avoir, poursuivit-il tranquillement.

L'espace d'une seconde, leurs yeux se rencontrèrent. Il lui sembla qu'enfin une lueur de chaleur apparaissait au cœur du glacier derrière lequel elle se cachait.

— Oui, c'est vrai, consentit-elle, d'un ton qui démentait ses propos.

— C'est une skieuse hors pair. Elle a été souvent plus rapide que moi.

— Je sais, dit Francesca. (Elle faillit rire, mais se retint à temps. Elle ne voulait pas donner à cet individu l'impression d'être disposée à lier connaissance.) C'est pourquoi je préfère la laisser skier seule. Elle est beaucoup trop rapide pour moi, acheva-t-elle avec un sourire singulièrement dépourvu de chaleur.

— Elle m'a dit qu'elle a appris à skier en France, dit-il négligemment.

Les traits de la jeune femme se durcirent. Visiblement, il venait de lui rappeler une partie de son passé qui l'insupportait. La porte, un instant entrouverte, se referma brutalement. Une expression d'angoisse altéra l'harmonie de son visage. Elle se redressa vivement, signifiant à sa fille qu'il était l'heure d'aller au lit.

La petite arbora un air accablé. Elle s'amusait si bien ! Elle aurait voulu attendre minuit pour accueillir la nouvelle année. Charlie, lui, savait qu'il était en partie responsable de ce départ précipité. Francesca avait décidé de prendre la fuite et d'emmener sa fille dans sa tour d'ivoire. S'il avait eu plus de courage, il aurait expliqué qu'il ne lui voulait aucun mal. Que lui aussi était un écorché vif. Qu'ils étaient tous les deux comme deux bêtes blessées se désaltérant dans le même ruisseau. Qu'ils se tenaient du même côté de la barrière, qu'ils n'étaient pas ennemis. Qu'il ne lui demandait rien, pas d'amitié, pas d'intimité. Il se trouvait juste sur son chemin et même cela, elle semblait le percevoir comme une menace. Une présence humaine, même si elle ne devait pas durer plus d'un instant, c'était trop pour elle. Il se demanda quel était le sujet de son livre, mais n'osa poser de questions.

Néanmoins, il essaya de voler au secours de sa jeune amie.

— Vous allez déjà vous coucher ? C'est très tôt pour un 31 décembre, vous ne trouvez pas ? Pourquoi ne pas commander un soda pour Monique et un verre de vin pour nous ?

Comme si la menace se précisait, Francesca secoua la tête en prononçant un vague remerciement, et saisit fermement la main de sa fille. Une seconde après, elles étaient parties. Il les suivit d'un regard empreint de regret.

Il n'avait jamais rencontré quelqu'un d'aussi blessé, d'aussi méfiant. Il ignorait ce que l'ancien champion de ski lui avait fait, mais cela l'avait ravagée. Il l'avait détruite. Pourtant, sous la carapace d'acier qu'elle s'était forgée, on pouvait deviner sa véritable nature : fragile, loyale, fidèle.

Il se rendit au bar où il resta jusqu'à dix heures et demie. Finalement, il monta dans sa chambre. À quoi rimait de rester parmi les joyeux fêtards qui s'enivraient en attendant le nouvel an ? Comme pour Gladys Palmer, le réveillon ne présentait aucun attrait à ses yeux. À minuit, lorsque les cris, les rires et les applaudissements retentirent, Charlie dormait à poings fermés.

Le lendemain, il se réveilla tôt. Il neigeait dru. Des lambeaux de brouillard accrochaient les sommets, il faisait un froid polaire. Il décida de rentrer. Plus rien ne le retenait ici. Non, rien ne l'obligeait à rester plus longtemps. Trois jours de vacances lui suffisaient amplement.

Il régla sa note à dix heures et demie. Vingt minutes plus tard, il était au château. La neige tapissait d'un blanc ouaté les collines, une exquise lumière laiteuse baignait le paysage. Il pénétra dans le salon qui avait été autrefois le boudoir de Sarah. Allongé sur le vieux canapé de Gladys, il s'abîma dans la lecture d'un magazine, levant de temps à autre les yeux pour contempler les flocons virevoltant contre les vitres.

Ses pensées allaient vers la petite fille qu'il avait rencontrée à Charlemont. Et à sa vie près d'une mère éternellement déprimée. Il aurait aimé revoir Monique, mais il était clair à présent que rien ne l'incitait à se lier d'amitié avec Francesca. Il se rappela alors les deux livres qu'il avait empruntés à la société historique. Il les avait prêtés à Gladys… Il irait la voir le lendemain et en profiterait pour les récupérer, afin de les rendre à la bibliothèque.

Ce fut alors que le bruit se produisit ; une sorte de frottement bizarre en provenance du grenier. Il bondit littéralement sur ses pieds, puis éclata de rire. Dans une maison réputée hantée, le moindre bruit relevait du fantastique. Cela pouvait être, en fait, n'importe quoi : une souris, un rat, un écureuil.

Il se replongea dans le magazine d'architecture qu'il avait acheté à un kiosque à journaux au village. Le même bruit le tira de sa lecture. Il crut déceler le grattement de petites pattes griffues sur le plancher, un animal tirant quelque chose, ou un homme traînant les pieds… Il opta pour un rongeur. Il ne songeait pas à Sarah. D'après ce que lui avait dit Gladys, il ne la reverrait plus. Le fantôme, si fantôme il y avait, n'apparaissait pas plus d'une fois aux personnes de son choix. Quoi que ce fût – manifestation surnaturelle ou mirage –, c'était parti. La demeure était vide, à part le rat, là-haut, dans le grenier.

Cette idée le tracassa tout l'après-midi. À la tombée de la nuit, tandis que la neige blanchissait la vallée, il alla chercher l'échelle. S'il s'agissait d'un rat, il fallait agir avant qu'il ne s'attaque aux fils électriques. Il avait promis à Gladys de prendre soin de la maison et il tiendrait parole.

Il poussa la trappe et entra dans le grenier. Le silence l'accueillit. Aucune trace sur le sol. Mais la souris ou le rat – car à présent plus aucun doute ne subsistait, d'après les bruits ce ne pouvait être qu'une de ces bestioles – avait dû se réfugier dans sa cachette. Muni d'une lampe torche, Charlie examina les meubles qui encombraient l'espace. Le faisceau lumineux balaya les boîtes en carton familières contenant les affaires de Jimmy et les jouets de Peggy, ricocha sur un vieux miroir posé par terre et appuyé contre le mur, puis révéla, au fond de la pièce, un berceau en bois sculpté qu'il effleura du bout des doigts. Il ne l'avait pas remarqué lors de sa première visite. Avait-il appartenu à Sarah ou à Gladys, il n'aurait su le dire. Il dégageait une sensation de vide affligeante. Qu'il s'agisse du berceau de Jimmy ou des bébés de Sarah, ils étaient tous morts à présent. Il braqua sa lampe dans les recoins afin de s'assurer qu'aucun rongeur n'y avait creusé son repaire : les écureuils du coin se cachaient souvent derrière les plinthes, il le savait. Ne voyant rien de suspect, il fit demi-tour et se dirigea vers la trappe, se promettant de reprendre ses recherches en plein jour. La lumière éclaira une niche sous l'une des lucarnes. Il y avait quelque chose au fond de la cavité. Charlie s'approcha. C'était un vieux coffret cabossé. Il ne l'avait pas vu lors de sa première inspection, mais, s'il en jugeait par l'épaisse couche de poussière qui le recouvrait, il devait être là depuis toujours. Il le tira vers lui, essaya de l'ouvrir, mais il était fermé à clé.

Aucune marque particulière sur le cuir usé, pas d'initiales, pas de nom, pas d'écusson. Étant donné que les deux anciens propriétaires du château avaient appartenu à la noblesse européenne, ils auraient pu y avoir apposé leurs armoiries ; mais il n'y en avait pas. Il s'attaqua à la serrure, et ne réussit qu'à décoller un lambeau de cuir. En effet, le coffret était habillé d'un vieux cuir parcheminé à l'aspect très fragile. Charlie le soupesa. Malgré sa petite taille, il était lourd comme si on y avait empilé des pierres. Il le cala sur son épaule, puis descendit lentement l'échelle. Dans le hall, il le laissa tomber et il atterrit sur le marbre avec un bruit sourd. Il remonta pour refermer la trappe, remettant au lendemain la chasse aux rongeurs. Il transporta alors sa trouvaille dans la cuisine, où se trouvaient ses outils. Peu après, armé d'un tournevis, il s'apprêtait à forcer la serrure lorsqu'il suspendit son geste, embarrassé. Si cette boîte appartenait à Gladys, elle lui en voudrait. Il eut l'impression de violer un secret et faillit l'appeler pour lui en parler, mais la curiosité fut la plus forte. Il ne pouvait plus résister. Il fit jouer le tournevis et tout à coup, la serrure céda. Il tâta le cuir sec et fragile, piqué de têtes de clous en bronze si anciens qu'il conclut que le coffre avait l'âge de la maison. Le souffle court, il toucha le couvercle. Il ignorait ce qu'il trouverait : bijoux, pièces de monnaie, un vieux crâne, quelque merveilleux vestige du passé ou des colifichets sans valeur. Son cœur battait à tout rompre lorsqu'il souleva le couvercle, et il crut percevoir un froufroutement derrière lui. Dans le silence de la cuisine, il se moqua de lui-même. Son imagination lui jouait des tours. Il n'avait rien entendu. Ce n'était qu'un objet banal, une vieille boîte oubliée dans un grenier. Il l'ouvrit. Une vague de déception le submergea. Le coffre était rempli de petits carnets reliés en basane, semblables à des livres de psaumes ou de prières. Ils étaient soigneusement attachés par des rubans et des signets de soie dépassaient d'entre les pages. La reliure, qui avait dû être rouge vif autrefois, avait pris à présent une teinte d'un brun délavé. Il y en avait une douzaine, tous identiques. Il en prit un avec précaution comme s'il s'agissait d'une relique sacrée et l'examina. Pas de marque, aucun titre. Mais il tressaillit lorsqu'il jeta un coup d'œil à la première page. Un nom y figurait… *son* nom, calligraphié de sa propre main. L'écriture était déliée, les caractères petits et élégants. L'encre, qui avait Séché depuis plus de deux cents ans, dessinait au coin du feuillet : Sarah Ferguson, 1789.

Charlie ferma les yeux. Il crut la voir assise, penchée sur le carnet, en train d'écrire. Doucement, avec précaution, comme s'il craignait que les feuilles se désintègrent, il tourna la page suivante. Ce n'était pas un livre de prières, réalisa-t-il, stupéfait. C'était le journal intime de Sarah… Les yeux écarquillés, il déchiffra les premières lignes, avec l'attention que l'on porte à la lettre d'un être cher. Elle racontait sa vie : ce qui lui était arrivé, ceux qu'elle avait aimés, comment elle avait rencontré François, pourquoi elle était venue ici et d'où…

Et tandis qu'il se penchait sur les mots qui avaient survécu au temps, Charlie sentit une larme rouler sur sa joue pour tomber sur sa main. Un frisson d'excitation le parcourut quand il commença à lire.

## 8

Sarah Ferguson était debout devant la fenêtre, le regard rivé sur les marécages. Elle n'avait pas bougé de là depuis deux jours. Bien que l'on fut en plein mois d'août, le brouillard traînait sur la lande, sous un ciel plombé. L'orage ne tarderait pas à éclater. Sinistre, menaçant, le paysage s'harmonisait parfaitement à son humeur, tandis que la jeune femme se cantonnait dans une sombre expectative. Elle attendait son mari, Edward, comte de Balfour, absent depuis quatre jours.

Il avait prétexté une partie de chasse entre amis et avait emmené avec lui cinq domestiques. Sarah n'avait posé aucune question, bien sûr, mais elle n'avait pas été dupe. Elle avait recommandé aux hommes partis à sa recherche de passer au crible les auberges des villes les plus proches et d'interroger les filles des fermes du domaine. Elle connaissait bien Edward, et depuis longtemps. Elle avait subi sa cruauté, ses infidélités, sa méchanceté, ses injures, les coups vicieux de sa main lourde. Elle l'avait amèrement déçu, à plusieurs reprises. Leur sixième enfant, mort à sa naissance, avait été enterré six mois plus tôt. Edward désirait ardemment un héritier et après des années de mariage, elle n'avait pas réussi à combler ses vœux. Aucun des bébés qu'elle avait conçus n'avait vu le jour ; ils étaient mort-nés ou n'avaient pas vécu plus de quelques heures.

Sa propre mère était morte en mettant au monde Sarah, qui avait vécu toute son enfance seule avec son père. Il était déjà âgé à la naissance de sa fille et ne s'était pas remarié. Sarah était si jolie, si vivante, si lumineuse ! Elle représentait sa seule joie et il la chérissait tendrement. Au fil des ans, la santé de son père se dégrada. Elle lui prodigua les soins nécessaires, et son dévouement lui conserva miraculeusement la vie. Sans elle, il serait mort beaucoup plus tôt. Mais la maladie gagnait du terrain. Lorsqu'elle eut quinze ans, il comprit qu'il n'en avait plus pour longtemps. Il sut alors qu'il n'avait plus le choix ; il ne pouvait plus retarder la décision qu'il aurait déjà dû prendre. Il devait la marier, avant l'issue fatale.

Les prétendants ne manquaient pas : un comte, un duc, un vicomte demandèrent sa main. Balfour se montra le plus persévérant, le plus pressant, le plus passionné aussi. Ses terres jouxtaient celles des Ferguson. Une telle union contribuerait à former le domaine le plus vaste de toute l'Angleterre, fit-il remarquer à son futur beau-père. Celui-ci, l'un des plus riches propriétaires terriens du royaume, avait constitué une dot princière à sa fille.

Ce fut Balfour qui l'emporta. Il était très rusé, très intéressé, très éloquent. Grâce à ses arguments irréfutables, il parvint à convaincre le père de Sarah. Il élimina ainsi tous ses rivaux, dont un jeune homme que Sarah lui préférait. Edward avait fait croire à M. Ferguson qu'ayant vécu toute sa vie avec un vieil homme, elle ne serait jamais heureuse auprès d'un garçon de son âge. Elle avait besoin d'un époux qui lui rappelât son père. À l'époque, Sarah ne savait presque rien d'Edward. Elle ne savait pas ce qu'elle aurait pu dire à son père pour que cette épreuve lui soit épargnée.

Elle fut donc vendue en même temps que ses terres et devint comtesse de Balfour à seize ans. La cérémonie fut brève, le domaine énorme, les châtiments sans fin. Cinq semaines après son mariage, son père mourut, la laissant à la merci de son mari. Edward la battait régulièrement, jusqu'au moment où elle fut enceinte. À partir de là, il se contenta de l'insulter, de l'humilier, la giflant de temps à autre en hurlant qu'il l'étranglerait si l'enfant n'était pas un garçon. La plupart du temps, il brillait par son absence. Il parcourait ses propriétés, se saoulait dans les tavernes, usait et abûsait du droit de cuissage et voyageait avec sés compagnons de débauche. Lorsqu'il rentrait, c'était un jour de deuil pour Sarah. La situation se détériora encore quand leur premier enfant mourut peu après sa naissance. Ce bébé avait été son seul rayon de soleil et maintenant, les ténèbres avaient de nouveau envahi son existence. Elle pleura longtemps, désespérée. C'était une petite fille et Edward ne fut guère affecté par sa disparition précoce. Les trois bébés suivants, des garçons, n'eurent pas plus de chance. Deux naquirent mort-nés, le troisième, un prématuré, ne vécut pas plus d'une heure. Et les deux derniers, des filles, connurent le même sort. Elle avait serré dans ses bras le petit corps glacé de son dernier enfant, enveloppé dans la layette brodée de sa main, le berçant tout doucement jusqu'à ce que l'on vînt le lui retirer pour lui donner une sépulture décente. Depuis, Edward lui avait à peine adressé la parole.

Elle savait, comme tout le monde dans le comté, que son mari avait engendré de nombreux bâtards, dont sept garçons. Ce n'était pas la même chose qu'un héritier légitime… Il commença à la menacer de reconnaître un de ses fils naturels, à seule fin de ne pas léguer son titre et son domaine à son frère cadet, Haversham, qu'il détestait.

— Je te laisserai sans le sou ! avait-il vociféré un soir. Je te tuerai plutôt que de te permettre de vivre après moi si tu ne me donnes pas un héritier.

Elle avait vingt-quatre ans maintenant, et Edward avait tué une partie de son âme. Le regard morne de ses yeux autrefois si expressifs en témoignait. Depuis la mort de son dernier enfant, vivre ou mourir n'avait plus d'importance pour elle. Son père, qui aurait intercédé en sa faveur s'il avait su à quel supplice il l'avait condamnée, n'était plus de ce monde. Sa vie n'était plus qu'une longue succession d'humiliations et de souffrances. Elle n'avait plus de rêves, plus d'espérances. Elle était maltraitée, méprisée, abusée par un homme qu'elle abhorrait et dont elle était forcée de subir les étreintes brutales depuis huit ans. Edward la tenait pour une machine à enfanter et rien de plus.

À cinquante-quatre ans, il était encore bel homme. Son allure aristocratique faisait illusion. Les filles de ferme et les servantes le trouvaient séduisant. Elles succombaient facilement à son charme, mais pas pour longtemps. Après avoir assouvi ses désirs, Edward les rejetait, comme il abandonnait sans scrupules les fruits de ses amours éphémères. Il ne se souciait que de son bien-être. Sa jalousie, sa haine féroce à l'encontre de son jeune frère et sa cupidité le fortifiaient. Il ne pensait qu'à une chose : s'enrichir, dévorer chaque lopin de terre qui lui tombait sous la main, y compris le domaine de son beau-père qu'il s'était approprié à la mort du vieil homme. Edward avait usurpé la dot de sa femme. Il avait dépensé son argent, vendu presque tous les bijoux qu'elle avait hérités de sa mère, pris tout ce que son père lui avait laissé. Il l'avait utilisée de toutes les façons. Il l'avait brisée et il continuerait à s'acharner sur elle tant qu'elle ne lui donnerait pas l'héritier qu'il réclamait. Jusqu'au coup de grâce, car sur ce point, aucun doute ne subsistait dans l'esprit de Sarah. Qu'elle devînt ou non mère un jour, elle était vouée à la mort. Mais cela lui était égal à présent. Elle espérait seulement que la fin serait proche. Qu'à la suite d'un accident, de coups impitoyables, d'une grossesse difficile, elle s'en irait au ciel, avec son bébé qui ne verrait jamais le jour. Elle en était venue à considérer la mort comme une délivrance. Et maintenant, tandis qu'elle attendait le retour d'Edward, l'angoisse familière l'assaillait. Bientôt, elle le verrait surgir sur la bruyère, chevauchant son fougueux étalon, frais et dispos après quatre nuits de stupre dans une gargote mal famée. Elle avait peine à imaginer que quelque chose ait pu lui arriver. Il devait plutôt ronfler, ivre mort, dans les bras d'une putain. Il finirait par se réveiller, il rentrerait à la maison, et ce serait le tour de Sarah. Elle priait pour que cette absence se prolonge. Cette fois-ci, tout le monde s'était inquiété, mais pas elle. Il était trop méchant, trop abject pour périr, trop malin pour se laisser piéger par la mort.

Se détournant enfin de la fenêtre, elle jeta un coup d'œil à la pendule dont le balancier égrenait inlassablement les minutes sur le manteau de la cheminée. Quatre heures passées. Fallait-il envoyer quérir Haversham ? C'était le demi-frère d'Edward et il accepterait de participer aux recherches. Sarah n'osait pas le déranger. Si Edward le trouvait à la maison, il deviendrait enragé et s'en prendrait à elle. Elle décida d'attendre un jour de plus avant de prévenir Haversham.

Elle traversa lentement la pièce, s'assit dans un fauteuil. Sa jupe de satin vert s'épanouit comme une corolle. Elle portait un corsage de velours vert sombre qui épousait étroitement sa taille fine. Elle ressemblait à une toute jeune fille. La gaze blanche de sa chemise sous le corsage rehaussait l'éclat de son teint. Elle dégageait une aura d'extrême fragilité mais elle était plus robuste qu'elle n'en avait l'air, sinon elle n'aurait pas survécu aux mauvais traitements.

L'ivoire de sa peau formait un merveilleux contraste avec ses longs cheveux brillants, d'un noir de jais. Elle les avait tressés, puis les avait enroulés sept fois pour former un lourd macaron sur sa nuque. Sarah alliait l'élégance à la simplicité. Sa dignité et sa distinction naturelles contrastaient avec l'expression désespérée de ses yeux. Elle avait toujours un mot gentil pour les domestiques et n'hésitait pas à se porter au secours des enfants malades des fermiers.

Elle éprouvait une profonde passion pour les arts et la littérature. Petite fille, elle avait voyagé avec son père en France et en Italie. Depuis son mariage, elle n'était allée nulle part. Edward la séquestrait. Il ne lui accordait pas plus d'importance qu'à un meuble. Sa beauté éblouissante ne semblait pas le toucher. Il traitait mieux ses chevaux que sa femme.

Haversham, en revanche, l'avait remarquée dès le premier jour. Il avait lu la tristesse dans ses yeux et se faisait du souci chaque fois qu'il la savait souffrante. Les sévices que son frère aîné infligeait à Sarah le révoltaient, mais il ne pouvait pas grand-chose pour la tirer de l'enfer. Il avait vingt et un ans quand Edward l'avait épousée et, lorsqu'elle attendit son premier enfant, Haversham comprit qu'il était tombé éperdument amoureux d'elle. Il laissa passer deux ans avant de lui déclarer sa flamme, mais ses tendres aveux plongèrent Sarah dans une terreur noire. Répondre aux sentiments de son beau-frère équivalait à une sentence de mort. Edward les tuerait tous les deux. Elle supplia Haversham de lui jurer que plus jamais il n'en parlerait. Pourtant, elle l'aimait, elle aussi, depuis des années. Elle avait farouchement gardé son secret. Et elle le garderait jusqu'au bout. Pour rien au monde elle ne se risquerait à mettre Haversham en danger – la vie de son bien-aimé lui paraissait infiniment plus précieuse que la sienne.

Il n'y avait aucun espoir pour que leur rêve se réalise, tous deux le savaient. Quatre ans plus tôt, Haversham avait épousé une de ses cousines – une jeune fille de dix-sept ans nommée Alice, originaire du comté de Cornouailles. Ç'avait été un mariage de raison, arrangé par leurs familles. Pas très jolie, plutôt simple d'esprit, Alice n'en fut pas moins une bonne épouse, qui lui avait donné quatre fillettes adorables. En dehors de Haversham lui-même, le domaine demeurait sans héritier, puisque les femmes n'avaient pas droit à l'héritage ni aux titres de noblesse.

La lumière déclinait ; Sarah alluma tranquillement les chandelles. Un martèlement de sabots retentit dans la cour et elle ferma les yeux, tremblante. Oh, non, pas lui. Pas déjà. C'était mal de souhaiter la disparition de quelqu'un, mais s'il arrivait malheur à Edward, s'il ne revenait plus jamais, son existence s'en trouverait transformée... Elle aurait voulu ne pas passer un jour de plus auprès de ce monstre.

Elle posa le chandelier avant de se précipiter à la fenêtre. Elle vit le cheval sans cavalier, entouré d'une demi-douzaine d'hommes, et derrière, le corps d'Edward enveloppé dans son manteau, couché dans une charrette. On aurait dit un cadavre. Le cœur de Sarah bondit comme un oiseau contre les barreaux de sa cage. Elle attendit. S'il était vraiment mort, ils conserveraient un silence de circonstance, puis quelqu'un viendrait la prévenir. Mais sitôt qu'ils pénétrèrent dans la cour, ils se mirent à courir en tous sens en appelant au secours. Un domestique partit immédiatement chercher le médecin, tandis que quatre autres posaient le corps sur une civière et le transportaient vers le manoir. Elle ignorait encore ce qui était arrivé, mais son cœur se serra lorsqu'elle comprit qu'il était vivant et qu'ils espéraient le sauver.

— Mon Dieu, pardonnez-moi, murmura-t-elle.

La porte du vaste salon où elle avait passé la journée à attendre s'ouvrit avec fracas et le petit cortège entra. Edward paraissait mort mais Sarah savait maintenant qu'il ne l'était pas.

— Sa Seigneurie est tombée, cria l'un des domestiques.

Edward ne bougeait pas. Elle leur fit signe de la suivre jusqu'à leur chambre, située à l'étage, où elle les regarda l'installer sur le lit. Il portait les mêmes habits que le jour de son départ. Sa chemise, sale et déchirée, était couverte de poussière. Son visage était livide, des brindilles de ronce s'accrochaient à sa barbe.

Il avait commencé son périple en galante compagnie. Il avait fait halte dans une ferme, donnant à son escorte l'ordre de l'attendre à l'auberge voisine. Ses hommes avaient patienté trois jours durant. Ce n'était pas inhabituel et pendant que leur maître folâtrait, ils avaient éclusé quantité de whisky et de bière en riant et en se racontant des histoires grivoises. Mais, le maître s'attardant, ils avaient fini par retourner à la ferme pour découvrir qu'il en était parti deux jours plus tôt. Ils avaient alerté le shérif, qui avait rapidement organisé des recherches, mais ils ne l'avaient trouvé que ce matin. Edward était tombé de cheval ; il était resté à terre, délirant de fièvre. Au début, ses hommes avaient pensé qu'il s'était rompu le cou mais après un examen succinct, ils avaient constaté que les cervicales étaient intactes. Il avait repris connaissance tandis qu'on le ramenait chez lui, pour sombrer aussitôt dans l'inconscience. À présent, il gisait sur son lit, inerte. Ils donnèrent à Sarah une version édulcorée des faits. Son époux avait eu un accident de cheval, sa tête avait heurté le sol, il devait souffrir d'une forte commotion.

— Quand est-ce arrivé ? voulut-elle savoir.

Ils répondirent : « ce matin », mais elle n'en crut pas un mot. Le sang et le vomi, qui avaient séché sur ses vêtements, apportaient la preuve que l'accident s'était produit bien avant. Lorsque le médecin se présenta, ils le prirent à l'écart et lui racontèrent à mi-voix ce qui s'était réellement passé. Le docteur hochait la tête. Ce n'était pas la peine que l'épouse de Sa Seigneurie soit mise au courant de ses turpitudes. Ce dont il avait besoin, pour l'instant, c'était d'une bonne saignée, après quoi il ne resterait plus qu'à attendre l'issue. C'était un homme d'une vitalité exceptionnelle et d'une robuste constitution. Malgré son âge, il avait de bonnes chances de s'en sortir.

Fidèle à ses devoirs d'épouse, Sarah assista aux soins. Pendant la saignée, Edward ne frémit même pas. Elle avait une sainte horreur des sangsues et quand le médecin les retira enfin et prit congé, elle était encore plus pâle que le blessé.

Un peu plus tard, penchée sur son secrétaire, elle écrivit un mot à Haversham. Si Edward rendait son dernier soupir dans la nuit, il valait mieux que son frère soit à son chevet. Elle cacheta l'enveloppe à la cire et la confia à l'un de leurs coursiers. Haversham habitait à une heure de là, elle savait qu'il accourrait dès qu'il aurait lu la lettre.

Elle revint s'asseoir auprès du blessé, en silence, et le regarda longtemps en s'efforçant de démêler ses sentiments à son égard. Elle n'éprouvait pas de colère ni de haine. Il lui inspirait de la peur, ainsi qu'un mélange de mépris et d'indifférence. Aussi loin que sa mémoire pouvait remonter, elle ne se rappelait pas l'avoir aimé. Ou alors cela avait été si bref, si fugitif, du temps où il l'avait séduite par des mensonges, que c'était effacé de son esprit. Elle ne ressentait rien pour lui. Une partie d'elle-même, la plus fière, la plus irréductible, la plus ardente aussi, priait pour qu'il meure avant l'aube. Elle ne vivrait pas un instant de plus avec lui. Elle ne supporterait plus qu'il la touche. Elle n'endurerait plus le supplice de porter ses enfants car, s'il survivait, il recommencerait à la brutaliser.

Vers minuit, Margaret, sa servante, entra dans la pièce. Elle demanda « si madame avait besoin de quelque chose ». C'était une gentille jeune fille de seize ans, l'âge que Sarah avait lorsqu'elle avait épousé Balfour. Sarah l'envoya se coucher. Margaret faisait preuve d'un dévouement absolu à sa maîtresse. Elle avait été à son côté lors de la mort de son dernier bébé ; elle estimait que Sarah était la femme la plus remarquable qu'elle ait jamais connue. Elle aurait tout fait pour alléger son fardeau, si Sarah le lui avait demandé.

Haversham n'arriva pas avant deux heures du matin. Sa femme avait été contaminée par la rougeole dont souffraient deux de leurs filles. Toutes les trois étaient clouées au lit avec une forte fièvre, et couvertes de taches rouges. Elles toussaient, gémissaient et se grattaient. Haversham avait eu de la peine à les laisser, mais quand il avait lu la missive de Sarah, il s'était empressé de voler à son secours.

— Comment va-t-il ?

Il traversa l'antichambre, grand, brun et beau, comme l'avait été Edward dans sa jeunesse. Il n'avait que vingt-neuf ans et le cœur de Sarah se mit à battre plus fort lorsqu'il lui prit les mains et les tint entre les siennes.

— Son médecin lui a fait une saignée il y a quelques heures mais il est toujours inconscient. Il n'a pas bougé, il n'a pas dit un mot. Je ne sais pas, Haversham… Je crois… enfin, le docteur redoute une hémorragie interne. Ce n'est pas certain et il ne s'est rien cassé. Pourtant, je ne crois pas qu'il se remettra de ses blessures, ajouta-t-elle d'un ton parfaitement neutre. J'ai pensé que je devais vous avertir.

— Moi aussi je voulais être près de vous.

Elle leva sur lui un regard empreint de gratitude tandis qu'ils se dirigeaient vers la chambre d'Edward. Aucun changement ne s'était produit. Lorsqu'ils ressortirent et que le majordome apporta à Haversham un verre de brandy, il regarda un instant sa belle-sœur en silence, avant d'admettre qu'en effet, Edward semblait condamné à brève échéance. On ne pouvait imaginer qu'il pût guérir.

— Que s'est-il passé ? demanda-t-il, profondément troublé.

Si son aîné mourait, le domaine lui reviendrait. Il en aurait la responsabilité. C'était une hypothèse qu'il n'avait jamais envisagée. Il avait toujours supposé que son frère et Sarah auraient un jour un fils, bien que lui-même n'ait eu que des filles. Il espérait du fond du cœur que, puisqu'elle avait déjà eu trois garçons, elle finirait par donner à son mari un héritier assez vigoureux pour survivre à l'accouchement.

— D'après ses serviteurs, il est tombé de cheval ce matin, dit-elle simplement, et il réalisa combien elle était forte.

Forte et courageuse, pensa-t-il, bien plus que la plupart des hommes qu'il connaissait.

— Ils mentent, poursuivit-elle.

Comment le savait-elle ? Il croisa les jambes, attendant la suite, luttant désespérément contre son envie de la prendre dans ses bras.

— La vérité est certainement plus compliquée, continua-t-elle, mais cela n'a aucune importance. Quoi qu'il en soit, la situation est la même.

Il était mortellement blessé, cela ne faisait aucun doute.

— Qu'a dit exactement le médecin ? Y a-t-il un espoir ? demanda Haversham d'une voix anxieuse. (Puis, comme elle le dévisageait d'un air réservé, il posa son verre et lui prit la main.) Sarah, que feriez-vous s'il arrivait quelque chose à Edward ?

Elle serait enfin débarrassée de son bourreau. Seul Haversham et une poignée de domestiques étaient au courant de son calvaire.

Sarah s'adossa à son siège avec un sourire.

— Je ne sais pas. Je revivrais, je suppose. Je respirerais. J'existerais... Je finirais tranquillement mes jours quelque part.

S'il restait une petite partie de sa dot, elle pourrait louer une maisonnette ou une ferme et mener paisiblement sa vie. Elle ne souhaitait rien de plus. Il avait détruit tous ses rêves.

— Accepteriez-vous de partir avec moi ?

Elle le dévisagea, stupéfaite. Ils n'avaient pas évoqué leur secret depuis des années. Elle lui avait interdit d'en reparler le jour où il avait épousé Alice.

— Ne soyez pas ridicule ! répondit-elle d'un ton aussi détaché qu'elle le put. Vous avez une femme et quatre filles. Vous ne pouvez pas les abandonner pour vous enfuir avec moi.

C'était pourtant ce qu'il avait envie de faire. Son rêve le plus cher. Il avait épousé Alice parce qu'il ne pouvait vivre avec Sarah et maintenant... maintenant qu'Edward était à l'article de la mort, il ne supporterait pas de la perdre une seconde fois.

— Ce n'est même pas la peine d'y songer, ajouta-t-elle avec fermeté.

Elle était avant tout une femme d'honneur. En dépit de son affection pour Haversham, elle ne pouvait s'empêcher de le juger. Parfois, il se comportait comme un adolescent qui n'écoute que son désir. N'ayant pas eu de titre de noblesse, ni les responsabilités qui en découlent, il n'avait pas mûri. Il oubliait qu'il n'avait pas un sou, à part la dot de son épouse.

— Et s'il vit ? chuchota-t-il dans la lueur vacillante des chandelles.

— Alors, je mourrai ici, répondit-elle tristement, priant pour que la délivrance ne se fasse pas attendre.

— Non, Sarah, je ne vous laisserai pas dépérir. Je ne peux plus le voir vous assassiner jour après jour, année après année. Oh, mon Dieu, si vous saviez combien je le hais !

Il avait moins de raisons de le détester qu'elle, bien qu'Edward lui eût empoisonné la vie depuis sa plus tendre enfance. Fils d'un deuxième lit, Haversham était son cadet de vingt-cinq ans.

— Venez avec moi, insista-t-il.

Le brandy lui était monté à la tête mais il ne faisait qu'exprimer un vieux rêve ; il caressait depuis longtemps le projet insensé de s'enfuir avec elle, mais jusqu'alors il n'avait jamais trouvé le courage de le lui demander ouvertement. Elle respectait trop le mariage de Haversham, beaucoup plus que lui, en fait. Alice était gentille, il éprouvait de la tendresse pour elle, mais il ne l'avait jamais aimée.

— Nous irons en Amérique, continua-t-il en lui pressant les mains. Nous serons en sécurité là-bas. Et libres… Oh, Sarah, partons ensemble, je vous en prie.

Il parlait d'une voix frémissante d'amour dans la salle froide et obscure. Si elle n'avait écouté que son cœur, elle aurait accepté tout de suite. Mais elle ne le pouvait pas. Elle n'inciterait pas Haversham à quitter sa famille. D'ailleurs, si Edward recouvrait la santé, il les poursuivrait. Et il les tuerait, elle en avait la certitude.

— Cessez de débiter des sornettes, dit-elle avec fermeté. Vous n'allez pas risquer votre vie pour rien…

— Être avec vous pour le restant de mes jours n'est pas rien, s'écria Haversham. Je veux bien mourir pour vous, Sarah, vous le méritez.

Il s'était rapproché, et Sarah le regarda, la gorge sèche, soucieuse de lui cacher son trouble.

— Je le sais, mon ami, dit-elle en lui tendant les mains et en lui souriant.

Comme elle l'aimait ! Mais, justement, elle n'exposerait pas son seul amour au déshonneur. Encore moins à la vengeance d'Edward. Ne pouvant plus se contenir, Haversham l'attira dans ses bras et l'embrassa passionnément.

— N… non, murmura-t-elle quand il se détacha d'elle.

Malgré ses efforts, elle ne parvint pas à se fâcher contre lui. Ni à le renvoyer aussitôt. Elle était trop assoiffée de tendresse pour le repousser. Il l'embrassa de nouveau et elle ne lui résista pas, mais lorsque leurs lèvres se séparèrent, elle secoua la tête tristement.

— Il ne faut pas faire ça, Haversham. C'est impossible.

Et dangereux, si quelqu'un les surprenait.

— Rien n'est impossible, vous le savez. Il suffit d'embarquer à Falmouth sur un bateau en partance pour le Nouveau Monde. Personne ne peut nous arrêter.

Elle sourit. Il était si naïf. Si innocent. Il connaissait mal son frère… et il oubliait qu'ils étaient totalement désargentés.

— Peut-être, mais ce n'est pas si simple. La vie que nous mènerions ensemble serait marquée du sceau de l'infamie. Songez à ce que l'on dirait à vos filles quand elles seront plus grandes… et à cette pauvre Alice.

— Elle est jeune. Elle trouvera quelqu'un d'autre. Elle ne m'aime pas non plus.

— Elle vous aimera avec le temps. Vous vous habituerez l'un à l'autre.

Elle souhaitait qu'il soit heureux, envers et contre tout. Même sans elle. D'une certaine manière, elle le considérait comme un enfant. Un petit garçon téméraire qui ne se rendait pas compte des menaces qui pesaient sur eux, et qui affichait un air boudeur parce qu'elle refusait de le suivre au bout du monde. Peu après, ils montèrent dans la chambre d'Edward. Bientôt, l'aube commencerait à poindre. Toute la maisonnée dormait, à part un valet qui veillait au chevet du blessé.

— Comment va-t-il ? s'enquit-elle tranquillement.

— Toujours pareil, madame la comtesse. Le docteur repassera ce matin. Il a dit qu'il pratiquerait une autre saignée.

Elle acquiesça de la tête. Edward semblait figé dans une immobilité mortelle. Ils quittèrent la pièce. Une lueur d'espoir brillait dans les yeux de Haversham.

— Le scélérat ! Quand je pense à tout ce qu'il vous a fait subir ! murmura-t-il, bouillant de colère.

— N'y pensez plus, répondit-elle doucement.

Elle lui suggéra d'aller se reposer dans l'une des chambres d'amis. Il comptait rester jusqu'à ce qu'Edward se réveille ou soit à jamais hors d'état de nuire. Il était venu avec ses propres domestiques, qui campaient au rez-de-chaussée. Il accepta de se retirer, tandis que Sarah, infatigable, gravissait une fois de plus les marches de pierre.

Elle regagna la chambre de son mari pour relayer le valet. Une douce somnolence l'engourdissait. Elle se mit à rêver de Haversham. Les mots qu'il avait prononcés traversèrent son esprit embrumé. Partir. Se sauver. L'Amérique… Aussi tentante que cette entreprise pût paraître, elle la savait impossible. Haversham se comportait en irresponsable. Il n'avait pas le droit d'abandonner sa femme et ses filles. Alors que Sarah quitterait sans remords Edward, même s'il revenait d'entre les morts pour la punir.

Sa tête roula sur sa poitrine. Elle dormait profondément quand le soleil darda ses premiers rayons et que le chant du coq salua le nouveau jour. Il n'y avait personne d'autre dans la chambre mais soudain, dans son sommeil, elle eut la sensation qu'un étau se refermait sur son poignet. Cela faisait sûrement partie de son rêve ; elle crut qu'un animal avait planté ses crocs dans sa chair pour la déchiqueter. Avec un gémissement de douleur, elle se réveilla en sursaut. Ses yeux, emplis d'une indicible terreur, croisèrent ceux d'Edward. Il lui broyait la main dans sa poigne de fer. Sarah retint un cri d'angoisse.

— Edward ! (Il était réveillé et plus mauvais que jamais.) Comment te sens-tu ? Tu as été très malade pendant plusieurs jours. Les domestiques t'ont ramené à la maison sur une charrette et le médecin t'a saigné.

— Tu dois être navrée de me voir encore vivant, ricana-t-il. (Il continuait de lui broyer la main, heureux de constater que, même affaibli, il était encore capable de lui faire mal.) Est-ce que tu as appelé mon imbécile de frère ?

Ses yeux lancèrent des éclairs. Brusquement, il relâcha la main de Sarah.

— Oui, Edward. J'étais bien obligée. Ils... ils ont dit que tu allais mourir, murmura-t-elle en l'observant aussi prudemment que si elle avait affaire à un serpent venimeux.

— Comme vous devez être déçus, tous les deux ! La veuve éplorée et le nouveau comte de Balfour.

Il allongea les mains vers le visage de la jeune femme, en enfonçant durement les doigts dans ses joues.

— Pas si vite, ma belle ! Tu ne te débarrasseras pas si vite de ton petit mari. Oh non, tu n'auras pas cette chance.

Une force diabolique l'animait, attisée par la haine.

— Personne ne te souhaite du mal, Edward, dit-elle en baissant les yeux.

Il la relâcha et elle s'éloigna prestement vers la porte, sous prétexte de lui apporter un bol de soupe.

— Ce n'est pas un bouillon infâme qui me rendra ma vigueur, se plaignit-il.

Il se sentait déjà suffisamment en forme pour la brutaliser, pensa-t-elle, mais elle répondit calmement :

— Je te préparerai un copieux petit déjeuner, si tu préfères.

— Oui, tu as intérêt.

Il la scrutait avec malveillance et elle vit la lueur de colère qui animait ses yeux. Ce regard, elle ne le connaissait que trop bien. C'était le prélude aux sévices à venir. Plus jeune, elle en aurait été terrifiée. À présent, elle s'efforçait de l'ignorer, de surmonter son effroi.

— Je sais ce que médite mon frère... Mais il est faible. Il ne te sera d'aucun secours, ma chère femme. Et si toutefois il essayait, où qu'il aille, où que vous alliez, je vous retrouverais. Et je le tuerais. Je vous tuerais tous les deux. N'oublie jamais cela, Sarah. Je parle sérieusement.

— J'en suis sûre, Edward. Tu n'as rien à craindre de nous. Nous étions très inquiets à ton sujet.

Elle sortit rapidement. Ses genoux tremblaient. On eût dit qu'il savait tout. Qu'il avait entendu, du fond de son inconscience, Haversham essayant de la convaincre de partir avec lui en Amérique. Pauvre Haversham ! Fallait-il être idiot pour espérer qu'ils échapperaient à Edward ! Celui-ci ne serait que trop heureux d'éliminer son frère. Mais Sarah ne lui fournirait pas cette occasion. Elle ne pousserait pas Haversham dans la gueule du loup. Elle ne lui céderait jamais, malgré le désir qui la tourmentait. Elle le protégerait à sa manière. Si elle s'en allait seule, Haversham serait sauvé. Lavé de tout soupçon.

L'idée, qui avait jailli spontanément, lui coupa le souffle. Encore étourdie, elle entra dans la cuisine où elle prépara elle-même un repas. Elle remonta peu après, suivie de Margaret, qui portait le plateau. L'un des valets venait de raser Edward. Il avait presque repris figure humaine. Il dévora son petit déjeuner : poisson fumé, œufs, et scones tout juste sortis du four. Pas un mot de remerciement ne franchit ses lèvres. Il se mit ensuite à aboyer des ordres à l'adresse des domestiques. Il était toujours très pâle, signe qu'il ne se sentait pas encore d'attaque, mais lorsque le médecin revint, il n'en crut pas ses yeux. Sa Seigneurie avait triomphé de la science. Edward refusa la saignée. Il repoussa violemment le docteur en lui intimant l'ordre de déguerpir. Apeuré, le vieil homme prit ses jambes à son cou. Sarah le pria d'excuser la conduite de son mari.

— Il ne faut pas qu'il se lève, madame la comtesse. Et il ne doit pas manger de repas aussi lourds... (Il avait aperçu les restes du petit déjeuner et pendant qu'Edward le menaçait, la cuisinière lui avait servi un poulet rôti.) S'il ne s'assagit pas, il risque une rechute.

C'était le même médecin qui l'avait accouchée et qui avait vu ses premiers bébés mourir ou venir au monde déjà inanimés, petits cadavres bleuâtres. Il l'admirait. Edward le terrorisait à tel point qu'il avait refusé d'assister Sarah lors de ses trois derniers accouchements. La première fois, Edward lui avait décoché un coup de poing et l'avait traité d'oiseau de malheur. Il l'avait même accusé de mentir.

— Prenez bien soin de lui, docteur, dit Sarah.

Elle l'avait raccompagné jusqu'à la cour et l'avait regardé s'éloigner. Elle leva le visage vers le ciel, éprouvant sur sa peau la caresse du soleil. Que deviendrait-elle maintenant ? Le rayon d'espoir qui avait éclairé ses ténèbres s'était éteint.

Lorsqu'elle retourna dans la chambre d'Edward, Haversham était avec lui. Comme tout le monde, il semblait stupéfait mais il avait pris la résurrection du mourant avec moins de philosophie que sa belle-sœur.

Il la revit l'après-midi dans le hall. Elle venait d'apporter un bol de soupe à son mari. Furieux, celui-ci le lui avait lancé à la figure. Elle l'avait évité de justesse, mais le liquide bouillant lui avait brûlé la main.

Haversham la regarda avec tristesse.

— Sarah, cela ne peut plus durer. Vous ne pouvez pas rester sous le même toit que cet assassin. Vous n'avez plus le choix. Il faut m'écouter, ma chérie. Il est pire que jamais. Il est fou !

Edward avait profité de sa brève visite pour l'avertir. Ou il restait loin de Sarah ou il pouvait d'ores et déjà se considérer comme un homme mort. Il n'en avait pas fini avec elle, avait-il ajouté. Elle lui devait un héritier, et il allait le tirer de ses entrailles, de gré ou de force. Peu lui importait qu'elle meure en couches, du moment qu'elle lui laisserait un fils.

— Il n'est pas fou. Il est méchant, dit-elle.

Il ne se cachait plus. Il avait institué un nouveau jeu cruel, qui consistait à étaler sa brutalité au grand jour.

— Nous trouverons un bateau, insista-t-il dans un chuchotement.

Il voulut toucher sa main ébouillantée. Sarah tressaillit de douleur, puis le regarda d'un air farouche.

— Il n'en est pas question. Il vous tuera. Il ne demande que cela. Ne m'approchez plus. Rentrez chez vous et oubliez-moi.

— Non, jamais !

— Il le faut, pourtant, rétorqua-t-elle sèchement.

Elle le planta là pour regagner la chambre d'Edward.

Le soir, elle sut par les domestiques que Haversham était reparti. Son frère étant en bonne voie de guérison, il n'avait plus aucune raison de s'attarder. Ses serments, ses promesses d'évasion revinrent hanter Sarah. Il fallait être un idiot doublé d'un incorrigible rêveur pour échafauder de tels plans. Mais elle ne permettrait pas de tels égarements. Elle ne le laisserait pas mettre sa vie en péril ou abandonner sa femme et ses enfants parce qu'il se croyait amoureux d'elle. Ils devaient dorénavant accepter la réalité : ils n'avaient aucun avenir ensemble.

Cette nuit-là, elle se réfugia dans sa propre chambre où elle s'abandonna à un sommeil agité. En rouvrant les yeux aux aurores elle n'avait plus qu'une idée : partir. Mais pas avec Haversham. Si l'évasion ne pouvait réussir à deux, elle restait possible pour une seule personne. Cela n'en demeurait pas moins un projet d'une audace démentielle. Mais c'était trop tard ; l'idée avait germé dans son esprit et, peu à peu, elle prenait forme. Chaque détail avait son importance. D'abord, l'argent : elle avait encore quelques bijoux de sa mère. Edward avait confisqué les plus beaux : il les avait offerts à ses maîtresses ou bien vendus. Mais il restait trois ou quatre pièces qui rapporteraient à Sarah une somme substantielle. Pas pour mener grand train, bien sûr. Une vie décente lui suffisait. Une vie tout court. Jamais auparavant son désir de liberté n'avait été aussi impérieux. Et même si le bateau sombrait pendant la traversée et qu'elle se noyait dans les eaux froides de l'Atlantique, au moins elle aurait essayé. Plutôt périr en mer que continuer à vivre dans la terreur, malmenée par un homme qu'elle haïssait et qui la haïssait. Sarah se leva et s'habilla avec des gestes calmes. Dorénavant, elle avait un but.

Edward tempêtait, vociférait et injuriait ses serviteurs. Il souffleta deux valets qui essayaient de l'habiller. La fatigue le terrassait mais il refusait de l'admettre. Vers midi, il s'assit dans la salle à manger, mortellement pâle, d'une humeur massacrante. À table, il but plusieurs verres de vin, après quoi il se sentit mieux. Mais il ne fut pas plus aimable avec sa femme pour autant. Il se contenta de l'ignorer, ce qui, de sa part, représentait une forme de gentillesse.

Tandis qu'il somnolait sur son siège, après le repas, elle se glissa hors de la pièce pour regagner sa chambre. Elle avait mille choses à régler, mille détails à revoir. Elle ouvrit la boîte dans laquelle elle gardait les bijoux de sa mère, afin de s'assurer qu'Edward ne les avait pas dérobés. Ils étaient encore là et, en les contemplant, Sarah eut une pensée émue pour son père.

Elle les enveloppa dans un morceau de tissu, les enfouit dans la poche de son manteau qu'elle rangea soigneusement au fond de son armoire. Ensuite, elle referma la boîte à clé. Elle avait les idées claires à présent. Le soir, alors que Margaret l'aidait à se déshabiller, elle lui demanda à mi-voix si elle était toujours prête à lui prouver son dévouement.

— Mais oui, madame, dit la servante en ébauchant une révérence.

— Tu m'accompagnerais quelque part, si je te le demandais ?

— Bien sûr, madame.

Margaret sourit. Sans doute sa maîtresse irait-elle rejoindre secrètement Haversham à Londres. Elle avait compris depuis longtemps qu'ils étaient épris l'un de l'autre. Pourvu que ce ne soit pas trop loin ! songea-t-elle. À ses yeux, loin voulait dire la France. Elle savait que des troubles avaient éclaté à Paris mais elle se sentait le courage d'affronter tous les dangers pour rendre service à Sarah.

— J'irais n'importe où avec vous, madame, assura-t-elle vaillamment.

Sarah la remercia. Elle la pria de n'en parler à personne, et la jeune fille le lui promit.

La nuit du lendemain marqua l'exécution de l'étape suivante, plus difficile. Sarah revêtit une robe noire sous son manteau de laine, puis attendit. Vers minuit, elle descendit sans bruit l'escalier. Personne dans le vestibule. Elle sortit, longea le bâtiment jusqu'aux écuries, se glissa comme une ombre dans la stalle de sa jument Nellie. D'un geste ferme et précis, elle cala la selle sur le dos de l'animal et resserra la sangle. Les rênes à la main, elle la tira ensuite tout doucement hors de l'étable. Elle la conduisit à pied jusqu'à la route et là seulement, prenant appui sur l'étrier, elle s'installa sur la selle en amazone et lança sa monture en direction de Falmouth. Elle chevaucha à bride abattue pendant plus de deux heures. Il était deux heures et demie du matin lorsqu'elle arriva à destination. La petite ville était figée dans le sommeil mais, sur le port, un groupe de marins s'activait autour d'un rafiot qui s'apprêtait à lever l'ancre avec la marée haute.

Elle se renseigna sur les prochains départs. Ils lui apprirent que quelques jours plus tard un bateau arriverait de France. Ils laissèrent entendre qu'il transportait une cargaison d'armes et qu'il appareillerait pour le Nouveau Monde le mois suivant, en septembre. Ils connaissaient les membres de l'équipage et ils assurèrent qu'elle serait en sécurité à bord. C'était un solide petit navire mais il manquait de confort. Elle répondit que cela lui était égal. Dans ce cas, il lui fallait tout de suite retenir sa place, déclara l'un des matelots, après quoi il lui indiqua l'adresse du comptoir de la compagnie maritime, qui se trouvait de l'autre côté du port. Lorsqu'elle les quitta, ils tombèrent tous d'accord : la future passagère s'entourait de mystère. Malgré l'ombre de son capuchon noir, sa beauté ne leur avait pas échappé... Elle alla frapper chez l'agent de la compagnie, qu'elle réveilla. Il ne chercha pas à dissimuler sa surprise en découvrant une belle inconnue sur le seuil de sa porte. Ses déclarations l'étonnèrent davantage. Elle n'avait pas d'argent pour payer son billet. À la place, elle lui remit un bracelet de rubis.

— Qu'est-ce que vous voulez que j'en fasse ? demanda-t-il en le soupesant.

— Vendez-le.

Le bijou coûtait certainement plus cher que le bateau tout entier, mais peu lui importait. Elle avait atteint le point de non-retour. Elle ne reculerait plus. Elle accomplirait, l'un après l'autre, les gestes qui la mèneraient à la liberté.

— La traversée ne manque pas de dangers, tint-il à la prévenir, très mal à l'aise dans sa chemise et son bonnet de nuit. Il y a des gens qui en meurent, vous savez.

Elle ne parut pas effrayée.

— Je mourrai si je reste ici, répondit-elle.

Elle avait un air si désespéré qu'il la crut sur parole.

— Vous n'avez pas d'ennuis avec la loi, au moins ?

Un soupçon l'avait assailli. Et si ce bracelet avait été volé ? Ce n'était pas la première fois que des bandits prenaient le premier bateau pour l'Amérique. Elle fit non de la tête sans une ombre d'hésitation.

— Bon, fit-il, convaincu qu'elle était honnête. Où dois-je faire livrer votre billet ?

— Gardez-le à votre comptoir. Je viendrai le chercher. Quel est le jour du départ ?

— Le cinq septembre. Ce sera la pleine lune. Soyez à l'heure, sinon nous partirons sans vous.

— J'y serai.

— Nous appareillerons à quatre heures du matin. Entre Falmouth et Boston il n'y aura pas d'escale.

Elle acquiesça. Elle n'avait plus peur. Le voyage serait long et périlleux mais plus rien ne pouvait la détourner de son but. Elle laissa le bracelet et griffonna son nom sur un bout de papier, Sarah Ferguson... en espérant que personne ne ferait le rapprochement avec le comte de Balfour.

Le bateau partirait dans trois semaines. Il était quatre heures du matin lorsqu'elle quitta Falmouth. Elle se lança au grand galop sur le chemin du retour. La jument trébucha une fois, puis, un peu plus loin, elle fit un écart qui faillit désarçonner sa cavalière. Sarah tint bon. Au premier chant du coq, elle traversait la cour. Devant l'écurie, elle leva les yeux vers la fenêtre de la chambre de son mari. Pour la première fois depuis des années un sourire brilla sur ses lèvres… Dans trois semaines, ce serait fini. Les supplices qu'Edward lui faisait endurer ne seraient plus qu'un mauvais souvenir.

# 9

Pour Sarah, les trois dernières semaines furent plus longues que l'éternité. Chaque minute durait un siècle. En dehors de Margaret qui savait « qu'elles partaient en voyage », elle n'avait mis personne dans la confidence.

Elle avait caché le reste de ses bijoux dans l'ourlet de son manteau, qu'elle avait soigneusement recousu. Comme la façon dont l'étoffe tombait lourdement aurait pu éveiller les soupçons, elle s'abstenait de le porter. Elle s'abîmait dans des travaux de couture à seule fin d'éviter Edward. Remis sur pied, celui-ci avait repris ses habitudes et vers la fin août, après une partie de chasse, il rentra escorté d'une bande d'amis avec lesquels il festoya toute la nuit. Ils étaient ivres, bruyants et arrogants. Ce fut un vrai soulagement lorsqu'ils repartirent. Quand Edward et ses compagnons se trouvaient à proximité, Sarah se faisait du souci pour ses servantes, mais à part renvoyer les plus jolies dans leurs familles, elle ne disposait d'aucun moyen de les protéger.

Elle n'avait plus revu Haversham depuis sa dernière visite. Elle avait appris que ses deux autres filles avaient attrapé la rougeole et qu'Alice présentait des complications. Le médecin craignait une pneumonie. C'était sans doute la raison pour laquelle Haversham ne s'était plus montré, et cette absence avait attristé Sarah. Elle aurait voulu le revoir une dernière fois, poser sur lui un ultime regard, mais finalement c'était peut-être aussi bien ainsi. Il aurait pu deviner quelque chose, sentir le changement qui s'était opéré en elle. Haversham la connaissait beaucoup mieux qu'Edward.

Son projet demeurait secret. Rien n'avait transpiré. Sarah s'acquittait de ses tâches quotidiennes comme toujours. Mais au fond de son cœur, l'espoir grandissait. Elle était devenue plus gaie. Elle avait entrepris de restaurer des tapisseries anciennes dans l'aile la plus éloignée du château. Parfois, elle se surprenait à fredonner en piquant son aiguille dans le canevas. Ce fut là qu'Edward la découvrit. Elle était seule. Accaparée par son travail, elle ne l'entendit pas pénétrer dans la longue pièce voûtée. La lumière du jour s'amenuisait et elle songeait à regagner sa chambre lorsqu'elle l'aperçut. Elle ne put réprimer un sursaut.

— Où étais-tu passée tout l'après-midi ? Je t'ai cherchée partout.

Que lui voulait-il ? D'habitude il ne daignait même pas la remarquer. La peur la tétanisa soudain. Le billet du bateau ! Quelqu'un avait reconnu son nom et l'avait dénoncée. Mais non, c'était impossible, se dit-elle en s'efforçant de conserver son sang-froid. Personne ne savait où elle habitait, il n'y avait aucune raison de s'inquiéter.

— Qu'est-ce qui ne va pas ? demanda-t-elle avec un calme que démentait l'expression anxieuse de ses yeux.

— Je voulais te parler.

— À quel sujet ? s'enquit-elle en posant son ouvrage.

Elle le regarda droit dans les yeux. Visiblement, il avait bu. Ce n'était pas nouveau. Il n'avait pas dessoûlé de tout l'été. L'alcool le rendait plus violent, il ne fallait pas le provoquer. Il n'avait pas tenté de la toucher depuis la mort de leur dernier bébé.

— Pourquoi te caches-tu ici ?

— Je suis en train de raccommoder les tapisseries de ton père. Les souris les ont abîmées, j'essaie de les préserver.

— C'est ici que tu rencontres mon frère ? demanda-t-il méchamment.

Elle le fixa, interloquée.

— Je ne rencontre pas ton frère, rétorqua-t-elle sèchement.

— Mais si ! Ce crétin est amoureux de toi. Ne me dis pas qu'il ne t'a pas demandé un rendez-vous. Je le connais, va. Il cache son jeu sous ses airs de grand timide, mais ça ne prend pas avec moi.

— Haversham n'aurait jamais fait une chose pareille, Edward. Et moi non plus.

— Eh bien, c'est dans ton intérêt, car tu sais ce qui t'arriverait si tu me trompais, n'est-ce pas ?

Il s'avançait vers elle, la défiant de ses yeux cruels. Sarah baissa la tête pour dissimuler sa frayeur. Il la dominait de toute sa carrure à présent. Sa main agrippa la chevelure de la jeune femme et lui tira violemment la tête en arrière, l'obligeant à le dévisager.

— Tu veux que je te montre ce que je te ferais si jamais tu commettais une infidélité ?

Elle ne répondit pas. Quoi qu'elle dise, cela n'aboutirait qu'à envenimer la situation. Elle n'avait pas d'autre choix que subir le châtiment jusqu'à ce qu'il en ait assez de la torturer. Elle ne pouvait que prier pour que ce ne soit pas long.

— Pourquoi ne dis-tu rien ? Tu le protèges, hein ? Tu as cru que j'allais mourir, il y a quelques semaines, et que tu serais libre de le rencontrer quand bon vous semblerait. Avoue-le. Qu'est-ce que vous avez fait tous les deux quand j'étais malade ?

Il hurlait chaque mot. Son haleine avinée brûlait le visage de sa captive. Sa main libre s'abattit violemment sur la bouche de Sarah. Sa bague lui écorcha la lèvre. Sa tête aurait heurté le mur s'il ne l'avait pas maintenue en lui empoignant les cheveux. Elle sentit le goût du sang sur sa langue.

— Edward… je t'en prie… nous n'avons rien fait…

Elle se retint de pleurer, tandis qu'un filet de sang coulait sur son menton. Une goutte tomba sur sa robe blanche, dessinant sur le tissu clair une étoile rouge vif.

— Tu mens ! Tu n'es qu'une menteuse et une putain ! hurla-t-il, levant de nouveau la main.

Son poing s'écrasa contre sa pommette avec une telle force qu'elle crut entendre l'os éclater. Sarah vacilla. La tête lui tournait. Il la frappa de nouveau puis, se penchant sur son visage tuméfié, il appliqua ses lèvres sur les siennes. Sa salive se mêlait au sang et elle refoula une furieuse envie de le mordre. Toute tentative de le repousser se serait soldée par une correction plus cruelle encore. Il lui aurait assené des coups jusqu'à ce qu'elle se soumette. D'une seule poussée, il l'envoya par terre. Sa tête cogna durement le sol de pierre, l'assommant à demi, tandis qu'il se jetait sur elle. D'un geste brutal, il déchira sa jupe, puis il baissa le pantalon de coton qu'elle portait en dessous.

— Edward... non... non, pas ça, murmura-t-elle, étouffée par son propre sang.

Ils étaient mariés. Il n'avait pas besoin de la violer, mais il prenait plaisir à la faire souffrir. Il aimait les émotions fortes et nul n'avait jamais osé contrarier le bon vouloir de sa seigneurie. Sarah ferma les yeux, anéantie. Elle vivait un enfer depuis huit ans mais, bientôt, elle briserait ses chaînes.

— Edward, non... par pitié, l'implora-t-elle dans un murmure.

Il l'avait clouée au sol et l'écrasait de tout son poids. La douleur la transperça lorsqu'il pénétra en elle avec une brutalité inouïe. Sarah ne souffla plus mot, de peur que les domestiques ne l'entendent. L'humiliation et la honte n'en auraient été alors que plus cuisantes. Elle le laissa satisfaire ses appétits, avec la sensation que sa tête était pleine de sable. Lorsqu'il eut ce qu'il désirait, il la lâcha et s'effondra un instant sur elle avec un grognement de satisfaction. Elle suffoqua sous son poids mais, une fois de plus, elle garda le silence. Enfin, il se redressa pour l'observer de l'air dont on regarde un déchet.

— J'espère que tu me donneras un fils... même si tu dois passer de vie à trépas, ricana-t-il.

Il pivota sur ses talons et sortit, la laissant à terre. Sarah reprit lentement son souffle. Elle se remit sur son séant, remonta son pantalon, lissa sa jupe, puis fondit en sanglots. La pensée qu'elle pourrait porter encore un bébé de ce monstre l'emplissait d'horreur. Comme une bête blessée, elle souhaitait se cacher quelque part pour mourir. Peut-être la mort viendrait-elle la chercher à bord du *Concorde* sur la route de Boston. Mais si elle était enceinte et que son enfant survivait cette fois-ci, Edward n'en saurait jamais rien. Alors, la conviction inébranlable qu'il venait d'abuser d'elle pour la dernière fois s'imposa à son esprit.

Elle regagna sa chambre, la robe couverte de sang, la lèvre enflée, la joue tuméfiée, les cheveux en désordre. Une douleur lancinante lui vrillait les tempes. Une bouffée de haine l'envahit. Elle le détestait plus que tout. Il n'avait rien d'humain. C'était un animal de la pire espèce, un être vil et méprisable. Lorsqu'il la revit, plus tard, lavée, recoiffée et rhabillée, il esquissa une révérence moqueuse, avec un sourire sarcastique.

— Avez-vous eu un accident, très chère ? Quel dommage ! Faites attention où vous posez les pieds, vous pourriez retomber.

Elle ne répondit pas et passa son chemin d'un air impassible. Elle n'avait rien à lui dire. Ni à lui ni à personne. Il n'y aurait plus jamais d'homme dans sa vie. Aucun homme. Pas d'amant, pas de mari. Et pas d'enfant, du moins l'espérait-elle. Elle n'aspirait plus qu'à la solitude. Et à la liberté.

Après ça, il la laissa tranquille. Il pensait qu'il l'avait mise enceinte, comme il l'avait fait tant de fois par le passé, à la suite d'une seule étreinte bestiale. Sarah priait pour le contraire. Mais elle n'avait aucun moyen de s'en assurer. Quand elle le saurait, elle voguerait sur l'Atlantique.

Les derniers jours s'écoulèrent sans incident. La nuit tant attendue arriva. La pleine lune illuminait le firmament criblé d'étoiles brillantes. Sarah se glissa hors du manoir, avec, sur ses talons, Margaret, qui portait deux petits sacs de voyage. Elles se dirigèrent en silence vers l'écurie. Sarah avançait d'un pas vif. Elle s'était attendue à éprouver quelque chose, des regrets ou de la nostalgie, mais à son étonnement, elle ne ressentait rien. Elle n'avait pas pris le risque de laisser un mot à Haversham. Elle lui donnerait de ses nouvelles plus tard, une fois arrivée à bon port. Et elle s'était bien gardée d'écrire à Edward, redoutant qu'il ne découvre la lettre avant qu'elle ait atteint Falmouth. Pour une fois, la chance lui souriait. Son mari, parti à la chasse, n'était pas encore rentré. Ce fut donc sans appréhension qu'elle pénétra dans l'écurie pour seller les chevaux. Peu après, les deux femmes s'en allaient au grand galop. Elles étaient d'excellente humeur. Surtout Margaret, qui voyait là l'occasion de vivre une grande aventure.

Le trajet, qui dura deux heures comme la fois précédente, se déroula sans encombre. Souvent, des bandits infestaient la campagne mais Sarah s'était gardée de le signaler à sa servante, de crainte que celle-ci refuse de l'accompagner. Si des malfrats les avaient arrêtées, ils auraient gagné un fameux butin, car Sarah avait cousu dans son manteau tous ses biens : son argent et ses bijoux. Heureusement, elles ne firent aucune mauvaise rencontre.

À Falmouth, elles mirent leurs montures au pas et prirent en silence la direction des quais. Le *Concorde* était ancré au port. Il ne ressemblait guère au navire que Sarah avait imaginé. C'était un petit deux-mâts carré, tout juste bon à traverser la Manche, mais il était trop tard pour faire marche arrière. Et de toute façon, sa décision était prise. Elle partait, dût-elle périr en mer. Margaret contemplait le bateau d'un air rêveur. Elle ignorait leur destination. Sarah lui avait simplement dit qu'elle ne verrait pas ses parents pendant plusieurs mois, peut-être davantage. Margaret avait répondu que cela lui était égal. Elle avait cru qu'elles iraient en Italie. Peut-être en France, malgré l'agitation qui secouait Paris. Dans les deux cas, elle verrait du pays, elle qui ne s'était jamais éloignée de son village de plus de dix lieues. Elle resta en retrait pendant que Sarah conversait avec le capitaine ; il lui remit une somme d'argent, qui parut énorme à la jeune servante. C'était un homme honnête. Le bracelet de rubis, vendu à l'un des joailliers les plus connus de Londres, avait rapporté une petite fortune, mais il n'avait gardé que le prix correspondant à leur traversée.

Sarah était en train de le remercier quand Margaret les rejoignit.

— Combien de temps durera le voyage ? demanda-t-elle en souriant.

Sarah et le capitaine échangèrent un regard. Ce fut lui qui répondit :

— Six semaines si nous avons de la chance, deux mois si nous tombons sur des tempêtes. Avec l'aide de Dieu, nous accosterons à Boston en octobre.

Le sourire de Margaret s'effaça. Horrifiée, elle regarda le capitaine MacCormack.

— Boston ? Mais je croyais que nous allions à Paris ! s'exclama-t-elle, en proie à la panique. (Elle se tourna vers Sarah.) Oh, madame la comtesse, je ne peux pas aller à Boston. Je n'y arriverai pas… J'en mourrai… Oui, j'en mourrai, c'est sûr, sur ce minuscule bateau. Oh, non, je vous en prie… (Secouée de sanglots, elle saisit les mains de Sarah.) Je vous en supplie, ne me forcez pas à vous suivre.

Avec un soupir, Sarah l'entoura de ses bras. Que faire ? Il était téméraire de voyager seule mais d'un autre côté, elle n'avait pas le cœur d'exercer lia moindre pression sur Margaret. Celle-ci pleurait à pierre fendre. Elle la pria de se calmer en prenant ses mains dans les siennes.

— Je ne t'obligerai pas à partir si tu ne le veux pas, dit-elle doucement en s'efforçant de l'apaiser. À une condition. Jure-moi que tu ne révéleras à personne ma destination. Ni à Sa Seigneurie, ni même à M. Haversham. Margaret, promets-moi que tu ne diras jamais à personne où je suis. Sinon, si tu penses que tu ne pourras pas tenir parole, il faudra que tu viennes avec moi, ajouta-t-elle d'une voix dure.

Margaret hochait vigoureusement la tête en sanglotant. Sarah n'avait plus l'intention de l'emmener. Elle l'avait effrayée exprès, afin qu'elle n'aille pas la dénoncer à Edward. Elle posa un doigt sous son menton, la forçant à relever la tête.

— Jure-le.

Margaret s'accrocha à elle comme une enfant.

— Je le jure... Oh, madame, n'embarquez pas là-dedans. Vous allez vous noyer.

— Je préfère me noyer plutôt que continuer à mener cette existence affreuse.

Sa joue l'élançait encore, là où il l'avait frappée. Il avait fallu des jours pour que sa lèvre dégonfle. Après le dernier viol, elle ne savait pas encore si elle était enceinte. Mais elle partirait plutôt deux fois qu'une, et même à la nage, pour échapper à Edward.

— Je pars, Margaret.

Elle lui demanda de ramener les chevaux. Sarah avait chargé un docker de les vendre, mais puisque sa servante allait rentrer, il n'y avait plus de raison de poursuivre ce projet.

— Margaret, il faut que tu sois forte. On te posera des questions. Réponds simplement que tu ne sais rien. Que je t'ai faussé compagnie et que j'ai pris le chemin de Londres à pied.

Oui, Londres est une excellente idée. Cela les occupera pendant un bon moment.

Pauvre Haversham ! Edward ne manquerait pas de l'accuser violemment, mais son innocence constituerait sa meilleure défense. Et lorsqu'elle se trouverait au Nouveau Monde, son irascible époux n'aurait plus aucun pouvoir sur elle. Il n'aurait aucun moyen de la faire revenir à la maison. Après tout, elle ne lui appartenait pas. Elle n'était ni sa chose ni son esclave. Elle n'était que sa femme. Tout au plus aurait-il le droit de refuser d'honorer ses dettes. Il pouvait également la déshériter. Mais elle ne voulait plus rien du comte de Balfour. Elle vendrait ses bijoux, puis elle aviserait. Elle trouverait facilement un emploi de gouvernante ou de dame de compagnie. Le travail ne lui faisait pas peur. Rien ne lui faisait peur, d'ailleurs, à part mourir entre les mains d'Edward. Ou pire encore, vivre pour subir ses sévices, jusqu'à ce qu'il rende son dèrnier soupir. Mais Sarah n'attendrait pas d'être veuve pour conquérir sa liberté. À cinquante-quatre ans, il avait toutes les chances de vivre encore de nombreuses années… Trop longtemps au goût de Sarah.

Les deux femmes s'embrassèrent sur le quai, en pleurant. La petite servante ne cessait de la supplier de ne pas embarquer, mais lorsque Sarah gravit la passerelle, ce fut sans la moindre hésitation. Une demi-douzaine de passagers s'entassaient sur le pont. Tous avaient hâte de prendre le large avant l'aube.

Sarah agita la main en signe d'adieu quand le bateau s'éloigna du quai. À travers le voile de ses larmes, Margaret le vit décrire un arc de cercle pour sortir du port.

— Bonne chance ! cria-t-elle dans la brise matinale, mais Sarah ne pouvait plus l'entendre – elle était trop loin.

Accoudée au bastingage, elle souriait. Elle se sentait heureuse pour la première fois de sa vie. Et lorsque la côte accidentée de l'Angleterre fut hors de vue, elle ferma les yeux et remercia le Tout-Puissant avec ferveur.

Charlie posa le livre, puis resta longtemps assis, silencieux. Il était quatre heures du matin. Il n'avait pas vu le temps passer, il avait lu des heures durant. Quelle femme extraordinaire ! songea-t-il. Et quel courage il lui avait fallu pour quitter son monstrueux mari et partir pour Boston à bord d'un pauvre petit bateau, seule, sans escorte. D'après ce premier récit, il concluait qu'elle ne connaissait personne en Amérique. En se remémorant les passages concernant Edward, il eut la chair de poule. Il aurait voulu se retrouver comme par magie au siècle de Sarah pour pouvoir lui venir en aide. Pour se trouver à son côté, sur le pont du *Concorde*, tandis qu'il mettait le cap sur le Nouveau Monde, et devenir son ami.

Il referma lentement le journal, avec la précaution que méritent les objets de grande valeur. En montant dans sa chambre, qui avait été autrefois celle de Sarah, il eut le sentiment de partager avec elle un fabuleux secret. Il la connaissait beaucoup mieux maintenant. Il savait qui elle était, d'où elle venait. Il essaya d'imaginer comment s'était déroulée la traversée et fut tenté d'ouvrir le second carnet relié en basane. Il se retint. Il fallait dormir un peu.

Il resta allongé, les yeux ouverts dans l'obscurité, en se disant qu'il avait eu de la chance de découvrir son journal intime… Mais était-ce le hasard ? Y avait-il vraiment des souris ou des rats dansje grenier ? N'était-ce pas *elle* qui l'avait attiré là-haut, avant de le guider jusqu'à la niche où reposaient ses mémoires ? Il sourit. Non, c'était impossible. Son esprit cartésien réfutait cette idée saugrenue. Mais, quelle que fût la cause réelle de sa découverte, il était enchanté de l'avoir faite. Et il avait hâte de lire la suite.

# 10

Lorsqu'il se réveilla le lendemain, Charlie se demanda s'il n'avait pas rêvé. Dehors, il gelait et la neige continuait de tomber. Il avait projeté de faxer un message à son avocat à Londres, de donner deux ou trois coups de fil à New York. Mais, dès qu'il fut levé, il n'eut plus qu'une envie : prendre une douche, se préparer du café et poursuivre sa lecture. Il émanait du journal de Sarah une force qui l'attirait comme un aimant. S'il s'était écouté, il n'aurait plus bougé de la maison avant d'avoir lu tous les carnets, comme on se plonge dans un feuilleton passionnant.

Il se fit violence pour envoyer le fax et appeler New York. Enfin, il se laissa tomber dans son fauteuil le plus confortable, le petit livre relié en basane à la main. C'était, en effet, le récit de la traversée. Il sentit son cœur s'emballer. Il partagerait sa découverte avec Gladys, bien sûr, mais plus tard. Pour le moment, il souhaitait avoir toute l'histoire pour lui. Un silence absolu régnait dans le château lorsqu'il reprit sa lecture.

Le *Concorde*, un brick de dimensions modestes, muni de deux mâts et d'une poupe carrée, avait été construit cinq ans auparavant. Sous la passerelle, entre les ponts, se logeait une petite salle commune flanquée de quatre cabines pour un total de onze passagers. Tandis que l'étrave du bateau fendait les flots gris, Sarah descendit jeter un coup d'œil à la pièce qu'elle était censée partager avec Margaret. Elle laissa errer un regard incrédule sur la minuscule cellule qui ne devait pas mesurer plus de six pieds sur quatre ; les deux étroites couchettes en bois, garnies de matelas étriqués, semblaient sur le point de s'écrouler. Suspendues au plafond, deux cordes devaient servir à attacher les passagers sur leurs lits au cas où ils affronteraient les tempêtes de l'Atlantique.

Comme il n'y avait que deux femmes à bord, Sarah aurait au moins la chance d'être seule dans sa cabine, l'autre femme voyageant avec son mari et leur petite fille de cinq ans, Hannah. Sarah les avait déjà aperçus sur le pont. C'était des Américains de l'Ohio. Ils s'appelaient Jordan. Ils avaient rendu visite à la famille de Mme Jordan pendant quelques mois, avant de prendre le chemin du retour. Entreprendre deux fois la traversée relevait de l'héroïsme, même aux yeux de Sarah.

Les autres passagers étaient tous des hommes : quatre marchands, un pharmacien qui à l'occasion pourrait se rendre utile, un pasteur s'apprêtant à évangéliser les indigènes de l'Ouest, et un journaliste français, fervent admirateur du diplomate et inventeur américain Benjamin Franklin, qu'il disait avoir rencontré cinq ans plus tôt à Paris. Le brick avançait dans les grosses vagues de la houle – la côte britannique s'était presque estompée dans le lointain – et tous les passagers souffraient déjà du mal de mer. Sauf Sarah. Elle se sentait revivre. De retour sur le pont supérieur, elle admirait un pâle lever de soleil, respirait profondément l'air marin et se réjouissait d'être enfin libre. Une sensation d'excitation la gagnait. Elle crut qu'elle allait s'envoler. En redescendant vers le pont inférieur, elle tomba sur Mme Jordan, qui sortait de sa cabine avec Hannah. Comment arrivaient-ils à tenir à trois là-dedans, se demanda-t-elle, mais Mme Jordan la tira de ses réflexions d'un :

— Bonjour, mademoiselle, lancé d'un air collet monté, en baissant les yeux.

Elle venait de parler avec son mari de cette mystérieuse passagère, embarquée sans chaperon. Et elle avait abordé Sarah exprès, en quête d'une explication. Évidemment, si Margaret l'avait accompagnée, la question ne se serait pas posée. Il était inconvenant de voyager seule pour une vraie dame, Sarah le savait.

— Bonjour, ma chérie, dit-elle gentiment en souriant à la petite fille. Comment vas-tu ?

— Pas très bien, répondit Hannah.

Sans être une beauté, c'était une enfant attachante. Sa pâleur fit comprendre à Sarah qu'elle avait le mal de mer.

Mme Jordan leva le regard malgré elle, et les deux femmes se saluèrent d'une révérence.

— Je serai heureuse de l'accueillir dans ma cabine, si vous voulez rester un peu seule avec votre mari… La deuxième couchette est inoccupée. Je n'ai pas d'enfants malheureusement. Mon défunt mari est parti avec ce chagrin.

Elle ne dit rien des six bébés morts à la naissance mais son petit discours, prononcé intentionnellement, eut le don de capter immédiatement l'intérêt de Martha Jordan.

— Ah, vous êtes veuve ? dit-elle, d'un ton approbateur.

Bien sûr, elle aurait dû se faire accompagner par une femme de chambre ou une parente, pensa-t-elle en même temps. Mais la perspective de côtoyer pendant deux mois une veuve, c'est-à-dire quelqu'un de respectable, et non une gourgandine, comme on était en droit de le penser, avait apaisé ses inquiétudes.

— Oui, répondit Sarah, les yeux baissés avec modestie. Mon époux est mort récemment. Ma nièce devait effectuer le voyage avec moi, poursuivit-elle, supposant à juste titre que Mme Jordan avait vu Margaret pleurer sur le quai. Hélas, la pauvre petite a pris peur. Elle aurait été hystérique pendant toute la traversée. Je n'ai pas eu le courage de la forcer à me suivre, en dépit de ma promesse à mes parents. J'ai eu pitié d'elle et je n'ai pas osé insister, bien que cela me mette dans une situation embarrassante, acheva-t-elle avec une expression mortifiée qui lui gagna aussitôt la sympathie de son interlocutrice.

— Oh, ma chère, comme je vous comprends ! Un malheur n'arrive jamais seul, comme on dit.

Martha lui offrit un sourire compatissant. Veuve et sans enfant, songea-t-elle, émue. Belle, jeune, et déjà meurtrie par la vie ! Elle ignorait son âge mais elle ne lui donnait pas plus de vingt-trois ou vingt-quatre ans.

— Si nous pouvons vous être d'une quelconque utilité, n'hésitez pas à nous le demander. J'espère que vous viendrez nous rendre visite dans l'Ohio.

Mais cela ne tentait pas Sarah. Elle voulait atteindre Boston, ensuite elle aviserait.

— Vous êtes trop aimable.

Elle remercia chaleureusement Mme Jordan, avant de s'éclipser dans sa cabine.

Elle portait un chapeau en soie noire à larges bords attaché à l'aide d'un ruban sous son menton et une robe en laine noire, ce qui rendait son récit crédible. Pourtant, malgré ses vêtements de deuil, aucune tristesse ne venait assombrir son visage. Au contraire, une lueur de contentement brilla dans ses yeux lorsque le bateau se mit à naviguer en haute mer et que la côte anglaise disparut complètement de l'horizon brumeux.

Les premiers jours, le voyage se déroula paisiblement. Pour pouvoir offrir des repas dignes de ce nom, le capitaine avait fait descendre, avant le départ, un petit troupeau de cochons et de moutons dans la soute et le cuisinier déploya un réel effort pour donner satisfaction aux passagers. La nuit, des bagarres éclataient parfois entre les membres de l'équipage. M. Seth Jordan expliqua à Sarah que les marins se saoulaient au rhum et lui conseilla de rester dans sa cabine après dîner.

Chaque matin, les marchands bavardaient sur le pont-promenade et, à part quelques accès de mal de mer, tout le monde affichait une excellente humeur. Le capitaine MacCormack faisait preuve d'une grande amabilité envers chacun de ses passagers, et plus particulièrement envers Sarah, dont la beauté l'avait littéralement subjugué. Il était du pays de Galles. Il avait, sur l'île de Wight, une femme et dix enfants qu'il voyait rarement. Cela faisait deux ans qu'il n'était pas rentré chez lui, avoua-t-il à Sarah. Il avait du mal à se concentrer sur ses tâches chaque fois que la jeune femme apparaissait sur le pont pour contempler la mer ou pour s'installer quelque part afin de noircir de sa fine écriture les pages d'un petit cahier. Elle avait ce genre de beauté qui rend les hommes fous amoureux, pensait le capitaine, la dévorant des yeux du haut de sa passerelle, et le pire, c'était qu'elle ne s'en rendait pas compte. Son calme et sa modestie ne faisaient qu'ajouter à son charme.

Ils étaient en mer depuis presque une semaine lorsque la première tempête frappa le bateau de plein fouet. Un marin entra en zigzaguant dans la cabine de Sarah, qui dormait. Elle se réveilla en sursaut et il l'attacha avec les cordes sur son lit, avant de faire le tour des autres cabines, dans la coursive. Elle ne se rendormit pas, et resta, attachée, à entendre grincer et craquer le petit navire, qui à chaque instant semblait prêt à se désagréger.

Ce fut une nuit longue et pénible. Des vagues énormes faisaient ballotter le bateau, qui plongeait dans l'abîme liquide pour remonter aussitôt vers des hauteurs écumantes. Sur sa couchette, Sarah priait, chaque fois que le gouffre sombre s'ouvrait sous l'étrave. Aucun passager ne s'aventura hors des cabines pendant deux jours. Certains souffrirent du mal de mer encore plus longtemps. Une semaine plus tard, Martha Jordan demeurait toujours invisible. Sarah demanda de ses nouvelles à son mari.

— Ce n'est pas brillant, admit Seth Jordan. Elle n'a jamais eu une forte constitution. La grippe l'a beaucoup affaiblie l'année dernière. Elle a été très malade durant la tempête et... non, elle ne s'en est pas remise.

Il était, quant à lui, très occupé avec la petite Hannah. L'après-midi, Sarah rendit visite à la malade. Elle poussa la porte de la cabine, qui révéla un triste spectacle : Martha, mortellement pâle, allongée sur le matelas, un seau de zinc sous la couchette. À peine Sarah était-elle entrée qu'elle se mit à se racler la gorge.

— Oh, mon Dieu, laissez-moi vous aider !

Sarah se porta spontanément à son secours. La pauvre femme avait l'air sur le point de rendre l'âme. Elle lui tint la tête pendant qu'elle vomissait. Elle apprit, peu après, que les nausées n'étaient pas seulement dues au mal de mer. Martha était enceinte… Cela fit penser à Sarah qu'elle ne l'était pas. Elle l'avait su la veille et s'en était réjouie. Ainsi, plus aucun lien ne l'attachait à Edward. Elle était vraiment libre.

— Nous aurions dû rester en Angleterre auprès de ma famille jusqu'à la naissance du bébé, gémit Martha, en se renversant sur son oreiller, les yeux clos, exsangue. Si seulement Seth n'avait pas tant insisté pour que nous repartions… (Des larmes jaillirent au coin de ses paupières.) Il nous faudra des semaines de route avant d'arriver dans l'Ohio, après avoir débarqué à Boston.

Elle n'était pas au bout de ses peines. Boston était loin. Cela voulait dire deux mois de roulis et de tangage. Deux mois de nausées. Martha se mit à pleurer dans les bras de Sarah. Celle-ci lui caressa les cheveux ; elle ne la comprenait que trop bien. Elle ne pouvait rien imaginer de pire. Elle serait devenue folle si elle avait attendu un enfant d'Edward…

La détresse de Martha faisait peine à voir. Elle s'éclipsa un instant, revint avec un linge et un flacon d'eau de lavande. Elle appliqua le linge humide sur le front de la patiente, que la légère senteur rendit plus nauséeuse encore. Sarah lui lava le visage et la coiffa. Elle mit de l'ordre dans la cabine, vida le seau et le reposa à sa place. Enfin, elle lui proposa une tasse de thé.

— Merci, murmura Martha d'une voix enrouée. Vous ne pouvez pas imaginer ce que c'est. Quand j'attendais Hannah, j'ai été malade tout le temps…

Sarah hocha la tête. Elle aussi avait souffert le martyre pendant ses grossesses et cela ne rendait cette femme que plus sympathique à ses yeux.

Après quelques gorgées de thé et un biscuit sec procurés par le cuisinier, Martha se sentit mieux. Vers la fin de l'après-midi, les vomissements cessèrent. Seth compara Sarah à un ange de miséricorde. Il se répandit en remerciements. Sarah se proposa pour garder Hannah. Elle la conduisit dans sa cabine et joua avec elle, mais l'enfant voulait retourner auprès de sa mère. Malheureusement cette dernière s'était remise à vomir. Hannah dut suivre son père sur le pont où les hommes s'étaient réunis pour bavarder et fumer des cigares des Antilles. Le parfum entêtant du tabac se mêlait à l'air iodé. Sarah fut tentée d'essayer mais elle se garda bien de céder à son envie. Une femme qui fumait passait immédiatement pour une prostituée. Elle se contenta d'avertir M. Jordan que son épouse était de nouveau malade. Une fois de plus, il la remercia de son aide précieuse.

Quelques jours d'accalmie suivirent, puis une nouvelle tempête les confina dans leurs cabines. L'intempérie dura plus d'une semaine et, pendant cette période, les ponts du petit bateau restèrent vides. Ils avaient pris la mer depuis plus de trois semaines et demie. Ils avaient donc parcouru la moitié du chemin. Le capitaine estimait qu'ils avaient eu de la chance de ne pas tomber sur l'un de ces terribles ouragans qui soufflaient de temps à autre sur l'océan. D'après lui, s'ils continuaient à la même vitesse, ils mettraient en tout sept semaines pour arriver à destination. En dépit des conditions atmosphériques, Sarah se promenait tous les jours sur le pont nimbé d'embruns. Elle ne pouvait s'empêcher de se demander comment Edward avait réagi à sa disparition, et si Margaret avait tenu parole ou l'avait trahie. Oh, cela n'avait plus d'importance. Qu'il sache ou non où elle se trouvait, il ne pouvait plus l'atteindre. Il n'avait d'autre choix que la haïr de toutes ses forces, ce qui ne faisait pas vraiment de différence.

Un matin, lors de sa promenade habituelle, elle croisa l'un des marchands, un brave homme du nom d'Abraham Levitt.

— Avez-vous des parents à Boston ? s'enquit-il après les salutations d'usage.

M. Levitt était un commerçant prospère. Sarah aimait bien l'écouter raconter ses voyages en Orient et aux Antilles. De son côté, il était frappé par les questions qu'elle lui posait. Des questions inhabituelles pour une femme… Elle semblait s'intéresser aux échanges entre le Nord et l'Ouest ainsi qu'aux Indiens et à la population du Connecticut et du Massachusetts. Elle connaissait, pour l'avoir lu quelque part, l'existence de Deerfield, petite localité pittoresque, réputée pour ses cascades et sa forteresse.

— Allez-vous voir des amis ? demanda M. Levitt, ce à quoi elle répondit par la négative.

C'était un homme affable d'une quarantaine d'années, qui vivait avec sa femme dans le Connecticut. Son entreprise serait bientôt très rentable, ce dont il semblait tirer une grande fierté. Sarah avait de l'admiration pour ceux qui réussissaient grâce à leur travail. En Europe, on jugeait les gens d'après leur naissance, mais pas en Amérique… En Amérique, on était respecté pour ce qu'on faisait, pas pour ce qu'on était. Elle le dit à Levitt, qui hocha la tête.

— Vous avez raison. Vous êtes une femme intelligente, madame Ferguson. Vous me plaisez bien, dit-il simplement.

Puis le second annonça que le dîner était servi, et il lui offrit son bras pour l'accompagner à l'intérieur.

Seth et Hannah Jordan étaient déjà attablés. Martha n'était pas apparue dans la salle commune depuis des semaines. Elle ne quittait plus sa cabine. À chacune de ses visites, Sarah la trouvait plus fragile, plus exténuée. Elle avait confié ses inquiétudes au passager qui exerçait le métier de pharmacien, mais aucun de ses remèdes ne s'était avéré efficace.

Le dîner fut animé, comme toujours. Chaque convive raconta des légendes, des anecdotes et même des histoires de fantômes. D'un commun accord, ils attribuèrent à Sarah les palmes de la meilleure conteuse. C'était, de fait, une narratrice extraordinaire. Elle connaissait aussi beaucoup d'histoires pour enfants et elle en raconta une à Hannah, en la mettant au lit, afin que son père puisse rester avec ses compagnons de voyage. Martha s'était endormie, épuisée. Elle passait le plus clair de son temps à vomir, mais personne ne pouvait rien faire pour elle. En désespoir de cause, Sarah avait fini par croire aux affirmations du capitaine, qui décrétait que personne n'était jamais mort du mal de mer. Mais la tempête qui les frappa cette nuit-là la fit douter des propos de MacCormack.

Plus tard, celui-ci leur avoua qu'ils avaient frôlé le naufrage. Trois jours durant, les éléments déchaînés avaient secoué sans merci le petit bateau. Les marins avaient dû s'attacher aux mâts, tandis que les passagers gisaient, ligotés sur leurs couchettes. Deux des hommes du capitaine avaient été précipités par-dessus bord par les vagues, tandis qu'ils essayaient de ferler les voiles à moitié déchirées par le vent. Leurs compagnons réussirent à les repêcher, bravant les trombes d'eau salée qui submergeaient les ponts. Une lame gigantesque souleva alors le navire pour le catapulter dans un gouffre noir. Le *Concorde* tremblait de fond en comble. Il heurta l'eau avec un craquement épouvantable, comme s'il s'était fracassé contre des rochers et qu'il allait voler en éclats. Attachée sur sa couchette, Sarah poussa un cri de frayeur. Pour la première fois, le doute l'assaillit. Avait-elle pris la bonne décision ? Valait-il mieux se noyer plutôt que de rester avec Edward ? Mais même alors, elle n'éprouva aucun regret.

Le quatrième jour, le soleil parvint à crever les nuages. La mer s'était un peu calmée. Les passagers émergèrent comme des ombres. Ils paraissaient tous très secoués... sauf Abraham Levitt. Il avait vu pire, déclara-t-il, imperturbable, lors de ses voyages en Orient. Des ouragans effrayants auprès desquels celui-ci faisait figure de petite pluie d'automne. Les autres l'écoutaient, amusés, quand Seth apparut sur le pont, suivi d'Hannah.

— Martha est au plus mal, dit-il d'une voix oppressée. Je crois qu'elle délire... elle n'a pas pu absorber une goutte de liquide depuis des jours et je n'arrive pas à lui faire avaler la moindre gorgée.

— Il faut pourtant qu'elle boive, dit Sarah énergiquement.

Sinon, elle mourrait de déshydratation, pensa-t-elle, en se gardant bien de formuler sa crainte.

Le pharmacien hocha la tête.

— Il faudrait la saigner. Dommage qu'il n'y ait pas de médecin à bord.

— Eh bien, nous allons nous débrouiller sans médecin, rétorqua Sarah avec fermeté.

Ce disant, elle descendit dans la cabine de son amie. En la voyant, elle réprima un sursaut. La figure grise, les yeux cernés, profondément enfoncés dans leurs orbites, Martha murmurait des paroles sans suite.

— Martha... chuchota-t-elle, mais, visiblement, la malade ne pouvait l'entendre. Ma chérie, faites un effort. Buvez un peu, juste un tout petit peu.

Elle porta une cuiller aux lèvres sèches de la jeune femme, mais ne réussit qu'à lui mouiller les joues et le menton. Pendant plusieurs heures, elle ne quitta pas son chevet et tenta l'impossible pour lui faire avaler une gorgée d'eau, sans succès. Martha serrait les dents ; elle ne voulait pas boire. Elle continuait à parler à mi-voix, tenant des discours incohérents, et ne paraissait pas reconnaître Sarah. Plus tard, son mari descendit, Hannah dans les bras. La petite fille était à moitié endormie. Il la coucha, et Hannah sombra dans un sommeil de plomb tandis que son père et Sarah veillaient sa mère. Le lendemain matin les trouva à son chevet. De toute évidence, ils avaient perdu la partie. L'inévitable ne tarderait pas à se produire. Martha était enceinte de quatre mois. Sans doute le fœtus était-il déjà mort, songea Sarah avec tristesse. Il n'y avait plus moyen de la sauver, plus moyen de revenir en arrière. Les premières lueurs de l'aube striaient le ciel de rose vif quand Martha ouvrit les yeux. Elle adressa un sourire paisible à son mari, qui la serrait dans ses bras.

— Merci, Seth, dit-elle doucement, puis sa tête roula sur sa poitrine.

C'était fini. Sarah n'avait jamais rien vu de plus triste, hormis la mort de ses bébés. Hannah se réveilla à ce moment-là. Son premier mouvement fut de se tourner vers sa mère. Sarah avait coiffé Martha et lui avait noué un de ses propres foulards autour du cou. La jeune femme reposait sur l'étroite couchette, si paisible qu'elle en était presque belle.

— Elle va mieux ? demanda Hannah, pleine d'espoir, croyant que sa maman dormait.

— Non, ma chérie, répondit Sarah en ravalant ses larmes. (Elle n'avait pas voulu imposer plus longtemps sa présence, mais Seth l'avait implorée de rester.) Elle n'est pas… (Elle se tourna vers le père de la fillette, qui demeura muet. Ses yeux brillants de larmes suppliaient Sarah de poursuivre.) Elle est au ciel, Hannah. Regarde comme elle sourit… Elle est avec les anges… Je suis désolée.

Les larmes jaillirent. Elle se mit à pleurer cette femme qu'elle connaissait à peine. Une immense tristesse l'étreignait. Martha ne verrait pas sa fille grandir. Elle ne retournerait pas dans l'Ohio. Elle les avait quittés.

— Elle est morte ? demanda Hannah, les yeux écarquillés, en regardant tour à tour son père et Sarah.

Ils firent oui de la tête en même temps. La fillette éclata en sanglots. Sarah réussit à l'habiller et à l'emmener sur le pont tandis que Seth allait trouver le capitaine.

MacCormack suggéra un service funèbre dans l'après-midi, suivi d'une sépulture en mer. Seth secoua vigoureusement la tête. Sa femme aurait voulu être inhumée près de leur ferme dans l'Ohio ou dans son caveau familial en Angleterre.

— On n'a pas le choix, monsieur Jordan, objecta le capitaine d'une voix bourrue. On ne peut pas conserver le corps jusqu'à Boston. Il faut vous en séparer ici.

Il avait l'habitude. Il était rare que personne ne trouve la mort pendant les traversées. Un passager tombait malade ou, lors d'une tempête, le ressac emportait un membre de l'équipage, sans compter les accidents. Le capitaine avait beau être aguerri, il n'en était pas moins ému. On ne s'habitue pas à la mort… Il regarda Seth Jordan, qui finit par acquiescer.

Deux matelots amenèrent le corps de Martha dans la cabine du capitaine. Ils l'enveloppèrent dans un linceul lesté de poids. À midi, ils le portèrent sur le pont où MacCormack prononça une brève homélie. Le pasteur prit le relais. Il lut des psaumes, puis il rappela le caractère doux et la vie exemplaire de la défunte. Les marins posèrent la planche sur laquelle reposait Martha sur la rampe et soulevèrent l'arrière. Entraîné par les poids, le corps plongea dans la mer. Les flots se refermèrent sur le macabre paquet et la pauvre petite Hannah poussa un cri aigu, puis se mit à sangloter dans les bras de Sarah. Son père paraissait anéanti lorsqu'il vint remercier la jeune femme dans sa cabine. Après cette pénible journée, Sarah s'était étendue, les tempes vrillées par une migraine tenace. Mais elle se leva pour ouvrir à Seth Jordan. Elle le plaignait du fond du cœur. Il y avait plus de cinq semaines et demie qu'ils avaient embarqué. Dans une semaine, tout au plus dans dix jours, le port de Boston se profilerait à l'horizon.

— Vous pouvez venir dans l'Ohio avec nous, si vous voulez, dit-il maladroitement.

Elle lui sourit, touchée par son invitation. Elle les aimait bien, surtout Hannah.

— Je ne sais pas comment m'occuper de ma fille, reprit-il, hésitant. Je n'aurai pas le temps de la surveiller.

Sarah hocha la tête. Elle comprenait. Peut-être devraient-ils retourner en Angleterre chercher de l'aide auprès de la famille de Martha... à condition de traverser pour la troisième fois l'Atlantique, ce qui n'était guère tentant.

— Je compte m'établir dans le Massachusetts, répondit-elle avec un sourire. Venez me voir, quand j'aurai trouvé la ferme de mes rêves.

— La terre coûte moins cher chez nous.

Et les Indiens se montraient plus hostiles, elle le savait.

— Venez nous rendre visite, répéta-t-il, d'une voix empreinte d'espoir.

Sarah le lui promit. Elle lui proposa d'héberger Hannah pour la nuit, mais il répondit qu'ils préféraient rester ensemble. Les jours qui suivirent, la petite fille ne cessa de pleurer. Elle s'accrochait à Sarah en réclamant sa mère. Seth sombrait de son côté dans un morne désespoir. Finalement, il se résolut à parler à Sarah. Ils avaient pris la mer depuis sept semaines. Hannah s'était endormie dans leur cabine. Depuis la mort de sa maman, rien ne semblait pouvoir la consoler en dehors de la présence de Sarah.

— Je ne sais pas ce que vous en penserez, murmura-t-il, jetant un regard anxieux à Sarah, qui avait enfilé une robe de chambre en soie bleue par-dessus sa chemise de nuit. Ça va sûrement vous paraître bizarre, mais je n'ai cessé d'y songer depuis que Martha n'est plus... Nous... euh...

Il butait sur les mots. Sarah le regardait, alarmée. Elle avait deviné la suite, mais ne savait pas comment l'arrêter.

— Nous sommes tous les deux dans la même situation, continua-t-il. Vous avez perdu votre mari et moi ma femme. À ceci près que moi, j'ai une petite fille à élever. Et je ne peux pas assurer seul son éducation, ajouta-t-il, les yeux pleins de larmes. Je suis perdu. J'ai longtemps réfléchi avant de vous le demander et je n'ai pas trouvé les mots justes. Je n'irai donc pas par quatre chemins. Sarah, acceptez-vous de m'épouser ?

Il y avait dix jours à peine que Martha reposait dans son tombeau liquide. Elle le contempla, muette de stupeur. Elle le plaignait, bien sûr, mais pas suffisamment pour accepter sa proposition, même si cela lui avait été possible. Il avait besoin d'une nourrice, de l'assistance d'une amie, ou encore d'une veuve, une vraie, puisque Sarah était toujours mariée. De toute façon, c'était hors de question. Elle secoua doucement la tête.

— Non, Seth, je ne peux pas.

— Mais si, vous le pouvez. Hannah vous adore. Avec le temps, nous nous habituerons l'un à l'autre. Je ne vous importunerai pas au début, jusqu'à ce que vous soyez prête. Je serai patient. Mais nous allons bientôt accoster à Boston, il fallait que je vous pose la question.

Il tendit vers elle une main tremblante qu'elle esquiva, soucieuse de ne pas l'induire en erreur. Il n'y avait aucune chance qu'elle épouse Seth Jordan.

— Non, c'est impossible. Pour plusieurs raisons. J'en suis flattée, mais je ne peux pas.

L'expression de ses yeux ne trompait pas. Elle avait parlé franchement. Le mariage était la dernière chose à laquelle elle aspirait, même si Seth lui paraissait un homme gentil et Hannah une fillette adorable. Elle avait sa propre vie à mener maintenant. Elle ne sacrifierait pas sa liberté. De plus, elle avait un mari, hélas bel et bien vivant, en Angleterre.

— Je... je suis désolé, balbutia-t-il. J'ai eu tort de vous demander votre main. Mais comme vous êtes veuve, je me suis dit... Excusez-moi...

Rouge de honte, il s'interrompit et battit en retraite.

— Ce n'est pas grave, Seth. Je ne vous en veux pas, assura-t-elle avec un sourire compréhensif.

Dès qu'il sortit, elle referma la porte, puis s'assit sur sa couchette en soupirant. Il était grand temps qu'ils arrivent à Boston. Ils avaient été enfermés à l'intérieur de ce bateau depuis très longtemps... trop longtemps en fait.

# II

La traversée dura exactement sept semaines et quatre jours. Au dire du capitaine, ils auraient pu arriver plus vite si de nouvelles tempêtes rencontrées près des côtes américaines ne l'avaient pas obligé à ralentir. Mais les déconvenues et les drames du voyage furent oubliés d'un seul coup dès que l'on vit apparaître la terre ferme dans le lointain. Les passagers poussèrent des cris de victoire en courant sur les ponts. Ils avaient quitté l'Angleterre depuis près de deux mois. On était le 28 octobre 1789. Le temps à Boston était frais mais ensoleillé.

Les voyageurs descendirent sur l'appontement, les jambes encore flageolantes, étonnés de ne pas sentir le sol tanguer sous leurs pieds. Ils riaient et parlaient tous en même temps avec animation. Le port fourmillait de monde : colons, officiers en uniforme, soldats de la garnison la plus proche. Sur les quais, comme sur la place et les ruelles adjacentes, régnait une atmosphère de foire. On vendait, on achetait, on négociait, tandis que des matelots embarquaient ou débarquaient du bétail. Les sabots des chevaux sur les pavés, les roues des voitures mêlaient leur fracas à la cacophonie ambiante.

Sur le pont, le capitaine MacCormack saluait ses passagers. Il s'inclina sur la main de Sarah avec sollicitude. Celle-ci, ayant réuni ses maigres biens dans son sac, se préparait à louer une voiture. L'heure de la séparation avait sonné. Abraham Levitt lui fit ses adieux le premier, suivi par le pharmacien et le pasteur, qui emprunterait bientôt la longue et périlleuse route de l'Ouest. Trois ou quatre matelots lui serrèrent la main, puis ce fut le tour de la petite Hannah. Elle entoura les jambes de Sarah de ses bras, la suppliant de ne pas l'abandonner. Sarah tint bon. Elle expliqua de son mieux à la fillette que leurs chemins se séparaient là, et promit de lui écrire, sachant toutefois que le courrier mettrait des siècles avant de parvenir à destination. Après avoir embrassé Hannah, qui essuyait ses larmes, elle échangea une poignée de main avec Seth Jordan. Il la regarda avec un sourire embarrassé. Si seulement elle avait accepté de l'épouser et d'aller vivre avec eux dans sa ferme de l'Ohio... Il chassa cette pensée. Il savait qu'il n'oublierait pas Sarah, qu'il rêverait souvent et pendant longtemps à sa beauté rayonnante et à sa bonté.

— Prenez soin de vous, dit-elle gentiment, de cette voix douce qu'il aimait tant.

— Vous aussi, Sarah. Ne faites pas de bêtises. Soyez prudente quand vous vous déciderez à acquérir une ferme. N'allez surtout pas vous installer trop loin de la ville.

— D'accord, Seth.

Elle mentait. Les recommandations de M. Jordan allaient à l'encontre, justement, de son vœu le plus cher : explorer ce pays inconnu, jouir de son indépendance. À quoi servirait-il d'acheter une maison en ville ? Et pourquoi pas à côté de la garnison pendant qu'on y était ? Alors qu'elle mourait d'envie de bouger, de profiter de sa liberté.

Elle s'installa dans la voiture que le capitaine avait hélée à son intention et donna au cocher l'adresse de la Veuve Ingersoll, une pension située à l'angle de Court et Tremont dont elle avait appris l'existence par ses compagnons de voyage. Elle n'avait pas de réservation, bien sûr, ne connaissait personne là-bas, n'avait aucun projet précis. En se penchant, elle agita la main, en un geste d'ultime au revoir. Elle n'éprouvait aucune crainte. Quand la voiture s'éloigna du port pour emprunter State Street, menant au cœur de Boston, Sarah s'appuya au dossier de son siège. « Tout ira bien… oui, tout ira bien », lui susurra une joyeuse voix intérieure.

Charlie referma le cahier, songeur. Des larmes d'émotion lui piquaient les yeux. Une fois de plus, il rendit un hommage silencieux à la témérité de Sarah. Quelle femme extraordinaire ! se répéta-t-il. Rien ne lui faisait peur. Elle avait connu des épreuves terribles mais elle avait eu le courage de prendre en main son destin. Rien qu'en se représentant la traversée de l'Atlantique à bord d'un bateau comme le *Concorde*, il avait des sueurs froides. Habitué au confort de son siècle, il se dit qu'à la place de Sarah, il n'aurait pas survécu au voyage. Et ensuite ? Était-elle parvenue à trouver la ferme de ses rêves, et où ? Il avait l'impression de lire un roman d'aventures haletant, à ceci près que tous les personnages avaient existé.

Il posa le carnet, se leva et s'étira. L'écriture lui était familière à présent, il la déchiffrait aussi facilement que la sienne. Un coup d'œil à sa montre le fit sursauter. Il avait lu pratiquement toute la journée. Il fallait qu'il se dépêche s'il voulait prendre le thé chez Gladys, puis rendre les livres qu'il avait empruntés à la société historique de la ville.

Sa vieille amie l'attendait. Elle avait préparé son excellent Earl Grey accompagné de toasts beurrés et de biscuits à la cannelle. Charlie dut se retenir pour ne pas lui dévoiler la découverte qu'il avait faite au grenier. Ce secret, il ne voulait le partager avec personne, pas même avec sa chère Mme Palmer. Plus tard, lorsqu'il aurait lu l'intégralité des carnets, oui, il lui en parlerait volontiers. Pour l'instant, il ne révélerait rien. Comme si Sarah lui appartenait. Étrange, cette attirance pour une femme qui avait vécu deux siècles plus tôt… Mais, à mesure qu'il avançait dans sa lecture, il lui semblait que les mots écrits de la main même de Sarah l'avaient rendue plus présente, plus vivante, plus chère à son cœur.

Gladys lui rapporta les dernières nouvelles. Un de ses amis avait eu une crise cardiaque la veille. Elle avait reçu une lettre d'une vieille connaissance de Paris… Et tandis que son amie évoquait la France, Charlie se rappela Francesca. Il en profita pour poser quelques questions à son sujet, auxquelles Gladys répondit avec sa volubilité habituelle. Elle l'avait croisée une fois ou deux. Lorsqu'elle était arrivée, les commères de Shelburne Falls s'en étaient donné à cœur joie. Elles se préparaient à colporter toutes sortes de ragots mais elles déchantèrent vite. Tout le monde en ville s'accordait pour la trouver très jolie et terriblement distante. Elle s'était forgé une réputation d'ermite et aucun homme des environs ne pouvait se vanter d'être sorti avec elle. Gladys ignorait les raisons qui l'avaient poussée à s'établir ici.

— C'est pourtant une belle fille, dit-elle en guise de conclusion, avec une admiration teintée de méfiance.

Charlie acquiesça. Francesca avait piqué au vif sa curiosité, il aurait aimé en savoir un peu plus sur elle et sur sa petite fille.

Il prit congé de Gladys à quatre heures et demie de l'après-midi pour se rendre à la société historique. Il trouva porte close et resta un moment devant l'édifice, les deux livres à la main. Il faillit les laisser sur les marches du perron, puis se ravisa. Ils pourraient être volés ou abîmés s'il se remettait à neiger. Il se promit de revenir le lendemain, reprit sa voiture et fit une halte à l'épicerie.

Il venait de prendre un paquet de céréales, lorsqu'il aperçut Francesca. Elle faisait ses courses. Elle parut hésiter avant de se décider à lui adresser un vague sourire, tout en le saluant d'un bref et prudent hochement de tête.

— Bonsoir, je vous cherchais, dit-il en posant le paquet dans son panier et en remarquant qu'elle était seule. Je voulais vous rendre vos livres. Je repasserai dans un jour ou deux.

Malgré l'air sérieux qu'elle arborait, il crut noter une lueur plus chaleureuse dans ses yeux verts. Il n'en était pas sûr, mais l'expression de panique qu'il avait décelée dans son regard quand il l'avait invitée à boire un verre, la veille du jour de l'an, avait disparu. Quelque chose avait changé, mais quoi ? La vérité, c'est qu'elle avait réfléchi. Et elle s'en était voulu de son impolitesse. Elle n'avait pas l'intention de se lier d'amitié avec Charlie, mais tout de même ! Cet homme avait fait preuve d'une extrême gentillesse vis-à-vis de Monique, il n'y avait aucune raison de lui en tenir rigueur. Visiblement, il avait pris la petite fille en affection sans arrière-pensée, uniquement parce qu'il avait bon cœur.

— Comment s'est passé le réveillon ? se risqua-t-elle à demander en dissimulant sa nervosité.

— Merveilleusement, répondit-il avec son sourire qui faisait fondre les femmes et qu'il feignait d'ignorer. Je suis parti me coucher un peu après vous. Je suis rentré le lendemain et j'ai été très occupé, ces deux derniers jours. J'ai passé le plus clair de mon temps à faire du ménage.

Et à parcourir le journal de Sarah...

— Avez-vous trouvé d'autres documents concernant Sarah et François ?

On eût dit qu'elle avait lu dans ses pensées. Charlie sursauta. Comme s'il avait été pris en flagrant délit de mensonge. Il s'éclaircit la gorge.

— Euh... non, rien, bredouilla-t-il, avant de lui rendre, de but en blanc, la monnaie de sa pièce : Monique m'a dit que vous écriviez ?

Elle allait sûrement se refermer comme une huître et ne lui poserait plus de questions indiscrètes. À sa surprise, elle eut un sourire que l'on aurait presque pu qualifier de chaleureux.

— J'ai réuni pas mal de matériel sur les tribus indiennes de la région. Je suis en train de rédiger une thèse d'université. Le sujet est suffisamment riche pour faire l'objet d'un livre plus tard, mais je doute d'y parvenir. Mon style est trop sec.

Contrairement au journal de Sarah, écrit dans un style attachant. Comment réagirait Francesca s'il la mettait au courant de sa découverte ?

— Monique va bien ?

Elle le regarda. Elle l'observait constamment, du moins lui semblait-il, comme pour le jauger. Ami ou ennemi ? Décidément, elle avait peur de tout. Rien à voir avec Sarah... Sarah n'avait peur de rien, pas même de la brutalité du cruel Edward. Elle avait cependant mis du temps avant de s'évader, il devait l'admettre. Elle n'était pas partie la première fois qu'il avait levé la main sur elle. Il lui avait fallu huit longues années pour prendre conscience de sa force. Mais, Dieu merci, elle avait réussi à s'échapper de l'enfer. Charlie brûlait de lire la suite : le chapitre de sa rencontre avec François.

— Monique se porte bien, répondit sobrement Francesca. Elle a hâte de retourner skier.

Il faillit lui proposer de les emmener. Mais il garda un silence prudent. Il aurait fourni à Francesca un prétexte pour le chasser. Elle était à manier avec des pincettes. Il se demanda pourquoi il persistait à vouloir l'amadouer. Sans doute parce qu'il aimait bien sa fille. Et aussi parce qu'il devinait, sous ses dehors réfrigérants, un être vulnérable, terriblement blessé par la vie. Au fond, il souhaitait ardemment briser le carcan dans lequel elle s'était enfermée. Francesca lui plaisait beaucoup, même s'il ne voulait pas l'admettre.

— C'est une petite skieuse exceptionnelle, déclara-t-il avec admiration, et cette fois-ci le sourire de la jeune femme se fit plus franc.

Ils étaient arrivés à la caisse. Francesca parut sur le point de parler, puis se ravisa.

— Oui ? Qu'alliez-vous me dire ? demanda-t-il.

Il avait décidé de prendre le taureau par les cornes, dans l'espoir de la contraindre à sortir de sa coquille.

— Je... je vous présente mes excuses. J'ai été extrêmement désagréable à Charlemont, le jour où vous avez offert un sandwich à Monique. Je ne veux pas qu'elle soit trop familière avec des inconnus ni qu'elle soit redevable de quoi que ce soit, même si elle est encore incapable de le comprendre.

— Je sais, dit-il tranquillement en la regardant droit dans les yeux, et il la sentit prête à s'enfuir.

Mais elle était prise au piège, à moins de bousculer les personnes qui les suivaient ou celles qui les précédaient dans la file. Elle faisait l'effet d'une jolie biche aux abois qu'un habile chasseur aurait attirée hors des ombres protectrices du sous-bois et qui serait à l'affût du moindre bruit suspect.

— Je comprends, reprit-il. J'agirais de la même façon si j'avais une fille.

Elle détourna la tête. L'espace d'un instant, une peine intense se refléta sur ses traits ciselés. Avait-elle donc tant souffert ? Plus encore que Sarah ? Plus que Charlie lui-même quand Carole l'avait trompé avec Simon ? Est-ce que parmi tous ces cœurs brisés, celui de Francesca était le plus fragile ?

— Élever un enfant est une grosse responsabilité, poursuivit-il.

C'était une façon comme une autre de lui témoigner son respect. Il avait l'impression qu'ils avaient un tas de points communs tout en étant conscient qu'il n'aurait sûrement pas l'occasion de les découvrir. Il appréciait sa compagnie, et pour cause ! Francesca était la seule personne de son âge qu'il connaissait à Shelburne Falls. Gladys avait soixante-dix ans, Monique, huit, et Sarah était morte depuis des siècles. Oui, Francesca semblait la seule amie qu'il pût avoir dans le village. Naturellement, il devait prendre garde de ne pas lui faire le moindre compliment, sous peine de la perdre à jamais. Elle se méfiait de tout, même de l'amitié. Alors qu'ils s'approchaient du comptoir, Charlie laissa échapper un soupir résigné. Certaines rencontres ont un sens, d'autres restent stériles. Celle avec Francesca appartenait à la seconde catégorie. Essayer d'obtenir d'elle autre chose qu'une conversation banale relevait de l'impossible. C'était trop lui demander. Ils ignoraient tout l'un de l'autre. Le peu qu'il savait du passé de Francesca à Paris, il le tenait de Monique.

Sans un mot de plus, il l'aida à poser ses achats sur le tapis roulant : deux hamburgers, deux steaks, un poulet, une pizza surgelée, des glaces, des bonbons, des fruits, des légumes, des cookies, un grand berlingot de lait.

Le panier de Charlie ne contenait pas grand-chose : un pack de sodas, des yoghourts, le paquet de céréales qu'il avait pris au moment où ils s'étaient rencontrés, bref, un panier de célibataire…

— Ce n'est pas exactement ce que l'on peut appeler un régime alimentaire sain, monsieur Waterston.

Miracle ! Elle se souvenait de son nom !

— Je vais beaucoup au restaurant.

Du moins à Londres et à New York.

Elle le regarda, surprise.

— J'aimerais bien savoir où, dit-elle avec un petit rire moqueur.

La plupart des restaurants de Deerfield et des environs étaient fermés en hiver. Ceux de Shelburne Falls n'ouvraient leurs portes qu'en de rares occasions – baptêmes, mariages, anniversaires. À cause du froid, les gens se calfeutraient chez eux. Sous l'œil amusé de Francesca, Charlie haussa les épaules.

— Je suppose qu'un de ces jours, je vais devoir me mettre aux fourneaux, soupira-t-il avec un sourire de petit garçon. Je reviendrai demain pour compléter mes provisions.

Il attendit qu'elle ait payé pour l'aider à transporter ses sacs jusqu'à sa voiture. Elle en avait trois, assez lourds, et de nouveau, tandis qu'ils se dirigeaient côte à côte vers la sortie, elle eut l'air gêné. Il feignit de ne pas le remarquer. Il cala les sacs sur la banquette arrière et referma la portière.

— Dites bonjour pour moi à Monique.

Il n'en dit pas plus. Ni qu'il voulait la revoir, ni qu'il lui rendrait visite, ni même qu'il allait l'appeler. Elle se glissa au volant de sa voiture, avec un sourire prudent, mais plus détendue que d'habitude.

Charlie la suivit du regard tandis qu'elle démarrait ; il se disait qu'il faudrait beaucoup de temps et de patience avant que la glace ne soit réellement rompue.

# 12

Le lendemain, le temps était de nouveau à la neige. Le vent charriait dans le ciel des nuages gris qui, soudain, répandirent sur la forêt une averse de flocons d'une blancheur éclatante. Ce jour-là, Charlie n'avait aucune raison de sortir. Il n'avait rien d'autre à faire que lire le journal de Sarah. Il resta un moment devant la fenêtre, le carnet à la main, mais c'était vers Francesca que ses pensées se tournaient… Quelle drôle de jeune femme ! Avoir goûté à la vie parisienne et venir s'enterrer ici ! Il n'oserait jamais lui demander pourquoi et, de toute façon, elle ne lui répondrait pas. Il se carra dans son fauteuil préféré, devant la baie vitrée, ouvrit le journal et se perdit dans les entrelacs de l'écriture de Sarah…

Sarah loua un petit appartement à la pension Ingersoll, à l'angle de Court et Tremont. C'était un immeuble de quatre étages qui mettait à la disposition de sa clientèle une table de premier ordre et des chambres confortables. Une semaine plus tôt, George Washington en personne y était descendu et, disait-on, n'avait pas tari d'éloges sur le service… Sarah se présenta de la part du capitaine MacCormack. Elle fut gentiment accueillie, même si Mme Ingersoll et sa gouvernante s'étonnèrent de voir arriver une dame de qualité sans escorte, avec, pour tout bagage, un sac de voyage. Sarah leur fit le récit dont elle avait déjà ébauché les grandes lignes sur le *Concorde* et qu'elle avait peaufiné pour la circonstance. Veuve depuis peu, elle avait quitté temporairement l'Angleterre afin de se remettre du deuil cruel qui l'avait frappée. Sa nièce aurait dû l'accompagner. Une maladie aussi subite que foudroyante avait empêché la pauvre enfant d'effectuer le voyage. Cette version larmoyante arracha un soupir de compassion à la propriétaire de la pension, qui pria la gouvernante de montrer à Mme Ferguson ses appartements.

Il s'agissait de deux pièces adjacentes : un salon spacieux tendu d'un riche brocart grenat, s'ouvrant sur une chambre très claire aux murs tapissés de satin gris perle, dont les fenêtres donnaient sur Scollay Square alors que, dans le lointain, miroitaient les eaux du port. Boston faisait penser à une ruche et Sarah aimait à déambuler dans les rues. Elle admirait les boutiques, s'amusait à entendre, autour d'elle, le rude accent irlandais se mêler à l'accent anglais. Artisans, soldats et marchands venus de tous les coins d'Europe composaient la population de la cité. Il y avait très peu de personnes comme elle car, en dépit de ses tenues simples, ses manières, son éducation trahissaient ses origines aristocratiques.

Elle portait toujours les vêtements qu'elle avait emportés dans ses bagages. Son chapeau commençait à se déformer. Son unique manteau, celui dans lequel elle avait dissimulé ses bijoux, manquait d'épaisseur ; elle avait besoin d'une garde-robe appropriée pour affronter les rigueurs de l'hiver… Dans Union Street, elle découvrit un tailleur qui avait pignon sur rue. Il possédait toute une collection de dessins de mode qu'une de ses clientes lui avait rapportés de France un an auparavant. Une très grande dame, précisa-t-il avec fierté. Elle s'habillait exclusivement en Europe. Seulement, elle avait cinq filles, ajouta-t-il en riant. Et elle l'avait chargé de copier pour elles ces modèles magnifiques... Sarah n'avait rien contre les imitations. Elle commanda une demi-douzaine de robes, puis le tailleur lui indiqua l'adresse d'une modiste susceptible de fabriquer des chapeaux assortis à sa nouvelle garde-robe.

Les goûts vestimentaires des Bostoniennes étaient d'une simplicité quasi rudimentaire. Leurs vêtements paraissaient ternes en comparaison de ceux que Sarah portait en Angleterre. Rien à voir avec la flamboyante mode française, naturellement... Les Françaises étaient réputées pour leurs robes élaborées, mais depuis que la Révolution avait éclaté, quatre mois auparavant, les duchesses et les marquises s'en préoccupaient moins. D'emblée, Sarah avait opté pour la sobriété : il fallait que ses tenues correspondent à son statut de veuve, à l'image de femme sérieuse et digne qu'elle voulait donner. Elle choisit les tissus en conséquence : des couleurs sombres. Du gris anthracite et du noir. Mais elle tomba en extase devant un chatoyant velours d'un bleu profond, de la même nuance que ses yeux. Elle n'aurait probablement jamais l'occasion de revêtir une telle splendeur mais elle céda à la tentation.

Le tailleur la raccompagna jusqu'à la porte. Sa commande serait prête très vite, affirma-t-il, à part la robe de velours qui ne serait pas livrée avant la fin du mois. Sarah le remercia poliment, après quoi elle se rendit à la banque, de l'autre côté de la rue. Là aussi elle brossa un tableau succinct de sa situation : son veuvage, sa récente arrivée d'Angleterre, le fait qu'elle n'avait aucune relation en ville. Elle ajouta négligemment qu'elle souhaitait acheter une ferme dans les environs de Boston.

— Une ferme, madame Ferguson ? s'étonna Angus Blake, le banquier. Mais diriger une ferme n'est pas une mince affaire, surtout pour une femme seule.

— J'en suis parfaitement consciente, monsieur. J'embaucherai des ouvriers. Je trouverai sûrement de l'aide une fois que j'aurai fait l'acquisition du terrain.

Il lui lança un regard désapprobateur par-dessus ses lunettes. Sornettes ! pensa-t-il. Elle ferait mieux d'acheter une maison dans un quartier résidentiel. Elle ne resterait pas seule longtemps. Bientôt, elle serait très entourée. Les meilleurs partis de la ville la courtiseraient et elle ne tarderait pas à se remarier. Une aussi jolie femme devrait songer à se divertir au lieu de s'enterrer à la campagne.

— À votre place, je réfléchirais avant de me lancer dans une telle aventure, madame Ferguson. Rien ne presse. Commencez par vous habituer à notre bonne ville avant de prendre une décision.

Il se fit un point d'honneur de la présenter à la haute société bostonienne, à commencer par ses propres clients. À l'évidence, l'arrivante était bien née. De plus, elle se distinguait par son élégance naturelle et par son rayonnement. Il l'invita chez lui. Sa femme se rangea aussitôt à son avis. Sarah Ferguson méritait mieux que s'abîmer les mains en trimant dans une ferme.

— Ma chère, vous êtes positivement ravissante, déclara Mme Blake quand son mari fit les présentations.

Elle avait des enfants de l'âge de Sarah et n'avait jamais rencontré quelqu'un, surtout une femme, qui produisait une aussi forte impression. Sa beauté n'avait d'égale que son intelligence. On était vite conquis par la force tranquille qu'elle dégageait. Rien que d'imaginer ce qu'elle avait enduré pendant la traversée de l'océan à bord du *Concorde* donnait des frissons à Belinda Blake. Cette histoire de ferme était l'idée la plus absurde qu'elle avait jamais entendue. Elle l'attira à l'écart.

— Vous devez rester à Boston, dit-elle d'un ton plein d'énergie.

Mais Sarah répondit par un sourire.

Les Blake avaient décidé de la prendre sous leur aile protectrice. Ils l'introduisirent dans le cercle de leurs amis. En deux semaines, Sarah fut submergée d'invitations. On la conviait à dîner ou à déguster une tasse de thé. Elle en accepta quelques-unes, en déclina d'autres. Les Blake comptaient beaucoup d'Anglais parmi leurs relations. La crainte que l'un d'eux la reconnaisse l'obsédait. Elle n'avait que très rarement accompagné Edward à Londres, mais savait-on jamais ? Elle n'était pas à l'abri d'une fâcheuse coïncidence. La nouvelle de sa fuite avait dû faire le tour du comté et de la capitale. Les gazettes avaient peut être même annoncé que la comtesse de Balfour avait quitté son illustre époux... La plus extrême prudence s'imposait. Elle avait renoncé à écrire à Haversham pour ne pas le compromettre. Elle sortit toutefois dîner une fois ou deux, et commença à se faire des amis.

Le dévoué Angus l'avait mise en rapport avec un bijoutier. La discrétion faite homme, disait-il. Lorsque Sarah défit les nœuds du carré de soie qui contenait ses bijoux et que les pierres précieuses se mirent à briller de mille feux sur le bureau du bijoutier, celui-ci cligna des yeux, ébloui. Il se pencha, ému, sur le trésor qui comptait une demi-douzaine de pièces de très grande valeur et quelques-unes plus petites que Sarah ne s'était pas encore résolue à vendre. La plus fabuleuse était un collier de diamants qui, bizarrement, avait échappé à l'œil rapace d'Edward du temps où il pratiquait des razzias dans le coffret à bijoux de Sarah. À lui seul, ce collier valait le prix de plusieurs fermes ou d'un magnifique hôtel particulier dans le plus beau quartier de Boston. Lors de leurs promenades en calèche, Belinda Blake ne manquait jamais de montrer à sa jeune amie les superbes demeures de brique, mais c'était à peine si Sarah y jetait un coup d'œil distrait. Elle s'était mis en tête d'acquérir une ferme et rien ne semblait pouvoir la détourner de son but.

Le bijoutier fit immédiatement une offre pour le collier. Il avait un client sur place et, au cas où celui-ci se désisterait, il savait qu'il pourrait toujours le vendre à New York. Sarah déposa l'argent sur son compte en banque. Vers la fin du mois, elle s'aperçut qu'elle disposait d'une coquette somme... et d'un vaste cercle de relations. Elle était constamment invitée. Chacune de ses apparitions provoquait des remous parmi les hommes. Très vite, elle devint le principal sujet de conversation à la taverne du Royal Exchange, lieu de réunion des riches célibataires de la ville. La beauté, l'esprit, la distinction de Sarah étaient vantés par tous.

Ses soupirants ne se comptaient plus. Mais elle n'en tirait aucune vanité. La peur d'être reconnue la tourmentait. Les nouvelles allaient vite, même si un océan la séparait de l'Angleterre, et elle redoutait toujours la vindicte d'Edward.

Elle fêta Thanksgiving chez les Blake. Deux jours plus tard, elle fut conviée à une soirée par la famille Bowdoin, signe que la haute société bostonienne lui avait ouvert ses portes. Mais elle décida de ne pas s'y rendre. Les mondanités ne l'intéressaient pas. Elle n'avait que trop attiré l'attention, il était grand temps de retrouver l'ombre. Évidemment, les Blake insistèrent jusqu'à ce qu'ils lui extorquent la promesse d'accepter l'invitation.

— Comment voulez-vous vous remarier si vous ne sortez pas ? la gronda tendrement Belinda, comme elle l'aurait fait avec l'une de ses filles.

— Je n'ai pas l'intention de me remarier, répondit fermement Sarah.

L'expression de ses yeux corroborait ses paroles.

— Ma chère enfant, vous êtes encore dans le chagrin, objecta Belinda, la main sur le bras de sa protégée. Et je suis convaincue que M. Ferguson, que Dieu ait son âme, méritait amplement votre dévouement et votre affection. C'était sûrement un homme adorable. Toutefois...

Sarah sentit son estomac se révulser. Le mot adorable ne convenait pas vraiment au monstre qu'elle avait épousé. Et l'affection ne figurait pas dans les clauses du contrat. Il est des mariages de raison qui aboutissent à une tendre connivence entre les époux. Au début, Sarah avait espéré qu'il en serait ainsi. La cruauté d'Edward l'avait vite détrompée.

— ... Toutefois, continuait imperturbablement Belinda, vous ne porterez pas son deuil jusqu'à la fin de vos jours. Vous referez votre vie. Vous êtes trop jeune pour rester seule. Je gage que vous vous remalierez et que cette fois-ci vous aurez la chance d'avoir des enfants.

L'étincelle de vie mourut dans les yeux de Sarah.

— Je ne peux pas en avoir, dit-elle sèchement.

Un soupir échappa à Belinda, qui n'osa demander à son amie comment elle était arrivée à cette conclusion.

— Eh bien, ce n'est pas toujours vrai, la contra-t-elle doucement en lui prenant la main. Nous ne sommes pas toujours à même de comprendre les mystères de notre corps. J'ai une cousine qui s'est crue stérile pendant des années. Et un beau jour, à quarante et un ans, elle a découvert qu'elle était enceinte. Elle a eu des jumeaux... (Un sourire radieux illumina le visage de Belinda.) Et ils ont survécu tous les deux, vous vous rendez compte ? Aujourd'hui, elle est la plus heureuse des femmes. C'est un exemple à méditer, sans compter que vous êtes beaucoup plus jeune qu'elle. Sarah, ne désespérez pas. Vous avez la vie entière devant vous.

C'était la raison de sa venue en Amérique. Recommencer à vivre. Mais certainement pas pour se marier et encore moins pour avoir des enfants. L'idée même du mariage lui donnait la nausée. Son union désastreuse l'avait à jamais détournée des hommes. Elle éprouvait une extrême méfiance à leur égard. Gentille, avenante, elle feignait de ne pas remarquer leurs avances. Lors des soirées auxquelles elle se rendait, elle bavardait plus volontiers avec les femmes, même si leurs propos, elle en convenait, manquaient cruellement d'intérêt. Elles ne parlaient que d'elles-mêmes, de leurs nouvelles robes ou de leur progéniture. Parfois, elle prêtait l'oreille aux conversations masculines dans l'espoir d'accroître ses connaissances sur les fermes. Car plus que jamais, elle désirait acheter une ferme. Alors, elle posait des questions, le regard animé d'une flamme intérieure, mais sans le moindre effort pour séduire ses interlocuteurs. Et cette modestie ne la rendait que plus attirante à leurs yeux. Elle en était venue à incarner un véritable défi. Ses admirateurs se bousculaient dans le salon de Mme Ingersoll. Sarah ne se montrait pas. Ils repartaient, déçus, laissant des gerbes de fleurs ou des corbeilles de fruits. L'un d'eux, un jeune lieutenant qu'elle avait connu chez les Blake, lui offrit un livre de poésie. Sarah en fut touchée mais refusa de le recevoir. Elle refusait de recevoir qui que ce soit, malgré les somptueux bouquets, les fruits ou les autres présents. Elle restait sur la défensive. Le lieutenant Parker s'avéra le plus persévérant. Il l'attendait des heures durant, jusqu'à ce qu'elle tombe sur lui par hasard dans le salon. Alors, il se levait, tout sourire, et lui proposait de porter ses paquets ou de l'accompagner en ville. Cette insistance partait d'un bon sentiment mais Sarah finit par le prendre en grippe. Elle voyait en lui une espèce de gros chien pataud. Elle souhaitait qu'il trouve une autre femme, plus libre, mais il semblait avoir jeté son dévolu sur elle. Elle eut beau lui expliquer qu'elle portait le deuil de son mari, qu'elle ne se remarierait pas, qu'elle était plus âgée que lui, il ne voulut rien entendre. Il ne la croyait pas. Et leur légère différence d'âge n'avait vraiment aucune importance.

— Vous dites cela aujourd'hui, très chère, mais qu'en sera-t-il dans six mois ou dans un an ? Vous n'en savez rien.

— Oh, si, je sais ! Dans un an ou dans dix, je dirai la même chose.

À moins qu'Edward meure, et encore ! Le mariage l'effrayait. Elle ne serait plus jamais l'esclave d'un homme. L'objet de sa violence. Le jouet que l'on casse et que l'on jette. Certes, il existait des hommes doux, elle le savait, mais elle ne voulait plus courir le moindre risque. Non, elle ne reviendrait pas sur sa décision : vivre seule et libre. Le jeune lieutenant Parker n'en croyait pas un mot. Ses rivaux non plus d'ailleurs.

— Vous devriez être enchantée d'avoir autant de soupirants, au lieu de vous plaindre, disait Belinda en souriant.

— Mais je ne veux pas de soupirants ! s'écria un jour Sarah, excédée. Après tout, je suis une femme mariée !

Elle s'interrompit, puis essaya de se rattraper.

— Enfin, je l'étais. En tout cas, je n'ai que faire de toutes ces bêtises.

— Ma chère amie, je vous comprends. Les hommes vous courtisent et vous souhaitez un engagement plus sérieux. La fusion de deux âmes est une bénédiction.

Belinda Blake ne manquait pas une occasion de chanter les charmes du mariage. Il était inutile de la contrecarrer sur ce point et Sarah finit par y renoncer.

Au début de décembre, elle fit la connaissance d'Amelia Stockbridge et, par conséquence, de l'époux de celle-ci. Le colonel Stockbridge portait avec panache le titre de commandant en chef de la garnison de Deerfield et du chapelet de forts qui longeaient le Connecticut. Aussitôt, Sarah se passionna et le bombarda de questions sur les Indiens.

— La plupart des tribus sont pacifiques, répondit-il tranquillement. Les Nonotucks et les Wampanoags ne nous ont pas causé de problèmes depuis bien longtemps. De temps à autre, je ne dis pas... Un mot plus haut que l'autre, une dispute à propos d'un lopin de terre et, l'alcool aidant, les ennuis recommencent.

Il s'exprimait sans animosité, comme s'il s'était fait une idée juste des vertus morales des Indiens et leur avait accordé le respect qu'ils méritaient, alors que d'après les rumeurs, des menaces de toutes sortes planaient sur les territoires alentour. Elle le lui dit, et il sourit, étonné de sa perspicacité.

— Oui, c'est vrai, bien sûr. Au printemps, les Iroquois viennent pour pêcher le saumon. Ce ne sont pas les pires. Il y a un tas de hors-la-loi, pourtant, citoyens américains, plus les Mohawks, des Peaux-Rouges du Nord, qui sont toujours plus ou moins sur le pied de guerre. Eux constituent un danger permanent.

Une image sanglante lui revint en mémoire : une famille entière massacrée, le père, la mère et les sept enfants, près de Deerfield, un an auparavant. Oui, de telles atrocités étaient parfois commises, quoique de plus en plus rarement. Il se garda d'en parler à Sarah et reprit :

— Mais les tribus les plus agressives se trouvent à l'ouest. Les Shawnees et les Miamis sont des nomades qui se déplacent vers l'est à la poursuite du gibier, et si jamais ils atteignaient le Massachusetts, bien que j'en doute personnellement, la situation deviendrait vraiment préoccupante. Le président se fait beaucoup de souci à ce sujet. Chaque bataille coûte une fortune en hommes et en matériel. Les Indiens sont en colère, ils proclament que nous leur avons volé leurs terres, mais ce n'est pas une raison pour s'en prendre constamment aux colons. Un jour, on signera sûrement un traité de paix. Pour le moment, ils nous donnent du fil à retordre.

Sarah l'écoutait, les yeux brillants.

Le colonel repartirait après les fêtes de Noël. Il possédait une résidence en ville où son épouse, qui détestait la vie de la garnison, demeurait en permanence. Son mari lui rendait visite quand il le pouvait, c'est-à-dire rarement.

À Noël, les Stockbridge l'invitèrent à une petite réception où elle se rendit volontiers. La soirée se déroula dans une ambiance conviviale, au milieu de quelques amis et des soldats en permission, qui entonnèrent tout leur répertoire tandis qu'Amelia Stockbridge les accompagnait au piano avec brio.

Sarah s'amusait beaucoup… À dire vrai, elle se serait amusée davantage si ses hôtes, croyant lui faire plaisir, n'avaient pas eu la mauvaise idée d'inviter le lieutenant Parker. Son soupirant transi la suivait partout comme un chien fidèle et elle passa la soirée à essayer de l'éviter. Aux mots doux de

Parker, elle préférait les récits guerriers du colonel. Avant de s'en aller, elle le prit à part. Elle lui demanda quelque chose à voix basse. Stockbridge l'observa d'un air renfrogné, les sourcils froncés.

— Oui, je suppose que c'est possible... Mais attention, c'est un voyage difficile, surtout en cette période de l'année où les pistes sont enneigées. N'y allez pas seule, louez les services d'un ou deux guides si vous ne tenez pas à vous égarer. Le trajet dure cinq ou six jours, et il n'est pas de tout repos. (Un sourire éclaira son visage tanné.) Ma femme en sait quelque chose. Elle s'est juré de ne plus jamais y mettre les pieds. Sur place, la vie s'organise autour de la garnison. Vous y rencontrerez quelques jeunes femmes de votre âge, épouses de colons ou de soldats... Évidemment, notre belle civilisation recule toujours devant le manque de confort. Êtes-vous sûre que vous voulez y aller ?

Il se sentait l'obligation de la décourager mais rien ne semblait pouvoir détourner Sarah de son but.

— Avez-vous des amis là-bas ? s'enquit Stockbridge.

Pour quelle autre raison une femme aussi élégante aurait-elle voulu quitter sa douillette pension bostonienne ? Il se dit, en la regardant mieux, qu'elle était bien plus forte qu'elle ne le paraissait. Il avait appris qu'elle avait traversé l'Atlantique sans escorte à bord d'un petit bateau. Dès lors, il avait conçu pour elle un immense respect.

— Bon, la cause est entendue, décida-t-il soudain. Mais je me réserve le droit de choisir vos guides. Il est hors de question que vous tombiez sur des ivrognes ou autres charlatans qui se perdraient en chemin. Il vous faut deux guides, un cocher et, bien sûr, une voiture solide. Je ne crois pas que vous apprécierez le voyage, mais au moins vous serez en sécurité.

— Merci, colonel, dit-elle, les yeux remplis d'une lumière qu'il n'avait encore jamais vue.

Il eût été inutile d'essayer de la dissuader.

Plus tard, il mit sa femme au courant. Mme Stockbridge poussa un cri d'horreur.

— Quoi ? Êtes-vous devenu fou ? Emmener une belle jeune femme comme elle à Deerfield ? Vous n'y songez pas ! La pauvre petite croit sûrement qu'elle va faire une promenade, c'était à vous de la détromper. Elle risque fort de tomber malade en route, si elle n'est pas blessée ou pire encore, que Dieu nous garde !

Elle fusilla son mari du regard.

— Je vous rappelle qu'elle est venue en Amérique sur un bateau minuscule et qu'elle a survécu. Vous vous méprenez sur Sarah Ferguson, ma chère Amelia. Elle n'a rien de la rose aux pétales délicats que vous imaginez. En fait, après avoir discuté avec elle ce soir, je suis certain du contraire. C'est une âme vaillante et indomptable.

L'espace d'une seconde, il avait aperçu dans le regard limpide de Sarah une lueur qui ne trompait pas. Elle venait de loin, et pas seulement au sens géographique du terme. Elle avait surmonté des obstacles et rien ne pouvait plus l'arrêter. Cette lueur, Stockbridge l'avait déjà vue dans les yeux des pionniers qui s'en allaient vers l'ouest, déterminés à s'implanter, au péril de leur vie. Ceux qui avaient survécu ressemblaient à Sarah.

— Ça ira. Je suis sûr qu'elle s'en sortira, sinon je n'aurais pas accepté de l'aider.

— Vous n'êtes qu'un vieux fou ! le gronda Amelia.

Avant d'aller se coucher, elle l'embrassa sans rancune. Mais elle continuait à penser que le projet d'emmener Sarah à

Deerfield était pure folie. Elle espérait qu'une rencontre amoureuse détournerait la jeune femme de son plan. Ses vœux ne furent pas exaucés. Dès le lendemain, Sarah revint à la charge. Toute la nuit, elle avait pensé à sa conversation avec le colonel. L'excitation l'avait tenue éveillée jusqu'au matin. Elle voulait examiner les détails du voyage. Stockbridge devait partir juste après le nouvel an, mais après lui avoir trouvé des guides. Il ne regagnerait pas Boston avant le printemps. Sa femme aurait de quoi s'occuper, ajouta-t-il, car leur fille aînée devait accoucher d'un jour à l'autre.

— Je vous aurais volontiers emmenée avec moi. Mais je serai à la tête d'une escouade de cavaliers et il vaut mieux que vous fassiez le chemin à votre rythme... Si vous voulez que le jeune lieutenant Parker vous tienne la main, je n'y verrai aucun inconvénient.

— Surtout pas ! rétorqua-t-elle avec force, puis, d'une voix radoucie : les guides me serviront de compagnons de voyage. Sera-t-il facile d'en trouver ?

— Comptez sur moi. Voudriez-vous partir le mois prochain ?

— Oh, oui, le plus vite possible.

Ils échangèrent un long, un chaleureux sourire. Aucune des filles du colonel n'avait jamais exprimé le désir d'aller à Deerfield. Les rares fois où elles étaient venues avec leurs maris, c'était en poussant des soupirs pathétiques et en se plaignant constamment de l'inconfort. Alors que cette jeune femme se comportait comme si elle prenait un nouveau départ dans la vie.

Le colonel promit de rester en contact avec elle. D'un commun accord, ils décidèrent d'écarter Amelia de leurs plans. L'imagination fertile de Mme Stockbridge tisserait rapidement un réseau de dangers réels et imaginaires autour de Sarah. Elle rendrait son mari responsable de tout ce qui pourrait lui arriver pendant le voyage.

Sarah remercia abondamment son vieux complice. Elle regagna sa pension à pied. Elle avait besoin de marcher, de respirer. Une excitation singulière l'assaillait. Le vent lui fouettait le visage et lui brûlait les yeux, mais elle se drapa dans son manteau en souriant.

# 13

Sarah quitta Boston le 4 janvier 1790 dans une voiture antique mais solide. Malgré son jeune âge, le cocher qu'elle avait embauché connaissait le pays comme sa poche. Il avait pour ainsi dire grandi sur la route de Deerfield. Aucune piste n'avait de secrets pour lui. Son frère avait été enrôlé dans l'armée sous les ordres du colonel Stockbridge, qui félicita sa jeune protégée de ce choix. À peine plus âgé que sa passagère, il s'appelait Johnny Drum. Deux guides les escortaient à cheval. Le premier, un vieux trappeur du nom de George Henderson, s'était distingué dans le commerce de la fourrure au Canada. Durant sa jeunesse passablement agitée, les Hurons l'avaient détenu pendant deux ans. Il s'en était sorti en épousant la fille d'un de ses geôliers. Il passait maintenant pour l'un des meilleurs guides du Massachusetts. Son compagnon, un Wampanoag répondant au nom singulier de Tom Orgue-du-Vent, était le fils du sachem de sa tribu, titre accordé aux sages et aux grands chefs indiens. Guide officiel de la garnison de Deerfield, Tom s'était rendu à Boston pour acheter du matériel de ferme pour sa famille. Stockbridge lui avait demandé, comme une faveur personnelle, de faire le voyage avec Sarah. Tom avait accepté. C'était un jeune homme sérieux, avec de longs cheveux noirs et des traits anguleux. Son pantalon et sa veste à franges étaient taillés dans des peaux de daim finement assouplies et amincies, et il portait un chapeau en cuir de bison. Il ouvrait rarement la bouche, ne parlait qu'aux hommes. Il ne s'adressait jamais directement à Sarah. C'était un signe de respect, bien sûr, et Sarah l'observait à la dérobée tandis qu'il chevauchait près du chariot. Elle n'avait encore jamais vu d'Indien. Elle lui trouva une allure noble, grave, altière, peut-être un peu inquiétante, bien qu'elle n'en fût guère effrayée. D'après le colonel, les Wampanoags étaient une paisible tribu de fermiers.

Il neigeait dru lorsqu'ils sortirent lentement de la ville pour mettre le cap sur l'ouest. Le jour venait de poindre. Ils emportaient avec eux une cargaison de couvertures, de fourrures, de nourriture, d'eau, d'ustensiles. Les deux guides étaient censés devenir cuisiniers pendant les arrêts, surtout le vieux trappeur qui jouissait d'une réputation de cordon-bleu.

Boston disparaissait derrière eux, dans les lueurs de l'aube. Assise dans la voiture, Sarah regardait voleter, comme des papillons blancs, les flocons dans l'air glacial. Elle ne s'était jamais sentie aussi exaltée de sa vie, pas même à son départ de Falmouth. Elle venait d'entreprendre le voyage le plus important de toute son existence, elle n'aurait pas su dire en quoi, mais une conviction absolue l'habitait. Ce périple était écrit dans les astres. En se rendant à Deerfield, elle ne faisait que suivre son destin.

Ils roulèrent pendant cinq heures avant de faire une halte, afin de reposer les chevaux. Sarah voulut se dégourdir les jambes et contempler la beauté grandiose du paysage. Ils avaient dépassé la ville de Concord. Une demi-heure plus tard, ils se remirent en route. La neige avait cessé mais une épaisse couche blanche tapissait les vallons, tandis qu'ils empruntaient la piste des Mohawks. Sarah ne tenait plus en place. Elle se voyait à cheval, galopant dans la plaine enneigée. Hélas, le colonel lui avait formellement interdit cet exercice. Elle était sûrement excellente cavalière en Angleterre, il en convenait, mais ici, elle se ferait conduire en voiture, point final. Tester ses compétences en terrain accidenté, sur une monture inconnue, équivalait à prendre des risques inutiles.

Ce soir-là, Henderson prépara un lapin rôti à la broche. Il l'avait conservé dans de la neige et, après une journée de route, c'était un vrai régal. Comme d'habitude, Orgue-du-Vent ne fut guère bavard. Son sourire lui tenait lieu de parole. Il avait fait cuire sur les braises de fines lamelles de viande de bison séchée avant de les offrir à ses compagnons. Sarah n'avait jamais savouré de mets aussi délicat. À la suite de ce délicieux festin, elle se retira dans la voiture, se glissa entre les lourdes couvertures de fourrure et sombra dans un profond sommeil.

Elle se réveilla aux aurores. Ses compagnons étaient déjà debout, les chevaux hennissaient doucement. La neige avait cessé de tomber et le soleil levant embrasait l'horizon. Ils reprirent la route. La voiture roulait sur la piste cabossée. Johnny Drum, les rênes bien en main, et Henderson, sur son cheval, se mirent à chanter. Sarah se joignit au chœur. Ils entonnèrent de vieilles rengaines qu'elle avait apprises autrefois en Angleterre.

Nouvel arrêt, à la nuit tombante. Orgue-du-Vent se chargea de la cuisine. Il présenta un assortiment de viandes et légumes séchés conçus pour flatter le palais des gourmets les plus exigeants. Henderson, de son côté, déploya ses talents de chasseur et leur repas s'enrichit de deux faisans. Sarah voulait goûter à tout. Il est des instants précieux que l'on ne connaît qu'une seule fois au cours d'une vie et celui-ci, entre la plaine couverte de neige et le ciel piqueté d'étoiles, autour d'un feu crépitant, en était un qu'elle n'oublierait jamais.

Le troisième jour, Henderson les régala d'anecdotes sur sa détention chez les Hurons. Ces batailleurs incorrigibles l'avaient enlevé, justement, près de Deerfield. Heureusement, ils étaient remontés depuis vers la frontière canadienne. Tom Orgue-du-Vent leur apprit ensuite des nouvelles alarmantes de l'Ouest où Blue Jacket, le redoutable chef shawnee, avait de nouveau déterré la hache de guerre. Sarah en profita pour lui poser un tas de questions sur les mœurs de sa tribu, et un sourire fugitif éclaira les traits sombres de l'Indien. Il était issu d'une famille de fermiers. Son père, le sachem de la tribu, passait pour un chef juste et courageux. Et son grand-père avait été pow-pow, c'est-à-dire un chef spirituel, plus important encore que le sachem. Ses congénères sentaient dans chaque élément, l'eau, le feu, l'air, la présence des forces immatérielles, expliqua-t-il, qui émanaient de Kiehtan, le Grand Esprit, créateur de toute chose, auquel il fallait rendre hommage par la prière. Ils célébraient par des incantations et des danses rituelles la cérémonie du maïs vert apparentée à la fête des moissons, car ils remerciaient toujours le Grand Esprit de ses bienfaits. Sa religion prônait l'égalité entre les êtres.

— Dans ma tribu, une femme a le droit de quitter un mari qui la maltraite.

Sarah le regarda. Il chevauchait à côté de la voiture, très droit, très fier. Avait-il deviné quelque chose ? L'avait-il ressenti ? Était-ce une coïncidence ? Peu importait. Ses paroles mesurées, sa philosophie, les valeurs auxquelles il croyait témoignaient en faveur d'une civilisation dont les Blancs ne semblaient pas avoir saisi les subtilités, puisqu'ils continuaient à considérer les Indiens comme des « sauvages ». Le cavalier qui avançait au trot près de sa voiture n'avait rien d'un sauvage. Il faisait montre au contraire d'une grande sagesse, celle qui ferait de lui un jour le chef de sa tribu, à la suite de son père. Ce n'était pas par hasard que ce dernier avait envoyé son fils parmi les colons. Tel l'ambassadeur s'apprêtant à apposer sa signature sur un traité de paix, Tom Orgue-du-Vent devait étudier les tenants et les aboutissants du problème.

Le quatrième jour du voyage fut le plus long, le plus harassant. Ils dépassèrent plusieurs forts mais ne s'arrêtèrent qu'une seule fois pour se restaurer et renouveler leur provision d'eau fraîche. Ils avaient accompli presque la totalité du chemin mais la garnison demeurait encore invisible. Il fallait prendre une décision. Ou ils continuaient, ou ils campaient pour la nuit. Ils avaient tous hâte d'arriver à destination. S'ils n'avaient pas été encombrés d'une femme, ils n'auraient pas hésité à aller de l'avant. Ce fut Sarah qui les incita à poursuivre, si toutefois il n'y avait pas de danger, précisa-t-elle.

— Des dangers, il y en a toujours, répondit Johnny, le cocher. On peut toujours tomber dans une bagarre ou perdre une roue.

De profondes ornières sillonnaient la piste, que le verglas avait rendue glissante. Johnny hésitait : il se sentait responsable de sa passagère.

— Cela pourrait nous arriver en plein jour, lui fit-elle remarquer.

Le cocher finit par se laisser convaincre. Sarah insistait et les deux guides estimaient que s'ils roulaient à vive allure, ils atteindraient le fort vers minuit.

Johnny lança son équipage en avant, flanqué des deux guides. La voiture bondissait sur les nids-de-poule, vibrant de tous ses rouages comme le *Concorde* sur la mer déchaînée quelques mois auparavant. Tassée sur son siège, Sarah ne soufflait mot. Pas une plainte ne franchit ses lèvres. Elle n'avait qu'une hâte : arriver à Deerfield. Enfin, juste après onze heures, les lumières de la garnison trouèrent les ténèbres. Le cocher et les guides poussèrent des cris victorieux. Au tournant suivant, la voiture se mit à pencher sur le côté ; l'une des roues s'était cassée, mais ils étaient arrivés sains et saufs. Le double portail de la garnison se matérialisa dans la nuit. Johnny appela les sentinelles. Tom les avait devancés et peu après les portes s'ouvrirent, livrant passage à la voiture qui pénétra lentement dans une cour carrée. Les jambes flageolantes, Sarah mit pied à terre, puis jeta un regard circulaire. Une douzaine d'hommes allaient et venaient, fumant et bavardant. Des chevaux, attachés par la bride à des poteaux, portaient des couvertures sur le dos. La garnison se composait de bâtisses longues et trapues où logeaient les soldats, d'entrepôts, et de petits pavillons destinés aux familles. La cour carrée faisait office de square donnant au décor un faux air de village ceint de clôtures. Mais la présence des forces armées rassurait les colons dont les habitations étaient disséminées dans la campagne.

Même à cette heure tardive, l'arrivante eut la sensation d'appartenir à ce lieu. Les larmes aux yeux, elle remercia son cocher et ses guides. Ce fut un voyage inoubliable, dit-elle, et finalement très rapide. Ses déclarations déclenchèrent l'hilarité des hommes, même celle d'Orgue-du-Vent, car ils avaient effectué le trajet très lentement, afin de ne pas trop malmener Sarah.

Johnny dirigea la voiture vers l'écurie principale pour réparer la roue et permettre aux chevaux de se désaltérer ; les deux guides partirent voir des amis, laissant Sarah en compagnie d'un soldat. Le colonel, qui était arrivé deux jours plus tôt, avait donné des instructions concernant le logis de Mme Ferguson. Elle se sentirait beaucoup plus à l'aise dans l'un des pavillons avec les femmes et les enfants, avait-il décrété. Le jeune soldat la pria de le suivre. Il alla frapper doucement à la porte d'une petite maison. Le battant s'ouvrit sur une femme en chemise de coton et bonnet de nuit, une couverture sur les épaules. Autant que Sarah pût en juger, elle était très jeune. Elle les contemplait de ses yeux lourds de sommeil. Derrière elle, dans la chambre, on pouvait apercevoir deux berceaux de bois… Chaque famille disposait d'une ou deux pièces. Elle était venue vivre à Deerfield deux ans plus tôt, après son mariage.

Le soldat lui présenta Sarah et la jeune femme répondit, avec un sourire, qu'elle s'appelait Rebecca.

— Entrez, je vous en prie.

Sarah pénétra à l'intérieur, son unique bagage à la main. À la lueur de la chandelle qui brûlait sur le manteau de la cheminée, son regard découvrit une pièce longue et basse de plafond. Elle remarqua ensuite que son hôtesse était enceinte. L'espace d'une seconde, elle envia son existence simple, avec ses bébés. La vie est plus douce dans la plus modeste des masures que dans un manoir somptueux, à la merci d'un homme que l'on déteste. Mais c'était fini à présent. L'angoisse et la peur, et l'espoir déçu d'un bonheur à jamais perdu. Elle possédait, néanmoins, ce que Tom Orgue-du-Vent avait appelé « le don de communiquer avec l'univers ». Elle se trouvait, comme son guide l'avait dit, dans la main de Kiehtan. Et Kiehtan, d'après Tom, était juste avec toutes ses créatures. Il l'avait bien été avec elle, lorsqu'il lui avait accordé la liberté. Dorénavant, elle ne souhaitait rien de plus.

Rebecca l'avait entraînée vers l'unique chambre à coucher, une pièce minuscule – à peine plus grande que sa cabine à bord du *Concorde* – où trônait un lit rudimentaire... Le lit que Rebecca partageait avec son mari et dont les draps portaient encore l'empreinte de son corps au ventre volumineux. Elle offrit sa couche à Sarah. Elle dormirait sur une couverture par terre dans la pièce voisine, près de ses enfants. Son mari patrouillait avec un bataillon dans les bois, Sarah pouvait donc disposer du lit pendant plusieurs jours.

— Il n'en est pas question ! objecta-t-elle, touchée néanmoins par la générosité de son hôtesse. C'est à moi de dormir par terre. Cela ne me pose aucun problème, je vous assure. J'ai dormi dans une voiture pendant trois nuits et il ne m'est rien arrivé !

— Oh, non ! rétorqua Rebecca, le visage rouge de confusion.

Elles finirent par opter pour la meilleure solution : dormir ensemble. Sarah se dévêtit rapidement dans l'obscurité, soucieuse de ne pas déranger Rebecca davantage. Cinq minutes plus tard, les deux femmes, qui venaient de se rencontrer, étaient allongées côte à côte, comme des sœurs.

— Il y a quelque chose de neuf dans ces contrées, murmura doucement Sarah dans le noir, comme si elles étaient deux gamines qui chuchotent afin de ne pas réveiller les parents.

— Pourquoi êtes-vous venue ici ? demanda Rebecca.

Cette question lui brûlait les lèvres. Peut-être avait-elle suivi l'homme qu'elle aimait ? Rebecca avait trouvé son invitée très belle et... pas tellement âgée, finalement. Elle-même venait d'avoir vingt ans.

— Je voulais visiter l'Ouest, répondit Sarah avec franchise. Je suis venue d'Angleterre il y a deux mois, dans l'espoir de recommencer une nouvelle vie... Je suis veuve, ajouta-t-elle, ayant recours au mensonge qu'elle utilisait depuis le début.

— Comme c'est triste ! s'exclama Rebecca d'une voix pleine de compassion.

Son mari, Andrew, avait vingt et un ans et ils s'aimaient passionnément depuis leur plus tendre enfance. Elle n'imaginait pas que la mort puisse les séparer et se tourna vers Sarah, que le chagrin avait sans doute chassée de son pays natal.

— Je suis désolée.

— Ce n'est pas grave, dit Sarah, qui décida soudain de lui dévoiler une partie de la vérité. Je ne l'ai jamais aimé.

— Oh, mais c'est affreux.

Elles se faisaient des confidences auxquelles elles ne se seraient pas livrées dans un salon, mais en ce lieu magique, si près de Dieu... et de Kiehtan, la vérité jaillissait spontanément.

— Resterez-vous longtemps à la garnison ? s'enquit Rebecca.

Elle étouffa un bâillement. Elle sentait le bébé bouger dans son ventre. Elle aurait du mal à s'endormir et ses deux autres enfants la réveilleraient tôt le matin. Les jours paraissaient plus longs quand Andrew était absent. Elle n'avait personne pour l'aider ici, sa famille vivait en Caroline du Nord.

— Je ne sais pas… dit Sarah en bâillant elle aussi. J'aimerais rester pour toujours…

Rebecca sourit avant de sombrer dans un sommeil de plomb. Peu après, Sarah dormait à poings fermés, envahie par une sensation de bien-être qu'elle n'avait éprouvée nulle part ailleurs.

Rebecca bondit hors du lit avant l'aube, quand elle entendit pleurer son cadet. La montée de lait alourdissait ses seins, il était l'heure de le nourrir. Parfois, en l'allaitant, elle avait des douleurs qui lui faisaient redouter un accouchement prématuré. Elle passa dans la chambre voisine et le prit dans ses bras. Il n'avait que huit mois et il était encore fragile. Elle ignorait dans quel mois de sa grossesse elle se trouvait exactement, au moins le septième si ses calculs étaient exacts. Son ventre paraissait plus gros que les fois précédentes. Leur premier bébé, une petite fille, avait dix-huit mois maintenant. Dès qu'elle fut debout, Rebecca ne sut plus où donner de la tête.

Le couple avait choisi la garnison plutôt qu'une ferme. Ici, ils se sentaient plus en sécurité, les travaux étaient moins pénibles, la nourriture plus abondante, et Andrew ne s'inquiétait pas pour sa petite famille chaque fois qu'il devait s'absenter.

Lorsque Sarah émergea de la chambre à neuf heures du matin, Rebecca avait entamé depuis longtemps sa journée. Les deux enfants étaient lavés et habillés, tout comme elle ; elle avait fait la lessive et enfourné le pain. À la lumière du jour, la pièce blanchie à la chaux rutilait de propreté. En voyant son hôtesse s'activer devant le fourneau où ronronnait le feu, Sarah eut honte de s'être laissée aller à la paresse. Elle avait dormi comme une souche jusqu'à ce que des bruits en provenance de l'extérieur la réveillent. En ouvrant les yeux, elle avait eu une pensée reconnaissante pour son cocher et ses deux guides. La veille ils lui avaient dit qu'ils repartiraient à la première heure. La voiture devait donc rouler sur la route de Boston. Orgue-du-Vent chevauchait en direction de la ferme de ses parents ; quant à George, à cette heure-ci, il se dirigeait certainement vers la frontière du Canada, où il comptait reprendre son commerce avec les colons. Dans ces contrées, on n'était jamais à l'abri du danger, mais aucune inquiétude ne le tourmentait, car ses contacts avec les Hurons lui avaient permis de mieux connaître les tribus indiennes du Nord.

— Voulez-vous votre petit déjeuner ? demanda gentiment Rebecca.

Elle tenait son bébé sur le bras, tandis que de sa main libre, elle essayait d'éloigner sa petite fille du panier à couture.

— Je peux le préparer, n'ayez crainte. À ce que je vois, vous avez mille choses à faire.

— C'est vrai, admit Rebecca avec un large sourire. (Elle était menue, et ses tresses, dans l'éclatante lumière du jour, lui donnaient l'air d'une gamine de douze ans plutôt que d'une mère de famille.) Andrew m'aide à la maison, mais il est souvent absent, malheureusement. Il est responsable d'un village de colons et passe beaucoup de temps à visiter les autres forts.

Sarah jeta un coup d'œil au ventre énorme de Rebecca tout en se servant une tasse de café.

— Vous l'attendez pour quand ?

— Pas avant un bon mois… peut-être deux. Je n'en suis pas sûre.

Elle rougit. Elle avait eu ses bébés l'un après l'autre et pourtant, elle avait l'air heureuse et en bonne santé malgré ses multiples occupations. Ici, la vie se pliait au rythme implacable de la nature. À Deerfield on se sentait catapulté dans un monde étrange et fascinant, en tous points différent de Boston et des autres régions dites « civilisées ». Et c'était exactement ce que Sarah recherchait.

Sarah posa sa tasse vide. Elle alla faire le lit, après quoi elle demanda à Rebecca si elle pouvait se rendre utile. Son hôtesse répondit qu'elle devait rendre visite à une amie qui venait d'avoir un bébé. Elle s'en alla peu après avec ses enfants, et Sarah partit de son côté à la recherche du colonel Stockbridge.

Il n'était pas dans son bureau. Elle fit le tour de la garnison, observant au passage les soldats qui riaient en échangeant des plaisanteries, les chevaux qu'on ferrait, les Indiens qui allaient et venaient. Ils ne ressemblaient pas à Orgue-du-Vent et Sarah supposa qu'il s'agissait des Nonotucks dont elle avait entendu parler à Boston. Agiles, minces, les cheveux longs et plats d'un noir bleuté, ils dégageaient une aura de puissance farouche. Leurs vêtements de daim s'ornaient de perles de verre, de plumes ou de queues d'hermine, et l'un d'eux portait un plastron de cuivre aussi imposant qu'inattendu. Ils s'exprimaient dans un langage dont les sonorités rocailleuses accentuaient l'impression de férocité qui émanait de chacun d'eux. Ils montaient à cru. Les habitants de la garnison les voyaient sans crainte et pourtant, Sarah ressentit un frisson de frayeur. Elle se raisonna aussitôt, mais le spectacle de ces guerriers intrépides l'emplissait, malgré elle, d'une sombre appréhension. Pour le moment, ils se concertaient dans leur langue, puis l'un d'eux lança une plaisanterie qui fit rire tout le monde, y compris les hommes blancs. Ensuite, le groupe de cavaliers mit pied à terre en même temps et elle se dit qu'il devait s'agir d'une délégation. Elle les suivit du regard, frappée par leur fière allure, quand leur chef se détacha du groupe. Il était d'une beauté extraordinaire, avec sa longue et brillante chevelure brune flottant au vent, ses vêtements et ses bottes de cuir. Il avait presque l'air d'un Européen, mais pas tout à fait pourtant, car il affichait le noble port de tête des indigènes, dont il avait aussi les traits ciselés. Il parlait leur dialecte et ses hommes l'écoutaient dans un silence respectueux. Il était de ces êtres nés pour être chefs. Sarah reconnut en lui le sachem de la tribu. Il faisait penser à un prince ou à quelque dignitaire de la guerre, et paraissait avoir entre trente-cinq et quarante ans.

Il avait passé la lanière d'un fusil à son épaule, et celle d'un arc dans son dos. Se sentant observé, il se retourna brusquement. Sarah se retrouva nez à nez avec l'objet de sa curiosité. Elle ne put réprimer un sursaut. L'homme était spectaculaire, et elle ne s'attendait pas à l'approcher de si près. Il lui rappelait ces peintures ou ces splendides sculptures de l'Antiquité que l'on a envie d'admirer en toute quiétude. Mais il s'était retourné avec à la fois la brusquerie d'un fauve et la grâce d'un danseur, et son regard grave et effrayant se posa sur elle. La jeune femme s'immobilisa. L'espace d'un instant, ils restèrent figés dans un interminable face à face. On eût dit le roi d'un pays inconnu. Ses yeux farouches plongèrent dans ceux de Sarah et, morte de peur, elle se demanda s'il allait lui parler ou l'attaquer. Mais il se contenta de faire demi-tour et prit la direction d'un bâtiment administratif dans lequel il disparut.

Il lui fallut un moment pour recouvrer ses esprits. Ses genoux tremblaient à tel point qu'elle s'assit sur les marches d'un bâtiment tandis que les Indiens se dispersaient. Une fois de plus elle se demanda qui ils étaient et pourquoi ils avaient fait irruption dans la garnison comme s'ils avaient le diable aux trousses.

Peu après, elle se redressa et se dirigea vers le bureau du colonel. Par pure curiosité, elle demanda au garde quelle tribu elle avait croisée.

— Des Iroquois, madame. En l'occurrence des Senecas, car six tribus composent la nation iroquoise. (Il les énuméra, tandis qu'elle l'écoutait, suspendue à ses lèvres.) Les Onondagas, les Cayugas, les Oneidas, les Senecas, les Mohawks. Les derniers à avoir rejoint la confédération sont les Tuscaroas. Ces tribus sont originaires de Caroline du Nord. Les hommes que vous avez aperçus doivent être des Senecas. Ceux qui sont plus petits sont sûrement des Cayugas.

— Leur chef est impressionnant, en tout cas, dit-elle, encore submergée par les sensations qu'il avait éveillées en elle.

Étranges sensations, en effet ! Comme s'il incarnait à lui seul toutes les terreurs du Nouveau Monde. Elle, qui n'avait peur de rien, s'était sentie menacée. Cela n'avait pas duré plus d'une minute ou deux, mais la brièveté de cette impression ne l'avait rendue que plus intense.

— Ah oui ? fit le garde sans broncher. Qui menait la troupe cette fois-ci ?

Elle le décrivit de son mieux, mais il secoua la tête.

— Je ne vois pas qui c'est. Sans doute l'un des fils du chef. Ou alors un Mohawk – ils sont en effet plus effrayants que les Senecas, surtout quand ils arborent leurs peintures de guerre, une sorte de teinture vermillon dont ils s'enduisent le visage.

Heureusement, il n'en portait pas, sinon elle se serait évanouie. Elle remercia poliment le garde avant de pénétrer dans le bâtiment. Le colonel avait réintégré son bureau après une inspection à cheval dans les environs dont il était revenu fort satisfait. Tout était en ordre. Il accueillit Sarah avec joie, comme s'il y avait des siècles qu'il ne l'avait pas vue. Il fut ravi d'apprendre que le voyage s'était déroulé sans la moindre anicroche. Il était difficile de ne pas remarquer sa beauté, pensa le colonel Stockbridge. Même simplement vêtue d'une robe de laine brune et coiffée d'un bonnet censé la protéger du froid, elle resplendissait. Sa peau, aussi blanche que la neige, formait un contraste éblouissant avec le noir de sa chevelure et ses yeux couleur de ciel d'été. Ses lèvres rouges comme des baies sauvages auraient incité un homme plus jeune à l'embrasser. Elle se tenait les mains croisées dans une attitude modeste, très calme. Seule l'étincelle qui dansait au fond de ses prunelles trahissait un tempérament ardent. Le colonel avait assez d'expérience pour déceler chez elle une sensualité subtile, si bien cachée qu'elle passait la plupart du temps pour de la gentillesse ou de l'amitié. Tandis qu'elle le remerciait de l'avoir autorisée à venir, il émit un rire amusé.

— Au contraire, vous me comblez d'aise, ma chère amie. Pour Amelia, chaque passage à Deerfield est un calvaire. Elle se plaint tellement que je dois me confondre en excuses dès qu'elle pose un pied à terre et jusqu'au moment où elle repart.

Ces cinq dernières années, Amelia avait espacé ses visites. À quarante-neuf ans, elle n'avait plus la force d'effectuer ce long et laborieux parcours. Son mari s'était résolu à ne plus la voir qu'à Boston. Sarah, elle, c'était autre chose. La passion de la découverte de nouvelles terres coulait dans ses veines. En la taquinant, il lui dit qu'elle avait tout pour devenir une pionnière mais, au fond, il ne le pensait pas vraiment. Elle était trop frêle, trop raffinée pour s'établir sur ces territoires au climat rude.

Le soir même, il organisa un dîner en petit comité en son honneur. Il espérait qu'elle était confortablement installée. Amelia tenait pour un supplice l'obligation de demeurer chez l'habitant, le bâtiment central ne disposant pas de chambres d'invités. Sarah déclara que son logement lui donnait toute satisfaction. Elle s'était prise d'affection pour Rebecca et c'était réciproque. En arrivant au dîner, elle croisa l'incontournable lieutenant Parker, qui se répandit aussitôt en compliments. Il se montra plus empressé que jamais. Elle eut beau chercher à le décourager, rien n'y fit. Elle finit par lui assener quelques remarques assez cassantes, qui n'eurent pas l'air de le décevoir. Au contraire, il voyait de l'intérêt là où il n'y avait que de l'agacement. De plus, les autres convives semblaient croire qu'elle avait fait le voyage dans l'unique but de retrouver son fervent admirateur.

— Pas du tout ! rétorqua-t-elle sobrement à l'épouse d'un major. Vous savez bien que je suis veuve, ajouta-t-elle sèchement, comme si elle avait cent ans.

Sa déclaration laissa son interlocutrice de marbre.

— Et alors ? Vous ne pouvez pas rester éternellement seule, madame Ferguson, dit-elle suavement, en appréciant d'un regard connaisseur le jeune lieutenant.

— C'est pourtant mon intention, lança Sarah d'une voix aiguë.

Peu après, elle s'apprêta à prendre congé. Comme l'araignée qui tisse sa toile, le lieutenant attendait son heure ; il caressait le projet de l'accompagner jusque chez Rebecca. Sarah jeta un regard implorant au colonel Stockbridge, qui hocha la tête.

— Dois-je vous offrir ma protection ? s'enquit-il à voix basse en lui souriant.

Il l'aimait bien, elle était son invitée, et rien ne l'obligeait, après tout, à répondre aux tendres sentiments du dénommé Parker.

— Oui, je vous en serais éternellement reconnaissante, murmura-t-elle.

Son vieil ami s'approcha de Parker. Il l'informa poliment qu'il était inutile d'attendre Mme Ferguson, car il allait la raccompagner lui-même. Il le remercia de sa présence et lui précisa qu'il le reverrait le lendemain matin. Sarah savait déjà qu'ils allaient recevoir une importante délégation afin de négocier une trêve avec les rebelles menés par Little Turtle, l'un des chefs Peaux-Rouges les plus redoutés de l'Ouest. Le lieutenant n'eut plus qu'à s'incliner. Il sortit immédiatement, l'air mortifié.

— Désolé, ma chère enfant, s'il vous a importunée. Il est jeune, fougueux, terriblement épris de vous, ce dont on ne peut le blâmer. Si j'avais trente ans de moins, je n'aurais pas hésité à vous courtiser, quitte à me rendre ridicule. Vous avez de la chance que j'aie Amelia sur le dos pour me rappeler sans cesse mon grand âge.

Elle rit en rougissant.

— Merci de m'avoir délivrée de Parker. Il ne veut pas comprendre que je ne me remarierai pas. Ni que je veux vivre seule. Je le lui ai pourtant signifié on ne peut plus clairement, mais il ne me croit pas.

— Moi non plus, dit Stockbridge en l'aidant à enfiler son manteau. (Les derniers invités venaient de partir.) Et si vous avez vraiment pris cette décision, permettez-moi de vous dire que vous avez tort. Vous êtes trop jeune pour vous enfermer dans votre coquille. Vous avez toute la vie devant vous, il est trop tôt pour vous retirer du monde.

Elle s'appuya au bras qu'il lui offrait, sans discuter. Changeant de sujet, elle lui posa des questions au sujet des incidents récemment provoqués par les Shawnees et les Miamis.

Aussitôt, le colonel en oublia ses leçons de morale pour se lancer dans une longue explication sur la situation. Si seulement ses propres enfants montraient tant soit peu d'intérêt pour les transformations survenues dans cette partie du globe ! Malheureusement, ses filles ne songeaient qu'à leur famille et à la vie mondaine de Boston. Elles ne se rendaient pas compte qu'elles vivaient des moments historiques. Sarah était différente. Elle se passionnait pour tout, était curieuse de tout. Elle savait poser un regard attentif sur le monde. Visiblement, son voyage à Deerfield faisait partie de son immense soif d'apprendre.

De nouveau, elle le remercia. Elle avait trouvé le repas exquis. Le cuisinier de la garnison s'était surpassé et ils s'étaient tous délectés du chevreuil rôti et garni de légumes qu'il avait préparé. Ils se quittèrent en se promettant de se retrouver le lendemain, après la réunion avec la délégation indienne. Sarah émit l'idée d'une promenade à cheval dans les environs, le matin, à condition que le colonel lui trouve une bonne escorte – dont Parker, naturellement, ne devait pas faire partie.

— Je verrai ce que je peux faire, dit Stockbridge. Bonne nuit, Sarah. Soyez prudente, demain.

Elle entra dans la petite maison en bois que Rebecca avait mise si généreusement à sa disposition et découvrit que son hôtesse était déjà couchée. Les enfants dormaient, le feu était éteint, le froid remplaçait peu à peu la chaleur. Devant la chambre, Sarah hésita. Elle n'avait pas sommeil. Les conversations qu'elle avait entendues pendant le dîner se mêlaient aux impressions de la journée – la garnison, les soldats, les fougueux Indiens. Elle n'avait guère envie de s'enfoncer davantage dans l'Ouest. Sa vie misérable auprès d'Edward l'avait rendue prudente. Elle ne se sentait pas l'âme d'une pionnière. Rester ici lui suffisait. Deerfield représentait à ses yeux le lieu idéal. Une sorte de paradis ceint de coteaux habillés d'une végétation luxuriante.

Elle remit son manteau et sortit de la petite maison endormie. Elle avait besoin d'un peu d'air. Elle se savait en sécurité et fit quelques pas sur le sentier, sentant la neige crisser sous ses semelles. De sa place, elle pouvait apercevoir les sentinelles. Les autres s'étaient retirés dans leurs logis. Sarah leva les yeux vers le ciel criblé d'étoiles étincelantes. Une sensation de paix ruisselait du firmament et elle se rappela Orgue-du-Vent pour qui toute créature, homme, animal ou végétal, faisait partie de l'univers… Du « grand tout », comme il disait.

Ayant fini d'admirer les étoiles, elle jeta un coup d'œil alentour. Soudain, elle bondit. À un mètre de là, un homme l'observait, les sourcils froncés, le visage tendu, le corps ramassé comme pour attaquer ou pour fuir, nul n'aurait su l'affirmer. C'était le chef de la délégation iroquoise qu'elle avait aperçu l'après-midi même et qui l'avait terrorisée. Il était là, figé dans un silence si dense qu'elle crut entendre les pulsations désordonnées de son cœur. Il était difficile de deviner ses intentions, mais il la regardait intensément, avec une drôle d'expression qui aurait pu passer pour de la colère.

Ils se dévisagèrent pendant un long moment. Sarah envisagea de prendre ses jambes à son cou mais elle ne bougea pas, soucieuse de ne pas mettre en danger Rebecca et ses enfants. Un cri expira au fond de sa poitrine avant de franchir ses lèvres. Le moindre mouvement pouvait lui attirer un coup de couteau. « Surtout ne pas montrer que tu as peur », pensa-t-elle sans cesser de fixer l'ennemi, fascinée par son beau visage austère encadré de la longue chevelure noire ornée d'une plume d'aigle. Un instant après, il acheva de la stupéfier.

— Que faites-vous là ? demanda-t-il dans un anglais parfait où chantait néanmoins un vague accent qu'elle ne put identifier.

Elle ne le quitta pas des yeux. La peur la tétanisait mais elle s'efforça de la dissimuler.

— Je suis venue rendre visite... au colonel, répliqua-t-elle distinctement, espérant que la mention du commandant de la garnison lui sauverait la vie.

Elle tremblait violemment en priant qu'il ne puisse s'en rendre compte à cause de l'obscurité.

— Pourquoi êtes-vous venue ?

Il avait l'air en colère, en effet. Il devait la considérer comme une intruse de plus.

— Je suis venue d'Angleterre, commença-t-elle d'une voix claire, avant d'ajouter vaillamment : pour recommencer une nouvelle vie.

En tout cas, elle n'était pas arrivée d'aussi loin pour se faire assassiner par un Indien solitaire sous le ciel étoilé, dans le plus beau paysage qu'elle ait jamais vu. Elle se défendrait. Elle ne le laisserait pas la tuer. Comme elle en avait empêché Edward.

— Vous n'appartenez pas à ce pays, dit-il tranquillement.

La tension quitta un instant son visage dont les traits se radoucirent légèrement. C'était un échange singulier, en pleine nuit, entre une femme et un guerrier furieux contre elle parce qu'elle était venue à Deerfield.

— Rentrez chez vous. Il y a déjà trop de Blancs ici.

Voilà des années qu'il assistait aux ravages causés par les Blancs dont très peu de gens soupçonnaient les conséquences.

— Vous vous mettez en péril en restant. Comprenez-vous ?

Les genoux de Sarah ne tremblaient plus. À quoi rimait cet avertissement ? Était-il simplement en train de lui signifier que ce pays était le sien ?

— Je comprends, répondit-elle. Mais je n'ai nulle part où aller. J'aime cet endroit. Je voudrais m'y établir.

Elle s'était exprimée avec douceur, presque avec tristesse, dans l'espoir de le convaincre de sa sincérité. Elle n'était pas venue pour exploiter les terres qui appartenaient aux indigènes. Elle était là pour donner le meilleur d'elle-même à ce continent. Il la scruta un long moment puis demanda :

— Qui s'occupera de vous ? Vous n'avez pas d'homme. Vous ne pouvez pas vivre seule dans cette région.

Quelle importance puisqu'il avait décidé de la tuer ? faillit-elle hurler, mais elle se retint. Il ne semblait plus lui en vouloir. Du moins l'espérait-elle. Elle ignorait que toute la garnison parlait d'elle – il avait entendu des ragots à son sujet tout l'après-midi, et il avait tenu à lui exprimer sa désapprobation : une femme qui voyage seule était source d'ennuis.

— Mais si, je peux vivre seule, dit-elle doucement.

Il se contenta de hocher la tête. La stupidité et la naïveté des colons l'avaient toujours étonné. Ils croyaient qu'ils pouvaient s'approprier des terres étrangères sans en payer le lourd tribut. Les Indiens mouraient pour leur pays. Et les colons sacrifiaient leur vie à la conquête. Une femme seule au milieu de cette guerre, c'était de la folie pure. Elle avait l'air irréelle, drapée dans son manteau, son visage pâle à moitié caché par l'ombre de son capuchon et ses cheveux bruns. On eût dit une vision d'une beauté rare. Tout en se promenant et en songeant à sa rencontre du lendemain avec le colonel, il l'avait aperçue dans la cour. Il l'avait longuement regardée avant qu'elle ne se tourne vers lui.

— Rentrez, maintenant, dit-il. Vous êtes folle de rester dehors toute seule.

Elle sourit. Ses yeux exprimaient une sorte de passion qui le surprit. Il n'avait connu qu'une seule femme comme elle. Une Iroquoise, de la tribu des Oneidas. Cri d'Hirondelle. Un nom lui vint à l'esprit, tandis qu'il la regardait. Blanche Colombe. Mais il ne dit rien. Sachant qu'elle ne bougerait pas avant lui, il fit demi-tour et s'éloigna dans la nuit. Sarah poussa un long soupir de soulagement, puis s'élança vers la maison de Rebecca.

# 14

Elle passa sous silence sa rencontre avec le guerrier indien, de crainte qu'on lui interdise de se promener, la nuit, dans l'enceinte de la garnison. Le lendemain matin, un jeune soldat se présenta à sa porte de la part du colonel. Il avait reçu l'ordre d'accompagner Sarah à cheval. C'était un garçon dégingandé et maladroit. Il ignorait en quoi consistait exactement son rôle en dehors « d'être poli avec la dame », ainsi que son officier le lui avait ordonné. Lorsqu'il demanda à Sarah ce dont elle avait envie, elle répondit qu'elle souhaitait visiter les environs. La veille, quelqu'un chez le colonel avait parlé d'un lieu appelé Shelburne où la rivière se transformait en une cascade magnifique donnant naissance à un bassin. C'était là qu'elle désirait aller, bien qu'à cette époque de l'année une mince couche de glace recouvrît les eaux du bassin.

Ils enfourchèrent leurs montures et peu après, ils franchirent les portes de la garnison. Comme le jeune Will Hutchins ignorait l'emplacement de la cascade, ils se dirigèrent à tout hasard vers le nord à travers les collines couronnées de cèdres, de cyprès et de sassafras. En traversant ce paradis terrestre, Sarah sentit l'euphorie la gagner.

Le chemin serpentait de plus en plus loin de Deerfield et à midi, après un déjeuner frugal, Will se prépara à rentrer. Des nuages lourds s'amoncelaient dans un ciel d'orage, et ils n'avaient pas découvert la moindre cascade. Sarah, elle, souhaitait continuer la promenade. Les chevaux s'étaient reposés, ils pouvaient parfaitement explorer les environs et retourner à la garnison à la tombée de la nuit. Le timide Will n'eut plus qu'à suivre le mouvement.

Ils s'enfoncèrent dans la forêt et deux heures plus tard, les arbres s'écartèrent sur un site grandiose. Des chutes d'eau tombant dans un lac bordé de rochers creusés de cavités gigantesques. La lumière irisait la poudre d'eau et Sarah s'écria joyeusement qu'il s'agissait de Shelburne Falls. Son jeune compagnon hocha la tête, sans toutefois partager son enthousiasme. Voilà des heures qu'ils caracolaient sur des chemins tortueux et il leur fallait coûte que coûte regagner la base avant que la nuit emplisse d'ombre la vallée. Le colonel serait fou de rage s'il arrivait malheur à cette femme. Il l'avait placée sous la responsabilité de Will, qui aurait préféré se faire porter pâle. Et maintenant, c'était à lui de se débrouiller pour la reconduire à bon port avant la nuit. Les Indiens se montraient pacifiques, par ici, mais savait-on jamais ? Il s'efforça de s'orienter, sans y parvenir. Il ne connaissait pas la région. Il était sur place depuis novembre mais, à cause de la neige, il ne s'était pas encore aventuré loin de la garnison. L'officier qui lui avait répété les ordres du colonel avait été complètement naïf de penser que cette femme se contenterait d'un petit tour à cheval. Il aurait attrapé une jaunisse s'il avait su qu'ils avaient parcouru au bas mot vingt-cinq kilomètres avant d'arriver à Shelburne Falls, un endroit perdu, dont Will entendait le nom pour la première fois.

Hélas, il n'était pas au bout de ses peines, car l'intrépide amazone dont on lui avait confié la garde voulut absolument descendre de cheval afin de faire quelques pas au bord du lac. Elle déclara que de sa vie elle n'avait rien vu d'aussi beau et regretta de n'avoir pas emporté son cahier pour ébaucher quelques croquis du paysage. Enfin, après un moment de recueillement, qui parut à Will plus long que l'éternité, elle remit le pied à l'étrier, et ils commencèrent l'interminable chevauchée du retour. Mais, un peu plus loin, elle tira sur les rênes de sa jument, qui s'immobilisa, puis regarda droit devant elle comme si elle avait aperçu un trésor qu'elle aurait perdu et qu'elle viendrait de retrouver.

— Que se passe-t-il ? s'enquit Will d'une voix anxieuse, en jetant lui aussi un regard alentour, sans rien découvrir d'extraordinaire à part une échappée sur la vallée. Quelque chose ne va pas ?

Il avait hâte de se retrouver au chaud, dans ses quartiers.

— Qui est le propriétaire de ce terrain ? demanda-t-elle.

Elle fixait une clairière bordée de pins, fascinée, avec la curieuse sensation de l'avoir déjà visitée mille fois.

— Le gouvernement, je crois. Je ne sais pas. Demandez-le au colonel.

Autrefois, les terres appartenaient aux Indiens, mais plus maintenant. C'était un endroit magique et Sarah eut la vision d'une maison. Un ruisseau bruissait à proximité et en prêtant l'oreille on pouvait entendre les chutes de Shelburne. Ou bien était-ce un tour de son imagination ? Un petit troupeau de daims l'observait d'entre les troncs. Ils la regardaient de leurs yeux doux comme pour lui communiquer un message du Grand Esprit que son ami Orgue-du-Vent appelait Kiehtan.

Elle sut alors, avec une certitude absolue, que le destin avait guidé ses pas.

— Madame Ferguson, il faut y aller. Il se fait tard, dit le jeune soldat avec impatience.

Il n'avait que dix-sept ans. La lumière du jour déclinait, il avait une peur bleue et cette femme commençait à l'exaspérer.

— On n'a qu'à descendre la colline jusqu'à la vallée, puis à se diriger vers le sud, dit-elle d'une voix calme.

Elle possédait un excellent sens de l'orientation. S'il n'avait tenu qu'à elle, elle se serait attardée davantage. Mais elle reviendrait. Elle saurait retrouver la clairière. Elle lâcha la bride de la jument, qui partit au trot. Will suivit. Il avait raison : les feux du crépuscule pâlissaient.

La route était en pente. Pendant deux heures, le voyage se déroula sans incidents. La nuit enveloppait lentement le ciel de ses voiles sombres. C'était une course contre la montre et, en atteignant la vallée, ils lancèrent leurs montures au galop sur le terrain plat. Sarah se fiait à son instinct. Elle emprunta un sentier forestier, certaine qu'il menait à Deerfield, mais, lorsqu'elle revit pour la seconde fois un chêne au tronc noueux dominant une croisée de chemins, elle comprit qu'elle s'était trompée. La nuit était tombée et, dans l'obscurité, elle hésita un instant avant de se remettre en route… et de se retrouver devant le chêne.

— Pourtant, la garnison ne doit pas être loin, murmura-t-elle.

— Nous nous sommes égarés, n'est-ce pas ? demanda Will, en proie à une angoisse proche de la panique.

— Pas vraiment. Nous finirons par retrouver notre chemin. Tout dépend de notre sens de l'observation.

Mais le changement d'éclairage et la neige avaient brouillé les pistes. Le décor semblait transformé. Inconsciemment, elle avait fixé ce matin dans son esprit des points de repère comme son père lui avait jadis appris à le faire. Mais les ombres du soir les avaient effacés. Des bruits étranges retentissaient alentour. Le pauvre Will tremblait comme une feuille. À tout moment il s'attendait à une embuscade, bien qu'il n'en ait vu aucune depuis son arrivée, trois mois plus tôt.

— Par ici, décréta-t-elle.

Will opina. Pouvait-il agir autrement ? Non, bien sûr. Sa pâleur témoignait d'une grande frayeur. On eût dit un enfant perdu dans la forêt, alors que Sarah arborait un air plus assuré. Peut-être parce qu'elle était plus âgée.

Ils prirent une troisième route qui les ramena à leur point de départ. On eût dit une spirale aboutissant inexorablement à la même croisée dominée par le vieux chêne.

— Très bien ! dit-elle alors.

Il ne restait plus qu'une direction. Elle semblait conduire vers le nord au lieu du sud, mais elle était la seule qu'ils n'avaient pas essayée.

— Nous irons tout droit. Même si nous ne retrouvons pas la garnison, nous poursuivrons. Nous finirons bien par tomber sur un fort le long du fleuve ou sur une ferme où nous pourrons passer la nuit.

Il détesta cette idée mais garda le silence. De toute façon, il était inutile de discuter avec cette tête de mule. Depuis le début, elle avait pris les opérations en main. Elle avait insisté pour qu'ils aillent jusqu'aux chutes d'eau, après quoi elle avait passé un siècle à contempler une clairière toute bête comme s'il s'était agi d'une mine d'or. Et il avait été assez idiot pour se laisser embarquer dans cette aventure ! « Elle est folle ! pensa-t-il, rageur. Folle à lier. »

Elle allait de l'avant et il la suivait à contrecœur. Ils n'étaient pas retournés à leur point de départ, encore que la position des étoiles ne leur permît pas de s'orienter avec certitude. Du moins, ils ne tournaient plus en rond. S'ils avaient la chance de rencontrer la rivière, ils n'auraient plus qu'à la longer. Mais ils ne virent pas le moindre cours d'eau et, cette fois, ils conclurent qu'ils s'étaient vraiment perdus. Il faisait nuit noire à présent. Le colonel devait s'inquiéter. Peut-être avait-il envoyé ses hommes à leur recherche.

En attendant, leurs gourdes étaient vides. Ils manquaient de couvertures et de provisions. Le froid s'était accentué et ils claquaient des dents. Éreintés par l'interminable périple, les chevaux se mirent à trébucher. Mais ils continuèrent à galoper droit devant eux, dans l'espoir que, bientôt, les lumières d'une forteresse brilleraient comme des lueurs d'espoir dans les ténèbres. Soudain, une sourde cavalcade retentit dans la forêt. Sarah se tourna vers le garçon. Il la regardait de ses grands yeux apeurés, prêt à prendre la fuite. Elle le retint par la bride de son cheval.

— Restez tranquille ! ordonna-t-elle d'une voix rude.

Elle l'entraîna au fond d'un ravin. Il y faisait encore plus sombre. L'obscurité les engloutit. Ils attendirent, la mort dans l'âme. Leurs chevaux avaient été entraînés pour qu'un hennissement intempestif ne les trahît pas. Avec un peu de chance, les Indiens – car il ne pouvait s'agir que d'Indiens – changeraient de direction et ne les verraient pas. La terreur paralysait Sarah, qui n'en laissa rien paraître. Elle se sentait fautive. Si elle s'était montrée plus prudente, ils n'en seraient pas là. Maintenant, il ne restait plus qu'à attendre. Et à prier.

Le martèlement des sabots s'approchait. Les cavaliers de l'ombre surgirent soudain dans la faible clarté des étoiles. Ils devaient être une douzaine et chevauchaient à travers la forêt comme en plein jour. Ils connaissaient tous les recoins, toutes les pistes. Ils se déplaçaient aussi vite que le vent. Mais à peine avaient-ils dépassé le ravin que l'un d'eux lança un cri aigu qui alerta les autres. Ils tirèrent tous en même temps sur les rênes. Leurs chevaux se cabrèrent puis firent demi-tour. Sarah retint son souffle. Elle n'était pas encore sûre qu'ils les avaient aperçus. Elle porta l'index à ses lèvres et, à son côté, Will hocha la tête. À présent, les Indiens formaient une file qui rebroussait lentement chemin. Du regard, ils fouillaient les broussailles. Sarah fut tentée de fermer les yeux mais finit par les garder grands ouverts. Les cavaliers s'approchaient. Ils étaient maintenant à deux mètres de leur cachette. L'un d'eux dit quelque chose et les autres s'arrêtèrent. Ensuite, celui qui avait parlé fit avancer sa monture jusqu'au bord du ravin. Sarah sentit ses cheveux se dresser sur sa tête. Cette fois-ci, il n'y avait aucun moyen de lui échapper. C'était le même homme.

Le chef des Iroquois qu'elle avait vu à la garnison. Elle ne savait pas son nom mais cela n'avait pas d'importance. Sa main chercha celle du garçon, qui reniflait, tandis que son regard soutenait celui du guerrier. Celui-ci la scrutait d'un air impénétrable, tandis que ses hommes attendaient et que les chevaux grattaient le sol gelé de leurs sabots. Oui, cette fois-ci, loin de la garnison, il la tenait à sa merci. Elle était prête à mourir de sa main, mais elle essaierait de sauver la vie de Will. Il était si jeune, si innocent... Avec un peu de chance, il vivrait de longues années. Le guerrier la sondait de ses yeux incandescents. Enfin, il parla. Sa voix résonna dans le sous-bois.

— Je vous ai déjà dit que vous n'apparteniez pas à ce pays, dit-il, furieux. Vous ne connaissez pas la région. Vous n'êtes pas en sécurité ici.

— Oui, je sais, fit-elle dans un murmure rauque, calée sur sa selle, la tête très droite, tandis que Will pleurait à chaudes larmes. Je vous demande pardon. Ces terres sont les vôtres, pas les miennes. Je voulais simplement visiter…

Elle s'était efforcée de s'exprimer avec un calme qu'elle était loin d'éprouver.

— Laissez partir ce garçon, enchaîna-t-elle. Il n'y est pour rien. Il est trop jeune.

Un éclair zébra les yeux du guerrier.

— Et vous ? Allez-vous sacrifier votre vie pour sauver la sienne ? demanda-t-il dans un anglais impeccable, teinté de cet accent qu'elle n'arrivait pas à définir.

Il avait appris cette langue auprès des Blancs, sans aucun doute. Mais son visage, sa tenue, sa coiffure, tout en lui proclamait l'héritage altier de sa race, alors qu'il la regardait sans chercher à dissimuler sa colère.

Pourquoi ne voulez-vous pas sauver votre peau ? Qu'est-ce que ça peut vous faire qu'il meure ?

Ils étaient face à face, chacun sur son cheval, et ne se quittaient pas des yeux.

— C'est ma faute si nous sommes tombés dans cette embuscade, expliqua-t-elle d'une voix plus ferme.

Un silence suivit pendant lequel il fit reculer sa monture. Elle ignorait ce que ce geste signifiait. Elle était encore à la portée de son mousquet dont elle distinguait l'éclat à son épaule.

— Le colonel s'inquiète pour vous, dit-il d'un ton courroucé. Récemment, il y a eu des escarmouches avec des

Mohawks par ici. Votre stupidité pourrait déclencher un nouveau conflit, ajouta-t-il, tandis que son cheval lançait des ruades. Vous ne savez pas ce que vous faites. Les Indiens veulent la paix, pas la guerre causée par des imbéciles.

Elle acquiesça de la tête. Il lança alors un ordre à l'intention de ses hommes dans leur langue. Immobile, Sarah attendit le verdict. Il reprit, d'une voix plus calme :

— Nous allons vous raccompagner à la garnison, tous les deux. Vous n'êtes pas très loin.

La file s'ébranla. Sarah et son escorte suivirent et le guerrier ferma le cortège, afin qu'ils ne s'égarent pas une nouvelle fois.

— Ça va aller, dit-elle doucement à Will, qui avait cessé de pleurer. Ils ne nous feront pas de mal.

Il hocha la tête, suffoqué par son courage. À sa gratitude se mêlait un cuisant sentiment de honte. C'était elle qui l'avait protégé. Elle avait insisté pour échanger sa vie contre la sienne. Il ne connaissait personne qui aurait fait une chose pareille pour lui.

En moins d'une heure, ils sortirent des bois. La garnison apparut dans la nuit. Les Indiens firent une brève halte pendant laquelle ils échangèrent différents propos. Ils décidèrent de les raccompagner jusqu'au bout. Ils avaient perdu des heures, mieux valait passer la nuit à l'abri et repartir le lendemain. Une vague d'épuisement s'abattit sur Sarah lorsqu'ils franchirent les portes. La sentinelle cria quelque chose et un sourire retroussa les lèvres de Will. Le son vibrant d'un cor déchira la nuit. Le colonel sortit en courant d'un bâtiment ; son air affolé céda le pas à une expression d'immense soulagement dès qu'il aperçut les arrivants.

— Nous avons envoyé deux patrouilles à votre recherche, déclara-t-il en regardant tour à tour Sarah et le soldat Hutchins. Nous avons cru que vous aviez eu un accident.

Les Indiens s'étaient disséminés dans la garnison. Leur chef sauta à terre. Sarah n'osait quitter la selle de sa jument. Ses jambes tremblaient à tel point qu'elle se sentait incapable d'esquisser le moindre pas sans s'effondrer. Le colonel l'aida gentiment à descendre de cheval. Elle s'appuya à son bras. Son cœur battait encore la chamade et elle se revit, au cœur de la forêt, en train de négocier sa propre vie.

— Où l'avez-vous trouvée ? demanda le colonel.

Visiblement, une profonde estime unissait les deux hommes. Malgré son allure belliqueuse, le guerrier semblait avoir gagné la sympathie du colonel Stockbridge.

— Ils se sont perdus dans la forêt, répondit-il avant de fixer Sarah droit dans les yeux. Vous êtes très courageuse, ajouta-t-il, avec un respect inattendu. (Il se tourna vers le colonel.) Elle a cru que nous allions la tuer et elle a essayé d'échanger sa vie contre celle du garçon.

Des femmes aussi héroïques, il n'en connaissait pas. Il doutait même que cela puisse exister. Mais il continuait à penser qu'elle n'était pas faite pour vivre dans ces contrées sauvages, ravagées par la guerre.

— Sarah, pourquoi ? Le soldat Hutchins était justement là pour vous protéger, protesta Stockbridge plein d'admiration.

Des larmes brillèrent dans les yeux de la jeune femme. Après l'insoutenable tension qu'elle avait endurée, ses nerfs commençaient à flancher.

— Will n'est qu'un enfant, murmura-t-elle d'une voix enrouée. Nous nous sommes égarés par ma faute. Je me suis attardée près des chutes et je me suis trompée de chemin. Je me suis fiée à mon sens de l'orientation, mais j'ai eu tort.

En réalité, ils s'étaient mis en retard à cause de la clairière sur la colline. Plus tard, elle dirait au colonel qu'elle voulait l'acheter. Elle choisirait le moment opportun.

— Je présume que vous avez fait connaissance, tous les deux, même si ce fut dans ces circonstances pour le moins étranges, dit Stockbridge, dont le regard pétillant allait de l'Indien à Sarah. (Il s'inclina, comme s'ils se trouvaient dans un salon et non en pleine nuit glaciale.) Je vous présente François de Pellerin… ou dois-je dire monsieur le comte ?

Sarah écarquilla les yeux.

— Mais j'ai pensé… j'ai cru que vous étiez… comment… comment avez-vous pu me laisser dans l'erreur ! s'écria-t-elle soudain, livide. Vous saviez parfaitement que je vous prenais pour un Indien. La moindre des politesses aurait été de me détromper, hier soir, ou encore tout à l'heure, quand vous nous avez trouvés.

Mais non ! Il s'était bien moqué d'elle. Il s'était amusé à la terroriser. Elle se retint pour ne pas le gifler.

— J'aurais pu être Indien, répondit-il, et cette fois-ci, elle reconnut l'accent français.

Un Français qui se faisait passer pour un guerrier féroce. Que cherchait-il au Nouveau Monde ? Pourquoi avait-il troqué ses beaux habits de soie et de velours contre ces peaux de bêtes ? À quoi rimait ce déguisement ? Jamais elle ne lui pardonnerait sa mauvaise plaisanterie. Il lui rendit son regard sans broncher. Elle avait besoin de connaître les dangers tapis dans ces régions où elle prétendait vouloir vivre. Si elle était tombée sur une tribu hostile, à cette heure-ci elle serait traînée par des cordes derrière un cheval en direction du Canada. Ou elle serait abattue sur la route si son geôlier estimait qu'elle ne marchait pas assez vite.

— J'aurais pu être Mohawk, reprit-il sans s'excuser. Les Mohawks sont sanguinaires. Sans parler des Shawnees qui échappent actuellement à tout contrôle… Hier soir, j'aurais pu être un voleur, qui aurait sauté par-dessus la clôture au nez et à la barbe des sentinelles. Je vous l'ai déjà dit : vous n'êtes pas en sécurité dans ce pays. Vous n'auriez pas dû venir. On n'est pas en Angleterre, ici. Vous n'avez aucun droit, aucune protection.

— Et vous ? Pourquoi êtes-vous venu ?

Elle le dévisagea, le menton haut, sous le regard intéressé du colonel. Will Hutchins s'était éclipsé depuis longtemps. Il avait regagné son baraquement où il avalait son deuxième whisky bien tassé.

— Je suis venu avec mon cousin il y a treize ans pendant la guerre d'Indépendance.

Il ne lui devait aucune explication, songea-t-il en même temps. Aussi se garda-t-il de préciser que son cousin était La Fayette. Celui-ci était rentré en France dix ans auparavant. François, lui, avait rencontré son destin en Amérique. Il ne se décidait pas à quitter ses amis.

— J'ai combattu pour ce pays. J'ai arrosé cette terre de mon sang. J'ai vécu longtemps avec les Iroquois. J'ai toutes les raisons du monde d'être ici, madame, contrairement à vous.

— Monsieur le comte mène des négociations en notre nom avec les tribus de l'Ouest depuis deux mois, dit Stockbridge. Red Jacket, le chef des Iroquois, le considère comme son fils.

Il n'ajouta pas que François avait été le gendre du chef peau-rouge, jusqu'à ce que sa femme, Cri d'Hirondelle, et leur petit garçon aient été massacrés par des Hurons.

— Il s'apprêtait à partir rendre visite au chef des Mohawks à Montréal, et m'a promis de vous chercher sur la route. Nous nous faisions un sang d'encre pour vous, quand vous n'êtes pas rentrée comme convenu à la tombée de la nuit.

— Je suis désolée, colonel, murmura-t-elle d'un ton contrit.

Elle ne daigna pas gratifier d'un regard le comte français déguisé en Indien. Elle lui en voulait terriblement. Il aurait dû lui dire la vérité, hier soir, ou tantôt, dans la forêt. Prenait-il donc plaisir à lui inspirer de la terreur ? Elle n'avait pas quitté Edward pour tomber sur son émule.

— Rentrez à Boston, lâcha-t-il.

Ses yeux sombres lancèrent un éclair d'admiration. Cette femme l'avait impressionné. Il l'avait avoué au colonel, lorsqu'il avait appris qu'elle était portée disparue.

— J'irai où bon me semble, monsieur, rétorqua-t-elle d'une voix cassante. Merci de m'avoir raccompagnée ce soir.

Ce disant, elle esquissa une révérence gracieuse, comme s'ils s'étaient trouvés au bal. Elle serra la main du colonel, s'excusa une fois de plus, puis se dirigea vers le baraquement où elle logeait, sans jamais se retourner. Ses jambes tremblaient, rendant son pas incertain, mais elle ne s'arrêta pas. Elle gravit les marches du perron, poussa la porte. Une fois à l'intérieur, elle s'effondra à terre, posa la joue sur le sol et fondit en larmes – des larmes de soulagement et de colère.

François de Pellerin l'avait suivie du regard. Aucune émotion ne transparaissait sur son visage. C'était un homme difficile à cerner. Il ne montrait jamais ses états d'âme. Parfois, le colonel Stockbridge se demandait si, à force de vivre avec les Indiens, il n'avait pas fini par leur ressembler. Il avait adopté leur forme de pensée et se comportait souvent comme eux. Il avait disparu pendant plusieurs années et n'avait refait surface qu'après la mort de son épouse indienne. Il ne parlait jamais d'elle. Mais tout le monde dans la région connaissait leur histoire.

— Mme Ferguson est une femme remarquable, dit le colonel avec un soupir, encore sous le choc d'une lettre qu'il avait reçue le matin même de Boston. Elle prétend qu'elle est veuve... Or, Amelia vient d'entendre une autre version d'une dame qui vient d'arriver du Royaume-Uni. D'après elle, Sarah se serait enfuie du domicile conjugal. Son mari, qui est loin d'être mort, a été décrit comme un personnage fort déplaisant. Il s'agit du comte de Balfour, ce qui fait d'elle une comtesse. Drôle de coïncidence, n'est-ce pas ? Vous êtes comte, elle est comtesse, on dirait que tous les aristocrates européens se trouvent actuellement chez nous.

François l'écoutait avec un sourire. L'Europe déversait sur l'Amérique ses escrocs, ses bandits, et ses mauvais garçons. Mais cela n'expliquait pas l'histoire de Sarah... Il pensa à son cousin, à leurs aventures, aux hommes qui s'étaient battus à leurs côtés... Ses pensées se tournèrent ensuite vers la femme intrépide qui avait voulu échanger sa vie contre celle d'un étranger...

— Non, pas tous, colonel, répondit-il. Seulement les meilleurs.

Il souhaita une bonne nuit à Stockbridge avant de rejoindre ses hommes. Comme eux, il couchait à la belle étoile. Il s'allongea par terre, sans un mot.

Pendant ce temps, Sarah avait gagné son lit. Le sommeil la fuyait. Des visions de celui qui avait fait semblant de la capturer la hantaient. Elle revit les flammes sombres de ses yeux, la danse de son cheval, ses mains puissantes crispées sur la bride. La lueur de son fusil au clair de lune... Elle ferma les paupières, s'efforçant de le chasser de son esprit. Elle ignorait si leurs chemins se croiseraient de nouveau mais, sincèrement, elle espérait ne plus jamais le revoir.

# 15

Charlie posa le journal et se passa les doigts dans les cheveux. Toute la journée, il avait parcouru des pages et des pages remplies de l'écriture de Sarah, fine comme de la dentelle. Il avait commencé de bon matin et il était près de minuit lorsqu'il referma le carnet relié en basane. La deuxième rencontre de Sarah avec François, dans la forêt de Deerfield, où elle s'était montrée si courageuse, avait provoqué un sourire attendri, qui s'était éteint presque aussitôt... Charlie s'était fait ensuite la même réflexion que François. Il n'avait jamais connu de femme aussi téméraire. Et cette pensée avait aggravé son sentiment de solitude. Soudain il se rendit compte qu'après son appel de Noël, il n'avait plus cherché à joindre Carole au téléphone. Il enfila ses moufles et sa parka, claqua la porte d'entrée. Il avait besoin d'air. Dehors, il faisait un froid coupant. La vallée, en contrebas, était figée dans une torpeur glacée sous la coupole céleste étincelante d'étoiles. C'était une nuit glaciale et claire, une de ces nuits qui rendent la solitude encore plus poignante. Il n'y avait pas un chat alentour, personne avec qui parler, pas même le fantôme de Sarah, car sur ce point plus aucun doute ne subsistait : elle ne lui apparaîtrait plus. Triste, gelé, il regagna la maison en se remémorant ce qu'il avait perdu... Toute une vie, à présent vidée de sa substance. Allait-il passer le restant de ses jours à se lamenter sur son sort ? Il avait adoré Carole. Il n'arrivait pas à imaginer qu'il pourrait un jour la remplacer dans son cœur. En fait, il s'était cantonné dans l'expectative : Carole finirait par se lasser de Simon et elle lui reviendrait.

Il monta dans sa chambre solitaire, l'esprit confus ; le souvenir de Carole alternait avec des scènes décrites par Sarah, comme ses rencontres avec François. Ils avaient eu de la chance de se trouver, ces deux-là ! Le destin les avait réunis. Et chacun à sa manière avait mérité de rencontrer l'autre. Charlie resta immobile dans son lit, l'oreille aux aguets. Pas un bruit, pas un souffle, pas un bruissement, pas même la sensation d'une présence. Rien. Les esprits avaient déserté le château. Il devait se contenter des paroles que Sarah avait tracées sur les pages jaunies par le temps.

Il s'endormit pour rêver encore d'eux. François et Sarah se pourchassant dans la forêt, puis s'engouffrant, en riant, dans le sous-bois... Il crut entendre une cascade dans le lointain, et lorsqu'il se réveilla, le lendemain matin, des rafales de pluie cinglaient les vitres. Il songea à se lever, à sortir, puis s'aperçut qu'il n'en avait nulle envie. Il se fit du café et retourna au lit avec les carnets.

Cet intérêt passionné pour le journal intime de Sarah commençait à friser l'obsession, se dit-il, vaguement inquiet, mais il ne pouvait plus s'arrêter. Il fallait qu'il connaisse la suite. Il ouvrit le petit livre à la page qu'il avait marquée la veille d'un signet et se plongea sans plus tarder dans la lecture.

Le retour de Sarah à Boston se déroula sans incident. Comme s'il avait voulu la punir de son escapade, Stockbridge n'avait pas trouvé mieux que de lui imposer Parker comme escorte. Toujours énamouré, le jeune lieutenant sut néanmoins réfréner son ardeur et, pour une fois, sa compagnie ne déplut pas à la jeune femme. En fait, elle avait toutes les raisons d'être satisfaite. Avant son départ, à l'issue d'une longue discussion avec le colonel – qui avait commencé par la désapprouver –, elle avait finalement eu gain de cause.

Elle regagna la pension de Mme Ingersoll d'humeur joyeuse. Deux ou trois jours plus tard, elle eut vent des rumeurs. Des voyageurs récemment arrivés d'Angleterre prétendaient l'avoir fréquentée. Les ragots allaient bon train. Les uns la dépeignaient comme une parente du roi George III, les autres, mieux renseignés, déclaraient qu'elle avait été mariée au comte de Balfour. On ignorait le sort de ce dernier. Sur ce point, les récits divergeaient. Selon la première version, il avait été assassiné par des bandits. D'après la deuxième, atteint de démence, il avait essayé de tuer sa femme, qui avait réussi à échapper à sa folie meurtrière. Elle ne donna aucune suite à ces racontars et continua à se présenter comme Mme Ferguson, tandis que les imaginations s'enflammaient. À présent, il fallait agir vite, elle le savait. Si des amis d'Edward savaient qu'elle était à Boston, son cruel époux ne tarderait pas à l'apprendre. Dès lors, la réalisation de son projet n'en fut que plus urgente. Sur les conseils du colonel, elle avait embauché des maçons. Les travaux commenceraient au printemps. Avant son départ de Deerfield, elle avait retrouvé le chemin de sa chère clairière sous bonne escorte, sans aucune difficulté. De même, le retour s'était passé sans la moindre anicroche…

L'entrepreneur de Shelburne lui avait promis que sa maison serait terminée à la fin du printemps... Elle la voulait sans prétention – une modeste bâtisse en rondins comportant une salle de séjour, une salle à manger, une seule chambre à coucher, une cuisine. La construction des écuries et des cabanes pour les employés attendrait jusqu'à l'été. Ils auraient fini plus vite s'il ne fallait pas faire fabriquer les fenêtres à Boston et les expédier à Shelburne. Elle aurait pu acheter une résidence à quelques kilomètres de là, mais celles qu'elle avait visitées lui paraissaient trop sophistiquées. La simplicité convenait mieux à sa nature.

Elle passa un hiver tranquille à Boston entre son journal, ses lectures préférées, quelques amis. Ayant appris que Rebecca avait mis au monde une petite fille, elle décida de tricoter un bavoir et un petit bonnet. En mai, n'y tenant plus, elle loua une voiture et reprit la route interminable de Deerfield. À peine arrivée, elle partit à cheval vers sa clairière. La maison prenait peu à peu forme. Les maçons montaient les murs, ajustaient les poutres, avec une habileté magique. L'entrepreneur tint parole. Début juin, tout était prêt. Il ne lui restait plus qu'à retourner à Boston pour faire ses bagages. Elle commença par se meubler, toujours très simplement, ce qui lui prit deux semaines. Vers la mi-juin, elle regagna Boston une dernière fois ; elle en repartit peu après. Elle avait loué une voiture dans laquelle s'entassaient ses malles. Elle refit le trajet avec un cocher et deux guides... Toujours aucun incident fâcheux, malgré les avertissements de... comment s'appelait-il, déjà, le Français déguisé en Indien ? François de Pellerin ! Chaque fois qu'elle pensait à lui, Sarah pinçait les lèvres. Elle ne lui avait pas pardonné son attitude.

Elle arriva à Deerfield, puis à Shelburne. Le paysage baignait dans la lumière translucide de l'été, et les grands arbres tissaient un dôme feuillu au-dessus de la maison. La vallée, d'un vert luxuriant, s'étirait entre les ondulations des collines. Le projet se précisait : Sarah fit l'acquisition d'une douzaine de chevaux, de quelques moutons, d'une chèvre, de deux vaches. Elle embaucha deux garçons de ferme.

Restaient les plantations. Du maïs, bien sûr, qui pousse sous presque tous les climats, mais il fallait, pour le reste, tenir compte des rigueurs de l'hiver succédant à la chaleur parfois torride de l'été. Renseignements pris auprès d'une tribu d'indigènes, elle se lança dans la culture de la pomme de terre.

En juillet, le colonel vint lui rendre visite. Elle l'invita à dîner et lui servit un repas succulent. Elle aimait à cuisiner pour ses deux jeunes employés qu'elle traitait comme ses enfants. Stockbridge contempla, bouche bée, les lignes pures du décor où ressortaient, ici et là, de charmants objets qu'elle avait choisis avec un soin particulier. Chaque chose, si simple fût-elle, dénotait des goûts raffinés et il se surprit à s'interroger pour la énième fois sur ce qui l'avait incitée à renoncer aux privilèges de la noblesse britannique à laquelle elle appartenait pour s'expatrier à l'autre bout du monde. Il ne posa aucune question, naturellement, et de toute façon elle aurait été incapable de lui répondre. Les horreurs de son passé auprès d'Edward revenaient encore la hanter la nuit. D'affreux cauchemars la réveillaient en sursaut. Puis les ombres se retiraient, et elle goûtait avec délectation chaque instant, chaque heure de liberté.

Tous les jours, elle se promenait jusqu'aux chutes d'eau où elle se laissait imprégner par la beauté ambiante. Assise sur le banc rocheux à l'ombre bleutée des chênes, ses pieds nus dans l'onde fraîche, elle écoutait la musique de la cascade. Parfois, en sautant d'un rocher à l'autre, elle se penchait sur les profondes et mystérieuses cavités creusées par l'érosion. De merveilleuses légendes indiennes attribuaient les origines des cavités à un « jeu de boules » entre divinités, les boules étant des météores ou des comètes que les dieux se lançaient à travers l'infini... À mesure que l'été avançait, Sarah sentait les effets bénéfiques de l'apaisement. Ses blessures cicatrisaient. Elle avait laissé ses démons familiers en Angleterre, avec les regrets et les chagrins qui l'avaient tant tourmentée là-bas.

Elle rentrait de sa promenade quotidienne en fredonnant, par un bel après-midi de juillet, quand un bruit fit craquer les broussailles. Elle se retourna et elle le vit dans les rayons obliques du couchant. Le Français était toujours aussi impressionnant, torse nu, en pantalon de daim, montant son cheval à cru. Mais cette fois-ci, elle n'eut pas peur.

Elle leva les yeux sur lui. Ni l'un ni l'autre ne souffla mot. Il allait à la garnison, pensa-t-elle. En fait, il en revenait. Le colonel lui avait donné des nouvelles de Sarah. Quelle femme extraordinaire, à la fois belle et étrange ! avait-il ronchonné. Sa chère épouse ne se remettait pas de son départ. Elle avait essayé en vain de la persuader de rester à Boston, mais Mme Ferguson n'avait rien voulu entendre.

— Ne me demandez pas pourquoi ! Elle devrait retourner en Angleterre, oui ! Elle n'est pas faite pour vivre dans ce trou perdu.

François avait acquiescé. Il pensait qu'elle avait choisi un mode d'existence dangereux. Son courage et son caractère indomptable l'avaient impressionné lors de leur première rencontre, quelques mois plus tôt. Il avait souvent pensé à elle, et tandis qu'il se dirigeait vers un campement d'Iroquois au nord de Deerfield, il s'était décidé à lui rendre visite. Mû par cette impulsion, il avait bifurqué vers Shelburne. L'un des garçons de ferme lui avait indiqué l'endroit où elle se trouvait... Mais il avait d'abord fallu le convaincre. Au début, il s'était figé, apeuré, car il l'avait pris pour un Mohawk. François avait déployé des trésors de politesse et de diplomatie pour obtenir le renseignement recherché. Il avait commencé par sourire gentiment, puis avait affirmé que lui et Mme Ferguson étaient de vieux amis, ce qui ne correspondait pas tout à fait à la réalité mais parut amadouer son interlocuteur. C'est ainsi qu'il était allé au-devant d'elle, sur le chemin ombragé de grands chênes. Elle le regarda, surprise, un rien mécontente.

— Bonsoir, dit-il en descendant de cheval, conscient de sa demi-nudité qui aurait pu la choquer mais à laquelle elle ne fit même pas attention. Le colonel vous adresse ses hommages.

— Pourquoi êtes-vous venu ? s'enquit-elle de but en blanc, d'un ton sec.

Elle lui en voulait encore de la comédie qu'il lui avait jouée l'hiver précédent. Le revoir était la dernière chose à laquelle elle s'attendait. François inclina la tête, songeur. Il avait pensé pendant longtemps à cette nouvelle rencontre et à présent il regrettait de ne pas l'avoir provoquée plus tôt. Il avait su par ses amis Senecas qu'une Blanche vivait dans une clairière au milieu de la forêt et il avait deviné de qui il s'agissait.

— Je suis venu vous demander pardon, répondit-il.

Ils marchaient côte à côte ; lui, tirant la bride de sa jument ; elle, la tête haute, vêtue d'un tablier blanc sur une robe de coton bleu pâle – costume que portaient les domestiques de son père, jadis, en Angleterre. Or, elle n'avait rien d'une domestique. Encore moins d'une fille de ferme. Elle avait l'air d'une châtelaine, d'une créature irréelle dont il aurait rêvé et qui se serait matérialisée en plein jour.

— Je sais que je vous ai fait très peur l'hiver dernier et je m'en excuse. Mais j'étais persuadé, et je le suis encore, que vous aviez tort de vous installer ici. Les risques sont innombrables, surtout pour une femme seule. Les hivers sont longs, la vie est rude, le danger rôde…

Elle reconnut l'accent français. Il ne devait pas avoir l'occasion de parler souvent sa langue maternelle.

— Les cimetières sont pleins de gens qui auraient mieux fait de rester chez eux. Pourtant, poursuivit-il avec un sourire, qui illumina comme un soleil son visage anguleux, peut-être, mon amie, votre destin est-il tracé.

Il avait amèrement regretté son attitude. Il avait failli faire amende honorable ce soir-là, dans la cour de la garnison, mais elle ne lui avait laissé aucune chance de s'expliquer. Elle avait été furieuse, à juste titre. Aussi était-il heureux de pouvoir lui présenter ses excuses. Il espérait seulement qu'il n'était pas trop tard. Comme elle continuait de marcher sans mot dire, il reprit :

— Une légende indienne raconte comment une femme a troqué sa vie contre celle de son fils. Une question d'honneur, comprenez-vous ? Toujours est-il que, depuis, son âme, devenue l'étoile la plus brillante du firmament, permet aux guerriers de s'orienter la nuit…

Il leva un instant les yeux au ciel à la recherche de l'étoile, bien qu'il fît encore jour, puis son regard se posa sur Sarah.

— Les Indiens croient que les étoiles sont les âmes des morts, ce qui est réconfortant lorsqu'on pense à ses chers disparus.

Elle ne lui demanda pas à qui il faisait allusion et, tout en pensant à ses bébés, elle répondit :

— Oui, c'est rassurant.

Peut-être était-il moins méchant qu'il n'en avait l'air. Mais elle ne lui faisait pas encore confiance.

— D'après le colonel, nous avons un point commun. Nous avons tous les deux renoncé à notre vie en Europe.

Elle lui jeta un coup d'œil en biais, sur la défensive. Elle était sûre que le colonel ne l'avait pas trahie, à moins qu'il n'ait répété les rumeurs qui circulaient à son sujet à Boston.

— Entreprendre toute seule la traversée de l'Atlantique, abandonner votre confort là-bas, en Angleterre… voilà qui n'est pas ordinaire. Vous êtes encore jeune. Cela a dû beaucoup vous coûter, de tout quitter.

Il s'efforçait une fois de plus de percer le mystère. Stockbridge avait dépeint le mari de Sarah comme un personnage déplaisant, mais était-ce suffisant pour qu'elle aille se cacher si loin, à Deerfield ? Il ignorait si elle était heureuse ici, mais en observant son beau visage de madone on pouvait supposer qu'elle avait trouvé au moins la paix de l'esprit.

Il la raccompagna jusque devant sa cabane en rondins. Il ne lui restait plus qu'à grimper sur sa monture et à repartir. Sarah le regarda, hésitante. En dépit des affirmations du colonel, ils avaient très peu de choses en commun. Il vivait parmi les Indiens, elle avait opté pour la solitude. Ils échangèrent un long regard qui aurait pu représenter un au revoir muet. Elle lui trouva soudain un air plus « humain », en dépit de ses pantalons de cuir, de ses mocassins et de ses longs cheveux qui lui frôlaient les épaules.

— Aimeriez-vous dîner avec nous ? Nous avons du ragoût. Les garçons et moi mangeons très simplement.

Le ragoût avait mijoté tout l'après-midi. Patrick et John, ses employés, tous deux d'origine irlandaise, avaient tout juste quinze ans. Elle les nourrissait abondamment, leur offrait un gîte décent. En retour, ils ne ménageaient pas leurs efforts. François opina de la tête.

— Oui, merci. Si j'étais invité dans une famille indienne, j'aurais dû apporter un cadeau. Je vous demande pardon, je suis venu les mains vides.

Il n'avait pas eu l'intention de s'attarder. Il avait juste voulu lui transmettre les hommages du colonel avant de reprendre la route. Mais quelque chose dans ce visage dans cette voix douce, l'incitait à rester.

Le soir, lorsqu'il reparut, il avait complété sa mise par une chemise bordée de franges. Il s'était lavé le visage et avait attaché sa chevelure en catogan à l'aide d'une lanière ornée de perles de verre couleur émeraude. Ils s'attablèrent comme de vieux amis. Les garçons ayant déjà dîné, ils étaient seuls dans la salle à manger. Sarah avait agrémenté la table d'une nappe en dentelle sur laquelle brillaient les assiettes appartenant à un lot de vaisselle qu'elle avait acheté à une ménagère de Deerfield. « De la porcelaine de Gloucester » avait fièrement déclaré la vendeuse. Elle les avait apportées avec elle de Grande-Bretagne des années auparavant. Dans leurs bougeoirs d'étain, les chandelles lançaient une douce lueur orangée, profilant leurs ombres sur le mur blanchi à la chaux.

La conversation roula tout naturellement sur la guerre qui avait opposé les Indiens aux premiers colons. Les Iroquois et les Algonquins, entre autres, s'étaient battus comme des lions.

— Quand je suis arrivé en Amérique, les Peaux-Rouges peuplaient les régions les plus fertiles en laissant désertes ce qu'ils appelaient les « mauvaises terres » où les Blancs ont fini par les refouler, dit François.

Plus tard, le gouvernement les avait forcés à prendre le chemin de l'exil vers le nord. Beaucoup avaient trouvé la mort durant cet exode et cela expliquait la férocité avec laquelle les tribus de l'Ouest continuaient a se battre contre l'armée. François avait pris leur défense, tout en s'élevant contre les massacres de colons. À présent, il aspirait à la signature d'un traité de paix auquel il ne croyait qu'à demi.

— Ce n'est pas la vraie réponse au problème. Les batailles font rage, les victimes ne se comptent plus, mais ce sont toujours les Indiens qui paient les pots cassés.

Il s'était exprimé d'une voix attristée car ce combat implacable ne comportait à ses yeux d'autre issue que la soumission d'un peuple noble et fier pour lequel il éprouvait un profond respect. Sarah l'écoutait, subjuguée. Sous le masque du guerrier, elle découvrait un homme sensible, réfléchi et passionné à la fois. Il s'était voué corps et âme au Nouveau Monde et avait gagné l'estime des colons autant que des indigènes. Tout en parlant, il enveloppait son hôtesse d'un regard interrogateur.

— Mais vous, Sarah ? Qu'est-ce qui vous a amenée dans nos contrées ? s'enquit-il en l'appelant pour la première fois par son prénom.

— La nécessité, répliqua-t-elle sans hésiter davantage. Il m'aurait tuée si j'étais restée... Mon mari, je veux dire. J'étais prisonnière dans ma propre maison. Il avait des vues sur le domaine de mon père. Apparemment je faisais partie du lot. J'ai été vendue à l'âge de seize ans. L'appât du gain est le même partout. Voyez-vous, mon mariage ressemble étrangement à ce traité auquel vous rêvez tant... Et comme vos amis indiens, j'ai payé les pots cassés. Pendant huit ans, j'ai subi de terribles sévices. Un jour, il a eu un accident. On a pensé qu'il allait mourir. Pour la première fois, l'espoir que bientôt je serais délivrée, qu'il ne m'infligerait plus sévices et humiliations, a germé dans mon esprit. Malheureusement, il s'est remis de ses blessures et mon calvaire a recommencé… Je me suis rendue en secret à Falmouth où je me suis procuré un billet pour la traversée. Il a fallu attendre plusieurs semaines… qui m'ont paru plus longues qu'une année. (Un sourire fugitif éclaira ses traits un instant avant de se muer en grimace de douleur.) Il m'a à nouveau battue, d'une façon abominable, et j'ai su alors qu'il était préférable de mourir libre plutôt que de continuer à vivre dans l'esclavage. Enfin, vivre est une façon de parler car, de toute façon, il m'aurait tuée.

En la rouant de coups, en brisant son esprit, si elle n'était pas morte en couches. Cependant, elle n'en dit pas plus. François savait à présent l'essentiel. Les détails sordides ne le regardaient pas. Elle se tourna vers lui, les yeux pleins de questions. Son pays ne lui manquait-il pas ? demanda-t-elle. Cet homme taciturne l'intriguait. Quel plaisir que de pouvoir parler avec quelqu'un ! Les deux garçons de ferme étaient certes serviables et charmants mais, en dehors des banalités quotidiennes, ils n'avaient pas grand-chose à se dire. Alors que François alliait la sagesse et l'intelligence.

— Non, répondit-il, je ne crois pas. Je suis resté parce que je peux me rendre utile. En France, je n'étais qu'un individu parmi tant d'autres. Je n'ai aucune raison de retourner à Paris, surtout maintenant. Les chantres de la Révolution me jugeraient suspect. Le temps a passé, Sarah. Ma vie est ici à présent.

Il se tut, ne voulant pas se dévoiler davantage, mais elle avait compris. Elle-même ne pouvait s'imaginer en Angleterre. Il lui sourit par-dessus les flammes ambrées des bougies et elle trouva drôle qu'ils soient assis face à face, comme un couple, après avoir partagé le repas qu'elle avait préparé.

— Qu'est-ce que vous comptez faire ? s'enquit-il. Vous ne pouvez pas rester seule indéfiniment. Vous êtes trop jeune.

De quatorze ans son aîné, il voyait en elle pratiquement une jeune fille. Sarah éclata de rire.

— J'ai vingt-cinq ans. On n'est plus vraiment jeune à cet âge-là. Et... si, je peux parfaitement vivre seule jusqu'au jugement dernier. C'est du reste mon intention. J'ai des projets, vous savez. Améliorer mes cultures, construire un étage supplémentaire avant l'hiver. Je me plais beaucoup à Shelburne.

— Et si la guerre éclate ? Que ferez-vous alors ? Vous négocierez la vie de vos employés contre la vôtre ?

Il n'oublierait jamais l'expression farouche de ses yeux quand, l'an passé, elle avait tenté de sauver Will.

— Il n'y aura pas de guerre. Les Indiens du Massachusetts sont pacifiques, ce sont vos propres mots. Nous ne représentons aucune menace pour eux.

— Les Nonotucks et les Wampanoags le savent peut-être, mais si les Shawnees déferlent de l'Ouest, si les Hurons ou les Mohawks descendent du Nord, on n'évitera pas un conflit armé. Et dans ce cas, Sarah, que ferez-vous ?

— Je prierai ou j'irai rejoindre mon Créateur.

Son visage lisse ne trahissait aucune inquiétude. Elle péchait par excès de confiance, s'alarma-t-il. Elle avait fait construire sa maison et elle s'y sentait à l'abri. Il était vrai que dans cette région les colons et les Indiens vivaient en bonne intelligence, mais jusqu'à quand ?

— Est-ce que vous savez manier un fusil ?

Elle sourit. L'effrayant guerrier d'hier était devenu aujourd'hui l'ami qui se faisait du souci pour elle.

— Papa m'emmenait à la chasse quand j'étais petite fille. J'ai dû tirer sur une ou deux cailles. Autant dire qu'en matière d'armes à feu, je suis une profane.

François hocha la tête, songeur. Elle avait beaucoup à apprendre. Mais il s'en occuperait. Bientôt, le bruit courrait, par ses soins, que la femme blanche qui habitait sur la colline était sous sa protection. La nouvelle se répandrait parmi toutes les tribus de la plaine. Les Indiens la respecteraient. Ils lui rendraient visite, chercheraient à lui vendre leurs marchandises, mais ils ne la toucheraient pas. Sous le nom d'Ours Blanc, François avait grossi les rangs des héros indiens. Ceux-ci le considéraient comme un des leurs. Il avait souvent rejoint les guerriers dans la « maison de transpiration [1] », avait participé aux cérémonies et aux incantations des chamans et aux danses rituelles après le combat. Red Jacket, le grand chef iroquois, le considérait comme son propre fils. Sa femme et son petit garçon, assassinés par les Hurons, reposaient aujourd'hui dans une sépulture indienne auprès de leurs ancêtres. Le Grand Esprit les avait emportés dans le royaume des morts pendant que François, accablé, portait leur deuil.

Après le dîner, ils sortirent sous les arbres. Une brise tiède moirait la nuit. Une douce sensation berçait François. Il y avait longtemps qu'il n'avait pas passé une soirée en compagnie d'une Blanche. Il avait eu quelques aventures, mais aucune femme n'avait remplacé Cri d'Hirondelle dans son cœur. Et maintenant, sentant Sarah près de lui, il s'aperçut qu'il avait peur pour elle. Sa naïveté, son courage, son incapacité à

1. Bain de vapeur indien. *(N.d.T.)*

comprendre un monde différent du sien faisaient d'elle une proie trop vulnérable. La vision d'un canoë les emportant rapidement sur les eaux limpides de la rivière lui traversa l'esprit avant de s'effacer presque aussitôt.

Il resta dormir dehors, près de son cheval, les yeux grands ouverts sur les étoiles. Longtemps, il pensa à elle. Il avait dû s'endormir sans s'en rendre compte car lorsqu'il rouvrit les yeux, le soleil brillait à traversées feuillages. Un fumet appétissant de bacon s'échappait de la cuisine. Sarah apparut sur le perron, et lui fit signe d'approcher. Elle lui servit un copieux petit déjeuner. Il mordit à belles dents dans le pain de maïs croustillant, qu'il avala avec des gorgées de café parfumé et brûlant. Il y avait longtemps qu'il n'avait pas dégusté un petit déjeuner aussi délicieux, préparé par une femme…

— Cela s'appelle de l'incitation à la paresse, sourit-il.

Mais il n'était pas pressé de repartir. De reprendre sa rude existence de guerrier. Un peu plus tard, ils s'exercèrent au tir. Sarah visait vite et bien. Elle eut un rire ravi en abattant coup sur coup trois oiseaux. François la félicita. Il déclara ensuite qu'il lui laisserait un de ses fusils et des munitions. Elle lui promit d'acquérir des armes pour ses garçons de ferme.

— Nous n'en aurons pas besoin… Enfin, je ne crois pas, acheva-t-elle, avant de lui proposer une promenade jusqu'à la cascade.

Ils se mirent en marche, chacun perdu dans ses pensées. En arrivant, ils contemplèrent en silence les chutes d'eau couronnées d'un arc-en-ciel étincelant. Comme chaque fois qu'elle longeait le rivage, Sarah sentit une paix merveilleuse se glisser en elle. Il est des paysages qui guérissent de toutes les blessures. Celui-ci en faisait partie. Le son de la cascade tombant dans le bassin effaçait le bruit et la fureur du passé.

François s'était tourné vers elle. Il y avait en lui quelque chose de tranchant qu'accentuait la ligne volontaire de sa mâchoire. Il était difficile de deviner ses pensées. À force de fréquenter les Indiens, il était devenu aussi impénétrable qu'eux.

— Sarah, si jamais vous avez besoin de moi, envoyez-moi un message à la garnison. Ils sauront où me trouver.

C'était la première fois qu'il faisait une telle proposition.

— Merci, dit-elle. Tout ira bien.

— Et si ce n'est pas le cas ?

— Vos amis vous le diront. Je ne sais qui, des soldats, des colons ou des Indiens, sont les plus bavards mais rien ne peut rester secret par ici.

Il approuva d'un rire. Dans cette province éloignée, il en était comme à Boston. Les ragots constituaient le passe-temps favori des habitants. Chacun semblait savoir par le menu ce que faisait son voisin.

— Je repasserai dans un mois, dit-il sans attendre qu'elle l'invite. J'espère que d'ici là vous vous porterez bien.

— Où allez-vous ?

Elle lui prêtait une existence palpitante d'aventurier, qui la fascinait.

— Vers le nord... Vous ne resterez pas longtemps seule ici, Sarah, ajouta-t-il, en réponse à la question qu'il avait lui-même posée la veille.

Elle le dévisagea d'un air tranquille.

— Je n'ai pas peur de la solitude, François.

Elle la recherchait, au contraire. Elle s'était juré de ne plus jamais s'enchaîner à un homme. Les supplices qu'elle avait endurés avec Edward l'avaient trop marquée. Les Indiens accordaient aux femmes le droit de quitter un mari qui les maltraitait. La société soi-disant civilisée à laquelle elle appartenait privait les femmes de leur dignité.

— Je n'ai pas peur ici, affirma-t-elle en sautillant sur les rochers.

Elle avait l'air d'une petite fille, avec sa silhouette gracile et ses grands yeux confiants.

— Vraiment ? De quoi avez-vous donc peur ?

Il la regarda s'asseoir sur un rocher plat, chauffé par le soleil.

— De vous, rit-elle. Vous m'avez littéralement terrorisée… Ce n'était pas gentil de votre part, le taquina-t-elle. Vous sembliez prêt à me tuer.

— Je voulais juste vous effrayer un peu. J'étais furieux contre vous. Si vous étiez tombée sur un Mohawk, vous auriez passé un mauvais quart d'heure. C'était une façon comme une autre de vous éviter d'être scalpée. Je pensais que vous seriez plus en sécurité à Boston. Mais il semble que vous soyez trop têtue pour vous ranger à l'opinion d'un honnête homme.

— Un honnête homme ! Qui apparaît déguisé en Apache ou Dieu sait quoi encore et qui vous donne la chair de poule ! Mais je me vengerai. Je mettrai un masque horrible et viendrai vous débusquer dans votre hutte.

Leurs mains se frôlèrent tandis qu'ils reposaient, côte à côte, sous les rayons brûlants du soleil.

— Je crois que cette surprise ne me déplairait pas, dit-il en se renversant sur la pierre polie.

— Dans ce cas, j'imaginerai une mise en scène plus terrifiante.

Mais aucune mise en scène ne pouvait se comparer à la mort atroce de sa femme et de son fils. Tant pis si les lois de son pays ne reconnaissaient pas son union. À ses yeux, la cérémonie iroquoise qui avait à jamais lié leurs destinées était aussi sacrée qu'un mariage religieux.

— Vous n'avez pas d'enfants, n'est-ce pas ? demanda-t-il avec certitude.

Il était sûr que non, sinon elle ne les aurait pas abandonnés, songea-t-il, puis il vit la peine dans ses yeux bleus.

— Oh, Sarah, je suis navré, murmura-t-il, subodorant un drame profond et s'en voulant de le lui avoir rappelé.

— Ne vous excusez pas, dit-elle doucement, d'un ton résigné. Tous mes enfants sont mort-nés ou morts à la naissance. C'est peut-être la raison pour laquelle mon mari me haïssait tant. Je ne lui ai pas donné d'héritier. Il a de nombreux bâtards un peu partout en Angleterre, mais apparemment il désirait un fils légitime... Le fils que je n'ai pas réussi à mettre au monde. (Elle fixa les reflets lumineux du soleil dans l'eau avant de continuer, d'une voix triste :) J'ai perdu six bébés.

— Je suis désolé, murmura-t-il, incapable de mesurer l'abîme de son chagrin.

— Moi aussi, répondit-elle avec un sourire triste. Lui était fou de rage. Oh, la mort de nos enfants ne l'affectait pas. Il lui fallait son héritier. Je crois que mon châtiment aurait duré jusqu'à ce que je lui en donne un. Il abusait de moi, encore et encore, pour que je sois enceinte, dans l'espoir d'obtenir de moi un fils. En attendant, il me maltraitait, pas trop, afin de ne pas faire de mal à l'enfant, mais suffisamment pour me prouver que je ne valais pas plus qu'une poussière sous le talon de sa botte. Une telle cruauté frise la folie. Edward était fou, oui. Et il allait me rendre folle, moi aussi. Combien de fois, à la messe, n'ai-je pas prié Dieu pour qu'il meure !

François réprima un frisson. Comme pour partager son propre fardeau avec elle, il évoqua Cri d'Hirondelle et leur bébé. Il les avait adorés tous les deux. Il avait cru que le chagrin le tuerait lorsqu'ils avaient été égorgés par une horde de Hurons, qui avait attaqué et pillé leur village. Il s'était promis qu'il ne s'inquiéterait plus pour personne. Et à présent, il n'en était plus si sûr, car depuis qu'il avait rencontré Sarah, il n'avait cessé de se faire du souci pour elle. Pourtant, il ne la connaissait presque pas. Peut-être leurs âmes s'étaient-elles reconnues. Tous deux avaient traversé des épreuves, chacun portait sa croix. Le temps avait quelque peu allégé celle de François mais, pour Sarah, il n'en était pas de même. Son dernier bébé était mort un peu plus d'un an auparavant. La douleur était devenue moins déchirante, surtout depuis qu'elle s'était installée à Shelburne, mais des larmes lui venaient aux yeux chaque fois qu'elle y pensait.

Ils restèrent assis encore un moment sur le rocher, dans l'éblouissante lumière de l'été, se remémorant leurs confidences. Une fois exprimée, partagée, la souffrance devient plus supportable. Et voilà que l'homme qui l'avait tant effrayée six mois plus tôt était devenu son seul véritable ami sur ce nouveau continent. Elle regrettait maintenant qu'il soit obligé de repartir. Sur le chemin de la maison, elle lui proposa de rester encore un soir. Il déclina l'invitation sous prétexte que ses compagnons d'armes l'attendaient un peu plus loin, dans la forêt. En réalité, il ne se faisait pas confiance. Il ne répondrait de rien s'il restait plus longtemps auprès d'elle. Et il avait compris qu'elle n'était pas prête à refaire sa vie avec qui que ce soit. Elle avait peur des hommes. Il ne pouvait espérer que son amitié et rien de plus.

Elle lui remit un panier rempli de victuailles : pain bis, jambon fumé. Il lui rappela de s'acheter des fusils et des balles. En attendant, il lui laissa son mousquet. Il enfourcha son cheval et agita la main, tandis qu'il s'éloignait. Ses cheveux flottaient au vent. Elle le suivit longtemps du regard jusqu'à ce qu'il soit hors de vue. Alors, elle revint lentement vers la maison. Quelque chose brillait sur la table de la salle à manger. Elle s'approcha. C'était le collier de dents d'ours et la lanière de perles de verre couleur émeraude qu'il portait au dîner, la veille au soir.

Charlie posa le carnet. Les sonneries du téléphone s'égrenaient dans le silence. D'après la lumière déclinante, il devait être tard dans l'après-midi. Il se sentit désorienté, comme s'il venait de voyager à travers le temps. Une distance de deux cents ans, ce n'était pas rien. Le téléphone sonnait toujours. Gladys, sûrement. Lorsque la ligne avait été installée, il avait communiqué son numéro à sa firme de New York et l'avait faxé à tout hasard au bureau de Carole qui, franchement, n'avait aucune raison de l'appeler.

Il décrocha. La voix dans l'écouteur le fit sursauter. Carole ne l'avait pas appelé depuis qu'il avait quitté Londres. Et lui-même n'avait plus donné signe de vie depuis deux semaines. Il l'écouta avec une curieuse sensation qui tenait à la fois de l'enchantement et de l'irritation. Ainsi elle s'était enfin décidée à se manifester. Avait-elle recouvré ses esprits ? Simon lui avait-il joué un mauvais tour ? Avait-elle enfin compris que son mari lui manquait ?

— Bonjour, dit-il mollement, étendu sur le lit qu'il n'avait pas quitté de la journée. (Il se frotta les yeux, comme pour effacer la vision des perles de verre que François avait laissées sur la table.) Comment vas-tu ?

— Tu as une drôle de voix. Tu vas bien ?

— Oui... Je suis au lit.

Bien calé contre les oreillers, calme, détendu. Carole aurait adoré le château. Si elle l'avait accompagné, elle aurait été subjuguée par ces pierres anciennes, patinées par les ans... Mais elle était loin. Très loin...

— Tu ne travailles plus du tout ? s'enquit-elle, soucieuse.

Elle n'avait pas très bien saisi ce qui s'était passé à New York. Ni la raison pour laquelle Charlie avait pris de si longues vacances. Une dépression nerveuse, sans doute... Cela ne lui ressemblait pas de paresser au lit à quatre heures de l'après-midi. C'était même inquiétant.

— Je lisais, expliqua-t-il, vexé par sa remarque. Je me suis octroyé quelques loisirs. Je n'ai pas pris de congé depuis des années.

Il n'avait de leçons à recevoir de personne. Encore moins de Carole. Carole, qui l'avait jeté comme une vieille chaussette et qui s'étonnait maintenant, sous prétexte qu'il ne correspondait plus exactement à la norme, telle qu'elle et ses confrères dévorés d'ambition la concevaient.

— Je ne sais pas ce qui t'arrive, Charlie, dit-elle d'une voix maussade.

— Moi non plus, dit-il dans un rire, heureux qu'elle lui demande au moins de ses nouvelles. Mais au fait, pourquoi m'appelles-tu ?

Il était neuf heures et demie du soir à Londres et elle était encore à son bureau. Elle avait promis à Simon de passer ce coup de fil avant de le retrouver à l'Annabel's à dix heures. Elle respira profondément. Elle allait sûrement gâcher la soirée de Charlie, car il semblait d'excellente humeur, mais autant qu'il le sache avant qu'un de leurs amis communs ne le lui apprenne… Les nouvelles vont vite, même quand on est allé s'enterrer au fin fond de la Nouvelle-Angleterre.

— Je t'appelle pour… Écoute, Charlie, inutile de tourner autour du pot, je préfère te l'annoncer franchement. Simon et moi allons nous marier en juin, dès que le divorce sera prononcé.

Un interminable silence suivit, pendant lequel, les paupières closes, elle se mordit les lèvres. Durant une éternité, Charlie n'ouvrit pas la bouche. Il avait l'impression d'avoir reçu un coup de poing dans l'estomac.

— Qu'est-ce que tu veux que je fasse ? répondit-il enfin, écœuré. Que je te supplie de changer d'avis ? Est-ce pour cela que tu m'as appelé ? Tu aurais pu aussi bien m'envoyer un faire-part.

— Je… ne voulais pas que tu le saches par quelqu'un d'autre.

L'entretien tournait mal. Elle avait fondu en larmes et à l'autre bout de la ligne, Charlie pleurait silencieusement. Bon sang, elle aurait pu lui épargner ça.

— Ah oui ? ricana-t-il. Je ne vois pas où est la différence. Que ce soit toi ou quelqu'un d'autre qui m'annonce ton mariage ne change rien : ton bonhomme est assez vieux pour être ton père et il va te larguer comme il l'a déjà fait avec ses ex. Chassez le naturel, il revient au galop !

— Ses deux premières femmes l'ont quitté, rectifia-t-elle, alors que Charlie lâchait un petit rire amer. Il n'a quitté que la troisième.

— Formidable. Et toi, tu es quoi dans tout ça ? Le numéro quatre ? C'est ça que tu veux ? Pourquoi ne te contentes-tu pas d'avoir une liaison avec lui ?

Il commençait à devenir cynique.

— Et après ? cria-t-elle en lui renvoyant la balle. (Elle regrettait maintenant de l'avoir appelé. Elle ne l'avait fait que par gentillesse.) À quoi t'attends-tu, mon vieux ? À me récupérer ? Tu voudrais que nous repartions de zéro ? Mais comment saurais-tu que je suis revenue ? Tu ne t'en rendrais même pas compte. On n'était jamais ensemble. Tu sais ce qu'on était, Charlie ? Deux carriéristes sous le même toit qui partageaient le même fax. Tu appelles ça un mariage ? Pas moi ! Si tu savais ce que j'ai pu me sentir seule !

Le pire était qu'il ne s'en était même pas aperçu.

— Pourquoi ne m'as-tu rien dit ? Pourquoi n'as-tu pas essayé de me parler au lieu de partir avec le premier venu ? Nom d'un chien, Carole, comment aurais-je pu deviner tes états d'âme, alors que tu te taisais ?

Les larmes roulaient sur ses joues et il entendit un sanglot à l'autre bout du fil.

— Je ne t'ai rien dit parce que je n'en savais rien moi-même… Jusqu'à ce qu'il soit trop tard. On était trop accaparés par nos métiers respectifs. Je n'étais plus qu'un robot. Une machine. Et pas une femme. Pas *ta* femme en tout cas.

— Et maintenant ? demanda-t-il, poussé par un obscur besoin de souffrir. Ta féminité s'est-elle épanouie ? Es-tu plus heureuse ?

— Oui. Nous dînons ensemble tous les soirs et il m'appelle trois ou quatre fois par jour. Il a envie de savoir ce que je fais, ce qui me préoccupe. Il m'accorde du temps, Charlie. Il m'emmène avec lui quand il part en voyage et il m'accompagne à Bruxelles ou à Paris, même pour une nuit.

— C'est facile. Vous travaillez pour la même entreprise, alors que moi je passais la moitié de l'année à Hong Kong ou à Taipei.

La vérité se trouvait quelque part entre ces deux positions extrêmes. Ils avaient négligé leur amour, leur attention s'était relâchée, un infime rouage dans le subtil mécanisme de leur relation s'était détraqué sans qu'ils s'en rendent compte.

— Les voyages ne sont pas l'essentiel, Charlie, tu le sais. Le reste a suivi. Nous ne prenions pas la peine de nous parler. De communiquer. Ou de faire l'amour. J'étais surmenée, et toi tu souffrais du décalage horaire.

L'allusion à l'échec de leur vie sexuelle poussa Charlie à bout. Il décocha un coup de poing dans l'oreiller.

— Parce que maintenant tu fais l'amour tous les soirs ? Malgré son âge ? Et tu t'imagines que je vais te croire ?

— Charlie, je t'en prie, écoute-moi…

— Non, toi, écoute-moi ! cria-t-il, furieux, en s'asseyant dans le lit. Tu as eu une liaison avec lui, mais tu ne m'as jamais laissé entendre que tu étais malheureuse. Tu as décidé de regarder ailleurs sans me donner la moindre chance. Tu ne m'as pas laissé le moindre espoir et maintenant tu files le parfait amour avec ton Simon. Hier, tu voulais vivre avec lui. Aujourd'hui, tu vas l'épouser. Mais combien de temps ça va durer, t'es-tu posé la question, Carole ? Un an ? Deux ? Allez, trois, soyons généreux. Tu as trente-neuf ans. Il en a soixante et un.

— Merci pour tes bons vœux, rétorqua-t-elle, en colère elle aussi. Ah ! je le savais ! C'est la faute de Simon. Il a insisté pour que je t'appelle. Il a trop de scrupules. Moi, je me méfiais. Et je l'ai averti. Je lui ai dit que tu réagirais comme un crétin. Eh bien, j'avais raison.

Elle se comportait comme une vraie garce mais c'était plus fort qu'elle. Avec ses accents malheureux, Charlie avait le don de raviver sa compassion, ce qui engendrait sa culpabilité.

Alors, elle lui en voulait, évidemment, et n'arrivait pas à se calmer.

— Tu n'avais qu'à demander à Simon de me téléphoner. Une conversation entre hommes civilisés aurait été beaucoup plus simple. Bonjour monsieur, je vous ai piqué votre femme, nous allons bientôt nous marier, au revoir monsieur !

Il s'interrompit en ravalant rageusement ses larmes, puis resta si longtemps silencieux que si Carole ne l'avait pas entendu renifler, elle aurait cru qu'il avait raccroché.

— Bon sang, reprit-il au bout d'une éternité, d'une voix épouvantablement enrouée, je n'arrive pas à croire que tu l'épouseras en juin. Nous aurons à peine divorcé.

— Je suis navrée, Charlie, mais c'est comme ça.

*C'est comme ça !*

Elle ne lui donnerait pas la chance qu'il avait tant espérée. Décidément, elle avait la mémoire courte, car elle n'avait pas l'air de se rappeler combien il l'avait aimée. C'était le tour de Simon maintenant. Elle avait effacé tout ce qui touchait à Charlie.

— Non, ma chérie, c'est moi qui suis navré, dit-il doucement. (Sa gentillesse émouvait Carole beaucoup plus que ses insultes mais cela, il l'ignorait.) Je suppose que je n'ai plus qu'à te souhaiter bonne chance.

— Merci, dit-elle, assise à son bureau, les joues mouillées de larmes. Bon, je dois m'en aller.

Il était presque dix heures ; Simon l'attendait au club. Elle retint un soupir. Elle ressentait une immense tendresse envers Charlie. D'une certaine manière, elle l'aimerait toujours... Elle avait bien fait de l'appeler, leur entretien, si mouvementé fût-il, lui avait remis les idées en place.

— Je pense à toi, fit-il dans un murmure rauque.

L'instant suivant, la communication fut coupée. Ils avaient raccroché en même temps. Charlie se laissa retomber sur les oreillers, les yeux clos. La voix de Carole résonnait encore à ses oreilles.

« Simon et moi allons nous marier en juin. »

Il avait du mal à le croire. L'espace d'une seconde, lorsqu'il avait entendu sa voix, il s'était imaginé qu'elle allait lui annoncer sa rupture avec Simon. Une douleur poignante le transperça et, comme toujours, il la combattit avec la seule arme qu'il connût. La colère.

— Au diable !

Il bondit hors du lit, s'essuya les yeux. Un pâle soleil dardait ses derniers rayons par la fenêtre. Les carnets de Sarah, alignés sur le drap, perdirent soudain tout intérêt. Sortir ! Vite ! Sortir et crier. Pousser un immense cri de détresse. Il enfila ses vêtements : un épais sweater sur un jean, de grosses chaussettes, des bottes, une veste, des gants. Il passa un peigne dans ses cheveux, enroula une écharpe de laine autour de son cou. Il claqua la porte d'entrée et monta dans sa voiture. Il n'avait aucune destination précise en tête. Peut-être Carole avait-elle raison. Peut-être n'aurait-il pas dû prendre de vacances. Le travail est un excellent remède contre la souffrance.

Il démarra en trombe. Peu après, il roulait sans but dans les rues de là petite ville. Le rétroviseur lui renvoyait l'image de son visage ravagé. On eût dit que quelqu'un l'avait assommé d'un coup de massue. Il avait les yeux rouges. Bon Dieu, il n'allait pas pleurer toute sa vie parce que Carole l'avait quitté. Si un simple coup de fil l'avait mis dans cet état, qu'est-ce que ce serait en juin, quand elle deviendrait Mme Simon Saint James !

Il tourna dans la rue de la société historique, l'esprit embrumé, et, sans savoir pourquoi, il se gara. Francesca ne représentait pas précisément une oreille compatissante mais il avait besoin de parler à quelqu'un. Il était inutile de continuer à parcourir les carnets de Sarah pour y trouver une improbable réponse aux questions qui le tourmentaient. Inutile également de demander conseil à Gladys, qui ne manquerait pas de lui prôner les vertus de la résignation. Il songea à aller boire un verre dans un bar. Quelque chose d'aussi fort que le coup de poignard que Carole venait de lui assener. Il avait besoin de bruit, de voix... et, pourquoi pas, de rires.

Il était assis au volant de sa voiture, incapable de se décider, quand il la vit sortir de la bibliothèque. Elle ferma la porte à clé et descendit la volée de marches. Après avoir fait quelques pas sur le trottoir, se sentant observée, Francesca regarda pardessus son épaule. Du coin de l'œil, elle aperçut Charlie dans sa voiture mais elle fit semblant de ne pas l'avoir remarqué. Elle s'éloigna sur la chaussée. Sans réfléchir davantage, Charlie s'élança hors de la voiture. Après tout, si François n'était pas revenu intentionnellement à Shelburne, il n'aurait plus jamais revu Sarah et celle-ci aurait gardé le souvenir d'un faux Indien qui lui avait fait peur. Alors que Charlie n'avait pas fait peur à Francesca. Elle ne l'avait pas attendu pour avoir peur. Tout semblait l'effrayer : les gens, la vie, les hommes surtout.

— Attendez ! cria-t-il, presque arrivé à sa hauteur.

Elle se retourna d'un air inquiet. Pourquoi la suivait-il ? Elle n'avait rien à lui donner, il ne le savait que trop bien. Elle n'avait plus rien à donner à personne.

— Vous pouvez rapporter les livres demain, dit-elle.

Comme si on courait à perdre haleine pour deux bouquins qu'on avait oublié de rendre à la bibliothèque.

— Au diable les livres ! souffla-t-il. Je voudrais vous parler… j'ai besoin de parler à quelqu'un.

Il leva les bras au ciel avant de les laisser retomber le long de son corps dans un geste de désespoir. Ses yeux brillaient comme s'il allait fondre en larmes d'une seconde à l'autre.

— Que se passe-t-il ? demanda-t-elle.

Elle le plaignait, au fond. Il était facile de deviner qu'il souffrait comme un damné. Il s'assit pesamment sur les marches d'une maison aux volets clos et elle le regarda cornue elle aurait scruté sa petite fille.

— Eh bien ? fit-elle gentiment, en s'asseyant près de lui, sur la marche. Que s'est-il passé ?

— Excusez-moi de vous embêter avec mes histoires… Mais si je ne parle pas à quelqu'un, je crois que je vais exploser. Je viens d'avoir un coup de fil de mon ex-femme… Je dois être fou, je sais, mais je ne supporte pas cette situation. Elle est avec un type depuis plus d'un an maintenant… depuis dix-sept mois exactement. Elle a eu une liaison avec lui pendant que nous étions mariés. C'est un des associés de son cabinet juridique, il a soixante et un ans et a déjà été marié trois fois. Elle m'a largué pour lui il y a quelques mois… dix mois pour être précis. L'automne dernier, elle a demandé le divorce. Entre-temps, j'ai été muté à New York. Ça n'a pas marché avec mes patrons et j'ai pris de longues vacances. Aujourd'hui donc, elle me passe un coup de fil ! Je me dis : « ça y est, elle a recouvré la raison », mais non. Devinez pourquoi elle m'a appelé.

Il émit un drôle de petit rire creux, sous le regard attentif de Francesca.

— Pour vous annoncer qu'elle allait se marier ?

Épaté, Charlie la dévisagea.

— Elle vous a appelée, vous aussi ?

Il grimaça un sourire, et tous deux s'esclaffèrent.

— Non, bien sûr. Mais je connais la chanson. J'ai reçu un coup de fil analogue, moi aussi, il y a longtemps, dit-elle d'une voix empreinte de regret.

— De votre mari ?

Elle inclina la tête.

— J'ai suivi ses amours à la télévision comme un feuilleton. Journaliste sportif, il est tombé amoureux fou de la championne de ski de l'équipe de France. Ça se passait pendant les jeux Olympiques. Ils sont très vite devenus les chouchous de tous les téléspectateurs et peu importait qu'il fût marié et qu'il eût un enfant. Ça n'avait absolument aucune importance. On ne pouvait plus allumer la télévision sans découvrir Pierre et Marie-Lise ! Marie-Lise et Pierre. Elle était jolie comme un cœur, elle avait dix-huit ans et lui trente-trois. Leurs photos s'étalaient dans tous les magazines et ils ont fait à plusieurs reprises la couverture de *Paris Match*. Ils étaient sans cesse interviewés. J'ai posé des questions. Il a dit qu'il s'agissait d'une campagne publicitaire. J'ai fait semblant d'y croire. Je me suis toutefois un peu énervée quand l'adorable Marie-Lise a été enceinte. Je l'ai appris par la télévision. Leurs admirateurs leur envoyaient de la layette… chez Pierre, c'est-à-dire chez moi. J'ai commencé à faire des scènes. Il me jurait qu'il m'aimait. Et qu'il adorait Monique. La petite lui était très attachée – c'est un excellent père. Alors, je suis restée…

— En versant toutes les larmes de votre corps, acheva-t-il à sa place.

Elle le regarda, étonnée.

— Comment le savez-vous ?

— Par Monique. Mais elle n'en a pas dit plus.

Francesca haussa les épaules, un sourire triste sur les lèvres.

— Pauvre petit ange, elle a souffert elle aussi. Où en étais-je ? Ah oui, je suis restée. Marie-Lise a grossi. De plus en plus. La télévision s'en donnait à cœur joie. Pensez, le fruit des amours de l'animateur sportif le plus adulé par le public et de l'héroïne des olympiades, qui avait offert à son pays une médaille d'or ! La presse écrite s'était également emparée de ce sujet d'actualité. Leurs noms figuraient sur toutes les couvertures. Un jour, nouveau scoop : Marie-Lise attendait des jumeaux ! Les paquets de chaussons et de bonnets tricotés continuaient d'affluer à la maison. Monique croyait que c'était moi qui attendais un bébé : allez expliquer une telle situation à un petit bout de chou de cinq ans. Chaque fois que je demandais une explication à Pierre, il me traitait de tous les noms : démodée, névrosée, et j'en passe. Selon lui, j'incarnais tous les tabous américains. J'étais la puritaine rabat-joie qui ne comprenait pas la mentalité française... Le pire était que j'avais déjà vécu la même situation dans mon enfance. Mon père, qui était italien, avait fait la même chose à ma mère, quand j'avais six ans. Comme quoi l'histoire se répète, comme on dit, mais de mal en pis, en ce qui me concerne, vous voyez.

Charlie hocha la tête. Il voyait très bien. Être contrainte de suivre au jour le jour les frasques de son époux à la télévision était plus pénible – et de loin – que ce que Carole lui faisait endurer.

— Bref, les bébés sont nés. Un petit garçon et une petite fille. Adorables, naturellement. Jean-Pierre et Marie-Louise. Deux minuscules répliques de leur papa et de leur maman... Leurs fans exultaient. J'ai tenu le coup encore quinze jours avant de craquer. J'ai fait mes bagages et ceux de Monique et je suis retournée chez ma mère, à New York. Là, le drame s'est poursuivi sous une autre forme. Maman, qui revivait à travers moi les infidélités de mon père, ressassait à longueur de journée ses déboires conjugaux au lieu de me consoler. Finalement, j'ai demandé le divorce. La presse française m'a décrite comme une mauvaise perdante... Peut-être à juste titre. Toujours est-il que j'ai reçu le même genre de coup de fil que vous, à Noël dernier. Les deux tourtereaux voulaient m'annoncer la bonne nouvelle. Ils venaient de se marier à Courchevel. Ils avaient posé devant les photographes et les cameramen de la télévision avec leurs enfants, sur les pistes enneigées. Ils tenaient à partager leur joie et leur bonheur avec moi. Aujourd'hui, elle est de nouveau enceinte. Elle aura son troisième enfant avant de recommencer l'entraînement pour les prochains jeux Olympiques. Charmant, n'est-ce pas ? J'ignore pourquoi il ne me l'a pas dit dès le début, pourquoi il m'a joué toute cette sinistre farce. Mais que voulez-vous, comme dirait la presse française, je suis américaine, c'est-à-dire terriblement conservatrice, donc parfaitement ennuyeuse.

Ses yeux verts pétillaient d'humour mais un pli dur s'était creusé au coin de sa bouche. Sous le ton léger qu'elle avait adopté vibrait une note de colère. Ainsi le mystère était percé à jour. Cette femme avait non seulement perdu l'homme qu'elle aimait, mais elle avait été humiliée publiquement. Elle était devenue l'épouse répudiée, et ce n'était pas tout, puisque petite fille, elle avait assisté à l'éclatement de sa famille presque dans les mêmes conditions. Comment s'en sortirait Monique ? Ferait-elle partie de la troisième génération vouée à un mariage raté ? Les parents de Charlie avaient formé un couple heureux, tout comme ceux de Carole. Mais pas eux... Il se demanda si la recrudescence des divorces ne correspondait pas à une faille de la société moderne, à un signe des temps.

— Vous avez été mariée longtemps ?

— Six ans, répondit-elle, s'appuyant contre lui, sans même en avoir conscience, soulagée du poids de ses confidences. Et vous ?

Soudain, ils se découvraient un point commun. Non contents de les avoir trompés, leurs anciens conjoints prenaient un malin plaisir à les tenir au courant de leur félicité.

— Neuf ans. Presque dix. J'étais persuadé que nous étions le couple le plus uni du monde. Je dois être un piètre observateur, car je n'ai rien remarqué… J'ai conçu les premiers doutes quand elle s'est mise à vivre pratiquement avec lui. Je ne sais pas comment j'ai pu être aussi aveugle. D'après Carole, c'est arrivé parce que nous n'avions pas le temps de communiquer. Nous étions trop occupés. Parfois, je me dis que nous aurions dû avoir des enfants.

— Pourquoi n'en avez-vous pas eu ?

— Je ne sais pas. Je crois qu'elle a raison, admit-il. Nous n'avions pas le temps. Nous n'y pensions pas. Je sais maintenant que je suis passé à côté de quelque chose de formidable, surtout depuis que j'ai rencontré votre petite fille. Après neuf ans de mariage, il ne me reste rien.

Francesca lui adressa un sourire compréhensif.

— Pierre m'accusait de trop m'impliquer dans l'éducation de Monique. J'ai cessé de travailler quand ma fille est née. J'étais mannequin quand nous nous sommes rencontrés. Après notre mariage, j'ai abandonné mon métier et j'ai commencé des études d'art et d'histoire à la Sorbonne. J'ai obtenu ma maîtrise, puis, quand j'ai eu Monique, j'ai pris très au sérieux mon rôle de mère. Je voulais être avec elle en permanence. M'occuper d'elle personnellement. Je croyais que Pierre m'approuvait, mais ce n'était pas le cas. Vous savez, Charlie, quand les gens veulent vous quitter, ils trouvent toujours une bonne raison. On ne peut certainement pas gagner à tous les coups. Peut-être certains mariages sont-ils condamnés dès le début.

— C'est ce que je me disais ces temps-ci. Nous avons fait tous les deux le mauvais choix. En toute bonne foi ! Et voilà les résultats. Carole va épouser un vieux don Juan et votre Pierre s'est marié à une minette. Voulez-vous que je vous dise ? La prochaine fois je serai nuit et jour à l'écoute. Et je poserai des questions tout le temps : « Tout va bien ? Vraiment ? Es-tu heureuse ? Toujours fidèle ? Tu ne m'as pas encore trompé ? »

Il ne plaisantait qu'à moitié, car les épreuves de la vie vous enseignent toujours quelque chose. Francesca secoua la tête, pas vraiment convaincue.

— Bon courage. En ce qui me concerne, il n'y aura pas de prochaine fois. Jamais.

Dans son esprit, chaque représentant de la gent masculine n'était qu'un tricheur doublé d'un menteur. Charlie, compte tenu de sa douloureuse expérience, était une exception. Elle voulait bien lui accorder son amitié. Mais c'était tout. La romance n'était pas inscrite au programme.

— Jamais est un bien grand mot. Comment pouvez-vous en être aussi sûre ?

— Je le suis, c'est tout. Je ne veux plus souffrir.

— Même si votre prochain mariage ne fait pas la une des actualités télévisées ?

Il la taquinait et elle esquissa un sourire forcé. Ses blessures avaient été profondes et n'avaient pas encore cicatrisé.

— Vous ne pouvez pas savoir ce que j'ai éprouvé, dit-elle avec rancœur.

Un éclair traversa ses prunelles. Charlie en eut le cœur serré. On ne lisait plus que du chagrin et de la peine sur ce joli visage à l'ovale parfait. Des bribes de ses conversations avec Monique lui revinrent en mémoire. « Maman pleure tout le temps. » Francesca s'était forgé une carapace. Son attitude désagréable lui servait de bouclier. Sans réfléchir davantage, il lui passa un bras amical autour des épaules.

— Eh bien, si vous découvrez un jour que le joug conjugal vous tente encore, je veux bien être votre conseiller.

Elle secoua la tête, en riant.

— Si vous avez l'intention d'ouvrir une agence matrimoniale, ne comptez pas sur moi pour figurer dans votre clientèle.

— Alors, passons un pacte. Si l'un de nous se marie, l'autre doit suivre, comme dans une opération kamikaze, d'accord ?

Elle se remit à rire. C'était la première fois qu'elle se moquait d'elle-même et cette autodérision, découvrit-elle, constituait le meilleur remède contre sa tristesse chronique.

— Merci, Francesca. J'avais besoin de parler à quelqu'un. Je suis content que ce soit vous.

Ils se levèrent alors et elle jeta à sa montre un regard d'excuse. Elle devait aller chercher sa fille à l'école.

— Désolée, mais il faut que je vous quitte. Vous êtes sûr que ça va aller ?

Une conversation, un échange de confidences avaient suffi à la rendre plus humaine. Il y avait de la tendresse en elle, mais le dénommé Pierre l'avait détruite.

— Oui, mentit-il.

Il savait qu'aussitôt à la maison il se remettrait à ruminer. Carole, Simon, leur futur mariage. Si le temps guérit de tout, il lui faudrait encore des mois, peut-être des années, pour remonter la pente.

— Si nous dînions tous les trois demain soir ? demanda-t-il, incluant Monique dans l'invitation, afin de ne pas effaroucher sa nouvelle amie. J'en profiterais pour vous rapporter les livres, ajouta-t-il, tandis qu'elle le raccompagnait vers sa voiture. Ça vous dirait, une succulente pizza ou des spaghetti ?

Il la sentit hésiter. Elle leva les yeux vers lui, prête à refuser. Le sourire de Charlie lui réchauffa le cœur. Cet homme ne pouvait pas la blesser, pensa-t-elle. Il était trop gentil. Il n'y avait pas de mal à dîner avec un ami, après tout.

— Oui, d'accord.

Le sourire de Charlie s'épanouit.

— Parfait. On pourrait essayer le grand jeu. Dîner à Deerfield. Je mettrai une cravate.

Le rire mélodieux de Francesca l'enveloppa.

— Je passerai vous chercher à six heures, dit-il d'une voix pleine de gratitude. Merci, Francesca.

Il monta dans sa voiture, démarra, et elle le regarda s'éloigner en agitant la main.

Charlie repensa à l'histoire de Francesca. S'il existe une échelle de la souffrance, oui, elle avait souffert plus que lui. Décidément, les gens s'ingéniaient à se torturer les uns les autres. Carole avait brisé le cœur de Charlie, Pierre avait mortellement atteint Francesca.

En poussant la porte de sa demeure, il songea à Sarah. Sa rencontre avec François avait effacé les mauvais souvenirs de sa vie avec Edward. La joie après le malheur… Comment un pont pouvait-il unir les deux moitiés d'une même existence ?

Comment parvenait-on à passer du chagrin, du ressentiment et de la suspicion au pardon et à la confiance ? Par quel miracle se remettait-on à vivre normalement sans avoir mal ? Il n'avait pas les réponses à ces questions.

Cette nuit-là, en éteignant sa lampe de chevet, ce fut vers Carole que voguèrent ses pensées. Quel abîme que l'âme humaine, se dit-il… Et tandis qu'il méditait sur les mystères de la fatalité, il décida d'interrompre la lecture du journal intime de Sarah pendant quelques jours. Il fallait qu'il replonge dans la réalité et qu'il prenne en main son destin.

# 16

Charlie passa chercher ses deux amies en voiture à six heures précises. Il les emmena chez Di Maio, l'unique pizzeria de Deerfield. Sur la route, tandis que Francesca et lui se cantonnaient dans un silence intimidé, la petite Monique n'arrêta pas de parler de ses camarades de classe, du chien qu'elle voulait avoir, du hamster que maman lui avait promis, et du ski, naturellement, qu'elle souhaitait reprendre dès le lendemain. Ensuite, elle se mit à critiquer l'école.

— On faisait davantage d'exercices à Paris, jugea-t-elle, et cette allusion à leur vie en France ne tomba pas dans l'oreille d'un sourd.

Charlie jeta un coup d'œil discret à Francesca, qui s'était ostensiblement tournée vers la vitre.

— Alors qu'attends-tu pour apprendre l'allemand ou le chinois, histoire de t'occuper ? taquina-t-il la petite fille, qui répondit par une affreuse grimace.

Deux langues suffisaient amplement, protesta-t-elle, avant de le dévisager, l'œil brillant de fierté.

— Maman parle italien. Mon grand-père était de Venise.

Et d'après Francesca, c'était un mari volage, comme son propre époux. Décidément, l'insouciante enfant possédait l'art d'aborder les sujets les plus aptes à gâcher la soirée de sa mère. Avec tact, Charlie orienta la conversation vers le chien dont rêvait Monique.

— Oh, un chihuahua, ou quelque chose comme ça, répliqua-t-elle sans hésiter, preuve qu'elle y avait déjà réfléchi.

— Mais c'est minuscule ! s'esclaffa Charlie. Tu vas le confondre avec un hamster.

— Certainement pas ! pouffa Monique.

Il lui proposa alors de faire la connaissance de Glynnis, l'indolent setter irlandais de Mme Palmer. La petite rit de plaisir et l'ombre d'un sourire effleura les lèvres de Francesca... La plupart du temps elle arborait un air taciturne qui faisait peine à voir. Mais Monique paraissait heureuse, et c'était le plus important. La déception, la trahison, les complications d'une relation extravagante avaient peut-être aigri le caractère de Francesca mais n'avaient pas altéré sa fibre maternelle. Elle adorait sa fille.

Peu après, les toits de tuiles roses de Deerfield apparurent à travers les branches nues. Le restaurant, un petit établissement bondé où les rires et les exclamations se mêlaient aux effluves de l'ail et des épices, se trouvait dans la grand-rue. Monique commanda des spaghetti et des boulettes de porc sans consulter le menu, les adultes optèrent pour des cappellini au basilic, et, tout en étudiant la carte des vins, Charlie remarqua que Francesca s'entretenait avec le serveur en italien.

— Ces sonorités chantantes rappellent les opéras de Verdi, sourit-il. Vous avez vécu longtemps en Italie ?

— Jusqu'à l'âge de neuf ans. Mon père et moi parlions toujours italien ensemble. J'aimerais bien que Monique le parle aussi. C'est toujours utile de connaître plusieurs langues... Peut-être pas aux États-Unis, mais on ne sait jamais. Un jour elle pourrait s'installer en Europe, ajouta-t-elle d'un ton qui signifiait qu'elle espérait le contraire.

Elle fixait Charlie d'un regard interrogateur. Depuis la veille, elle savait pas mal de choses sur lui. Ou plutôt sur son mariage.

— Et vous ? Retournerez-vous à Londres ?

— Je ne sais pas. J'ai échoué ici alors que j'allais vers le Vermont. J'ai rencontré Gladys Palmer, puis je suis tombé amoureux du château. Je l'ai loué pour un an, mais même si je repars en Europe, je reviendrai sûrement en été. Pour l'instant, je ne me pose pas de questions. Je ne me sens même pas coupable de ne pas travailler... ou alors si peu ! C'est la première fois de ma vie que je prends d'aussi longues vacances. Quoi qu'il en soit, il faudra bien que je recommence à exercer mon métier d'architecte... à Londres, de préférence.

— Pourquoi ?

« Pour être plus près de votre femme ? Pour souffrir en la voyant heureuse ? Ou pour une autre raison ? » questionnaient les yeux verts, avec perspicacité.

— Mais parce que ma vie est là-bas, répondit-il en observant Monique, qui plantait sa fourchette dans une boulette. Enfin, elle l'était. J'ai vendu ma maison avant de partir.

Et il n'était même pas sûr d'y avoir encore du travail.

— Et puis j'aime Londres ! conclut-il, péremptoire.

Il aimait surtout Carole. Et il continuerait à rêver d'elle une fois qu'elle aurait épousé Simon, songea-t-il, dépité, en se gardant bien d'exprimer cette pensée à voix haute.

— Moi aussi j'aimais Paris. Je n'y suis pas restée pour autant. Ce n'est pourtant pas faute d'avoir essayé. Mais c'était au-dessus de mes forces. Je croyais les voir partout. Je m'attendais à tomber sur eux à chaque instant. D'ailleurs, ça m'est arrivé une ou deux fois. Dieu, quel supplice ! Je fondais en larmes chaque fois que j'allumais la télé et que je les voyais enlacés, souriant à la caméra. J'aurais pu éteindre le poste ou changer de chaîne, mais non. Je regardais comme une idiote. L'obscur besoin de souffrir, comprenez-vous ? J'en étais malade. Je suis partie et ça m'a sauvée. (Elle lui sourit par-dessus son plat fumant de cappellini.) Aujourd'hui, pour rien au monde je n'y retournerais.

— Allez-vous vous installer définitivement ici ?

Évoquer des sujets aussi douloureux d'une manière anodine, presque banale, lui procurait un réconfort singulier.

— Peut-être, dit-elle. Ma mère insiste pour que je retourne à New York pour Monique, où elle recevra, dit-elle, une éducation décente. Pourtant, nous sommes heureuses ici, l'école est d'un niveau satisfaisant, et elle peut s'adonner à son sport favori. Nous habitons une petite maison à l'autre bout de la ville, où je me sens bien. C'est confortable et paisible. Oui, surtout paisible. Je voudrais finir ma thèse avant de prendre une décision définitive. Cet endroit est idéal pour écrire, vous savez.

Et pour lire, se dit-il en se rappelant le journal de Sarah.

— La proximité de la nature favorise la création. Je songe moi-même à me remettre à peindre. Je suis artiste peintre à mes heures.

Depuis longtemps, il souhaitait reproduire un paysage de Shelburne Falls sous la neige, à la manière de Wyeth.

— Eh bien, vous avez plusieurs cordes à votre arc, dirait-on.

Ils échangèrent un sourire. Celui de Francesca était taquin. Monique cessa alors de se débattre avec ses spaghetti qu'elle essayait d'attraper en faisant tourner sa fourchette, et réintégra la conversation. Elle se lança dans son sujet préféré : Paris. Leur appartement parisien. Leurs promenades dominicales au bois de Boulogne. Ses vacances avec ses parents, dans différentes stations de ski... Francesca l'écoutait d'un air nostalgique, mais peu à peu son visage se fermait. Une fois de plus, Charlie désamorça la bombe en changeant de sujet.

— À propos de ski... Si nous allions à Charlemont, samedi ? Un aller-retour dans la journée, ça vous dit ?

Monique poussa aussitôt un cri de joie.

— Oh, chouette ! Allez, maman, dis oui. Je t'en priiiiiie ! piailla-t-elle allègrement, et son enthousiasme fit rire sa mère.

— Charlie, vous êtes gentil. Mais ce ne serait pas raisonnable. J'ai du travail et, de votre côté, vous ne chômez pas, j'en suis sûre. Je ne crois pas...

— Allez, l'interrompit-il gentiment. Un grand bol d'air pur nous ferait le plus grand bien.

Il était encore sous le coup de la nouvelle du mariage de Carole, et visiblement Francesca avait besoin de souffler.

— Prenez votre journée. Une petite pause vous insufflera un nouvel élan.

Quant à lui, il n'avait rien à faire à part lire les carnets découverts dans le grenier. Les sourcils de Francesca se froncèrent, signe qu'elle hésitait. L'expression angélique de Charlie ne justifiait pas qu'elle relâche ne serait-ce qu'une seconde sa vigilance. Attention ! lui murmura une voix intérieure. Ils sont tous les mêmes. On cède sur un point et ils vous réclament Dieu sait quoi. Pourtant, l'envie d'échapper à la grisaille de son quotidien fut la plus forte.

— Après tout, pourquoi pas… À condition de rentrer le jour même.

Monique battit des mains, au comble du bonheur.

— Oh, chic !

Elle se lança dans une énumération, digne d'un grand expert, des différentes stations de sports d'hiver, de Courchevel à Val-d'Isère, et ses mimiques firent rire aux éclats Charlie et Francesca. Charlemont ne tenait pas la comparaison, mais ce serait « drôlement rigolo », dit-elle, tout de même enchantée d'y aller. D'ailleurs, tandis qu'ils rentraient à Shelburne Falls, ils avaient tous hâte d'y être.

Il les raccompagna chez elles, un charmant pavillon peint en blanc, avec des persiennes vertes, ceint d'une clôture en bois. En descendant de voiture, Francesca le remercia pour le dîner.

— C'était vraiment délicieux, sourit-elle avec sa prudence coutumière.

Monique renchérit :

— Oui, formidable. Merci, Charlie.

— Tout le plaisir a été pour moi ! Eh bien, à samedi. À quelle heure dois-je passer ?

Il n'avait pas esquissé le moindre mouvement vers la maison, afin de ne pas l'effaroucher. Elle avait toujours l'air d'une gazelle aux abois, prête à plonger dans l'ombre protectrice du sous-bois, d'autant qu'ils se trouvaient sur son territoire. Il paraissait donc nécessaire de maintenir entre eux une distance respectable.

— À huit heures, suggéra-t-elle. Nous serons ainsi sur les pistes à neuf heures.

— Entendu. Huit heures.

Il les regarda entrer dans le pavillon, puis, la porte refermée, toutes les fenêtres s'illuminèrent d'un seul coup. Il contempla un instant la maison, avec une sensation d'écrasement. « Tu es toujours en dehors du coup, mon pauvre vieux », s'apitoya-t-il sur lui-même, car personne d'autre ne semblait remarquer sa solitude. Il était devenu un simple spectateur de la vie. Le monde était une vaste scène où des personnages entraient et sortaient, Francesca et Monique, Simon et Carole, Sarah et François, jouant une pièce dans laquelle lui, Charlie Waterston, n'avait aucun rôle. Il reprit le volant, songeur. Sur le chemin du retour, il s'arrêta chez Gladys Palmer, qui l'accueillit avec sa chaleur coutumière, enchantée de cette visite impromptue et quelque peu tardive. Mais la vieille dame ne dormait pas. Comme tous les grands solitaires, la nuit n'était pas pour elle un refuge. Elle offrit à Charlie une tasse de camomille et des cookies au gingembre.

— Comment ça va à la maison ? s'enquit-elle négligemment.

Elle ignorait tout du journal intime de Sarah. Charlie ne lui en parlerait qu'après l'avoir lu intégralement.

— Bien, répondit-il avant de lui raconter sa soirée avec Francesca et sa fille.

— Ah ! Voilà une affaire qui marche, j'en suis contente pour vous, le taquina-t-elle.

— On verra, murmura-t-il, finissant une seconde tasse de tisane et se levant.

De nouveau en voiture, il se sentit moins seul. À l'instar d'une mère, Gladys avait le don d'apaiser ses angoisses.

Il pénétra dans sa maison d'humeur presque gaie et ce fut alors qu'il entendit le bruit, juste avant d'appuyer sur l'interrupteur. Les appliques de l'escalier s'allumèrent, éclairant les marches vides, mais il aurait juré qu'un pas avait retenti sur le marbre. Sans doute son imagination lui jouait-elle encore des tours, car il eut beau attendre, il n'y eut plus que le silence.

Il monta dans sa chambre où il réprima l'envie de reprendre les carnets. Il avait décidé de s'accorder une pause, de prendre ses distances. La façon dont il s'impliquait dans une idylle qui datait de deux siècles n'était pas saine. Il s'obligea à lire un roman qu'il prit au hasard sur les rayonnages. Un texte plat, si insipide en comparaison du style enlevé de Sarah qu'il s'endormit à dix heures. Un son soyeux, comme un bruissement, lui fit rouvrir un œil mais il avait trop sommeil pour lever la tête et, de toute façon, il crut qu'il avait rêvé.

Cela faisait plusieurs jours qu'il n'avait pas touché au journal intime de Sarah lorsque, le samedi, il partit chercher Francesca et Monique. Il fit une brève halte chez Gladys où ils discutèrent une fois de plus de Francesca, une tasse de thé à la main. La vieille dame se félicita de ce que son protégé fréquente « une jeune personne de son âge », après quoi elle exprima le désir de la connaître, ce que Charlie lui promit sans se faire prier.

Ses passagères l'attendaient devant leur pavillon. Monique, en tenue de ski cerise, et Francesca, dans toute la splendeur d'une élégante combinaison noire qui lui collait au corps comme une deuxième peau. Ainsi vêtue, elle rappelait le ravissant mannequin qu'elle avait été autrefois. Elles logèrent leurs skis dans le coffre, et Charlie démarra. Une heure plus tard tous les trois avançaient dans la poudreuse en direction du remonte-pente. Entre-temps, une dispute avait éclaté entre la mère et la fille. Francesca menaçait d'inscrire Monique à l'école de ski de la station. Pour la énième fois, la jeune femme refit la leçon à sa fille. Il était hors de question qu'elle dévale toute seule la montagne, encore moins qu'elle lie connaissance avec des étrangers… Sinon…

— Sinon, je m'embêterai avec le moniteur et ses élèves, rétorqua Monique, l'air boudeur. Ils sont tellement mauvais qu'ils savent à peine chausser leurs skis. Je préfère carrément une bonne marche à pied.

Charlie s'interposa. L'expression contrite de la petite fille lui serrait le cœur. Il proposa de l'accompagner. Après tout, ils avaient fait connaissance sur la piste noire, plaisanta-t-il, mais Francesca secoua la tête. Pas question de lui imposer la garde de la petite.

— Avouez que vous avez plutôt envie de skier tout seul.

Il s'efforça de ne pas admirer ses yeux d'un vert étonnant, frangés d'épais cils noirs.

— Pas du tout. Encore qu'elle me donne des complexes.

Un sourire éclaira la frimousse de Monique, qui lui rendit le compliment.

— Tu n'es pas mal non plus. Même dans les virages. Tu as du style, ce qui n'est pas donné à tout le monde.

Elle parlait comme un livre. Ou plutôt comme son papa. Et visiblement, elle accordait à Charlie une partie du talent du grand homme. Il lui sourit en retour, esquissant un petit salut.

— Mille mercis, mademoiselle. Si j'ai bien compris, vous me ferez l'honneur de skier en ma compagnie. (Et, se tournant vers la mère :) Allez-vous vous joindre à nous ? Ou vous estimez-vous trop forte ?

— Elle est assez bonne, confia Monique avec une condescendance comique qui fit rire sa mère.

Les dés étaient jetés. Peu après, le télésiège les déposait au sommet. Francesca se lança sur la piste la première… avec une grâce et une élégance qui ne passèrent pas inaperçues car plusieurs skieurs la suivirent d'un regard admirateur. Restait à savoir si elle avait le ski dans le sang ou si son champion olympique de mari lui avait juste appris deux ou trois tours spectaculaires. Elle descendit la pente en flèche, et s'arrêta dans un gracieux demi-tour en bas de la montagne, soulevant un nuage irisé de poudreuse.

— Bravo ! applaudit Charlie, admiratif. On ne vous a jamais dit que vous étiez formidable ?

— J'aime ce sport, dit-elle en toute simplicité. Quand j'étais petite, mon père m'emmenait à Cortina. C'était un skieur extraordinaire, lui aussi. Il me reprochait cependant d'être un peu lente. Il disait « trop prudente ».

Monique, qui ne perdait pas une miette des paroles de sa mère, hocha vigoureusement la tête. Contrairement à sa mère, elle préférait l'ivresse de la vitesse. Prudente était bien le mot qui la caractérisait, songea Charlie, sous le charme. Il découvrait une femme nouvelle, pleine de talents, dotée d'une intelligence d'une grande finesse. Et modeste. L'aspect aigu, tranchant de son attitude qui l'avait tant irrité disparaissait dès qu'elle se détendait. Il y avait de la douceur en elle, et de l'humour. Aujourd'hui, son humeur s'était singulièrement améliorée. Peut-être parce qu'elle pratiquait son sport préféré. Ou alors parce que leurs confidences spontanées avaient enfin dénoué le nœud de souffrance qui l'oppressait depuis si longtemps. Elle s'amusait comme une petite folle, remarqua Charlie, enchanté. La dernière descente, à trois, fut une pure merveille esthétique. On eût dit une famille, le père, la mère et la fille, tandis qu'ils dévalaient la piste enneigée, Monique devant, les deux adultes derrière. La fin de la journée approchait. La lumière déclinait rapidement. Ils ôtèrent leurs skis et s'installèrent dans un café pour déguster des brownies et du chocolat chaud. Si la petite Monique commençait à être fatiguée, sa mère resplendissait. L'air vif avait rosi sa peau, ses yeux étincelaient.

— J'ai passé une journée fabuleuse, soupira-t-elle en avalant une onctueuse gorgée de chocolat. Au début, je me plaignais des pistes qui, franchement, sont beaucoup moins bien entretenues qu'en Europe. À présent, ça m'est égal. J'ai du plaisir à skier. Le reste importe peu. Merci de nous avoir emmenées ici, Charlie.

— Nous devrions tester les autres stations, proposa-t-il. Dans le Vermont, par exemple. Sugarbush possède de très belles installations, paraît-il.

— Oui, pourquoi pas.

Elle se sentait parfaitement à l'aise avec lui maintenant. Ils étaient assis à une table toute petite, collés l'un à l'autre par l'exiguïté des lieux. Son genou touchait presque celui de sa voisine. Il sentait le long de ses jambes la chaleur de celles de Francesca. Elle avait ôté son bonnet de laine, libérant son opulente chevelure où il brûlait d'enfoncer les doigts. Un curieux frisson le parcourut. Il n'avait rien ressenti de tel pour aucune femme, excepté Carole. Les deux malheureux rendez-vous galants auxquels un copain avait réussi à l'entraîner à Londres avaient tourné court. Il n'avait pas supporté la présence d'une autre femme que Carole à ses cotés. Mais avec Francesca, c'était différent. Il appréciait son esprit, ses reparties spirituelles… et le reste. Il la savait blessée, timide, brisée par la vie, et en cela ils se ressemblaient.

Il n'était guère pressé de se retrouver à Shelburne Falls. Sur le chemin du retour, il proposa de dîner et Monique accepta à la place de sa mère. Ils s'arrêtèrent à l'auberge de Charlemont où ils commandèrent de délicieuses tranches de dinde accompagnées de purée de pommes de terre. La conversation roula sur mille sujets ; ils se découvrirent une passion commune pour les châteaux du Moyen Âge. La petite Monique bâillait, les yeux lourds de sommeil, et Charlie dut presque la porter jusqu'à la voiture.

La nuit répandait ses voiles duveteux lorsqu'ils se garèrent devant le joli pavillon blanc aux volets verts. Cette fois-ci, contre toute attente, Francesca invita Charlie à boire « un verre, ou un café », par pure politesse sans aucun doute.

— Je mets Monique au lit et je reviens dans une minute, chuchota-t-elle par-dessus la tête blonde de l'enfant endormie.

Elle le laissa dans le salon et emmena sa fille dans sa petite chambre douillette à l'étage. En l'attendant, il laissa errer son regard sur la bibliothèque qui occupait la pièce. Des livres de collection, des livres d'histoire européenne, plusieurs éditions originales, nota-t-il au passage.

— Alors, quel est votre diagnostic ? Suis-je un vrai rat de bibliothèque ?

Il ne l'avait pas entendue rentrer. Il avait allumé le feu dans la cheminée. Les flammes inondaient d'une clarté dorée la pièce joliment décorée de tableaux et d'objets qu'elle avait rapportés d'Europe. Si, comme on le prétend, l'intérieur de chacun reflète son caractère, ce décor ne rappelait en rien la femme acariâtre qu'il s'était empressé de classer dans la catégorie des « frustrées ». Ce petit salon, avec ses couleurs vives, disait tout autre chose. Il la regarda, persuadé que quelque chose d'intense allait se produire entre eux, sachant pourtant que, s'il esquissait un geste, elle ne le reverrait plus. Il s'efforça d'oublier l'attirance qu'elle exerçait sur lui et, comme par un fait exprès, elle partit préparer du café dans la cuisine où il la suivit. Il devait faire très attention à ce qu'il allait dire... Sarah Ferguson lui parut correspondre au sujet neutre qui convenait à la situation. Il se lança :

— J'ai lu pas mal de choses sur Sarah Ferguson. C'était une femme remarquable, dotée d'un courage hors du commun. Elle est venue aux États-Unis à bord d'un brick, une espèce de coque de noix qui effectuait à l'époque la traversée entre Falmouth et Boston. Cela me rend malade d'imaginer ce que les passagers enduraient. Mais elle a survécu à toutes les tempêtes et a commencé une nouvelle vie sur le continent américain.

Il s'interrompit, soucieux de ne pas dévoiler l'existence des carnets, mais Francesca le regarda d'un air étonné.

— Vraiment ? Où avez-vous lu tout ça ? Je n'ai jamais rien trouvé sur elle à la société historique que, soit dit en passant, j'ai passée au crible. Avez-vous découvert quelque chose à Deerfield ?

— Euh... oui, en effet. Mme Palmer m'a donné de vieux articles.

Il n'osait encore lui avouer la vérité. Mais il tirait une étrange satisfaction à évoquer avec elle le parallèle de leurs vies avec celle de Sarah.

— Il semble qu'elle ait fui un épouvantable époux, lorsqu'elle a quitté l'Angleterre.

Francesca hocha la tête d'un air connaisseur. Elle aussi avait quitté un mari épouvantable à Paris. Oh, peut-être n'était-il pas vraiment méchant, juste stupide, comme la dénommée Carole. À moins que leurs conjoints aient cherché ailleurs le bonheur qui leur manquait à la maison. Mais qui pouvait l'affirmer ?

— Est-ce qu'elle vous manque ? demanda-t-elle doucement.

Charlie leva la tête. L'expression mélancolique de ses yeux l'avait trahi.

— Oui, parfois, admit-il avec franchise. En fait, ce qui me manque, c'est la Carole que j'avais imaginée.

Francesca comprenait parfaitement ce qu'il voulait dire. Il en était de même avec Pierre. Ses souvenirs se résumaient au bonheur du début et au cauchemar de la fin. Le milieu, la vie ordinaire, la réalité banale, tout ce qui tisse la véritable relation d'un couple, s'était estompé.

— Nous sommes tous pareils, approuva-t-elle. Nous nous rappelons plus facilement nos fantasmes, les plus merveilleux comme les plus inquiétants, et nous oublions le reste. Je ne suis pas sûre de savoir qui est Pierre, si ce n'est celui que j'ai tant détesté à la fin...

— Carole m'inspire les mêmes réflexions. En fait, je ne sais plus où j'en suis avec elle. J'ignore s'il s'agit d'amour ou d'amour-propre... Sarah était différente, poursuivit-il, mêlant sans y penser le présent au passé. Elle a traversé des épreuves atroces et elle est quand même tombée amoureuse de François. Elle a vécu deux vies... Et la seconde, celle avec François, la plus heureuse, a été aussi la plus importante. Elle n'a pas eu peur de recommencer.

— Moi, je ne pourrais pas ! rétorqua Francesca avec toute l'énergie de ses anciennes déceptions. Non, pour moi la question ne se pose pas.

— Ne dites pas « fontaine je ne boirai pas de ton eau ». Vous êtes trop jeune pour mourir de soif.

Un sourire ironique se dessina sur les lèvres pleines de la jeune femme.

— Mais je n'ai pas soif ! J'ai trente et un ans. À mon âge, je sais ce que je veux, tout de même. Ou, à défaut, ce que je ne veux pas. Je ne survivrais pas à un autre échec sentimental.

La déclaration avait le mérite de la clarté. Elle n'avait pas l'intention de céder à l'attirance mutuelle qu'ils éprouvaient. Il le devina à la fermeté de sa voix. Charlie reçut le message. Sa soif à lui demeurerait inassouvie.

— Vous êtes trop intransigeante, Francesca. Vous devriez réfléchir avant de renoncer à toute vie amoureuse.

Peut-être que s'il lui confiait les carnets de Sarah… Mais non. Il ne se sentait pas prêt à s'en séparer. Pas encore.

— Je n'ai fait que cela, réfléchir, ces deux dernières années, répliqua-t-elle d'un ton convaincu, avant de le surprendre par une question incongrue : Dites, Charlie, pouvez-vous me jurer que vous ne l'avez jamais vue ? Sarah, je veux dire… La région pullule d'histoires de fantômes, c'est tout juste si les spectres n'ont pas pris possession de la moindre masure. Votre superbe château serait-il le seul à n'être pas hanté ?

Elle ne plaisantait qu'à demi. Il la regarda, mal à l'aise.

— Je n'ai rien vu, mentit-il, un peu gêné. Je… j'ai entendu des bruits bizarres deux ou trois fois. Le vent contre les volets, des souris dans le grenier… encore une sorte de fantasme, non ?

Elle le regardait avec un sourire à la fois suave et moqueur. Il sentit flamber en lui le désir de la prendre dans ses bras et de l'embrasser, mais il se contint.

— Je ne vous crois pas, lança-t-elle, les sourcils froncés. J'ignore pourquoi au juste. Vous paraissez drôlement bien renseigné au sujet de Sarah. J'en conclus que vous savez quelque chose et que vous ne voulez pas me le dire. (Elle pencha la tête sur le côté et adopta, exprès, une voix sensuelle :) Est-ce que je me trompe ?

Charlie lui adressa un sourire innocent.

— Je vous tiendrai au courant si jamais le moindre phénomène paranormal se produit. Je jouerai les chasseurs de fantôme et je vous ferai des rapports détaillés.

Francesca éclata d'un rire mélodieux, qui l'embellissait. Détendue, elle rayonnait. Mais elle se crispait très vite. Pour un rien, son visage se refermait.

— Ne vous moquez pas, je parle sérieusement, insista-t-elle d'une voix animée. Les fantômes existent mais on ne peut pas communiquer avec eux, sauf si l'on possède un don, une sensibilité particulière.

— Je vous promets de me concentrer dès que je rentre à la maison, répondit-il d'un ton taquin. Je suis ouvert à toutes les suggestions : table tournante, messe noire, méditation.

— Charlie, vous êtes impossible ! J'espère qu'elle viendra vous tirer les pieds pendant que vous dormez.

— Arrêtez de me faire peur, sinon je passe la nuit dans votre canapé.

Elle le regarda sans un mot. Il se dit qu'il aurait donné cher pour obtenir un acquiescement qui, naturellement, ne franchit pas les lèvres de Francesca. Il ne restait plus qu'à prendre congé. Pourtant, il fut convaincu qu'elle aussi avait éprouvé l'attirance qui l'avait consumé un instant, une attirance si puissante qu'elle en était presque douloureuse.

Avant de partir, il l'invita à passer ensemble le lendemain, avec Monique. Elle s'empressa de refuser, comme pour briser leur élan d'amitié et cette familiarité suspecte qui commençait à prendre forme.

— Non, merci. Je dois travailler mon doctorat, répondit-elle, les yeux baissés.

— Oh… ce n'est pas très drôle, dit-il, déçu.

— Non, mais il le faut. Le devoir avant tout.

Elle avait adopté un ton léger. Elle avait été à deux doigts d'accepter sa proposition. Mais elle s'était ressaisie. Un vague signal d'alarme résonnait dans son subconscient : « Danger ! Attention, tu te sens de plus en plus à l'aise avec ce type. »

— Entre deux chapitres, venez chasser le fantôme chez moi.

Ils rirent ensemble, puis elle secoua la tête.

— Non, désolée. L'idée est tentante, mais je ne ferai pas de pause. Je m'attellerai à ma tâche toute la journée. Je n'ai pas beaucoup avancé ces derniers temps. Une autre fois, peut-être.

Elle le raccompagna à la porte et resta sur le perron jusqu'à ce que le break disparaisse au tournant. Charlie appuya sur l'accélérateur, ne pensant qu'à Francesca. Il regrettait de ne pas avoir été plus hardi. Il avait envie de l'embrasser, de la caresser, d'effacer du bout des doigts le pli amer de ses lèvres. S'il l'avait approchée, elle l'aurait mis à la porte. Il ne l'aurait plus revue. Pourtant, l'attirance était là. Peut-être avait-elle été là depuis le début sans qu'il le sache…

Il entra dans le vestibule. Pour une fois, ses pensées ne voguaient pas vers Sarah. C'était à Francesca qu'il songeait. À Francesca qui ne voulait pas passer le dimanche avec lui. Ils s'amusaient si bien ensemble, sa fille le considérait comme son meilleur copain, alors pourquoi le rejetait-elle ? Pourquoi rentrait-elle dans sa coquille ? Une fois dans sa chambre, il ne put résister. Il saisit le combiné et composa son numéro.

— Allô ? répondit-elle d'une voix inquiète.

Personne ne l'appelait jamais à cette heure-ci. D'ailleurs, elle ne recevait pour ainsi dire aucun coup de téléphone.

— C'est moi. Je viens de voir un fantôme et je suis terrifié. Il mesure deux mètres de haut, il a des cornes et des yeux rouges comme des braises. Au secours !

Elle éclata de rire.

— Vous êtes incorrigible, Charlie, vous avez tort de vous moquer des puissances occultes. Il y a un tas de gens qui voient des fantômes. J'ai des listes entières de noms et d'adresses à la société historique, si vous avez envie de les contacter. J'ai effectué moi-même quelques recherches, continua-t-elle sans pouvoir s'arrêter de rire.

— Alors venez identifier celui-ci. Je suis enfermé dans la salle de bains.

— Décidément, votre cas est désespéré.

— Exactement. Voilà mon problème. Je vais envoyer une lettre au courrier du cœur du journal local et je signerai « un cas désespéré ». J'écrirai : « Chère madame, j'ai rencontré une femme, je voudrais que nous soyons amis, mais si je lui en parle, elle va me détester. »

Un silence interminable suivit. « C'est fini ! » pensa-t-il en priant pour qu'elle ne lui raccroche pas au nez.

— *Elle* ne vous détestera pas, dit-elle finalement d'une voix douce. Simplement, elle n'y peut rien... La vie a été trop dure avec elle, et elle a peur.

Il regretta de ne pas être à son côté pour la prendre dans ses bras.

— Je sais tout cela, répondit-il gentiment. Je n'en mène pas large non plus. Je ne sais plus où j'en suis. J'ai souffert, moi aussi, Francesca. Je souffre encore. Je pleure, je gémis, Carole me manque atrocement, mais quand je vous vois, quand je vous parle, je ressens comme une consolation… quelque chose que je n'ai pas éprouvé depuis longtemps. J'ignore ce que l'avenir nous réserve. Peut-être sommes-nous destinés à rester bons amis et rien de plus. Cela ne fait rien… Je voudrais juste que vous le sachiez. (Il se sentit rougir comme un collégien.) Et que vous sachiez aussi que vous me plaisez, ajouta-t-il maladroitement.

Il s'agissait en fait d'un sentiment plus profond, plus grave, qu'il n'avait pas le courage de nommer.

— Vous me plaisez aussi, dit-elle avec franchise. Mais je ne veux pas vous décevoir.

— N'ayez crainte. J'ai déjà été déçu, et par des « professionnels ». Je suis sûr qu'en comparaison, vous n'êtes qu'un amateur.

— Vous êtes un amateur aussi sur ce plan, Charlie, sourit-elle à l'autre bout du fil. Vous êtes quelqu'un de fondamentalement gentil.

Contrairement à Pierre. Pierre l'avait trahie d'une manière éhontée sans se soucier de son amour-propre ou de ses sentiments. Il l'avait utilisée avant de la jeter. Il avait abusé de sa confiance et de sa tendresse. Il l'avait détruite. Elle ne permettrait à personne d'autre de la traiter de la sorte.

— On ne peut pas être juste amis ? demanda-t-elle tristement, comme si elle redoutait de le perdre.

— Si, bien sûr… Dans ce cas, autoriserez-vous votre nouvel ami à vous emmener dîner avec Monique lundi soir ? Vous m'avez déjà éconduit pour demain, vous n'avez pas le droit de me dire non deux fois de suite. En conséquence, je vous propose un repas rapide après votre travail, lundi. Pizza à Shelburne Falls, cela vous convient-il ?

Les négociations s'annonçaient rudes, mais elle ne pouvait pas se cantonner dans le refus après avoir elle-même réclamé son amitié.

— Oui.

— Je passerai vous chercher à six heures, d'accord ?

— D'accord, murmura-t-elle avec un sourire.

Ils venaient de surmonter un obstacle.

— Je vous rappelle si je vois encore un fantôme…

Il était ravi de lui avoir passé ce coup de fil. Juste avant de raccrocher, il prononça son nom.

— Oui ? fit-elle, un peu essoufflée, avec un petit rire embarrassé, et il lui fut reconnaissant de son trouble.

— Merci, Francesca.

Elle souriait encore en reposant l'appareil. « Nous sommes amis », se dit-elle comme pour se persuader qu'elle ne courait aucun risque. Oui, ils étaient amis et rien de plus.

Charlie se laissa tomber dans son fauteuil préféré, un sourire aux lèvres. Il avait livré bataille et il avait gagné. Il lui avait extorqué la promesse d'un dîner, ce qui n'était pas une mince affaire. Il n'était pas mécontent de lui. En guise de récompense, il prit l'un des carnets de Sarah qui trônaient sur sa table de chevet. Il y avait des jours qu'il ne les avait pas touchés. Il brûlait de connaître la suite, comme on cherche soudain à avoir des nouvelles des personnes que l'on aime et que l'on a perdues de vue. Lorsqu'il ouvrit le petit volume sur une page recouverte de la fine écriture familière, la joie bien connue flamba de nouveau dans son cœur.

# 17

Fidèle à sa parole, François de Pellerin revint à Shelburne Falls en août. Son premier souci fut de rendre visite à Sarah ; ce jour-là, elle arrosait son potager. Elle ne l'aperçut pas, ne l'entendit pas approcher. Comme les Indiens, il se déplaçait sans bruit et soudain il fut là, devant elle. Elle leva les yeux avec un sursaut de surprise, puis ses joues rosirent de plaisir.

— Vous devriez porter une clochette autour du cou, afin que l'on vous entende venir, plaisanta-t-elle avant de le remercier pour le collier de dents d'ours et les perles de verre… Où étiez-vous pendant tout ce temps ? demanda-t-elle, tandis qu'ils se dirigeaient vers la maison.

Le soleil avait hâlé sa peau, sa lourde tresse d'un noir d'ébène lui balayait les reins. N'était le bleu limpide de ses yeux, on cût dit une squaw, et il remarqua qu'elle avait la démarche gracieuse et légère de Cri d'Hirondelle.

— Avec mes frères. En train de négocier avec les Hurons au Canada.

Il n'ajouta pas qu'il avait rencontré Washington avec qui il avait évoqué la cuisante défaite infligée à l'armée américaine par les Indiens Miamis dans l'Ohio. Pour l'instant, Sarah l'intéressait davantage que ses préoccupations habituelles. Son affaire avait prospéré, sa beauté s'était épanouie.

— Avez-vous rendu visite à notre ami le colonel Stockbridge à la garnison ? s'enquit-il sur un ton de conversation de salon.

— Oh non, je n'ai pas eu une minute à moi. Depuis trois semaines, nous avons commencé les plantations.

Tomates, pommes de terre, potirons, toutes sortes de légumes. Si tout se passait bien, elle espérait des récoltes abondantes l'année suivante. Mme Stockbridge la bombardait de lettres l'exhortant à revenir à la civilisation et elle avait reçu également une missive des Blake, qui lui racontaient par le menu tous les événements mondains de Boston. Mais elle était plus heureuse à la campagne, cela se voyait à son sourire radieux et à ses yeux brillants.

— Où vous rendez-vous maintenant ? demanda-t-elle.

Ils s'étaient installés dans la salle de séjour, une pièce vaste et fraîche, ombragée par les ramures bruissantes des ormes.

— Chez Stockbridge.

La tournure que prenaient les rapports entre Blancs et Indiens inquiétait au plus haut point le colonel. L'an passé, « les volontaires du Kentucky » avaient violé les traités en attaquant le Fort Washington ; ils avaient mis à sac, pillé, brûlé des villages shawnees. Le colonel redoutait des représailles, tout comme François. Déjà, Blue Jacket, en quête d'une vengeance sanglante, avait franchi l'Ohio à la tête de sa tribu, pour lancer ses guerriers contre les colons, à travers le Kentucky. Le conflit risquait de se généraliser. Stockbridge l'avait déclaré sans ambages à George Washington en personne.

— Que peut-on faire pour calmer les esprits ? demanda Sarah, après avoir écouté attentivement l'exposé de François.

— Plus grand-chose, je le crains. Blue Jacket estime qu'il a été lésé dans le partage des terres. C'est un rude interlocuteur. J'ai souvent essayé de le raisonner, sans résultat. Il ne porte pas plus dans son cœur les Iroquois que les Blancs. Tout ce qu'on peut espérer, c'est qu'il soit las de la guerre ou qu'il n'ait plus envie de compléter sa collection de scalps. Mais le plus probable, c'est qu'il va attiser le feu qui couve sous la cendre et alors, rien ni personne ne pourra plus éteindre l'incendie. Et si cela arrive, j'ai peur que plusieurs tribus en pâtissent.

Il exprimait le point de vue objectif du médiateur. Sa sympathie allait toutefois plus spontanément vers les Indiens dont les souffrances le touchaient et qui, selon lui, s'étaient montrés à plusieurs égards plus honnêtes que les colons.

— Il n'y a pas de danger à négocier avec Blue Jacket ? Comment vous considère-t-il ? Comme un Blanc ou comme un Iroquois ?

— Peu lui importe, je crois. Je ne suis pas de sa race et cela suffit à le faire sortir de ses gonds. C'est un vrai guerrier, fougueux et coléreux, dit-il avec un respect mêlé de crainte.

Une crainte bien fondée, car le redoutable chef shawnee n'hésiterait pas à entraîner son peuple dans une crise plus meurtrière encore que les précédentes.

Ils en parlèrent longuement et quand ils ressortirent de la maison, le temps avait fraîchi. Sarah lui demanda s'il voulait bien faire un tour jusqu'à la cascade. C'était devenu un rite auquel elle ne dérogeait jamais. Ils parcoururent en silence les deux kilomètres ; les chutes d'eau leur apparurent dans la lumière diaprée de l'après-midi. Sarah s'assit sur son rocher favori, contemplant l'eau bouillonnante, mais ce fut elle que François observa, dédaignant les tourbillons liquides. Il avait beaucoup pensé à elle, à ce qu'ils s'étaient dit lors de leur dernière rencontre. Il s'était aussi fait du souci pour elle et avait eu hâte de la revoir. Mais aucun aveu ne franchit ses lèvres. Il se contenta de la regarder, sans un mot.

Ils restèrent plus d'une heure sur la berge, dans une sorte de communion silencieuse. À un moment donné, elle leva les yeux sur lui. Leurs regards se rencontrèrent. Ils se sourirent... Quel bonheur de le revoir, songea-t-elle. Il était plus brun, plus hâlé, plus beau que jamais. Oui, d'une beauté virile et arrogante, comme un Iroquois. Tandis qu'ils empruntaient le chemin du retour, elle sentit le bras nu de François frôler le mince tissu de sa manche.

— Resterez-vous longtemps à la garnison cette fois-ci ? demanda-t-elle.

— Oui. Je suis censé y retrouver certains de mes hommes.

La maison avait surgi à travers les arbres. Elle l'invita à dîner et, là encore, il accepta. Il passerait la nuit dans les bois ou se confectionnerait un lit de paille dans l'étable. Il ne devait pas se rendre à la garnison avant le lendemain matin et, d'ailleurs, le colonel ne l'attendait pas particulièrement.

Il partit chasser et revint avec trois lièvres pendus à sa ceinture. Sarah les fit mijoter dans un énorme faitout en fonte avec des légumes du potager. Le repas fut un délice, qui lui valut les félicitations enthousiastes de ses garçons de ferme. Peu après, ceux-ci partirent ramener le petit troupeau au bercail. Sarah et François quittèrent à leur tour la cuisine. Dehors, le clair de lune baignait la clairière. À peine étaient-ils sortis sur le perron qu'une comète décrivit une trajectoire étincelante dans le firmament.

— Les Indiens disent que c'est bon signe. Un bon augure selon lequel votre séjour à Shelburne est béni par la divinité. Vous serez heureuse ici, Sarah.

— Je le suis déjà.

Elle jeta un coup d'œil alentour. Tout ce qu'elle avait souhaité se trouvait là. Son rêve le plus cher était exaucé.

— Ce n'est que le début. Il faut continuer. Accomplir des choses, donner aux autres un peu de votre sagesse.

Elle le regarda sans être sûre d'avoir tout compris. Il parlait comme un Iroquois.

— Je n'ai pas de sagesse à donner, François. Je mène une existence ordinaire qui ne peut pas servir d'exemple.

Elle était venue dans ce coin reculé du monde pour panser ses blessures, par pour donner des leçons.

— Vous ne vous rendez pas compte. Vous avez traversé l'océan. Vous avez fait preuve de courage. Pourquoi vous cacher dans une ferme ?

Mais qu'attendait-il d'elle ? Qu'elle entreprenne des négociations avec les Indiens ? Qu'elle demande une audience au président ? Elle n'avait rien à dire à personne – rien d'important en tout cas. Comme elle le regardait, incrédule, il déclara qu'il la présenterait bientôt à ses amis iroquois.

— Leur chef, Red Jacket, est un personnage hors du commun. Je crois que vous aurez plaisir à le rencontrer.

— Ah... fit elle, impressionnée.

À une vague appréhension se mêlait une profonde curiosité, elle devait l'admettre. Elle ne risquerait rien tant que François serait à son côté.

— Oui, j'aimerais bien, acheva-t-elle, songeuse.

— Leur médecine est une forme de sagesse. Cette sagesse que vous avez, vous aussi.

Un silence suivit. Un lien invisible, indestructible, les attachait l'un à l'autre tandis qu'ils se dévisageaient dans le clair de lune. Une curieuse sensation envahissait Sarah. Elle n'avait nul besoin de mots ou de gestes pour se sentir irrésistiblement attirée par lui. Une force lente mais inexorable s'emparait d'elle... Une force qu'elle tentait en vain de combattre. Comme si un pouvoir, une puissance mystique la poussait vers cet homme. Elle ignorait la source de cette pulsion, et sans réfléchir davantage, elle se rapprocha de lui, simplement pour sentir sa chaleur.

Ils étaient arrivés devant l'écurie. Il lui prit la main et la porta doucement à ses lèvres, dans un geste de courtoisie qui semblait jaillir d'une vie antérieure. Il aurait agi de même s'ils s'étaient connus en France... Il avait adopté les mœurs des Iroquois mais, par moments, ses origines françaises prenaient le dessus. Il constituait une étrange combinaison de Peau-Rouge et de Blanc, de guerrier et de pacificateur. Elle le regarda disparaître dans l'ombre de l'écurie, puis fit demi-tour et regagna lentement la maison.

Le lendemain, lorsqu'elle se réveilla, il était reparti. Sur la table de la cuisine, il avait laissé un bracelet fait de coquillages multicolores. Elle le mit à son poignet, le contempla un instant, en essayant d'imaginer François dans sa cuisine, pendant qu'elle dormait encore. Elle crut presque l'apercevoir, grand, superbe, ses longs cheveux noirs et brillants sur les épaules, vêtu de son pantalon de daim et chaussé de mocassins. Il se déplaçait comme un fauve, mais elle n'avait plus peur de lui... Peu après, tandis qu'elle traversait le champ de maïs ondulant sous la brise, elle découvrit qu'il lui manquait. Elle n'avait aucune idée du moment où il reviendrait. Il n'avait rien dit, elle ne lui avait rien demandé. Ils étaient amis, après tout, et rien de plus. Elle le connaissait à peine. Pourtant, les mots ne comptaient pas. Ils passaient des heures côte à côte sans se parler. Leurs âmes communiaient. Il semblait doté de quelque mystérieux pouvoir. D'une profonde sagesse.

L'après-midi, comme toujours, elle prit le chemin de la cascade. François occupait ses pensées. Elle n'était pas parvenue à le chasser de son esprit. Elle s'assit sur le rocher plat, ses pieds nus dans l'eau glacée, et soudain une ombre passa devant le soleil. Elle leva les yeux, cachant son étonnement. C'était lui, debout à contre-jour. La main en visière, elle lui sourit, sans chercher à dissimuler sa joie de le revoir si vite.

— Vous réussirez toujours à me surprendre. Qu'est-ce que vous faites là ? Je vous croyais à la garnison.

— J'ai vu le colonel, répondit-il, laconique.

Il se tut. Pendant un long moment, il parut en proie à un dilemme, un problème impossible à résoudre, qui semblait le perturber.

— Quelque chose ne va pas ? s'enquit-elle doucement.

— Peut-être, répondit-il, ne sachant s'il devait poursuivre ou se taire. (Il craignait sa réaction mais, toute la journée, l'image de Sarah l'avait hanté.) Je ne peux pas m'empêcher de penser à vous, Sarah, déclara-t-il finalement. (Et comme elle inclinait la tête, sans rien dire :) Cela me causera peut-être du tort, mais il faut que vous le sachiez.

— Pourquoi cela vous causerait-il du tort ?

Il paraissait si anxieux, si torturé, qu'elle eut presque pitié de lui.

— Parce que vous risquez de m'interdire l'accès de votre propriété. Je sais combien vous avez souffert dans le passé. Vous avez eu du chagrin et la crainte d'être de nouveau blessée vous tourmente. (Il l'enveloppa d'un regard tendre.) Je ne vous ferai aucun mal. Je veux juste être votre ami.

Il désirait plus que son amitié mais il n'osait en faire l'aveu avant d'avoir une idée de sa réaction. Sous son regard intense, elle s'abîma dans la réflexion.

— J'ai beaucoup pensé à vous moi aussi, avoua-t-elle finalement. Surtout après votre dernier passage, il y a un mois, dit-elle, rougissante. Je n'ai personne à qui parler.

Elle le dévisageait avec les yeux innocents d'une enfant.

— C'est la seule raison qui vous a fait penser à moi ? demanda-t-il avec un sourire, en s'asseyant à côté d'elle.

Elle ferma à demi les yeux, souriant à ce moment précieux qui n'appartenait qu'à eux. Ils étaient si près l'un de l'autre qu'elle pouvait sentir la chaleur de son corps. Le pantalon de daim se frotta contre la cotonnade de sa jupe. Il était difficile de nier l'attirance qu'il exerçait sur elle.

— J'aime parler avec vous. J'aime beaucoup de choses en vous, admit-elle timidement.

Il lui prit la main, la pressa dans les siennes. Ils restèrent là, sur le rocher, devant les chutes d'eau, dans une parfaite communion. Enfin, se levant, ils rentrèrent à la maison. Il tira un seau d'eau du puits, offrit un verre à la jeune femme, puis lui demanda si elle avait envie qu'il l'emmène faire un tour à cheval.

— C'est ce que je fais quand je veux m'éclaircir les idées, expliqua-t-il.

Elle accepta. Il sortit sa jument de l'écurie. C'était une bête mince et rapide. Il lui avait passé la bride mais pas de selle. Il montait presque toujours à cru. Il fit grimper Sarah sur la croupe et enfourcha la jument en sautant souplement. Sarah enlaça la taille de François, et sa jupe de coton blanc gonfla comme un voile tandis qu'ils se lançaient au galop en direction de la vallée, foulant sous les sabots de leur monture l'herbe grasse et luxuriante. Il avait raison. Galoper remettait les idées en place. Ils revinrent à l'heure du dîner, apaisés.

Elle prépara le repas pour son invité et ses jeunes employés. Après le dîner, François annonça qu'il s'en allait. Elle ne posa aucune question. Tous deux savaient qu'il ne pouvait rester. Quelque chose avait changé entre eux aujourd'hui.

— Quand reviendrez-vous ? voulut-elle savoir.

— Dans un mois probablement. Si je le peux.

Ils échangèrent un regard. Il avait des yeux sévères et le pli dur de sa bouche rappela à Sarah l'irascible guerrier qu'elle avait vu pour la première fois dans les bois et dont elle avait eu si peur. Mais la peur avait cédé la place à une sensation infiniment plus douce. Plus triste aussi. Il allait lui manquer, se dit-elle, incapable de se soustraire au sortilège. Depuis qu'ils avaient pris conscience de l'attirance mutuelle qu'ils éprouvaient, plus rien, à part l'éloignement, ne pouvait arrêter le cours des choses.

— Faites attention à vous, dit-il alors. Et ne faites pas trop de bêtises.

— Où est passée la grande sagesse dont j'étais censée disposer ?

Il eut un rire.

— Vous l'appliquez à tout le monde, sauf à vous-même. Faites attention à vous, Sarah.

Il lui fit un baisemain, comme la nuit précédente, avant de monter sur son cheval. Immobile, elle le regarda traverser la clairière. Un instant après, il disparut dans l'ombre du sous-bois.

Il ne revint pas avant un bon mois, début septembre. Il passa une semaine à la garnison où il tint conseil avec le colonel Stockbridge et quelques autres officiers, pour évoquer le problème habituel : la révolte des Shawnees et des Miamis, qui créaient de constants ennuis à l'armée.

Le temps pressait, François ne pouvait rester à Shelburne. L'air de rien, il demanda à Stockbridge s'il avait des nouvelles de Mme Ferguson. Le brave homme tomba dans le piège. Se rappelant qu'il ne lui avait pas rendu visite depuis longtemps, il s'écria que, décidément, il avait manqué à tous ses devoirs et s'empressa d'inviter sa ravissante voisine à dîner. Lors de leur rencontre à la garnison, François et elle feignirent une surprise polie, puis firent semblant de se désintéresser l'un de l'autre. Leur subterfuge trompa les convives, même si le colonel crut surprendre une lueur ardente dans le regard du Français, au moment où elle passait près de lui... mais, les menaces qui pesaient sur la région, les insurrections locales et le bon vin aidant, il n'y pensa plus. À la fin de la soirée, il avait tout oublié.

François et Sarah plaisantèrent sur cette soirée lorsqu'il revint, une quinzaine de jours plus tard. Il dîna avec elle et ses employés et s'installa dans l'écurie. L'été touchait à sa fin, un frisson dans l'air annonçait l'arrivée de l'automne. Ils profitèrent du beau temps pour aller à la cascade, puis se promenèrent à cheval, sur des montures séparées, cette fois. Celle de Sarah avait une selle mais, en dehors de ce détail, François lui attribua mentalement le prix de la meilleure cavalière du comté. Il essaya de la convaincre de monter à cru mais elle ne voulut rien entendre. Si elle glissait, sa large jupe lui couvrirait la tête, dit-elle, et tous deux éclatèrent de rire à cette image. Quelques jours s'écoulèrent, insouciants, pendant lesquels

François prit soin de ne jamais franchir la frontière qu'il avait lui-même tracée.

Une fois, tandis qu'ils cheminaient vers la maison après s'être promenés aux abords des chutes d'eau, il lui demanda si elle ne craignait pas qu'Edward débarque un beau matin en Amérique pour réclamer son épouse. L'existence de ce mari brutal, depuis que Sarah la lui avait révélée, représentait pour lui un tracas constant. Mais elle haussa les épaules, d'un air indifférent.

— Edward ? Non ! Il ne tenait pas à moi au point de braver les tempêtes de l'Atlantique à bord d'un rafiot sans confort.

Elle était bien placée pour connaître les périls que l'on affrontait pendant la traversée.

— Vous n'en savez rien. Peut-être tentera-t-il de récupérer son bien… Un bien précieux, si je puis me permettre, ajouta-t-il avec un sourire. Il aura réfléchi et conclu que cela en vaut la peine.

Elle secoua la tête, sans l'ombre d'une inquiétude.

— J'en doute. Il sait que si je suis partie si loin, c'est que pour rien au monde je ne retournerais avec lui en Angleterre. Il faudrait qu'il me passe une chaîne autour du cou et qu'il me traîne jusqu'au port, puis dans le bateau, mais je ne crois pas qu'il se lancerait dans une telle entreprise. Je ne suis pas une prisonnière docile. Par ailleurs, il a dû bien vite se consoler de mon absence.

François ne la contraria pas. Cependant il était d'un autre avis. Il avait du mal à croire qu'un homme normalement constitué puisse se passer longtemps de Sarah. Il trouvait bizarre que ce mari cruel ne cherche pas à retrouver la fugitive, ne serait-ce que pour venger l'affront. L'espace d'un instant, il fut tourmenté par le désir haineux de se trouver face à Edward... Avec quelle délectation il lui briserait le crâne d'un coup de massue ! Mais l'image s'éteignit presque aussitôt. Sarah était libre. François savait que personne ne donne la liberté, qu'il faut se battre pour l'obtenir... L'heure de la séparation approchait. La tristesse s'insinuait dans son cœur. Il lui devenait de plus en plus difficile de se séparer d'elle.

— Quand vous reverrai-je ? demanda-t-elle timidement, tandis qu'il remplissait d'eau la gourde dont il ne se séparait jamais.

C'était Cri d'Hirondelle qui l'avait fabriquée pour lui, en peau de bison ornée de bris de miroir.

— Jamais, répondit-il. Je ne reviendrai jamais vous voir.

Il n'avait pas l'air de plaisanter.

— Mais pourquoi ?

— Parce que c'est trop dur de vous laisser. Je m'ennuie partout, après vous avoir quittée. Je trouve mes compagnons assommants. C'est affreux.

— Ravie de vous l'entendre dire, rétorqua-t-elle en riant, mais il la dévisagea avec une expression sévère.

— Vraiment ? Cela ne vous pose aucun problème ?

Il la connaissait à présent. Il savait ses réticences, sa terreur de s'impliquer dans une relation amoureuse, sa peur du mariage, sa méfiance à l'encontre des hommes. Dans son esprit à lui, aucun doute ne subsistait : cette femme n'était pas faite pour rester seule. Rien, aucune raison, ne pouvait l'inciter à prolonger son célibat. Elle avait choisi l'exil, mais l'isolement qu'elle s'était imposé confinait au ridicule. Sa chère solitude lui paraissait aussi stupide qu'inutile. Mais il n'avait pas d'autre solution que de respecter sa volonté.

— Je ne veux pas vous faire peur, dit-il, et ses traits se radoucirent. Je ne vous ferai plus jamais peur.

Elle acquiesça sans poser de questions. Elle ne demandait rien. Et elle ne donnait jamais de réponses. Il enfourcha son cheval, lâcha la bride et s'éloigna au galop, songeur. Il ignorait quand il reviendrait. Il allait remonter vers le nord et ces voyages duraient souvent plus longtemps que prévu.

Elle le suivit du regard, la gorge nouée. Un sombre trouble naissait dans son cœur. Sans s'en apercevoir, ils avaient franchi un cap, un point de non-retour. Leur prétendue amitié cachait quelque chose de beaucoup plus profond, de plus intime. Oui, une sorte d'intimité tacite s'était instaurée entre eux. Souvent, ils faisaient la même remarque en même temps ou ils pensaient à la même chose. C'était drôle. Et effrayant. Ce lien, il fallait le briser net, pendant qu'il était encore temps. Elle décida de ne plus le revoir. Elle le lui annoncerait lorsqu'il reviendrait. Or, il mit si longtemps à revenir qu'elle en oublia sa résolution. Chaque jour, son inquiétude augmentait. Il réapparut en octobre. Des feuilles rouges, jaunes, cuivrées habillaient les arbres. L'automne avait apposé ses nuances pourpres sur la vallée. Il y avait six semaines qu'ils ne s'étaient pas vus, Sarah avait compté les jours. Il arriva à cheval, tandis qu'elle se tenait au milieu de la clairière. Il portait une chemise en cuir à manches longues, une cape, un pantalon en cuir souple bordé de franges. Il était couronné de la parure en plumes d'aigle des grands chefs, un sourire aux lèvres. Il sauta à terre avec la grâce et la souplesse des guerriers iroquois.

— Alors, vous voilà… Où étiez-vous ? s'écria-t-elle, partagée entre l'anxiété et la satisfaction.

Les phrases qu'il avait prononcées avant de partir l'avaient tourmentée pendant toute son absence. Elle avait décidé de lui signifier qu'ils ne se reverraient plus. Et maintenant qu'il était là, la joie singulière qui la transportait lui fit oublier ses intentions.

— J'étais tristement occupé, répondit-il sobrement. Sarah, je ne peux pas rester. Mes hommes m'attendent à la garnison. Nous partons ce soir pour l'Ohio.

— Blue Jacket fait encore des siennes ? interrogea-t-elle comme s'ils étaient de vieux amis.

François lui sourit. Elle lui avait manqué à en perdre la tête.

— Les combats ont éclaté il y a une semaine. Stockbridge m'a prié de me rendre sur place à la tête d'un bataillon de ses soldats et d'une délégation iroquoise. Il ne me reste plus, je crois, qu'à soutenir l'armée. Nous ferons pour le mieux...

Ses yeux la caressaient mais il n'osa la toucher.

Sarah se noyait dans son regard. Elle regrettait d'avoir songé à l'éconduire. La pensée qu'il pourrait être blessé lors des combats raviva son angoisse.

— Oh, mon Dieu, mais c'est dangereux, murmura-t-elle. Resterez-vous dîner, au moins ?

— Le colonel s'impatienterait.

— Je n'en ai pas pour longtemps.

Il n'eut pas le courage de refuser. Sarah s'élança en direction de la cuisine. Elle avait fait rôtir un poulet et il y avait, sur la table en bois, des légumes du potager et du pain de maïs croustillant. Elle prépara rapidement un repas, délicieux comme toujours. Elle pria ses aides de les laisser seuls et ils dînèrent, assis face à face.

— Qui sait quand j'aurai de nouveau un dîner décent, confia-t-il en la regardant intensément, avec un sourire triste.

Un spectateur aurait juré qu'elle était en train de s'entretenir avec un Indien. Il n'avait plus rien d'un homme blanc, encore moins d'un Européen. Mais les éventuels potins du voisinage ne dérangeaient pas Sarah. Les colporteurs de ragots auraient trouvé choquant qu'une Blanche devise aimablement avec un indigène.

— Soyez vigilante, l'avertit-il. Il n'est pas impossible que des groupes armés s'aventurent jusqu'ici depuis l'Ohio.

Ils pouvaient vouloir semer la discorde entre les colons et les tribus du Massachusetts, et il souhaitait qu'elle soit en sécurité pendant qu'il chevaucherait dans les rangs de l'armée américaine.

— Tout ira bien, dit-elle sereinement.

Elle avait suivi son conseil et s'était procuré des fusils et des munitions.

— Si jamais la rumeur que les Shawnees arrivent se répand, ne perdez pas une minute. Courez vite vous mettre à l'abri à la garnison. Et restez là-bas jusqu'à ce que le danger soit passé.

Il lui prodiguait des conseils comme si elle avait été sa femme et elle l'écoutait en acquiesçant calmement de la tête. Et tandis qu'ils échangeaient leurs dernières pensées, leurs espoirs et leurs craintes, elle s'efforça de graver dans sa mémoire cet instant unique, qui s'envolait trop vite.

La nuit tombait lorsque, de nouveau, il passa la bride à son cheval. Ses yeux cherchèrent ceux de Sarah. Sans un mot, il la saisit dans ses bras et la tint enlacée. Elle l'entoura de ses bras, en silence, les yeux embués de larmes. Dire qu'elle n'avait songé qu'à le fuir les premières fois ! Quelle perte de temps ! Qu'importait si un autre homme l'avait rendue malheureuse ! Si souffrances et chagrins avaient marqué son passé ! Et quelle importance si elle était encore mariée à Edward ? Celui-ci était mort à ses yeux, et son cœur débordait d'amour pour ce beau guerrier sauvage, qui ressemblait à un Indien… Et qui s'apprêtait maintenant à combattre aux côtés de l'armée. Et si elle ne le revoyait plus ? Oh, mon Dieu… Des larmes étincelaient dans ses yeux lorsque, en se détachant de lui, elle le regarda.

— Sois prudent, murmura-t-elle.

Elle n'ajouta pas « mon amour », mais elle le pensa très fort. Il sauta sur sa monture avec l'agilité d'un cavalier indien. Il tourna bride pour s'éloigner, et ne se retourna pas… pour qu'elle ne voie pas qu'il pleurait.

# 18

L'attente du retour de François fut plus longue que l'éternité. À l'approche de Thanksgiving, Sarah n'avait encore reçu aucune nouvelle. Elle se rendait souvent à la garnison, dans l'espoir d'apprendre quelque chose. C'était pratiquement à une journée de cheval, mais cela en valait la peine. De temps à autre, un messager arrivait. Les combats entre les Indiens et l'armée faisaient rage. Shawnees et Miamis se déchaînaient contre les villages des colons. Ils fondaient sur les fermes, les maisons, exterminant des familles entières et réduisant femmes et enfants à l'esclavage. Après leur passage, il ne restait que cendres et ruines. Des bateaux avaient été attaqués et coulés dans le fleuve. Aux dernières nouvelles, les Chickasaws avaient rejoint les belligérants.

Le général Josiah Harmer, qui commandait l'armée américaine, allait de désastre en désastre. Par deux fois, les Peaux-Rouges avaient tendu des embuscades à ses troupes, laissant près de deux cents cadavres sur le champ de bataille. En glanant des informations, Sarah sut que François ne figurait pas parmi les victimes. Le soir de Thanksgiving, elle s'assit, soucieuse, à la table du colonel Stockbridge, qui l'avait invitée ainsi que quelques-unes de ses relations de Deerfield. Elle craignait pour la vie de François sans, toutefois, rien laisser paraître. Elle déploya des efforts surhumains pour s'intéresser aux autres et prendre des nouvelles de chacun.

Elle regagna sa ferme le lendemain, sous l'escorte d'un guide wampanoag. Elle avait eu une maigre consolation, songea-t-elle, esquissant un sourire, tandis que la forêt de Shelburne se profilait à l'horizon : le lieutenant Parker avait été muté.

Arrivée à destination, elle remercia le guide et lui remit un sac rempli de provisions. Tandis qu'ils prenaient des directions opposées, lui vers la vallée, elle vers la maison, un bruissement semblable à un souffle de vent fit frissonner les feuillages. Drapée dans son manteau pour se protéger du froid, Sarah voulut courir jusqu'à la cuisine où elle gardait le mousquet, mais avant qu'elle n'atteigne le perron, un cavalier déboucha dans la clairière. Il portait le costume de guerre orné des peaux d'hermine, la parure de plumes d'aigle ondoyant sur sa chevelure. François ! Il ébauchait un sourire triomphant et lança un long cri victorieux avant de sauter à terre, après quoi il la prit dans ses bras et chercha avidement ses lèvres.

— Oh, Seigneur, comme vous m'avez manqué ! dit-elle, le souffle court, quand il relâcha son étreinte. (Elle n'arrivait plus à se rappeler une seule bonne raison de se méfier de cet homme qu'elle avait attendu si longtemps.) J'ai été tellement inquiète, il y a eu tant de morts...

— Trop, répondit-il en la serrant contre son cœur. Et ce n'est pas fini. Aujourd'hui, les hommes de Blue Jacket et de Little Turtle se frottent les mains mais cela ne durera pas. L'armée est en train de préparer une contre-attaque. Demain, des troupes de plus en plus nombreuses franchiront la frontière de l'Ohio. Les deux chefs ont eu tort. Ils ont péché par excès de confiance. Ils paieront cher leur erreur.

Il imaginait la suite. Encore des morts, des familles assassinées, des prisonniers. La destruction engendrerait la colère et de la colère jaillirait la destruction. À la fin, les Indiens perdraient la guerre. Et le reste… Mais le corps de Sarah contre le sien lui fit oublier ses funestes prémonitions.

— Vous aussi vous m'avez manqué, murmura-t-il. Vous ne pouvez pas vous imaginer combien.

Leurs lèvres s'unirent à nouveau. François la souleva dans ses bras et la transporta à l'intérieur. Il faisait froid dans la cuisine. Les garçons de ferme étaient partis fêter Thanksgiving chez des voisins ; ceux-ci avaient sept filles, et l'invitation avait réjoui les deux jeunes gens.

Les flammes s'élevèrent dans l'âtre. Sarah retira son manteau. En l'honneur du colonel, elle avait mis la toilette de velours bleu qu'elle avait fait faire sur mesure à Boston. François la regarda, admirant le moelleux du tissu, de la même couleur que ses yeux. C'était une belle femme. La plus belle qu'il ait jamais rencontrée partout où ses pas l'avaient conduit, à Paris, à Boston, à Deerfield ou dans les villages iroquois. Oui, plus belle encore que Cri d'Hirondelle, qu'il avait aimée autrefois de toute son âme. Il n'avait pas cru qu'il pourrait encore aimer, jusqu'à ce qu'il rencontre Sarah, si courageuse et tranquille à la fois. Il était tombé éperdument amoureux d'elle… à son âge. Il avait vécu assez longtemps pour voir passer quarante étés, comme disaient les Indiens, et pourtant, il avait l'impression que sa vie venait de commencer. Il l'attira contre lui et l'embrassa. Il la sentit s'abandonner. Elle lui avait donné depuis longtemps son cœur, son esprit, son âme. Jour après jour, elle avait prié pour qu'il lui revienne sain et sauf.

Elle avait regretté de ne pas lui avoir cédé avant son départ ou, du moins, de ne pas lui avoir avoué son amour. Et maintenant, tandis qu'il l'entraînait vers le lit, elle ne cessait de répéter des « je t'aime » comme une incantation magique. Elle n'avait jamais aimé aucun homme avant François. Autant que François. Il la fit basculer sur sa couche et elle tendit ses bras tremblants vers lui. Elle n'avait jamais connu d'attouchement aimant, de douce caresse, de baiser tendre. Elle n'avait eu que brutalité, cruauté, domination. Maintenant, il la déshabillait avec des gestes si délicats qu'ils en étaient presque aériens. Il retira la robe de velours, laissa tomber ses propres vêtements par terre, se glissa enfin entre les draps, tout contre elle.

— Je t'aime, Sarah, chuchota-t-il.

Il ne ressemblait plus à un Indien. C'était simplement un homme. L'homme qu'elle aimait. Il ne dégageait plus cette force terrifiante. Une immense passion le poussait à la rejoindre et ses doigts magiques explorèrent doucement le corps de Sarah, glissant sur ses seins, son dos, ses hanches, jusqu'à lui arracher des gémissements de plaisir. Alors seulement il la prit, avec une infinie douceur, incapable de se contenir davantage. Le désir impérieux l'avait transpercé comme la pointe effilée d'une flèche, dès leur première rencontre. Quand son regard s'était posé sur elle pour la première fois, il avait su, avec une certitude absolue, qu'ils étaient destinés l'un à l'autre. Qu'ils étaient venus au monde pour se rencontrer… Il la pressait contre lui, heureux de se brûler à sa chaleur jusqu'à ce que son corps et son âme explosent en une pluie étincelante.

Elle resta pelotonnée dans ses bras longtemps après, leurs deux cœurs battant à l'unisson. Au bout d'un moment, elle leva vers lui un regard chaviré par le plaisir, un sourire de satiété sur les lèvres.

— Je ne savais pas que ça pouvait être aussi merveilleux, fit-elle dans un murmure extasié.

— Ça l'est. Les dieux de l'univers nous ont offert ce cadeau magnifique... Ça n'a jamais été aussi merveilleux pour personne d'autre avant nous, dit-il en souriant et en fermant les yeux, avant de l'attirer plus près de lui.

Ils dormirent enlacés cette nuit-là. Lorsqu'ils rouvrirent les yeux le matin et qu'elle le regarda, elle sut qu'ils ne formaient plus qu'un seul et même être. Et pour toujours.

La semaine suivante passa comme dans un rêve. Libre de ses obligations, il put se consacrer entièrement à Sarah. Ils se promenaient tous les jours aux abords de la cascade. Il lui apprit à porter des mocassins, lui raconta des légendes fabuleuses. Et ils s'aimèrent des heures durant, chaque jour et chaque nuit. Après la fonte des neiges, il l'emmènerait chez ses frères iroquois, disait-il. Car à présent, il la considérait comme sa femme... Quinze jours s'écoulèrent. Cet après-midi-là, en allant à la cascade, il arborait un air grave et presque solennel. Ils marchaient côte à côte, main dans la main, tranquilles, silencieux. Sarah se demanda s'il ne pensait pas à son petit garçon ou à Cri d'Hirondelle mais elle conclut qu'il était plutôt tracassé par quelque chose. Enfin, devant le rideau irisé des chutes d'eau, sur le rivage tout blanc de neige, il dit tendrement :

— Nous sommes mari et femme devant Dieu, mon amour. Tu n'aurais jamais dû épouser cette brute en Angleterre. Aucune divinité ne t'aurait condamnée à un tel supplice toute ta vie. C'est pourquoi le Tout-Puissant t'a aidée à gagner ta liberté... Je ne t'imposerai plus aucune chaîne, aucune servitude, continua-t-il en lui caressant la main. Je prendrai ton cœur et te donnerai le mien en échange, si tu le veux. Depuis ce jour et jusqu'à ce que la mort nous sépare, je serai ton époux. Tu auras mon assistance et mon honneur.

Il s'inclina devant elle, sortit une bague en or de sa poche. Il l'avait échangée contre des armes au Canada l'été précédent. Il n'avait pas osé l'offrir à Sarah alors, attendant patiemment le moment propice.

— Si je le pouvais, Sarah, je t'aurais donné mon titre et mon domaine. Je n'ai plus d'héritier en Amérique et aucun en France. Mais je ne peux te donner que ce que j'ai : moi-même et mes possessions ici. Voilà, à présent je t'appartiens, ajouta-t-il en faisant glisser la bague sur l'annulaire de Sarah où elle s'ajusta à la perfection.

C'était un étroit anneau d'or incrusté de minuscules diamants, qu'elle contempla, le cœur gonflé de bonheur. Les paroles de François résonnaient à ses tempes : à partir d'aujourd'hui, ils étaient mariés.

— Je t'aime plus que les mots ne peuvent le dire, murmura-t-elle, les joues mouillées de larmes.

Elle aurait voulu lui offrir une bague, elle aussi. Mais elle n'avait rien à part son cœur, sa vie, sa confiance qu'elle n'avait jamais accordée à personne.

Ils échangèrent le serment sacré avec la cascade pour seul témoin, puis revinrent à la maison où ils refirent l'amour. En se réveillant dans les bras de François, Sarah baissa les yeux sur sa bague, qu'elle fit miroiter à la lumière.

— Tu m'as rendue tellement heureuse, soupira-t-elle en se lovant amoureusement contre lui et en observant, avec satisfaction, le frisson qui le parcourut.

Il était incapable de lui résister.

Longtemps après, tandis qu'ils buvaient du thé en grignotant du pain de maïs, dans le lit, il lui demanda si les inévitables commérages ne la dérangeraient pas. Les esprits bien pensants ne manqueraient pas de la juger et de la condamner, s'ils découvraient qu'ils vivaient dans le péché.

— Oh non, pas du tout. Si je ne voulais pas susciter de ragots, je n'aurais pas quitté l'Angleterre.

Certes, il n'était pas nécessaire de s'attirer l'opprobre de la communauté blanche. Inutile de crier leur bonheur sur tous les toits. Ils se promirent de garder le secret autant que possible.

Ils passèrent la première épreuve haut la main, à Noël, chez leur ami Stockbridge. Ils arrivèrent séparément, feignirent une surprise de bon aloi, échangèrent les politesses d'usage. Mais ils affichèrent une innocence exagérée, leurs yeux se rencontraient trop souvent. Si la circonspecte Mme Stockbridge avait été présente, ils auraient été immédiatement percés à jour, mais, heureusement pour eux, elle était restée à Boston. Sarah savait qu'ils n'arriveraient pas à berner éternellement les gens. Quelqu'un les apercevrait ensemble, il parlerait, et sa réputation serait ternie à jamais... Mais, la perspective d'être rabaissée dans l'estime de ses concitoyens, bizarrement, la laissait indifférente. Tant qu'elle aurait François, rien ne pourrait entamer son bien-être.

Le nouvel an vint et passa sans incident. Par une froide journée de janvier, elle s'escrimait à briser la couche de glace afin de tirer de l'eau du puits, quand un homme en costume de ville pénétra à cheval dans la clairière, accompagné d'un guide indien d'âge canonique. L'homme blanc paraissait frigorifié, mais son regard se fixa sur Sarah avec une intensité de mauvais augure. Alarmée, elle jeta alentour un coup d'œil rapide en quête d'assistance, puis se souvint que François et les deux garçons de ferme étaient partis au fort le plus proche en quête de munitions.

L'homme en costume de ville la dévisagea du haut de sa monture.

— Vous êtes la comtesse de Balfour ?

C'était une question étrange. Une question que, malgré certaines rumeurs, personne n'avait encore osé lui poser. Au début, elle fut tentée de nier mais elle se ravisa.

— Oui, monsieur. À qui ai-je l'honneur ?

— Walker Johnston, avocat à Boston.

Il descendit de cheval et ébaucha quelques pas, aussi raide que s'il avait avalé un parapluie.

— Pouvons-nous entrer un instant ?

Le vieux guide indien suivait la conversation, impassible. Sarah sentit ses mains trembler.

— De quoi s'agit-il, monsieur ?

— J'ai une lettre pour vous. De votre mari.

L'espace d'une seconde, elle crut qu'il parlait de François, puis elle comprit. Une poigne d'acier se referma sur son cœur mais elle tint bon.

— Est-il à Boston ?

— Non. Sa Seigneurie est en Angleterre. J'ai été engagé par un cabinet juridique new-yorkais. À la suite d'une enquête, on a retrouvé votre trace en Amérique, il y a quelques mois. Ce genre d'investigation prend du temps.

Il semblait s'attendre à des excuses qui ne vinrent pas.

— Que me veut-il ?

L'espace d'une seconde, elle crut que l'avocat et le vieil Indien allaient l'enlever pour la conduire de force à Boston.

Mais non. Cela ne ressemblait pas à Edward. Celui-ci aurait plus volontiers fait appel à un homme de main pour l'assassiner. Elle étudia l'avocat. Il n'avait pas l'air d'un meurtrier. À moins qu'il fût déguisé en homme de loi. Mais elle ne le laisserait pas l'intimider. Elle ne permettrait pas à la terreur de la submerger.

— Je suis censé vous lire la lettre de Sa Seigneurie. Pourrions-nous entrer ? insista-t-il d'un air déterminé.

Il était littéralement gelé.

— Venez, consentit-elle.

Elle lui offrit une tasse de thé fumant dans la cuisine, tandis que le vieil Indien se contentait d'une tranche de pain, qu'il mangea dehors. Emmitouflé dans des fourrures épaisses, il ne semblait pas souffrir du froid.

L'avocat bostonien pencha la tête sur le côté, comme un vilain corbeau. Ses petits yeux sombres et luisants ne quittèrent pas la jeune femme, tandis qu'il dépliait la missive. Il se prépara à la lire, mais au moment où il s'éclaircissait la voix, Sarah l'interrompit :

— Ne vous donnez pas cette peine. Je la lirai moi-même.

Sa main tremblait mais elle saisit le feuillet qu'il fut bien obligé de lui remettre. Elle reconnut immédiatement l'écriture tarabiscotée d'Edward. Il distillait son venin dans chaque mot. L'époux bafoué traitait l'épouse indigne de tous les noms et, après avoir aligné un chapelet d'injures, il concluait, avec sa raillerie habituelle, que, franchement, il n'avait pas subi une grosse perte. À la fin de la première page, il annonçait qu'il l'avait desheritée. La seconde page adoptait le même ton. Il lui coupait les vivres. Elle ne recevrait pas un sou, ni maintenant, ni après le décès de son époux, et ne pourrait même pas prétendre à l'héritage de son propre père. Elle continua la lecture sans broncher. Edward déclarait qu'il était en train de rédiger son nouveau testament. Il menaçait de la dénoncer à la police sous prétexte qu'elle avait dérobé les bijoux de sa mère, sans oublier qu'elle s'était rendue coupable de trahison vis-à-vis d'un pair du royaume. Mais, comme le Massachusetts ne comptait plus parmi les colonies britanniques, il ne pouvait pas grand-chose contre elle, à part tempêter et l'insulter. En revanche, il avait le droit de la poursuivre en justice en Angleterre et de la faire arrêter si jamais elle remettait les pieds dans son pays.

Il lui rappelait ensuite, non sans cette malveillance perverse qui lui était coutumière, que quoi qu'elle fasse, où qu'elle aille, elle ne pourrait se remarier sous peine d'être accusée de bigamie, et que si jamais elle avait des enfants, ce dont il doutait, vu ses douloureux antécédents, ils porteraient à jamais l'étiquette infamante de bâtards... Comme si elle ne le savait pas ! Elle avait admis une fois pour toutes que tant que son bourreau serait vivant, le sacrement du mariage ne bénirait pas son union avec François, si bien que les insinuations empoisonnées d'Edward tombèrent dans le vide.

La troisième page comportait une surprise. Edward mentionnait Haversham. Il s'étonnait que son frère ne se soit pas enfui avec elle. Il en profitait au passage pour le qualifier de ver de terre et de larve, après quoi il faisait référence à sa veuve éplorée et à ses quatre filles inconsolables. La suite expliquait la mystérieuse allusion. Haversham avait trouvé la mort dans des circonstances étranges qu'Edward définissait comme « un accident de chasse ». Cela s'était produit six mois auparavant pendant que les deux frères chassaient le perdreau. Sarah n'en crut pas un mot. La haine d'Edward à l'encontre de son cadet avait provoqué le meurtre. Elle eut la vision fugitive de la scène : Edward attirant l'infortuné Haversham dans les fourrés et l'abattant d'une balle de fusil… Le monstre ! Son cœur se serra, des larmes lui brouillèrent la vue mais elle continua à lire.

Le dernier paragraphe annonçait que l'un des fils illégitimes de Sa Seigneurie hériterait du titre et du domaine. Ce disant, il maudissait une fois de plus son épouse infidèle à qui il souhaitait élégamment de pourrir en enfer. Il avait signé Edward, comte de Balfour, comme si Sarah ne le connaissait pas… Hélas, elle ne le connaissait que trop bien. Elle savait de quoi il était capable. La preuve, il avait tué son propre frère. Elle rendit les feuillets à l'avocat.

— Monsieur, votre employeur est un assassin.

— Je ne l'ai jamais rencontré, dit-il, visiblement exténué par l'interminable voyage jusqu'à Shelburne.

Il plia la lettre, la rangea dans la poche de son gilet, d'où il en sortit une autre.

— Voulez-vous signer là ?

C'était une renonciation en bonne et due forme à la fortune et au domaine de Balfour. L'une des clauses précisait qu'elle n'avait plus le droit d'utiliser le titre de comtesse, et cette mention fit éclore un sourire presque amusé sur les lèvres de Sarah. Les titres de noblesse n'avaient pas cours ici.

— Oui, bien sûr. Un instant.

Elle passa dans la pièce adjacente, prit la plume d'oie sur son bureau, la trempa dans l'encrier, apposa sa signature. Elle saupoudra le papier de sable pour faire sécher l'encre, revint dans la cuisine et tendit la feuille à M. Johnston.

— Voilà qui conclut notre affaire.

Un mouvement, un éclair coloré à travers la fenêtre capta son attention. Machinalement, elle bondit et saisit le mousquet. Une pâleur de cire envahit le visage de l'avocat.

— Hé, attendez, ce n'est pas ma faute. Je ne sais pas ce que vous lui avez fait pour le rendre aussi furieux, mais je n'y suis pour rien, moi.

Elle lui fit signe de se taire. Au même moment, François entra dans la pièce… Il était terrifiant dans son costume d'hiver qui s'ornait aux épaules de têtes de lynx dont les dépouilles balayaient le sol, afin d'effacer les empreintes de ses pas sur la neige. Un chapeau de fourrure décoré de crocs d'ours et d'os, qu'il avait trouvé dans l'Ohio, parachevait sa mise. Il était vêtu normalement lorsqu'il était parti. Mais le vieil Indien dehors lui avait touché un mot de la mission de Johnston et il avait changé sa mise à seule fin d'effrayer l'étranger. Il avait atteint son but, car l'avocat s'était redressé sur ses jambes flageolantes, les mains levées, secoué de violents soubresauts.

— Tue-le ! ordonna-t-il à Sarah.

Il faisait semblant, naturellement. Un rire nerveux échappa à la jeune femme.

— Non, laisse-le partir.

— Dehors ! hurla François, l'index pointé vers la porte, d'une voix lugubre comme s'il prononçait une sentence de mort. Allez, plus vite !

L'homme le fixait, les yeux écarquillés, tétanisé par la peur. François traversa la pièce d'un bond, le saisit au collet et le traîna dans la cour. Le vieux guide s'était levé. Un large sourire fendait sa face boucanée. Comme tous les Indiens de la tribu des Nonotucks, il vouait à François un véritable culte ; c'est pourquoi il l'avait averti de la présence de l'intrus qu'il avait catalogué parmi les « méchants ». Selon lui, il « voulait du mal à la femme blanche », et il ne s'était pas complètement trompé. Et maintenant, il s'amusait comme un fou des facéties de son idole. Ce n'était pas le cas de l'avocat, qui crut sa dernière heure arrivée. François le flanqua sur son cheval et le malheureux se cramponna à la selle.

— Allez ! vociféra-t-il derechef, le visant d'une flèche fixée à son arc.

Au bord de l'apoplexie, Johnston se tourna vers son guide.

— Pour l'amour du ciel, mon ami, dégainez votre fusil.

— Je ne peux pas ôter la vie d'un frère indien, expliqua l'autre.

François enfourcha son cheval et lui fit exécuter une sarabande endiablée. Effaré, Johnston enfonça ses éperons dans les flancs de sa haridelle et s'élança en avant au grand galop, suivi par le vieux guide hilare. En roulant des yeux, François fit mine de les poursuivre. Il rentra à la maison cinq minutes plus tard, le visage éclairé d'un sourire de satisfaction.

— C'est idiot, le gronda Sarah, tandis qu'il mettait pied à terre, très content de lui. S'il avait eu une arme, il se serait défendu.

— Il n'en aurait pas eu le temps, répondit-il platement. Je l'aurais tué avant... D'après son guide, il allait te faire du mal. Il ne savait pas quoi au juste, et j'espère qu'il n'en a pas eu l'occasion. Désolé de n'être pas arrivé plus tôt.

— Oh non, tant mieux, dit-elle, souriant malgré elle au souvenir de son effrayante mise en scène. Le pauvre bougre ira raconter partout que Shelburne est un repaire de sauvages.

— Grand bien lui fasse. Ainsi restera-t-il au chaud, à Boston. Qu'est-ce qu'il voulait exactement ?

— Me dépouiller de mon titre, répondit-elle dans un rire. Adieu comtesse ! Me voici roturière ou, au mieux, réduite à la position sociale antérieure à mon mariage. Je ne suis plus que lady Sarah, tu n'es pas trop déçu ?

— Un jour, tu seras ma comtesse à moi. Qui était ce triste sire ?

— Un avocat qui représente Edward. Il est venu avec une lettre de son client dans laquelle il est stipulé que je suis déshéritée, ce dont je me doutais déjà.

Il s'était approprié depuis longtemps son héritage, donc elle avait toujours été dépossédée, ajouta-t-elle, après quoi elle raconta d'une voix émue le prétendu « accident de chasse » qui avait coûté la vie au pauvre Haversham.

— Quel scélérat ! s'emporta François. Quand je pense qu'il sait maintenant où tu te trouves, j'en ai des sueurs froides.

— Il ne me persécutera jamais jusqu'ici, lui assura-t-elle. Il voulait juste m'humilier une fois de plus en me privant d'un titre auquel il croit que je tiens. En m'annonçant la mort de Haversham, il a tenté de me briser le cœur… Évidemment, je suis triste pour lui, pour la pauvre Alice et ses enfants. Mais d'un autre côté cela ne m'étonne pas. Depuis toujours, Edward cherche à nuire à son frère. Haversham le savait aussi, il aurait dû se méfier.

— Tu as de la chance qu'il ne t'ait pas tuée, dit-il avec ardeur, en regardant celle qu'il considérait dorénavant comme son épouse… Ou plutôt c'est moi qui ai eu de la chance…

Il la prit dans ses bras et la tint étroitement enlacée. Grâce à son instinct diabolique, Edward avait réussi à rétablir le contact… Il devait avoir le bras long, songea-t-il, plein de ressentiment. Mais lui, François, s'opposerait aux projets de ce misérable. Quant à Sarah, en dehors du chagrin causé par la mort inattendue de son beau-frère, elle semblait détachée, indifférente aux menaces de son époux.

Le mois suivant se déroula paisiblement. En février, bien que la neige recouvrît encore le sol, il l'emmena dans le village iroquois. Ils emportèrent des objets à troquer et des cadeaux pour Red Jacket. Sarah fut présentée aux femmes de la tribu. Elles l'accueillirent chaleureusement et tout de suite elle fut conquise. Ses compagnes avaient érigé l'honneur et l'intégrité au sommet des vertus. Elles avaient le rire facile et parlaient sans arrêt. Celles qui parlaient un peu l'anglais lui racontèrent de fascinantes légendes qu'elles se transmettaient de mère en fille.

Une nuit, la pythonisse du village l'attira chez elle. Elle lui prit la main et lui parla longtemps dans sa langue que Sarah ne comprenait pas. Pendant ce temps, François fumait le calumet avec les hommes et lorsqu'il rentra, il les trouva ensemble. La devineresse, qui était la sœur du pow-pow [1], se targuait de posséder elle-même des dons de voyance. Sarah pria François de lui servir de traducteur. La vieille femme répéta l'oracle qu'il écouta attentivement.

— Qu'est-ce qu'elle dit ? demanda-t-elle.

Cela devait être terrifiant, si elle en jugeait par l'expression figée de François.

— Que tu es inquiète. Que tu as très peur. C'est vrai ?

De quoi avait-elle peur ? De qui ? D'Edward ? Mais l'abominable comte de Balfour ne pouvait rien contre elle tant qu'elle ne retournait pas en Angleterre.

— Elle dit que tu es venue de loin, et que tu as laissé beaucoup de chagrins derrière toi, poursuivit-il.

1. Sorcier. *(N.d.T.)*

Sarah eut un tressaillement. François la regarda. Il la trouvait ravissante dans sa robe en peau de daim fine comme la soie et ses jambières que ses nouvelles amies lui avaient offertes.

— Qu'est-ce qui t'inquiète, mon amour ? demanda-t-il, mais elle secoua la tête en souriant.

Ils étaient assis tous les trois près du feu. La vieille voyante se remit à parler d'une voix monotone.

— Selon elle, tu traverseras bientôt le grand fleuve, traduisit François, les sourcils froncés. Le fleuve que tu as toujours eu peur de traverser… Lors de vies antérieures, tu t'y es noyée maintes fois, mais cette fois-ci tu n'en mourras pas. Tu arriveras saine et sauve à l'autre rive… Elle dit que plus tard, tu comprendras mieux ses visions.

C'était terminé. Ils sortirent en se tenant par la main et en respirant profondément l'air nocturne. François était silencieux. La devineresse de la tribu ne se trompait pour ainsi dire jamais dans ses prédictions.

— Sarah, de quoi as-tu peur ?

Il l'attira dans ses bras, la recouvrant du lourd manteau fait de bandes de fourrures qui lui donnait une allure de squaw. Ils formaient un couple extraordinaire mais, sachant qu'elle avait peut-être un secret, sa belle humeur s'était envolée.

— Je n'ai pas peur, répondit-elle, sans grande conviction.

Rien qu'en regardant ses grands yeux bleus, il sut qu'elle mentait.

— Tu me caches quelque chose, dit-il en la serrant plus fort. Qu'est-ce que c'est, Sarah ? Es-tu malheureuse ici ?

Ils comptaient repartir dans trois jours. Ils étaient restés plusieurs semaines au village, pendant lesquelles elle avait paru nager dans un océan de bonheur. Alors quoi ? Que se passait-il ?

— Oh, non. J'adore le village, tu le sais.

— Ai-je dit ou fait quelque chose qui t'a déplu ?

Ils menaient une existence inhabituelle. Se languissait-elle des grandes villes qu'elle avait fréquentées ? De Londres ou de Boston ? Non, conclut-il, ce n'était pas la nostalgie qui la torturait. Ni le mal du pays. Il s'agissait de quelque chose de plus profond. Et de plus récent. Il resserra son étreinte, la regardant droit dans les yeux.

— Je ne te laisserai pas partir tant que tu ne m'auras pas donné une explication. Ce n'est pas bien d'avoir des secrets pour ton mari, ma chérie.

— J'allais te le dire, mais...

Elle s'interrompit et il attendit la suite, soudain paralysé par une terreur irraisonnée. Allait-elle le quitter ? Repartirait-elle ailleurs ? Mais où ?

— Quelque chose s'est produit, continua-t-elle d'une voix triste.

Ainsi, la sœur du pow-pow avait vu juste.

— Quelle chose ? murmura-t-il, pétrifié.

Une sourde crainte envahissait son âme.

— Je ne sais pas comment te le dire, sanglota-t-elle. Je ne peux pas... je ne peux pas...

Elle se mit à suffoquer, aveuglée par les larmes, et il l'enlaça en s'efforçant de lui communiquer toute sa tendresse. Enfin, dans un chuchotement désespéré, elle parvint à balbutier :

— Je ne peux pas porter tes enfants, François. Tu n'as pas de fils. Tu devrais en avoir au moins un... Et moi... moi... je ne peux pas te donner ce que tu mérites.

Elle pleurait dans ses bras.

— Ça m'est égal, mon amour. Complètement égal. Je t'en supplie, ma chérie, ne pleure pas… Ça n'a pas d'importance.

Elle s'accrocha à son cou, en proie à une indicible douleur.

— Tous mes bébés sont morts, articula-t-elle avec désespoir, dans un murmure à peine audible. Et celui-ci mourra aussi.

Tout à coup, il comprit. Incrédule, il se détacha d'elle pour la regarder.

— Tu es enceinte ? demanda-t-il, le souffle coupé, puis, comme elle acquiesçait : oh, mon Dieu, mon pauvre amour, ça se passera bien cette fois, je te le promets.

Il la tint étroitement enlacée et mêla ses larmes aux siennes, la sentant trembler comme une feuille au vent.

— Rappelle-toi ce que l'Indienne a dit, reprit-il d'une voix plus ferme. Que tu traverseras le fleuve en sécurité cette fois-ci… n'aie pas peur, ma chérie, il ne t'arrivera rien.

— Elle a dit que je survivrai, lui rappela-t-elle. Mais le bébé ? Pourquoi vivrait-il alors que tous les autres sont morts ? Pourquoi serait-ce différent cette fois ?

— Je prendrai soin de toi… Nous te donnerons des herbes, tu seras ronde, heureuse, et tu auras un bébé magnifique, sourit-il, tandis qu'elle se blottissait dans ses bras. Tu as changé de vie, Sarah, on peut donc espérer que le reste suivra. Oui, c'est une vie nouvelle pour nous deux… et pour notre enfant. Quand aura lieu cet heureux événement ?

— À la fin de l'été. En septembre.

Elle l'avait conçu dès leur première étreinte, car elle en avait eu les premiers indices à Noël. Cela faisait trois mois maintenant, mais elle n'avait pas eu le courage de l'avouer à François. L'inquiétude, l'appréhension la rongeaient et la vieille voyante l'avait senti.

Ils se dirigèrent lentement vers la longue bâtisse qui leur servait de logis, et qu'ils partageaient avec d'autres membres de la tribu. Ils s'allongèrent sur leur couche composée d'une peau de bison posée sur un sommier de joncs tressés. Et lorsqu'elle glissa dans le sommeil, il la regarda un long moment en priant les dieux de protéger Sarah. Et leur enfant.

## 19

Le lundi après-midi tirait à sa fin quand Charlie ferma le journal de Sarah. Il s'habilla en vitesse pour emmener Francesca et Monique à la pizzeria, puis jeta au journal un ultime et tendre coup d'œil. Qu'allait-il advenir du bébé de Sarah et de François ? se demanda-t-il, comme s'il s'agissait d'un suspense qui se déroulait au jour le jour. Il s'était attaché à eux autant qu'à des personnes réelles, alors que c'étaient des personnages existant par la seule force de l'écriture. Il mourait d'envie d'en parler à Francesca...

Il passa les chercher en voiture à six heures. Monique piaffait d'impatience, comme d'habitude, et sa mère affichait une exceptionnelle bonne humeur. Elle avait consacré le week-end à son doctorat et semblait satisfaite des progrès accomplis.

La soirée se passa agréablement. Après dîner, Francesca l'invita chez elle pour un café et une glace. Il accepta avec plaisir, à la grande joie de Monique. La petite fille, qui cherchait désespérément une figure paternelle, avait jeté son dévolu sur Charlie.

Lorsque la fillette monta se coucher, les deux adultes restèrent dans la cuisine à grignoter des cookies et à boire du café.

— C'est une enfant formidable, dit Charlie.

Il était sincère, et Francesca le récompensa d'un sourire radieux. Elle adorait sa fille, elle en était fière.

— Vous n'avez jamais voulu avoir d'autres enfants ? demanda-t-il, l'esprit préoccupé par Sarah.

— Si, bien sûr, il y a longtemps. Ensuite, ma vie s'est effondrée. Pierre n'avait plus d'yeux que pour Marie-Lise… Déjà, il ne s'intéressait plus à moi, mais quand les jumeaux sont nés, il m'a complètement négligée… De toute façon, tout cela n'a plus d'importance. Il est trop tard maintenant, conclut-elle, avec cette expression maussade qu'il détestait sur son visage fin.

— À trente et un ans ? Francesca, cessez donc de dire qu'il est trop tard pour tout, la gronda-t-il. Sarah Ferguson avait vingt-quatre ans quand elle a débarqué dans ce pays, ce qui, à son époque, correspondait quasiment au troisième âge, mais elle s'est débrouillée pour refaire sa vie, tomber amoureuse *et* être enceinte.

— Je suis très impressionnée ! s'exclama-t-elle, sarcastique. C'est une obsession, ma parole.

Charlie la regarda. Pendant qu'ils discutaient, une décision s'était imposée à lui. Il devait confier à Francesca sa découverte. Il lui faisait confiance et, par ailleurs, le texte comportait un message d'espoir apte à remonter le moral de n'importe quel lecteur en proie au désarroi.

— Je vous donnerai quelque chose à lire, déclara-t-il.

Un rire moqueur échappa à Francesca.

— Je sais, je sais, j'ai lu une tonne de bouquins la première année. Des trucs bourrés de conseils psychologiques : comment vous remettre de votre divorce, comment faire le deuil du passé ou encore comment ne plus détester votre ex-mari. Hélas, aucun auteur ne donne la recette de la confiance... Et moi, je l'ai définitivement perdue, je crois. J'ai eu beau chercher, je n'ai pas trouvé un texte capable de m'insuffler un peu de courage, par exemple.

— Justement, j'en ai un.

S'entourant de mystère, il n'en dit pas plus. Mais il l'invita à dîner chez lui le mercredi suivant. Et comme elle le dévisageait, hésitante, il mit en avant ses arguments. Après tout, le château valait le détour, le décor leur plairait, surtout à Monique. Il parvint ainsi à lui arracher un « bon, d'accord » réticent, avant de prendre congé. Il avait hâte d'être à mercredi.

Il passa les deux jours suivants à faire le ménage. Le bourdonnement de l'aspirateur emplit la maison des heures durant. Il épousseta ses rares meubles et tapota les coussins. Le mardi, il dévalisa le supermarché et l'épicerie fine de Deerfield. Il dut y retourner en fin d'après-midi, juste avant la fermeture, parce qu'il avait oublié le vin. Il en profita pour acheter les cookies préférés de Monique. Dans la nuit, il inspecta les lieux d'un œil critique. Tout était parfait. Il se félicita mentalement... et s'aperçut qu'il n'avait pas eu le temps de poursuivre la lecture des carnets.

Il partit chercher ses invitées le mercredi soir pour les conduire au château. Francesca tomba en admiration devant l'architecture, les lignes pures du bâtiment, l'élégance des portes-fenêtres, la courbe gracieuse de l'escalier de marbre. L'absence de mobilier rendait l'espace encore plus imposant. Dans l'entrée où régnait un paisible silence, la jeune femme ralentit le pas, tout en admirant les frises du plafond... Tout comme Charlie la première fois, elle crut sentir une présence, une sorte d'entité invisible et bienveillante.

— Elle est à qui cette maison, Charlie ? demanda Monique, en fixant le vide comme si elle avait aperçu quelque chose.

— Je l'ai louée, répondit-il, avant de se lancer dans une longue explication.

Sa logeuse, une adorable vieille dame, habitait Shelburne Falls mais, autrefois, la demeure avait appartenu à une dame anglaise – une personne exceptionnelle, souligna-t-il – du nom de Sarah.

— Est-ce qu'elle est devenue un fantôme maintenant ? voulut savoir l'imperturbable Monique.

Naturellement, Charlie nia énergiquement cette éventualité, soucieux de ne pas l'effrayer. Il lui offrit des albums de coloriage, un assortiment de crayons, et l'installa devant la télévision, après avoir obtenu la permission de Francesca. Pendant que la petite s'amusait, ils firent le tour du propriétaire. Charlie évoqua son emménagement. Il raconta tout sauf sa découverte du journal intime de Sarah. Chaque chose en son temps... Il fallait laisser Francesca s'imprégner du charme du lieu... La magie opérait car, ainsi que Charlie l'avait fait lors de sa première visite, elle s'immobilisa devant l'une des portes-fenêtres du salon, admirant la vallée en contrebas.

— C'est beau, n'est-ce pas ? fit-il, heureux de sa réaction.

— Magnifique, répondit-elle sans quitter le panorama des yeux. Je comprends pourquoi vous êtes tombé amoureux de cette maison.

Elle débordait de gratitude : Charlie avait mis les petits plats dans les grands. Il avait pris soin de faire plaisir à ses deux invitées. Monique eut droit aux pâtes qui, à ses dires, « la faisaient craquer » et Francesca à son vin préféré. Pendant le repas, le maître de maison leur raconta tout ce qu'il savait de

Sarah. L'intérêt de Monique ne tarda pas à s'émousser. Pas celui de Francesca.

— J'ai hâte de voir les livres que vous avez trouvés sur elle. Je suis sûre que certains doivent recouper mes recherches sur les tribus indiennes. François de Pellerin a négocié plusieurs traités au XVIII^e^ siècle entre Peaux-Rouges et Blancs. Je voudrais bien connaître vos sources.

Son sourire éblouit Charlie. Il sut alors que l'heure de vérité avait sonné. Il attendit que Monique soit entièrement accaparée par un jeu télévisé pour entrer dans son bureau. Les carnets s'y trouvaient dans leur boîte. Il les prit, les regarda un instant affectueusement. Ces livrets avaient rempli le vide de sa vie durant les dernières semaines. Ils lui avaient tenu compagnie de jour comme de nuit et l'avaient peu à peu initié à une grande sagesse, une certaine philosophie de la vie. En eux, il avait puisé la force d'admettre qu'il avait perdu Carole, et celle d'approcher Francesca… Francesca qui en avait autant besoin que lui. Eh bien, ce présent, il le lui ferait. Non, pas lui. Sarah.

Il redescendit lentement les marches, la boîte dans les mains. Elle l'attendait dans le salon, vaste pièce classique, très française avec son parquet en marqueterie, son plafond festonné de moulures et ses hautes fenêtres élégantes. Une demeure somptueuse, digne d'une comtesse. Francesca leva sur lui un regard plein d'émotion. L'atmosphère de la maison l'enveloppait peu à peu comme une lumière bienfaisante. Il y avait eu ici tant d'amour, tant de tendresse et de passion que deux siècles plus tard, on en ressentait encore la chaleur.

— J'ai un cadeau pour vous, déclara-t-il, devant les portes-fenêtres inondées de clair de lune… Enfin, pas vraiment un cadeau. Je vous les prête. Vous verrez, c'est spécial. Personne d'autre n'est au courant.

Une expression d'étonnement se peignit sur le visage de la jeune femme. S'il s'était écouté, il l'aurait prise dans ses bras et l'aurait embrassée. Il ne bougea pas. Ce n'était pas le moment. Il fallait d'abord qu'elle lise les carnets.

— Qu'est-ce que c'est ?

Depuis tout à l'heure – très exactement depuis l'instant où elle était entrée dans le château –, elle s'émerveillait de la légèreté de son humeur, du bien-être que lui procurait la présence de Charlie. Étrangement, elle ne cherchait plus à s'en défendre, ni à nier leur attirance mutuelle.

Il lui tendit l'un des carnets. Elle le prit, l'examina. Aucun titre ne figurait sur la couverture en basane. Elle le tâta comme pour estimer son âge et aussitôt, sa passion des vieux livres fit étinceler ses yeux. Enfin, elle l'ouvrit. Le nom de Sarah s'inscrivait sur la page de garde. Chronologiquement, c'était le premier carnet. Elle l'avait emporté avec elle d'Angleterre. Elle avait dû laisser là-bas d'autres volumes. Dans celui-ci, elle avait consigné les faits qui avaient précédé son voyage à bord du *Concorde*.

— Charlie, qu'est-ce que c'est ? répéta Francesca, puis ayant tourné les premières pages, elle fixa son ami, sidérée. Oh, mon Dieu ! Son journal !

— Oui, acquiesça-t-il.

Il lui expliqua dans quelles circonstances il avait mis la main dessus.

— Incroyable ! s'exclama-t-elle, avec une lueur d'excitation dans le regard. Vous les avez lus ?

— Pas tous. Ils sont nombreux, comme vous pouvez le constater. Ils recouvrent une grande partie de sa vie, avant son arrivée en Amérique jusqu'à sa mort, je crois... Toujours est-il qu'ils sont fascinants. Pendant un moment, j'ai cru que j'étais amoureux d'elle, seulement elle est un peu trop vieille pour moi, vous ne trouvez pas ? Et puis elle l'aimait tellement, son François, que je n'avais pas l'ombre d'une chance.

Ils avaient emprunté le couloir qui menait à la cuisine. Ils passèrent devant le petit salon où Monique continuait à regarder le jeu télévisé. Ils reprirent place à table, et Charlie servit le café.

— Sarah est attachante par son extraordinaire courage, et par sa foi en la vie. Elle aussi s'est brûlé les ailes, à tel point qu'elle pensait ne plus jamais pouvoir s'envoler de nouveau. Mais elle a réussi, parce qu'elle a essayé... À côté de son mari, le vôtre est un enfant de chœur. Il la battait, la maltraitait, l'engrossait sans cesse sous prétexte qu'il voulait un héritier. Soit dit en passant, tous ses bébés, au nombre de six si ma mémoire est bonne, sont morts à la naissance. Et pourtant, elle a recommencé. Elle s'est donné un nouveau départ dans la vie. Et elle a donné à François une chance... Aussi bizarre que cela puisse paraître, cette femme, qui a vécu il y a deux siècles, m'a redonné de l'espoir et du courage. Et je voudrais partager ce secret avec vous.

Francesca hocha la tête, trop émue pour répondre. Elle tenait toujours le carnet à la main. Au bout d'un long moment, comme si elle avait recouvré l'usage de la parole, elle posa une question dont elle pensait pourtant connaître la réponse.

— Vous l'avez vue, n'est-ce pas ? fit-elle à mi-voix, afin que Monique ne puisse pas l'entendre.

Charlie soutint son regard. Enfin, il opina de la tête d'un air solennel et la jeune femme se retint de pousser un cri victorieux.

— Seigneur ! Je le savais ! Quand ?

Ses prunelles, d'un vert liquide, l'aspiraient. Il crut se perdre dans leurs feux pâles.

— Le premier jour, quand j'ai emménagé. La veille de Noël. J'ignorais presque tout d'elle. Je suis revenu de chez Mme Palmer, qui m'avait gentiment invité à dîner, et c'est alors qu'elle m'est apparue. Dans ma chambre. Elle avait l'air si réelle que j'ai cru qu'on me faisait une blague... J'ai passé la maison au crible, puis le jardin. La neige était intacte. Il n'y avait que les traces de mes pas. J'ai compris plus tard. Je l'ai attendue longtemps mais je ne l'ai plus jamais revue. Mon Dieu, c'était incroyable, elle paraissait si vraie, si humaine...

« Ridicule ! pensa-t-il en même temps. Elle doit te prendre pour un vieil excentrique ! »

Assise en face de lui, le menton dans sa paume, Francesca buvait ses paroles. Elle n'avait plus qu'une idée en tête : rentrer chez elle et se plonger dans le carnet. Et tant mieux si le récit de Sarah lui apportait la paix de l'esprit comme à Charlie.

Il les raccompagna à dix heures. Monique décréta qu'elle avait passé une soirée « géniale » mais Francesca se contenta de le remercier d'un sourire lumineux.

— Appelez-moi quand vous l'aurez fini, murmura-t-il. Tâchez de lire entre les lignes. Et, attention, il va falloir être gentille si vous voulez avoir la suite.

Elle éclata de rire.

— Rien qu'à vous regarder, j'ai l'impression que c'est comme une drogue.

— Exact ! Depuis que j'ai échoué dans votre ville, je n'ai rien fait d'autre que lire, lire, et lire encore. Je pourrais écrire une thèse sur Sarah Ferguson.

— Ou un livre, dit-elle sérieusement. Une biographie.

— Holà ! Les bouquins, c'est votre domaine. Le mien se réduit aux maisons.

— Quelqu'un devrait faire connaître cette histoire au public. À moins qu'un éditeur s'intéresse au journal lui-même.

— On verra. D'abord, lisez-le. Ensuite on avisera. Il faut prévenir Mme Palmer. Comme elle possède le château, d'après la loi ces manuscrits sont sa propriété. Ce sera à elle de prendre une décision.

S'il n'avait tenu qu'à lui, il les aurait conservés jusqu'à la fin de ses jours. Mais il n'en avait pas le droit. Il en avait tiré une joie proche de la jubilation. Sarah lui avait apporté plus que tous les écrivains qu'il avait pu lire. Il ne regrettait pas d'avoir confié le premier volume à Francesca.

— Je vous appellerai, dit-elle, et il sut qu'elle était sincère.

Avant qu'il ne remonte en voiture, elle le remercia une fois de plus. D'un ton amical, chaleureux peut-être, mais sans plus. Elle n'était pas encore prête à lui ouvrir la porte de la forteresse dans laquelle elle se cachait.

Charlie emprunta le chemin du château, songeur. Le désir de la serrer dans ses bras le consumait... Il aurait aimé vivre avec elle un grand amour comme François et Sarah.

# 20

Avant de quitter le village iroquois, François avait exposé le cas de Sarah aux sages-femmes de la tribu. Elles s'étaient concertées pour lui offrir les herbes qui lui feraient du bien, dont une variété très forte, très efficace, et des tisanes au goût sucré. Elles avaient transmis leur savoir à la future mère, qui les avait remerciées avec émotion. Ensuite commença le long voyage du retour. Ils avançaient plus lentement qu'à l'aller, dormaient à la belle étoile, ou par temps de pluie, à l'abri de la tente en peaux que François dressait à l'aide de perches ramassées dans la forêt. Il refusait l'aide de Sarah, lui demandant de se reposer, afin de lui éviter une fausse couche.

Le mois de mars était bien avancé lorsqu'ils regagnèrent la maison sur la colline. En avril, elle sentit le bébé bouger en elle, mais cette douce sensation familière réveilla ses anciennes terreurs. En dépit des infusions médicinales qu'elle prenait très régulièrement, malgré les affirmations encourageantes de François, la peur la taraudait.

À Shelburne, on commençait à jaser à leur propos. Les esprits les plus chagrins de la paroisse, ayant subodoré qu'ils vivaient ensemble, ne manquaient pas une occasion de fustiger de tels débordements. Certaines dames patronnesses du voisinage, sous prétexte de rendre des visites de courtoisie à Sarah, s'étaient assurées de la présence quasi permanente de François à la ferme. La nouvelle se répandit alors comme une traînée de poudre jusqu'à la garnison de Deerfield et même au-delà. Sarah reçut une lettre de Mme Stockbridge qui la suppliait de démentir « haut et fort » la rumeur répugnante selon laquelle elle s'était entichée d'un « sauvage » et, amusée, Sarah saisit sa plume pour rassurer son amie choquée. Mais elle n'y parvint pas tout à fait car la rumeur gonflait de jour en jour. Le colonel Stockbridge, qui avait deviné depuis longtemps la vérité, restait muet comme une tombe, tandis que les mauvaises langues se raccrochaient au vieil adage « il n'y a pas de fumée sans feu ». Le feu se mua en incendie lorsque, en juin, ses rondeurs trahirent sa grossesse. Quelques-unes des épouses des colons, attendries par le ventre rebondi de Sarah, offrirent de lui venir en aide le moment venu. Les autres se cantonnèrent dans une hostilité outrée : faire un enfant sans être mariée représentait une insulte aux bonnes mœurs.

François et Sarah se moquaient éperdument des ragots. Ils ne s'intéressaient qu'à deux choses : leur amour et leur bébé. Jamais auparavant ils ne s'étaient sentis aussi heureux. La future maman se portait comme un charme. Contrairement à ses grossesses précédentes, qui avaient été très pénibles, celle-ci se déroulait sans la moindre difficulté. L'été avançait mais les deux amants n'avaient pas renoncé à leur promenade quotidienne jusqu'aux chutes d'eau. Les Iroquoises avaient recommandé la marche à Sarah. Selon elles, cela fortifierait les jambes du bébé, qui viendrait ainsi plus vite. En août, elle se déplaçait lentement, à cause de son ventre énorme. Tous les vingt mètres, elle s'arrêtait, puis elle reprenait pesamment la route. François la soutenait. Chaque fois, il lui demandait si elle ne préférait pas une destination plus proche mais elle insistait pour aller à la cascade. Elle s'appuyait à son bras et ils bavardaient. Il lui répétait tout ce qu'il avait entendu à la garnison. D'après des nouvelles alarmantes en provenance de l'Ohio, la paix était sérieusement menacée.

— Un de ces jours, ils t'enverront au front, soupira-t-elle d'une petite voix inquiète.

Elle ne pouvait plus se passer de lui. Ses absences, si brèves fussent-elles, la plongeaient dans l'anxiété. Lorsqu'il partait pour la garnison ou pour un fort des environs, elle attendait son retour, pleine d'angoisse. Son état avait exacerbé sa sensibilité, François le savait, mais, au fond, elle n'avait pas tout à fait tort. Il pensait d'ailleurs comme elle. La trêve fragile entre les Blancs et les Indiens ne tenait plus qu'à un fil. Et le jour où ce fil ténu serait rompu, il devrait participer aux combats. Il aurait préféré, quand cela arriverait, la laisser dans un endroit moins isolé, une maison plus solide. Depuis un certain temps, il rêvait de faire construire pour elle un château, un bijou d'architecture, un petit palais dédié à leur amour. Dernièrement, il en parlait de plus en plus souvent. Sarah haussait les épaules. Elle n'avait pas besoin de château, rétorquait-elle, elle avait tout pour être heureuse.

— Qu'à cela ne tienne, je t'en offrirai quand même un, persistait-il d'un air entêté qui la faisait rire.

Un jour, il prit sa jument, cala Sarah devant lui, saisit les rênes, fit avancer sa monture au pas. Ils parcoururent un long trajet sous le dôme des chênes et des sycomores. Les arbres s'écartèrent d'un seul coup sur une clairière semblable à celle où Sarah avait fait bâtir sa ferme, à ceci près que d'ici la vue se prolongeait à l'infini. François se tourna vers elle, avec le sourire satisfait du voyageur qui, après un long périple, voit enfin se profiler le toit de sa maison.

— Oui, c'est superbe, admit-elle, ayant parfaitement deviné ses pensées.

— Tu verras, ce sera magnifique.

Cette fois-ci, elle ne discuta pas. Elle n'en avait pas la force. Le bébé ne tarderait pas à naître. Il bougeait et palpitait près de son cœur. Et elle savait, pour avoir déjà passé l'épreuve six fois, que c'était pour bientôt. La peur lui glaçait le sang. Chaque nuit, tandis qu'elle restait étendue, effrayée, les yeux grands ouverts dans le noir, elle mordait l'oreiller, afin que François ne l'entende pas gémir et pleurer. Parfois, l'angoisse la poussait à se lever, à sortir. Elle arpentait la cour, le regard levé vers les étoiles, comme à la recherche d'un signe, d'une réponse à sa question obsédante. Puisque ses autres bébés étaient morts, pourquoi celui-ci échapperait-il à la malédiction ? Certes, les mauvais traitements qu'Edward lui infligeait à l'époque y étaient peut-être pour quelque chose alors que, maintenant, elle jouissait d'un immense bonheur auprès de François. Il prenait soin d'elle, la dorlotait, lui enduisait le ventre d'une huile odorante suivant les indications des sages-femmes iroquoises. Mais une affreuse certitude s'était imposée peu à peu à Sarah. Aucune herbe, aucun onguent, aucune potion magique ne sauverait son enfant. Il était condamné comme les autres. Elle s'efforça de surmonter sa terreur. La date fatidique approchait, cependant que le mois d'août glissait inexorablement vers septembre. Cela faisait deux ans qu'elle avait embarqué sur le *Concorde*. Que de changements s'étaient produits depuis lors ! Il lui avait fallu traverser l'océan pour rencontrer le véritable amour et elle en serait éternellement reconnaissante à sa bonne étoile même si son bébé… et voilà, cela recommençait. Invariablement, ses réflexions, ses rêveries, ses monologues intérieurs aboutissaient à un seul et même dénouement : la perte de son bébé. Elle s'était bien gardée d'en parler à l'homme qu'elle considérait comme son époux, et dès lors le fardeau n'en fut que plus lourd, plus pénible à porter.

C'était la fin d'une journée de dur labeur dans les champs. Ils avaient ramassé le maïs et l'avaient stocké dans la grange pour l'hiver. Elle pria François de l'accompagner à la cascade.

— Tu ne crois pas que c'est trop loin pour toi maintenant ? s'enquit-il avec sa sollicitude habituelle.

Si leurs calculs étaient exacts, si le bébé avait été conçu lors de leurs premières étreintes, la délivrance ne se ferait plus attendre longtemps.

— Allons plutôt faire un petit tour près de la ferme, suggéra-t-il, mais elle secoua la tête avec entêtement.

— Non. J'ai envie de voir l'eau.

Il finit par s'incliner. S'il refusait, elle serait capable de partir seule. Ils s'engagèrent sur le chemin sinueux, côte à côte. Il ajustait son pas au sien, qui était lent, pesant. Cahin-caha, ils parvinrent à destination. François souriait sous cape, admirant sa Sarah, si menue, affublée de ce ventre énorme. Il fut tenté de lui demander si elle avait été comme ça chaque fois puis il se ravisa, soucieux de ne pas lui rappeler son triste passé. Il la sentait apeurée, bien qu'elle n'ait jamais avoué ses craintes.

Il se garda également de parler des récents troubles qui avaient éclaté dans l'Ouest, orientant la conversation vers des sujets anodins. Ayant admiré la cascade, ils reprirent paisiblement le chemin du retour. Il ramassa des fleurs de la prairie et les donna à Sarah, qui en fit un ravissant bouquet.

Elle était en train de préparer le dîner, comme tous les soirs, car malgré sa grossesse elle avait tenu à assumer ses tâches, quand un cri étouffé lui échappa. François bondit dans la cuisine. Il savait ce que cela voulait dire. Le travail avait commencé. Les contractions se succédaient rapidement, de plus en plus fortes. Cela allait vite, songea-t-il en l'enlaçant, mais c'était normal. Elle allait mettre au monde son septième enfant, après tout. L'accouchement de Cri d'Hirondelle s'était déroulé plus lentement. Plus aisément aussi. Elle avait été assistée par sa mère et ses sœurs, selon la tradition iroquoise, tandis qu'il attendait dehors. Elle n'avait crié qu'une seule fois… Sarah s'était appuyée sur une chaise, le souffle court, le visage en sueur.

— Tout ira bien, mon amour. Tout ira bien…

La douleur irradiait son corps, l'empêchant d'articuler le moindre mot. Elle avait juste eu le temps d'éteindre le feu. Les garçons de ferme n'auraient qu'à se débrouiller. Elle vacilla sur ses jambes. François la souleva dans ses bras, la transportant sur leur lit.

— Veux-tu que j'appelle quelqu'un ?

Non, elle ne voulait personne. Des voisines s'étaient proposées, mais aucune d'elles n'avait l'expérience requise. Elles avaient toutes eu leurs bébés assistées par des médecins. Sarah ne faisait pas confiance aux médecins. Aucun d'eux n'avait été capable de sauver ses bébés. Il y en avait bien un à la garnison, un vieux grognon, de surcroît ivrogne invétéré, mais elle le détestait.

— Je ne veux personne… à part toi… haleta-t-elle, le visage convulsé, en lui agrippant les mains.

Tous deux savaient que le bébé était gros – les autres avaient été sensiblement plus petits – et que cela ne serait pas facile.

Sarah se tordait de douleur. Pas une plainte ne franchit ses lèvres, tandis qu'il lui appliquait des linges humides sur le front. La nuit s'annonçait longue. Les heures s'égrenaient avec une lenteur exaspérante et vers minuit, épuisée, Sarah crut se noyer dans les vagues successives de douleur. Elle s'était mise à pousser depuis longtemps dans l'espoir d'expulser le bébé, mais aucun progrès ne s'était accompli. Deux heures plus tard, plus morte que vive, elle poussait toujours. Mais le bébé ne sortait pas. Alors, elle commença à crier, à hurler de plus en plus fort sous le regard navré de François.

— Allez, ma chérie, allez, pousse…

Ses encouragements n'eurent aucun résultat. Il en pleurait presque de désespoir. Sarah suffoquait. Sa respiration était saccadée, tandis que les vagues de douleur roulaient son pauvre corps dans leurs flots brûlants. Impuissant, François ferma les yeux. Une fervente prière monta à ses lèvres ; en même temps, il s'efforçait de se rappeler ce que les Indiens lui avaient appris. Un souvenir jaillit : une confidence de Cri d'Hirondelle. Il souleva Sarah par les aisselles, la relevant tout doucement vers une position assise, mais elle gémissait inlassablement sans comprendre.

— Lève-toi. Mets-toi debout.

Elle le dévisagea, effarée, mais il insista. Il la prit dans ses bras puissants et la tira hors du lit. Oui, il s'en souvenait clairement à présent : selon les femmes indiennes, les bébés venaient plus vite si la parturiente était accroupie. De toute façon, il fallait tout essayer s'il ne voulait pas perdre Sarah. Il ne songeait même plus au bébé.

Il l'obligea à s'asseoir sur ses talons et prit place en face d'elle en la maintenant par les mains. La respiration de Sarah s'était accélérée, mais elle semblait moins souffrir. Elle se remit à pousser, mais des paroles se mêlèrent à ses cris. Elle disait qu'il venait, qu'elle le sentait venir. François n'osait abaisser le regard. Il se bornait à empêcher Sarah de tomber en arrière tout en l'incitant à pousser. Soudain un râle plus sourd lui échappa, semblable à celui de Cri d'Hirondelle quand le bébé avait transpercé sa chair, puis un faible vagissement retentit. Il eut tout juste le temps de poser une couverture indienne sous elle. Un instant après, ils contemplaient le nouveau-né, qui levait vers eux ses grands yeux bleus, comme ceux de sa mère. C'était un garçon, un gros bébé comme ils l'avaient prévu. Sarah fondit en larmes et soudain, le teint de l'enfant vira au bleu, alors qu'il cessait de respirer. Avec un cri strident, Sarah saisit son bébé qui était encore attaché à elle par le cordon ombilical. Il n'était pas nécessaire d'être médecin pour se rendre compte qu'il était en train de mourir. François la coucha sur le lit et lui prit l'enfant. Il le tenait par les chevilles et lui tapotait le dos dans un ultime effort pour lui insuffler un peu de vie. Sarah sanglotait, hagarde, répétant sans fin son nom... François... François... comme si elle le suppliait de faire un miracle... un miracle qu'il était incapable d'accomplir. Ce petit être allait mourir d'un instant à l'autre. Des larmes jaillirent des yeux de François. Oh, non, pas maintenant, pas après tant de souffrances... Il tapa fortement le dos de son fils. Le bébé tressaillit, expectora un filet de mucosités, puis l'air emplit ses poumons enfin dégagés. Il aspira, il expira et se mit à pleurer, sous le regard émerveillé de ses parents.

— Oh, mon Dieu, fut tout ce que Sarah put murmurer.

Il lui sourit à travers ses larmes avant de poser le bébé dans les bras de sa mère. Elle leva sur lui un regard empreint de gratitude en berçant leur fils sur son sein. C'était un beau bébé. Une petite créature parfaite.

— Tu l'as sauvé, dit-elle, les yeux brillants d'amour. Tu l'as ramené à la vie.

— Les bons esprits m'ont aidé, répondit-il, bouleversé.

Ils avaient failli le perdre. Une peur atroce avait assailli François. Il aurait préféré affronter mille hommes armés jusqu'aux dents plutôt que de perdre son fils… Les dieux l'avaient préservé, tout comme Sarah. Le miracle avait eu lieu.

Il l'aida à le baigner, trancha le cordon ombilical à l'aide de son couteau de chasse et le noua. Peu après, il sortit dans la cour pour y enterrer le placenta. D'après les croyances indiennes, c'était une chose sacrée. Le soleil levant rosissait l'horizon. Dans les premiers rayons, il remercia les divinités d'avoir sauvé son fils. Il retourna dans la chambre où la mère et l'enfant se reposaient. Sarah lui tendit les bras, et il se pencha pour l'embrasser.

— Merci, murmura-t-elle. Je t'aime !

Elle avait l'air d'une jeune fille, avec leur bébé dans ses bras. Après tant de chagrins, de regrets, la vie lui souriait.

— La sœur du pow-pow t'avait dit que tu traverserais le fleuve en toute sécurité, lui rappela-t-il. Soit dit en passant, j'ai cru que j'allais couler à pic, bien avant toi, dans le fameux fleuve, ajouta-t-il en riant.

La nuit avait été longue. Elle avait souffert le martyre mais elle ne souffla mot. Elle était trop heureuse pour se plaindre.

Peu après, il lui apporta un bol de soupe. Pendant que la maman et le bébé dormaient, il sortit. Sarah venait de se réveiller lorsqu'il revint. Il entra dans la chambre, un large sourire aux lèvres.

— Où étais-tu ? s'inquiéta-t-elle.

— Je suis allé chercher les papiers, répondit-il, une lueur triomphante dans le regard.

— Les papiers ? Quels papiers ?

Il glissa un coussin sous son bras, afin qu'elle puisse mieux tenir le bébé. Un intense bien-être illuminait ses traits. En se redressant, il tendit à Sarah un rouleau de parchemin, mais elle n'eut pas besoin de défaire le ruban pour comprendre.

— Tu as acheté le terrain ?

— Oui. Pour toi, Sarah. Nous ferons bâtir une maison là-haut.

— Je suis heureuse ici, dit-elle en toute simplicité, admettant en silence que la vue de leur nouvelle résidence serait splendide.

— Tu mérites mieux.

Elle avait tout pour être heureuse, pensa-t-elle avec émotion. Elle avait échappé à l'enfer pour se retrouver au paradis.

# 21

Le bébé se portait à merveille. Sarah, remise sur pied, vaquait à ses occupations coutumières, entre la cuisine et le potager. Elle n'avait pas encore eu la force de se promener jusqu'à la cascade, mais elle y songeait. Elle nourrissait son fils au sein, ce qui la fatiguait, mais elle resplendissait de santé.

— Ç'a été facile, finalement, dit-elle un jour négligemment à François, alors qu'ils cueillaient des airelles.

Faisant mine de s'offusquer, il lui lança une poignée de fruits d'un noir bleuté.

— Quel toupet ! Tu as été en couches pendant douze heures d'affilée ! En ce qui me concerne, je n'ai jamais vu d'entreprise plus laborieuse… ah, si ! des hommes tirant et poussant des charrettes sur des pentes montagneuses, et encore ! Ça paraissait plus facile !

Il sourit en entendant son rire insouciant. Le souvenir de la douleur affreuse qui l'avait déchirée des heures durant s'était tout naturellement estompé… Il savait par Cri d'Hirondelle et ses sœurs que le Grand Esprit a doté les femmes de la faculté d'oublier le calvaire de l'accouchement, sinon elles ne recommenceraient plus jamais à mettre des bébés au monde.

Mais François, lui, n'avait pas oublié les souffrances de Sarah. Il ne voulait pas d'autre enfant. Un fils leur suffisait amplement. Il ne prendrait pas le risque de l'entraîner vers un désastre. Ni celui de gâcher sa joie.

À la fin septembre, il lui fit quand même de la peine malgré lui. Le colonel Stockbridge arriva en personne à la ferme. Il apportait de mauvaises nouvelles. L'armée préparait une expédition dans l'Ohio pour la semaine suivante. Il fallait coûte que coûte mater la rébellion. Des tribus indiennes, toujours les mêmes, n'avaient pas cessé depuis deux ans de s'agiter. Les Shawnees, les Chickasaws et les Miamis brandissaient l'étendard de la révolte, sous la férule de Blue Jacket et de Little Turtle. Si les soldats américains n'intervenaient pas, ils deviendraient incontrôlables et entraîneraient leurs congénères sur le sentier de la guerre.

François écoutait le discours de Stockbridge en hochant la tête. Au fond, il ne lui donnait pas tort. Lorsqu'il repartit, François poussa un soupir. Le colonel n'avait pas mâché ses mots : plus que jamais il avait besoin de lui. Il ne restait plus qu'à l'annoncer à Sarah, qui se ferait un sang d'encre. Leur fils avait à peine trois semaines, elle lui tiendrait rigueur de les laisser.

Il partit à sa recherche. Elle ramassait des haricots dans le potager, son bébé endormi solidement attaché dans son dos, dans son berceau de tissu. Le petit chenapan possédait l'art de se réveiller exactement à l'heure des repas.

— Tu vas partir, n'est-ce pas ? fit-elle d'une voix anxieuse.

Elle l'avait compris dès l'instant où elle avait aperçu la silhouette trapue de Stockbridge. Son cœur avait tressailli mais elle avait continué sa besogne. Si François repartait, la solitude serait effrayante, car ils ne s'étaient pas quittés un instant depuis dix mois maintenant. La dernière tentative pour soumettre les tribus irréductibles avait coûté la vie à cent quatre-vingt-trois hommes et datait d'un an déjà, sans avoir apporté aucun résultat.

— Je déteste Blue Jacket ! jeta-t-elle avec hargne.

François esquissa un sourire plein d'indulgence et de regrets. Il s'était habitué à la douce sensation de dormir et de se réveiller tous les jours auprès d'elle et de leur enfant. Ils l'avaient appelé Alexandre André de Pellerin, comme le père et le grand-père de François. À sa majorité, il serait le dix-huitième comte de Pellerin. Ils lui avaient aussi donné un nom indien : Poney Rouge.

— Quand vas-tu partir ? demanda-t-elle avec tristesse.

— Dans cinq jours. Quand je serai prêt.

Il irait chercher à la garnison des mousquets, des munitions, des vêtements, avant de réunir les guerriers des tribus du Massachusetts qui s'étaient alliés à l'armée... Sarah baissa la tête, accablée. À ses oreilles, ce chiffre résonnait comme le glas. Cinq jours... Cinq minutes...

L'heure du départ arriva plus vite que l'éclair. Ils avaient passé la dernière nuit enlacés, sans dormir. Elle avait pleuré, le visage enfoui dans le cou de François, puis ils s'étaient aimés longuement, sans tenir compte de la coutume indienne selon laquelle il faut attendre quarante jours après l'accouchement. Il s'en était à peine écoulé trente mais ils avaient trop soif l'un de l'autre.

Elle se tenait sur le perron, en pleurs, lorsqu'il lança sa monture au grand galop, disparaissant derrière les arbres. Une affreuse prémonition l'oppressait, en rapport avec Blue Jacket et Little Turtle. Peu à peu, le pressentiment se mua en certitude. Quelque chose d'horrible allait se produire. Et cela se produisit, en effet, trois semaines plus tard. Les Shawnees et les Miamis envahirent le camp du général Saint Clair et le mirent à feu et à sang. Le nombre des victimes s'éleva à six cent trente morts et trois cents blessés. Cette défaite écrasante, la pire que les Indiens aient infligée à l'armée américaine, entraîna la disgrâce du général vaincu. Un vent de panique soufflait sur la garnison. On ne savait rien sur le sort des combattants, Sarah ignorait ce qu'il était advenu de François. Ses incessantes allées et venues ne donnèrent rien. Elle dut se cantonner dans une morne expectative qui se prolongea jusqu'à Thanksgiving, date à laquelle elle apprit la bonne nouvelle par un groupe de soldats qui avaient participé aux combats et qui avaient pu rejoindre la garnison de Deerfield. François était vivant, il s'apprêtait à quitter l'Ohio et serait de retour aux alentours de Noël.

Le jour où il revint, elle entendit le martèlement des sabots, du fond de la maison. Elle s'élança dehors, semblable à une squaw, son enfant suspendu dans le dos.

Avant même qu'elle puisse crier son nom, il avait sauté à bas de son cheval et l'avait prise dans ses bras. Il avait perdu du poids, semblait éreinté, mais il était vivant. Il était descendu aux enfers et en était revenu. Les rebelles couraient toujours. Pour couronner le tout, les Britanniques avaient apporté de l'eau au moulin de Blue Jacket en construisant une base militaire sur la rivière de Détroit au mépris de tous les traités... Mais François n'avait nulle envie de penser aux représailles du chef sanguinaire des insurgés. Il préférait profiter de son retour à la maison.

Le jour de Noël, Sarah lui annonça une nouvelle qu'il avait déjà devinée. Ils avaient conçu un autre bébé. Il naîtrait en juillet. D'ici là, il fallait que leur nouvelle habitation soit construite, décida-t-il. Lorsqu'il montait la garde dans les camps de l'Ohio, il avait dessiné quelques croquis, des ébauches qu'il avait soigneusement conservées. Au lendemain des fêtes, il embaucha des ouvriers à Shelburne. Les travaux commenceraient à la fonte des neiges…

Le petit Alexandre avait quatre mois. Sarah était radieuse. Le bonheur brillait dans ses yeux. François adorait jouer avec son fils. Souvent, il l'emmenait à cheval, attaché dans son dos. Mais il passait le plus clair de son temps sur le chantier. Il avait commandé les matériaux dans le Delaware et à Boston. Il prenait son projet vraiment à cœur, et au printemps, il parvint enfin à communiquer son enthousiasme à Sarah.

Les maçons venaient de commencer à creuser l'emplacement des fondations, quand un étranger arriva à Shelburne, à la recherche de Sarah. Il fit son apparition à la ferme, sans s'être annoncé, et attendit patiemment que les maîtres de maison reviennent, avec leur bébé, du site de leur nouvelle habitation. Il dégageait quelque chose de déplaisant, qui rappela vaguement à Sarah cet avocat bostonien si arrogant… comment s'appelait-il déjà ? L'arrivant était précisément avocat. Il se présenta comme l'associé de Walker Johnston. Celui-ci avait catégoriquement refusé de se déplacer, de peur de retomber sur le sauvage qui avait tenté de le scalper lors de son premier et dernier passage. Pour rien au monde il ne serait revenu à Shelburne, pas même pour fuir l'épidémie de variole qui dévastait Boston et ses environs. Le nouveau venu s'appelait Sebastian Mosley. Il était plus désagréable encore que son associé. Non, il n'avait aucun papier à lui faire signer, déclara-t-il d'un air hautain, en réponse aux questions de Sarah. Il était venu lui annoncer la mort de son mari. Le regard de la jeune femme se tourna vers François. De mari, elle n'en avait pas d'autre. Il y avait très longtemps qu'Edward avait cessé d'exister pour elle. Pourtant, c'était le décès du comte de Balfour que le dénommé Sebastian Mosley voulait lui communiquer… lors d'un regrettable accident de chasse, précisa-t-il. Sa Seigneurie avait l'intention de reconnaître un de ses… euh… fils naturels, ajouta l'homme de loi. Or, apparemment, il avait négligé de signer ses dernières volontés et sa disparition inattendue avait singulièrement compliqué la situation. Compte tenu du fait que Sa Seigneurie était morte intestat, car un document dépourvu de signature n'avait aucune valeur juridique, sa fortune et son domaine revenaient à sa veuve, puisqu'il n'avait pas d'héritier légitime. Il ne mentionna pas les innombrables bâtards du défunt. Dans un souci de légalité, il demanda ensuite si madame la comtesse avait l'intention de contester la renonciation qu'elle avait signée un an et demi auparavant. À son étonnement, Sarah secoua la tête.

— Je suggère que vous fassiez une donation à sa belle-sœur et ses quatre nièces. Elles sont ses parentes les plus proches à présent.

Elle-même ne souhaitait rien. Pas un penny. Pas un arpent de terre. Surtout aucun souvenir.

— Je vois, dit-il, désemparé.

Si seulement elle avait souhaité prétendre à l'héritage, il l'aurait représentée et cela lui aurait rapporté une somme rondelette. D'après ses collègues anglais, le comte de Balfour disposait d'une fortune colossale. Une fortune dont, hélas, sa cliente potentielle ne voulait pas. Il n'avait plus qu'à plier bagage. Il salua la petite famille, grimpa pesamment sur son cheval. Sarah le suivit du regard, tandis qu'il s'engageait sur la route tortueuse bordée de chênes. Elle pensa à Edward mais ne ressentit rien. Ni peine, ni regrets, ni ressentiment. Une sensation de légèreté l'envahit. C'était enfin terminé.

Pour François, au contraire, tout commençait. Sitôt l'avocat disparu, il se tourna vers sa compagne.

— Sarah Ferguson, j'ai l'honneur de vous demander votre main.

Elle n'hésita pas une seconde. Elle lui fit connaître son assentiment par un rire enjoué.

La cérémonie eut lieu le 1er avril dans la petite église en bois, dans la plus stricte intimité. Les deux garçons de ferme servirent de témoins, tandis que le petit Alexandre, qui avait entamé son septième mois, babillait allègrement. Leur deuxième bébé naîtrait trois mois plus tard.

Stockbridge fut le premier à les féliciter. De passage à la garnison, François lança d'un ton solennel :

— Mon colonel, j'ai l'honneur de vous présenter la comtesse de Pellerin. Je ne crois pas que vous l'ayez déjà rencontrée...

— Oh... ai-je bien compris ? exulta leur vieil ami.

Il était content qu'ils aient régularisé leur situation. Il les aimait bien tous les deux et s'était toujours opposé aux ragots. Sa femme le morigénait de les fréquenter. À ses yeux, il n'y avait rien de plus choquant que les couples illégitimes. Elle avait coupé les ponts avec Sarah lorsque celle-ci avait eu son bébé. Grands dieux, un bâtard ! Amelia ne lui avait plus jamais écrit. Les autres avaient réagi de la même manière, en fermant leur porte aux deux amants. Soudain, comme sous l'effet d'une baguette magique, les portes se rouvrirent. Devenus mari et femme, les parias d'hier furent couverts d'invitations et la meilleure société de Deerfield voulut les avoir à sa table. Ils restèrent quelques jours à la garnison. Sarah rendit visite à Rebecca, qui attendait son cinquième enfant pour l'été.

Leur nouvelle maison préoccupait François. De retour à Shelburne, il se joignit aux maçons. Il supervisa la construction, apprit aux Indiens qu'il avait embauchés à travailler les matériaux comme les artisans parisiens qu'il avait vus à la tâche autrefois. La façade serait terminée en août, et ils pourraient emménager en octobre, avant les premières chutes de neige. La décoration intérieure prendrait tout l'hiver, mais ils seraient déjà à l'abri. Il avait réussi à communiquer son enthousiasme à Sarah, qui se passionna à son tour pour les travaux. Elle avait dessiné les jardins. Toute la journée, elle bêchait la riche terre brune avant d'y planter les arbustes de son choix. Elle s'y attela jusqu'en juin, malgré son gros ventre. Cette fois-ci, elle s'inquiétait moins. Elle prenait régulièrement les différentes potions, faisait de longues marches, suivant les conseils des femmes indiennes. Elle se sentait de nouvelles forces. Le petit Alexandre lui rappelait tous les jours que les miracles peuvent se produire.

Le Ier juin, Sarah ne tenait plus en place. Le poids du bébé gênait ses mouvements, elle avait hâte de pouvoir se déplacer plus librement. Mais rien ne signalait l'arrivée prochaine du bébé.

— J'ai l'impression que je serai enceinte toute ma vie, soupirait-elle.

— Patience ! répondait François. Le monde ne s'est pas fait en un jour.

Au fond, l'anxiété le rongeait. Il n'avait pas oublié la terrible épreuve qu'ils avaient traversée ensemble lors de l'accouchement précédent et redoutait le pire. À plusieurs reprises, il avait supplié Sarah de faire appel au médecin de la garnison. Elle lui avait opposé un refus catégorique.

— Non. Pas de docteur. Je ne veux personne d'autre que toi.

Elle était pleine d'entrain quand la première semaine de juillet s'écoula... preuve que la naissance n'était pas pour tout de suite. Lorsqu'elle attendait Alexandre, vers la fin, son pas, ses gestes s'étaient alourdis. Elle était devenue plus lente, plus dolente. Alors que cette fois-ci, elle restait alerte, fraîche et dispose. Aucun signe de fatigue n'altérait l'harmonie de ses traits. En dépit de sa taille épaisse, elle allait et venait sans répit. Pour un peu, elle se serait sentie légère. François dut sévir pour l'empêcher de monter à cheval.

— Il est hors de question que tu montes ! C'est dangereux ! Tu veux que ton enfant naisse dans le ruisseau ?

Elle répondit par son rire insouciant qu'il aimait tant. La dernière fois, elle avait pris toutes les précautions requises, l'accouchement avait duré douze heures et ils avaient failli perdre l'enfant.

— À vos ordres, monsieur le comte ! se moqua-t-elle.

— J'exige l'obéissance, madame la comtesse !

Il agita sous le nez de Sarah un index menaçant, après quoi elle partit préparer le dîner. L'édification de leur nouvelle demeure avançait, suscitant l'admiration des habitants de la région. Les fermiers la trouvaient un peu trop tape-à-l'œil pour Shelburne mais d'un autre côté, on disait que grâce à elle, les terrains environnants prendraient de la valeur.

Après le dîner, ce soir-là, François se pencha sur les plans de la maison tandis que Sarah lavait la vaisselle. Il faisait encore jour lorsqu'elle entra dans la pièce où il se trouvait.

— Il y a une semaine que nous ne sommes pas allés à la cascade, dit-elle d'une voix joyeuse en l'embrassant.

— Je suis fatigué, dit-il, puis il sourit. J'attends un enfant.

— C'est moi qui l'attends, le contra-t-elle. Et j'ai envie de me promener. Souviens-toi des conseils des Iroquoises : quand la maman marche, le bébé a des jambes fortes.

— Et le papa s'affaiblit. Je suis vieux, soupira-t-il, non sans humour.

Il venait d'avoir quarante et un ans mais il ne faisait pas son âge. Sarah en avait vingt-sept. Naturellement, elle eut gain de cause et il la suivit dehors. Ils avaient à peine marché cinq minutes qu'elle s'arrêtait net. Il crut d'abord qu'elle avait une pierre dans sa chaussure, mais elle se cramponnait à son bras de toutes ses forces. La drôle d'expression de son visage mit François sur ses gardes. Elle allait avoir le bébé ! Il se félicita de ne pas s'être aventuré trop loin de la maison. Il s'apprêtait à suggérer à sa femme de faire demi-tour, quand il la vit s'affaler de tout son long sur l'herbe. La douleur lui coupa le souffle, tandis que François s'agenouillait à son côté.

— Ça va aller ?

Question inutile, il le savait. Il se sentit pris au piège.

— François... Je ne peux pas... bouger, articula-t-elle, terrifiée, tandis que l'une après l'autre, les vagues douloureuses la submergeaient.

Il la prit dans ses bras, et elle fut tétanisée par le tiraillement familier au fond de ses entrailles.

— Oh, mon Dieu, c'est le bébé... il vient...

Elle se cramponnait à lui, les yeux creux, en nage.

— Ce n'est pas possible, mon amour. Rappelle-toi la dernière fois combien de temps cela a pris.

Sarah serra les dents pour étouffer un râle. Lorsqu'il voulut la redresser, un cri perçant lui échappa.

— Non !

Elle se tordait de douleur à présent. Cela l'irradiait comme une intense brûlure.

— Sarah, tu ne peux pas rester par terre... Il est impossible que ce bébé naisse aussi vite. Quand est-ce que ça a commencé ?

— Je ne sais pas, souffla-t-elle, puis elle se mit à pleurer. J'ai eu mal au dos toute la journée, mais j'ai cru que c'était parce que j'avais porté Alexandre. Ensuite j'ai eu des nausées, puis elles se sont arrêtées et je me suis dit... je me suis dit...

— Oh, Seigneur ! Le travail a dû commencer depuis ce matin et tu n'y as pas fait attention.

C'était trop tard. La douleur la clouait au sol. Son expression d'enfant pris en faute fit éclore un pâle sourire sur les lèvres de François. Eh bien, il fallait coûte que coûte rentrer à la maison et envoyer l'un des garçons de ferme quérir le médecin. Il essaya une nouvelle fois de la soulever. Elle le repoussa violemment, puis son visage se contracta et il sut qu'elle s'était mise à pousser. Rien ne pouvait plus l'arrêter. Elle allait mettre son bébé au monde ici même. Il n'eut plus qu'à s'incliner et à se rendre utile. Il commença par la soutenir par les épaules. Chaque contraction arrachait un cri à Sarah... Des cris de plus en plus rapprochés. Il l'aida à se rallonger sur l'herbe, lui releva sa jupe et abaissa ses pantalons. Maintenant son corps tremblait et se cambrait. Des gouttelettes de sueur perlaient sur son visage et son front. En se penchant, François vit le bébé qui arrivait et eut juste le temps de l'attraper dans ses mains ouvertes. Puis des vagissements furieux se mêlèrent aux gémissements de Sarah. Il regarda son enfant, la gorge nouée. C'était une petite fille avec un minuscule visage cramoisi, qui hurlait de toutes les forces de ses poumons.

— Mon Dieu, Sarah, dit-il à sa femme, qui était restée étendue sur le gazon, un sourire paisible aux lèvres, tu vas me tuer. Ne me fais plus jamais ça. Je suis trop vieux pour survivre encore une fois à une telle émotion.

Mais tous deux savaient qu'ils recommenceraient. Il se pencha, posa un baiser sur sa bouche.

— Finalement, ça a été beaucoup plus facile que la dernière fois, déclara-t-elle en toute simplicité.

Ils rirent tous les deux, assis dans l'herbe, dans la lumière pourpre du crépuscule. François posa leur fille dans les bras de Sarah. Il avait tranché le cordon ombilical avec son couteau de chasse.

— Comment se fait-il que tu n'aies rien senti venir ? demanda-t-il, encore sous le coup de l'émotion.

Ses genoux continuaient de trembler. Pourtant, mère et fille se portaient à merveille.

— J'étais trop occupée avec la nouvelle maison, répondit-elle en ouvrant son corsage.

Le bébé trouva aussitôt le sein maternel et se mit à téter.

— Plus jamais je ne te ferai confiance. La prochaine fois, je t'attacherai au lit les dernières semaines, afin de m'assurer que tu ne vas pas accoucher Dieu sait où.

Il l'embrassa de nouveau. L'ultime flamboiement du couchant s'était éteint derrière les pics, les étoiles tapissaient le firmament, une brise fraîche frissonnait dans l'air du soir.

— Puis-je raccompagner madame la comtesse à la maison ? Ou est-ce que madame la comtesse préfère dormir dans les champs ?

Il ne voulait pas que le bébé attrape froid.

— Que monsieur le comte se donne la peine de me transporter jusque dans ma chambre, répondit-elle d'une voix hautaine.

Ils présentaient un spectacle insolite, lui portant dans ses bras Sarah, qui berçait le nourrisson. À l'approche de la ferme, leurs deux employés sortirent de l'étable en courant. Ils avaient cru que leur maîtresse s'était foulé la cheville et ouvrirent des yeux ronds lorsqu'ils aperçurent le bébé. Il dormait à poings fermés, épuisé par sa naissance hâtive.

— C'est une petite fille, expliqua François, amusé par l'air ébahi des jeunes gens. Nous l'avons trouvée dans une rose. Le plus drôle, c'est qu'elle ressemble à Sarah.

— Vous voulez dire qu'elle l'a eue comme ça, sur la route de la cascade ? demanda l'un d'eux, incrédule.

— Absolument. Comme ça. Elle est très bonne à ce petit jeu-là, rétorqua François en faisant un clin d'œil à sa femme.

Ils se penchèrent tous sur le bébé, béats d'admiration.

— Ce qu'elle est belle ! s'extasia le deuxième garçon de ferme. Attendez que je raconte ça à ma mère. Chacun de ses accouchements dure une éternité et entre-temps mon père est trop soûl pour voir le nouveau-né.

— Il y en a qui ont de la chance, marmonna François, en portant sa femme et sa fille à l'intérieur.

Le petit Alexandre s'était endormi. Il ne verrait pas sa sœur cadette avant le lendemain matin.

— Comment allons-nous l'appeler ? demanda-t-elle, une fois installée dans le vaste lit.

— J'ai toujours voulu une fille qui s'appellerait Eugénie, bien que ce soit moins joli en anglais, admit-il.

— Pourquoi pas Françoise ?

Les yeux de Sarah se fermaient. Elle avait perdu une grande quantité de sang, ce qui l'avait vidée de ses forces.

— Mmmm, ce n'est pas très original, répondit-il mais, déjà, elle dormait comme une souche.

Ils la nommèrent Françoise Eugénie Sarah de Pellerin. Elle fut baptisée dans la petite église de Shelburne en même temps que son frère, en août... Septembre fila à une vitesse folle. Sarah ne savait plus où donner de la tête avec ses deux diablotins. Et en octobre, ils emménagèrent dans leur magnifique petit château.

La description de leur nouvelle demeure, avec force détails, dans un style jubilatoire, fit sourire Charlie. La maison n'avait subi que très peu de changements au fil des siècles, en dehors des installations modernes apportées par la grand-mère de Gladys, puis par Gladys elle-même... Charlie posa le journal, un peu étourdi. Des visions éclatantes se succédaient dans son esprit. Sarah, François et leurs enfants dans le salon, ou dans le jardin, ou encore dans la cuisine. Quelle chance ils avaient eue de s'aimer autant, s'émerveilla-t-il, sans pouvoir s'empêcher de comparer leur vie bien remplie au vide de la sienne... La sonnerie du téléphone le tira brutalement de ses réflexions. Il faillit ne pas décrocher, puis il saisit le combiné en se disant que c'était sûrement Francesca qui l'appelait pour lui faire son premier rapport de lecture au sujet du journal.

— Eh bien, Francesca, ça vous a plu ?

— Qui est Francesca ? fit dans l'écouteur la voix de Carole.

— Une amie, pourquoi ?

Qu'est-ce que ça pouvait lui faire ? Elle allait épouser Simon en juin – leur divorce ne serait pas prononcé avant la fin mai, mais, visiblement, les deux tourtereaux brûlaient de s'unir par les liens sacrés du mariage.

— Qu'est-ce que tu veux ? demanda-t-il, embarrassé tout de même de l'avoir appelée Francesca.

Et alors ? Il serait ridicule d'espérer une scène de jalousie.

— J'ai quelque chose à te dire.

Elle semblait mal à l'aise.

— On ne s'est pas déjà tout dit ? jeta-t-il avec une ironie qu'elle remarqua. Tu m'as déjà annoncé ton mariage, t'en souviens-tu ?

Elle s'en souvenait, naturellement. Mais sa détermination à vouloir tenir Charlie au courant des événements, sous prétexte d'honnêteté, frisait l'obsession. Simon s'était fâché lorsqu'elle avait décidé d'appeler son ex-mari. Il l'avait traitée de folle mais elle avait suivi son instinct.

— Oui. Mais il s'agit d'autre chose. Je pense qu'il faut que tu le saches.

Il eut un haussement d'épaules. La vie intime de Carole avec Simon ne l'intéressait pas. Il n'avait aucune envie d'en connaître les détails.

— Ah oui ? Tu es malade ?

— Pas exactement, murmura-t-elle, réussissant à l'inquiéter.

La main de Charlie se crispa sur l'écouteur. S'il arrivait quelque chose à Carole, Simon serait incapable de prendre soin d'elle.

— Que se passe-t-il, Carole ?

— Je suis enceinte, dit-elle, et il encaissa l'information comme un coup de poing dans l'estomac. J'ai pensé que tu avais le droit de le savoir, Charlie. Ça va se voir avant le mariage, j'ai tenu à te prévenir.

Comme s'il allait assister à la cérémonie ! Il se cantonna dans un silence glacial, partagé entre la haine et l'amour. Peut-être était-elle de bonne foi. Peut-être qu'en l'avertissant elle voulait sincèrement lui épargner un choc… Moyennant quoi, elle lui assenait encore un coup bas.

— Ah oui ? réussit-il à articuler. C'est un peu tard, tu ne crois pas ? Tu n'as jamais voulu de gosses, et soudain, hop ! tu te trouves un amant sexagénaire et tu te lances dans les joies saines de la procréation. Je dois être stérile !

— Mais non, dit-elle gentiment. (Elle s'était fait avorter une fois avant leur mariage.) Je ne sais pas à quoi cela tient. Je viens d'avoir quarante ans et je sais que c'est maintenant ou jamais. J'ignore ce qui se passe, mais cette fois-ci je le veux, cet enfant. Si cela nous était arrivé, je l'aurais peut-être gardé, mais…

Seulement, voilà : ce n'était jamais arrivé. Charlie n'était pas l'homme qu'il lui fallait. Elle n'était pas heureuse avec lui. Il était un vestige de sa jeunesse. Alors que Simon représentait l'homme avec lequel elle souhaitait vivre et avoir des enfants.

— Je ne t'ai pas appelé pour te faire du mal, Charlie. Juste pour te le dire.

— Mille mercis ! Si nous avions eu un enfant, nous serions encore mariés.

— Oui, peut-être. Mais peut-être pas. Qui peut le savoir ?

— Es-tu heureuse de devenir mère, Carole ? interrogea-t-il, pensant à Sarah et à François et se demandant s'il allait lui aussi refaire sa vie, sans trop y croire.

— Oui, bien sûr… Je le serai davantage quand les symptômes désagréables auront disparu… J'ai hâte de tenir mon bébé dans mes bras, tu sais…

Comme elle avait changé, songea-t-il, profondément ému malgré lui.

— Oui, je comprends. Prends soin de toi… Et Simon, est-il content d'être bientôt papa ? Comment réagit-il à l'idée de passer ses nuits à changer des couches-culottes à un âge où normalement on est grand-père ?

Chaque fois qu'ils en arrivaient à Simon, ça se gâtait. La jalousie forçait Charlie à dire des horreurs, comme on cède à une envie irrésistible. Ce salaud – car il ne pouvait définir son rival qu'en ces termes –, non content de lui avoir piqué sa femme, lui faisait maintenant un enfant dans le dos !

— Il est sur un petit nuage, répondit Carole avec un sourire béat, après quoi elle s'efforça de vaincre une nausée. Eh bien, je te laisse. Ne le prends pas mal, Charlie. Je voulais juste que tu l'apprennes par moi, et non pas par le téléphone arabe.

Les cancans se répandaient vite à Londres, comme à New York d'ailleurs, à ceci près que Charlie n'y était plus. Il avait pris le chemin de l'exil pour oublier ses échecs.

— Le téléphone arabe ne fonctionne pas à Shelburne Falls, l'informa-t-il. Je ne l'aurais pas su avant mon retour à Londres.

— Quand comptes-tu revenir ?

— Je ne sais pas encore, dit-il d'un ton vague. (En fait, il n'avait pas de comptes à lui rendre. Elle lui avait communiqué la nouvelle, maintenant elle allait raccrocher et il allait devoir se débrouiller pour digérer ce qu'il venait d'apprendre.) Fais attention à toi, d'accord ? Je te rappellerai un de ces jours.

Rien de moins sûr… Les deux ex-époux n'avaient plus grand-chose en commun. Elle allait se marier, elle attendait un enfant. Et Charlie avait sa propre vie à gérer. C'était la première fois qu'il ressentait le besoin quelque peu égoïste de s'occuper de lui-même. Oh non, pas égoïste, rectifia-t-il mentalement. Naturel. Il réalisa soudain que ce changement n'était pas sans rapport avec Sarah. Le journal intime avait subtilement, subrepticement, distillé sa force dans l'âme de son lecteur. Et sa foi en l'avenir. Arrivé vers le milieu du dernier carnet, Charlie se découvrait différent. Il s'efforça de mesurer l'importance du changement quand le téléphone sonna de nouveau. Carole, ayant oublié une précision quelconque, revenait à la charge. Il décrocha.

— Eh bien, Carole, qu'est-ce que c'est, cette fois ? Des jumeaux ?

— C'est Francesca... Je vous dérange ?

Décidément, il accumulait les gaffes. Un soupir gonfla la poitrine de Charlie.

— Pas du tout. Je bats tous les records d'impolitesse. Mon ex-femme vient de m'appeler et je l'ai accueillie d'un « salut, Francesca ». Maintenant, c'est vous et j'ai cru que Carole me rappelait... Notez, ça ne m'aurait pas étonné de sa part. C'est une maniaque de la bonne nouvelle.

Il s'exprimait d'une voix étrangement détachée. Une sorte d'indifférence qui tranchait singulièrement avec son attitude furieuse lorsque Carole lui avait annoncé son remariage.

— Que se passe-t-il ? Elle quitte son petit ami ?

— Non, au contraire. Ils attendent un bébé... Elle sera enceinte de six mois quand ils se présenteront à l'église. Le couple moderne dans toute sa splendeur !

— Comment vous sentez-vous ? l'interrogea-t-elle avec sollicitude.

— Inquiet. Je me demande si la pauvre trouvera une robe de mariée à sa taille. Mais je ne suis qu'un vieux rabat-joie, attaché aux valeurs démodées de nos grands-parents.

Il plaisantait, et il riait. Trop, peut-être, songea-t-elle, croyant déceler une note de détresse sous son hilarité.

— Charlie, trêve de plaisanteries. Comment allez-vous ?

— Moi ? Très bien... et très mal. J'éprouve des sentiments partagés, comprenez-vous ? Je suis à la fois déçu et soulagé. Déçu de ne pas être le père de ce gosse. Soulagé d'admettre que, lorsque nous étions mariés, je ne voulais pas d'enfants avec elle, ni elle avec moi. C'est une façon comme une autre de reconnaître que le ver était dans le fruit avant même qu'elle rencontre Simon. Bizarrement, je me sens libéré... autant dire libre tout court. Je sais que cette histoire est terminée. Que Carole ne me reviendra pas. Que, dorénavant, elle est la femme de Simon. Depuis que j'ai lu le journal de Sarah, je voudrais un enfant à moi... Peut-être aussi parce que j'ai rencontré Monique. En tout cas, j'ai enterré le passé. Je me tourne vers l'avenir... Et puis, savez-vous quoi ?

— Quoi ? chuchota-t-elle, dans la pénombre de son salon.

Il était tard et Monique dormait.

— Vous me manquez. Quand Carole m'a téléphoné, j'espérais que c'était vous. Je ne peux plus attendre de connaître votre opinion sur le journal de Sarah.

— Justement, je vous appelais pour ça. Je suis en train de verser toutes les larmes de mon corps sur le triste sort de notre héroïne : les mauvais traitements que lui infligeait cette brute d'Edward, tous ces bébés morts... Comment a-t-elle pu le supporter ?

— Elle avait du caractère. Elle était forte, dit-il avec fierté, comme s'il s'agissait d'une amie commune. Comme vous. Et comme moi. On passe par différentes épreuves, les unes plus horribles que les autres, et on en sort grandi. Tel est le message de Sarah, vous le constaterez quand vous arriverez à la fin, décréta-t-il, l'enviant presque de n'en être qu'au début… Au fait, quelle partie lisez-vous actuellement ?

— Celle dans laquelle elle est sur le bateau.

— Ah oui, la traversée. Bon courage, ça va s'arranger.

On eût dit qu'ils appartenaient à un club secret et qu'ils parlaient un langage codé.

— Francesca, une vraie sortie entre adultes, un de ces soirs, ça vous tente ? murmura-t-il, retenant son souffle, priant qu'elle ne le rejette pas… Un dîner en bonne et due forme. Je paierai la baby-sitter.

— Je peux la payer, Charlie… dit-elle, et il crut la voir sourire. Eh bien, oui, j'aimerais bien.

Elle le lui devait bien, ne serait-ce que parce qu'il lui avait prêté les carnets de Sarah.

— Alors, samedi ? fit-il, enchanté et surpris qu'elle ait accepté aussi facilement.

— Samedi.

— Je passerai vous chercher à huit heures. Bonne lecture.

Ils raccrochèrent en même temps.

La journée avait été longue. La nuit qui suivit le fut tout autant. Tout se mélangeait dans la tête de Charlie… Sarah avait eu deux bébés, Carole allait en avoir un bientôt. Et il avait rendez-vous avec Francesca… Il réprima un rire heureux. S'il s'était écouté, il aurait sauté de joie.

# 22

Le samedi, à vingt heures précises, Francesca l'accueillit, superbe dans une robe noire toute simple, égayée d'un rang de perles. Ses cheveux lisses et brillants encadraient son joli visage et tombaient à hauteur des épaules. Monique, qui boudait dans son coin, leva sur l'arrivant un regard empreint de reproches. Où était donc passée leur grande amitié ? Sa mère lui avait pourtant gentiment expliqué que, parfois, les adultes aimaient bien se retrouver tout seuls. Balivernes ! avait rétorqué du tac au tac la petite chipie. Cette habitude frisait le ridicule, pour ce qui la concernait. Elle se sentait seule, exclue, et avait, de surcroît, classé sa baby-sitter dans la catégorie des « moches ». Bref, celle-ci eut toutes les peines du monde à l'amadouer. Elle s'en était plutôt bien sortie, car au moment où Charlie et Francesca quittèrent les lieux, elles jouaient au Monopoly, un œil braqué sur la télévision. Naturellement, Monique ne les gratifia pas du moindre geste d'au revoir.

Charlie avait réservé une table à l'Andiamo, le meilleur restaurant de Bernardston. Après dîner, ils allèrent danser. Oui, comme il l'avait dit, c'était une vraie sortie et il en savoura chaque minute. Pour une fois, Francesca n'avait pas l'air prête à prendre ses jambes à son cou. Que lui arrivait-il ? l'interrogea-t-il lorsqu'ils gagnèrent leurs sièges.

— Je n'en sais rien. Probablement, je grandis. Parfois j'en ai plus qu'assez de mes blessures. Porter des cicatrices en guise de bijoux, c'est un peu fatigant à la longue.

Il la dévisagea, impressionné. Avait-elle réfléchi, évolué grâce au journal intime de Sarah ? S'était-elle ressaisie au fil du temps ? La plaie se guérissait, conclut-il, et ce fut alors qu'elle lui annonça son départ pour Paris, dans la semaine. Elle avait reçu un appel téléphonique de son avocat. Pierre avait mis en vente ce qui restait de leurs biens communs, et elle devait signer des papiers.

— Les papiers, ça s'envoie par fax ou par la poste, vous savez, objecta Charlie sans chercher à dissimuler sa surprise. Entreprendre un aussi long voyage pour une signature est à mon sens exagéré.

— Pierre et son avocat souhaitent être présents quand je donnerai mon accord par écrit. Pierre, qui a peur de son ombre, ne voudrait pas que je vienne après l'accuser de manipulation, de fraude ou de dissimulation. Un face-à-face, selon lui, est la meilleure façon de dissiper les malentendus.

— J'espère qu'il vous paie le billet d'avion !

Elle sourit.

— La question n'est pas là. Je redoute mes propres réactions quand je le reverrai, flanqué de son incontournable Marie-Lise. En tout cas, ce sera un bon test. Peut-être que le spectacle des deux amoureux me laissera de marbre. Souvent, je pense qu'ils ne m'intéressent plus... Enfin ! disons que je me le demande.

Elle se tut, songeuse. Oui, elle avait changé depuis qu'ils se connaissaient, se répéta Charlie.

Il lui prit la main et posa une question directe.

— Vous n'avez pas peur d'aller à Paris ?

Il n'aurait pas osé retourner à Londres.

— Si, un peu. Bah, ce n'est qu'un mauvais moment à passer. Ça ne sera pas long. Je pars du lundi au vendredi... J'en profiterai pour revoir des amis et faire du shopping.

— Et Monique ? Vous l'emmenez aussi, je suppose ?

Il avait compris que ce voyage représentait un défi où la petite fille n'avait peut-être pas sa place.

— Non. Je ne veux pas qu'elle rate ses cours. Ni qu'elle soit prise en otage entre ses parents divorcés. Elle restera chez une de ses camarades de classe.

Charlie approuva de la tête.

— Je l'appellerai.

— Elle en sera ravie.

Il l'entraîna sur la piste de danse où ils se mirent à tournoyer un instant en silence. Leurs pas s'accordaient à la perfection. La main de Charlie reposait au creux des reins de sa cavalière mais il n'osa l'attirer plus près, bien qu'il en mourût d'envie. Elle s'était radoucie mais elle n'était pas encore prête... Il s'était longuement interrogé sur ses propres sentiments sans obtenir de réponse. Le fait était qu'un tas de choses avaient changé du jour au lendemain. Il ne broyait plus du noir, n'était plus obsédé par l'abandon de Carole. Il ne lui en voulait même plus. Non, plus du tout, réalisa-t-il soudain, médusé. Il ne lui souhaitait que du bien. Et, de plus en plus souvent, il rêvait de rencontrer le grand amour. Oh, oui... Un amour aussi profond, aussi immense et pur que celui de Sarah et François.

Il raccompagna Francesca. Dans la voiture, ils évoquèrent une fois de plus leurs héros favoris. Charlie s'était mis à la recherche des plans du château ébauchés par François... Monique dormait depuis longtemps lorsqu'ils rentrèrent. Francesca régla la baby-sitter, ils furent seuls à nouveau, et Charlie se laissa tomber sur le canapé moelleux, goûtant avec délectation la proximité de Francesca.

— Vous allez me manquer, dit-il après un silence. J'adore discuter avec vous.

Avoir quelqu'un à qui parler, quelqu'un avec qui partager les mêmes intérêts, les mêmes passions donnait un sens à sa vie. Et si leur amitié évoluait... Dans le secret de son cœur, il nourrissait un autre rêve mais il se garda bien de le formuler.

— Vous me manquerez aussi, répondit-elle doucement. Je vous appellerai de Paris.

Il espéra qu'elle tiendrait parole. Elle avait loué une chambre dans un petit hôtel de la rive gauche, expliqua-t-elle. Charlie hocha la tête, s'efforçant de l'imaginer dans sa chambre, en train de lui téléphoner. Il aurait été enchanté de l'accompagner, afin de la soutenir moralement lorsque la confrontation avec son ex-mari aurait lieu... Comme François aurait protégé Sarah contre Edward. Il en fit la remarque à Francesca et tous deux éclatèrent de rire.

— Vous feriez un magnifique chevalier en armure.

Si seulement elle ne se tenait pas si près de lui... Le nuage capiteux de son parfum l'enveloppait.

— Je crains d'être un peu rouillé, sourit-il, mourant d'envie de l'embrasser.

Ç'aurait été une regrettable erreur tactique. Se rappelant le geste courtois de François, il s'inclina sur sa main et effleura ses doigts d'un baiser.

— Prenez soin de vous, Francesca.

Il sut qu'il valait mieux partir. S'il restait une minute de plus, il allait sûrement faire une bêtise. Il prit congé. De derrière le rideau, la jeune femme suivit du regard les feux arrière de la voiture jusqu'à ce qu'ils soient engloutis par la nuit.

Il reprit le dernier carnet dès qu'il rentra. Sarah évoquait toutes sortes de détails sur le château, son emplacement, son architecture, la décoration intérieure qu'ils terminèrent avant la fin de l'hiver. Les paupières de Charlie s'alourdissaient ; le sommeil l'aspirait comme un gouffre noir. Cette nuit-là, ce ne fut pas Sarah qui traversa ses rêves mais Francesca.

Une folle envie de revoir la jeune femme le tourmenta toute la matinée. Il se retint de passer à la société historique. Peu à peu, Francesca se laissait apprivoiser, et il ne fallait surtout pas la brusquer. Il emmena déjeuner Mme Palmer. Durant tout le repas, il dut se faire violence pour ne pas lui révéler l'existence des carnets. Il les lui donnerait, bien sûr, une fois que Francesca les aurait lus. Et comme la chère Gladys parlait pour deux, il n'eut plus qu'à opiner du chef.

À mesure que la journée avançait, les bonnes résolutions de Charlie fondaient comme neige au soleil. Ne pouvant plus se contenir, il sauta sur son téléphone. De longues sonneries sans réponse retentirent... Francesca avait dû aller chercher sa fille à l'école. Il réessaya un peu plus tard, puis composa son numéro toutes les demi-heures jusqu'à ce qu'elle décroche. Oui, elles s'étaient absentées tout l'après-midi. Elles avaient fait du patin à glace. Il les invita à dîner, mais elles avaient déjà dîné. Francesca fut touchée qu'il ait songé à l'appeler. Ces temps-ci, son air soucieux en disait long sur ses appréhensions concernant son voyage à Paris. Elle partait le lendemain matin, après avoir déposé Monique à son école. Il se proposa de la conduire à l'aéroport mais elle répondit qu'elle s'était « arrangée autrement ».

— Je vous appellerai de là-bas, promit-elle de nouveau.

« Oh, oui, surtout faites-le ! » pensa-t-il, mais il dit :

— Bonne chance.

— Merci… Si vous voyez Sarah, dites-lui bonjour de ma part.

— Je n'y manquerai pas.

Un dernier rire de connivence. Ensuite, ils raccrochèrent. Charlie eut l'impression d'avoir cinq ans et d'avoir été abandonné par ses parents.

La semaine fut plus longue qu'un siècle. Les minutes se muaient en heures, les heures en jours, le temps se traînait à la vitesse d'un escargot. Charlie essaya de s'occuper. Il commença une toile, se remit à la lecture du journal de Sarah, éplucha toutes les revues d'architecture qui lui tombèrent sous la main. Il appela Monique deux fois. Aucune nouvelle de Francesca… jusqu'au jeudi, où enfin elle se manifesta.

— Salut. Comment ça se passe ?

— Merveilleusement. Pierre est toujours aussi idiot mais la vente m'a rapporté une petite fortune. (Son rire dans l'écouteur caressa l'oreille de Charlie.) Notre chère championne olympique est encore enceinte. On dirait une montgolfière. Pauvre Pierre, il déteste les grosses !

— Dieu l'a puni. Elle pèsera une tonne aux prochains jeux Olympiques. Est-ce qu'il n'y a pas une épreuve de poids lourds ?

Francesca éclata de rire. Quelque chose dans son rire retint l'attention de Charlie. Une nuance différente…

indéfinissable. Le pâle soleil matinal brillait sur Shelburne Falls, c'était l'après-midi à Paris. Dans quelques heures, elle serait dans l'avion de Boston. Elle ne s'était pas dépêchée de l'appeler, se dit-il.

— Voulez-vous que je vienne vous chercher à l'aéroport ?

Elle hésita une fraction de seconde.

— Ça va vous faire loin, non ?

— Pas du tout. J'aurai une voiture à chevaux et je louerai les services d'un cocher et de deux guides indiens… Nous arriverons à destination dans trois ou quatre jours.

Elle pouffa à l'autre bout du fil.

— Alors, c'est d'accord. Excusez-moi, il faut que je fasse mes bagages. Eh bien… à demain.

Son avion atterrirait à midi heure locale.

— J'y serai, assura-t-il.

Le lendemain, au volant du break, il se mit à chanter, heureux comme un collégien qui se rend à son premier bal. Bientôt, le doute vint entacher sa belle humeur. Et si Francesca avait opté une fois pour toutes pour l'amitié ? Si elle continuait à avoir peur des hommes ?… Si Sarah n'avait pas surmonté la terreur que lui inspirait Edward, que se serait-il passé ? Il se vit en culottes de daim, une plume d'aigle piquée dans les cheveux, en plein aéroport, puis il essaya d'imaginer la tête stupéfaite de Francesca et un rire inextinguible le secoua.

Elle passa la douane d'un pas assuré. Il était une heure lorsqu'elle franchit la porte coulissante derrière laquelle Charlie l'attendait. Elle était plus belle que jamais. Elle s'était fait couper les cheveux, remarqua-t-il aussitôt, et s'était offert un manteau framboise de chez Dior qui lui donnait une allure folle.

— Je suis ravi de vous revoir, dit-il en prenant ses bagages.

Ils descendirent au parking souterrain et il rangea les valises dans le coffre. Peu après, ils roulaient en direction de Deerfield. Deux cents ans plus tôt, il avait fallu quatre jours à Sarah pour parcourir la même distance. Charlie mit exactement une heure et dix minutes. Dix minutes de plus jusqu'à Shelburne Falls et le tour était joué... Pendant le trajet, ils bavardèrent de tout et de rien. Francesca lui signala qu'elle avait fini le premier carnet. Lorsqu'elle demanda si Charlie avait terminé la lecture du journal, il secoua la tête.

— Non. J'étais trop nerveux.

— Mais pourquoi ?

— Je n'ai pas cessé de penser à vous... Je ne voulais pas qu'il vous fasse encore du mal.

— Il ne peut plus m'atteindre. C'est drôle. Je ne l'avais pas vu depuis longtemps et pourtant, inconsciemment sans doute, je lui attribuais le pouvoir de détruire ma vie. Il a bien failli, après tout... J'ignore ce qui s'est passé dans ma tête depuis la dernière fois que je l'ai vu, mais j'ai évolué... j'ai changé. Je l'ai vu tel qu'il est. Un sale égoïste. Un séducteur de bas étage, pas si beau que ça, finalement, que j'ai aimé à la folie... Et que je n'aime plus. C'est vrai qu'il m'a blessée. Mais c'est fini. Oh, Charlie, je l'ai rencontré avec sa nouvelle épouse et ça ne m'a fait ni chaud ni froid !

— Vous êtes guérie. Il m'arrive la même chose avec Carole. J'ai découvert que je ne l'aimais plus. On ne peut pas aimer indéfiniment une femme qui épouse quelqu'un d'autre et qui attend son enfant, alors qu'elle n'a jamais voulu en faire un avec vous... Il y a des limites à tout.

Ils avaient tout perdu, Pierre comme Carole avaient dévasté leurs existences, mais ils commençaient à remonter la pente. Ils avaient fait le mauvais choix et en avaient payé le prix. Ils s'étaient rendu compte de leurs erreurs et estimaient à présent qu'ils avaient finalement gagné la partie… Comme Sarah, à partir du moment où elle avait eu le courage de quitter Edward.

Il la déposa devant sa maison. Alors qu'elle se tenait sous le porche, avec ses valises, il la regarda d'un air interrogateur.

— Quand vous reverrai-je ?

Elle soutint son regard avec un sourire adorable.

— Demain soir, avec votre fille, ça vous va ?

— Monique est invitée à un anniversaire. Elle restera dormir chez son amie, dit-elle d'une voix nerveuse.

— Puis-je vous inviter à dîner chez moi ? Je ferai la cuisine.

Elle fit oui de la tête. La peur qui dormait en elle se réveilla, mais pas pour longtemps. Elle vouait une immense confiance à Charlie. Et puis, Sarah leur tiendrait compagnie. Sa présence invisible, bienveillante, rassurerait Francesca. Charlie se pencha, l'embrassa sur la joue. Elle n'avait plus rien de commun avec la femme revêche qu'il avait rencontrée la première fois. Elle paraissait prudente, voire méfiante, mais ses traits avaient retrouvé leur ancienne douceur. Du moins ce qu'il pensait être leur ancienne douceur, car lors de leurs premières rencontres, la rancune, l'aigreur, la déception lui façonnaient comme un masque figé sur le visage.

— Je passerai vous chercher à sept heures.

Elle le remercia de s'être déplacé jusqu'à Boston puis le regarda monter dans le break, qui démarra dans un crissement de pneus.

Il se retrouva au château en un rien de temps. À seule fin d'apaiser sa nervosité, il saisit le dernier carnet. Il avait laissé ses héros dans leur nouvelle demeure. Il y avait longtemps que

François n'avait pas volé au secours de l'armée, mais Sarah continuait à rapporter fidèlement les épisodes de la guerre sanglante qui opposait la coalition des Shawnees et des Miamis aux « envahisseurs » blancs.

L'été 1793, un an après la naissance de Françoise, Sarah eut un troisième bébé. Une autre petite fille, qui vint au monde aussi rapidement que sa sœur aînée. En tournant les pages, Charlie comprit soudain que le bébé avait vu le jour dans sa propre chambre à coucher. Et comme elle ressemblait à un chérubin, ils l'appelèrent Marie-Ange.

La famille Pellerin naviguait sur un océan de félicité. Sarah se réjouissait d'avoir ses poussins autour d'elle ainsi que son mari bien-aimé. Celui-ci semblait avoir pris sa retraite en tant que négociateur, et c'était parfait ainsi. Il s'était voué à l'amélioration de leur petit palais, tant et si bien que Charlie eut envie de faire le tour des lieux à la recherche des coins et recoins décrits dans le journal.

Sarah signalait avec tristesse le décès du colonel Stockbridge cette même année. Il fut pleuré abondamment par ses soldats, sa famille et ses amis. Le nouveau commandant de la garnison s'avéra autrement plus ambitieux que son prédécesseur. Disciple du général Wayne, qui venait d'être nommé à la tête de l'armée de l'Ouest, il avait réussi à rassembler sous sa férule des troupes prêtes à pourchasser Little Turtle jusque dans ses derniers retranchements. La cuisante défaite qui avait causé la disgrâce du général Saint Clair devait être vengée. Il fallait laver l'affront dans le sang, sans quoi les Indiens rebelles poursuivraient sans merci leurs luttes meurtrières.

Il y avait une longue pause dans le texte. Trop accaparée par ses trois enfants, la ferme et son mari, Sarah se confiait de moins en moins à son journal intime.

En automne 1793, elle reprit la plume. Non seulement la situation politique se dégradait, mais l'un des amis iroquois de François, Grand Arbre, qui s'était assis à la table des négociations avec les insurgés, avait échoué lamentablement. Le mot même de paix prononcé par un Indien équivalait à une trahison pour les tribus en révolte. Le problème se compliquait par une alliance entre Shawnees et Britanniques. Ceux-ci, ayant subi de lourdes pertes, avaient cessé les hostilités, renoncé à leurs terres. Les Américains estimaient que, suivant l'exemple de leurs amis anglais, les Shawnees devaient abandonner leurs territoires aux colons. Les chefs des tribus leur avaient fait savoir qu'ils ne renonceraient pas à leur pays, à moins d'être indemnisés. Ils exigeaient cinquante mille dollars, plus un dédommagement annuel de mille billets verts, ce qui, pour l'armée américaine, et plus particulièrement pour le général Wayne, était hors de question.

Cet hiver-là, la trêve, à l'instar de la mince couche de neige, paraissait prête à se fissurer dans l'Ohio. Les troupes s'entraînaient sans répit aux forts Recovery et Greenville. Le général brandissait à son tour la hache de guerre. Il fallait s'en prendre aux deux guerriers les plus célèbres parmi les Indiens, Blue Jacket et Little Turtle, pour remporter une victoire définitive. Jusqu'alors, personne n'avait réussi à leur porter le coup fatal.

Une campagne organisée par Wayne en mai 1794 échoua, à la grande joie de Sarah. Elle rêvait d'un été aussi vert que paisible et prétendait, en plaisantant, que François, qui n'avait plus grand-chose à voir avec le guerrier favori des Indiens, deviendrait un brave colon comme tant d'autres. Il était un « vieillard » maintenant, un « fermier », le taquinait-elle sans merci. Évidemment, elle adorait ça. À quarante-trois ans, il était plus séduisant que jamais, écrivait-elle, en précisant que l'amour ne rendait pas forcément aveugle. Ils étaient heureux, cela se sentait dans le style enjoué, la fluidité de l'écriture. Il ne mettait plus sa vie en péril, et elle s'en félicitait. Ils comptaient se rendre au village iroquois l'été suivant, avec leurs trois enfants. Elle les adorait... Et elle adulait sa chère et tendre moitié. François était son grand amour, son unique passion, l'homme de sa vie. Par-dessus tout, elle désirait vieillir à son côté, tranquillement, en regardant grandir leurs enfants.

En parcourant l'introduction de la page suivante, datée du début juillet de la même année, Charlie put constater que la main de Sarah avait tremblé en traçant les mots sur le papier. Le 13 du mois, l'attaque d'un train de marchandises et le massacre de son escorte – cent quarante hommes – firent prendre un tournant fatidique au drame qui se tramait entre Blancs et Indiens. Peu après, le fort Recovery tomba entre les mains des Ottawas. Quelques jours plus tard, le nouveau commandant de la garnison de Deerfield convoqua François dans son bureau, où il lui exposa son plan. L'alerte avait été donnée. Il fallait maintenant soumettre les irréductibles. Quatre mille soldats et miliciens volontaires se chargeraient de venger leurs camarades. On n'avait jamais réuni jusqu'alors une armée aussi vaste, mais le général Wayne avait décidé de régler le problème. Il avait chargé le commandant d'enrôler François de Pellerin. Sa profonde connaissance des mœurs indiennes, son aptitude à négocier avec les guerriers les plus féroces plaidaient en sa faveur. Sarah tenta l'impossible pour le dissuader lorsque, de retour au château, il lui raconta l'entrevue. Elle eut beau le supplier, lui rappeler qu'il avait une femme et des enfants, et qu'il était après tout trop âgé pour se lancer dans l'aventure, il sourit en secouant la tête, cherchant seulement à la rassurer.

— Ma chérie, rien ne peut m'arriver. On ne pourra même pas me distinguer au milieu d'une telle foule, dit-il, la prenant dans ses bras, conscient de ses obligations.

— François, j'ai peur. Il y aura des milliers de morts. Personne ne peut vaincre Blue Jacket. N'oublie pas que Tecumseh se bat à ses côtés maintenant.

Tecumseh passait pour le guerrier le plus féroce de l'Ouest. À son passage, il soulevait les tribus qui l'adoraient comme un dieu. Il se battait comme un lion. L'idée que François puisse se trouver à sa merci hantait Sarah. Elle continua à argumenter mais fin juillet elle sut qu'elle avait perdu la partie. François lui promit qu'il s'agissait de sa dernière expédition. Il n'avait pas le droit de refuser la requête du général Wayne.

— Je sais que je serai utile, dit-il. Abandonner mes amis en ce moment crucial équivaudrait à une trahison.

Il tenait l'honneur pour la vertu suprême. Et tout en livrant sa bataille personnelle, Sarah savait que plus rien ne pouvait l'arrêter. La veille de son départ, elle sanglota toute la nuit, mais ses larmes ne l'émurent pas. Il la tint dans ses bras, lui murmurant des paroles apaisantes, sans changer d'avis pour autant. Un frisson dans l'air annonçait l'aube et Sarah pleurait, pleurait sans répit. François l'étreignit plus fortement. Sa passion rejaillit et il lui fit l'amour. Elle se surprit à prier d'être enceinte. Une prémonition funeste l'assaillait.

« Mon Dieu, je ne le reverrai plus. »

Elle le lui dit. Il l'embrassa avec tendresse. Chaque fois qu'il partait pour Deerfield, les mêmes pressentiments la tourmentaient, lui rappela-t-il en souriant.

— Tu voudrais que je m'accroche à tes jupons, comme tes enfants, plaisanta-t-il.

Elle ne sourit pas. Il n'avait peut-être pas tort, mais elle voulait juste le protéger. L'aurore teintait de rose pâle l'horizon quand elle l'accompagna à l'écurie. Elle le fixait intensément comme pour graver ses traits dans sa mémoire. Aujourd'hui, il ressemblait au « sauvage » qui l'avait terrorisée quatre ans et demi plus tôt. Un aigle altier, prêt à prendre son envol. Comment peut-on empêcher un aigle de s'élancer dans l'azur ?

— Fais attention, murmura-t-elle en l'embrassant pour la dernière fois. Reviens vite. Tu vas me manquer.

Il sourit du haut de la jument que les Iroquois lui avaient offerte des années plus tôt, lors d'une vie antérieure.

— Je t'aime, ma petite squaw ! Je reviendrai avant la naissance du prochain bébé, cria-t-il en riant, puis il lâcha la bride et la jument s'élança au galop vers la vallée.

Elle suivit le cavalier du regard jusqu'à ce qu'il soit hors de vue. Longtemps les sabots de son cheval résonnèrent dans son cœur. Enfin, elle fit demi-tour et retourna auprès de ses enfants.

Elle resta toute la journée au lit, en pleurs. Elle n'avait pas su trouver les mots adéquats pour le convaincre. De toute façon, aucun argument ne serait venu à bout de ses résolutions. Il n'avait fait qu'obéir à son code de l'honneur. À ses principes.

En août, la garnison bourdonnait de messagers. L'armée avait atteint fort Recovery sans encombres ; les soldats avaient érigé deux nouvelles forteresses, fort Defiance et fort Adams. D'après les espions du général Wayne, Little Turtle avait accepté de s'asseoir à la table des négociations. En revanche, Tecumseh et Blue Jacket se préparaient à de nouveaux assauts. La rumeur qu'ils aiguisaient leurs larges couteaux à scalper s'était répandue dans la plaine. Les deux indomptables voulaient infliger une défaite sans précédent aux Blancs. De leur côté, ceux-ci avaient placé tous leurs espoirs en Wayne, qui apparaissait maintenant comme l'homme de la situation. Le seul capable de soumettre ceux qu'on appelait dorénavant « les diables rouges »... Le mois s'écoula sans autres nouvelles. Tel un essaim de guêpes à l'aiguillon venimeux, les démons intérieurs de Sarah la faisaient souffrir chaque jour davantage. Fin août, son anxiété se mua en terreur. Toujours rien. Et soudain, un immense cri de victoire s'éleva de la garnison de Deerfield. Le général Wayne et ses troupes avaient réduit Blue Jacket à l'impuissance. Les combats avaient fait rage trois jours durant. L'ultime bataille s'était déroulée le 20 août à Fallen Timbers. Quarante Indiens avaient arrosé la terre de leur sang, on comptait quelques morts parmi les soldats blancs. Blue Jacket s'était réfugié dans l'un de ses repaires inaccessibles. Ayant pris sa revanche sur les rebelles, l'armée américaine traversait victorieusement l'Ohio... Les colons exultaient. Sarah, elle, attendait. Elle ne fêterait rien avant que François soit de retour.

Elle attendit plusieurs jours. Des soldats rentraient à Deerfield, le fusil à l'épaule, narrant l'épopée. Ils étaient peu nombreux car la plupart étaient restés dans l'Ouest afin de pacifier les autres régions. Blue Jacket avait été battu mais n'admettait pas sa défaite. Et quant à Tecumseh, se sentant menacé, il avait redoublé d'ardeur. De nouveaux combats ne tarderaient pas à s'engager. En se retirant, les Indiens entraînaient les soldats du général Wayne dans les gorges étroites de l'Ouest. Peut-être que François avait décidé de rester jusqu'à la fin des hostilités...

Vers la mi-septembre, au comble de l'angoisse, Sarah s'adressa directement au colonel Hinkley, le commandant de la garnison de Deerfield. Il y avait deux mois maintenant qu'elle était sans nouvelles de son mari. Il s'engagea à mener une enquête parmi les rescapés de Fallen Timbers.

Elle rentra chez elle à cheval l'après-midi même, escortée par l'un de ses garçons de ferme. Les enfants riaient et jouaient dans la cour. Assise sur le perron, elle les regardait, s'efforçant d'oublier un instant son inquiétude, quand elle le vit. Un homme vêtu d'un costume indien, qui les observait à travers les troncs d'arbres. Un homme blanc. Elle se redressa, la main en visière, mais il avait disparu. Ce soir-là, elle demeura longtemps dans la cour inondée de la lumière pourpre du couchant. Une singulière sensation l'envahissait...

Deux jours plus tard, elle l'aperçut de nouveau. Le même homme. Cette fois-ci, il disparut encore plus vite. Et une semaine après sa visite à la garnison, le commandant vint la voir en personne. Il avait eu des informations par une jeune recrue qui venait de rentrer de l'Ohio, dit-il. Avant même qu'il continue, elle devina la suite. François avait été tué à Fallen Timbers.

Il n'y avait eu que peu de victimes, mais il figurait parmi elles. Elle l'avait toujours su... Oui, elle avait toujours su que Blue Jacket finirait par le tuer. Elle l'avait senti dans chaque fibre de son corps. Soudain, elle repensa à l'homme qu'elle avait entraperçu dans le sous-bois, et qui s'était pratiquement évanoui dans les airs. François ! pensa-t-elle, les yeux brillants de larmes. Son esprit lui avait adressé un ultime au revoir.

Elle resta très digne, tandis que le colonel Hinkley lui apprenait la mauvaise nouvelle – la nouvelle qui allait dévaster son existence – avant de prendre précipitamment congé.

Alors, elle contempla longuement la vallée qu'ils avaient tant aimée tous les deux. François vivrait toujours dans son cœur. Oui, tant que ce cœur battrait, il resterait avec elle. Le lendemain, à l'aube, elle se rendit à cheval à leur cascade. Elle s'assit sur le rocher plat où il l'avait embrassée pour la première fois. Les souvenirs la submergeaient. « Oh, mon amour, j'ai tant de choses à te dire ! » Mais ils ne se reverraient pas. Et ils n'auraient pas d'autres enfants. Marie-Ange demeurerait leur benjamine.

François avait été un guerrier magnifique, écrivit-elle ce jour-là, un grand homme, le seul qu'elle ait jamais aimé. François de Pellerin, l'Ours Blanc des Iroquois. Ils allaient exécuter la danse de mort en son honneur, lorsqu'elle leur dirait. Et tout en regardant la cascade nimbée de gouttelettes diaprées, elle sourit à travers ses larmes… On ne perd pas ceux que l'on a aimés, songea-t-elle. On les retrouve au ciel.

Charlie essuya ses yeux humides. Comment Dieu avait-il permis une telle injustice ? Il ne leur avait accordé que quatre années ensemble. Comment était-ce possible ? Pourquoi une femme qui avait tant donné avait-elle si peu récolté ? Quatre brèves années avec l'homme qu'elle avait aimé. Mais Sarah ne s'était pas révoltée. Elle éprouvait de la reconnaissance pour elle-même et pour ses trois enfants… Les chapitres diminuaient au fil des ans. On la sentait paisible. Elle vécut jusqu'à l'âge de quatre-vingts ans dans la maison que François avait construite pour elle. Elle ne l'oublia jamais, ne tomba jamais amoureuse d'un autre homme. Et elle ne revit plus l'apparition dans la clairière.

Une main différente avait rédigé le mot de la fin dans le dernier carnet. La fille aînée de Sarah traçait en quelques lignes la fin de la vie de sa mère. « Elle vécut jusqu'à un âge avancé, disait-elle en guise d'épilogue, et se remémorait toujours mon père, que malheureusement je n'ai pas connu. »

Elle avait écrit ce mot le jour de la mort de Sarah, après quoi elle avait rangé les carnets dans une boîte. Elle avait signé Françoise de Pellerin Carver, suivi de « que Dieu les bénisse ». C'était daté de 1845. Son écriture ressemblait à celle de sa mère... Plus rien après ça. Et pas moyen de savoir ce qu'il était advenu des enfants de Sarah et de François.

— Adieu, murmura Charlie, tandis que les larmes roulaient sur ses joues.

Il avait l'impression d'avoir perdu deux êtres chers. Pendant une affreuse seconde, il se demanda ce qu'il allait faire maintenant sans eux. Mais ils n'étaient plus là. Il ne restait plus que ces carnets aux pages jaunies. Sarah lui en avait fait cadeau, à sa manière. Quelle femme extraordinaire, pensa-t-il pour la énième fois. Finalement, François avait su la rendre heureuse en peu de temps. Mais le temps ne compte pas dans les grandes histoires d'amour, conclut-il, bouleversé.

Cette nuit-là, tandis qu'il était allongé dans son lit, il décela un bruissement soyeux. Sans réfléchir, il leva les yeux. Il eut juste le temps d'apercevoir une silhouette vêtue d'une robe de velours bleu, qui se dissipa presque aussitôt dans la semi-obscurité. Était-elle venue lui dire au revoir ou était-ce encore un tour de son imagination ? Un mirage ? Dans le silence qui suivit, il se sentit seul, abandonné.

Il aurait voulu appeler quelqu'un pour lui dire que Sarah était morte. Francesca, par exemple. Sa main s'avança vers le téléphone, puis elle retomba mollement. Sarah était morte deux siècles auparavant ! De plus, il était trois heures du matin, Francesca aurait le temps de découvrir elle-même la fin, lorsqu'elle aurait lu tous les carnets.

Il se recoucha. En esprit, il revit Sarah devant le château, pleurant la mort de François, tombé au champ d'honneur à Fallen Timbers. Il essaya de l'imaginer morte, tant d'années après lui… Un silence de plomb régnait sur la maison lorsqu'il s'endormit.

# 23

Les flots de soleil qui se déversaient dans sa chambre réveillèrent Charlie. Un poids l'écrasait au niveau de la poitrine. Cette sensation l'oppressait tous les matins depuis que Carole l'avait quitté, mais cette fois-ci il savait que son ex-femme n'y était pour rien… Mais alors, que lui arrivait-il ? se demanda-t-il, puis il comprit qu'il s'agissait de Sarah, de la tristesse qui vous ronge le cœur à la disparition d'un être cher. François était mort. Et Sarah aussi, près de cinquante ans après lui. Un demi-siècle. Une éternité vouée au souvenir de l'homme qu'elle avait passionnément aimé.

Pour Charlie, le pire, c'était qu'il n'avait plus rien à lire. Sarah était partie maintenant mais la leçon qu'elle lui avait donnée lui serait profitable. La vie est courte. Elle se compose d'instants trop précieux pour qu'on ne les saisisse pas. Si Sarah n'avait pas répondu à la passion de François, elle serait passée à côté du grand amour sans même s'en rendre compte. Elle n'avait eu que quatre ans de bonheur – les quatre plus belles années de son existence. Et trois enfants, trois petits êtres à chérir et à protéger.

Le grand amour… murmura Charlie, sous le jet de la douche, les yeux mi-clos, l'esprit tourné vers Francesca. Quand cela vous arrive, tout ce qui a précédé vous semble si insignifiant, si insipide… Il ignorait quels sentiments nourrissait Francesca à son égard. De l'amitié, certes, teintée dernièrement d'une sorte de tendresse. Elle avait changé. Une flamme dansait dans ses prunelles vertes hier, à l'aéroport. D'ailleurs, le fait qu'elle ait accepté qu'il aille la chercher à Boston revêtait soudain une extrême importance. Il émergea de sous la douche, se sécha, enfila des vêtements propres. Il avait hâte de la revoir.

« Une vie nouvelle ! »

La phrase jaillit spontanément. Ils avaient une vie entière devant eux. Un soupir d'impatience gonfla la poitrine de Charlie. Leur rendez-vous était fixé à sept heures du soir. La journée s'annonçait interminable. Le heurtoir de la porte d'entrée retentit soudain au rez-de-chaussée. Gladys Palmer, sans doute. Il ne connaissait personne d'autre en ville… Du moins pas assez bien pour que l'on vienne chez lui sans prévenir. Il dégringola les marches, ouvrit la porte qui laissa apparaître Francesca. Debout sur le perron, elle fronçait les sourcils, en se balançant nerveusement d'une jambe sur l'autre.

— Je ne vous dérange pas ? fit-elle, lorsqu'il l'invita à entrer. J'ai emmené Monique chez son amie. Elle habite tout près d'ici et je… je me suis dit…

Des larmes contenues avivaient l'éclat de ses yeux anxieux. Elle avait longuement hésité avant d'emprunter le chemin du château. Elle avait réussi à surmonter ses réticences et maintenant, une fois l'exploit accompli, le doute l'assaillait.

— Je… euh… j'ai fini le deuxième carnet hier soir. Elle est à Boston et s'apprête à aller à Deerfield.

— Vous n'en êtes qu'au début. Moi, j'ai fini le dernier chapitre la nuit dernière. J'avais l'impression qu'un être cher était mort. Je suis content que vous soyez venue. Je ne savais pas qui frappait à ma porte, le facteur ou ma logeuse… Vraiment, je suis ravi que ce soit vous.

Ils échangèrent un long regard, puis il dit :

— Venez. Je vous emmène faire un tour en voiture.

— Oui, d'accord, répondit-elle à la fois intriguée et soulagée.

Elle avait déployé tout son courage pour rendre visite à Charlie, elle était encore sous le choc de son exploit.

— Où allons-nous ?

— Vous verrez.

Il attrapa son manteau. Peu après, le break effectuait le court trajet que Sarah avait parcouru tant de fois à pied, même lorsqu'elle était enceinte… Le paysage, imposant et mystérieux, respirait la sérénité. Francesca y était déjà venue avec Monique et elles avaient pique-niqué sur l'herbe.

— C'est beau, n'est-ce pas ? dit-il.

Ils se tenaient côte à côte, devant les majestueuses chutes d'eau. Le bassin, encore gelé, laissait apercevoir l'eau turquoise en transparence.

— C'était un endroit spécial pour eux.

Francesca ne savait pas encore pourquoi… Sans réfléchir davantage, il l'attira dans ses bras lentement et chercha ses lèvres. Ils savaient déjà presque tout l'un de l'autre, leurs souffrances passées, les trahisons dont ils avaient été victimes, leurs déceptions. Peut-être était-il grand temps de se taire et de suivre l'exemple de Sarah et de François.

Elle se blottit contre lui. Elle percevait, contre sa poitrine, les battements désordonnés du cœur de Charlie. Quand il se détacha d'elle, avec un sourire lumineux, elle lui posa l'index sur la bouche.

— Je suis contente que tu aies fait ça, balbutia-t-elle, éperdue.

— Et moi donc ! Je n'aurais pas pu me contrôler plus longtemps.

— Tant mieux. Ce que j'ai pu être stupide !

Ils s'étaient assis sur un rocher poli, dont la courbe familière fit penser à Charlie que Sarah et François avaient sans doute échangé ici même leur premier baiser.

— En lisant ses mémoires, j'ai réalisé que mes ennuis n'étaient que broutilles, reprit-elle.

Depuis, elle se sentait beaucoup plus légère, comme libérée d'un fardeau.

— Chaque chose a son importance, la corrigea-t-il en se penchant pour l'embrasser de nouveau. Les mauvais moments sont derrière toi maintenant. Ça change tout. Tu as résolu tes problèmes.

Du fond de son siècle, Sarah l'avait aidée, elle aussi.

Francesca inclina la tête. Ils se levèrent, se promenèrent lentement le long de la berge. Charlie passa le bras autour des épaules de sa compagne.

— Oh oui, je suis ravi que tu sois venue ce matin.

— Et moi donc ! renchérit-elle avec un rire qui la rajeunissait.

Il avait quarante-deux ans, elle en avait trente et un, l'avenir était devant eux. Ils avaient à peu près les âges de François et de Sarah à la fin de leur vie commune, sauf que la leur ne faisait que commencer. Oui, soudain tout recommençait, alors qu'ils avaient cru qu'ils en avaient fini avec l'amour, avec la vie. Ils renaissaient à l'espoir.

Ils regagnèrent le château. Avant de descendre de voiture, Charlie demanda s'il était toujours supposé préparer le dîner, ce soir-là.

— J'ai eu peur que tu n'en aies déjà assez de moi d'ici là.

— Mais non, idiot ! Si c'était le cas, je n'aurais plus qu'à soigner ma névrose.

Il l'étreignit dans le break. Ils s'embrassèrent encore et encore. Leurs mains se glissaient sous leurs vêtements et Charlie explora, émerveillé, la peau veloutée de Francesca. Elle répondait à ses baisers avec ardeur car soudain, le chagrin, l'aigreur, la rancune, le ressentiment fondaient dans le brasier de la passion. Lorsqu'ils réussirent à s'extirper de la voiture, ils restèrent longtemps enlacés dans le jardin, riant et parlant en même temps. Charlie déclara qu'il achèterait le château à Mme Palmer avant d'ouvrir à Shelburne Falls un cabinet d'architecture spécialisé dans la restauration des vieilles demeures. Francesca l'écoutait, se serrant contre lui, hochant la tête. Ils n'aperçurent pas la femme qui les observait de l'étage, un sourire satisfait sur les lèvres. Elle se dilua dans les particules de lumière comme par enchantement, tandis que Charlie ouvrait la porte de l'entrée avec la longue clé de bronze et entraînait Francesca à l'intérieur. Ils gravirent l'escalier en se tenant par la main, un peu intimidés tout de même, puis entrèrent en silence dans la chambre qui, autrefois, avait été celle de Sarah. Il n'y avait personne… Mais de toute façon ils ne s'attendaient pas à rencontrer quelqu'un. Ils s'étaient trouvés l'un l'autre et cela leur suffisait. C'était comme un nouveau départ…

# Coups de cœur

*À Zara, ma douce lumière, que ta vie se déroule dans la joie et le bonheur...*
*Et à ton père, qui a su remplir ma vie d'amour, de joie et de battements de cœur fous,*
*Avec toute mon affection,*

*D. S.*

Battant
palpitant
mon cœur
s'interroge sur
ce sentiment
si doux
comme un doux rêve…
battant,
divine musique
à mes oreilles…
ta main dans la mienne
apaisant mes craintes
tes pas
dans la nuit,
comme de précieux trésors
brillant à jamais,
amour brûlant
don divin
comme une douce
douce berceuse,
miracle ténu
né d'un seul
unique
et précieux
battement de cœur.

mon cœur au tien
chante
cette douce
douce chanson,
que dure toujours
ce lien
qui t'unit
à moi
si fort, si pur,
murmure doucement
tandis que l'enfant rêve
notre amour
toujours
renaîtra
comme par magie,
comme les étoiles
au firmament
mon cœur au tien
toujours uni.

# I

Le crépitement de l'antique machine à écrire brisait le silence de la pièce. Un nuage de fumée flottait au-dessus de Bill Thigpen dont les doigts couraient sur les touches. Sur la table de travail, tasses de café et cendriers débordant de mégots vibraient dangereusement au rythme des mots qui s'alignaient. Ses lunettes solidement calées sur le haut de son crâne, ses yeux bleus rivés sur le papier, Bill écrivait. Vite. De plus en plus vite. Un furtif coup d'œil par-dessus son épaule vers la pendule au tic-tac ininterrompu lui fit accélérer encore la cadence. Ses doigts voletaient sur le clavier comme s'il avait le diable à ses trousses. Ses cheveux bruns striés de fils d'argent rebiquaient dans tous les sens, mais son visage aux joues bien rasées dégageait, en dépit des traits puissants, une indéniable impression de gentillesse. Sans être un canon de beauté masculine, il ne manquait pas de séduction. C'était un de ces êtres qui méritent que l'on s'attarde, un homme avec lequel on aurait envie de faire un bout de chemin… et qui, pour le moment, tandis qu'il jetait un coup d'œil affolé à la pendule, ponctuait de grognements les phrases que ses doigts tapaient follement. Enfin, le silence.

Il bondit sur ses pieds, griffonna une ultime correction en marge d'une page, et ramassa fébrilement les feuillets épars. Voilà plus de sept heures qu'il s'était attelé à la tâche, depuis cinq heures du matin, et il était presque une heure de l'après-midi... l'heure de respirer.

Il traversa la pièce, poussa le battant à toute volée, longea le bureau de sa secrétaire à l'allure d'un champion olympique, traversa le hall comme un fou, évitant de justesse des collisions, sans se soucier des regards médusés et des « bonjour » qui fusaient sur son passage. Tout en avançant il frappait à différentes portes pour y glisser, dès que celles-ci s'entrebâillaient, une liasse de feuillets fraîchement dactylographiés. Une scène familière, qui se déroulait selon un schéma immuable chaque fois que Bill décidait d'apporter des changements de dernière minute au texte de son feuilleton. Créateur d'une célèbre série télévisée à laquelle ii travaillait inlassablement, Bill ne s'estimait pleinement satisfait que lorsqu'il pensait avoir atteint la perfection. Il lui arrivait souvent de reprendre entièrement un épisode, de tout refondre, tout chambouler. D'après son agent, c'était l'auteur le plus névrosé du petit écran. Et aussi le meilleur. Bill Thigpen possédait cette intuition infaillible qui fait qu'un film marche. Il ne s'était jamais trompé. Enfin, pas encore.

*La Belle Vie*, son œuvre, sa « chose », avait battu tous les records de taux d'écoute de la télévision américaine. Il en avait eu l'idée plusieurs années auparavant, lorsqu'il n'était encore qu'un pauvre faiseur de pièces d'avant-garde, et que le théâtre représentait son seul idéal. À cette époque, il créchait au fin fond de SoHo avec Leslie, sa femme, et menait une vie de bohème. Danseuse de revues musicales, Leslie avait renoncé à sa vocation car elle attendait leur premier enfant. En se mettant à la composition de son feuilleton, Bill avait fait remarquer, en riant, que ce serait « drolatique » de réussir dans le soap opera, lui qui ne jurait que par le grand art. Mais à mesure que le projet prenait forme, Bill se laissa prendre au piège de l'inspiration. Bientôt, l'espoir céda le pas à l'obsession. Il allait y arriver, il le *fallait.* Pour lui-même, pour Leslie, pour leur bébé. En fait, l'élaboration du scénario lui procurait un ineffable plaisir. Il se mit à chérir passionnément sa création. Les producteurs de la chaîne nationale, quant à eux, l'apprécièrent suffisamment pour tenter un coup d'essai. Le bébé, Adam, un superbe petit garçon de quatre kilos et demi – il avait les yeux bleus de son père sous une auréole de boucles dorées – vit le jour pratiquement en même temps que le feuilleton. Celui-ci débuta lors des programmes d'été et remporta un vif succès auprès du public, à tel point que sa disparition, en septembre, fut accueillie par des cris d'indignation. Deux mois plus tard, *La Belle Vie* réapparaissait sur le petit écran et Bill Thigpen commença à gravir les marches de la renommée.

Le jeune écrivain en oublia sa carrière théâtrale. La télévision, subitement, était devenue l'unique but de sa vie. Il avait rédigé lui-même les premiers épisodes de la série, et ses exigences de perfection rendaient déjà fous comédiens et réalisateurs.

Finalement, on lui offrit d'acheter son idée à prix d'or. Bill aurait pu ainsi vivre de ses droits d'auteur et retourner tranquillement auprès de ses amis de Broadway. Mais il refusa, sous prétexte que *La Vie,* comme il appelait son feuilleton, était son enfant, au même titre que son fils, âgé alors de six mois. Il ne pouvait se résoudre à quitter son œuvre, encore moins à la vendre, car il s'y était attaché comme à un être humain. Cela lui permettait de s'exprimer, de décrire les angoisses, les déceptions, l'amour et les regrets, les triomphes et les ambitions, la simple beauté de la vie. En fait, dans le miroir de ses écrits, l'auteur se racontait. Ses peines. Ses joies. Ses inquiétudes. Il offrait aux gens l'espoir après le désespoir, le soleil après l'orage, une intrigue bien ficelée, des personnages attachants. Bien sûr, ceux-ci devaient affronter les « méchants » que le public ne manquait jamais de détester. Les fans du feuilleton le regardaient religieusement car, au fond, il reflétait son créateur. Vivant, plein d'entrain et de charme, naïf mais intelligent. Bill aimait son œuvre comme un bébé que l'on doit dorloter et nourrir, presque autant qu'il aimait son fils et Leslie.

Au début, il s'était senti déchiré entre son travail et sa famille. Il ne pouvait s'empêcher de tout surveiller d'un œil suspicieux, de crainte qu'un réalisateur ou un scénariste ne trahisse sa pensée. « Ils ne comprennent rien à rien », marmonnait-il en arpentant furieusement son bureau où il passait chaque texte au peigne fin. Parfois, quand ça le prenait, il façonnait de nouvelles versions. Et à la fin de la première année, Broadway n'évoquait plus qu'un rêve oublié. Tout à sa nouvelle passion, Bill ne se donnait même plus la peine d'inventer des excuses à l'adresse de ses anciens amis. Peu après, il se déclara fasciné par la télévision. « Il n'est plus question de retourner sur les planches », avoua-t-il un soir à Leslie, tard dans la nuit, après qu'il eut, des heures et des heures durant, fait surgir sur le papier pléthore de nouveaux personnages pour la saison suivante.

Les rapports compliqués entre les protagonistes, l'avalanche de tragiques malentendus, de drames et de dénouements, avaient entièrement accaparé Bill, qui tenait à assister aux tournages cinq fois par semaine. En vérité il n'avait aucune raison de se trouver sur le plateau, pas plus que de contrôler sans cesse ce qui s'y passait. Cependant, l'équipe s'accordait pour lui trouver du génie. Non seulement il ne laissait rien au hasard, mais il parvenait à distinguer, avec un flair hors du commun, le moindre détail qui toucherait le public. « Ça, ça marchera », disait-il. « Ça, ça ne marchera pas. » « Ils vont adorer Un Tel » ou « Ils détesteront Tel Autre ».

Lorsque Tommy, son deuxième fils, naquit deux ans plus tard, *La Belle Vie* comptait déjà deux prix de la Critique et un grand prix de la télévision. Ce fut alors que la direction de la chaîne voulut transférer le film en Californie. La côte Ouest convenait mieux à l'histoire, expliqua-t-on à l'auteur, et offrait d'autre part des facilités de production qui se faisaient rares à New York. Bill s'empressa d'annoncer la bonne nouvelle à Leslie. À son grand étonnement, la jeune femme se rembrunit. Pendant que son mari s'était voué corps et âme à ses écrits, elle avait décidé d'enseigner la danse classique chez Juilliard.

Bill la considéra, éberlué. C'était un dimanche matin et les deux époux prenaient leur petit déjeuner.

— Que dis-tu ? murmura-t-il.

— Je n'irai pas en Californie, Bill, répondit-elle doucement en le fixant de ses grands yeux bruns au regard si pur.

C'étaient ces yeux-là qui l'avaient attiré la première fois qu'il l'avait vue devant le théâtre, avec son grand fourre tout de ballerine. Leslie avait alors vingt ans, tout en elle avait plu à Bill, sa beauté, son genre « jeune fille de bonne famille », son sens de l'humour, son absence de prétention. Au début, ils passaient leur temps à piquer des fous rires. De longues discussions passionnées les gardaient éveillés jusqu'à une heure avancée de la nuit, dans leur petit appartement glacial de

SoHo. À présent, ils habitaient un somptueux loft dans le même quartier. Bill y avait fait aménager une salle de gymnastique, afin que Leslie puisse faire ses exercices à la barre. Et voilà que maintenant elle semblait dire que tout était fini.

— Mais pourquoi ? insista-t-il. Pourquoi refuses-tu de partir de New York ?

Des larmes étincelèrent soudain dans les larges yeux bruns. Leslie détourna la tête un instant, puis son regard revint vers son mari. Le cœur de Bill se serra : il y avait, dans ces prunelles, une telle expression de ressentiment et de lassitude, qu'il se demanda avec angoisse si elle l'aimait encore.

— Leslie, que se passe-t-il ?

Comment avait-il pu être aveugle au point de ne rien remarquer jusqu'alors ? Elle secoua la tête et ses longs cheveux noirs ondoyèrent sur ses épaules, telles les ailes sombres d'un ange déchu.

— Je ne sais pas, Bill. Tu as changé… nous avons changé tous les deux.

Elle s'interrompit et prit une profonde inspiration en s'efforçant de trouver les mots justes, consciente qu'elle devait beaucoup à Bill après cinq ans de mariage et deux enfants.

— Je crois que nous avons inversé les rôles, se décida-t-elle enfin. Avant, c'était moi qui désirais devenir danseuse étoile. Moi qui courais après la célébrité. Tu te contentais, quant à toi, d'écrire des pièces de théâtre à message, et tu te disais ardent défenseur d'un art intègre. Après, ajouta-t-elle avec un petit sourire triste, quand tu t'es mis à écrire des histoires plus… disons plus commerciales, tu t'es transformé, tu es devenu quelqu'un d'autre. Voilà plus de trois ans que tu ne penses qu'à ta série. Plus de trois ans que seule ta production compte : Sheila épousera-t-elle Jake ? Est-ce que Larry a vraiment essayé d'assassiner sa mère ? Henry est-il homosexuel ? Et Martha ? Quittera-t-elle son mari pour une autre femme ?... Qui est le véritable père d'Hilary ?... Mary s'enfuiera-t-elle une fois de plus de chez ses parents, et si elle le fait recommencera-t-elle à s'adonner à la drogue ?... Helen est-elle une enfant illégitime ? Accordera-t-elle sa main à John ?

La voix de Leslie s'était animée. La jeune femme s'était levée et arpentait la pièce.

— En vérité, tes personnages me répugnent. Continuer à vivre avec eux est au-dessus de mes forces. Je n'aspire qu'à une vie saine, simple, tranquille. J'ai envie de reprendre la danse, de connaître l'exaltation du professeur devant les progrès de ses élèves.

Elle affichait un air si désemparé qu'il eut envie de pleurer. Dieu, qu'il avait été idiot ! Pendant qu'il jouait avec ses créatures imaginaires, il avait perdu la seule personne qu'il aimait au monde, sans même s'en rendre compte. Pourtant, il se sentait incapable d'opter pour la seule solution qui s'imposait. Il était trop tard pour retourner en arrière, non, plus maintenant. Bill s'était complètement investi dans sa création, comment renoncer au sentiment de plénitude qu'il éprouvait lorsque, de son imagination, jaillissaient tant de prodiges ?... « L'ironie du sort », ne put-il s'empêcher de penser. Il avait réussi à atteindre le zénith et sa femme semblait regretter leurs anciennes privations !

Il la dévisagea, en s'obligeant au calme.

— Je suis désolé, chérie. C'est vrai que durant ces trois ans je me suis entièrement consacré à mon travail. Je ne pouvais pas faire autrement. Le style est l'âme même de l'écriture. Si j'avais confié mon œuvre aux gens de la télé, ils auraient vite fait de la dénaturer, de la transformer en une de ces vulgaires séries à l'eau de rose aux dialogues larmoyants qui me donnent la chair de poule. Je refuse de les laisser massacrer mes idées. Et que tu le veuilles ou non, c'est ma façon de rester *intègre*... Mais je ne serai pas toujours forcé de jouer les garde-chiourme. En Californie, ce sera différent, tu verras. Les équipes, là-bas, sont mieux constituées, plus professionnelles. J'aurai beaucoup plus de temps libre, j'en suis sûr.

Incrédule, Leslie secoua la tête. Elle connaissait trop bien Bill pour se laisser abuser par ses promesses. Jamais il ne changerait. Même du temps où il écrivait ses pièces, c'était pareil. Parfois, il restait calfeutré dans son bureau jour et nuit, pendant des semaines. Mais ces crises ne duraient qu'un mois ou deux. Maintenant, c'était pire. Ses manies, son obsession de la perfection la rendaient malade. Certes, il l'aimait, elle le savait, mais pas comme elle l'aurait souhaité. Leslie avait besoin d'un mari qui part à neuf heures du matin et rentre à six heures du soir, d'un compagnon qui se donne la peine de vous parler, de vous aider à faire la cuisine ou de jouer avec ses enfants. Il y avait des siècles qu'il ne l'avait pas emmenée au cinéma. Elle en était venue à abhorrer ses habitudes : Bill s'enfermait dans son antre toute la nuit pour en émerger le lendemain matin à dix heures, épuisé, les yeux rouges, un monceau de feuillets entre les mains. À peine réapparu, il se ruait hors de la maison afin de remettre le nouveau texte aux comédiens avant la répétition de dix heures trente. Un vrai cauchemar. Rien que d'entendre prononcer le titre du feuilleton ou le nom d'un personnage elle se sentait les nerfs en pelote.

— Chérie, réfléchis, donne-moi une deuxième chance. Nous serons heureux à Los Angeles. Il y fait toujours beau, les garçons auront l'occasion d'aller tous les jours à la plage, de visiter Disneyland... Nous pourrions même installer une piscine dans le jardin, ils seront ravis, tu verras...

— Je ne veux pas les emmener à la plage ni à Disneyland, pendant que tu seras en train de peaufiner tes phrases ou de courir sur le plateau. Quand les as-tu accompagnés pour la dernière fois au Bronx Zoo, t'en souviens-tu ?

— D'accord, Leslie ! Je travaille trop, je suis un mauvais époux et un père déplorable ! Mais, pour l'amour du ciel, nous avons crevé de faim pendant des années. Aujourd'hui, tu peux avoir tout ce que tu désires et eux aussi. Plus tard, nous aurons les moyens de leur offrir une éducation dans une des meilleures universités. Où est le drame ? Tiens-tu vraiment à tout ficher par terre alors que le bonheur est enfin à notre portée ?

Il s'interrompit, les yeux fiévreux, avança une main vers elle.

— Ma chérie, je t'en supplie... Je t'aime...

La jeune femme se détourna, le regard fuyant, comme si elle ne voulait pas voir la peine qui torturait les traits de son mari.

— Veux-tu rester à New York ? Veux-tu que je leur dise que je refuse de me rendre en Californie ? Que j'envoie balader le feuilleton ?

La note d'angoisse qui tremblait dans sa voix ramena un pâle sourire sur les lèvres de Leslie.

— Cela n'a plus d'importance, répondit-elle tristement, d'une voix douce. C'est trop tard, trop tard pour nous deux, ne le comprends-tu pas ? Je regrette, Bill, mais ma décision est prise : j'ai envie de passer à autre chose. De faire quelque chose de différent.

— Quoi par exemple ? Aller en Inde ? Changer de religion ? Entrer dans les ordres ? Est-ce si différent que ça, devenir prof de danse chez Juilliard ? Bon sang ! Dis plutôt que tu veux me quitter !

Il avait haussé le ton, saisi brutalement d'une rage violente. Pourquoi lui infligeait-elle ce coup de poignard ? Il n'avait pas mérité une telle trahison. Quel crime avait-il commis après tout, hormis d'avoir réussi ? Si ses parents avaient encore été de ce monde ils en auraient été fiers. Le cancer les avait emportés, l'un après l'autre, en deux ans, Bill n'avait plus aucune famille. Sa femme et ses enfants étaient tout ce qui lui restait au monde, et Leslie allait le priver d'un seul coup de ce qu'il chérissait par-dessus tout... C'était abject et injuste. Une vague de colère lui brûla les entrailles.

— Tu ne comprends pas, fit-elle mollement.

— Non, je ne comprends pas. Tu refuses de venir avec moi en Californie et quand je te propose de rester ici, tu prétends que ça n'a plus d'importance. Comment dois-je m'y prendre, Leslie ? Que se passe-t-il au juste ? s'écria-t-il, déchiré entre la fureur et le désespoir.

Il ne s'était pas encore rendu compte qu'il n'y avait plus rien à faire. Que plus aucun argument ne pouvait la dissuader.

— Bill, je ne sais comment te le dire...

De nouvelles larmes mouillèrent ses yeux et, l'espace d'un instant, Bill eut l'impression hallucinante d'assister à l'un de ces inextricables imbroglios qu'il avait si bien su mettre en scène... « Leslie quittera-t-elle son mari ? Celui-ci changera-t-il d'attitude ? Réalise-t-elle combien il l'aime ? » Il ne sut s'il fallait en rire ou en pleurer mais ne fit ni l'un ni l'autre.

— C'est fini... reprit Leslie. je ne voulais pas l'admettre mais j'ai dû me rendre à l'évidence. Que ce soit ici ou en Californie, la situation restera la même. Continuer m'est impossible, Bill, je souhaite reprendre ma liberté, recommencer une existence nouvelle, avec mes enfants… Sans le feuilleton.

Sans lui, surtout. Alors qu'il la fixait, le visage glacé de douleur, elle se crut obligée d'ajouter :

— Je regrette.

Bill se figea, comme foudroyé, la face blême, ses pupilles bleues dilatées par une nouvelle angoisse.

— Tu emmènes les enfants ?

— Je ne pense pas que tu auras le temps de t'occuper d'eux en Californie.

Ce n'était pas une réponse, mais une simple déclaration. Il lui jeta un regard suppliant.

— Non, mais tu pourrais venir me donner un coup de main.

Sa plaisanterie tomba à plat.

— Bill, ne rends pas les choses plus difficiles encore.

— Je pourrai les revoir ?

Elle acquiesça et, de toutes ses forces, il pria le ciel pour qu'elle ne change pas d'avis. Pendant une seconde, l'idée de flanquer sa démission au producteur lui traversa l'esprit et il fut tenté de tomber à genoux devant Leslie, l'implorant de ne pas l'abandonner. Il comprit soudain qu'il était trop tard, que Leslie l'avait déjà quitté, et il s'en voulut terriblement de l'avoir perdue sans s'en apercevoir. Oui, trop tard, pensa-t-il. Sa vie était fichue.

Les deux mois suivants s'écoulèrent dans un morne abattement. Bill ne pouvait évoquer le bonheur passé sans que des larmes lui piquent les yeux. Il avait fallu l'annoncer aux enfants, aider Leslie à déménager avec eux dans un appartement du West Side. La première nuit qu'il avait passée seul dans le loft n'avait été qu'une longue agonie. Mille fois il envisagea d'abandonner le feuilleton, mille fois il voulut appeler Leslie pour la supplier de revenir, et mille fois se ravisa. Une seule conclusion s'imposait, pénible mais claire : la porte s'était refermée désormais, et plus rien ne pourrait la rouvrir.

Il n'était pas au bout de ses découvertes. Un professeur de chez Juilliard, découvrit-il quelques jours plus tard, semblait occuper une place importante dans la vie de Leslie. Bien sûr, elle aurait été incapable d'entretenir une relation avec un autre homme alors qu'elle était mariée à Bill, il la connaissait suffisamment pour lui faire confiance. Mais elle était en train de tomber amoureuse de ce type, et c'était là sans doute la principale raison de son départ. Elle avait préféré se débarrasser de tout sentiment de culpabilité en général – et de Bill Thigpen en particulier –, afin d'aller dans le sens de son désir. Leslie avait déclaré qu'elle avait, avec son « ami et collègue », un tas d'intérêts communs qu'elle ne partageait plus avec Bill. Les petits garçons avaient suivi le mouvement. Adam avait pleuré quand son père lui avait dit au revoir, puis s'était adapté à la nouvelle situation avec la déconcertante facilité des enfants. Après tout, il n'avait que deux ans et demi. Tommy, quant à lui, avec ses huit mois, n'eut pas l'air de faire la différence. Seul Bill éprouva le douloureux déchirement de la séparation.

Il prit le vol à destination de Los Angeles, le cœur brisé, et tandis que l'avion survolait les gratte-ciel de New York, des larmes jaillirent au coin de ses yeux et lui mouillèrent les joues.

Une fois sur place, il chercha l'oubli dans la création, dominé par un singulier sentiment proche de la fureur. Il se mit à écrire nuit et jour. Parfois, harassé, il s'endormait sur le canapé de son bureau. Le feuilleton connut un succès sans précédent et d'innombrables prix vinrent récompenser le talent de Bill Thigpen.

Pendant plus de sept ans, il travailla ainsi d'arrache-pied. *La Belle Vie* représentait maintenant tout son univers. Et comme il n'avait plus aucune raison de combattre sa passion, il s'y adonna sans retenue.

Ses enfants lui manquaient terriblement. Ils venaient lui rendre visite à Noël, puis un mois pendant l'été, mais la joie de les revoir se muait à leur départ en une souffrance intolérable. Bien sûr, une kyrielle de femmes traversèrent sa vie, compagnes éphémères, car il tenait ses personnages et les acteurs qui les incarnaient pour ses seuls véritables amis.

Leslie avait épousé entre-temps son fameux « copain » du cours de danse et avait quitté l'enseignement. Elle avait deux enfants de son nouveau mari, s'occupait toujours tendrement de ses deux premiers fils, et cette fois son statut de femme au foyer ne semblait nullement la déranger. De temps à autre, Bill l'appelait au téléphone. Les deux anciens époux n'avaient plus grand-chose à se raconter, si ce n'était les exploits de leurs enfants. Bill les adorait. Les vacances d'été qu'il passait en compagnie d'Adam et Tommy brisaient la monotonie de son existence. Il ressentait à leur égard un amour plus ardent, un intérêt plus passionné encore que pour son feuilleton. Il leur montra Disneyland, les présenta à ses relations, les combla de cadeaux. Son aîné, Adam, avait presque dix ans à présent. C'était un garçon sérieux, responsable, studieux. Par certains aspects, il ressemblait à sa mère. Tommy, aux dires de Leslie, était le portrait craché de son père. Moins organisé que son frère, d'une drôlerie irrésistible, il était resté un peu bébé malgré ses sept ans. Chaque fois que ses fils repartaient pour New York, Bill se sentait anéanti. Souvent, dans sa grande demeure solitaire, une vague de nostalgie l'assaillait, l'écrasait d'un affreux sentiment d'injustice. Il avait été le seul à payer le prix de ce mariage raté. Au nom de quelle loi Leslie avait-elle gardé les enfants et pas lui ? Pourquoi avait-elle conservé le bénéfice de toutes ces années perdues ? C'était une iniquité flagrante. Révoltante. Plus jamais il ne se laisserait abuser ainsi par une femme. Plus jamais il ne tomberait amoureux, ne se marierait et n'aurait des enfants pour les perdre ensuite. Au fil des ans, il avait trouvé la solution parfaite au problème. Des actrices. Beaucoup d'actrices... Lorsqu'il avait le temps, ce qui ne lui arrivait pas souvent.

Au début de son séjour en Californie, il avait cherché la consolation dans les bras d'une réalisatrice de grand renom. Leur liaison dura six mois, ce fut un désastre. Elle s'était très vite installée chez lui, s'imposant en tout, organisant des réceptions, s'entourant de ses propres amis. Peu après, elle avait changé le mobilier, réorganisé l'espace, pris en main le destin de Bill. Au bout d'un moment, il eut l'impression d'étouffer. Bardée de diplômes, sa nouvelle compagne avait fréquenté les plus grandes universités comme UCLA et Yale. Elle se réclamait du cinéma d'art et d'essai, se targuait d'un doctorat de philosophie et reléguait le feuilleton de Bill parmi les films de série B. Elle en parlait comme d'une maladie dont il pourrait à la rigueur se guérir, à condition de suivre ses conseils. Elle détestait les enfants au point de jeter au fond d'un placard les photos de Tommy et d'Adam. Curieusement, il lui fallut un bon semestre pour réagir. Peut-être parce que « la femme de tête » était une maîtresse experte, et qu'elle semblait tout aussi avertie des subtils mécanismes de l'industrie télévisée. Un jour, elle lui fit sèchement remarquer qu'il devrait arrêter de rebattre les oreilles de leurs relations avec ses enfants. Il s'empressa de louer un bungalow dans un hôtel de Beverly Hills, lui en remit la clé et la pria aussitôt de déguerpir. Sans oublier de préciser qu'il tenait à ignorer sa nouvelle adresse lorsqu'elle aurait trouvé un appartement. L'après-midi même, il lui portait ses affaires au bungalow. Ils se revirent par hasard quatre ans plus tard, lors d'une remise de prix, et elle fit comme si elle ne le connaissait pas.

Bill plaça ses conquêtes féminines suivantes sous le signe de la légèreté. Actrices, starlettes, figurantes, mannequins, se succédèrent dans son lit. Des filles charmantes, insouciantes, qui se contentaient de ce qu'il voulait bien leur donner. À leurs yeux, Bill n'était qu'un amant de plus et rien d'autre. Aussi chacune accueillit-elle avec un calme olympien sa décision de rompre. Certaines lui firent la cuisine, à d'autres il concocta des petits plats dont il avait le secret, et emmena celles qui s'entendaient bien avec ses enfants en vacances avec eux.

Sa dernière « fiancée » en date était l'une des actrices de sa série télévisée. Originaire de New York, Sylvia interprétait un rôle important dans *La Belle Vie*. Jamais auparavant Bill ne s'était impliqué dans une affaire de cœur avec une des personnes qui travaillaient pour lui. Mais il n'avait pu résister à l'extraordinaire beauté de la jeune femme. Sylvia, ancienne enfant prodige du petit écran, avait poursuivi sa carrière plus tard comme mannequin de Lacroix à Paris et comme cover-girl pour *Vogue*. Installée à Los Angeles depuis six mois, elle avait participé à quelques films de second ordre, sans grand succès. C'était pourtant une bonne comédienne et Bill avait très vite succombé à son charme. Il ne l'aimait pas, il le savait. L'amour représentait désormais pour lui quelque chose de précieux qu'il réservait à Adam et Tommy. À vingt-trois ans, Sylvia avait cependant gardé une âme d'enfant qui ne tarda pas à le séduire. Sa douceur, combinée à une sorte d'ingénuité et de fraîcheur, avait su toucher la corde sensible de l'écrivain. L'univers sophistiqué de la haute couture dans lequel elle avait évolué pendant plusieurs années n'avait entamé en rien sa simplicité. Parfois, sa naïveté lui jouait de mauvais tours. Totalement inconsciente des intrigues qui se tissaient dans les coulisses des studios, Sylvia prêtait innocemment le flanc aux coups bas des autres comédiennes. Bill l'avait plus d'une fois mise en garde, sans résultat. Sylvia s'amusait de tout, pendant que son amant veillait farouchement sur son feuilleton, inventant de nouveaux personnages, soucieux de fasciner le public par des situations, des artifices, des rebondissements inattendus.

À trente-neuf ans, Bill Thigpen passait pour le roi du soap opera. Prix et récompenses encombraient les rayonnages de son bureau, mais il semblait n'en tirer aucune gloire. Calfeutré, il arpentait inlassablement le tapis des heures durant, toujours à l'affût d'une nouvelle idée, perpétuellement torturé par le doute. Ses dernières trouvailles étaient-elles à la hauteur ? Comment la troupe accueillerait-elle ses ultimes suggestions ? La plupart des acteurs s'en accommoderaient à merveille, bien sûr, mais Bill ne pouvait s'empêcher de se morfondre. Récemment, l'un de ses interprètes lui avait causé des soucis. La moindre transformation de dernière heure dans son texte le perturbait au point de lui faire perdre tous ses moyens. Trop nerveux, se disait Bill. Il y avait plus de deux ans que le comédien était de la partie et, cependant, l'auteur songeait parfois à le remplacer. D'un autre côté, il appréciait le jeu à la fois sobre et poignant du jeune homme, lorsque celui-ci parvenait à croire à son rôle… L'ennui était qu'il n'y croyait pas toujours.

L'audience de *La Belle Vie* augmentait chaque jour davantage. À travers tout le pays, des millions et des millions de téléspectateurs en suivaient avec dévotion chaque épisode. Des milliers de lettres affluaient aux studios avec la régularité de la marée. Au fil des ans, l'équipe s'était soudée en une véritable famille, qui se sentait chez elle sur le plateau.

Ce jour-là, Sylvia s'apprêtait à jouer le rôle de Vaughn Williams, la jolie sœur cadette de Helen, l'héroïne du film. Initiée par son beau-frère, dont elle était éprise, à l'usage des stupéfiants, Vaughn dépérissait. Cela, naturellement, à l'insu de sa famille et surtout de son aînée, Helen. Prise dans un piège mortel d'où rien ne pouvait plus la tirer, la jeune droguée courait à sa perte, dûment pilotée par John, le beau-frère diabolique. Dans la séquence que l'on devait filmer cet après-midi-là, la jeune femme allait devenir le témoin involontaire d'un crime commis par John, et se trouver injustement soupçonnée par la police à la place du meurtrier, la victime n'étant autre que son propre dealer – un individu louche que John lui avait présenté. Tous ces événements avaient posé d'énormes problèmes d'orchestration, mais Bill était venu à bout de toutes les difficultés. Il n'avait pas lâché ses scénaristes une seconde, jusqu'à ce qu'il obtienne satisfaction.

À présent, calé dans le fauteuil qui lui était reservé, Bill allumait une cigarette avant de porter à ses lèvres la tasse de café brûlant que sa secrétaire venait de lui apporter. Il se demandait ce que Sylvia penserait des scènes que, cinq minutes plus tôt, il lui avait remises dans sa loge. Ils s'étaient vus la veille. À trois heures du matin, l'écrivain avait précipitamment quitté la couche de sa maîtresse endormie pour s'enfermer dans son bureau où il s'était mis à élaborer frénétiquement une idée qui lui avait trotté dans la tête pendant toute la soirée. Une idée qu'il avait explorée à fond jusqu'à midi et demi. Il était brièvement passé chez lui, s'était douché, rasé et rhabillé, puis rendu sur le plateau, afin de jeter un ultime coup d'œil au changement de décor.

Le réalisateur, un vétéran de Hollywood qui avait signé un nombre impressionnant de succès, connaissait Bill depuis des lustres. Bill l'avait d'ailleurs choisi en dépit de l'opposition du producteur, qui prétendait qu'Allan McLoughlin, rompu aux films « sérieux », ne possédait pas la légèreté nécessaire à la mise en scène d'une série sentimentale. Bill n'en avait pas démordu et il avait eu gain de cause. Allan s'en était merveilleusement bien tiré.

Bill regarda son vieux complice, alors que celui-ci donnait à voix basse ses dernières instructions à Sylvia et à l'acteur qui incarnait John.

— Encore un peu de café, Bill ? lança joyeusement la plus jolie des script-girls.

Il y avait plus d'un an qu'elle essayait d'attirer l'attention de l'écrivain. Elle le trouvait séduisant. Mieux que cela, elle lui avait découvert un air de gentil nounours en manque de tendresse qui contrastait agréablement avec sa grande silhouette musclée, son intelligence vive, son perfectionnisme acharné. Bill lui sourit et secoua la tête. Seul ce qui allait dans un instant se passer devant les caméras l'obnubilait.

— Non, merci, répondit-il machinalement, le regard rivé sur le réalisateur.

Sylvia était plongée dans ses répliques, alors que les comédiens qui devaient jouer Helen et John bavardaient tranquillement à l'écart. Deux policiers en uniforme attendaient dans un coin. La « victime » avait déjà revêtu sa chemise ornée d'une tache de sang étonnamment réaliste. Le futur macchabée riait à gorge déployée à une blague racontée par l'un des techniciens. C'était son dernier jour de tournage. Lorsque l'objectif dévoilerait son visage au public, il jouerait le mort. Il n'avait aucun texte à apprendre.

— Deux minutes ! grinça une voix dans les haut-parleurs.

Bill sursauta. Une boule se forma au creux de son estomac.

Il avait le trac, il l'avait toujours, depuis que, collégien, il avait été choisi pour interpréter un petit rôle. Plus tard, chaque fois qu'une de ses pièces avait été représentée à Broadway, la même panique le clouait sur son fauteuil jusqu'au moment où le rideau tombait enfin comme une délivrance. Et aujourd'hui, dix ans plus tard, la même terreur l'étreignait, cependant qu'une myriade de questions angoissées assaillaient son esprit : Et si c'était un four ? Si les acteurs bafouillaient ? Si l'indice d'écoute baissait ? Si le public, lassé, se tournait vers d'autres séries ? Si... Les possibilités d'un échec imminent lui paraissaient illimitées.

— Une minute.

La boule dans son estomac grossit, son regard balaya la pièce. Les yeux clos, Sylvia mémorisait toujours son texte.

Helen et John avaient déjà pris place sur le plateau, prêts à simuler la querelle homérique qui, un instant plus tard, les opposerait. Le dealer, sur la touche, mordait dans un énorme sandwich au pâté. Puis le silence s'abattit brutalement, alors que l'assistant-réalisateur levait la main, cinq doigts tendus, signe qu'il ne restait plus que cinq secondes. Quatre… trois… deux… un. La boule dans l'estomac de Bill enfla encore. La seconde suivante, Helen et John s'affrontaient furieusement devant les caméras, dans une atmosphère tendue, proche de l'explosion. Les répliques, aussi violentes que la censure le permettait, rebondissaient à une cadence de plus en plus rapide. Bill connaissait par cœur chaque mot prononcé par les comédiens. Dans le feu de l'action, ceux-ci escamotaient çà et là une phrase. Surtout Helen. Cela lui arrivait parfois mais Bill ne s'en offusquait pas. Après quatre minutes d'une intensité dramatique extraordinaire, elle sortit, le visage bouleversé, en claquant la porte. Comme toujours, elle avait été absolument convaincante. La situation, les dialogues avaient été rendus avec une telle force, que l'illusion de la réalité avait été parfaite. On fit une pause pour laisser passer une publicité. Helen s'éloigna du plateau. Elle était d'une pâleur de cire. Le regard de Bill accrocha le sien et il lui sourit. La comédienne disparut, l'assistant-réalisateur leva de nouveau la main et, une fois de plus, un silence total s'ensuivit. Plus un bruit, plus un souffle, plus un craquement.

Travelling sur une bicoque préfabriquée, repaire du dealer qui, lors d'un épisode précédent, avait passé à Helen un coup de fil anonyme, lui dévoilant la liaison entre son mari et Vaughn, sa sœur. Coups de feu. Gros plan du gangster étendu par terre, la chemise ensanglantée, mort. Fondu enchaîné sur la face de John, une lueur meurtrière dans l'œil. Vaughn se tient à son côté. L'image s'évanouit.

Nouveau décor. L'objectif balaya un luxueux petit appartement pour se fixer sur le ravissant visage de Vaughn. John l'avait renvoyée chez elle. La caméra se mit à reculer, de sorte qu'un inconnu apparaisse dans le champ. Vaughn lui dit au revoir et il sortit. Là les téléspectateurs devaient comprendre, sans que cela soit explicitement annoncé, que la jeune femme exerçait le métier de call-girl… Plan rapproché : Vaughn regardait le vide de ses grands yeux troublés, presque glacés. Bill n'avait pas perdu un seul détail. Il sentit ses muscles se détendre lorsque le réalisateur donna l'ordre de couper, afin d'insérer une autre publicité.

L'écrivain resta assis, comme envoûté. Il en était toujours ainsi. On eût dit que chaque jour une nouvelle pièce de théâtre voyait le jour sous ses yeux. Un nouveau drame, tout un univers dont la magie ne manquait jamais de le surprendre. Souvent, il cherchait la raison de son immense succès, sans vraiment la trouver. Il se disait alors que cela tenait au fait que lui-même, le créateur, se laissait subjuguer par son œuvre. Plus rarement, il se demandait ce qu'il serait advenu de lui s'il était resté à New York avec Leslie et les garçons. Auraient-ils eu d'autres enfants ? Aurait-il connu la même réussite au théâtre ? Mais à quoi bon essayer de deviner ce qui aurait pu se passer ? Maintenant ils étaient divorcés, séparés à jamais.

Il quitta le studio après s'être assuré que sa présence n'était plus nécessaire. Il ne restait que quelques raccords et le réalisateur avait l'habitude de diriger les comédiens. Aussi Bill regagna-t-il son bureau le cœur léger, l'esprit déjà accaparé par la suite. Contrairement aux autres formes d'art, le feuilleton se façonnait au jour le jour. Bill avait toujours pris soin d'éviter les redites et la monotonie. Minute après minute, heure après heure, il pétrissait ses personnages, tout en cherchant à les confronter à des situations inédites, alimentant sans cesse le feu sacré de la création. Il se laissa tomber sur le canapé, les yeux fixés sur la fenêtre inondée de lumière.

— Content ? fit Betsy.

C'était sa secrétaire depuis deux ans, autant dire depuis des siècles, selon les critères de la télévision. Parfois, elle faisait de la figuration dans les studios. Betsy n'aurait pas été étonnée d'apprendre qu'on avait vu Bill Thigpen marcher sur l'eau du lac.

— Très, répondit-il.

La boule dans son estomac avait disparu, remplacée par une immense satisfaction.

— Des nouvelles de la direction ? demanda-t-il.

Il avait adressé aux pontes de la chaîne nationale un dossier dans lequel il avait proposé de nouveaux concepts concernant le feuilleton. La réponse ne l'inquiétait pas outre mesure ; il savait qu'on ne pouvait rien lui refuser.

— Pas encore. Leland Harris et Nathan Steinberg ne sont pas en ville.

Bill comparait souvent Harris et Steinberg à un couple de divinités omniscientes et omniprésentes qui tenaient entre leurs mains le fil de sa destinée. Une solide amitié le liait à Nathan et ils s'étaient découvert un penchant commun pour la pêche à la ligne.

— Allez-vous partir tôt, ce soir ? s'enquit Betsy.

Il hocha la tête avant de se diriger vers une petite table d'époque – l'un des rares objets qu'il avait hérités de son père – sur laquelle trônait sa machine à écrire.

— Je crois que je vais traîner encore un peu... Il y a tant à faire. Barnes n'existe plus, puisque nous l'avons tué aujourd'hui. Vaughn risque la prison, Helen commence à se méfier de John. Il faudra bien qu'elle apprenne que son cher et tendre époux a entraîné sa petite sœur dans l'enfer de la drogue, n'est-ce pas ?

Avec un soupir de plaisir, il s'étira, puis se renversa sur sa chaise, mains derrière la nuque, jambes allongées, dans une posture de totale décontraction.

Betsy fit la grimace.

— Faut-il avoir un esprit malsain ! se moqua-t-elle. Dois-je vous faire monter un petit en-cas, plus tard ?

— Vous voulez donc ma perte ? Un sandwich et une Thermos de café suffiront amplement. Laissez le plateau sur votre bureau. J'irai me servir si j'ai un creux.

La secrétaire haussa les épaules. La plupart du temps, son cher patron levait le nez de ses paperasses à minuit passé, heure à laquelle il n'avait plus faim. Elle s'était souvent demandé comment il n'était pas encore mort de faim, lorsque, le matin, elle découvrait le sandwich intact, la Thermos vide, une douzaine de gobelets de café froid et des cendriers remplis de mégots.

— Vous auriez mieux fait de rentrer chez vous prendre un peu de repos.

— Merci, maman.

Il lui sourit, alors qu'elle quittait la pièce en refermant la porte derrière elle. Betsy était une employée efficace, une véritable amie qu'il en était venu à apprécier. Le battant se rouvrit et Bill leva le regard. Sylvia se tenait sous le chambranle. Elle avait gardé la minirobe noire conçue par Fred Heyman qu'elle portait sur le plateau de tournage et n'avait pas ôté son maquillage. Elle était si éblouissante que Bill en eut le souffle soupé.

Il laissa errer son regard sur la silhouette élancée de la jeune femme, les seins insolents qui appelaient les caresses, les jambes interminables. Presque aussi grande que lui, elle avait une lourde chevelure dont les vagues d'ébène lui dégringolaient dans le dos, jusqu'à la taille, formant un contraste époustouflant avec sa peau laiteuse et ses yeux de chat. Elle faisait partie de ces superbes créatures dont la seule présence suffit à provoquer une émeute dans la rue. Ce n'était pourtant pas les jolies filles qui manquaient à Los Angeles. Mais Sylvia Stewart ne serait pas passée inaperçue dans une assemblée de déesses.

— Chérie, tu as fait du bon travail, comme toujours, fit-il en se levant pour l'embrasser.

Elle prit place sur un siège et croisa les jambes. Le cœur de Bill se mit à battre un peu plus vite.

— Tu es un danger public dans ce modèle, sourit-il. Tu devrais te mettre plus souvent en jean et en t-shirt.

Ce qui ne changerait rien, pensa-t-il, car les jeans de Sylvia étaient si serrés qu'ils donnaient aussitôt l'envie de la déshabiller.

— Le costumier m'a dit que je peux garder la robe.

Comment arrivait-elle à prendre cette expression à la fois innocente et voluptueuse ?

— D'accord, répondit-il en regagnant son bureau. Tu la porteras la semaine prochaine, quand je t'emmènerai au restaurant.

— La semaine *prochaine* ? fit-elle de l'air indigné de la petite fille gâtée qui s'entend dire qu'elle n'aura pas sa poupée préférée avant Noël. Pourquoi pas *ce soir* ?

L'actrice se mit à bouder. Elle excellait dans ce petit jeu. Son entêtement contrebalançait la beauté de son minois et de son corps irrésistible.

— Tu as dû remarquer, aujourd'hui, que la série est à un tournant. Ton personnage par exemple ne peut pas simplement être jeté en prison. Il faut trouver le ton des prochaines scènes, afin que les scénaristes puissent les développer. Je pense en écrire moi-même quelques-unes.

Pour tous ceux qui le connaissaient, cela signifiait des heures et des heures de travail acharné. Les jambes incroyablement longues de Sylvia se décroisèrent un instant, puis se recroisèrent. Un impétueux désir brûla les reins de Bill.

— Nous ne partons pas en week-end ? interrogea-t-elle.

— Je n'ai pas le temps. Si tout va bien, je te promets une partie de tennis dimanche.

Une moue de profond mécontentement tordit les lèvres pulpeuses de la comédienne.

— J'aurais voulu aller à Las Vegas... Il y a un groupe de comédiens de *My Home* qui projettent une excursion.

Elle faisait allusion au feuilleton qui passait sur une chaîne concurrente.

— Je ne peux pas, Sylvia. J'ai du pain sur la planche... Pourquoi ne pars-tu pas avec les autres ? Tu ne tournes pas demain, prends ta journée. Quant à moi, je serai collé à ma machine tout le week-end.

Il indiqua d'un geste éloquent les quatre murs. Bien qu'on ne fût que mercredi, il savait qu'il en avait pour plusieurs jours, s'il voulait superviser l'équipe des scénaristes. Sylvia eut l'air d'en prendre son parti.

— Viendras-tu me rejoindre quand tu auras terminé ?

Parfois, sa naïveté le touchait. En vérité, son désir pour elle l'emportait sur l'affection qu'il lui portait. C'était une gentille fille, assez facile à vivre, et n'importe quel homme serait fier de se montrer à son bras, mais pas Bill. Sylvia ne le comblait pas intellectuellement, il en avait conscience. Comme il savait qu'il n'était pas le compagnon qu'il lui fallait. La jeune femme serait sûrement plus heureuse avec quelqu'un de plus libre, de plus insouciant. Aux discussions profondes, elle préférait les soirées mondaines, les soupers au Spago, les surprises-parties. Bill n'avait jamais le temps de l'accompagner à ses sorties et rien ne l'ennuyait davantage que les réceptions hollywoodiennes.

— Je ne crois pas que j'y arriverai, déclara-t-il. Je te verrai à ton retour, dimanche soir.

Oui, il aimait mieux la savoir en train de s'amuser quelque part, plutôt que de subir ses incessants coups de fil. Sylvia se redressa d'un air satisfait.

— Cela ne te dérange pas ? demanda-t-elle.

Elle se sentait un peu coupable de le laisser tout seul. Souriant, il la raccompagna à la porte.

— Pas du tout. À condition de ne pas signer un contrat avec le producteur de *My Home*.

Il eut un rire, puis l'embrassa à pleine bouche.

— Tu me manqueras, ajouta-t-il.

— Toi aussi.

Pourtant, l'étrange lueur qui alluma les prunelles vertes l'inquiéta un instant, il se demanda s'il n'avait pas commis une erreur. Il avait déjà aperçu ce regard désenchanté dans d'autres yeux… ceux de Leslie, plus précisément. Les femmes n'exprimaient pas toujours leurs sentiments avec des mots. Le plus souvent, elles se contentaient de les montrer par une moue, une œillade. Leur tristesse, leur solitude, se reflétaient alors dans leurs yeux. Bill le devinait aussi sûrement qu'il savait que plus rien ne pouvait changer. Non, pas à son âge… Pas à trente-neuf ans.

Lorsque Sylvia sortit, il retourna à sa machine à écrire. Il avait des tonnes de notes à rédiger à l'intention de ses auteurs. Et une myriade d'idées fourmillait dans sa tête. Ses doigts se mirent à appuyer sur les touches et il perdit la notion du temps. Il faisait nuit noire quand il releva la tête. La pendule, à sa surprise, indiquait vingt-deux heures. Il mourait de soif. Il repoussa sa chaise et se leva pour chercher un soda dans le réfrigérateur. Betsy avait dû lui laisser tout un assortiment de sandwiches dans son bureau, mais il n'avait pas faim. Les mots, les phrases, les images qui jaillissaient de son esprit lui servaient de nourriture, il n'en voulait pas d'autre. Un instant plus tard, il se rassit devant la machine en sirotant son soda. Une dernière scène à terminer, avant de s'arrêter pour aujourd'hui… Il se remit à taper. Le monde avait disparu, plus rien n'existait hormis la petite table d'époque, l'antique machine sur laquelle il s'acharnait, les lettres qui s'imprimaient l'une après l'autre sur la feuille blanche. Il était minuit lorsque, de nouveau, il cessa d'écrire. Une sensation de légèreté, presque d'exaltation, l'avait envahi. Il ramassa le monceau de feuillets, le rangea dans le tiroir, s'accorda un deuxième soda et alluma une cigarette.

Enfin, il quitta les lieux, laissant son paquet de blondes sur la table. Il ne fumait que quand il travaillait. Bill traversa le bureau vide de sa secrétaire, sans un regard vers les sandwiches qui s'empilaient sur un plateau. Dans le couloir faiblement éclairé par des tubes fluorescents, il longea une demi-douzaine de studios déserts. Une bande de jeunes gens bizarrement accoutrés venaient d'arriver dans le hall pour une interview tardive en direct. Bill les salua d'un sourire qu'ils ne lui rendirent pas, trop préoccupés par leur trac. Il passa devant le grand studio du journal de la nuit, éteint à cette heure.

Le gardien lui présenta le cahier des sorties. Bill y apposa sa signature, tout en faisant un commentaire sur le dernier match de base-bail. Avec le vieil homme, il partageait la même passion pour les Dodgers. Une fois dehors, il respira à pleins poumons l'air tiède de la nuit printanière. Un léger brouillard flottait sur la ville. L'écrivain éprouvait un singulier bien-être, comme toujours quand il sortait d'une épuisante séance de travail, avec la sensation du devoir accompli.

Il s'installa dans son station-wagon Chevrolet 49 – une antiquité qu'il avait achetée pour cinq cents dollars à un surfer de la côte Ouest sept ans plus tôt, et fit tourner le moteur. Le véhicule était loin d'être en parfait état, mais il s'y était attaché, et ses enfants l'aimaient bien.

Alors qu'il roulait dans Santa Monica Freeway en direction de Fairfax Avenue, il s'aperçut qu'il avait une faim de loup. Il ne s'alimentait pas correctement, entre son bureau et la villa de Sylvia à Malibu. L'actrice l'avait louée à une vieille vedette de cinéma qui, retirée depuis longtemps à la campagne, avait tenu à conserver la demeure dans laquelle elle avait vécu ses années de gloire.

Bill s'arrêta devant un magasin d'alimentation ouvert toute la nuit, gara sa voiture près d'une minuscule MG rouge décapotée, puis franchit l'entrée surmontée d'une enseigne lumineuse. Peu après, il poussait son caddie vers le rayon des plats cuisinés, alléché par l'appétissant fumet des poulets rôtis. Il prit un pack de six bières, une salade de pommes de terre, du salami en tranches, puis mit le cap sur l'étalage des légumes frais où il choisit quelques tomates et une laitue. La faim le tenaillait, maintenant. À la seule idée du dîner qu'il allait se préparer, il avait l'eau à la bouche. Soudain, alors qu'il s'apprêtait à se diriger vers la caisse, il se rappela qu'il n'avait plus de crème à raser, que les deux salles de bains manquaient de papier toilette et que son dernier tube de dentifrice était presque vide. Il se rua à travers le magasin et commença à empiler dans son chariot toutes sortes de choses, allant des produits d'entretien à l'huile d'olive, en passant par le café. Jusqu'alors, il n'avait jamais le temps de faire ses emplettes lui-même ou bien il oubliait la moitié des choses. Tandis que le nombre de ses achats augmentait : saucisses, sirop d'érable, céréales, ananas, papayes, une vague d'allégresse le submergea. Il se sentit comme un enfant tout à la joie de remplir son caddie de friandises. Pour la première fois de sa vie peut-être, rien ne le pressait, personne ne l'attendait, aucune urgence n'exigeait son retour. Il pouvait explorer le supermarché à son aise. Il s'autorisait même un dilemme de désœuvré – allait-il prendre une baguette pour accompagner le brie ou simplement du pain en tranches ? – quand il entra littéralement en collision avec une jeune femme, au coin de l'épicerie fine et des produits d'entretien. Elle se redressa au milieu d'une pluie de rouleaux de papier hygiénique parfumé, comme une apparition surgissant de nulle part. Son visage, d'une beauté frappante et naturelle, se tourna un instant vers l'importun, puis se pencha afin d'évaluer les dégâts.

— Excusez-moi, s'empressa Bill. Je suis vraiment désolé. Laissez-moi vous aider.

Elle se releva vivement, une légère rougeur aux pommettes.

— Mais non, ce n'est pas la peine.

Une onde puissante émanait de son sourire et de ses immenses yeux bleu saphir, et elle avait l'air de quelqu'un qui a des tas de choses intéressantes à dire. Bill la regarda comme un petit garçon égaré, mais elle s'éloigna en poussant son chariot, après lui avoir décoché un ultime sourire. Une scène qu'il aurait pu écrire, pensa-t-il. La rencontre d'un homme et d'une femme… Il faillit s'élancer derrière elle en criant : « Hé ! Attendez-moi ! » Mais elle avait disparu, elle et sa beauté saisissante, ses immenses yeux bleus, l'aura sombre de ses cheveux. Bill avait noté inconsciemment tous les détails.

C'était surtout son regard qui l'avait impressionné, si limpide, si droit… Puis son sourire, bien sûr, un peu mystérieux, interrogateur ; amical aussi, plein d'humour, comme si elle s'était retenue d'éclater de rire. Bill tourna et retourna toutes ces remarques dans son esprit, cependant qu'il s'efforçait de finir ses courses. Mayonnaise ?… Anchois ?… œufs ?… Crème fraîche ?… Impossible de se concentrer. C'était d'un ridicule achevé. Certes, cette jeune personne était jolie mais il n'y avait pas de quoi tomber à la renverse. Elle évoquait ces jeunes filles de bonne famille des collèges de la côte Est, peut-être à cause de la simplicité de sa mise : blue-jean, col roulé rouge, sneakers. Le cœur de Bill fit un bond absurde dans sa poitrine quand il la revit quelques minutes plus tard devant la caisse. Immobile, il l'observa de loin. Après tout, elle n'est pas si ravissante que cela, se dit-il. Jolie sans aucun doute, très jolie même, mais trop conforme à la norme pour son goût. Le genre de femme capable de mener tambour battant une conversation, de raconter une histoire drôle ou de vous concocter un délicieux dessert en un tournemain. Aucune raison de se sentir attiré par elle alors qu'il était choyé par une maîtresse aussi splendide que Sylvia. Pourtant, quand l'inconnue rangea son caddie, inexplicablement, il éprouva une sensation de vide. Il aurait voulu faire sa connaissance, apprendre son nom, devenir son ami.

« Bonjour, je m'appelle Bill Thigpen », se présenta-t-il mentalement, tout en poussant résolument son chariot vers elle. La jeune femme, penchée sur le comptoir, rédigeait un chèque à l'intention de la caissière. Elle ne parut pas s'apercevoir de la présence de Bill. Celui-ci fixa le stylo qui se déplaçait rapidement sur le papier dans l'espoir de déchiffrer son nom. En vain. Tout ce qu'il voyait, c'était sa main gauche plaquée sur le chéquier... Une main fine, ornée d'une alliance en or. « Mariée ! » pensa-t-il, avec un pincement incongru au cœur. Soudain elle leva la tête, son regard accrocha le sien et elle lui sourit de nouveau.

« Salut, je suis Bill Thigpen et vous êtes mariée... Si jamais vous divorcez, passez-moi donc un coup de fil. »

Il s'était toujours refusé à courtiser les femmes mariées. Pourquoi celle-ci faisait-elle ses courses à une heure aussi tardive ? Il aurait été curieux de le savoir... Enfin, ça n'avait plus vraiment d'importance. Il commença à aligner ses paquets sur le tapis roulant.

— Au revoir, fit-elle d'une voix douce, légèrement voilée, en s'éloignant vers la sortie, deux gros sacs en papier à bout de bras.

— Au revoir.

Il la suivit du regard. L'instant d'après, un bruit de moteur déchira la nuit, et lorsque Bill se retrouva sur l'aire de stationnement, la petite MG rouge avait disparu. Il prit place au volant en haussant les épaules. Sûrement le surmenage qui lui jouait des tours. S'il commençait maintenant à s'enticher de n'importe quelle mère de famille rencontrée par hasard... Il sourit, mit la Chevrolet en marche. La vieille guimbarde démarra dans une effroyable quinte de toux.

— Mon vieux Thigpen, marmotta-t-il dans un rire, il faut te calmer maintenant.

Sur le chemin du retour, il se demanda ce que Sylvia pouvait bien fabriquer à Las Vegas.

# 2

Adriane Townsend quitta le supermarché au volant de sa voiture. Ses pensées voguaient vers Steven qui l'attendait à la maison. Cela faisait quatre jours qu'elle ne l'avait vu, depuis qu'il s'était rendu à Saint-Louis, à un important rendez-vous d'affaires avec un gros client de sa boîte. Steven Townsend était le cadre le plus dynamique de l'agence de publicité qui l'employait. Promu à un brillant avenir, il briguait le fauteuil directorial des bureaux de Los Angeles. Il n'aurait aucun mal à y arriver, Adriane en était persuadée. À trente-quatre ans, après des débuts modestes et laborieux dans le Midwest, il était parvenu à une position enviable et il comptait tout mettre en œuvre pour poursuivre sa fulgurante ascension sociale. Sa femme savait combien il tenait à sa réussite professionnelle. Le succès constituait le but suprême de sa vie. Steven exécrait la pauvreté, son enfance malheureuse, le Midwest. Il s'était juré d'échapper à la misère à tout prix. Seize ans plus tôt, il avait obtenu une bourse de l'État pour l'université de Berkeley où il avait suivi de solides études commerciales. Une maîtrise de communication à l'université de Stanford avait parachevé sa formation. Également diplômée de Stanford, Adriane vouait à la télévision une véritable passion mais, dès le début, Steven avait opté pour la publicité. Encore étudiant, il avait dégoté un job dans l'une des meilleures agences de San Francisco, avant de gagner la Californie du Sud. Nul ne s'était jamais avisé de mettre en doute la réussite de Steven. Peu importait ce que cela lui coûterait en efforts, il se trouverait un jour au sommet. Le jeune homme faisait partie de ces gens qui savent ce qu'ils veulent et que rien ne peut écarter de leur objectif. Déterminé, sûr de sa valeur, il élaborait ses desseins dans le moindre détail. Il n'y avait jamais eu de faille, jamais une erreur, jamais une bavure dans l'existence de Steven Townsend. Parfois, il parlait des heures durant à Adriane d'un projet qu'il avait l'intention de soumettre à un client ou d'un produit dont il allait assurer la promotion. Elle l'admirait pour son assurance et son courage. La vie n'avait pas été tendre avec lui. Son père, ouvrier dans l'industrie automobile à Détroit, avait eu cinq enfants, trois filles et deux garçons. Steve était le benjamin. La mort avait fauché son frère aîné au Vietnam, quant à ses sœurs, elles n'avaient reçu aucune instruction. Deux d'entre elles s'étaient mariées à dix-huit ans, toutes deux enceintes jusqu'aux dents, bien sûr. La plus âgée avait eu son quatrième marmot avant de célébrer son vingt-cinquième anniversaire. Elle avait épousé un ouvrier de l'automobile, comme leur père, et quand une grève venait immobiliser l'usine, ils se rabattaient sur les maigres allocations de la Sécurité sociale. L'enfance de Steven avait été un cauchemar. Il n'en avait parlé à personne. Seule Adriane connaissait la haine féroce qu'il nourrissait à l'égard de son passé et des siens. Il n'avait plus jamais voulu retourner à Détroit, et depuis presque cinq ans il n'avait plus donné signe de vie à ses parents. « J'ai coupé les ponts », avait-il seulement commenté laconiquement un soir, après un dîner arrosé avec des collègues.

Son ressentiment contre sa famille s'était mué en répulsion. Steven avait fini par les prendre en horreur. Il détestait leur indigence, leur désespoir, cette sinistre expression qu'il avait tant de fois décelée dans les yeux de sa mère, mélange de mélancolie et de regrets de n'avoir pu offrir une vie décente à ses enfants.

— Elle devait vous aimer, pourtant, avait tenté de lui expliquer Adriane.

Elle imaginait parfaitement ce qu'avait dû être l'angoisse de cette femme face aux exigences de sa progéniture, et plus particulièrement de son petit dernier, l'ambitieux Steven.

— Elle était incapable d'aimer, avait rétorqué celui-ci d'une voix acide. Elle n'éprouvait plus aucune émotion, sauf peut-être quand il s'agissait de *lui*. L'année où je suis parti de la maison, elle était tombée enceinte... à cinquante ans, te rends-tu compte ? Dieu merci, elle a fait une fausse couche.

La jeune femme ressentit une peine immense, mais ne répondit rien. Elle avait renoncé depuis longtemps à plaider la cause des parents de Steven. De toute évidence, il n'avait plus rien à leur dire. Les évoquer semblait lui causer une vive douleur. Adriane essayait d'imaginer la réaction de M. et Mme Townsend en présence de leur fils tel qu'il était devenu. Séduisant, athlétique, éloquent, bien élevé, intelligent, audacieux... peut-être un rien trop effronté. Sa flamme, son énergie, sa fougue la fascinaient, bien que, par moments, elle eût souhaité qu'il tempérât son ardeur combative. Cela viendrait aussi avec le temps, grâce à la tendresse qu'elle lui témoignait. Mais il avait un « cœur de cactus », comme elle se plaisait à lui dire, pour le taquiner. Il ne laissait personne l'approcher, à moins qu'il l'eût décidé.

Ils étaient mariés depuis presque trois ans et formaient à tous points de vue un couple uni. Steven s'était installé à Los Angeles douze ans plus tôt, dès qu'il avait terminé ses études. Le début de son ascension météorique avait coïncidé avec leur union. Il avait fait ses armes dans trois grandes agences avant d'accéder au poste qu'il occupait aujourd'hui et passait pour un jeune loup dans la jungle des affaires. On l'appréciait et on le redoutait. Impitoyable, il n'hésitait pas à marcher sur les plates-bandes de ses amis, ni à faire main basse sur la clientèle de ses anciens collègues. Ses manœuvres incessantes ne semblaient pas déranger ses supérieurs. Ses commissions augmentaient de jour en jour, ainsi que son importance au sein du groupe.

Adriane et Steven étaient très différents, la jeune femme en avait une conscience aiguë. Issue d'une famille de la bourgeoisie du Connecticut, elle avait fréquenté les grandes écoles privées. Sa sœur aînée également. Elles ne s'entendaient plus très bien, toutes les deux… Adriane s'était, sans le vouloir, éloignée de ses parents. Peut-être à cause de Steven… sûrement même. Son père et sa mère venaient lui rendre visite de temps à autre et, la dernière fois, il y avait eu des problèmes. Steven avait ouvertement raillé ce qu'il appelait « les nobles occupations » de son beau-père. Le père d'Adriane n'avait rien d'un carriériste. Ancien procureur à la retraite, il enseignait dans une faculté de droit de sa région. La discussion s'était envenimée à mesure que Steven se montrait de plus en plus agressif. Embarrassée, la jeune femme s'était efforcée de convaincre ses parents que Steven ne pensait pas vraiment ce qu'il avait dit. Le lendemain, elle avait reçu un appel téléphonique de sa sœur, Connie.

— Comment as-tu pu permettre à ton mari de se comporter de la sorte ?

— Que veux-tu dire ?

— Il paraît qu'il a été d'une parfaite impolitesse. Maman m'a dit qu'il n'a pas cessé d'humilier papa. Et quant à ce dernier, il jure qu'il ne mettra plus jamais les pieds en Californie.

— Connie… pour l'amour du ciel… bredouilla Adriane, tu ne vas pas en faire un drame ! Il est vrai que Steven a exagéré un peu, mais tu le connais. Il défend toujours ses idées avec… avec une certaine exubérance.

Sa sœur n'eut guère l'air convaincue. Adriane se consola en se disant que, de toute façon, elles ne risqueraient pas de tomber d'accord. Plus âgée de cinq ans, Connie l'avait, quoi qu'elle fît, toujours désapprouvée. C'était l'une des raisons qui avaient poussé Adriane à s'établir en Californie… Cela, et le fait qu'elle désirait travailler pour la télévision.

Elle avait suivi des études cinématographiques à UCLA et s'était révélée une élève des plus douées. Adriane avait tout juste commencé à se distinguer parmi les gens de sa profession, quand Steve fit irruption dans sa vie. À ses yeux, le monde des studios recelait des dangers insoupçonnés pour une personne aussi sensible qu'Adriane. C'était un univers frelaté et beaucoup trop sophistiqué pour une âme pure comme la sienne. Il finit par lui imposer son point de vue.

— Il te faut quelque chose de plus concret, de moins dur, surtout.

Ils vivaient ensemble depuis deux ans lorsqu'elle fut engagée dans l'équipe du journal télévisé. C'était un travail passionnant, bien sûr, et extrêmement bien rémunéré, mais tellement loin des mises en scène dont la jeune femme avait rêvé. Une fois de plus, ce fut Steven qui l'aida à voir clair. Elle l'écouta et accepta le poste. Six mois plus tard, lors d'un week-end à San Remo, elle épousa Steven. Il méprisait les grands mariages, tous ces « chichis » orchestrés uniquement pour faire plaisir aux parents. Adriane obtempéra comme toujours. Ses parents apprirent que leur fille cadette s'était mariée, après la cérémonie. Ils en furent bouleversés. Sa mère fondit en larmes, son père piqua une de ses fameuses colères. Steven leur tint tête, tandis qu'Adriane et Connie entamaient une de leurs querelles habituelles. Connie, qui attendait à l'époque son troisième enfant, ne se gêna pas pour dire ses quatre vérités à sa sœur. Celle-ci se défendit :

— Nous n'avons pas voulu d'un mariage conventionnel, où est le mal ? Steve se sent mal à l'aise dans le monde, il faut le comprendre. Bon sang, j'ai vingt-neuf ans, j'ai le droit de me marier comme bon me semble !

— Tu n'as pas le droit de blesser papa et maman. *Pour une fois,* tu aurais pu faire un effort. Tu vis à trois mille kilomètres d'ici, tu es libre comme l'air, tu n'es jamais là quand ils ont besoin de toi, que te faut-il de plus ?

La voix de Connie se fêla sur une note accusatrice. Adriane la considéra, frappée par son amertume. Un fossé s'était creusé entre elles ces dernières années. Il ne faisait que s'agrandir.

— Ils ne sont pas si vieux, répondit-elle. Maman a soixante-deux ans et papa soixante-cinq, je ne crois pas qu'ils aient besoin d'assistance.

Connie devint livide.

— Tu te trompes. C'est Charlie qui sort la voiture de papa du garage quand il neige. Bien sûr, cela ne t'a jamais effleurée.

— S'ils allaient habiter en Floride, les choses seraient plus faciles pour toi comme pour moi, répliqua calmement Adriane, tandis qu'un flot de larmes mouillait les yeux de sa sœur.

— La dérobade est décidément ton point fort. Ah ! c'est facile de se cacher à l'autre bout du pays !

— Connie, je ne me cache pas. Ma vie est là-bas, voilà tout.

— Ta vie… À jouer l'imbécile à la télé ! C'est un boulot de merde et tu le sais. Ouvre les yeux, Adriane. Il est temps de grandir. Deviens adulte, fonde un foyer, fais des enfants, vis ta vie de femme avant de te lancer dans des illusions. Et si un jour tu décides malgré tout de travailler, trouve-toi un job qui vaille la peine. Mais sois normale, au moins.

— Comme toi, n'est-ce pas ? Tu es normale parce que tu étais infirmière avant de devenir mère et moi je ne le suis pas, sous prétexte que j'ai un métier que tu n'approuves pas ? J'ai été nommée « assistante de production », ma chère, le titre t'aidera peut-être à mieux comprendre en quoi consistent mes fonctions.

Au fil des ans, le venin de la jalousie avait irrémédiablement gâché leurs rapports. Jadis, il y avait eu de l'affection entre elles. À présent, Connie enviait à Adriane sa liberté. Et Adriane s'était bien gardée de lui avouer que Steven et elle avaient décidé de ne pas avoir d'enfant… À la suite d'une enfance aussi perturbée, Adriane le comprenait fort bien, le jeune homme ne pouvait que fuir les responsabilités de la paternité. Au fond, elle espérait qu'elle l'amènerait un jour à changer d'avis. À oublier que, des années durant, il avait jeté sur ses parents le blâme d'une trop nombreuse progéniture. Dès le début, il avait clairement exposé à Adriane ses positions sur le sujet : les enfants ne figuraient pas dans son programme. Il se fit insistant, afin que sa femme lui donne pleinement son accord. Tenté par la vasectomie, il s'était ravisé, craignant des effets secondaires sur sa virilité. Cependant, il incita Adriane à recourir à la ligature des trompes, mais l'aspect radical de l'intervention la faisait hésiter. Finalement, ils optèrent pour une méthode de contraception courante et n'en parlèrent plus… Ou plutôt Steven n'en parla plus, car Adriane ne pouvait s'empêcher d'y penser. Dès lors, l'idée de renoncer à tout jamais à la maternité lui parut être un sacrifice, un acte d'abandon nécessaire à l'équilibre de l'homme qu'elle aimait. Steven entendait poursuivre sans encombres sa carrière. Il poussait Adriane à se consacrer à la sienne. Au bout de trois ans, la jeune femme se sentait parfaitement intégrée dans l'équipe du journal télévisé. Il lui arrivait toutefois de regretter ses rêves perdus : elle se prenait alors à songer aux films qu'elle n'avait pas pu réaliser, aux ambiances et aux effets spéciaux qu'elle aurait tant voulu inventer. À plusieurs reprises elle s'efforça de convaincre Steven de lui permettre d'exercer son talent de metteur en scène. Il lui opposa à chaque fois un veto irréversible.

— Admettons que tu crées une série. Si la production décide de la supprimer, tu te retrouveras au chômage. Accroche-toi à ton poste, chérie, le journal ne sera jamais rayé des programmes.

Steven avait en horreur ce qu'il appelait « les opportunités perdues », risques inutiles, échecs en tous genres. Une carrière, disait-il, ne se forgeait pas dans la dispersion. Seule la continuité, la constance dans le travail, l'application, menaient à la réussite. Et la réussite se trouvait indubitablement au sommet.

Durant les deux dernières années, le couple avait prospéré. Steven et Adriane avaient un remarquable cercle d'amis, partaient en voyage dès que l'occasion se présentait. Un an plus tôt, ils avaient fait l'acquisition d'une charmante petite propriété en ville, une maison à étage, avec une deuxième chambre à coucher qu'ils avaient transformée en petit salon, un immense living-room, une vaste cuisine. Les week-ends, Adriane s'adonnait à corps perdu au jardinage, son violon d'Ingres. L'ensemble de la copropriété disposait d'une piscine, d'un court de tennis, et de garages privés à deux places suffisamment spacieux pour contenir la MG d'Adriane et l'étincelante Porsche noire de Steven. Ce dernier reprochait souvent à sa femme de conserver « ce vieux tacot ». Adriane demeurait inflexible : la petite MG représentait ses années d'études. S'en défaire était hors de question.

Là résidait d'ailleurs leur différence de caractère. Elle, attachée aux objets anciens, lui toujours à l'affût de la nouveauté. Adriane pensait qu'ils étaient complémentaires. Steven excitait sa combativité et elle tempérait son ardeur belliqueuse. Du moins le croyait-elle car ses parents, sa sœur et son beau-frère Charles semblaient d'un avis contraire. En vérité ils ne pouvaient pas le sentir. Ils devaient lui reprocher d'avoir irrémédiablement rompu les ponts entre Adriane et sa famille. C'était vrai, bien sûr, mais la jeune femme restait fidèle à l'allégeance qu'elle avait faite à son époux. Après tout, Steven était son ami, son confident, l'homme de sa vie. Celui dont elle partageait la couche, le compagnon avec lequel elle bâtirait l'avenir. Elle chérissait tendrement ses parents, mais ceux-ci représentaient le passé. Le présent s'appelait Steven. La jeune femme avait finalement avoué à sa sœur qu'elle ne comptait pas avoir d'enfants et Connie s'était certainement empressée de le dire aux parents. À leurs yeux, la relation qu'entretenait le jeune ménage perdit alors tout son sens. Steven et Adriane passaient, auprès de la famille, pour un couple d'hédonistes enferré dans un égocentrisme sans nom et sacrifiant au démon des mondanités. Il aurait été vain d'essayer de leur prouver le contraire. Adriane opta pour le silence, alors que les visites de ses parents en Californie s'espaçaient peu à peu.

Mais la jeune femme ne songeait guère à son père et à sa mère, tandis qu'elle négociait le virage de Fairfax Avenue, à la sortie de Santa Monica Freeway. Seul Steven occupait son esprit. Comme il devait être fatigué ! En prévision de leurs retrouvailles, elle avait pris une bouteille de vin blanc, du fromage, et différents ingrédients, épices et fines herbes, dont elle agrémenterait l'omelette qu'elle lui présenterait. Un sourire éclaira son visage, penant qu'elle glissait sa guimbarde près de la Porsche noire dans le garage. Il était là. Elle s'en voulut de ne pas l'avoir accueilli à l'aéroport. Ce soir, elle avait dû s'attarder au studio, afin de résoudre un problème technique de dernière heure.

Adriane fit jouer sa clé dans la serrure de l'entrée et le battant s'ouvrit sur le vestibule. Les lumières étaient allumées dans la salle de séjour.

— Hello ! Il y a quelqu'un ? cria-t-elle.

La chaîne stéréo diffusait une douce musique, la mallette de voyage de Steven trônait sur le parquet, mais il restait invisible. Elle le découvrit dans la cuisine, pendu au téléphone, son abondante chevelure de jais ébouriffée. Penché sur un carnet, il prenait frénétiquement des notes. Au ton de sa voix, elle devina qu'il parlait à son patron. Il ne l'avait même pas vue. Elle s'approcha, l'enlaça et effleura sa joue d'un baiser. Steven sourit à sa femme, puis l'embrassa gentiment sur les lèvres, sans perdre un mot de ce que son patron lui racontait. L'instant suivant il la repoussa doucement avant de reprendre la conversation.

— Absolument... C'est exactement ce que je pense. Ils prétendent qu'ils nous recontacteront dans une semaine. À mon avis, si nous jouons serré, nous pourrons signer le contrat plus tôt. Oui... Oui... Bien sûr... À demain.

Il raccrocha. Soudain, il attira Adriane contre lui, l'étreignit avec fougue et comme chaque fois que cela arrivait, un immense bien-être l'inonda. Elle se sentait toujours pleinement heureuse dans ses bras, comme si elle retrouvait enfin sa place. En tendant ses lèvres vers les siennes, elle réalisa subitement combien il lui avait manqué.

Un long baiser les réunit et lorsque Steven se détacha d'elle, Adriane le regarda, le souffle court.

— Hum... fit-elle, quel plaisir de vous revoir à la maison, monsieur Townsend.

Un sourire malicieux étira ses lèvres, cependant que ses paumes se plaquaient sur les fesses d'Adriane, pour la coller à lui.

— Le plaisir est réciproque. Où étais-tu ?

— Au boulot. J'ai en vain cherché un remplaçant pour les actualités de onze heures. Personne n'était libre. J'ai fait quelques emplettes sur le chemin. As-tu faim ?

— Oui, sourit-il, sans un regard pour les deux énormes sacs de papier brun qu'elle avait déposés sur le dallage. Je suis affamé.

Sur ces mots, il éteignit le plafonnier. Adriane étouffa un rire.

— Je ne parlais pas de ça, mais de la bonne bouteille de vin et du délicieux fromage qui...

Il lui reprit les lèvres impétueusement.

— Plus tard, Adriane, plus tard…

Il l'entraîna vers l'étage. Les sacs de papier brun furent oubliés dans la cuisine, le bagage resta dans le salon, et le regard de Steven se mit à flamboyer quand la jeune femme retira, l'un après l'autre, ses vêtements. Alors, il augmenta le volume de la musique, puis, lentement, il fit basculer Adriane sur le lit.

## 3

Tous les matins, ils quittaient la maison à la même heure, suivant une routine soigneusement minutée. Avant de partir au travail, Steven faisait son jogging. De retour, il montait sur son vélo d'appartement et se mettait à pédaler, en se rasant et en regardant les actualités du matin. Douchée et fin prête, Adriane préparait le petit déjeuner. Steven prenait sa douche et s'habillait à son tour, pendant qu'elle faisait le lit et nettoyait la cuisine. Les week-ends, elle lui demandait de l'aider, mais en semaine il n'avait pas une minute à lui.

Les deux époux avaient à peine le temps d'échanger deux mots le matin, sauf pour commenter, parfois, une nouvelle du journal télévisé. Aujourd'hui, c'était différent. Ils avaient fait deux fois l'amour dans la nuit, et Adriane se sentait plus volubile qu'à l'ordinaire. Plus affectueuse aussi, car elle donna un tendre baiser à son mari, alors qu'elle lui tendait une tasse de café. L'exercice l'avait fait transpirer, des mèches de cheveux se collaient à son front moite et son sweater lui moulait le torse, mais même en nage, Steven Townsend exhalait la séduction d'une star de cinéma. Cette virile beauté avait sans doute été l'une des raisons qui l'avaient poussé à fuir Detroit. Tel le cygne au sein d'une assemblée de canards, Steven s'estimait trop doué, trop ambitieux, trop beau pour croupir dans la mare de la médiocrité. Adriane le pensait également mais l'idée qu'elle était belle, elle aussi, ne l'avait jamais vraiment effleurée. La jeune femme n'accordait aux apparences qu'un intérêt mitigé, sauf lorsqu'elle accompagnait son mari à une réception. Elle ne s'était jamais donné la peine de s'observer, sinon elle se serait découvert des attraits – cette santé éclatante de la peau, cette grâce naturelle qui tranchait singulièrement sur les artifices des femmes de son milieu. Adriane n'avait aucune conscience de sa propre grâce et Steven, éternellement accaparé par les aléas de sa profession, ne lui en faisait presque jamais compliment.

— Rien de spécial aujourd'hui ? demanda-t-il nonchalamment, en dégustant les muffins aux framboises qu'elle venait de lui servir avec une salade de fruits frais nappés de yaourt.

— Pas que je sache. L'actualité habituelle. Note que, le temps que je me rende au studio, on peut encore tirer sur le président des États-Unis.

— Oui... fit-il, le regard vissé au journal dont il étudiait la rubrique des valeurs boursières. Tu comptes travailler tard, ce soir ?

— Je ne le saurai pas avant l'après-midi. Deux de mes collègues sont en vacances et nous manquons d'effectifs. Il se peut que je sois obligée d'y retourner le week-end.

— J'espère que non. N'oublie pas que nous sommes invités chez les James, demain soir.

Adriane eut un sourire. Bien qu'elle fût assistante de production sur une grande chaîne, Steven mettait toujours en doute ses facultés de mémoire.

— N'aie crainte, je m'en souviens. Est-ce si important ?

Il hocha la tête sans une once d'humour, comme toujours lorsqu'il s'agissait de son activité à lui.

— Le gratin de la pub sera là... Je voulais simplement m'assurer que tu te le rappelais. (Il jeta un coup d'œil à sa montre et se leva.) J'irai faire une partie de squash à dix-huit heures. Si tu es retenue dans la soirée, je ne rentrerai pas dîner. Laisse-moi un message à mon bureau.

— Bien, monsieur. Autre chose, avant que nous commencions cette nouvelle journée de dur labeur ?

Il parut distrait un instant, comme absorbé dans une méditation mystérieuse, puis hocha la tête machinalement. Ses pensées, à cent lieues de la femme qui demeurait assise devant les restes du petit déjeuner, survolèrent rapidement l'ordre du jour qu'il s'était fixé : Contacter deux nouveaux clients, soustraire un troisième à l'influence d'un collègue plus âgé que lui. C'était une opération facile, qu'il avait souvent menée avec succès dans le passé. Les scrupules n'étouffaient pas Steven Townsend. Il était prêt à se servir dans la clientèle de ses collaborateurs et ne s'en cachait pas. « La fin justifie les moyens », telle était sa devise. Il l'avait appliquée seize ans auparavant, privant son meilleur ami de l'époque de la bourse qui lui aurait permis de suivre des études à Berkeley. L'autre garçon, plus qualifié que Steven, avait toutes les chances de gagner. Seulement, il avait triché au premier examen écrit. Steve l'avait appris et s'était arrangé pour en informer les bonnes personnes, au bon moment. Tom, qui avait obtenu les meilleures notes à toutes les autres matières – il avait même aidé Steven à préparer le concours – avait été finalement disqualifié. Après tout, il l'avait bien mérité. Devenu boursier, Steven avait pu quitter l'enfer de Detroit. Il n'entendit plus jamais parler de son ami. Des années plus tard, il sut par l'une de ses sœurs que Tom, ayant abandonné les études, s'était fait embaucher comme pompiste quelque part dans un ghetto de la ville. « Ainsi va la vie », avait pensé Steven. Il croyait à la sélection naturelle : seuls les meilleurs survivaient. Et, bien sûr, il se classait d'autorité parmi les meilleurs.

Il considéra Adriane pendant un bref instant avant de tourner les talons et de monter précipitamment à l'étage. Lorsqu'il redescendit, elle était encore dans la cuisine. Steven avait revêtu un costume couleur kaki impeccablement coupé et une chemise bleu pâle agrémentée d'une cravate bleue à fines rayures jaunes. Ses cheveux noirs et brillants lui donnaient une allure de grand séducteur. Les battements de cœur d'Adriane s'accélérèrent à sa vue. Elle le trouvait incroyablement beau.

— Tu es parfait, chéri.

Il parut satisfait. La jeune femme saisit le sac en forme de musette qu'elle emportait toujours à son travail. C'était un modèle Hermès en cuir noir souple, vestige de ses années d'études, tout comme la MG. Sa jupe de laine marine s'harmonisait parfaitement à son chemisier de soie blanche et au sweater en cachemire blanc dont elle avait négligemment noué les manches autour de ses épaules. Des souliers noirs italiens qu'elle avait payés une fortune parachevaient sa mise. D'une élégante simplicité, Adriane avait sans s'en rendre compte une classe folle. Ils sortirent en même temps de la maison et se dirigèrent vers le garage. Ils formaient l'image même du couple heureux. La jeune femme grimpa dans sa petite voiture, souriant au regard désapprobateur de son époux, déjà installé au volant de la Porsche rutilante. Steven avait souvent menacé d'expédier la guimbarde délabrée sur le parking collectif situé en face.

— Tu n'es qu'un snob, jeta Adriane en riant, tandis qu'il hochait la tête, l'air dégoûté.

Steven mit le contact et le bolide bondit en avant dans un rugissement. Elle recouvrit d'un foulard ses cheveux, puis fit tourner le moteur, guettant avec délice la familière quinte de toux qui, d'habitude, signalait le démarrage.

Quelques minutes plus tard, la MG déboucha dans le boulevard encombré. Une longue chenille de véhicules s'étirait paresseusement sur la route, dans un concert de klaxons. Adriane se demanda si Steven avait eu la chance d'éviter les embouteillages. Le fait de penser à lui l'amena tout naturellement à évoquer un autre problème. Un léger retard dans son cycle menstruel… Oh, pas plus que deux jours, ce qui n'avait rien d'alarmant. Son emploi du temps chargé, le stress, la fatigue étaient sûrement les causes de ce dérèglement. Cela lui arrivait parfois… Très rarement, il fallait en convenir. Elle se promit de faire le point à la fin de la semaine. La circulation redevint alors fluide et la minuscule MG s'élança sur la route.

Un épouvantable chaos régnait dans le studio. Le producteur, cloué au lit par une grippe, brillait par son absence, deux caméramen avaient eu un accident heureusement sans gravité, un couple de journalistes se chamaillait dans un coin. Adriane finit par perdre son sang-froid :

— Pour l'amour du ciel, un peu de calme ! Comment voulez-vous qu'on puisse travailler dans ces conditions ? Si vous avez envie de régler vos comptes, allez donc le faire ailleurs, ajouta-t-elle à l'adresse des belligérants.

Télex et messages s'accumulaient sur son bureau. Un sénateur avait trouvé la mort dans un accident d'avion des lignes intérieures. Des reporters avaient téléphoné des lieux du crash pour préciser qu'il n'y avait aucun survivant. Une grande star du cinéma s'était suicidée durant la nuit. Un tremblement de terre avait fait plus de mille victimes au Mexique, deux vedettes de Hollywood avaient rendu publique leur décision d'unir leurs destinées. La partie s'annonçait rude. Oui, c'était une de ces journées à vous donner des ulcères à l'estomac. Steven lui disait pourtant qu'elle avait tort de se plaindre d'un travail aussi passionnant.

— Ne me dis pas que tu aurais préféré vivre dans les nuages, t'abîmer la santé sur des effets spéciaux pour femmes du monde !

Non, bien sûr. Mais elle aurait tant voulu participer à la création d'une série à succès… À présent, avec son expérience de la production, elle aurait pu en effet mener à bien une telle entreprise. Or, Steven ne lui donnerait jamais le feu vert, elle le savait.

— Adriane ?

— Euh… oui ?

Elle avait perdu la notion du temps, ses pensées s'étaient égarées depuis un moment dans des questionnements sans fin, et un dîner en tête à tête avec son mari paraissait de plus en plus improbable. Comme elle l'avait prévu, la journée avait été harassante. Elle se tourna vers le jeune assistant qui la sollicitait. Il lui signala qu'il y avait eu un incident technique sur le plateau et qu'ils allaient devoir se contenter d'un studio annexe pour la diffusion du journal.

Il était quatre heures de l'après-midi quand Adriane put enfin avaler un sandwich, six heures passées lorsqu'elle songea brusquement à téléphoner à Steven. On lui répondit qu'il était parti jouer au squash avec des collègues. Oui, il savait apparemment qu'elle rentrerait tard à la maison. La jeune femme raccrocha, écrasée soudain par le fardeau de la solitude.

Les gens s'apprêtaient à sortir, à voir des amis, ou à lire simplement un bon livre, pendant qu'elle s'épuisait à parcourir des télex et des rapports de police relatant toutes sortes de tragédies – homicides, cambriolages, accidents mortels. « Drôle de façon de passer un vendredi soir », soliloqua-t-elle, un peu honteuse de cette réflexion amère.

— Tu n'as pas l'air dans ton assiette, fit remarquer Zelda, alors qu'elle lui tendait une tasse de café fumant.

Zelda était son assistante préférée. Toujours prête à rire, plusieurs fois divorcée, elle se piquait d'être un esprit libre. Son humeur égale dissimulait une forte personnalité. Elle possédait une crinière fauve et un sens de l'humour tout aussi flamboyant.

— Je me sens un peu fatiguée. Cet endroit me tape par moments sur les nerfs.

— Enfin, une parole saine ! s'esclaffa Zelda.

— Les nouvelles n'influent jamais sur ton moral ? Elles sont si déprimantes...

— Je ne les écoute pas, ma chère. Et quand je sors d'ici, je vais m'éclater dans les discothèques.

— C'est peut-être toi qui as raison.

La plupart du temps, Steven dormait déjà quand Adriane regagnait leur domicile. Heureusement, il restait l'heure sacro-sainte du petit déjeuner et les week-ends.

Adriane baissa le nez dans ses paperasses. Quatre heures s'écoulèrent avant qu'elle relève la tête. Elle alla passer en revue le studio, bavarda gentiment avec les techniciens, jeta un ultime coup d'œil au texte des présentateurs. Elle avait hâte de rentrer. Steven devait dîner avec ses amis, à cette heure-ci, mais elle savait qu'il serait à la maison avant elle. Il ne s'attardait jamais au restaurant, à moins qu'il n'y eût quelque profit à tirer d'un gros client.

Le journal de la nuit se déroula comme d'habitude. À vingt-trois heures trente, la MG rouge s'engagea dans Santa Monica Freeway.

Les aiguilles de sa montre indiquaient minuit moins cinq quand Adriane glissa sa clé dans la serrure de la porte. Elle avait vu la lumière filtrer par les persiennes de leur chambre à coucher et son cœur avait tressailli. Elle monta les marches quatre à quatre, se rua dans la chambre. Un rire lui échappa. Steven dormait à poings fermés, comme un enfant, épuisé par sa partie de squash. Peu après, Adriane, en chemise de nuit, s'assit sur le bord du lit.

— Eh bien, prince charmant, on dirait que tu fais de beaux rêves.

Elle se pencha pour l'embrasser légèrement sur la joue. Il ne bougea pas. La jeune femme s'allongea à son côté, éteignit la lampe, tira la couverture sur son corps. Dans le silence de la nuit, elle se surprit à penser de nouveau au retard de ses règles, mais elle conclut que cela n'était rien.

# 4

Adriane se réveilla vers dix heures du matin et, aussitôt, l'appétissant fumet du bacon frit lui chatouilla les narines. De la cuisine lui parvint le joyeux tintement des tasses sur les soucoupes. Un sourire heureux étira ses lèvres. Elle adorait leur petit rituel du samedi : Steven lui apportait le petit déjeuner au lit, puis ils s'aimaient longuement.

Des pas résonnèrent dans l'escalier. Il montait en chantonnant. Steven cogna le plateau contre le chambranle, alors qu'il franchissait le seuil de la chambre. Il avait mis un disque de Bruce Springsteen sur la chaîne stéréo.

— Debout, là-dedans ! cria-t-il en déposant le plateau sur la courtepointe.

Adriane s'étira, lui dédiant un charmant sourire. Le spectacle qu'il offrait le matin ne manquait jamais de l'émerveiller. Il était en tenue de tennis, ses cheveux noirs, constellés de gouttelettes diamantées de la douche, scintillaient, le bronzage de ses longues jambes musclées tranchait sur le blanc immaculé de son short. Comme il la dominait de toute sa taille, la carrure de ses épaules n'en paraissait que plus impressionnante.

— Hum… Tu es superbe pour un garçon de cuisine, murmura-t-elle en se hissant sur un coude.

— Tu n'es pas mal non plus pour une marmotte, répondit-il et il se laissa tomber sur le lit.

Adriane éclata de rire.

— Hier soir c'est pourtant toi qui jouais les loirs.

— J'ai eu une journée tuante. Et en plus j'ai perdu au squash.

Il lui effleura la pommette d'un baiser, tandis qu'elle mordait dans une tranche de bacon.

— Joueras-tu au tennis ? s'enquit-elle.

Elle connaissait bien son penchant pour les sports de compétition.

— Oui… Mais pas avant onze heures et demie.

Il jeta un coup d'œil à sa montre. En le voyant se débarrasser prestement de ses vêtements, Adriane eut un nouveau rire. L'instant suivant, il était sous les couvertures, tout contre elle.

— Voyons, monsieur Townsend ! Cet exercice risque de vous priver de vos moyens pour le match de tout à l'heure.

— Probablement, marmonna-t-il, avec un sourire sensuel. Mais sans doute en vaux-tu la peine !

— Vraiment ? Vous me flattez !

Il l'étouffa de baisers. Le tennis fut vite oublié…

Une demi-heure plus tard, Adriane somnolait dans les bras de Steven. Il lui lissa tendrement ses boucles brunes et lustrées.

— Voilà un sport que je ferais mieux de pratiquer plus souvent, ronronna-t-elle, les yeux mi-clos, en l'embrassant.

Il s'étira paresseusement.

— Moi aussi…

Une heure après, il déploya un effort surhumain pour quitter le lit douillet et repasser sous la douche, avant de rencontrer sur le court de tennis Harvey, une vague connaissance de voisinage, qui l'attendait.

— Tu rentres déjeuner ? cria Adriane.

Il répondit du rez-de-chaussée qu'il se préparerait une salade, lui rappela l'invitation des James, puis la porte claqua et ce fut le silence. Adriane soupira. Elle s'était engagée à se rendre au bureau dans l'après-midi, afin de superviser les actualités de vingt heures, et d'y retourner avant le journal de la nuit. « Dure journée pour la reine ! » soupira-t-elle. Elle allait devoir s'habiller avant d'aller à la télévision, rejoindre Steven à la maison, ou, mieux, sur place en début de soirée, et repartir dare-dare au studio. C'était un peu juste, mais tant pis. Sachant combien la réception comptait pour Steven, elle se sentait prête à tous les sacrifices. Elle ne refusait jamais de l'accompagner lorsqu'il le lui demandait. Son mari passait avant tout le reste. Adriane tenait à respecter coûte que coûte leur vie de couple. Ce n'était pas le cas de Steven, mais après tout, il était obligé de voyager.

Il revint vers quatorze heures, en nage, positivement resplendissant. Il avait battu Harvey à plates coutures.

— Ce type est trop gros et en mauvaise forme, déclara-t-il. Après le second set, il m'a avoué qu'il n'a pas pu s'arrêter de fumer. Le pauvre bougre a failli avoir une attaque sur le terrain.

— J'espère que tu n'as pas été trop dur avec lui, dit-elle, en pensant que Steven avait dû s'en donner à cœur joie.

— Je l'ai écrabouillé ! C'est vraiment un minable.

Adriane lui servit une salade et en profita pour lui annoncer qu'elle allait travailler l'après-midi. Il n'eut pas l'air affecté. Pas plus que lorsqu'elle ajouta à mi-voix : « ce soir aussi ».

— D'accord. Je demanderai à quelqu'un de me reconduire. Tu peux prendre ma voiture.

Elle le dévisagea d'un air coupable.

— Je repasserai te chercher, si tu veux. Je suis désolée, mon chéri, mais si le producteur n'avait pas été malade, et les cameramen...

— Pas de problème. Essaie de tenir le coup.

Une lueur interrogative passa dans le regard d'Adriane.

— Qu'y a-t-il de si important ce soir, Steven ? Je sens que tu me caches quelque chose.

Il lui jeta un regard empreint de mystère et sourit.

— Si tout va bien, je décrocherai le contrat du siècle. L'IMFAC, te rends-tu compte ? Il paraît que la direction a été plutôt déçue des services de leur agence publicitaire actuelle. J'en ai parlé à Mike qui s'est tout de suite enthousiasmé. J'ai déjà contacté ces gens-là et j'irai probablement à Chicago dès lundi, pour une série d'entretiens avec eux.

— Seigneur ! Mais c'est merveilleux !

L'IFMAC était une grosse société qui consacrait à ses campagnes publicitaires des sommes astronomiques.

— En effet. Je serai obligé de m'absenter une semaine, mais je crois que c'est nécessaire.

— Bien sûr.

Adriane s'adossa à sa chaise, afin de mieux étudier son visà-vis. Elle avait épousé un être exceptionnel. À trente-quatre ans, il était un conquérant et rien, aucun obstacle, ne semblait pouvoir l'arrêter. Éperdue d'admiration, elle laissa un instant ses pensées dériver vers le passé douloureux de Steven.

Peu d'hommes auraient eu la force et le courage de s'en sortir. Elle s'était efforcée à maintes reprises de le faire comprendre à ses parents. Malheureusement, ceux-ci persistaient à considérer les seuls aspects négatifs d'une telle ambition. Comme si la volonté d'aller de l'avant était un crime ! Adriane se sentit plus que jamais solidaire de son mari. Steven avait parfaitement le droit d'accomplir ce qu'il avait résolu. Sa rage de gagner pouvait certes paraître excessive, parfois, elle-même s'en inquiétait, mais il avait l'air de souffrir atrocement lorsqu'il perdait, ne fût-ce qu'au tennis.

Il repartit sur le court après le repas. Lorsque Adriane s'en alla, il jouait toujours. Elle revint à dix-neuf heures précises, comme convenu. Steven l'attendait, fin prêt, très séduisant dans son blazer bleu flambant neuf et son pantalon blanc. Il portait une cravate rouge vif qu'elle lui avait offerte. Elle lui dit qu'elle le trouvait beau et il lui rendit le compliment. Adriane avait mis une toilette émeraude, des escarpins assortis. Ses cheveux, fraîchement lavés, brillaient comme de l'onyx poli. Ils montèrent dans la Porsche. Steven semblait nerveux, distrait, fébrile. Rien de plus normal, compte tenu de l'enjeu.

La voiture mit le cap sur Beverly Hills. La demeure devant laquelle elle s'arrêta frappait autant par sa splendeur que par ses dimensions. Mike James, le patron de Steven, avait épousé une décoratrice de renom. Les travaux de rénovation, à eux seuls, avaient coûté une fortune, Adriane le savait par Steven. Plus de deux cents invités se pressaient déjà dans les vastes salles de réception. Presque immédiatement, Steven se fondit dans la foule. Restée seule, Adriane erra entre les innombrables bars et somptueux buffets, captant çà et là des bribes de conversations. Rien que des choses ordinaires : mariage, famille, voyages, travail.

Adriane ne connaissait pratiquement personne. Elle répondit poliment à quelques salutations, préférant rester à l'écart. Ce soir, elle n'était pas d'humeur à lier connaissance. Dernièrement, elle avait remarqué que lorsque les gens se rendaient compte qu'elle était mariée, immanquablement ils lui demandaient si elle avait des enfants. Cela arrivait de plus en plus souvent… ce qui la mettait de plus en plus mal à l'aise. À croire que l'absence de progéniture équivalait à un échec. Peu importait qu'elle exerçât un métier intéressant et qu'elle n'eût que trente et un ans. Les femmes tiraient apparemment une immense fierté de leur maternité. Depuis un certain temps, Adriane avait commencé à se demander si en refusant de procréer Steven ne les privait pas d'une joie rare de l'existence. S'ils ne passaient pas à côté de quelque chose de fondamental. Certes, il n'y avait rien de définitif en ce bas monde, il se pourrait très bien que Steven change un jour d'avis, cependant… au souvenir de sa détermination quand, par hasard, ils évoquaient le sujet, un frisson la parcourut. Le fâcheux retard lui revint en mémoire, déclenchant un curieux signal d'alarme dans sa tête.

Cet après-midi, elle avait failli se procurer un test de grossesse, puis s'était ravisée. Il était encore trop tôt pour s'affoler. Quelques jours de retard ne signifiaient rien, absolument rien ! Et si elle était enceinte ? Adriane se figea, le regard tourné vers la grande baie vitrée. Un inconnu s'approcha, lui offrit une coupe de champagne, l'arrachant un instant à son angoisse. Elle mit vite fin au début de conversation, désireuse de rester seule. Lorsqu'il s'éloigna, la jeune femme donna libre cours à ses réflexions. Qu'arriverait-il si elle attendait vraiment un bébé ? Comment réagirait Steven ? Serait-ce un désastre ? Une merveilleuse perspective ? Pourquoi ne se laisserait-il pas attendrir ? Sa haine des enfants ne pourrait-elle pas se muer en amour, tout à coup ? Et elle-même ? Était-elle prête à avoir un enfant, au risque de nuire à sa carrière ? Mais, d'un autre côté, combien de femmes fondaient une famille tout en menant de front leur profession ? La terre entière faisait des enfants et personne n'avait l'air de s'en porter plus mal… Steven se matérialisa soudain à son côté.

— C'est fait, jubila-t-il.

Elle le regarda, ébahie. Elle avait sursauté lorsqu'elle l'avait aperçu, comme si, une fraction de seconde durant, elle avait cru qu'il ait pu lire dans ses pensées.

— Le contrat ?

— Presque. Je pars avec Mike lundi à Chicago où plusieurs réunions avec nos clients potentiels nous permettront de nous exposer mutuellement nos points de vue. Si tout se déroule comme prévu, et il n'y a aucune raison pour qu'il en soit autrement, je repartirai, seul cette fois, afin de leur soumettre un projet de campagne.

— Oh, Steven, c'est fabuleux !

Il acquiesça, l'air ravi. Adriane lui frôla la joue d'un baiser. Le jeune homme s'autorisa deux apéritifs et il souriait toujours jusqu'aux oreilles lorsque son épouse prit congé. Ce n'était pas la peine qu'elle repasse le chercher, dit-il, il ne comptait pas s'attarder. Il la raccompagna à la voiture. Quand la Porsche démarra, il agita la main. Adriane le vit à travers le rétroviseur remonter en courant l'allée vers la demeure. Pour Steven la soirée avait été formidable. Pas pour elle, qui se remit aussitôt à ruminer son hypothétique grossesse.

Cette idée la tourmenta jusqu'à la fin du journal. Sur le chemin du retour, une subite impulsion la fit s'arrêter devant une pharmacie. Steven n'avait pas besoin de savoir. Elle ne lui dirait rien. Mais il fallait qu'elle sache. Le plus vite possible. Si elle avait le test sous la main, elle le ferait dès qu'elle s'en sentirait capable. Probablement pendant l'absence de Steven.

Le pharmacien enfouit le matériel dans un sachet en papier brun qu'elle s'empressa de ranger au fond de son sac avant de regagner la Porsche.

Steven était déjà rentré. Étendu dans le grand lit, à moitié endormi, il arborait une expression de suprême satisfaction. Il se voyait déjà à Chicago et imaginait le contrat dans sa poche.

# 5

Bill Thigpen contemplait la nuit qui collait aux fenêtres de son appartement. Il avait écrit quelques pages, réchauffé un plat exotique acheté hâtivement à l'épicerie chinoise du coin, appelé ses fils à New York, regardé une émission. Et maintenant, il se sentait terriblement seul. La pendule indiquait une heure du matin quand il se résolut à appeler Sylvia à Las Vegas… Il composa le numéro. S'il ne la trouvait pas, il pouvait toujours lui laisser un message.

Une douzaine de longues sonneries s'égrenèrent dans le vide. Bill attendit patiemment que le réceptionniste de l'hôtel veuille bien décrocher. Finalement, une voix de basse répondit, ensommeillée :

— Oui ?

— Passez-moi le 402 s'il vous plaît.

— Le 402 est ici. À qui voulez-vous parler ?

— Excusez-moi, je me suis trompé de chambre.

Mais s'était-il vraiment trompé ?

— Est-ce que tu attends un appel ? cria la voix de basse à quelqu'un qui devait se tenir à une certaine distance.

Il y eut un échange de propos chuchotés et soudain Sylvia fut à l'autre bout de la ligne. Elle paraissait nerveuse. Si elle avait été plus futée elle n'aurait jamais pris le récepteur, mais elle avait manqué de réflexes.

— Ah... Bill... il y a eu une confusion, tenta-t-elle d'expliquer, alors que son correspondant étouffait un ricanement, la moitié des chambres n'ont pas été réservées et nous nous sommes retrouvés à quatre dans la même pièce.

C'était grandiose. On eût dit une des situations absurdes que Bill se plaisait à décrire dans son feuilleton. Sauf que cette fois-ci, il jouait lui-même le dindon de la farce.

— Sylvia, c'est ridicule, grommela-t-il.

Il devait avoir l'air de l'amant jaloux. Le pire était qu'il n'éprouvait aucune colère. Seulement une vague déception. Sylvia et lui avaient passé d'agréables moments ensemble. Visiblement leur histoire se terminait là.

— Je... je suis désolée, Bill, je ne peux pas t'en dire plus... Il s'agit d'un malentendu...

Elle s'était mise à pleurnicher, fallait-il être stupide pour continuer à l'écouter. Il l'avait prise sur le fait et voilà qu'il allait bientôt s'excuser.

— Nous en parlerons à ton retour, d'accord ?

— Tu vas me renvoyer du studio ?

Elle lui fit presque pitié.

— Cela n'a rien à voir, Sylvia. Le feuilleton est une chose, notre affaire en est une autre.

— Okay... Je suis navrée... Je reviens dimanche soir.

— Amuse-toi bien, murmura-t-il avant de raccrocher.

C'était terminé. Cette liaison n'aurait jamais dû commencer. Il avait été séduit par le sex-appeal de Sylvia et parce que ça l'arrangeait. Il dut s'avouer que l'actrice exerçait un puissant attrait sur les hommes. À présent, elle s'ingéniait à attirer une autre victime dans ses filets. Il se surprit un instant à espérer que le type à la voix de basse saurait la rendre plus heureuse que lui. Bill donnait en réalité très peu de son temps aux femmes. Sans doute se protégeait-il, car, en lui enlevant ses enfants, Leslie lui avait infligé une blessure inguérissable, une douleur trop vive dont il avait gardé le souvenir indélébile. Toutes ces amourettes qu'il avait connues par la suite avaient le mérite de la facilité. Il lui suffisait de sortir de la vie de quelqu'un, comme on sort de scène, et la pièce s'arrêtait là. Au début, il n'en doutait pas, Sylvia lui avait été sincèrement attachée. Mais elle aurait voulu quelque chose qu'il n'était plus en mesure d'accorder. De l'attention. De l'affection. De l'amour peut-être. Lui qui ne pouvait plus offrir qu'un peu de bon temps, et encore...

Il resta debout, immobile au milieu de son salon, terrassé par une oppressante sensation de solitude. Cette idylle qui venait de s'achever aussi bêtement sur un coup de fil à Las Vegas lui laissait malgré tout un arrière-goût d'amertume.

Ce soir-là il resta longtemps éveillé, se remémorant les dernières femmes qui avaient fait un bout de chemin avec lui. Aucune d'elles n'avait vraiment compté à ses yeux. Comme leurs rapports paraissaient dénués de sens, comme leurs étreintes se révélaient ordinaires à présent ! Pour la première fois depuis longtemps, tandis que peu à peu le sommeil l'engourdissait, l'image de Leslie s'imposa à son esprit, et il se surprit à évoquer avec un ardent désir tout ce que, jadis, ils avaient partagé. Il lui semblait que tout cela s'était passé lors d'une vie antérieure. C'était l'amour, ce premier amour de jeunesse qui ne vient qu'une fois dans l'existence et ne se retrouve jamais plus… Lorsqu'il sombra dans le sommeil, il ne songeait plus à Sylvia, ni à Leslie, mais à ses fils. Adam et Tommy. Finalement eux seuls importaient.

# 6

Le dimanche s'écoula dans le tourbillon des préparatifs du voyage de Steven. Il boucla ses bagages entre deux parties de tennis, et Adriane n'eut même pas l'occasion de toucher au petit tube dissimulé au fond de son sac. Elle repassa le linge de son mari, prépara le déjeuner – il avait invité trois amis pour un tournoi de double –, et desservit la table sans un mot. Il n'eut pas l'air de s'apercevoir de son silence. Le soir, ils allèrent au cinéma. La jeune femme regardait les images sans les voir. Assise dans l'obscurité, les yeux fixés sur les sous-titres du film suédois, elle se répétait intérieurement la question que, depuis deux jours, elle se posait. Était-elle enceinte ou pas ?

Bien qu'il fût trop tôt pour le dire, une singulière prémonition la tourmentait. Elle n'avait décelé aucun changement physique, si ce n'est les menues transformations qui surviennent à la fin de chaque cycle : seins un peu enflés, bas-ventre légèrement douloureux.

Pour la première fois, elle avait hâte que Steven s'en aille. Qu'il parte loin de la ville, qu'il quitte même l'État, de sorte qu'elle soit libre de découvrir la vérité. Curieusement, elle avait acquis la certitude que, Steven présent, elle n'aurait pu procéder au test sans qu'il le sache...

Lorsqu'il prit le chemin de l'aéroport, le lundi matin, la jeune femme n'osa pas chercher le minuscule paquet enrobé de papier couleur tabac, de crainte que Steven, ayant oublié quelque chose, ne revienne brusquement à la maison. Elle l'imaginait parfaitement pénétrant tout à coup dans la salle de bains et la découvrant avec le petit tube empli d'une eau bleue translucide... si toutefois l'examen se révélait positif.

Non, cela ne pouvait lui arriver. Pas à elle. Ils avaient pris les précautions nécessaires... sauf une fois, se rappela-t-elle, le cœur serré, une seule fois, trois semaines auparavant.

Elle ne cessa d'y penser toute la journée après le départ de Steven. À dix-huit heures, elle sortit précipitamment des locaux de la télévision. Dès qu'elle fut à la maison, elle se rua au premier étage, s'enferma dans la salle de bains et ouvrit enfin la minuscule boîte. Elle suivit fiévreusement les instructions du mode d'emploi, puis attendit le résultat, assise dans la chambre attenante, le regard rivé sur le réveil de sa table de chevet. Si le liquide virait au bleu... dix minutes... elle le saurait dans dix minutes.

Lorsqu'elle se pencha de nouveau sur l'éprouvette, plus aucun doute n'était permis. L'évidence était là, d'un bleu profond, si brillant à travers les minces parois de verre ! Elle demeura sur place, pétrifiée. À quoi bon ressasser la promesse qu'elle avait faite à Steven, ou chercher l'erreur, qu'importait le nombre de jours ou de semaines ? La réalité venait d'être révélée avec une précision hallucinante. Elle était enceinte. Des larmes jaillirent au coin de ses yeux et se mirent à couler doucement sur ses joues.

L'inévitable question qui se posait maintenant concernait la réaction de Steven. Il en ferait un drame, très certainement. Et après ? Combien de fois un événement ne change-t-il pas le cours des choses ? Pourquoi Steven n'accepterait-il pas finalement l'idée de devenir père ? Toutes ces horreurs qu'il proférait d'habitude contre la procréation n'étaient que des paroles, des théories que la naissance du bébé ne manquerait pas de balayer.

Elle se savait enceinte depuis à peine cinq minutes que, déjà, elle était prête à se battre pour donner la vie à l'être microscopique qui dormait là, tout près de son cœur. Steven n'était pas un monstre, ce bébé, c'était son enfant à lui aussi.

Yeux clos, Adriane s'assit sur le rebord de la baignoire, donnant libre cours à ses larmes. Un flot de sensations la submergea, mélange de bonheur, de crainte et de tristesse. L'idée qu'elle allait devoir l'annoncer à son mari la terrifiait. Une ou deux fois, il avait dit en plaisantant que si sa femme tombait enceinte, et qu'elle insistait pour garder le bébé, il la quitterait... Il ne devait pas le penser vraiment. Et si c'était vrai ? Adriane n'aurait pour rien au monde voulu perdre Steven mais... « Oh, mon Dieu, comment faire ? »

La semaine suivante fut un véritable enfer. Pour Adriane, plus rien n'existait en dehors de son problème. Le monde extérieur avait disparu, tout son avenir se résumait en une petite phrase insignifiante : « Comment le dire à Steven ? » Il l'appelait tous les jours pour lui annoncer des nouvelles de plus en plus excitantes. Adriane ne l'écoutait qu'à moitié. Repliée sur elle-même, elle avait l'air chaque fois plus distraite, plus lointaine. Enfin, il parut s'en inquiéter, car le jeudi suivant, il lui demanda ce qui n'allait pas. Les entretiens avec les respondables de l'IMFAC avaient porté leurs fruits.

Steven rentrerait à Los Angeles le lendemain mais repartirait à Chicago huit jours plus tard.

— Adriane, tu vas bien ? questionna-t-il soudain, interrompant le long monologue dont elle n'avait pas entendu grand-chose.

Elle sentit le sol se dérober sous ses pieds. Avait-il soupçonné quelque chose ?

— Pourquoi ?

— Je ne sais pas. Je te trouve bizarre ces jours-ci. Te sens-tu bien ?

— Oui… c'est-à-dire pas tout à fait. J'ai des migraines épouvantables. Le stress… et puis je dois être surmenée.

De nouvelles larmes lui mouillèrent les yeux, alors que Steven se remettait à bavarder. Elle avait hâte de le revoir, de le mettre au courant de la situation. Seule la réponse de Steven pourrait apaiser son angoisse. C'était insensé. En quelques jours, sa vie entière avait été bouleversée. Elle n'avait eu jusqu'alors aucun mal à renoncer à la maternité, comme elle l'avait promis à son mari. Aujourd'hui, tout avait changé. Elle ne pensait plus qu'au bébé, prête à lui sacrifier son indépendance, sa carrière, tout.

Adriane aurait voulu accueillir Steven à l'aéroport, le vendredi soir, mais ne put se libérer. Lorsqu'elle rentra à la maison, il était là, occupé à défaire ses bagages tout en regardant la télévision. La chaîne stéréo était allumée et les lieux avaient repris leur aspect habituel plein de vie. Un sourire illumina le visage du jeune homme quand Adriane s'approcha.

— Hello ! Où étais-tu passée ?

— Au bureau, comme d'habitude, répliqua-t-elle, un sourire crispé sur les lèvres.

Il la prit dans ses bras et elle se pendit à son cou, comme un noyé s'accroche à sa bouée de sauvetage.

— Chérie, qu'y a-t-il ?

Depuis quelques jours il avait subodoré une faille, mais n'arrivait pas à la cerner.

— As-tu eu des problèmes dans ton travail ? Est-ce…

Il s'interrompit net lorsqu'il vit l'expression de ses yeux. Instantanément, il comprit qu'une chose grave s'était produite. Il la fit asseoir sur le lit et prit place à son côté, un bras autour de son épaule. Si elle avait besoin de réconfort, il n'allait pas ménager ses efforts. Il pouvait y faire face à présent. Le voyage à Chicago s'était merveilleusement bien passé et Mike l'avait assuré d'une jolie promotion au sein du groupe.

— Eh bien ? insista-t-il.

Des larmes voilèrent le regard d'Adriane. Elle le considéra, muette, incapable de rassembler ses idées. Ce moment aurait dû être le plus heureux de leur mariage. Or, ce pacte que Steven lui avait imposé ne le rendait que plus effrayant.

Tu es licenciée ?

Un rire lui échappa à travers ses larmes et elle secoua énergiquement la tête.

— Non, malheureusement. Parfois, je me dis que perdre ce travail serait un soulagement.

Il n'en crut pas un mot.

— Es-tu malade ?

Elle secoua de nouveau la tête, plus mollement cette fois-ci. Le désarroi marqua ses traits d'une ombre fugitive.

— Non, non…

Elle prit une profonde inspiration avant de lancer :

— Je suis enceinte.

Un silence pesant s'ensuivit, un silence interminable, pendant lequel Adriana n'entendit plus que les battements sourds de son cœur mêlés à la respiration de Steven. Brusquement, il se détacha d'elle et se redressa, avec sur le visage un masque d'exaspération.

— Tu parles sérieusement ?

— Oui.

Elle savait qu'il le prendrait mal, mais pour elle aussi le choc avait été rude.

— Tu m'as abusé…

Elle fit un « non » solennel de la tête.

— C'est arrivé et puis voilà.

En face d'elle, le masque d'exaspération se glaça.

— En es-tu sûre ?

— Absolument.

— Tant pis, dit-il, l'air chagriné. Le hasard ne fait pas toujours bien les choses.

— Pourquoi le hasard ? Je crois que nous y sommes pour quelque chose.

Il acquiesça, sincèrement désolé pour elle. Et pour lui.

— Eh bien, tu vas t'en occuper dès la semaine prochaine.

Le sang d'Adriane se figea dans ses veines. *S'en occuper.* C'était tout ce qu'il avait trouvé à dire. Elle leva le regard vers lui.

— Que veux-tu dire ?

— Nous ne pouvons pas garder ce gosse, bon sang, et tu le sais parfaitement.

— Pourquoi pas ? M'aurais-tu caché la vérité ? Souffrirais-tu d'un terrible mal héréditaire sans que je le sache ? Y a-t-il une bonne raison qui nous empêche d'avoir cet enfant ?

Elle s'était levée, elle aussi. Les deux époux se faisaient face au milieu de la pièce. Quelque chose d'irrévocable émanait de Steven.

— Une très bonne raison, asséna-t-il finalement. Il y a longtemps nous nous sommes mis d'accord, toi et moi, pour ne jamais avoir d'enfant. Et j'avais l'impression que nous étions sincères tous les deux.

— Et alors ? Pourquoi ne pas revenir sur cet accord ? Nous avons de l'argent, maintenant, nous pourrions facilement élever…

— Les enfants coûtent les yeux de la tête. Rien qu'en vêtements et en visites médicales, sans compter leur éducation… Mettre au monde un bébé qu'on n'a pas voulu est de la dernière injustice. Non, ma chère, désolé.

Son indignation avait cédé le pas à une sorte de terreur qui lui creusait le visage. Adriane sentit que son enfance malheureuse le hantait de nouveau. Leur vie n'avait pourtant rien à voir avec ce passé douloureux.

— L'argent n'est pas tout, insista-t-elle. Nous avons une belle maison, nous nous aimons, qu'est-ce qu'il te faut de plus ?

— Vaincre, rétorqua-t-il froidement. Je n'ai pas encore dit mon dernier mot à la société. Je ne veux pas d'enfant, Adriane. Je n'en ai jamais voulu et n'en voudrai jamais. Que tu le veuilles ou non, mieux vaut t'en débarrasser au plus vite.

— Et si je ne veux pas ?

— Tu serais bien sotte. Il n'y a pas moyen de poursuivre une carrière avec un marmot accroché à tes jupons.

— Je peux demander un congé de maternité de six mois. Beaucoup de femmes le font, tu sais.

— La plupart abandonnent leur vie professionnelle, pondent encore un ou deux petits et se cantonnent dans leur cuisine. À la fin, elles se détestent et elles détestent leur progéniture.

Il venait de toucher un point sensible. Adriane refusait cependant de se plier à ses exigences, sous prétexte qu'il était plus facile de ne pas fonder une famille. On n'avait pas besoin de millions pour cela. Pourquoi Steven ne comprenait-il pas ses sentiments ?

— Nous devrions réfléchir avant de prendre une décision que nous pourrions regretter par la suite.

Certaines de ses amies qui avaient interrompu leur grossesse s'en étaient voulu. D'autres, au contraire, s'en étaient félicitées. Steven repartit à l'attaque.

— Tu ne regretteras rien, crois-moi, argumenta-t-il d'une voix radoucie. Tu te sentiras beaucoup mieux plus tard. Cette chose est une vraie menace pour notre mariage.

La *chose* en question était leur enfant. Le bébé qu'elle avait adoré dès l'instant où elle avait su son existence.

— Une menace ? bredouilla-t-elle, des larmes dans la voix. Steven, je t'en supplie, ne m'oblige pas à faire ça.

Il se mit à arpenter la pièce comme un fauve en cage. Une peur étrange le tenaillait, une sorte d'épouvante qui glaçait chaque fibre de son corps.

— Je ne t'oblige pas ! Je t'ai simplement conseillé de nous épargner cette catastrophe. Nos vies sont à un tournant, Adriane. Ce n'est pas le moment de le louper.

— Je ne vois pas en quoi un enfant constitue une telle menace.

— Tu ne peux pas savoir ce qu'un gosse peut détruire, murmura-t-il. Moi je le sais. Je l'ai vu dans ma famille. Mes parents se sont privés de tout. Autant que je puisse me souvenir, ma mère n'avait qu'une seule paire de chaussures. En dépit de ses efforts, nous étions en guenilles. Nous n'avions pas de jouets, pas de livres. Rien.

Elle hocha tristement la tête. Le cauchemar qu'il avait vécu l'empêchait de raisonner sainement.

— Steven, cela ne risque pas de se reproduire avec nous. Nous gagnons largement notre vie. Nos enfants à nous ne manqueront de rien.

— C'est ce que tu crois. Les écoles coûtent affreusement cher. Et l'université ? C'est encore pire.

Il ressemblait à un petit garçon entêté.

— Et notre voyage en Europe ? lâcha-t-il. Es-tu prête à l'annuler ? À tout sacrifier ?

— Tu exagères comme toujours. Mais si je devais faire quelques sacrifices, alors oui, je n'hésiterais pas.

Il se contenta de lui jeter un regard qui exprimait toute sa désapprobation.

— Quoi qu'il en soit, reprit-elle, nous ne parlons pas d'enfants en général. Nous parlons d'un enfant, le nôtre, qui est déjà là.

— Erreur ! Nous parlons d'un ovule fécondé par un spermatozoïde, d'un truc infime qui n'a aucune conscience d'exister. Ton médecin te le dira.

Une bouffée de colère empourpra les pommettes de la jeune femme.

— Qu'est-ce qu'il me dira à ton avis, Steve ? « Okay, Adriane, nous allons y remédier, asseyez-vous là ? » Comment crois-tu qu'il procédera ? D'un coup de baguette magique ? Non ! Il l'aspirera avec un appareil, puis grattera mon utérus avec un scalpel... Il le tuera, Steven, voilà ce qu'il fera. Alors, réfléchis, car c'est aussi ton enfant. Quant à moi, je n'ai pas l'intention de m'en débarrasser uniquement pour t'être agréable.

Des sanglots entrecoupaient ses paroles, mais Steven ne broncha pas. La terreur si profondément enracinée en lui l'avait rendu inapte à comprendre.

— Je vois, fit-il d'un ton glacial. Tu refuses d'honorer tes engagements.

— Je n'ai encore rien décidé. Je t'ai simplement demandé de réfléchir en tenant compte du fait que je voudrais le garder.

Pour la première fois elle admettait ouvertement qu'elle voulait garder le bébé et elle en fut étonnée. On eût dit qu'il s'agissait d'une poupée, pas d'une petite créature vivante, réalisa-t-elle, horrifiée.

Steven la considéra d'un œil lugubre, après quoi il la saisit dans ses bras et la fit s'allonger sur le lit, près de lui. La tension qui tétanisait Adriane se relâcha et elle fut secouée de sanglots. Il se mit à la bercer doucement.

— Chérie, calme-toi... Je suis vraiment navré de ce qui nous arrive, mais tout ira bien... tu verras...

Dans l'étau protecteur de ses bras, les larmes d'Adriane peu à peu se tarirent. Elle n'était pas certaine d'avoir saisi le sens des mots qu'il lui murmurait. Pourtant l'espoir qu'il changerait d'avis pointa bientôt sous l'effroi.

— Je suis navrée moi aussi, hoqueta-t-elle.

Il l'embrassa tendrement, les doigts noués dans ses cheveux, buvant les larmes qui perlaient sur ses cils et lui mouillaient les joues. Lentement, il défit les boutons de son corsage, fit glisser sa jupe le long de ses jambes, retira ses sous-vêtements. Elle était nue sur le lit. Steven se recula, afin de mieux contempler ce corps admirable. Ç'aurait été un crime que de le déformer par une grossesse. Ces lignes si pures ne retrouveraient plus jamais leur perfection, il le savait.

— Je t'aime, Adriane, souffla-t-il.

Oh, il l'aimait trop pour la laisser commettre une pareille bêtise. Et il tenait trop à elle, à leur intimité, à l'univers qu'ils avaient bâti à la force du poignet pour permettre à quiconque – encore moins à un mouflet – d'en briser irrémédiablement l'harmonie.

Il lui prit les lèvres dans un mouvement impétueux et elle réagit avec son ardeur habituelle, persuadée qu'il avait enfin compris. Ils s'étreignirent tendrement, longuement. Chacun pensant que l'autre avait capitulé. Après l'amour, ils restèrent longtemps enlacés, dans un silence complice.

Le lendemain, ils ne se réveillèrent pas avant deux heures de l'après-midi. Après le petit déjeuner, Steven proposa une séance de natation. Main dans la main, ils se rendirent à la piscine réservée aux habitants de la résidence. Il n'y avait personne. Les voisins avaient sans doute voulu profiter de cette splendide journée de mai pour aller à la plage, visiter des amis, ou s'adonner au bronzage intégral dans leur jardin privé.

Steven accomplit méthodiquement plusieurs allers-retours dans l'eau transparente, tandis qu'Adriane, après quelques brassées, se laissa tomber, somnolente, dans un transat. Pour rien au monde elle n'aurait reparlé du bébé. Pas aujourd'hui. Il fallait donner à Steven le temps d'encaisser le choc.

— On rentre ? demanda-t-il vers dix-sept heures.

Ils avaient à peine échangé deux mots de toute la journée. Après leur dispute de la veille, Adriane se sentait encore épuisée. Ils rentrèrent paisiblement, la jeune femme se glissa sous la douche, Steven mit un disque sur la platine de la chaîne. Ils regardèrent les actualités pendant qu'elle préparait le dîner.

La soirée s'annonçait calme. Au moment où elle posait sur la table le plat de spaghettis et le saladier, Steven demanda :

— Comment te sens-tu ?

— Un peu fatiguée…

— Tu te sentiras mieux la semaine prochaine, quand tout sera rentré dans l'ordre.

Elle le dévisagea, comme foudroyée. Ainsi il n'avait rien compris, rien reconsidéré. Il était aussi intransigeant que d'habitude.

— Comment peux-tu dire une telle énormité ? s'écria-t-elle.

— Adriane, tu as un problème purement physique, cela peut très bien s'arranger. Il suffit de le vouloir. Ton état te rend patraque, occupe-t'en, ce n'est pas plus compliqué que cela !

Sa froideur, l'absence totale d'émotion dans sa voix, avaient quelque chose de sinistre.

— Tu me dégoûtes ! hurla-t-elle. Bon sang, Steven, comment peux-tu être aussi insensible !

Elle se rua hors de la cuisine, abandonnant le repas, aveuglée par ses larmes.

— Je ne tuerai pas mon enfant ! cria-t-elle, en se précipitant dans l'escalier, cherchant refuge dans leur chambre.

Elle était étendue lorsque, une heure plus tard, il vint s'asseoir sur le bord du lit.

— Adriane, dit-il d'une voix douce, tu *dois* avorter si tu tiens à sauver notre ménage. Sinon, ce sera la fin.

« Ce sera fini de toute façon », pensa-t-elle. Steven semblait décidé à la pousser dans ses derniers retranchements. Si elle lui sacrifiait le bébé, elle ne le lui pardonnerait jamais.

— Je n'y arriverai pas, répondit-elle honnêtement, le visage enfoui dans l'oreiller.

— Pense à notre couple. À ta carrière.

— Je me fiche pas mal de ma carrière.

Steven la scruta comme si, subitement, il ne la reconnaissait plus.

— Non, tu ne t'en fiches pas, dit-il.

Elle tourna vers lui son visage inondé de pleurs.

— D'accord, mais…

— Adriane, sache que je ne veux pas de ce bébé.

— D'autres ont changé d'avis, fit-elle d'une voix emplie d'espérance, mais elle le vit secouer la tête.

— Pas moi. Les gosses m'horripilent, tu le savais dès le début et tu étais d'accord.

— J'étais d'accord sans y croire totalement. Et maintenant qu'*il* est là, c'est différent. Pourquoi refuses-tu de considérer le problème de ce point de vue ?

— Parce que la qualité de notre vie m'importe davantage. Parce que je tiens beaucoup plus à toi qu'à *lui*

— Il y a de la place pour tous les deux.

— Pas dans mon cœur. Il y a une seule place et elle est pour toi. Et je n'ai aucune envie de subir la concurrence d'un petit intrus qui prendra tout ton temps. Mes parents ne se sont jamais dit plus de deux mots, pendant vingt ans. Nous leur avons pompé toute leur énergie. Quand nous avons enfin grandi, ils ressemblaient à deux épaves. C'est ça que tu veux ?

— Tu compares deux situations incomparables…

— Je ne veux courir aucun risque, vois-tu ? (Il se leva.) Débarrasse-toi de ce machin, ordonna-t-il d'une voix blanche.

Sur ces mots, il tourna les talons et sortit de la pièce, comme poursuivi par un danger imminent. Adriane ne bougea pas. Mais tandis qu'elle attendait son retour, elle sut que si elle renonçait à ce bébé, une partie de son âme serait perdue à jamais.

## 7

Dimanche et lundi furent un véritable cauchemar. Les deux époux se déchirèrent pendant des heures. Au terme d'un ultime affrontement, Steven eut gain de cause. À bout de nerfs, tremblante et glacée, Adriane se rendit à ses arguments. Et le mardi, à six heures du matin, juste avant qu'il parte pour l'aéroport, elle lui promit que l'objet de leur dispute disparaîtrait avant son retour. La jeune femme s'était absentée deux jours de suite de son travail mais ce fut la crainte de perdre Steven qui l'avait décidée.

Son rendez-vous chez le médecin avait été fixé à seize heures trente. Elle était restée au lit, et lorsqu'elle dut se lever et s'habiller, l'ombre de la peur descendit sur elle. Si elle s'était écoutée, elle aurait fui la réalité, l'emprise de Steven, l'engagement qu'il lui avait extorqué par des menaces.

L'infirmière l'avait appelée. La jeune femme se redressa nerveusement. Elle avait enfilé un pantalon noir, des chaussures noires, un corsage noir également qui exaltait la blancheur de sa peau. L'infirmière la conduisit vers une cabine exiguë en lui recommandant de se préparer pour l'examen. Adriane passait ici ses check-up annuels.

Peu après, elle s'étendait sur la table d'examen, et ramenait ses jambes nues sous elle. Dans l'ample blouse bleue qu'elle avait passée par-dessus son corsage, elle avait l'air d'une petite fille égarée. Alors qu'elle attendait, elle s'efforça de se persuader qu'il fallait coûte que coûte prouver son amour à Steven.

Le gynécologue entra dans la salle, jeta un rapide coup d'œil au dossier de la patiente, lui adressa un sourire de sympathie. C'était un homme jovial de l'âge du père d'Adriane.

— Qu'est-ce qui vous amène aujourd'hui, madame Townsend ?

— Je.. (Elle s'humecta les lèvres et ses yeux parurent dévorer son petit visage blême.) Je voudrais interrompre ma grossesse, parvint-elle enfin à articuler d'une voix indistincte.

Le praticien s'assit sur un petit tabouret pivotant, le regard de nouveau baissé sur le dossier de la jeune femme. Trente et un ans, mariée, en bonne santé... Portait-elle le fruit illégitime d'une aventure extraconjugale ?

— Je vois... marmonna-t-il. Y a-t-il une raison spéciale ?

Elle hocha péniblement la tête. Son attitude démentait farouchement ses propos, la façon dont elle s'était pelotonnée sur cette table, l'instinctif mouvement de recul dès que le médecin faisait mine de s'approcher d'elle, ses paroles presque incohérentes. Il avait déjà vu des femmes dans le désarroi, des femmes en détresse prêtes à tout pour se faire avorter. Et il aurait mis sa main au feu que celle-ci n'agissait pas de son plein gré.

— Mon mari pense que ce n'est pas le moment d'avoir un enfant.

Il hocha la tête, comme s'il comprenait parfaitement.

— A-t-il une bonne raison de le penser, Adriane ? Est-il au chômage ? Est-ce une question de santé ?

Dès le début de l'entretien, il avait acquis la conviction qu'elle n'aurait pas dû se trouver là. L'avortement était certes autorisé par la loi, mais il se sentait moralement responsable de ses patientes.

— Non… Il… Il pense simplement que ce n'est pas le moment, c'est tout.

— Pourquoi ? Il n'aime pas les enfants ?

— Non, souffla-t-elle dans un murmure, tandis que des larmes ourlaient ses cils. Il est issu d'une famille nombreuse et son enfance a été si malheureuse qu'il n'arrive pas à comprendre que cela puisse être différent.

— N'y a-t-il pas moyen de le faire changer d'avis ? Je crois savoir que votre situation financière est plutôt florissante.

Elle fit oui de la tête, tristement, les yeux humides. Le praticien se redressa.

— Adriane, dit-il résolument, je ne pratiquerai pas sur vous un avortement aujourd'hui.

Il l'avait délibérément appelée par son prénom, sitôt qu'il avait suspecté la gravité du problème. « Elle a besoin de se sentir soutenue », songea-t-il, puis il reprit :

— D'abord, êtes-vous vraiment enceinte ? Avez-vous passé un test ?

— Oui, à la maison. Deux fois. J'ai un retard de quinze jours.

— Vous seriez donc dans votre quatrième semaine de grossesse. Je vais vous examiner maintenant. Après, je vous propose de retourner chez vous et de réfléchir calmement. Si demain vous n'avez pas changé d'avis, revenez me voir, d'accord ?

Elle acquiesça sans un mot, au comble de l'angoisse. Les gestes du vieux docteur furent si doux, qu'elle finit par se détendre. Il lui confirma ce qu'elle savait déjà, puis la renvoya gentiment chez elle, en lui conseillant d'en reparler avec son mari. « Si elle veut garder son bébé, se dit-il, le mari finira par céder. » Il ignorait, bien sûr, que Steven Townsend appartenait à cette race d'hommes qui ne capitulent jamais.

Le soir même, au téléphone, il prit ce ton de suprême agacement qu'Adriane redoutait tant.

— Qu'est-ce qui lui a pris à ton toubib, bon sang ? À quoi rime ce délai ?

— Il m'a demandé de réfléchir, répondit-elle, révulsée à l'idée de ce qui l'attendait. Quand reviendras-tu ?

Il feignit ne pas avoir perçu la panique qui faisait vibrer sa voix.

— Pas avant vendredi. Samedi, je joue au tennis avec Mike. Nancy et toi pourriez peut-être vous joindre à nous pour un double mixte.

Elle se tut un instant, sidérée. Ou il avait un cœur de pierre ou il était complètement idiot.

— Je ne pense pas que je serai en état de manipuler une raquette samedi, rétorqua-t-elle, sarcastique.

— Je te demande pardon. J'avais oublié.

Oublié ! En trente secondes !

— Steven, tu devrais réfléchir de ton côté. C'est aussi ton bébé, pas seulement le mien, cria-t-elle avec l'impression que le sol se dérobait sous ses pieds.

— Adriane, ça suffit. Je refuse de discuter davantage de cette affaire. J'exige que tout soit réglé au plus vite, est-ce clair ?

Elle ne répondit pas, effarée par sa cruauté. Il se comportait comme si elle avait été coupable d'un crime. Un crime qu'elle serait la seule à expier.

— Je te rappellerai demain soir, dit-il.

— Pour t'assurer que je t'ai obéi ?

Elle raccrocha, accablée. Son cœur se contracta en un sanglot effrayé. Dans quelques heures, il serait trop tard pour sauver le bébé. Elle se coucha sans pouvoir fermer l'œil, l'esprit hanté par la petite forme humaine qui ne verrait jamais le jour. L'enfant qu'elle ne connaîtrait jamais, car elle allait le sacrifier à son mari.

Lorsque les premiers rayons de soleil filtrèrent à travers les persiennes, elle était toujours éveillée. Elle savait désormais ce que doit éprouver le condamné le jour de son exécution.

Elle commença à s'habiller. Steven l'appellerait sûrement pour lui dire de tout arrêter. Le téléphone resta muet. Le silence pesait sur la maison lorsqu'elle sortit, sandales aux pieds, vêtue d'une jupe en jean et d'une vieille chemise. Le docteur lui avait demandé de passer à neuf heures trente si elle optait finalement pour l'interruption de grossesse.

Au volant de sa MG, la jeune femme était pâle et défaite. Elle longea le Wilshire Boulevard et arriva à la clinique avec cinq minutes d'avance. Elle se signala à l'infirmière, puis se laissa tomber sur une chaise dans la salle d'attente, les yeux clos. Pour la première fois de sa vie elle détestait Steven. Et si elle l'appelait, là, tout de suite, pour l'implorer une ultime fois de revoir son verdict ? Bah, c'était inutile.

Une infirmière souriante l'appela du seuil de la porte, l'accompagna vers une pièce munie d'une table d'opération. Cette fois-ci, Adriane dut se dévêtir entièrement avant d'enfiler l'ample blouse d'hôpital. Elle avisa une machine qui lui parut d'emblée diabolique. « L'aspirateur », pensa-t-elle, et sa gorge se dessécha. Elle passa la langue sur ses lèvres glacées, collées l'une à l'autre comme du papier mouillé. Lorsque tout serait terminé, elle essaierait d'oublier. De sortir de ce mauvais rêve. De ne plus jamais revivre cette affreuse expérience. C'était d'autant plus douloureux qu'une partie d'elle-même désirait toujours ardemment l'enfant. D'autant plus insensé que, quelque part dans son subconscient, une petite voix intérieure lui susurrait de prendre la fuite, de passer outre les instructions de Steven. De ne plus se soucier de ce qu'il allait dire, et tant pis s'il devenait furieux.

La tête du médecin apparut par la porte entrebâillée. Un sourire engageant soulevait les commissures de sa bouche.

— Adriane, êtes-vous prête ?

Oui, elle l'était... Sauf que les mots pour le dire ne purent franchir le rempart de ses lèvres, et qu'un infini désespoir se reflétait dans le bleu de ses prunelles. Le praticien pénétra dans la pièce et referma la porte derrière lui.

— Vous voulez vraiment cette intervention ? En êtes-vous sûre ?

*Sûre*... De nouveau les mots se dérobèrent, des larmes emplirent ses yeux, cependant qu'elle secouait la tête. Sûre de quoi ? Elle aurait tant voulu être à la maison avec Steven et le bébé !

— Écoutez, rien ne vous oblige à subir un avortement. Votre mari finira par le comprendre. J'ai connu beaucoup d'hommes qui refusaient d'avoir des enfants et qui sont devenus de véritables papas-gâteaux. Adriane, avant de commettre l'irréparable...

— Je ne peux pas ! lâcha-t-elle dans un sanglot. Je ne peux pas faire ça, docteur.

Le sourire du médecin s'élargit.

— À vrai dire moi non plus, dit-il. Rentrez chez vous et dites à votre mari d'acheter un gros cigare et de le conserver précieusement jusqu'en... Janvier, ajouta-t-il en inspectant la fiche de la patiente. Nous lui offrirons alors le plus beau des présents : un beau bébé bien grassouillet... Qu'en pensez-vous ?

Elle sourit à travers ses larmes.

— Je pense que ce serait merveilleux.

Il lui entoura les épaules d'un bras protecteur.

— Allons, retournez chez vous, ma chère. Reposez-vous, pleurez un bon coup et tout va s'arranger, vous verrez. Votre mari se fera vite à l'idée.

Le vieux docteur lui tapota gentiment la main avant de quitter la pièce. Adriane se rhabilla. De nouvelles larmes sillonnèrent son visage. Des larmes de soulagement. Une ineffable joie gonflait sa poitrine. La confusion avait cédé le pas à la certitude que quelque chose de miraculeux venait de se passer.

Elle reprit la minuscule MG rouge, après l'avoir décapotée. Sur le chemin du retour, elle prit soudain la direction de la chaîne de télévision. L'idée de sa table de travail encombrée de piles de documents la fit grimacer. La brise ébouriffait ses boucles brunes et lustrées... Elle se sentait en pleine forme.

La jeune femme traversa les bureaux d'un pas alerte, puis son allure se ralentit. Ces derniers jours avaient été un marathon et elle commençait à en ressentir les effets. À sa fatigue se mêlait une vague inquiétude. Quand Steven reviendrait de Chicago, ils recommenceraient probablement à se disputer. Mais, sa décision prise, une force nouvelle animait Adriane. L'optimisme s'était substitué à la dépression.

Zelda poussa le battant vitré de la porte et considéra d'un œil scrutateur Adriane, affalée sur son siège, un crayon derrière l'oreille, l'air dans la lune. « Pas de maquillage et fagotée comme l'as de pique », nota son assistante, interloquée.

— Salut, ma belle, tout va bien ? s'enquit-elle.

— Oui, pourquoi ?

— Tu as une mine de papier mâché. Qu'est-ce qui t'est arrivé ? Un pépin ? demanda Zelda, faisant preuve d'un sens de l'observation qu'Adriane ne lui connaissait pas.

— J'ai eu un rhume de cerveau, mais ça va mieux maintenant.

L'assistante continuait de la fixer intensément, le doute inscrit dans le regard.

— Tu aurais dû prendre ta semaine.

Adriane sourit. Elle semblait parfaitement à l'aise au milieu de l'habituel capharnaum de son bureau.

— La fièvre du studio m'a manqué.

— Tu es folle, gloussa Zelda.

— Sans doute. On va s'offrir un sandwich à midi ?

— Quelle bonne idée !

— Alors viens me chercher, je ne bougerai pas d'ici.

— À tout à l'heure.

La rousse s'éclipsa et Adriane se remit au travail. Il y avait longtemps qu'elle ne s'était pas sentie aussi légère. Bien sûr, l'idée du bébé l'effrayait encore un peu, mais rien à voir avec la sournoise terreur des derniers jours, ni avec l'abîme vertigineux dans lequel Steven avait failli la précipiter. Oh, elle lui en voulait terriblement de l'avoir ainsi tourmentée. Allaient-ils parvenir à se guérir des blessures qu'ils s'étaient mutuellement infligées, lors de leurs affrontements ? Elle se passa une main sur le front, comme pour chasser Steven de son esprit. Elle y penserait en temps et en heure.

# 8

Assis sur un tabouret, dans le studio de l'autre côté du hall, Bill Thigpen fusilla le réalisateur d'iin regard furibond.

— Comment veux-tu que je sache où elle est passée ? Elle a quitté sa chambre d'hôtel il y a plusieurs jours. J'ignore où elle est et avec qui, ce dont je me fiche éperdument du reste… À ceci près qu'elle est en train de saboter mon feuilleton.

Sylvia Stewart n'était pas revenue de Las Vegas le dimanche précédent. D'après la direction de l'hôtel, la comédienne avait réglé sa note le lundi matin, exactement neuf jours plus tôt. Depuis, elle s'était littéralement volatilisée dans la nature. L'ayant en vain attendue sur le plateau, Bill, alarmé, était passé à Malibu et s'était cassé le nez sur la porte hermétiquement close de sa villa. Et aujourd'hui, Sylvia brillait toujours par son absence.

Ils avaient tourné plusieurs séquences sans elle, avaient même écrit dare-dare quelques épisodes dans lesquels elle ne figurait pas, ce qui n'avait fait que reculer l'échéance fatidique. Si elle ne réapparaissait pas au prochain tournage, il faudrait recourir à des moyens plus drastiques.

— Nous pourrions même l'attaquer pour rupture de contrat, reprit Bill. Si elle ne se manifeste pas demain, essaie de trouver quelqu'un d'autre.

Remplacer l'un des acteurs de la série sans mettre les téléspectateurs en émoi relevait, il le savait, de l'impossible.

— Est-ce que tout le monde a eu la nouvelle version ? demanda-t-il en tendant au réalisateur un paquet de feuillets.

Il avait travaillé jour et nuit avec l'équipe des scénaristes, cherchant une solution au problème. Et dans un élan héroïque, il avait tiré de son imagination fertile suffisamment de rebondissements, de crises, de suspense et d'énigmes pour faire oublier la disparition subite de Vaughn Williams, le personnage incarné par Sylvia. L'absence de Vaughn restait plausible dans la mesure où on la savait en prison, injustement accusée du meurtre commis par John, son machiavélique beau-frère. Pourtant, à moins d'un dénouement crédible, la question ne tarderait pas à se reposer.

Bill assista au tournage comme toujours. La performance des acteurs lui procura une profonde satisfaction, car ils s'étaient tous surpassés, donnant au drame une saveur et un relief inattendus. L'auteur félicita chaleureusement tout le monde avant de quitter les lieux. Une demi-heure plus tard, alors qu'il venait de regagner son bureau, sa secrétaire l'appela sur la ligne intérieure. Il avait une visite.

— Quelqu'un que je connais, Betsy ?

Il se sentait un peu las, après les nuits blanches qu'il avait passées, entouré de ses auteurs.

— Miss Stewart, dit la voix de Betsy après une pause.

Bill haussa un sourcil, intéressé.

— *Notre* miss Stewart ? La miss Stewart dont nous avons cherché la trace jusqu'au fin fond du Nevada ?

— Elle-même, monsieur.

— Qu'elle entre tout de suite. J'ai vraiment hâte de la revoir.

Betsy ouvrit la porte, puis s'effaça pour laisser passer une Sylvia penaude… et plus belle que jamais. Avec sa lourde chevelure d'ébène elle ressemblait à quelque Blanche-Neige égarée. Ses yeux de jade, immenses, adressèrent à Bill une supplique muette. L'auteur s'était mis debout ; figé, comme à l'approche d'une apparition.

— Où diable étais-tu ? grogna-t-il.

Elle choisit de fondre en larmes, ce qu'elle fit avec un art consommé.

— Nous nous sommes fait un sang d'encre ! vitupéra-t-il. Tes copains de *My House* nous ont dit qu'ils t'avaient laissée là-bas, en compagnie d'un homme. Nous avons mis Las Vegas sens dessus dessous et songions à signaler ta disparition à la police.

Il ne mentait pas, il s'était drôlement inquiété à son sujet. Sylvia s'effondra dans le canapé avec un petit sanglot et accepta le mouchoir qu'il lui tendait.

— Je suis désolée, Bill.

— Il ne manquerait plus que tu ne le sois pas. Te rends-tu compte de ton inconscience ? (Il la réprimandait comme un enfant.) Où étais-tu, bon sang ?

Son appréhension apaisée, il s'aperçut qu'il n'éprouvait plus que de l'indifférence. Il avait eu peur pour elle. Las Vegas était une ville dangereuse pour les jolies filles, surtout lorsqu'elles couchaient avec des inconnus. Sylvia leva sur lui un regard noyé de larmes.

— Je me suis mariée, sanglota-t-elle.

Il l'avisa, interloqué. Il avait tout supposé, tout imaginé, tout subodoré, sauf le mariage.

— Plaît-il ? s'étrangla-t-il. Et qui est l'heureux élu ? Le type qui était l'autre soir dans ta chambre ?

Elle acquiesça, se moucha, renifla.

— Il est dans le textile... Il vient du New Jersey.

— Mon Dieu !

Il s'assit pesamment près d'elle sur le canapé, en se demandant s'il l'avait réellement connue.

— ... Qu'est-ce qui t'a poussée à faire une chose pareille ?

— Je n'en sais rien, Bill, tu étais toujours si occupé... Et je me sentais si seule...

Nom d'un chien ! Elle avait vingt-trois ans, c'était une créature ravissante, et elle s'apitoyait sur son propre sort. La majorité des Américaines auraient donné dix ans de leur vie pour ressembler à Sylvia Stewart, et celle-ci n'avait pas trouvé mieux que d'épouser un obscur fabricant de nippes, sous prétexte qu'elle avait passé un week-end en sa compagnie.

« C'est ma faute ! » pensa-t-il tout à coup. Peut-être que s'il ne l'avait pas négligée, s'il n'avait pas été aussi passionné par son travail, si... l'éternelle rengaine revenait. Inexorablement, toutes ces femmes éplorées lui rappelaient Leslie. Mais pourquoi l'accusaient-elles toujours de leurs malheurs ? Pourquoi ne s'adaptaient-elles pas à son rythme à lui ? Pourquoi prenaient-elles la fuite pour commettre une grosse bêtise avant de revenir le montrer du doigt ? Et voilà que cette idiote avait épousé un parfait étranger... Il la regarda, écrasé.

— Qu'est-ce que tu comptes faire, maintenant ?

— Je ne sais pas… Je partirai probablement avec lui dans le New Jersey la semaine prochaine. Il s'appelle Stanley. Il doit être à Newark mardi.

— C'est incroyable…

Il laissa sa tête rouler contre le dossier du canapé, ses lèvres se retroussèrent, et il se mit enfin à rire. Un rire qui se répercuta sur les cloisons, inextinguible. À croire qu'il ne pourrait plus jamais s'arrêter. Dans le bureau voisin, Betsy, qui guettait la réaction de son patron, s'étonna de ne pas l'entendre hurler.

— Si j'ai bien compris, tu dois partir avec Stanley à Newark mardi prochain ? parvint-il enfin à articuler.

Embarrassée, Sylvia baissa les yeux.

— Euh… oui. Enfin, si mon contrat ne me retient pas ici…

En vérité, elle s'était figuré que Bill la jetterait dehors et, dans un mouvement de panique, elle s'était empressée d'accorder sa main à Stanley. Elle le connaissait à peine, bien sûr, mais avait apprécié son caractère affable. Il avait été particulièrement tendre avec elle, lui avait offert un solitaire d'une dimension impressionnante, en promettant de la gâter lorsqu'ils seraient à Newark. Il avait suffisamment de relations dans cette ville, assurait-il, pour lui dégoter un job de mannequin. Par ailleurs, elle aurait l'occasion de poser pour des magazines à New York si elle en avait envie. Un nouvel horizon s'était alors ouvert devant les yeux émerveillés de Sylvia, dont le bon sens avait fini par l'emporter sur les rêves. Devenir l'épouse d'un petit magnat du textile lui parut dès lors être un rôle à sa mesure.

— À propos de mon contrat…

Elle considéra Bill d'un air si malheureux qu'il redoubla d'hilarité, comme devant une bonne vieille plaisanterie.

— Je te dirai ce que nous allons faire de ton contrat, Sylvia. Tu me donneras deux jours sur le plateau, aujourd'hui et demain, et Vaughn périra de la manière la plus tragique qu'on ait jamais vue un vendredi soir sur le petit écran… Après quoi, tu seras libre de convoler en justes noces avec ton Stanley et de lui faire dix enfants, à condition de donner mon nom à ton premier garçon. Je te libère de tes engagements.

— Oui ? murmura-t-elle, stupéfaite.

Bill lui dédia un sourire amusé.

— Oui. Je suis bon bougre, vois-tu. Je n'ai pas su te rendre heureuse, ni t'accorder l'attention que tu demandais, alors soit ! je paie l'addition, chérie.

Intérieurement il jubilait. Le retour de Sylvia, si bref fût-il, allait lui permettre de sortir de l'impasse. Il voyait déjà en esprit l'abominable John s'insinuer dans la cellule de Vaughn pour la supprimer, afin de l'empêcher de témoigner contre lui.

— Voilà, mon chou, conclut-il en se redressant. Je ne te retiens pas davantage, j'ai un boulot dingue. Comme toujours, hein ? Je suis marié à ce feuilleton.

Elle le dévisagea presque timidement.

— D'accord. Tu n'es pas furieux contre moi ? Je veux dire tu ne m'en veux pas de m'être mariée ?

— Pas si tu es heureuse, répondit-il sincèrement.

Elle se leva à son tour. Leur liaison n'avait été qu'une passade, tous deux en avaient à présent la preuve. Elle l'avait montré avec son escapade à Las Vegas, et il lui retournait la monnaie de sa pièce, non sans une certaine grandeur d'âme, elle devait l'avouer.

— Puis-je embrasser la mariée ?

Elle acquiesça, encore sous le choc. En quittant les studios de Los Angeles sans poursuites judiciaires sur le dos, elle n'en trouverait que plus facilement du travail à New York. Yeux clos, elle leva le visage, prête à recevoir un brûlant baiser en souvenir de leurs amours, mais reçut un chaste bécot sur le front.

Bill recula, en proie à une étrange mélancolie qui ne durerait pas, il le savait. Perdre Sylvia lui causait tout de même un peu de peine. Sa beauté, sa douceur allaient sûrement lui manquer. « Plus jamais avec une comédienne du feuilleton », pensa-t-il, surpris par son propre calme. Il n'y avait plus aucune femme dans sa vie et il n'était pas sûr de ne pas avoir voulu cette solitude.

— N'oublie pas tes affaires chez moi, recommanda-t-il.

— Je n'oublie pas…

En fait, elle ne pensait plus du tout à la somptueuse garde-robe qu'elle avait entreposée dans un placard.

— Veux-tu aller les chercher maintenant ?

— Pourquoi pas ? J'ai rendez-vous avec Stanley, mais j'ai tout mon temps.

Il feignit de ne pas saisir l'invite qui perçait dans sa voix… C'était terminé pour lui, définitivement terminé. En quittant les bureaux avec elle, il sentit les regards des employés peser sur eux. S'ils s'imaginaient que Bill et Sylvia partaient pour un rapide partie de jambes en l'air, ils se trompaient lourdement.

Sur place, il aida Sylvia à ranger ses vêtements dans des boîtes en carton, puis la reconduisit chez elle. Sur le seuil de la villa, elle se retourna :

— Je t'offre un verre ?

Sa voix résonnait tristement. Bill secoua la tête, tout en déposant le dernier carton sur le perron. L'instant suivant, il faisait démarrer la Chevrolet, qui descendit l'allée vers le boulevard.

Il venait de clore un chapitre de sa vie.

# 9

Les longues sonneries du téléphone résonnaient dans la maison. Le répondeur se déclencha au moment où Adriane faisait irruption, le sac en bandoulière, les bras chargés de la gazette du soir et de quelques emplettes qu'elle avait effectuées au drugstore. La jeune femme coupa le message qui s'imprimait sur la bande enregistreuse et décrocha. La terre s'arrêta de tourner lorsqu'elle entendit la voix de son correspondant.

— Tu vas bien ? demanda Steven d'une voix tendue. Je n'ai pas cessé de t'appeler tout l'après-midi. Chaque fois je suis tombé sur ce fichu répondeur.

L'idée de l'appeler à son bureau ne l'avait pas effleuré. Vers dix-neuf heures, au comble de l'anxiété, il avait recomposé fébrilement le numéro. Et Dieu merci, elle était là. Adriane s'était bien gardée de l'appeler de son côté. Elle avait besoin de temps pour rassembler ses idées avant de lui annoncer la nouvelle.

— Oui, j'étais absente, dit-elle rapidement.

Elle pressentait la prochaine question.

— Pourquoi es-tu restée si longtemps à la clinique ? Y a-t-il eu un problème ?

Il semblait sincèrement inquiet, mais Adriane ne s'en émut pas. Son ressentiment ne s'était pas apaisé.

— Aucun problème, répondit-elle lentement. L'intervention n'a pas eu lieu.

Un silence incrédule flotta au bout du fil, puis :

— Comment ? Pourquoi ? Qu'est-ce qui t'a empêchée de le faire ? Qu'est-ce qui n'a pas marché ?

La jeune femme s'assit, l'écouteur à la main. La fatigue, la lassitude, lui voûtèrent les épaules. Tout à coup, elle se sentit vieillie et comme vidée de ses forces.

— Ce qui n'a pas marché, Steven, ne tient qu'à moi. Je n'ai pas voulu le faire.

— Tu as flanché au dernier moment, hein ? bougonna-t-il, d'un ton où l'horreur se mêlait aux reproches.

— Flanché n'est pas exactement le mot, répondit-elle, furieuse elle aussi. J'ai décidé de garder notre enfant. La plupart des hommes auraient été flattés, émus, ou simplement contents. Ils auraient eu en tout cas une réaction plus saine.

— Je suis différent de la plupart des hommes, Adriane. Je ne suis ni touché ni flatté… Ne sois pas stupide. Tu te trompes si tu crois que je marcherai dans ce petit jeu-là.

— De quel jeu parles-tu ? Il s'agit seulement d'un bébé, Steven, d'une douce créature inoffensive… Pas d'un gangster qui menace de nous exterminer.

— Je ne suis pas très sensible à ton sens de l'humour.

— Et moi encore moins à ton sens des valeurs. Un avortement n'est pas rien, Steven, comme tu as l'air de le prétendre. C'est un pas difficile à franchir pour une femme. Tu n'as pas le droit de me l'imposer… Je veux cet enfant parce que je t'aime.

— Balivernes ! cria-t-il, hors de lui.

Une sourde frayeur le tenaillait. Adriane réalisa qu'il était inutile de discuter au téléphone. Steven finirait bien par se rendre compte qu'un bébé ne détruirait pas son avenir.

— Écoute, dit-elle d'une voix raisonnable, nous en reparlerons lorsque tu seras de retour.

— Parler, parler, parler ! hurla-t-il comme un forcené. Nous n'avons rien à nous dire. Sauf si tu reprends tes esprits et que tu m'obéis.

— Steven, calme-toi, je t'en prie.

Elle le sentait trembler de rage à l'autre bout de la ligne.

— Ne me dis pas ce que je dois faire, Adriane. Tu m'as dupé.

Elle eut presque envie de rire.

— Pas du tout. C'était un accident, tu le sais. Ce n'est pas arrivé par ma faute, ni par la tienne. Quoi qu'il en soit, c'est trop tard. Je garderai mon bébé.

— Es-tu devenue complètement folle ? Tu ne sais plus ce que tu racontes.

Adriane ferma les paupières. Elle ne le reconnaissait plus, on eût dit un redoutable adversaire.

— Au moins je ne frôle pas l'hystérie, rétorqua-t-elle tout en se forçant à demeurer calme. N'y pense plus maintenant et nous en débattrons quand tu seras à la maison.

— Je te répète que je n'ai rien à te dire. Pas tant que tu n'auras pas résolu le problème.

Elle rouvrit les yeux, et un frisson d'angoisse la parcourut. Dans la voix de Steven vibrait une note bizarre, quelque chose d'insolite qu'elle n'avait encore jamais décelé.

— Ce qui veut dire ?

— Tu as très bien compris. C'est *lui* ou moi. Débarrasse-t'en si tu tiens à me revoir. Demain à la première heure. Retourne chez ton médecin et explique-lui que tu es revenue sur ta décision.

Une main glacée se referma sur le cœur d'Adriane. Les phrases haineuses de Steven bourdonnaient à ses oreilles. Non, il ne pouvait pas l'acculer à un tel choix. C'était absurde. Insensé.

— Chéri… non… ne me demande pas ça… s'il te plaît… Je ne peux pas y retourner… Je ne peux pas…

— Il le faudra bien pourtant.

Il avait une drôle d'élocution maintenant, comme s'il allait fondre en larmes. Adriane l'aurait pris dans ses bras pour le consoler si elle avait été près de lui. Oh, un jour, ils riraient bien, tous les deux, de cette pénible comédie.

— Je ne veux pas d'enfant ! reprit-il.

— Pour l'instant tu n'en as pas. Essaie de te détendre et de ne plus y penser pendant quelque temps.

Son propre sang-froid la surprit. Elle ne s'était pas sentie aussi sûre d'elle-même depuis des jours.

— Je ne me détendrai pas tant que tu n'auras pas mis fin à ta grossesse. Il faut que tu te fasses avorter, Adriane.

Pour la première fois depuis le début de leur union, trois ans auparavant, elle était incapable de lui donner ce qu'il demandait. Ce refus le rendait d'autant plus furieux qu'elle lui avait toujours tout accordé.

— Steven, je ne peux pas… Ne comprends-tu donc pas ?

— Je comprends que tu m'as déclaré la guerre. Que tu m'assènes vicieusement tes flèches empoisonnées. Que tu refuses de tenir compte de mes sentiments.

Il avait gardé dans sa mémoire, gravé au fer rouge, le souvenir de son père, désespéré, chaque fois que sa mère était tombée enceinte. Son angoisse de joindre les deux bouts. Sa persévérance à travailler chez deux patrons à la fois, puis chez un troisième, jusqu'à ce qu'il fût terrassé par la cirrhose. Ses sacrifices pour élever ses enfants. Et lorsque ceux-ci avaient enfin volé de leurs propres ailes, il n'était plus qu'un vieillard.

— Tu te fiches éperdument de mon bonheur, glapit-il. Tout ce qui t'intéresse, c'est ton petit morveux !

Il se mit à pleurer bruyamment. Adriane demeurait silencieuse, pétrifiée. Steven s'était toujours insurgé contre la procréation, mais n'avait jamais proféré de telles insanités.

— Eh bien, sanglota-t-il, tu l'auras ton bébé, Adriane. Mais sans moi.

— Steven…

Il avait raccroché. La jeune femme se mit à errer dans la maison enténébrée. Elle n'avait jamais connu son mari dans cet état. C'était insoutenable. Pendant un moment, elle recommença à envisager l'avortement comme une solution. Après tout, elle ne pouvait pas forcer Steven à supporter l'enfant. Toutefois, elle n'avait pas le droit de trancher le fil d'une jeune existence sous prétexte qu'un adulte ne parvenait pas à en assumer la paternité.

Retourner à la clinique était au-dessus de ses forces. Elle se cramponna à l'idée que Steven finirait par se rendre à l'inévitable. « Je donnerai naissance à notre enfant et, alors, il sera bien obligé de l'accepter », songea-t-elle. Elle se promit d'aider Steven, par tous les moyens, à surmonter ses appréhensions.

À vingt-trois heures, elle partit pour la télévision, afin de superviser le journal de la nuit. Lorsqu'elle revint, son premier geste fut vers le répondeur. Steven n'avait pas laissé de message.

Le lendemain, elle appela le bureau de son mari à Chicago. Il allait rentrer par le vol de l'après-midi, lui appriton. Parfait ! Elle irait le chercher à l'aéroport. De nouveau, l'optimisme triompha de l'anxiété. Le soir même ils seraient réconciliés et tout redeviendrait normal.

Elle eut soudain la conviction absolue d'un avenir sans nuages. En esprit, elle se vit avec Steven se procurant un berceau, transformant la deuxième chambre en nursery, répétant les gestes anodins que font tous les couples qui attendent un heureux événement. Un sourire brilla sur ses lèvres, alors qu'elle se penchait de nouveau sur ses dossiers.

Vaughn Williams, brillamment interprétée par Sylvia Stewart, rendit son dernier soupir devant les caméras dans l'après-midi. Suivant les instructions du réalisateur, John s'était présenté au pénitencier et avait fait semblant d'être l'avocat de la détenue. Vaughn, conduite par une gardienne au parloir et laissée seule, avait à peine eu le temps d'exprimer son étonnement que les doigts de l'assassin se refermaient sur sa gorge fragile. Sylvia avait merveilleusement simulé l'agonie de la victime. Quelques minutes plus tard, elle gisait à terre, inanimée, tandis que le chef opérateur exécutait un savant zoom sur son visage aux yeux vitreux. « C'est une scène magistrale », décida Bill, rayonnant. Au moment des adieux, acteurs et techniciens se pressèrent autour de Sylvia. Tout le monde avait les larmes aux yeux. La comédienne appartenait à l'écurie du studio depuis plus d'un an. On la considérait comme quelqu'un de la famille, on l'appréciait pour sa gentillesse et son talent. Le producteur offrit une tournée générale de champagne. Bill accepta la coupe qu'un éclairagiste lui tendait, tandis que Stanley, l'heureux époux de la vedette resté à l'écart, observait d'un œil ému la faune bigarrée, regroupée sous les feux des projecteurs.

Au bout d'un moment, Bill essaya de fausser compagnie à ses amis, mais Sylvia courut le rattraper, lui susurra à l'oreille une remarque qui le fit sourire. L'écrivain leva sa coupe à l'adresse de Stanley.

— Bonne chance ! cria-t-il. Que votre chemin soit tapissé de pétales de roses.

Sylvia s'essuya les yeux quand Bill l'embrassa sur la joue. Il était l'heure de partir. Stanley avait loué une superbe limousine blanche qu'il avait garée sur l'aire de stationnement. Le couple allait prendre le train le soir même, les bagages de Sylvia étaient déjà dans le coffre de la voiture, les clés de sa villa rendues à la propriétaire. Elle suivit d'un regard mélancolique Bill qui s'éclipsait.

Peu après, sur la route, il croisa, sans la voir, une minuscule MG rouge décapotée.

Adriane pénétra dans l'aérogare, cherchant du regard Steven parmi la foule des voyageurs. Durant le trajet vers l'aéroport, la jeune femme n'avait cessé de ressasser les phrases qu'elle allait lui débiter. Lorsqu'il l'aperçut, il traversa le hall dans sa direction, les yeux hostiles, le visage fermé.

— Qu'est-ce que tu fais là ? demanda-t-il d'un ton acerbe.

Visiblement, il brûlait d'une rage contenue.

— Je suis venue te chercher, répondit-elle doucement.

Elle ébaucha un geste vers l'attaché-case qu'il tenait à bout de bras, mais il s'esquiva.

— Vraiment ? Il ne fallait pas te déranger.

— Steven, voyons, sois juste…

Il se figea sur place, les lèvres blanches.

— Juste ? Après ce que tu m'as fait ?

— Je ne t'ai rien fait. Je m'efforce simplement de regarder la réalité en face.

— Une réalité que tu as bâtie de toutes pièces.

Adriane lui emboîta le pas. Elle avait laissé sa voiture au parking, mais Steven se dirigeait vers une destination inconnue.

— Où vas-tu ? cria-t-elle.

Il avait déjà franchi les portes coulissantes et hélait un taxi.

— À la maison, dit-il, la main sur la poignée de la portière.

— Moi aussi. Je suis venue te chercher pour ça.

Le chauffeur les observait d'un air goguenard.

— Inutile. Je n'ai pas l'intention de m'attarder. Juste chercher quelques effets personnels. J'ai loué une chambre d'hôtel et je compte y rester jusqu'à ce que tu te rendes à la raison.

« Chantage ! » pensa-t-elle, affolée. De toute évidence, il semblait décidé à briser sa résistance.

— Steven, je t'en prie, attends.

La portière lui claqua au nez, puis le taxi démarra en trombe, la laissant plantée sur le trottoir. Désemparée, confuse, elle se demanda s'il irait jusqu'à la quitter. Non… Steven n'était pas capable d'une pareille mesquinerie. Cependant, lorsqu'elle regagna la maison, il avait déjà empilé des vêtements dans trois valises, empaqueté deux raquettes de tennis, ses crosses de golf, et, penché sur la table, était en train de trier ses papiers.

Elle laissa errer sur le bric-à-brac un regard incrédule.

— Chéri, cette plaisanterie a assez duré.

— Adriane, je suis on ne peut plus sérieux, rétorqua-t-il froidement. Prends tout ton temps pour réfléchir. Tu peux m'appeler au bureau. Je reviendrai lorsque tu en auras fini avec le bébé.

— Sinon ?

— Sinon, je passerai chercher le reste de mes affaires. C'est aussi simple que ça.

— Aussi simple que ça… répéta-t-elle.

La moitié d'elle-même, révoltée, bouillait de colère. L'autre moitié, anéantie, aurait souhaité être sous terre. Une mortelle angoisse se répandit en elle, mais elle parvint à regarder son mari sans broncher.

— Tu te comportes comme un détraqué. J'espère que tu t'en rends compte.

— Pas du tout. Tu as transgressé nos conventions…

— En gardant notre bébé ?

— En trahissant ma confiance, jeta-t-il d'un ton si péremptoire, si dur, qu'elle eut envie de le gifler. Tu as changé, Adriane.

— Changer est humain, Steven. Nous avons les moyens d'offrir une vie heureuse à un enfant.

— Je ne veux pas d'enfant.

— Et moi, je ne veux pas avorter pour satisfaire tes idées fixes, ni pour être libre de partir en voyage en Europe.

Il prit un air de majesté outragée.

— Épargne-moi ce genre de coup bas. Mon attitude n'a rien à voir avec le voyage en Europe, et tu le sais. Il s'agit plutôt d'une philosophie, d'une conception globale de la vie. Ce gosse nous privera de tout ce que nous avons obtenu à la force du poignet… Je ne puis l'accepter sous prétexte que tu as la frousse de recourir à une intervention chirurgicale.

— Je n'ai pas la *frousse* ! s'écria-t-elle. L'idée que *je désire cet enfant* ne t'a pas encore effleuré ?

— Tu désires surtout me dominer.

— Mais non. Pourquoi aurais-je voulu une chose pareille ?

— Je n'en sais rien et cela m'importe peu.

— Steven, est-ce que tu es en train d'insinuer que si je ne me range pas à ton opinion tu me quitteras ?

Il la regarda droit dans les yeux, se borna à acquiescer d'un signe de tête, après quoi il entreprit de descendre ses bagages au rez-de-chaussée. Adriane s'effondra sur une marche de l'escalier.

— Steven, non, ne t'en va pas.

Il aligna les valises dans l'entrée, remonta chercher les paquets. Trois ans de mariage, pour aboutir à cette sinistre comédie ! Elle le suivit du regard, les yeux brûlés par les larmes, alors qu'il commençait à transporter ses affaires dans sa voiture. Il reparut sur le seuil, dans le contre-jour aveuglant.

— J'attendrai ta décision.

Adriane s'élança vers lui, secouée de pleurs. Il resta de marbre lorsqu'elle s'agrippa à ses épaules.

— Non, non, ne pars pas. Ne me quitte pas. Tout se passera bien, tu verras, tu n'entendras même pas pleurer ce petit, je te le jure... Steven, ne me quitte pas, j'ai besoin de toi.

Il dénoua les doigts qui s'enfonçaient dans les revers de son veston avec une moue de dégoût qui ne fit qu'accroître la panique de la jeune femme.

— Allons, Adriane, remets-toi. La balle est dans ton camp.

— C'est faux ! sanglota-t-elle. Tu m'obliges à faire quelque chose qui me répugne.

— On s'habitue à tout, conclut-il calmement.

La colère enflamma les pommettes de la jeune femme.

— Vraiment ? Alors toi aussi tu pourrais t'habituer à tout.

— Voilà la question, fit-il nonchalamment, en la dévisageant de ses yeux de glace. L'ennui, c'est que je n'en ai pas l'intention.

Il se pencha, ramassa ses raquettes, tourna les talons. La porte claqua derrière lui. Paralysée, Adriane fixa le battant. Elle avait peine à croire qu'ils en étaient arrivés là.

## 10

Aucun fumet de bacon ne lui chatouilla les narines lorsqu'elle se réveilla le samedi matin. Aucun plateau de déjeuner sur la courtepointe. Pas d'omelette confectionnée par des mains affectueuses, ni bruits familiers en provenance de la cuisine. Rien. Rien que le silence. Et la solitude. Et l'affreuse certitude que Steven l'avait quittée.

La veille, elle n'avait pas eu le courage de retourner au bureau, elle avait téléphoné à Zelda en disant « je ne me sens pas très bien », puis s'était couchée tout habillée, en pleurs. Elle s'était relevée à trois heures du matin, avait retiré sa robe passé sa chemise de nuit, éteint les lumières. À présent, à l'instar de l'ivrogne au lendemain d'une beuverie, elle avait la bouche sèche, les paupières gonflées, le corps courbatu et le cœur au bord des lèvres.

Depuis qu'elle avait su qu'elle était enceinte, il y avait exactement dix jours – une éternité – sa vie s'était changée en un véritable enfer. « La balle est dans ton camp », avait-il déclaré, en lui accordant un dernier sursis. Un choix monstrueux, impossible. Si elle lui sacrifiait l'enfant, elle le détesterait toute sa vie. Dans le cas contraire, c'est lui qui l'abandonnerait à tout jamais… En quelques jours, ils avaient réussi à détruire ce qu'ils avaient toujours considéré comme une union parfaitement heureuse.

Elle se retourna dans le grand lit vide, en proie à un indicible désarroi. Steven ne risquait pas de se remettre des traumatismes d'une enfance misérable. Enfin, pas de si tôt… Si au moins il avait essayé de chasser les ombres du passé… Mais non, il ne voulait faire aucun effort.

La sonnerie stridente du téléphone la fit sursauter. L'espace d'une fraction de seconde, elle imagina son mari au bout du fil, et crut entendre sa voix disant qu'il reviendrait auprès d'elle, même si elle gardait l'enfant. Sa main décrocha fébrilement l'écouteur. C'était sa mère. Celle-ci ne l'appelait plus qu'une fois tous les deux mois. Leurs rares conversations tournaient toujours autour du même sujet : les glorieux faits et gestes de Connie, la « bonne fille » de la famille. Suivaient invariablement quelques déplaisantes allusions au comportement de Steven, après quoi sa mère se plaignait de ce qu'Adriane avait « manqué à tous ses devoirs ». Suivait une longue liste de griefs.

— Voilà des années que tu n'es pas venue passer Noël avec nous… Tu as oublié de souhaiter à ton père son anniversaire… Tu ne penses jamais à nous.

Adriane avait depuis longtemps deviné le reproche principal qui lui était fait. Elle s'était installée en Californie, loin de sa famille, avait épousé un homme que ses parents n'estimaient pas et, pour couronner le tout, ne leur avait pas donné de petits-enfants. Au début, sa mère s'en était inquiétée. Au fil des ans, elle avait cessé de lui demander si Steven et elle avaient consulté un spécialiste.

Adriane affirma à sa correspondante que tout allait bien, lui souhaita la fête des mères avec une semaine de retard, s'empressant d'ajouter que son travail accaparait presque tout son temps.

— Comment va papa ? parvint-elle enfin à demander.

Il lui fut répondu que papa avait pris un coup de vieux, mais que son beau-frère venait d'acheter une nouvelle voiture. Une Cadillac. À propos, quelle sorte de véhicule conduisait donc Steven ? Une Porsche ? C'était quoi exactement une Porsche ? Ah, une marque *étrangère,* bien sûr... Et, au fait, Adriane avait toujours cette « chignole ridicule » bonne pour la casse ? Oui ? Bizarre que son esthète de mari ne lui ait pas offert un modèle plus récent...

— Ta sœur a deux voitures à présent. Une Mustang et une Volvo.

Chaque mot semblait étudié pour l'irriter. La jeune femme répondit d'un air serein à une nouvelle avalanche de questions. Oui, aujourd'hui elle se reposait... Non, Steven n'était pas là, il jouait au tennis... Elle se retint de tout raconter à sa mère. Il aurait fallu, pour cela, une oreille compatissante, une épaule sur laquelle on puisse s'épancher, une personne capable de vous remonter le moral. Or, sa mère paraissait uniquement préoccupée de marquer des points. Elle pria Adriane de passer son « bonjour » à Steven avant de raccrocher.

Le téléphone se remit à sonner un peu plus tard. Adriane ne répondit pas. Peu après, en écoutant le message sur le répondeur, elle reconnut la voix de Zelda. Elle n'aurait pas voulu lui parler. Elle ne voulait parler à personne. Sauf à Steven. Toute la journée, elle attendit un coup de fil qui ne vint pas. Le soir, drapée dans la robe de chambre de son mari, elle alluma le poste de télévision. Ses larmes l'empêchaient de distinguer les images.

Nouvelle sonnerie. Elle se rua sur l'appareil sans réfléchir. C'était Zelda une fois de plus, en quête d'une information d'ordre professionnel.

— Adriane ? Qu'est-ce qui ne va pas ? Es-tu malade ? s'enquit-elle, intriguée par la détresse qui perçait dans la voix de sa patronne.

— Je suis mal fichue, marmonna cette dernière, regrettant d'avoir répondu.

Elle donna à son assistante le renseignement qu'elle cherchait, avant de lui souhaiter une bonne soirée.

— Tu n'as besoin de rien ? demanda Zelda après une hésitation.

— Euh... non, merci. Je vais très bien.

— Tu n'en as pas l'air, fit l'autre gentiment.

Avait-elle perçu l'imperceptible petit gémissement qui avait contracté la gorge d'Adriane ? Celle-ci renifla bruyamment, honteuse de sa faiblesse, sachant qu'elle n'avait plus la force de feindre.

— Tu as raison, murmura-t-elle, après tout je ne vais pas si bien que ça. Je...

Elle s'interrompit avec un rire nerveux, qui s'étrangla dans un sanglot.

— Adriane, qu'est-ce qui t'arrive ?

Les nerfs de la jeune femme lâchèrent brusquement, cependant que le besoin de se confier à quelqu'un devenait une nécessité absolue.

— Steven et moi... Il... Il m'a quittée.

Les derniers mots ne furent qu'un faible chuchotement. À l'autre bout de la ligne, Zelda retint son souffle. Elle connaissait bien cette vive douleur qui vous transperce le cœur quand l'être aimé vous renie. Elle ne sortait plus qu'avec des jeunes gens, à la recherche du plaisir, fuyant consciencieusement toute sorte d'engagement.

— Oh, Adriane, je suis vraiment désolée. Puis-je faire quelque chose pour toi ?

— Non, non, je n'en mourrai pas, répliqua-t-elle, sans un geste pour essuyer les larmes ruisselant sur ses joues pâles.

Peut-être qu'elle en mourrait, si Steven ne revenait pas.

— Bien sûr que non, s'écria Zelda d'un ton encourageant. Tu sais, on croit toujours qu'on ne peut pas vivre sans eux. Mais dans six mois, tu n'y penseras plus. Tu auras repris goût à la liberté et tu en seras ravie.

— J'en doute.

— Attends et tu verras ! décréta la rousse avec une véhémente conviction. Dans six mois, tu fileras peut-être le parfait amour avec un homme que tu ne connais pas encore.

« Je serai alors enceinte jusqu'aux dents. » À cette pensée, Adriane ne put s'empêcher d'éclater de rire.

— Cela m'étonnerait, dit-elle dans un soupir.

— Comment peux-tu en être aussi sûre ?

Le rire d'Adriane s'éteignit.

— Parce que j'attends un enfant.

Silence atterré à l'autre bout du fil, pendant que Zelda encaissait la nouvelle. Enfin, la rousse émit un sifflement.

— Eh bien, vue sous cet angle, la situation change du tout au tout. Est-ce que Steven est au courant ?

Adriane se tut une fraction de seconde, mais l'envie de se livrer fut plus forte que sa réticence.

— Oui. C'est pourquoi il est parti.

— Il reviendra, lança la rousse d'un ton empreint de confiance. Il a mal réagi, probablement parce qu'il a eu peur.

Elle avait raison. Adriane se cramponna de toutes ses forces à cette idée. Steven se raviserait peut-être, c'était son souhait le plus cher... Mais savait-on jamais ? N'avait-il pas déjà quitté sa propre famille ? N'avait-il pas franchi le seuil de la maison paternelle sans se retourner ? En fait, ses sœurs, ses parents, ne lui manquaient pas. Une fois qu'il avait décidé quelque chose, il était capable de rejeter ceux que, jadis, il avait chéris. Un nouveau soupir gonfla sa poitrine, un léger reniflement involontaire comme celui d'un enfant qui aurait trop pleuré.

— Ne dis rien aux autres, pria-t-elle.

Elle ne comptait pas mettre ses collègues au courant, pas avant d'avoir mis les choses au point avec Steven.

— N'aie crainte. Qu'est-ce que tu vas faire ? Démissionner ou demander un congé de maternité ?

— Je n'ai rien décidé encore. Je crois que je demanderai un congé.

Et si Steven partait pour de bon ? Si elle se trouvait dans l'obligation de travailler et d'élever en même temps son bébé ? Elle préférait ne pas y songer. Pas maintenant.

— Tu as le temps de voir venir, dit prudemment Zelda. Tu as raison de ne rien dire au bureau. Inutile de perturber notre cher vieux directeur.

Adriane occupait un poste de haute responsabilité. Zelda n'en aurait pas voulu pour tout l'or du monde. « Trop de tracasseries vous usent les nerfs », avait-elle décrété. C'était Steven, encore une fois, qui avait orienté Adriane vers cette place. Elle s'y était habituée, même si, par moments, la nostalgie de son ancienne profession l'envahissait. Être constamment confrontée à l'horreur d'une actualité violente, assister, jour après jour, au spectacle affligeant de la brutalité des hommes et des catastrophes naturelles s'avérait parfois déprimant. Toutefois, Adriane s'y était appliquée et en avait tiré des satisfactions. Elle passait aux yeux de tous pour l'une des personnes les plus compétentes de l'équipe du journal.

— Ne te fais pas de souci, lui conseilla son assistante. Tout finira par s'arranger, j'en suis persuadée. Le bébé se portera comme un charme et quant à ton cher et tendre, il s'amènera dans un jour ou deux avec une gerbe de roses rouges et te jurera qu'il t'aime comme un fou.

— Que Dieu t'entende, Zelda !

Lorsqu'elles eurent raccroché, Zelda fixa quelques instants le téléphone, l'air sombre. « Rien ne laisse présumer du retour de ce type », marmotta-t-elle. Les rares fois où elle s'était trouvée en sa présence, elle avait été frappée par la froide résolution qui émanait de lui. Zelda l'avait tout de suite catalogué parmi les rapaces, et ne l'avait jamais porté dans son cœur. Il avait une façon de vous regarder, comme s'il calculait son prochain mouvement, qui, d'emblée, avait souverainement déplu à la rousse assistante. Rien à voir avec la générosité, avec la chaleur d'Adriane… Zelda avait éprouvé à l'égard de sa patronne un vif élan de sympathie, dès leur première rencontre. « Ce salaud ne la mérite pas ! » bougonna-t-elle entre ses dents.

Au même moment, Adriane s'efforçait de regarder une émission. Les larmes l'aveuglaient. Le sommeil la surprit sur le canapé, et elle se réveilla en sursaut au milieu de la nuit, suffoquante d'angoisse. Elle éteignit le poste, puis se pelotonna de nouveau sur le canapé, non, elle ne monterait pas là-haut, elle ne se coucherait pas dans ce grand lit désert. Elle se réveilla à l'aube, dès que les premières lueurs du jour inondèrent la fenêtre. C'était une belle journée, des pépiements d'oiseau saluaient le lever du soleil, mais un fardeau insoutenable lui écrasait la poitrine. « Oh, Steven, pourquoi t'acharnes-tu à me détruire... à te détruire ? » Mais elle-même ? Que cherchait-elle au juste ? Curieusement, après avoir renoncé si facilement à la maternité, elle s'apprêtait à sacrifier son mariage, son bonheur, sa vie, afin de porter à terme un petit être inconnu. La jeune femme s'assit péniblement. Chaque articulation de son corps protestait. Elle se traîna jusqu'à la salle de bains. Son reflet dans le miroir lui arracha un gémissement. Elle avait le visage bouffi, les yeux rougis.

— Pas étonnant qu'il t'ait plaquée ! ricana-t-elle.

Un rire amer lui échappa, aussitôt noyé dans un flot brûlant de larmes. C'était sans espoir. Décidément, elle ne savait que pleurer.

Elle se passa de l'eau fraîche sur la figure, se brossa les dents, puis les cheveux, avec des gestes de somnambule. Elle enfila un blue-jean et un vieux sweater de Steven. Puisqu'elle ne pouvait l'avoir auprès d'elle, le contact de ses vêtements sur sa peau lui apportait un peu de réconfort.

Elle tartina un toast dans la cuisine, réchauffa le café de la veille, s'obligea à en avaler une gorgée. Le goût était amer. La jeune femme resta assise, le regard vide, la tête de nouveau fiévreuse d'interrogations. Reviendrait-il ? Ne reviendrait-il pas ?

La stridulation du téléphone la fit littéralement bondir pour décrocher, hors d'haleine. Il allait lui annoncer son retour, cela semblait évident. Qui d'autre l'appellerait à huit heures du matin ? Une voix inconnue grésilla dans l'écouteur, prononça quelques mots teintés d'accent asiatique... C'était une erreur, un faux numéro.

Elle se mit à errer sans but dans l'enfilade des pièces, prenant un objet pour le redéposer, sortant le sac à linge et versant toutes les larmes de son corps à la vue des chemises de Steven. Cela devenait insoutenable. La maison tout entière criait son absence, chaque détail semblait souligner son départ. Neuf heures à la pendule. Adriane ne tenait plus en place. Il fallait qu'elle sorte de ces murs, qu'elle respire un bol d'air frais, qu'elle marche. Elle n'avait aucune idée de l'endroit où elle irait, mais elle irait. Sa main chercha fébrilement les clés et fit claquer la porte... Voilà deux jours qu'elle n'était pas allée chercher son courrier. Elle fureta dans la boîte, en extirpa quelques factures et deux lettres adressées à M. Townsend. Rien pour elle. Elle remit le tout dans la boîte dont elle laissa retomber le couvercle, puis s'avança vers sa voiture, l'esprit vide. La veille, elle avait rangé la MG devant la façade principale, derrière une vieille Chevrolet. Alors qu'elle s'approchait, elle vit un homme qui tirait une bicyclette hors du véhicule décati. L'air était déjà chaud, chargé d'humidité, et l'inconnu semblait s'apprêter pour une promenade matinale. Il tourna la tête et regarda Adriane, les sourcils froncés, comme s'il essayait de se souvenir où il l'avait déjà rencontrée. Il avait une mémoire fantastique pour les détails les plus insignifiants, physionomies fugitives qu'il n'avait pu contempler que brièvement, noms qu'il n'avait entendus qu'une seule fois. Le nom de l'arrivante lui échappait, et pour cause – ils n'avaient jamais été présentés – mais ce visage... eh bien, ce petit minois appartenait à la jolie fille qu'il avait aperçue au supermarché quelques semaines auparavant. La jolie fille qui était mariée.

— Bonjour.

Il cala la bicyclette contre le rebord du trottoir. Adriane leva le regard sur lui. Il devait avoir une quarantaine d'années. Des yeux d'un bleu intense, chaleureux, amicaux. Des yeux souriants qui, en se plissant, s'entouraient d'un réseau de fines ridules. Il donnait l'impression de se sentir bien dans sa peau, en harmonie avec lui-même et son entourage.

— Bonjour, répondit-elle.

D'une toute petite voix. Il remarqua qu'elle avait mauvaise mine – teint pâle, traits tirés – et qu'elle se tenait un peu voûtée comme si elle avait subi un grand malheur. Lorsqu'il l'avait vue la première fois dans le supermarché, en pleine nuit, il avait été séduit par sa vitalité. Aujourd'hui, moins resplendissante, elle n'en était pas moins belle, d'une façon plus poignante, peut-être.

— Vous habitez ici ? demanda-t-il, désireux soudain de tout savoir sur elle.

Le fait que leurs chemins se croisent de nouveau par le plus grand des hasards, lui parut un heureux présage. Peut-être était-ce un signe du destin ?

— Oui, nous avons une maison à l'autre bout de la résidence, répondit-elle avec un sourire paisible. Je ne gare jamais ma voiture par ici, mais j'ai déjà remarqué la vôtre dans le coin. Elle est bien sympathique.

— J'adore mon vieux tacot. Moi aussi je connais votre MG.

Il avait en effet souvent vu la minuscule guimbarde rouge longer la rue. Il réalisa soudain qu'il avait une fois aperçu la jeune femme, de loin, en compagnie d'un beau et grand jeune homme aux cheveux noirs, et ils étaient montés dans un de ces engins grandiloquents, une Mercedes ou une Porsche. « Son mari, sans doute », pensa-t-il. Ils formaient un couple parfait... Il la regarda plus attentivement. Elle avait produit un effet plus impressionnant sur lui le soir du supermarché... Tout à coup, il se sentit un peu maladroit.

— Eh bien, je suis ravi de vous revoir... Tomber nez à nez avec des gens que l'on a toujours entrevus me rappelle ma jeunesse, pas vous ? (Il prit une voix de collégien.) Salut, je m'appelle Bill, c'est à cette école que tu vas ?

Il éclata de rire et elle l'imita. Mariée ou pas, cette femme lui plaisait et, malgré lui, il le lui fit comprendre par un coup d'œil admiratif. Sa main s'avança vers la sienne.

— Je me présente : Bill Thigpen. J'ai eu le plaisir de tamponner votre caddie avec le mien dans un magasin d'alimentation, il y a quelque temps à une heure fort tardive. J'avais fait tomber une montagne de papier toilette.

Elle hocha la tête, puis prit la main qu'il lui tendait. De leur première rencontre, elle avait gardé un vague souvenir. Depuis, sa vie entière avait basculé. « Salut, aurait-elle pu répondre, je m'appelle Adriane, tous mes espoirs se sont effondrés d'un seul coup comme un château de cartes, mon mari m'a quittée et j'attends un enfant. » Elle se présenta à son tour et s'entendit dire poliment :

— Adriane Townsend...

Malgré son sourire, ses yeux demeuraient si tristes que Bill eut envie de la prendre dans ses bras. Il comprit qu'elle cherchait désespérément à ajouter une phrase quelconque.

— Vous vous promenez souvent à bicyclette ?

— De temps à autre, oui. Je pousse parfois jusqu'à Malibu. Ou alors, je vais sur la plage. C'est un exercice sain qui a le don de vous clarifier l'esprit, après une longue nuit de labeur.

La jeune femme fit un effort pour paraître intéressée.

— Vous travaillez la nuit ?

Elle n'aurait pas su dire pourquoi, mais la présence de cet homme l'apaisait. Elle aurait pu rester là, indéfiniment, à bavarder avec lui. À débiter des choses sans importance. On eût dit qu'il engendrait un sentiment de sécurité et que tant qu'il serait là, plus rien ne pourrait l'atteindre. Bill continuait de la fixer droit dans les yeux. Quelque chose lui était arrivé, il en fut soudain persuadé. Une blessure intérieure la faisait souffrir atrocement. Un élan de compassion le poussait vers cette femme.

— Oui, il m'arrive de travailler très tard. Vous aussi, sans doute, puisque vous courez les magasins à minuit.

Cette observation arracha un rire à Adriane.

— En effet, admit-elle. Je sors du bureau vers onze heures et demie du soir. Je m'occupe du journal télévisé de dix-huit heures et également de l'édition de la nuit... C'est l'heure idéale pour faire ses courses, vous ne trouvez pas ?

Il eut l'air amusé.

— Le journal ? Sur quelle chaîne ?

Elle le lui dit et vit son sourire s'élargir. Après tout, leurs destinées étaient peut-être intimement mêlées.

— Savez-vous que nous travaillons tous deux sur la même chaîne ? Et moi, c'est pour une série dont le tournage a lieu trois étages au-dessus de vos studios.

— C'est drôle, dit-elle, amusée elle aussi par la coïncidence. De quelle série s'agit-il ?

— *La Belle Vie,* répliqua-t-il tranquillement, en s'efforçant de ne pas paraître trop fier.

— C'est un excellent feuilleton. Je le regarde parfois, entre deux éditions.

— Depuis quand êtes-vous au journal ?

La jeune femme l'intriguait de plus en plus. Un singulier bien-être l'incitait à poursuivre la conversation. Ils étaient si près l'un de l'autre qu'il pouvait presque respirer la fragrance de son shampooing. Bill se demanda tout à coup quelle était la marque de son parfum, puis se traita mentalement de crétin.

— Depuis trois ans. Avant, je m'étais essayée dans les effets spéciaux et la production de téléfilms. Ensuite, j'ai eu la chance d'être engagée dans l'équipe des informations...

Sa voix se fêla, comme si elle doutait au fond que ce fût une vraie chance.

— Vous manquez d'enthousiasme, on dirait.

— Ce n'est pas toujours facile. Je dois même dire que ce n'est pas réjouissant, fit-elle sur un ton d'excuse.

— Je vous comprends. Je n'aurais pas voulu être à votre place. Cela doit être stressant de baigner sans cesse dans un climat malsain. Crimes, viols et incestes, les trois mamelles de l'Amérique.

Ce disant, il lui dédia un sourire éclatant tout en s'appuyant sur le guidon de sa bicyclette. Adriane éclata d'un rire spontané et, pendant une seconde, elle redevint la rayonnante créature du supermarché.

— Ainsi vous êtes scénariste ?

Jamais auparavant elle ne se serait attardée à faire la causette à un étranger.

— J'ai commencé par écrire, bien sûr. Maintenant, je supervise seulement le script. Parfois, je réécris les séquences.

Il était donc le créateur du célèbre feuilleton et il n'avait pas voulu le lui dire.

— Vous devez bien vous amuser. J'aurais voulu écrire, dans le temps, mais il semble que je sois plus efficace dans la production.

Du moins, c'était ce que Steven prétendait. Steven... les yeux d'Adriane s'assombrirent. Bill le nota.

— Les gens s'imaginent que l'écriture obéit à des lois mystérieuses, un peu comme les mathématiques, mais ils se trompent. Tout est une question d'inspiration. Je suis sûr que vous vous débrouilleriez à merveille.

L'expression de la jeune femme avait subi une étrange métamorphose. Tout en parlant, Bill assistait à la décomposition du ravissant visage, qui ne tarda pas à reprendre l'air affligé qui le crispait un peu plus tôt.

Un silence pesant suivit, pendant lequel Adriane chercha frénétiquement à chasser Steven de ses pensées.

— Je ne crois pas que je serais capable d'écrire, déclara-t-elle finalement.

Elle lui jeta un regard si malheureux, si désemparé, qu'il faillit lui caresser la joue.

— Essayez quand même, insista-t-il. La création est un élixir magique.

« Qui vous guérit de tous vos maux, de tous vos tourments », songea-t-il en se gardant bien de formuler sa pensée. Après tout ils ne se connaissaient pas et il ne pouvait pas se permettre de lui poser des questions indiscrètes.

Adriane s'éloigna, ouvrit la portière de la MG, se retourna pour jeter un ultime regard à Bill. Elle avait du mal à le laisser là, mais ils n'avaient plus rien à se dire, elle le sentait.

— J'espère que nous nous reverrons, dit-elle.

— Je l'espère aussi, répondit-il avec un sourire.

L'alliance en or miroita à son annulaire, alors qu'elle agitait la main. C'était rare, une femme qui portait une alliance, se dit-il, mais elle était une personne rare, il l'avait su instantanément, avant même de l'approcher.

Il resta planté sur le trottoir, jusqu'à ce que la MG rouge disparût derrière le tournant.

# II

Steven l'appela deux jours plus tard. Au moment où Adriane s'apprêtait à partir travailler, le téléphone sonna. Son cœur se contracta lorsqu'elle entendit la voix de son mari. Il commença par réclamer son rasoir.

— Apporte-le à ton bureau aujourd'hui. Je passerai le chercher dans le courant de la journée… Celui que j'ai emporté s'est cassé.

— Oh… j'en suis désolée, répondit-elle en dissimulant son abattement sous une feinte humeur égale. Comment vas-tu ?

— Très bien, jeta-t-il sèchement. Et toi ?

— Tu me manques.

— Pas assez, apparemment. À moins que tu aies pris certaines dispositions que j'ignore encore…

Droit au but. Pas l'ombre d'un regret, aucun signe de repentir, aucun désir de compromis. « Zelda a péché par excès d'optimisme », pensa la jeune femme, oppressée. Son mariage était bel et bien terminé. Pour la nième fois, elle eut de la peine à réaliser que Steven avait pris la poudre d'escampette parce qu'ils allaient avoir un enfant.

— À ce que je vois, tu restes sur tes positions, et cela me navre, murmura-t-elle. Pourquoi ne viens-tu pas ici le week-end ? Il faut que nous ayons une explication.

— Je te répète qu'il n'y a rien à expliquer, sauf dans le cas où tu aurais changé d'avis, rétorqua-t-il avec un entêtement puéril.

— Alors quoi ? se rebiffa-t-elle. Allons-nous vivre chacun de notre côté indéfiniment ? Devrais-je t'annoncer la naissance du bébé par un faire-part ?

Il resta hermétique à son humour.

— Pourquoi pas ? J'avais pensé qu'une séparation momentanée t'amènerait à réfléchir, à y voir plus clair. Continue comme ça et je finirai par chercher un appartement.

— C'est sérieux, n'est-ce pas ? fit-elle, n'osant encore y croire.

— Tout à fait. Tu me connais suffisamment, Adriane, pour savoir que je n'ai pas l'intention de poursuivre longtemps cette farce sinistre. Lorsque tu auras pris une décision définitive, nous pourrons enfin continuer à vivre. Ensemble ou séparément. Tu as tous les atouts en main, maintenant.

— Intéressant point de vue, que tu devras exposer un jour à ton fil ou à ta fille, fit-elle remarquer ironiquement.

Steven n'eut pas l'air de s'en émouvoir.

— J'attends ta réponse. Je m'absenterai pendant quelques semaines, je dois aller à New York et à Chicago. Quand je rentrerai, nous serons la mi-juin… Cela te donne un délai d'un mois pendant lequel, j'espère, tu viendras à bout de tes tergiversations.

Exaspérée, elle se réfugia dans le silence. « Je me tuerai… se dit-elle. Je me tuerai ou je le tuerai, mais je n'attendrai pas un mois avant de savoir s'il veut divorcer ou non. »

— Vas-tu effacer trois ans de bonheur pour un caprice ? souffla-t-elle finalement.

— Un caprice ? Je suis au regret de te signaler que tu n'as pas l'air d'avoir compris grand-chose, ma chère. Je me suis fixé un but dans la vie, et j'y tiens. Il semble que nous n'ayons pas le même, malheureusement.

— Exact ! Je ne vendrai pas mon âme au diable et je ne bazarderai pas mon bébé pour le prix d'une chaîne stéréo ou d'un voyage en Europe. Steven, c'est de notre enfant dont il s'agit, mais j'ai beau te le répéter, tu ne m'entends même pas.

— Je t'entends, Adriane. Simplement je ne suis pas d'accord avec ce tu me dis. Je te recontacterai dans quelques semaines. Toutefois, si d'ici là un changement survenait n'hésite pas à me le communiquer.

— Où pourrai-je t'appeler ?

Elle avait presque crié, submergée par une nouvelle vague de panique, se sentant complètement abandonnée.

— Laisse-moi un message au bureau. Ils sauront où me joindre.

— Ils ont bien de la chance, laissa-t-elle tomber d'un ton sarcastique.

— Et n'oublie pas mon rasoir.

— Non, bien sûr...

Elle reposa le récepteur sur le combiné, resta un long moment prostrée sur une chaise, au milieu de la cuisine. Les paroles de Steven bourdonnaient douloureusement dans ses tympans. C'était un parfait étranger qu'elle venait d'avoir au bout du fil. Mais l'avait-elle réellement connu ? Elle commençait à en douter.

Elle laissa le rasoir au bureau. Le lendemain, il n'était plus là. Steven était passé le chercher tard dans la nuit, après qu'elle eut quitté les locaux. Naturellement, il ne lui avait laissé aucun mot, aucun message. Adriane n'en parla à personne, pas même à Zelda. Ses collègues ignoraient que Steven l'avait quittée. La jeune femme avait préféré passer sous silence ce qu'elle considérait encore comme provisoire. Si dans quelques semaines ils reprenaient la vie commune – et c'était, au fond, son plus ardent désir – seule Zelda aurait eu vent de cette pénible aventure.

Lorsqu'elle sut pour l'appel téléphonique, Zelda, confortée dans sa première opinion, assura sa patronne que son têtu de mari ne tarderait pas à fléchir.

Les jours de semaine succédaient aux interminables weekends avec une exaspérante lenteur. Steven ne donna plus de nouvelles. La jeune femme s'aperçut, effarée, qu'habituée à partager sa vie, elle ne savait plus que faire sans lui. Elle aurait pu voir plus souvent Zelda, bien sûr, mais la rousse avait d'autres chats à fouetter. Elle sortait avec un jeune homme de vingt-quatre ans, un mannequin, auquel elle consacrait toutes ses nuits, et Adriane ne voulait pas jouer les trouble-fête.

L'absence prolongée de Steven l'avait plongée dans la plus noire des solitudes. Par certains côtés, c'en était presque reposant. Elle avait cessé de vivre dans l'expectative, guettant à tout moment le bruit d'une clé dans la serrure, ou s'attendant à le voir surgir à la maison ou au bureau pour lui déclarer sa flamme et son repentir. Elle ne se couchait plus dans le grand lit froid avec l'espoir qu'il apparaîtrait soudain sur le seuil de la chambre pour, humblement, lui demander pardon.

Le train-train, la routine, l'avaient emporté sur l'attente. Adriane travaillait, mangeait, dormait. Elle ne s'était pas accordé une seule sortie, n'avait pas vu un seul film. Lors de son deuxième examen à la clinique, son médecin lui affirma que sa grossesse se développait normalement... Oui, tout était normal, excepté que son mari l'avait larguée. Il ne lui restait plus que le bébé. Un minuscule être à chérir et à protéger. Une petite créature qui n'était pas encore née.

Une fois ou deux, la jeune femme avait été tentée d'appeler ses parents, puis s'était ravisée. De temps à autre, elle déjeunait avec Zelda. Au moins, avec elle, on pouvait parler du bébé.

Elle tombait régulièrement sur Bill Thigpen dans le hall de la télévision ou dans un corridor. Depuis qu'ils avaient fait connaissance, ils se rencontraient à tout bout de champ, toujours par hasard... Ils se revirent même au supermarché. Et, de nouveau, devant l'entrée de la résidence. Bill s'abstint de lui dire que, plusieurs semaines auparavant, il avait aperçu son mari, de lourds bagages à bout de bras. Sans doute était-il en déplacement hors de la ville. Du reste, Adriane ne le mentionna pas lorsque, une fois de plus, ils se retrouvèrent à la piscine. Mais ils évoquèrent mille sujets, livres, films, peinture. Peu après, il se mit à lui parler de ses enfants, avec un enthousiasme touchant.

— Ils sont très importants pour vous, n'est-ce pas ?

— Oh, oui. Adam et Tommy sont ce qui m'est arrivé de plus merveilleux dans ma vie.

Il lui sourit, profita de ce que la jeune femme s'enduisait d'huile solaire pour l'admirer à loisir. Elle paraissait moins anxieuse, ces jours-ci, plus calme, trop calme peut-être... Ou était-ce de la timidité ?

— Vous n'avez pas d'enfants, je présume.

Il ne l'avait jamais vue avec des enfants et elle n'y avait jamais fait allusion. La plupart des voisins en avaient.

— Non, nous n'en avons pas. Notre travail nous accapare trop.

Il se demanda s'il pourrait devenir son ami. Il n'avait jamais été ami avec une femme, dans le sens platonique du terme, et celle-ci, curieusement, le faisait parfois penser à Leslie. Même sérieux, même intensité, même sens des valeurs morales. Une seconde, l'idée fulgurante qu'il aurait été heureux d'être à la place de son mari lui traversa l'esprit. Non, elle n'avait que son amitié à lui offrir et il s'en contenterait. À condition d'oublier son joli visage et son corps magnifique.

Il se força à la regarder dans les yeux et se mit à la bombarder de questions sur son métier. C'était une façon comme une autre de résister au désir dévorant de l'embrasser.

— Quand votre mari revient-il ? demanda-t-il enfin, d'un ton conventionnel.

L'imperceptible frémissement de ses cils trahit un instant son embarras. Elle ignorait comment Bill avait su que Steven était parti.

— Bientôt, répondit-elle paisiblement. Il est actuellement à Chicago.

Ce retour, elle le souhaitait autant qu'elle le redoutait. Quand Steven serait de nouveau là, elle saurait si leur mariage avait une chance de survivre. Elle connaissait par cœur ce qu'elle allait lui annoncer mais craignait mortellement sa réaction. Et elle mourait d'envie de le revoir.

Steven la rappela le deuxième lundi de juin, à neuf heures du matin.

À peine était-elle entrée dans son bureau, que sa secrétaire lui signalait M. Townsend sur la ligne. Elle bondit sur l'appareil. Lorsque la voix se fit entendre, une larme de joie perla entre les cils de la jeune femme. Elle avait attendu ce coup de fil si longtemps… Hélas, le ton était franchement hostile. Il s'enquit des nouvelles de sa santé avec une impatience qui rappela à Adriane la pénible réalité. Bien entendu, elle comprit ce qu'il voulait savoir et lui dit honnêtement.

— Je suis toujours enceinte, Steven, et le resterai.

— Je m'en doutais…

Puis, après un silence.

— … Tu n'as donc pas changé d'avis. Dommage.

Elle secoua la tête, tandis que les larmes ruisselaient sur ses joues.

— Non. Mais je souhaite te voir.

— Je ne crois pas que ce soit une bonne idée. Nous n'en serions que plus malheureux, plus confus.

Mais qu'est-ce qui l'effrayait donc à ce point ?

— Qu'est-ce qu'un peu de confusion entre amis ? fit-elle dans un rire qui sonnait faux.

— Bien. Je déménagerai mes affaires dès que j'aurai trouvé un logement.

— Mais pourquoi ? Pourquoi fais-tu ça ? Pourquoi ne reviens-tu pas à la maison, même pour un essai ?

Ils n'avaient jamais eu de problèmes, jamais de querelle, jamais de différends… à part le bébé.

— Il est inutile de continuer à nous torturer, Adriane. Tu as pris ta décision, laisse-moi prendre la mienne.

Il agissait avec une sorte de dignité blessée, comme s'il avait été trahi, en rejetant la faute entièrement sur elle.

— Que comptes-tu faire de la maison ? interrogea-t-il après une pause.

Que voulait-il dire ? C'était l'endroit où elle vivrait avec le bébé.

— J'aimerais la conserver, si tu n'y vois pas d'inconvénient.

— Je n'ai pas d'objection pour le moment. Plus tard, peut-être, je verrai. Si nous la mettons en vente, nous pourrions en tirer une somme suffisante pour acheter chacun un appartement. À moins que tu veuilles acquérir ma part.

Il savait bien qu'elle n'avait pas les moyens de s'offrir une telle dépense.

— Quand veux-tu que je... parte ? murmura-t-elle.

Son mari la mettait à la rue parce qu'elle attendait un enfant !

— Rien ne presse. Je te tiendrai au courant.

Fallait-il le remercier de sa magnanimité ? Adriane acquiesça de la tête, écœurée. « Fini les illusions », pensa-t-elle. Tout était terminé. À moins qu'après la naissance du bébé... un infime espoir se remit à luire dans les ténèbres. Une nouvelle conviction triompha du désespoir. S'il voyait le petit, s'il le tenait dans ses bras... Elle attendrait ce moment-là, oui, elle patienterait. Et si entre-temps ils avaient divorcé, ils pourraient toujours se remarier.

— Fais ce que tu veux, répondit-elle calmement.

Je passerai chercher mes affaires très certainement à la fin de la semaine.

Il le fit quinze jours plus tard, prétextant qu'il avait eu un rhume. Alors qu'il entassait ce qui lui appartenait dans des cartons, Adriane assistait, impuissante et morose, au spectacle. Pendant quelques heures, la maison fut envahie de malles, de paquets, de boîtes de toutes sortes attendant d'être transportés dans un fourgon garé devant le perron. Steven avait fait appel à un de ses amis dont la présence avait augmenté l'embarras d'Adriane. Aussitôt qu'elle avait vu Steven, la jeune femme n'avait pu réprimer un élan vers lui, mais il s'était montré froid et distant.

Lorsque les deux hommes commencèrent à charger les bagages dans le fourgon, Adriane déclara qu'elle devait s'absenter. Elle monta dans sa MG et se mit à rouler à travers les rues de la ville, sans destination précise, sans but. Simplement, elle voulait s'épargner l'intolérable souffrance d'assister au départ de Steven. Elle regagna la maison en fin d'après-midi. Le fourgon n'était plus là. La porte d'entrée s'ouvrit sur le néant. Le souffle coupé, Adriane contempla le décor. Lorsque Steven avait déclaré qu'il passerait « chercher ses affaires », il avait omis de préciser ce que ce terme englobait. Effarée, la jeune femme s'avança dans le vestibule. Il ne restait plus grand-chose... Son mari avait emporté tout ce qui lui avait appartenu avant leur mariage, plus ce qu'il avait acquis après, sans oublier les objets dont il avait payé une partie. Adriane laissa errer son regard dans le salon. Le canapé et les fauteuils avaient disparu. De pâles rectangles marquaient l'emplacement des tableaux sur les cloisons dénudées. Steven les avait pris. Il avait pris aussi la desserte, la table et les chaises de la cuisine, la chaîne stéréo, le poste de télévision, le mobilier, tout. Au premier étage, il ne restait plus que le lit dans leur chambre. Il s'était approprié la commode, et la lingerie d'Adriane avait été soigneusement pliée et rangée dans des boîtes en carton. Plus de lampes, bien sûr, plus de bibelots. Le confortable siège de cuir avait été également embarqué. La salle de bains présentait le même aspect de désolation. Dans sa précipitation, il s'était emparé de sa brosse à dents.

Appuyée sur le chambranle, la jeune femme porta les mains à son visage. Fallait-il en rire ou en pleurer ? Pendant une seconde, les larmes parurent sur le point de triompher. Finalement, un rire nerveux la secoua. Elle fit mentalement l'inventaire de ses maigres possessions : ses vêtements, le tapis du salon, quelques objets que Steven avait laissés en évidence dans l'entrée, le vieux service en porcelaine dont la plupart des pièces avaient été cassées à mesure, un tabouret.

Il n'y avait pas eu de partage. Pas de délibération. Simplement, il s'était octroyé le droit de se servir et l'avait fait sans scrupules. Elle descendit dans la cuisine, ouvrit le réfrigérateur. Il était vide. Son hilarité redoubla. Le téléphone sonna à ce moment-là.

— Quoi de neuf ? dit Zelda au bout du fil.

— Rien, pouffa Adriane… Strictement rien.

— Que veux-tu dire ? demanda son assistante, intriguée par le ton de sa voix, presque détendu, ce qui ne lui était pas arrivé depuis un bout de temps.

— Tout n'est plus que cendres et que ruines, Attila est passé par là.

— Tu as été cambriolée ?

— On pourrait le penser, pouffa Adriane, assise à même le sol auprès du téléphone.

Un nouveau rire lui échappa. La vie lui parut tout à coup d'une simplicité divine.

— … Steven est passé aujourd'hui chercher ses affaires. Il a eu la bonté de me laisser le tapis mais il a pris tout le reste, jusqu'à ma brosse à dents.

— Seigneur ! Et tu n'as rien fait pour l'arrêter ?

— Quoi par exemple ? Le poursuivre avec un fusil ? Me disputer comme un chiffonnier ? Au diable !

Si jamais ils se réconciliaient, il ramènerait tout ce qu'il avait dérobé. Adriane se cramponnait encore à cette perspective. Bizarrement, toute idée de lutte l'avait abandonnée.

— As-tu besoin de quelque chose ? s'enquit Zelda.

— Oh, oui ! D'une table, de chaises, de linge de maison, de serviettes de bain et surtout d'une brosse à dents.

— Adriane, sois sérieuse.

— Je le suis... Mais peu importe, Zelda. De toute façon, il a décidé de vendre la maison.

— Je n'arrive pas à le croire.

C'était pourtant la vérité. Steven lui avait tout enlevé. Mais elle avait gardé l'essentiel. Le bébé.

Sa bonne humeur inexplicable se dissipa le lendemain. Elle resta longtemps étendue sur une chaise longue, près de la piscine, à ressasser le passé. Comment en étaient-ils arrivés là ? Par quelle sorte de mystère, en un rien de temps, leur entente, jusqu'alors si parfaite, avait-elle été brisée ? Quelque chose n'allait pas depuis le début, en conclut-elle, quelque chose dont elle ne s'était pas rendu compte. Une faille invisible qui était passée inaperçue mais qui pourtant existait, dès le premier jour. Elle songea à la façon dont Steven avait laissé tomber sa propre famille, à l'ami qu'il avait trahi, à son manque de scrupules. Peut-être qu'une partie de lui-même était incapable d'éprouver de l'amour. Sinon il n'aurait pas mis si brutalement fin à leur mariage. Avec autant de désinvolture.

« Il lui faudra bien regarder un jour la réalité en face », pensa-t-elle. Pour le moment, elle souffrait trop pour tirer une conclusion logique de cet imbroglio. Naturellement, il était hors de question de refaire sa vie. Elle avait trente et un ans, l'homme qu'elle aimait venait de s'en aller et elle était enceinte. Elle n'avait envie de se lier à personne d'autre. Aucun autre homme n'était parvenu à susciter son intérêt. Elle n'avait avoué à personne que Steven l'avait quittée, et lorsqu'on lui demandait des nouvelles de son mari, elle se bornait à répondre qu'il était « en voyage ».

Quand, un peu plus tard dans l'après-midi, Bill Thigpen contourna la piscine, le visage chargé d'interrogations, Adriane se contenta de lui répéter ce qu'elle disait aux autres. Et lorsqu'il demanda s'ils allaient déménager, elle rétorqua, les joues empourprées, que son mari avait décidé de bazarder leurs vieux meubles, afin de les remplacer.

— Ah bien, fit-il prudemment, sans la quitter des yeux.

Il avait croisé Steven Townsend, la veille, alors que celui-ci entassait un incroyable bric-à-brac dans un camion. L'expression de son visage lui avait rappelé celle de Leslie le jour où elle avait fait ses paquets. Cependant, sous le soleil ardent, Adriane affichait un calme olympien. Elle paraissait totalement absorbée dans un livre qu'elle tenait à l'envers et dont elle tournait les pages sans les lire.

# 12

La semaine s'écoula au ralenti, comme dans un rêve. Adriane accomplissait les gestes quotidiens machinalement et regagnait la demeure désertée avec le fol espoir d'y trouver un Steven repenti, penaud, mortifié. Dans son imagination, ils tombaient dans les bras l'un de l'autre en éclatant du même rire complice avant de s'élancer vers la chambre pour célébrer leurs retrouvailles. Et des années plus tard, ils raconteraient à leur enfant leur brouille insensée...

Mais tous les soirs la porte s'ouvrait sur le néant. Steven n'était pas là. Il n'appelait pas. La jeune femme s'asseyait alors sur le tapis, feignant de parcourir un livre ou de mettre de l'ordre dans ses dossiers.

Au début, elle avait songé à se procurer quelques meubles, mais s'était ravisée sous prétexte que si Steven réintégrait le domicile conjugal, ils manqueraient de place.

La plupart du temps, le répondeur téléphonique restait branché. Adriane écoutait régulièrement les messages. Il n'y avait jamais aucun appel de Steven. La bande délivrait seulement des coups de fil d'amis, de collègues, surtout de Zelda. La vie devait continuer, pourtant, puisque le jour succédait à la nuit et que la routine se poursuivait, exactement comme avant. Adriane partait le matin à son bureau, rentrait à midi pour déjeuner, repartait en fin d'après-midi, revenait tard le soir, recommençait le lendemain, avec la sensation d'avoir été transformée en robot. Au fil des jours, la lueur d'une souffrance indicible se mit à brûler dans ses prunelles. Zelda l'observait, impuissante. Elle ne pouvait pas l'aider, personne ne le pouvait.

Adriane s'installait peu à peu dans une attente morbide. Son cerveau engourdi se refusait à l'évidence. Steven finirait par reprendre ses esprits, par comprendre qu'il avait eu tort... C'était une question de temps. Pourtant, chaque fois qu'elle avait essayé de le contacter, elle était tombée sur sa secrétaire qui l'accueillait invariablement avec un vague « M. Townsend est absent ».

Le vendredi du week-end de l'Independence Day, elle rencontra Bill Thigpen au supermarché, après le journal de vingt-trois heures. L'écrivain était en train d'empiler une montagne de victuailles dans deux caddies. Steaks congelés, saucisses, tranches de foie, petits pains au lait, paquets de chips, toutes sortes de condiments. Ils entrèrent presque en collision, alors qu'il prenait, sur un rayon, deux bouteilles géantes de ketchup.

— Bonsoir, fit-il. Je ne vous ai pas vue de la semaine.

Ils se sourirent. « Elle m'a manqué », découvrit-il, puis il demanda :

— Quelles sont les nouvelles ?

— Le charivari habituel : typhons, guerres, explosions. Comment se porte *La Belle Vie* ?

— Comme l'actualité. Meurtres, divorces, escroqueries en tous genres… En fin de compte, nous sommes dans la même galère.

— Sauf que votre traversée semble moins assommante.

— Pensez-vous !

Depuis que Sylvia avait quitté la troupe, il s'ennuyait d'elle. C'était stupide, bien sûr. Ils n'avaient rien en commun. La comédienne manquait de profondeur et, quant à lui, il n'avait pas été en mesure de lui témoigner l'affection qu'elle réclamait. Sylvia devait se sentir beaucoup plus heureuse avec son gentil industriel du New Jersey. Elle avait d'ailleurs envoyé une carte postale au studio, chantant les louanges de Stanley qui venait de lui offrir un luxueux appartement. À présent, Bill se demandait ce qui l'avait attiré chez elle. Il se posait la même question vis-à-vis de toutes les femmes qu'il avait connues ces dernières années. Ces femmes qui l'avaient entouré et grâce auxquelles il avait momentanément oublié sa solitude. Ces jolis papillons – presque toutes des comédiennes – qui n'approchaient l'écrivain que pour s'assurer un rôle dans le prochain épisode. Bill en avait conscience, évidemment, mais cela ne le dérangeait pas. Ou plutôt cela ne l'avait pas dérangé tant que ces liaisons superficielles comblaient le vide de son cœur.

À présent, la page était tournée. Depuis plus d'un mois, il n'était pas sorti avec une femme. Il avait besoin de se retrouver. Soif d'une relation plus complète. Envie de pouvoir communiquer avec quelqu'un. Comme jadis avec Leslie.

— Pourquoi ne venez-vous pas au barbecue demain soir ? demanda-t-il en lorgnant Adriane d'un regard plein d'espoir.

Pourquoi pas en effet ? Il désirait mieux la connaître et quant à son mari fantôme, il éveillait sa curiosité. « Steven est dans la publicité », avait dit Adriane. Bill lui trouvait beaucoup d'allure. Et il ne l'avait plus revu depuis le jour du déménagement des meubles.

— J'invite tous les copropriétaires de la résidence au barbecue annuel du 4 juillet, reprit-il, indiquant d'un geste les caddies remplis à ras bord. Une orgie de steaks que vous ne devriez pas manquer. Vous n'êtes pas venue l'année dernière.

Sinon il s'en serait souvenu, évidemment.

— Nous ne sommes jamais là le 4 juillet. L'année passée nous étions allés à La Jolla.

— Et cette année ?

— Euh... exceptionnellement, nous ne partons pas. Steven est en voyage d'affaires... à Chicago.

Il haussa un sourcil, étonné.

— Pendant le week-end de l'Independence Day ? Ce garçon est un vrai bourreau de travail. Et vous ? Resterez-vous seule ?

« Sa curiosité frise l'indiscrétion », jugea Adriane, embarrassée. Il la dévisageait toujours en attendant sa réponse. Son air amical la rassura. Après tout il savait qu'elle était mariée.

— Je n'en sais trop rien, répondit-elle enfin, d'une voix tendue.

— Si vous n'avez rien de mieux à faire, venez au barbecue. Je vous promets un énorme steak succulent sauce Thigpen.

Un pâle sourire fleurit sur les lèvres de la jeune femme.

— Je... Je suis invitée chez des amis, parvint-elle à murmurer, et Bill aperçut l'ombre de tristesse dans ses yeux. L'année prochaine, peut-être...

Il acquiesça. L'horloge murale du magasin indiquait minuit, mais ils étaient là à bavarder comme s'il était dix heures du matin.

— Eh bien, je vais finir mes courses, dit-il d'un ton empreint de regret. Si vous changez d'avis je serai heureux de vous accueillir. Vous pouvez amener des amis. Plus on est de fous et plus on s'amuse.

— Je vous promets d'essayer.

Elle n'irait pas, naturellement. En y repensant, elle avait bien aperçu un carton d'invitation dans sa boîte aux lettres et s'était empressée de l'expédier dans le vide-ordures. Rien de plus désagréable, avait-elle pensé, que de passer la soirée au milieu d'un troupeau de célibataires endurcis, car les couples faisaient toujours bande à part, elle l'avait maintes fois constaté.

Il n'y avait aucune raison pour qu'elle aille à cette réception. D'abord parce qu'elle était une femme mariée, ensuite parce qu'elle saurait se tenir jusqu'au retour de son époux.

Curieusement, ce retour ne faisait plus aucun doute. « Simple question de temps… simple question de temps »… À force de le penser, elle avait fini par y croire dur comme fer. Et à force de se le répéter, la certitude qu'il reviendrait s'était imposée à son esprit comme l'unique issue possible de leur conflit. Le fait qu'il ait déménagé, la laissait sans nouvelles, et qu'il ne fût jamais à son bureau quand elle l'appelait n'avait en rien entamé sa confiance. Elle voyait tout, expliquait tout à travers ses propres désirs.

Elle avait amorcé son troisième mois de grossesse. Son état passait inaperçu, bien qu'elle eût un plus gros appétit et qu'elle se fatiguât plus vite.

Alors qu'elle prenait la direction de la caisse, elle vit Bill qui franchissait la double porte coulissante en poussant ses caddies. La jeune femme regagna sa demeure en proie à une affliction singulière. Deux sacs de provisions lui suffisaient maintenant pour toute une semaine. Elle rangea ses achats dans le réfrigérateur avant de monter dans la chambre. Puis se laissa choir sur le lit entouré des boîtes en carton dans lesquelles Steven avait rangé sa lingerie pour vider les tiroirs de la commode. Elle n'avait pas eu le courage de les ouvrir.

Étendue dans l'obscurité, elle laissa ses pensées dériver vers Steven. Où était-il ? Que ferait-il ce week-end ? Elle fut tentée de l'appeler, d'implorer sa clémence, de lui affirmer qu'elle accepterait tout s'il revenait... tout sauf l'avortement. D'ailleurs, le problème s'était déplacé. Il ne s'agissait plus de bébé à proprement parler mais de son avenir. Un avenir qu'elle n'arrivait pas à concevoir sans Steven. Curieusement, les souvenirs de sa vie d'avant Steven s'étaient gommés. Comme si elle n'avait rien vécu auparavant, comme si son existence tout entière se résumait à trois années de mariage.

Le sommeil eut raison de ses forces vers trois heures du matin. Elle se réveilla en fin de matinée. Ces jours-ci, elle dormait beaucoup. Son médecin attribuait ces somnolences à son état. À cette forme minuscule qui se développait en elle. Un petit être à chérir et à protéger. L'être le plus précieux au monde, même s'il avait brisé son mariage.

Il était midi passé lorsque, douchée et rhabillée, elle s'assit dans la cuisine devant une assiette d'œufs brouillés. Elle s'occupa ensuite de quelques factures impayées, fit un peu de lessive, redescendit au rez-de-chaussée. La vue du salon vide amena un sourire sur ses lèvres. Décidément, c'était une maison facile à tenir. Pas de meubles à épousseter, pas d'argenterie à astiquer, pas de plantes à arroser. Il suffisait de faire le lit et de passer l'aspirateur. En début d'après-midi, elle s'en fut à la piscine. En passant devant la maison de Bill Thigpen, elle eut un bref aperçu des préparatifs du barbecue. L'écrivain était dans le jardin, en grande conversation avec deux hommes. Deux femmes venaient de disposer au milieu de la longue table de pique-nique un vase empli de fleurs fraîches. Ce serait sûrement une soirée fort agréable et elle regretta presque d'avoir décliné l'invitation. Elle n'avait rien à faire, personne à voir. Zelda était au Mexique avec un ami... Bah ! Elle irait peut-être au cinéma.

Bill se matérialisa au pied de sa chaise longue une heure plus tard, dans l'aveuglante lumière du soleil, l'air à la fois satisfait et exténué.

— Rappelez-moi de ne plus m'embarquer dans ce genre d'aventure l'année prochaine, lança-t-il en s'asseyant sur le bord de la chaise longue. Notez, je dis la même chose tous les ans, ajouta-t-il, l'œil malicieux. Ces gens me rendent fou.

Elle sourit malgré elle. Sans le faire exprès, il était d'une drôlerie irrésistible.

— Mmm, je parie que vous en redemandez.

— Évidemment ! Sherman préparant l'attaque d'Atlanta n'a pas dû s'amuser plus que moi. (Il se pencha vers elle, conspirateur.) Les gars, là-bas, prétendent que nous aurions dû prendre des homards. Ils ont dit que je leur sers des grillades depuis trois ans et que ça commence à bien faire. Les femmes, quant à elles, seraient pour un repas commandé chez le traiteur. Des hot dogs livrés à domicile pour le barbecue du 4 juillet ! On croit rêver ! Non, mais si vous avez connu des pique-niques sortant tout droit de chez Fauchon, détrompez-moi.

Elle rit et il enchaîna :

— J'adorais cette fête quand j'étais gosse. Et vous ?

— Mes parents nous emmenaient à Cape Cod. Plus tard, nous sommes allés à Martha's Vineyard. Je garde un souvenir impérissable de ces longues plages immaculées. C'était formidable, jouer des heures durant dans le sable avec un tas de gamins, puis attendre toute l'année pour les revoir.

— Oh, oui, dit-il, s'abîmant dans ses propres souvenirs. Nous, nous allions à Coney Island. Nous faisions des tours de manège puis le soir nous regardions le feu d'artifice. Papa, lui, organisait un barbecue sur la plage. Quand j'ai été plus grand, nous avons habité une maison à Long Island et maman concoctait un véritable festin dans l'arrière-cour. Mais je n'ai jamais oublié les vacances à Coney Island.

Fils unique, Bill avait adoré ses parents.

— Sont-ils toujours à Long Island ?

Il secoua tristement la tête. La perte de ses parents avait été une épreuve difficile à surmonter.

— Non. Ils sont morts, il y a longtemps.

Seize ans. Bill avait vingt-deux ans à la mort de son père, vingt-trois à celle de sa mère, tout juste un an plus tard. Son regard effleura le petite visage encadré de la lourde chevelure noire qui tombait en cascade sur les épaules parfaites.

— Je crois que mon barbecue annuel est une façon de leur rendre hommage, reprit-il, songeur, puis un sourire chaleureux illumina ses traits. La famille est une notion qui se perd. Ici, je ne connais que des « sans famille ». Ils ont des copains et des copines, des chiens, des gosses, mais leurs parents, leurs oncles et leurs tantes, leurs cousins et leurs grands-parents sont quelque part ailleurs. Avez-vous déjà rencontré quelqu'un qui a vraiment grandi à Los Angeles ? Je veux dire une personne normale qui ne ressemble pas à Jean Harlow, ou un type qui est resté éperdument amoureux de sa petite sœur ?

Elle ne put s'empêcher de rire. C'était un homme à la fois drôle et profond, léger et solide.

— Et vous ? De quelle région êtes-vous ?

Elle faillit répondre « de Los Angeles » mais se retint.

— Du Connecticut. New London.

— Et moi de New York. Il y a des lustres que je n'y suis pas retourné. Et vous ? Il vous arrive d'aller dans votre ville natale ?

— De moins en moins, sourit-elle. Ma sœur aînée habite toujours là-bas.

Connie, ses mômes et son raseur de mari… Le malaise qu'Adriane ressentait à leur égard n'avait fait que s'aggraver depuis son mariage avec Steven. Bientôt, elle devrait leur annoncer sa grossesse, mais elle préférait attendre le retour de son mari, quand il serait revenu à la raison. Ce serait trop compliquer de leur expliquer qu'il était parti, qu'il l'avait plantée là.

— Dommage que vous ne puissiez venir ce soir, dit Bill sombrement.

Adriane eut honte d'avoir menti. Mais c'était mieux ainsi. Elle se redressa, plongea dans la piscine, alors que Bill reprenait le chemin de son jardin, afin de poursuivre les préparatifs du festin.

La jeune femme se fit dorer au soleil jusqu'à dix-sept heures. De retour chez elle, elle s'étendit dans sa chambre, un livre en main. Le sens des phrases se dérobait à son esprit. Il en était ainsi la plupart du temps. Ses soucis la rendaient incapable de se concentrer. Une heure plus tard, elle entendit arriver les premiers invités de Bill. D'autres vinrent se joindre à eux. Une cinquantaine, d'après le bruit. Éclats de rires et brouhaha de voix se mêlaient au tintement des verres et des couverts sur fond de musique des années soixante.

La jeune femme sortit sur le perron et s'accouda à la balustrade. Sur l'arrière-cour, personne ne pouvait la voir, bien sûr, et elle n'avait aucune vue sur le barbecue dont le joyeux tintamarre continuait de plus belle. Un refrain des Beatles fit vibrer l'air nocturne. Ils devaient s'amuser comme des petits fous, là-bas. Mais elle avait eu raison de ne pas y aller. Il eût été trop embarrassant de répondre aux questions que les voisins ne manqueraient pas de lui poser au sujet de Steven. Et bien qu'elle ait déjà dit à tout le monde que son mari était à Chicago, elle n'aurait pu supporter tous ces regards pesant sur elle… Et puis elle n'était encore jamais sortie seule. Ses délicates narines palpitèrent sous les assauts d'un fumet alléchant. Elle se rendit soudain compte qu'elle mourait de faim. Peu après, elle se penchait vers le réfrigérateur et en examinait le contenu d'un œil désabusé. Rien ne la tentait. Seul un succulent hamburger aurait pu rassasier sa faim vorace. Elle eut l'eau à la bouche. « Cinq minutes, se dit-elle. » Passer en coup de vent, juste le temps de se restaurer, et disparaître de nouveau. Et, dès le lendemain, envoyer un chèque au maître de maison pour sa participation aux frais. Quel mal y avait-il ? Traverser la cour n'avait rien à voir avec une vraie sortie. Ce n'était pas plus compliqué que d'aller se chercher un plat au fast-food ou à l'épicerie chinoise du coin.

Forte de cette conviction, elle remonta les marches quatre à quatre. Une fois dans la salle de bains, elle se brossa énergiquement les cheveux qu'elle attacha d'un ruban de satin blanc. Elle passa ensuite une robe mexicaine en dentelle blanche qu'elle avait achetée lors d'un voyage à Acapulco avec Steven. Une tenue très féminine, qui dissimulait à merveille sa taille légèrement épaissie. Elle enfila des sandales argentées, se para de pendants d'oreille en argent, et, fin prête, redescendit au rez-de-chaussée. Une ultime hésitation la cloua sur le seuil du vestibule. Et s'il n'y avait que des couples ? Si elle ne connaissait personne ? Ou si… Eh bien, même si Bill Thigpen avait une petite amie parmi ses invités, où était le problème ?

Une petite foule bigarrée s'égaillait sur la pelouse, aux abords de la piscine et dans le jardin. Des rires fusaient de toute part. Les uns barvardaient, pendant que d'autres s'empiffraient autour de la longue table de pique-nique ou faisaient la queue devant le barbecue. Tout le monde affichait une bonne humeur de circonstance. Debout, face au grill, en chemise blanche à fines rayures rouges, pantalon blanc et tablier bleu ciel, Bill officiait. Il avait l'air heureux et parlait à tous, bien qu'il ne parût pas s'intéresser à quelqu'un en particulier… Adriane réalisa qu'elle ignorait tout de sa vie privée. Qu'il ait une petite amie ou non ne la regardait pas, bien sûr. Lors de leurs différentes entrevues, il lui avait fait l'effet d'un solitaire et – encore que cela ne changeât rien à l'affaire – ravi de l'être. Elle s'avança lentement vers lui à la suite des autres invités. En l'apercevant, un large sourire éclaira son visage. Du premier coup d'œil, il enregistra chaque détail, la robe de dentelle blanche, la chevelure soyeuse d'un noir lustré, les immenses yeux saphir. Elle était belle à couper le souffle. Il se sentit aussi guilleret qu'un gamin qui voit apparaître la fille de ses rêves. On se sent accablé car on ne l'a pas vue depuis des semaines, puis on tourne la rue et elle est là, superbe, qui vous sourit. Après quoi on la reperd de vue et l'on est à nouveau malheureux comme les pierres jusqu'à la prochaine fois. Depuis quelques temps, l'écrivain en était venu à penser que la vie s'articulait autour de rencontres fortuites.

— Hello, cria-t-il, en priant le ciel pour que l'arrivante mît la rougeur de ses joues sur le compte de la chaleur.

Jamais auparavant il n'avait eu de coup de foudre pour une femme mariée. Avec celle-ci, c'était différent. D'abord, il aimait la regarder. Ensuite, il aimait lui parler. L'ennui, c'était tout en elle qu'il aimait.

— Avez-vous amené vos amis ?

— Ils se sont décommandés, mentit-elle avec une facilité dont elle fut la première étonnée.

— Ah, tant mieux… je veux dire, tant mieux que vous soyez venue. Que puis-je vous offrir ? fit-il en esquissant un geste vers le gril. Hot dog, hamburger, steak ? En tant que chef cuisinier, je vous recommande le steak.

En sa présence, il se sentait rajeunir. Bizarrement, elle avait l'air de partager son enthousiasme. Elle lorgna les viandes qui se doraient sur le feu.

— Alors, j'obéis au chef. Un steak, s'il vous plaît.

— C'est parti. En attendant, allez donc goûter les hors-d'œuvre : quatorze salades différentes, les unes plus originales que les autres, soufflé, saumon fumé, fromages.

Il la suivit du regard, alors qu'elle se servait au buffet, nota qu'elle remplissait copieusement son assiette. Malgré son extrême minceur, elle semblait dotée d'un solide appétit.

Bill déposa un énorme steak dans l'assiette de la jeune femme, avant de lui proposer un verre de vin, qu'elle refusa. « Pourvu qu'elle reste un moment », se dit-il lorsque, de nouveau, elle s'éloigna. Il se remit à l'œuvre. Une demi-heure plus tard, il se fit remplacer aux fourneaux par un voisin et partit à sa recherche.

Adriane était tranquillement assise au bord de la piscine.

— À ce que je vois, vous avez fait honneur au menu.

Elle baissa les yeux sur son assiette vide.

— C'était délicieux et... j'avais une faim de loup.

— Parfait. Je déteste les adeptes des régimes hypocaloriques. Aimez-vous faire la cuisine ?

D'habitude, il ne posait jamais de telles questions, mais sa curiosité à l'égard de sa voisine n'avait plus de limites. Qui était-elle réellement ? Que faisait-elle ? Était-elle heureuse avec son mari ? Un vague signal d'alarme se mit à sonner dans les tréfonds de son subconscient, mais une petite voix intérieure l'incita à poursuivre ses investigations.

— Oh, je ne suis pas un cordon bleu, répondit-elle. Je n'ai pas beaucoup de temps à consacrer à la cuisine.

Steven avait des goûts simples en matière culinaire.

— Évidemment, si vous êtes responsable du journal télévisé vous ne devez pas avoir une minute à vous. Est-ce que vous faites un saut chez vous entre les deux éditions ?

— Oui, à moins d'une actualité particulièrement dramatique. Je rentre à la maison vers dix-neuf heures et repars aux environs de vingt-deux heures. Et je ne reviens pas avant minuit.

— Je sais, jeta-t-il, la mine réjouie. L'heure à laquelle vous passez au supermarché.

Quelqu'un présenta un plateau à la jeune femme, qui prit un morceau de tarte aux pommes.

— J'ai cru comprendre que vous travaillez aussi énormément, observa-t-elle.

— Certaines nuits, je couche sur le canapé de mon bureau. Un scénario comporte plusieurs versions que j'élabore à mesure. C'est une besogne fatigante, bien sûr, comme toutes les formes de création, mais j'y trouve mon compte. Si vous avez envie d'assister à un tournage vous êtes la bienvenue.

La plupart de ses anciennes maîtresses se seraient empressées d'affirmer que la vie auprès d'un écrivain n'était pas une sinécure. Adriane le bombarda de questions et il lui narra ses débuts à New York, dix ans auparavant.

— … et j'ai dû m'installer en Californie. Le plus dur, ce fut de me séparer de mes enfants. Ils sont vraiment formidables et ils me manquent cruellement.

— Vous les voyez souvent ?

— Pas autant que je voudrais. Ils viennent chez moi pendant les vacances scolaires et un mois chaque été. Ils seront ici dans une quinzaine de jours, acheva-t-il avec un sourire attendrissant.

— Et vous arrivez à vous occuper d'eux, malgré votre travail ?

— Je me débrouille pour prendre mes vacances en même temps qu'eux, et je dois dire que finalement mes collaborateurs se passent assez bien de ma présence… Mes deux petits bonshommes adorent camper, se salir et dormir dans les bois. Comme je préfère le confort, nous avons coupé la poire en deux. Une semaine sous la tente, une autre dans un hôtel, le reste du temps ici, acheva-t-il dans un rire.

Adriane termina sa tarte aux pommes. C'était la première fois qu'elle ressentait un tel bien-être en compagnie d'un autre homme, et cette constatation se teinta d'une vague nervosité.

— Est-ce qu'ils vous ressemblent ?

Elle se figura un couple de petits clones rigoureusement identiques à Bill et cela amena sur ses lèvres un sourire amusé.

— Il paraît que le plus jeune est mon portrait mais je trouve, quant à moi, qu'ils ressemblent tous deux à leur mère. Nous avons eu Adam tout de suite, ajouta-t-il, nostalgique. Ce fut dur, croyez-moi. Ma femme avait dû abandonner son métier – à l'époque, elle était danseuse à Broadway – et je gagnais difficilement de quoi nourrir ma petite famille. Pourtant, ce bébé a été la meilleure chose qui nous soit arrivée. La Providence a voulu que sa naissance coïncide avec celle de mon feuilleton…

Comme il était différent de Steven !

— Allez-vous rester éternellement dans l'équipe du journal ? demanda-t-il après un silence.

— Je n'en sais rien.

Elle n'avait encore pris aucune décision. Elle aurait le temps d'y penser pendant son congé de maternité.

— Parfois, l'envie me prend de commencer une nouvelle série. Mais quand ? *La Belle Vie* est un job à plein temps.

— Où puisez-vous vos idées ?

— Dieu seul le sait. Dans la vie réelle, dans ma tête, où je peux. Je pars du principe que la réalité dépasse la fiction. Les gens ont le don de se fourrer dans les situations les plus inextricables.

Elle hocha la tête pensivement. Elle était bien placée pour comprendre mieux que quiconque ce qu'il voulait dire. Leurs yeux s'accrochèrent, alors, la jeune femme parut sur le point de dire quelque chose mais ses lèvres restèrent scellées.

Entre-temps, la foule s'était clairsemée. Un groupe d'invités vint prendre congé du maître de maison et Adriane le regarda pendant qu'il échangeait avec eux quelques paroles. C'était un homme plaisant, aimable avec tout le monde. Quelqu'un à qui on pouvait ouvrir son cœur. Adriane sut brusquement qu'elle pouvait tout lui dire. Sauf pour Steven. Son départ avait fait surgir un sentiment d'échec qui l'empêchait de se confier.

— Voulez-vous boire quelque chose ?

Elle refusa. Il s'était contenté d'un seul verre de vin, qu'il posa pour se servir un café.

— Contrairement à certains illustres écrivains, je bois très peu, expliqua-t-il. Chez moi, l'ivresse n'est pas synonyme d'inspiration.

— Je ne suis pas une grande buveuse non plus.

Nouveau silence. Le regard de la jeune femme effleura deux ou trois couples enlacés. Tout à coup, sa solitude lui parut encore plus accablante. Elle était tombée amoureuse de Steven cinq ans auparavant, l'avait épousé, et manquait terriblement d'amour à présent.

— Quand votre mari revient-il ? demanda Bill, avec nonchalance.

« Quel veinard, celui-là, ne put-il s'empêcher de penser, et quel dommage que cette fille soit mariée ! »

— La semaine prochaine, dit-elle calmement.

— Où est-il déjà ?

— À New York.

Elle avait répondu vite, trop vite. Il fixa sur elle un regard inquisiteur.

— Vous ne m'avez pas dit qu'il se trouvait à Chicago ?

Bill recula d'un pas, stupéfait par le changement qui, en un éclair, s'était produit sur le visage de son interlocutrice. Quelque chose l'avait bouleversée, mais quoi ? Il n'eut pas la loisir d'analyser cette impression que la jeune femme bondissait sur ses jambes.

— Eh bien, dit-elle d'une voix anxieuse, j'ai passé une excellente soirée.

Elle s'apprêtait visiblement à tourner les talons. Qu'est-ce qui l'avait effrayée ? Il n'aurait pas su le dire. Sans réfléchir davantage, il lui saisit la main.

— Adriane, ne partez pas, pas encore, la nuit est si douce et j'ai tant de choses à vous dire.

Elle se figea un instant. Bill arborait un air de petit garçon si vulnérable qu'elle n'eut pas le courage de refuser.

— Je... J'ai cru que vous aviez d'autres projets et ne voudrais pas vous importuner, bredouilla-t-elle.

Ils se rassirent côte à côte, et il oublia de lui lâcher la main.

— Vous ne m'importunez pas. Je vous trouve fascinante. Parlez-moi de vous, Adriane. Quels sont vos passe-temps favoris ? Votre sport préféré ? La musique que vous aimez ? Je veux tout savoir.

Surprise, elle se mit à rire. Personne ne l'avait pressée de questions pareilles depuis des années. Par chance, il semblait ne plus penser à Steven.

— J'adore la musique sous toutes ses formes, se lança-t-elle. La musique classique, naturellement, mais également le jazz, le rock, la country music, l'opéra. J'apprécie tout autant Mozart que Sting ou les Beatles... Quant au sport, plus jeune j'aimais bien le ski... Euh... qu'est-ce que j'aime d'autre ? La mer... le chocolat... les chiens... les cheveux roux... j'ai toujours rêvé d'avoir des cheveux roux... Et les enfants, ajouta-t-elle doucement. J'aime beaucoup les enfants.

— Moi aussi. Bébés, mes garçons étaient adorables. J'ai dû quitter Tommy alors qu'il n'avait qu'un an. J'en ai eu le cœur brisé. Mais je vous les présenterai. Nous pourrions même dîner tous ensemble.

Dans ce dîner, il avait inclus Steven, sans le nommer. Il savait que son amitié avec Adriane – car seule une solide amitié avec elle était possible – dépendrait, à l'avenir, des rapports qu'il entretiendrait avec son mari. Celui-ci se révélerait peut-être moins déplaisant qu'il n'en avait l'air, bien que Bill en doutât.

— Je serais heureuse de les rencontrer. Où allez-vous camper ?

— Probablement aux abords du lac Tahoe. Nous nous y rendrons en voiture, via Santa Barbara, San Francisco et Napa Valley.

— Voilà un itinéraire des plus civilisés.

— Je ne puis me passer longtemps de la pollution des villes, sourit-il. Trop d'air pur risque de déglinguer mon système nerveux.

— Jouez-vous au tennis ? interrogea-t-elle après une infime hésitation.

Steven faisait une véritable fixation sur le tennis.

— Très rarement. Je ne suis pas un champion de la raquette.

— Moi non plus.

Elle rit, en s'interdisant d'aller chercher une nouvelle part de tarte aux pommes. L'équipe de nettoyage avait commencé à enlever les plats. La nuit enveloppait dans ses voiles sombres les environs de la piscine, quelques invités s'attardaient encore sur la pelouse. La jeune femme pensa qu'il était grand temps de s'en aller mais ne bougea pas. Soudain, une vive lueur inonda le ciel, puis le feu d'artifice explosa, et tous se redressèrent pour admirer les gerbes lumineuses qui s'épanouissaient au-dessus de leur tête. Bill était sans doute le seul à ne pas lever le regard. Il n'avait d'yeux que pour Adriane. Sa radieuse beauté l'attirait comme un aimant. Elle avait l'air d'une petite fille, le visage ainsi renversé vers le firmament. Il se contint pour ne pas l'embrasser. Depuis qu'il l'avait aperçue pour la première fois il en mourait d'envie et chaque fois qu'il la revoyait, son désir s'exacerbait un peu plus.

Le feu d'artifice dura une demi-heure. Le bouquet final arracha des cris d'admiration à l'assistance. Une fleur géante déploya sa flamboyante corolle rouge, blanche et bleue, puis il n'y eut plus que les étoiles sur le velours noir du ciel. Tandis que les dernières flammèches rayonnaient dans l'ombre et retombaient lentement sur la terre, Bill respira le parfum d'Adriane. Chanel n° 19, l'un de ses préférés.

— Que faites-vous demain ? Nous pourrions faire un tour à… (il se souvint de son amour de la mer) à la plage.

— Je… ne sais pas, balbutia-t-elle, prise de court, mon mari rentrera peut-être tard dans la nuit.

— Je croyais qu'il était à New York ou à Chicago jusqu'à la semaine prochaine. Je suis sûr qu'il ne vous en voudra pas. Je suis un citoyen respectable, vous savez ! À quoi cela vous servira-t-il de rester enfermée chez vous tout le week-end ? Que diriez-vous d'une promenade à Malibu ? Un couple d'amis new-yorkais a une villa, là-bas, et je vais y jeter de temps en temps un coup d'œil. Vous l'adorerez, j'en suis convaincu.

— D'accord pour la plage, murmura-t-elle.

Elle n'avait pas eu l'intention d'accepter, pourtant le mot avait jailli de lui-même. Peut-être parce que cet homme la mettait en confiance. Oui, c'était bien cela. Il dégageait une sorte de générosité capable de vaincre les réticences les plus tenaces.

— Ça vous va, onze heures ?

La jeune femme fit oui de la tête. Cela lui allait parfaitement… et l'effrayait un peu. Elle fit mine de s'en aller.

— Je vous raccompagne.

Côte à côte, ils prirent le chemin de la maison d'Adriane. Elle déverrouilla la porte d'entrée et entrebâilla le battant sans allumer la lumière, afin que son hôte ne voie pas le vestibule vide.

— Mille mercis, Bill. J'ai passé vraiment un moment très agréable.

C'était toujours mieux que de se morfondre en se demandant où pouvait bien être Steven.

— Pas autant que moi, affirma-t-il, détendu et radieux. Alors, à demain.

— À demain... Voulez-vous que nous nous retrouvions près de la piscine ?

— Non, je viendrai vous chercher ici même.

Adriane se glissa furtivement à l'intérieur.

— Merci encore, murmura-t-elle.

L'instant suivant, elle avait disparu, comme une vision qui s'éteint tout à coup, là où elle se tenait une seconde auparavant. Aucune femme ne lui avait jamais fait des adieux aussi rapides. Bill rebroussa chemin en souriant.

## 13

Le lendemain, Bill passa chercher Adriane à onze heures sonnantes. Elle l'attendait sur le perron. Elle portait une chemise flottante sur un blue-jean, des sneakers, un chapeau de paille. Dans un gigantesque sac de plage, posé à même le sol, s'entassaient serviettes éponge, crèmes solaires, livres, lunettes de soleil. Bill s'empara du sac.

— Vous avez l'air d'une gamine de quatorze ans dans cet accoutrement.

La chemise appartenait à Steven et le blue-jean était devenu trop serré. Il ne parut pas le remarquer. Adriane lui sourit, frappée une fois de plus par l'allégresse que sa présence lui procurait. Elle le suivit dans l'allée.

— Est-ce un reproche ou un compliment ?

— Un compliment, bien sûr. Dites, avez-vous de l'eau gazeuse ? Mes invités m'ont littéralement dévalisé hier soir.

C'était dimanche et les magasins d'alimentation étaient fermés.

— Oui, il m'en reste quelques bouteilles au frais.

— Allons donc les chercher. J'ai toujours soif sur la plage.

La jeune femme jeta un coup d'œil furtif par-dessus son épaule en direction de la maison.

— J'y cours. Restez plutôt là et surveillez bien nos affaires.

— Personne ne subtilisera votre bien. Laissez-moi vous donner un coup de main.

— Non, non, il y a un tel désordre... Je n'ai pas eu le temps de ranger depuis que Steven est parti à New York, l'autre jour.

New York ou Chicago ? Bill s'abstint de poser la question. Visiblement, elle ne désirait pas le voir entrer chez elle. Ils firent demi-tour.

— Je vous attends ici, déclara-t-il devant le perron.

Elle s'éclipsa immédiatement et le battant se referma aussitôt sur sa silhouette fragile. Comme pour cacher quelque chose. Bill n'eut guère le temps de se demander quoi, car un fracas de verre brisé explosa à l'intérieur. Il s'élança sans réfléchir vers la source du bruit. Penchée sur les débris qui jonchaient le carrelage, Adriane leva la tête.

— Vous vous êtes blessée ?

— Oh, non, je suis stupide. J'ai dû secouer les bouteilles, après quoi elles m'ont échappé des mains et voilà.

Il l'aida à nettoyer les dégâts. Au moment où la jeune femme furetait dans le réfrigérateur en quête de nouveaux sodas, il remarqua la nudité de la pièce. À la place où se trouve normalement la table de cuisine, il n'y avait qu'un tabouret sous un téléphone mural. Lorsqu'ils traversèrent le living-room, l'absence de mobilier se fit plus sensible. Le vide créait une atmosphère étrangement oppressante. Les rectangles jaunâtres sur les murs témoignaient de l'ancien emplacement de tableaux. L'image de Steven chargeant les meubles dans le fourgon aidé par son copain émergea de la mémoire de Bill. Que lui avait donc dit Adriane ? Ah oui, qu'ils avaient bazardé leur mobilier pour le remplacer par du neuf.

— Les nouveaux meubles n'arriveront pas avant août, dit-elle comme si elle avait deviné ses pensées.

En vérité, elle n'avait passé aucune commade, car elle n'avait pas perdu l'espoir de voir revenir Steven avec tout ce qu'il avait emporté.

— Je vois, répondit-il.

Et pourtant, quelque chose détonnait, mais quoi au juste ? Étaient-ils dans l'impossibilité de s'offrir une décoration décente ?

— Les espaces quasiment nus reviennent à la mode, plaisanta-t-il. Au moins, vous n'avez pas de problème d'entretien.

La voyant pâlir, il s'empressa de rectifier :

— Lorsque chaque chose aura trouvé sa place, ce sera épatant.

En attendant, une aura sinistre émanait des lieux et Bill n'aurait pas trouvé mieux pour camper, lors d'une scène, le décor d'une maison abandonnée.

Une fois sur la plage, il n'y pensa plus. Ils restèrent étendus sur le sable blanc jusqu'à dix-sept heures et évoquèrent une foule de sujets, allant des voyages à la politique et de la philosophie cachée des feuilletons à celle du journal télévisé, en passant par le monde des livres et des spectacles. Bill se lança ensuite dans une longue diatribe sur les différentes formes d'écriture. Elle avoua qu'elle avait « commis quelques nouvelles » quand elle fréquentait encore l'université. On eût dit qu'ils ne pouvaient s'arrêter de parler. Ils parlaient encore quand, à bord du station-wagon de Bill, ils reprirent la direction du retour.

— Au fait, je suis littéralement sous le charme de votre MG.

— Vous êtes bien le seul. Depuis des années, parents et amis me pressent de m'en défaire mais j'y tiens trop. Cet engin fait partie de moi-même.

— Je le sais d'autant mieux que j'éprouve la même chose pour ma vieille voiture, dit-il.

Il rayonnait. Enfin une femme qui comprenait qu'on puisse aimer une voiture. Et elle avait un sens aigu des valeurs telles que l'intégrité, l'amour et le respect. De surcroît, ils s'entendaient à merveille, jusqu'à partager la même passion pour les vieux films en noir et blanc. Le seul ennui, avec elle, en dehors de son appétit d'ogresse, c'était qu'elle avait un mari. Bill balaya aussitôt ce dernier de son esprit. Il avait abouti à la conclusion qu'entre lui et Adriane il ne pouvait y avoir d'autre lien que l'amitié, et s'était résolu à s'en contenter. Quelques semaines plus tôt encore il se serait écrié qu'une pure amitié entre un homme et une femme relevait de la fiction.

— Voulez-vous dîner avant de rentrer à la maison ? Je connais un gentil petit restaurant mexicain à Santa Monica Canyon, ça vous tente ? lança-t-il du ton jovial dont on s'adresse à un copain de régiment. Ou alors, il me reste deux steaks d'hier. Venez chez moi, je vous ferai la cuisine.

— Pourquoi pas chez moi ?

Elle n'aurait pas dû faire cette réponse. Elle aurait plutôt dû décliner cette nouvelle invitation. Mais l'idée de se retrouver toute seule entre les murs nus lui répugnait. Bill émit un gloussement.

— Sans vouloir vous vexer, manger par terre ne me dit trop rien. Et à moins qu'il reste quelque meuble que je n'aie vu...

Il n'y avait plus que le lit, mais elle se garda bien de l'en informer.

— Quel snob ! railla-t-elle, le cœur léger, allons chez vous, alors.

Elle n'avait pas dit cette phrase à un homme depuis si longtemps. Peut-être depuis qu'elle avait commencé à sortir avec Steven, cinq ans auparavant. Et voilà qu'elle venait d'accepter un dîner en tête à tête avec un quadragénaire sans le moindre remords. Oui, mais Bill Thigpen n'était pas un homme comme les autres. Il était exceptionnel, Adriane le pensait sincèrement. Il semblait toujours prêt à devancer ses désirs, s'inquiétant sans cesse de savoir si elle avait faim ou soif, si elle avait envie d'une glace ou d'un soda. Il connaissait un tas d'histoires amusantes sur son entourage de travail, sur ses enfants.

Son intérieur reflétait une autre facette de son caractère. La jeune femme s'abîma dans la contemplation des peintures modernes accrochées aux murs et des sculptures qu'il avait glanées lors de ses voyages. Canapés de cuir moelleux et fauteuils confortables, disposés avec goût dans le salon, vous invitaient à vous y abandonner. Une table ancienne – il en avait fait l'acquisition dans un monastère italien – dominait la salle à manger, artistement mise en valeur par un épais tapis pakistanais. Et partout, des images merveilleuses à l'intention de ses enfants. Adriane tomba en extase devant la cheminée de briques polies. Il lui fît visiter la grande cuisine rustique entièrement lambrissée de bois, puis son bureau, une vaste pièce qui croulait sous les livres, où une antique machine à écrire trônait sur une table d'époque à laquelle il semblait tenir autant qu'à sa chère guimbarde. Une chambre d'amis comportait un lit à colonnettes flanqué d'une descente en peau de mouton. La chambre des enfants avait des murs colorés et des lits superposés en forme de locomotive rouge vif. La chambre du maître de maison, à l'autre bout du couloir, était traitée dans un camaieu de tons terre de Sienne. Ses grandes fenêtres ensoleillées s'ouvraient sur un jardin dont Adriane ignorait l'existence. « Une maison parfaite, à l'image de son occupant », songea-t-elle. Chaleureuse, sécurisante, pleine de couleurs et de lumière. Elle ne put s'empêcher de la comparer à la sienne. Steven y avait imposé un style d'une ruineuse austérité avant de s'en aller en laissant seulement le lit et un tapis.

— Bill, c'est magnifique !

— Merci. Avez-vous remarqué le lit des enfants ? Il a été conçu par un ébéniste de Newport Beach. Il ne fabrique pas plus de deux pièces par an. J'avais d'abord jeté mon dévolu sur un bus à impériale mais il avait déjà été réservé par un Anglais, alors j'ai pris la locomotive. J'ai toujours eu un faible pour les trains.

— Oui, j'ai vu.

— J'aurais pu m'acheter une maison mais je ne me résigne pas à quitter celle-ci. À la longue, je m'y suis habitué et les enfants s'y sentent bien.

— Et je les comprends.

Il leur avait concédé la plus spacieuse des chambres, se souvint-elle soudain, même s'ils ne faisaient que passer.

— Quand ils seront plus grands, j'espère qu'ils viendront plus souvent.

— Ils le feront, j'en suis sûre.

Ils avaient de la chance d'avoir un père comme lui. De retour au salon, Adriane se laissa tomber sur le canapé. Ce lieu agissait sur ses muscles tendus comme un baume magique.

Elle sentit ses nerfs se détendre. Peu après, elle rejoignit Bill à la cuisine. Il l'avait presque entièrement décorée lui-même, il le lui raconta tout en préparant le dîner.

— Vous êtes bricoleur ? Vous en avez des cordes à votre arc !

— Pas tant que ça. Je suis un piètre joueur de tennis, ne l'oubliez pas. Sur une île déserte, j'aurais été incapable de survivre. Lorsque nous partons dans la nature, c'est Adam qui s'occupe du feu de camp. Et j'ai peur dans les avions…

C'était peu, comparé à ses innombrables qualités.

— Vos rares défauts vous donnent un côté humain, sourit-il.

Il se mit à hacher du basilic pour la salade.

— Et vous, Adriane ? Êtes-vous humaine ?

— Oh ! oui, j'ai de nombreuses lacunes. Le tennis, bien sûr, puis le bridge. Je suis lamentable au bridge. Du reste, je suis mauvaise joueuse en tout. Je n'arrive pas à me concentrer plus de cinq minutes et, de toute façon, je me fiche éperdument de gagner. Je suis également nulle en matière d'ordinateurs, ajouta-t-elle en riant, puis redevenant sérieuse : et en compromis. Je n'arrive jamais à consentir à un compromis, même lorsqu'il y va de mon intérêt.

— C'est tout à votre honneur.

— Pas toujours, répondit-elle sombrement. Parfois, cela coûte très cher.

Elle pensait à Steven. À leur amour perdu auquel elle avait tant cru.

— Oui, on paie cher ses convictions, répondit-il à voix basse. Mais il vaut mieux rester en accord avec sa conscience.

— On n'arrive pas toujours à discerner le vrai du faux.

— Fiez-vous à votre intuition. Si les autres n'ont pas le même système de valeurs que vous, ils seront toujours contre.

Adriane garda le silence, perdue dans ses pensées. Steven lui avait proposé un compromis qui ne lui laissait en fait pas d'alternative. Elle avait dû choisir entre perdre l'enfant ou perdre Steven. Et elle avait perdu Steven.

Ils prirent place à table, devant les deux steaks juteux que Bill avait grillés et garnis de laitue. Il apporta du pain chaud et de l'ail, annonça qu'il y avait des fraises nappées de crème fraîche au dessert. Adriane fixa son hôte.

— Resteriez-vous fidèle à vos idées envers et contre tout ? demanda-t-elle subitement.

— Vous voulez dire aux dépens de quelqu'un d'autre ?

— Peut-être.

Il parut réfléchir un moment.

— Tout dépend de la situation. Probablement oui, si mon intégrité était en cause. Il est parfois impossible de trahir ses idées, quitte à se rendre détestable. Avec l'âge, on devient plus malléable, bien sûr. J'ai trente-neuf ans, je suis plus tolérant qu'à vingt, mais je ne m'écarte jamais de ce que je crois fondamental. Eh bien, je ne suis pas un prix de diplomatie, mais mes amis savent qu'en cas de coup dur ils peuvent compter sur moi. C'est plus important que tout le reste.

— Je le pense également.

— Et Steven ? ne put-il se retenir de demander.

Adriane ne mentionnait pour ainsi dire jamais son mari, et Bill se posait un tas de questions à son sujet.

— Il est également extrêmement attaché à ses opinions. Au point de rejeter d'emblée celles des autres.

C'était une déclaration classique.

— Les vôtres aussi ?

— Pas toujours mais... (elle chercha fébrilement les mots appropriés) disons qu'il vous fiche la paix à condition de le laisser mener sa propre barque comme il l'entend.

« Et à condition de se plier à ses quatre volontés, ajouta-t-elle mentalement, par exemple travailler au journal. »

— Et ça marche ?

Ça avait marché. Comme sur des roulettes. Jusqu'au jour où il était sorti brutalement de sa vie parce qu'elle avait refusé de lui obéir. La jeune femme prit une profonde inspiration.

— Dernièrement, je me suis aperçue qu'il ne suffit pas d'éviter d'empiéter sur la liberté de l'autre. Je crois qu'un mariage ne peut pas fonctionner sans un total engagement des deux parties.

Il hocha la tête, afin de signaler son approbation. Il en était venu à la même conclusion après son divorce.

— L'ennui avec les gens qui prônent la liberté à l'intérieur du couple, dit-il, c'est qu'ils ont rarement envie de faire la même chose que leur partenaire. À moins de tomber sur la personne idéale... et j'avoue humblement que je n'ai eu ni le courage ni le temps de la chercher. Ni le désir, du reste.

— Pourquoi pas ? voulut-elle savoir.

— J'avais peur. Peur de raviver la blessure que Leslie m'a infligée lorsqu'elle m'a quitté en me séparant de mes enfants. Peur de connaître une fois de plus le même déchirement. Pourquoi devrais-je perdre mes gosses sous prétexte qu'une femme ne m'aime plus ? Alors, je me suis protégé. J'ai été vigilant.

« Et paresseux », se dit-il.

— Pourquoi ne demandez-vous pas à votre ex-femme de vous envoyer vos enfants plus souvent ?

— Leslie considère qu'elle a plus de droits sur eux que moi. Elle a l'air de penser qu'elle me fait une faveur en me les laissant pendant les vacances. Je trouve cela foncièrement injuste. Vous me direz que si j'habitais New York, le problème se poserait autremant. Je vous réponds que non. Vivre à deux pâtés de maisons des êtres les plus précieux que l'on a au monde, sans pouvoir les voir à chaque instant, est une torture bien plus affreuse que lorsqu'on est loin. Élever un enfant ne veut pas dire l'emmener une fois par an à Tahoe et à Disneyland. Mais veiller près de son lit s'il a la fièvre, le cajoler quand il a de la peine, l'aider à surmonter les obstacles...

Il haussa les épaules, le regard assombri.

— J'en ai pris mon parti, poursuivit-il. J'ai accepté la situation, alors j'essaie de vivre au jour le jour. Autrefois, je souhaitais d'autres enfants. Je n'y songe plus. Chat échaudé craint l'eau froide.

— La prochaine fois la garde des enfants vous sera peut-être accordée.

— Il n'y aura pas de prochaine fois, en ce qui me concerne. Et vous ? Vous ne désirez pas avoir des enfants ?

C'était une question brutale, mais il se sentait suffisamment à l'aise avec elle pour oser la lui poser. Adriane se tut un long moment. Elle faillit lui avouer la vérité, puis se ravisa.

— Pas pour le moment. Steven n'est pas très chaud pour devenir papa.

— Pour quelle raison ? interrogea-t-il, intrigué par cette nouvelle énigme.

— Il a eu une enfance malheureuse. Des parents pauvres. Bref, il considère la procréation comme la racine du mal.

— Vraiment ? Et cela ne vous dérange pas ?

Leurs yeux s'accrochèrent.

— Si, parfois, finit-elle par admettre. Mais j'espère qu'il changera bientôt d'avis.

En janvier, plus précisément.

— N'attendez pas trop longtemps, Adriane. Vous le regretteriez. Les enfants sont le sel de la vie. Ne vous privez pas de cette joie.

— Je ne manquerai pas de faire part de vos conclusions à mon mari.

Elle lui dédia un sourire auquel il répondit. Secrètement, il souhaitait la disparition de Steven Townsend. Si seulement Adriane avait été libre… Sa main s'avança vers celle de la jeune femme.

— J'ai passé une journée fantastique, Adriane. Vous devez le savoir.

— Moi aussi.

Elle termina son steak, souriante, pendant que son hôte reprenait de la salade.

— Vous savez, pour une femme si mince, vous ne faites pas très attention à votre ligne, la taquina-t-il.

Ils éclatèrent de rire en même temps.

— Je suis désolée. L'air marin m'a ouvert l'appétit.

Elle savait pertinemment que l'air marin n'y était pour rien, mais se garda bien de le dire.

— Vous avez de la chance de ne pas grossir.

Il admira une fois de plus sa silhouette allongée. C'était la première femme de sa connaissance qui n'était pas constamment au régime.

Ils discutèrent tranquillement jusqu'à vingt-deux heures, après quoi Adriane l'aida à débarrasser la table. Bill la raccompagna jusqu'à sa porte. La nuit était claire, sans la moindre brume, des myriades d'étoiles scintillaient dans le ciel. Le lendemain, elle se rendrait au bureau. Elle aurait pu prendre son lundi, mais avait décidé de travailler, ne serait-ce que pour ne pas penser sans cesse à Steven.

— Je serai à mon bureau à onze heures. Montez donc me voir, proposa l'écrivain.

— Pourquoi pas ?

— Nous tournons à une heure, venez au studio si vous n'avez rien de mieux à faire. Il s'agit d'un épisode mouvementé à souhait, cela pourrait vous amuser.

Elle ouvrit sa porte avec un sourire, poussa le battant sans chercher, cette fois, à dissimuler à son compagnon la vue du vestibule désert. Maintenant, elle n'avait plus rien à lui cacher. Sauf que Steven l'avait abandonnée deux mois plus tôt et qu'elle attendait un bébé.

— Puis-je vous offrir une tasse de café ? s'enquit-elle.

Il accepta aussitôt, bien qu'il n'eût pas envie de café. Il aurait accepté n'importe quoi pour que la soirée se prolonge. Peu après, ils s'assirent dans le salon, en tailleur sur le tapis.

« Il n'y a ni télé ni radio », remarqua Bill. Sur le papier mural, on voyait les marques des deux baffles qui avaient dû appartenir à une chaîne-stéréo. Vendue, elle aussi ? Tout avait disparu, absolument tout, jusqu'à la table du téléphone. L'appareil était par terre à présent, près d'un répondeur téléphonique. « On dirait que quelqu'un a déménagé tout l'appartement », se dit-il. Mais à peine ces mots se formulaient-ils dans son esprit qu'il crut tenir enfin la solution de l'énigme. Il regarda la jeune femme, interloqué.

— Dans quel style avez-vous choisi vos nouveaux meubles ? s'enquit-il, s'efforçant de paraître naturel.

— Oh, le style habituel…

C'était une réponse vague, et Adriane ramena la conversation sur des sujets plus anodins, dans l'espoir de le distraire. L'écrivain se leva, jeta un regard circulaire.

— La disposition de vos pièces est complètement différente de chez moi.

— En effet, je l'ai remarqué.

— Combien de chambres avez-vous à l'étage ?

— Une seule, avec une salle de bains, répondit-elle, sans se douter où il voulait en venir. Il y a une autre chambre au rez-de-chaussée mais nous ne l'utilisons pas.

— Puis-je y jeter un coup d'œil ?

Comme il lui avait fait faire le tour du propriétaire, il eût été inconvenant de refuser. Elle acquiesça mollement. Bill réclama une nouvelle tasse de café avant d'emprunter nonchalamment l'escalier. Adriane repartie dans la cuisine, il fit irruption dans la chambre à coucher, plus vif que l'éclair. La pièce était comme il l'avait supposée : vide. Il inspecta rapidement les placards, passa en vitesse dans la salle de bains attenante, se pencha sur le panier de linge, sans découvrir la moindre trace de vêtements masculins. À moins que les affaires du mari fussent en bas… il avait envie de le savoir, tout à coup. Son sixième sens lui susurrait que Steven Townsend avait pris le large mais pas pour un simple voyage d'affaires. Même leur photo de mariage dans le cadre d'argent reposait sur le sol, à côté de l'unique lampe, car Steven avait emporté commodes et tables de chevet.

Il redescendit, d'un air décontracté.

— Les proportions sont parfaites, déclara-t-il, avant de demander poliment où se trouvaient les toilettes.

Il s'engouffra dans le couloir qu'elle lui avait indiqué, ouvrit délibérément la penderie du fond et contempla une poignée de cintres vacants. Il poussa ensuite le battant du cabinet de toilette, passa hâtivement en revue la petite armoire murale. Rien. Bill tira négligemment la chasse d'eau avant de retourner au salon.

Il se rassit sur le tapis et fixa sur la jeune femme des yeux interrogateurs. Le petit visage restait fermé. Ainsi, elle avait prétendu que son mari était en déplacement et qu'il reviendrait dans quelques jours. Elle lui avait laissé croire que tout allait pour le mieux dans le meilleur des mondes. Elle portait toujours son alliance. Pourquoi, il n'aurait su le dire. Mais il tenait au moins une partie de la vérité. Pour une raison qu'il ignorait encore, M. Steven Townsend ne vivait plus sous le même toit que son épouse. Sa petite enquête avait mis en évidence un fait essentiel : M. Townsend était parti en emportant ses affaires personnelles en même temps que le mobilier.

Bill prit congé peu après, en promettant à son hôtesse qu'il irait lui dire bonjour le lendemain, à son bureau. En cheminant vers sa maison, il chercha à tirer une conclusion logique de tout cela. Pour le moment, il n'en voyait aucune. Mais l'image d'Adriane continua à le hanter. Pourquoi s'entêtait elle à affirmer que tout allait bien ? Que cachait-il ? Et pour quelle raison ? Cependant, le souvenir des placards vides amena un sourire triomphant sur ses lèvres.

# 14

L'action du feuilleton s'étoffait chaque jour davantage. Bill avait réussi à multiplier les complications auxquelles se heurtaient ses héros et ne cessait d'apporter des améliorations à l'intrigue. John, l'époux de Helen, venait d'être arrêté pour les meurtres de Vaughn, sa belle-sœur – personnage qu'avait brillamment interprété la jolie Sylvia Stewart avant son départ – et d'un jeune dealer nommé Tim McCarthy. L'enquête policière qui s'était ensuivie avait mis au jour la personnalité trouble de Vaughn – droguée et prostituée de luxe –, suscitant un scandale rétentissant dans la presse et provoquant la disgrâce d'un homme politique célèbre. Ancien amant de la jeune débauchée, celui-ci l'avait mise enceinte, puis incitée à avorter. Mais les téléspectateurs n'étaient pas au bout de leurs surprises. Cette semaine, ils découvriraient que Helen aussi attendait un bébé… de qui ? On ne le savait pas encore, mais Bill avait bien sûr laissé supposer qu'il n'était pas de son mari. Ce nouveau mystère entraînerait l'habituel jeu de devinettes dans les chaumières, et l'écrivain s'en réjouissait. Il avait l'intention de maintenir le suspense aussi longtemps qu'il le pouvait. Il aimait toujours laisser une part d'inattendu dans son récit. Tout ce qu'il savait, c'était que John serait condamné à la prison à perpétuité, que Helen obtiendrait alors le divorce et que, plus tard, l'identité du vrai père de son enfant serait dévoilée. En attendant, il allait s'amuser à inventer la suite.

Il repensa à Adriane au moment où il se garait devant les studios de la télévision. Pourquoi avait-elle menti ? La situation ressemblait étrangement à ses propres intrigues. Peut-être s'était-il trompé, mais non ! Il était prêt à mettre sa main au feu qu'il n'y avait plus d'homme dans cette maison. Lors de sa petite investigation, rien n'avait révélé une présence masculine. Pas un sous-vêtement, pas un after-shave, pas même un rasoir. Alors pour quelle raison dissimulait-elle la vérité ? Par pudeur ? Par amour-propre ? Les actions des gens dans la vie réelle obéissaient presque toujours à des motivations plus simples que dans la fiction, il le savait par expérience.

Une fois dans son bureau, il n'eut guère le loisir d'y réfléchir plus longtemps. L'un des acteurs était souffrant, une grave dissension avait surgi entre deux scénaristes, et il était midi passé lorsqu'il put relever la tête. Le tournage allait commencer dans une heure. Il aurait voulu qu'Adriane soit sur le plateau.

Pendant ce temps, l'équipe du journal était sens dessus dessous. Les dernières nouvelles avaient éclaté comme une bombe sur les télex des agences de presse. Le fils d'un sénateur avait été kidnappé et assassiné la nuit précédente. Le cadavre du garçon – il avait à peine dix-neuf ans – avait été ramené et jeté en travers des marches de la demeure de ses parents, la gorge tranchée.

Adriane fut occupée toute la matinée à répartir les tâches des reporters. Peu après, une secrétaire lui signala qu'elle avait un appel sur sa ligne. Elle décrocha, sans avoir saisi le nom de son correspondant. Celui-ci se présenta.

— Lawrence Allman.

— Oui ? fit-elle, penchée sur son cahier de notes dont elle noircissait frénétiquement les pages.

— Madame Townsend ?

— Moi-même.

— Votre mari m'a prié de vous appeler et…

Elle crut que son cœur avait cessé de battre.

— A-t-il eu un accident ? cria-t-elle. Est-ce qu'il va bien ?

Son interlocuteur marqua une légère pause. D'après sa réaction, cette femme n'avait rien à voir avec la harpie décrite par Steven.

— Il va bien. Je le représente, madame Townsend. Je suis son avocat.

— Son avocat ? murmura-t-elle sans comprendre.

Bref silence. Allman hésitait. Cette personne ne semblait guère préparée à entendre ce qu'il avait à lui apprendre. Il s'éclaircit la gorge.

— Je croyais que votre mari vous avait mise au courant mais je m'aperçois que non.

À moins qu'elle ne jouât la comédie… mais il en doutait.

— Votre mari a rempli une demande de dissolution, madame Townsend, et il aimerait que je discute certains points avec vous.

Elle eut la sensation de passer sous un rouleau compresseur. Steven avait fait *quoi* ?

— Excusez-moi, je ne comprends pas. De quoi parlez-vous exactement ?

— D'une dissolution du régime matrimonial, madame Townsend, répliqua l'autre gentiment. Votre mari veut divorcer.

Nouveau silence, dans lequel l'homme de loi discerna le désarroi de la jeune femme. Il n'aurait pas dû accepter cette affaire. Steven déraisonnait et il le lui avait dit.

— Oh, je... je vois... n'est-ce pas une action un peu précipitée ?

— J'ai en effet recommandé à votre mari de plaider la conciliation, mais, d'après lui, vos différends sont irréconciliables.

Elle ferma les yeux, refoulant ses larmes, se démenant pour garder un semblant de sang-froid. Ainsi Steven avait chargé un étranger de lui communiquer sa sentence.

— Et si... si je refuse le divorce ?

— Vous n'avez pas le droit. La loi a changé depuis longtemps. Aujourd'hui, on peut demander la rupture légale d'un mariage sans le consentement du conjoint...

Elle sentit le sol se dérober sous ses pieds. Mais ce n'était pas fini.

— M. Townsend souhaite que je vous fasse signer deux ou trois papiers supplémentaires.

— Il veut vendre la maison, n'est-ce pas ?

— Vous disposerez d'un délai de trois mois avant la mise en vente, à moins que vous ne désiriez lui acheter sa part à un prix naturellement raisonnable. Toutefois...

La jeune femme prit appui sur sa table, prise d'une soudaine nausée.

— Toutefois, reprit l'avocat après une hésitation, les papiers auxquels je faisais allusion ne concernent pas la maison.

— Alors de quoi s'agit-il ? demanda-t-elle, portant ses doigts tremblants à ses joues mouillées.

— De... euh... M. Townsend voudrait renoncer à ses droits de paternité. C'est une procédure exceptionnelle et je l'ai mis en garde, mais il est inflexible. J'aimerais que vous examiniez les formulaires que je vous enverrai. En refusant de reconnaître l'enfant, M. Townsend abandonne également tout droit de visite. Son nom ne sera pas porté sur l'acte de naissance et vous devrez donner à l'enfant votre nom de jeune fille. En conséquence, ni vous ni votre enfant ne dépendra de lui : au plan légal ou financier. Il était disposé à vous offrir une somme compensatoire, mais je lui ai déconseillé, car tout échange d'argent lié à la résiliation des droits parentaux pourrait entraîner plus tard l'invalidation de celle-ci, comprenez-vous ?

La jeune femme pleurait ouvertement, sans plus se soucier de son image de marque.

— Qu'est-ce que vous voulez ? hurla-t-elle. Pourquoi m'appelez-vous aujourd'hui ? C'est jour férié, vous ne devriez pas être à votre bureau en ce moment.

Il était chez lui, justement. « Lundi, elle sera sûrement à la télévision, lui avait dit Steven, ce sera le moment idéal pour la coincer. » L'avocat ne se sentait pas très fier, mais il aurait été pire, pour elle, de recevoir toutes ces paperasses par la poste. D'après Steven, ils avaient formé un couple uni, sans jamais se quereller, et Adriane avait été une épouse exemplaire. Simplement, il ne voulait pas de cet enfant, et comme sa femme refusait d'interrompre sa grossesse, il ne lui restait plus qu'à divorcer. Il avait l'air de trouver son raisonnement parfaitement logique. Les sages conseils que son avocat lui avait prodigués dans un premier temps n'avaient en rien ébranlé sa décision, et ce dernier avait fini par baisser les bras.

Dieu savait pourtant s'il avait défendu la cause d'Adriane. Il avait même suggéré à Steven d'attendre la naissance du bébé, avant de renier son autorité paternelle, mais il n'y avait rien eu à faire.

— Madame Townsend, dit Allman calmement, je suis vraiment navré, croyez-le. J'ai préféré vous avertir personnellement plutôt que de vous adresser un courrier.

— Vous n'y êtes pour rien, sanglota-t-elle. Comment va Steven ?

— Bien, articula-t-il, surpris par la question. Et vous-même ?

— Très... bien...

Allman émit un petit soupir triste.

— Pardonnez-moi d'insister, madame, mais vous ne semblez pas...

— La matinée a été harassante, je l'avoue.

Après le merveilleux week-end qu'elle avait passé en compagnie de Bill Thigpen, c'était trop horrible. Adriane déploya un effort surhumain pour rassembler ses idées. Une petite partie de son subconscient continuait à s'accrocher au fait que Steven aimerait peut-être le bébé s'il acceptait de le voir.

— Maître, excusez-moi, balbutia-t-elle, à votre avis, est-ce que Steven pourrait changer d'avis... plus tard ?

— Qui sait ? Pour le moment, il désire couper les ponts d'une façon radicale. Il y va, paraît-il, de la paix de son esprit. Il ne sera pas tranquille avant que le problème soit résolu légalement.

— Quand le divorce sera-t-il prononcé ?

Cela n'avait plus d'importance, bien qu'elle eût préféré être encore mariée quand le bébé viendrait au monde.

— Votre mari en a fait la demande il y a deux semaines. Ce qui veut dire que tout sera réglé vers la mi-décembre.

Une quinzaine de jours avant la naissance du bébé.

— C'est tout ?

— Oui. Je vous envoie les papiers dont je vous ai parlé.

— Merci.

De nouveau, sa main tremblante se porta vers sa joue que les larmes avaient marquée de sillons brillants.

— Je vous recontacterai dans deux mois au sujet de la maison. Bien sûr, je suis prêt à étudier toute demande de pension alimentaire que votre avocat nous réclamera.

— Je n'ai pas d'avocat. Et je ne veux pas de pension alimentaire.

— Vous avez tort, madame Townsend. La loi californienne vous autorise à réclamer une somme importante à titre compensatoire.

Au fond, il serait ravi de voir plumer Steven par les défenseurs de sa femme. Pour la première fois de sa vie, Allman n'épousait pas la cause de son client.

— À bientôt, chère madame.

— Merci.

Un déclic lui signala la fin de la communication, mais elle ne raccrocha pas avant un long moment. Une minuscule voix dans sa tête se mit à chuchoter que tout cela n'était qu'une farce, une sinistre mystification. Oui, une bonne blague que, plus tard, ils se raconteraient en riant. L'instant suivant, le spectre hideux de la réalité se dressait devant elle. Non, ce n'était pas une plaisanterie. Steven avait bel et bien demandé le divorce et souhaitait renoncer à ses droits de paternité. Elle n'avait jamais rien entendu de plus horrible.

Figée comme une statue de sel, la jeune femme tenta d'établir un bilan provisoire de la situation. Rien n'avait changé. Enfin, pas grand-chose. Elle avait encore la maison, Steven possédait le mobilier. Et elle portait toujours son bébé. Mais non, décida-t-elle une seconde plus tard, tout avait changé au contraire. En quelques phrases, l'avocat avait réduit ses espérances à néant. Ne restait plus qu'un rêve fou, selon lequel le cœur de pierre de Steven fondrait à la vue de son enfant. Un rêve impossible, auquel elle ne croyait plus vraiment. La vérité était tout autre. Dorénavant, Adriane aurait à mener de front son travail et l'éducation de son enfant. Et lorsqu'elle le mettrait au monde, ce dernier n'aurait plus de père. Un subit flot de larmes lui brûla la rétine. Elle chancela et prit appui sur son bureau, le dos tourné à la porte.

À sa posture, il devina aussitôt qu'elle pleurait. Il prononça doucement son nom. Alors, elle se retourna lentement, la figure ravagée, et le regarda à travers le voile de ses larmes. C'était Bill Thigpen.

— Je vous demande pardon, je n'aurais pas dû entrer sans frapper. Visiblement, je tombe on ne peut plus mal.

La main fine ornée de l'alliance en or tâtonna sur la table de travail à la recherche d'un mouchoir en papier.

— Pas du tout… ce… n'est rien…

Brusquement, elle s'effondra sur une chaise, le visage enfoui dans ses paumes, secouée de sanglots incoercibles.

— Mon Dieu, c'est affreux, affreux !

Elle sentit les mains puissantes de Bill sur ses épaules.

— Calmez-vous, Adriane, je vous en prie…

Elle leva vers lui un visage si défait, si pâle, qu'il eut peur qu'elle tombe évanouie. On eût dit qu'elle venait d'apprendre la disparition d'un être cher. Sans un mot, il lui tendit un verre d'eau qu'elle vida d'un trait. Un peu de rose colora ses joues blêmes. Bill se pencha vers elle.

— La matinée a été rude, on dirait.

L'ombre d'un sourire effleura les lèvres de la jeune femme.

— Le mot est faible, murmura-t-elle en s'essuyant le nez. D'abord le fils du sénateur enlevé et sauvagement assassiné hier soir, puis… puis…

Sa lèvre inférieure se mit à trembler, alors que, visiblement, elle luttait pour tenir.

— … puis l'avocat de mon mari et son stupide coup de fil…

— Qu'est-ce qu'il voulait ? Aujourd'hui est un jour férié.

— Je le lui ai dit.

— Et alors ? fit-il, assailli par le besoin de la protéger.

Elle détourna la tête, les doigts crispés sur le mouchoir en papier.

— Il m'a annoncé que mon mari a demandé le divorce, il y a une quinzaine de jours maintenant.

Bill se figea, ne sachant quoi répondre. Les traits d'Adriane reflétaient une vive souffrance. Ainsi, ses soupçons de la veille s'étaient révélés exacts. Le mari avait pris la poudre d'escampette. Cela aurait dû le réjouir. Il n'en fut pas moins touché par l'affliction de son amie.

— Était-ce vraiment une mauvaise surprise ? demanda-t-il d'une voix douce.

— Oh, oui… il avait bien dit qu'il divorcerait mais je n'avais pas voulu le croire.

— Quand vous l'a-t-il dit ?

— Il y a un mois et demi… presque deux. Il a déménagé ses affaires il y a trois semaines… les miennes aussi d'ailleurs.

(Un sourire fugitif tremblota sur ses lèvres au souvenir de la maison vide.) Peu m'importe, je ne suis pas attachée aux objets, seulement je ne m'y attendais pas... Je m'y opposais.

— Ce fut pareil pour moi avec Leslie. Tout à coup, elle avait décidé que notre mariage était terminé. J'ai eu beau m'insurger contre cette injustice, elle n'a rien voulu entendre.

— Steven non plus, marmonna-t-elle en versant de nouvelles larmes. Excusez-moi. Je suis bouleversée.

— On le serait à moins, répondit-il d'une voix apaisante. Voulez-vous que je vous reconduise chez vous ?

— Non, je dois rester. Il y aura un bulletin d'informations exceptionnel avant les nouvelles de ce soir.

— Pourquoi ne vous a-t-il pas appelée lui-même ? demanda Bill en s'appuyant de la hanche sur le coin du bureau.

La jeune femme se tassa dans son fauteuil.

— Je ne sais pas. Probablement parce qu'il ne veut plus entendre le son de ma voix.

— Un divorce est moins douloureux quand on n'a pas d'enfant. Au moins, on n'est pas obligé de continuer à se parler, bien que ce soit une forme de contact.

Elle ne put que hocher la tête en pensant qu'ils avaient, justement, un enfant. Ou plutôt c'était elle qui en avait un, puisque Steven s'apprêtait à le renier publiquement.

— Adriane, comment en êtes-vous arrivés là ? Mais cela ne me regarde pas.

— Pour une question de principe. Steven a adopté une position radicalement opposée à la mienne sur un certain sujet, et je me suis rebellée. Aucun de nous n'ayant accepté de faire des concessions, les choses se sont envenimées. En fait nous avons gagné tous les deux la bataille... gagné ou perdu, peu importe. Steven n'a pas consenti à me donner une seconde chance.

— Comme Leslie. À l'époque, elle était amoureuse d'un autre homme. Je ne l'ai su qu'après. Croyez-vous qu'il y ait une autre femme dans la vie de votre mari ?

— Peut-être… mais je ne le crois pas. Nous n'avions pas le même idéal. Chacun poursuivait un but différent et, peu à peu, nos chemins ont pris des directions opposées.

— Voilà ce que j'appellerai un pas décisif dans une « direction opposée », murmura-t-il, songeur.

Mais les gens ont parfois des comportements étranges, tous deux en avaient conscience. Bill regarda Adriane. Il avait mal pour elle. Sa main lui caressa gentiment la joue.

— Je suis venu vous proposer d'assister au tournage. Une autre fois, peut-être…

Elle acquiesça, encore sous le choc des révélations d'Allman.

— Je suis submergée de travail. Il faut réunir rapidement tous les éléments concernant la famille du sénateur. La jeune victime faisait partie de l'équipe de football d'UCLA. C'était l'un des étudiants les plus brillants de sa promotion. Sa petite amie est la nièce du gouverneur. Cette affaire brisera le cœur de l'Amérique.

Steven avait déjà brisé le sien. Il lui avait assené un redoutable coup de poignard, et elle s'était sentie mourir. Elle se demanda par quel miracle les mots parvenaient encore à franchir les lèvres d'une morte.

— Je ne rentrerai pas à la maison avant une ou deux heures du matin, acheva-t-elle.

« Seigneur ! s'alarma-t-il, elle a déjà l'air exténuée. »

— Accordez-vous le temps d'une pause. Voulez-vous que nous allions déjeuner sur le pouce ?

— Non, merci. Je me reposerai demain.

Il ne manquerait plus qu'elle perde le bébé. Elle s'efforça de ne pas y songer. Si elle tenait le coup aujourd'hui, demain elle se sentirait un peu plus forte. Et après-demain, son moral s'améliorerait encore. Et à mesure que les jours se transformaraient en semaines, son chagrin s'atténuerait.

La voix de Bill la tira de ses réflexions.

— Je travaillerai tard ce soir, moi aussi. Le rythme du feuilleton s'accélère. Meurtres, procès, ruptures, enfants illégitimes, bref, tous les ingrédients nécessaires pour tenir le public en haleine. Par ailleurs, je voudrais m'assurer que mes scénaristes auront du pain sur la planche avant de partir en vacances avec mes fils.

— Continuez à vous inspirer de la réalité, fit-elle avec un pâle sourire.

— Eh bien, bon courage. Si vous avez besoin de quoi que ce soit, faites-le moi savoir. Notre frigo, là-haut, est bourré de délicieux petits plats.

— Merci, Bill.

Il se pencha pour déposer un léger baiser sur le sommet de son crâne. Elle le suivit d'un regard empli de gratitude, alors qu'il se glissait hors de la pièce en esquissant un signe amical de la main. Seule, Adriane demeura clouée dans son fauteuil, comme pétrifiée, les yeux rivés sur la fenêtre. Le monde avait sombré dans la folie. Steven l'avait abandonnée à jamais et un dangereux psychopathe avait assassiné un innocent, un gentil garçon de dix-neuf ans qui avait toute la vie devant lui.

Lentement, elle se remit à la tâche, déterminée à chasser Steven de son esprit. Heureusement, il y avait Bill... Bill qui lui apportait un immense réconfort.

Le bulletin d'informations dont elle assura la production fut diffusé à dix-sept heures et suscita une vive émotion. Même le personnel de la télévision en avait eu les larmes aux yeux. Après le journal qui suivit, Adriane visionna un documentaire, afin de préparer une édition spéciale, programmée à minuit. Ce fut une journée interminable et l'horloge murale indiquait vingt et une heures lorsque, de retour dans son bureau, elle trouva le repas que Bill lui avait envoyé. Plus tard, vers minuit, alors qu'elle regardait l'émission sur le crime, il pénétra dans le studio, prit place sur une chaise à côté de la sienne et assista en silence à la projection.

— Sale affaire ! murmura-t-il, visiblement ému, quand tout fut terminé.

En pleurs devant la caméra, le sénateur avait évoqué sa foi en Dieu, l'amour qu'il portait à ses créatures. Hélas, les bons sentiments ne purent alléger la pesante atmosphère. Bill se tourna vers Adriane. Elle avait une mine épouvantable. « Si elle prend sa voiture, elle s'endormira au volant », pensa-t-il.

— Adriane, je vais vous reconduire. Vous prendrez un taxi demain matin ou, si vous y tenez, je ramènerai votre MG plus tard.

— Mais non, elle sera aussi bien au parking. À propos, merci pour le dîner.

Bill pensait à tout, en dépit de son travail qui l'accaparait jusqu'à une heure tardive. Tous deux signèrent le livre des sorties et, peu après, soupirant d'aise, la jeune femme grimpait dans le vieux station-wagon.

— Seigneur, je suis morte de fatigue.

— Une bonne nuit de sommeil vous ressuscitera.

Il se glissa derrière le volant et démarra. Le trajet le long de Santa Monica Freeway se déroula dans le silence. L'épuisement avait scellé les lèvres d'Adriane. Lorsque, enfin arrivée, elle poussa la portière, il la regarda droit dans les yeux.

— Cela ira ? En êtes-vous sûre ?

Elle acquiesça avec une assurance mitigée.

— Oui, ne vous en faites pas. Je vais mieux.

Elle allait plus mal que jamais. Comme si elle venait juste de réaliser que Steven était sorti de sa vie.

— N'hésitez pas à m'appeler si ça ne va pas, dit Bill en lui touchant le bras.

La jeune femme opina et s'avança vers la maison aux fenêtres obscures. Elle se rendit immédiatement au premier étage sans allumer les lumières, afin de ne plus voir les cloisons nues et l'enfilade des pièces vides.

Dans sa chambre, elle se jeta en travers du lit. De longs sanglots firent tressauter ses épaules. Elle pleura longtemps, enfin sans retenue.

Puis le sommeil s'abattit sur elle, telle une chape de plomb, et elle sombra d'un seul coup, tout habillée, les mains nouées sur son ventre comme pour protéger le bébé.

# 15

Les deux semaines qui suivirent se déroulèrent comme dans un rêve. Adriane reçut les papiers de Lawrence Allman, y apposa sa signature comme convenu. Elle s'abstint de cocher la case demandant une pension alimentaire, s'entendit avec l'avocat pour mettre la maison en vente à partir du 1er octobre.

Bill passait tous les jours la saluer à son bureau. Il mourait d'envie de l'emmener dîner, mais évitait d'insister, pensant à juste titre que la jeune femme devait se sentir trop dépassée par le tourbillon des événements pour répondre à sa demande. Il consacra le plus clair de son temps à ranger son bureau en prévision des vacances.

Un après-midi, il l'invita sur le plateau. Adriane suivit le tournage, fascinée. Des fragments de séquences andennes jaillirent dans sa mémoire. Bill la présenta à tout le monde, après quoi il lui montra son repaire d'écrivain, une agréable pièce décorée de toutes sortes de prix décernés au feuilleton. Le programme des futures prises de vues, épinglé sur un vaste tableau en liège faisait face au fauteuil de Bill. Il avait noté à côté de chaque titre différentes observations. Son bureau croulait sous les manuscrits que ses scénaristes soumettaient jour après jour à son approbation. Adriane parcourut quelques pages, fit des suggestions intéressantes, et Bill sauta sur l'occasion.

— Venez donc me donner un coup de main, s'exclama-t-il. Des idées nouvelles, voilà ce dont nous avons besoin. Mes collaborateurs commencent à s'essouffler. Nous filmons cinq fois par semaine, rien d'étonnant à ce que, parfois, l'imagination nous fasse défaut.

Elle posa sur lui un regard brillant.

— Est-ce une proposition sérieuse ?

— Et comment ! Acceptez de dîner avec moi un soir et je vous donnerai tous les détails sur l'histoire et le caractère des personnages.

Son enthousiasme était communicatif et ils se mirent à en discuter avec animation. Le lendemain, un samedi, quinze jours après le barbecue du 4 juillet, ils se rencontrèrent à la piscine, de bon matin. Ce fut elle qui, la première, aborda le sujet du feuilleton. La mine reposée, Adriane semblait avoir digéré le coup bas que son mari lui avait porté.

— Je vous propose une réunion de travail ce soir autour d'une superbe entrecôte sauce Thigpen, à moins que vous ne préfériez des mets plus sophistiqués, au Spago par exemple.

Le Spago passait pour la cantine de toutes les vedettes de Hollywood. Le Tout-Los Angeles du show-biz s'y pressait pour savourer les fameuses recettes du chef, Wolfgang Puck, considéré à l'unanimité comme le roi des gourmets.

Adriane, déconcertée, ne répondit pas tout de suite. Mais après des jours et des semaines d'angoisse et de frustration, il n'y avait aucune raison de refuser l'invitation de cet homme qui l'avait soutenue grâce à sa chaleur et son amitié. D'une patience d'ange, il ne l'avait jamais brusquée. Simplement, il avait adouci les pires moments de son existence par sa présence discrète. Il s'était, de plus, révélé un conseiller précieux et l'avait adressée à un juriste de sa connaissance. Celui-ci avait déjà rencontré Allman, afin de mettre au point les détails du divorce. Au fil du temps, l'abattement avait cédé le pas à une insatiable envie de vivre. Il fallait bien commencer un jour à sortir de l'enfermement qu'elle s'était imposé. Elle regarda Bill, reconnaissante.

— Comme vous voulez.

— Alors, le Spago ?

— C'est une bonne idée, sourit-elle.

Ils se séparèrent sur ces mots. Adriane passa l'après-midi à classer des factures. Son salaire couvrait tous ses frais et elle avait commencé à mettre de l'argent de côté pour le bébé.

Bill se présenta à sa porte à vingt heures tapantes, vêtu d'un pantalon kaki, d'une chemise blanche et d'un blazer marine. Adriane, après avoir longuement étudié le contenu de sa penderie, avait opté pour une robe en soie pêche dont la ligne fluide flattait sa silhouette. Dans la voiture qui roulait sur Sunset Boulevard, ils bavardèrent gaiement, de tout et de rien : les horaires accablants de la télévision, le rythme frénétique de leur travail, l'arrivée imminente des enfants de Bill, Adam et Tommy, attendus impatiemment par leur père le mercredi suivant, et qui passeraient deux jours à Los Angeles avant de partir pour la grande aventure.

Au restaurant, Bill commanda un délicieux confit de canard sur paillasson de pommes sautées, tandis que le choix d'Adriane se porta sur une chiffonnade de bœuf au cerfeuil. Au dessert, ils dégustèrent un gâteau au chocolat nappé de crème anglaise. Adriane dévora tout jusqu'à la dernière bouchée et Bill la taquina une fois de plus sur son appétit de fauve, mais, curieusement, cela ne la fit pas rire.

— Si je continue à me goinfrer, j'aurai bientôt l'air d'une montgolfière, gémit-elle.

Il lui jeta un coup d'œil connaisseur. Bien sûr, elle était mince, mais c'est vrai que, ces derniers temps sa poitrine paraissait plus épanouie.

— À partir de demain, je ne me nourrirai plus que de salades, insista-t-elle.

— Comme c'est déprimant ! Je me plierai, quant à moi, dans les semaines à venir à un régime cher à Adam et Tommy, exclusivement composé de hamburgers-frites. J'espère qu'à la fin je ne ressemblerai pas à un adolescent boutonneux.

Ils pouffèrent, mais le rire de Bill s'éteignit aussitôt. Son regard se fit intense.

— Adriane, je voudrais vous poser une question qui pourrait vous paraître bizarre…

Il surprit une lueur d'affolement dans les grands yeux bleu saphir mais poursuivit :

— Je vous rassure tout de suite, cela n'a rien de personnel et je ne m'offusquerai pas si vous me dites non ! Y a-t-il une chance que vous preniez des vacances pendant une semaine ou deux ?

Elle eut un sourire flatté. La proposition était d'autant plus émouvante qu'elle savait combien ses fils comptaient pour lui.

— C'est fort possible, répondit-elle. J'ai droit à quatre semaines cette année, que j'allais utiliser pour faire le tour de l'Europe.

Un voyage qu'elle ne ferait plus et, d'ailleurs, d'ici là, elle serait enceinte de six mois.

— Seriez-vous tentée de venir nous rejoindre ? Je vous répète que si vous refusez je ne serai pas vexé. Le voyage ne sera pas de tout repos : nous serons coincés dans une voiture avec deux petits diables, nous nous alimenterons de toutes sortes de cochonneries qu'ils adorent, et nous dormirons dans des sacs de couchage sur le sol rocailleux du terrain de camping.

Il avait énuméré tous ces inconvénients comme s'il se fût agi d'une bénédiction.

— Eh bien, ce sera merveilleux.

— Alors ? C'est d'accord ?

— Il faudra que je demande à la direction. Mais je pense qu'ils m'accorderont au moins une semaine.

— Si vous n'arrivez pas à vous libérer la première semaine, vous pourrez toujours sauter dans un avion à destination de San Remo et nous retrouver au lac Tahoe. Mais la première partie du voyage est également intéressante. Nous ferons une halte au San Ysidro Ranch, près de Santa Barbara, puis nous débarquerons dans un vieil hôtel sympa, à San Francisco, avant de mettre le cap sur Napa Valley. La route est semée de pimpantes petites auberges qui offrent le gîte et le couvert. Qu'en pensez-vous ?

— Le plus grand bien, fit-elle avec un sourire étincelant, détendue pour la première fois depuis des semaines. Maintenant, Bill, je vous présente mes excuses. Ces derniers temps j'allais vraiment très mal, surtout depuis que l'avocat de mon mari m'a appelée. Je ne savais plus où j'en étais…

— Pourquoi ne m'avez-vous rien dit avant ce fameux coup de fil ?

— Je n'en avais pas le courage. J'avais honte d'avouer que Steven m'avait quittée, comprenez-vous ?

Il comprenait. Simplement, s'il avait su la vérité dès le début, il n'aurait pas passé des nuits blanches à se morigéner d'avoir jeté son dévolu sur une femme mariée. Elle aurait pu lui épargner ce supplice. Mais peu lui importait à présent. Adriane était à nouveau radieuse. Elle semblait avoir surmonté le choc. Aujourd'hui, elle avait les yeux secs. C'était une forte nature. Bien plus forte qu'il n'avait osé l'espérer.

— Revenons à nos moutons. Comment se présente ce voyage ?

— Sous les meilleurs auspices, en ce qui me concerne. J'enverrai une demande de congé au directeur dès lundi. Je n'aurai pas de réponse avant la fin de la semaine... Vous connaissez les lourdeurs de l'administration. Mais j'ai bon espoir. La pluplart de mes collègues préfèrent partir au printemps ou en automne, quand les plages sont moins encombrées.

— J'aurais fait comme eux si je n'avais pas les enfants.

Adriane le regarda, soudain préoccupée par l'aspect pratique du voyage. Évidemment, il était hors de question de partager la chambre de Bill dans les hôtels, ni celle des petits garçons qui ne la connaissaient pas. La meilleure solution serait qu'elle fasse ses propres réservations et qu'elle paie sa part. Elle était sur le point de l'annoncer à Bill, quand celui-ci éclata de rire.

— Qu'est-ce qui vous amuse ?

— Vous ! J'entends d'ici fonctionner les rouages de votre cerveau. Je parie que vous vous inquiétez des arrangements nocturnes.

— Exact. Je vous fais confiance, bien sûr, mais...

— Vous avez tort. Personnellement, je me méfie de moi-même. En revanche, j'ai une peur bleue des réactions de mon ex-femme, qui sauterait sur l'occasion pour me retirer le droit de visite. Alors, je me comporterai obligatoirement en gentleman. Je dormirai avec mes fils – ils adorent ça – et vous laisserai ma chambre.

— Cela ne vous dérangera pas ?

— Pas le moins du monde. Adriane, je serai ravi de vous avoir avec nous et…

Il s'interrompit, afin de ne pas lui en dire plus. Ce n'était pas encore le moment. Il fallait du temps pour que son cœur blessé soit guéri. Il fit signe au chef de rang de lui apporter l'addition. Comme tous les samedis soir, le restaurant était bondé. De nouveaux clients, agglutinés au bar, attendaient qu'une table se libère. Sur le chemin de la sortie, Adriane aperçut Zelda dans la file, en compagnie d'un jeune Adonis du petit écran. Le regard des deux femmes se bloqua un instant, complice, puis la rousse leva la main droite, pouce et index réunis, en signe d'approbation.

Bill poussa la porte du restaurant et s'effaça pour la laisser sortir.

— Je ne sais comment vous remercier, dit-elle d'une voix sérieuse. Pour le dîner et pour tout… C'est gentil de votre part de m'associer à vos vacances. Je sais combien vous tenez à vos enfants.

— Je tiens à vous aussi, Adriane. Vous êtes une personne qui compte tout particulièrement aussi, vous savez.

Embarrassée, elle baissa les paupières. Elle ne pouvait rien promettre à cet homme. Elle n'en avait pas le droit. Si Steven l'avait quittée à cause du bébé aucun autre homme ne voudrait d'elle dans les mêmes conditions, c'était l'évidence.

— J'apprécie tout ce que vous faites pour moi, murmura-t-elle, le regard détourné, alors qu'ils se dirigeaient vers la voiture.

Lui aussi serait furieux lorsqu'il saurait qu'elle était enceinte. Elle sentit des doigts robustes se refermer sur son poignet.

— Qu'est-ce qui ne va pas, Adriane ?

Une seconde auparavant il marchait au côté d'une jeune femme parfaitement épanouie, et la seconde suivante c'était une pâle créature apeurée.

— Oh ! rien, dit-elle avec un sourire forcé. Ma vie est un peu compliquée en ce moment.

— J'ai placé cette phrase dans la bouche d'Helen, un de mes personnages, pas plus tard qu'hier. Mon héroïne attend le fruit de ses amours illégitimes.

Elle eut un petit rire étranglé, alors que Bill lui ouvrait la portière. Souvent, l'art imitait la vie. Trop souvent.

Ils regagnèrent paisiblement la maison de Bill. Il lui proposa une tasse de café qu'elle accepta. Peu après, ils s'attablèrent dans la grande cuisine confortable. Il avait une machine à café biscornue dont il était fier.

— Je crois que tout est prêt pour accueillir mes deux galopins, confessa-t-il avec un sourire réjoui. Quand ils sont là, la maison se transforme en champ de bataille. La télé fonctionne vingt-quatre heures sur vingt-quatre, la salle de bains ressemble à un chantier, les cendriers regorgent de bonbons et de chewing-gums et il y a des slips et des chaussettes partout. Ils sont incorrigibles.

— Ça doit être merveilleux.

Le sourire de Bill s'épanouit. « C'est quelqu'un d'exceptionnel », conclut-il. Quant à ce Steven Townsend, il l'avait classé depuis longtemps dans la catégorie des crapules. Une crapule doublée d'un crétin, pour avoir rejeté une femme comme elle.

— J'ai hâte de vous présenter Adam et Tommy.

— Et j'ai hâte de les connaître. Si je n'obtiens pas quinze jours de vacances, j'irai vous voir à Tahoe un week-end.

— Tâchez de venir plus longtemps.

Ses fils et Adriane... Il eut la sensation qu'il avait attendu ce moment depuis toujours. Ses sentiments à l'égard de la jeune femme avaient pris une ampleur qui, parfois, l'effrayait. Mais il était trop tard pour faire marche arrière, trop tard pour s'en passer.

Il la raccompagna jusqu'à sa porte vers minuit. Près d'elle, il se sentait rajeuni de vingt ans. Le désir de la prendre dans ses bras l'embrasa tout entier, mais il se contint. Son instinct l'avertissait que s'il commettait un faux pas, il la perdrait à jamais. Visiblement, elle n'était pas prête à se donner. Leur voyage apporterait certainement une réponse à ses prières. « Patience », se dit-il, puis il se demanda si, physiquement, il lui plaisait. Il ignorait tout de ce qu'elle éprouvait à son égard. En tout cas, elle semblait lui être reconnaissante de ne pas l'avoir brusquée. Elle le gratifia, ce soir-là, d'un chaste baiser sur la joue et il revint chez lui, brûlant de désir.

Le lendemain, ils déjeunèrent ensemble au Ritz-Carlton, sur la lagune. Ils rentrèrent aussitôt après à la maison, car Bill devait terminer une séquence. L'écriture était la compensation de sa frustration. Depuis le départ de Sylvia, il n'avait pas eu de liaison et, de toute façon, ne voulait qu'une seule femme. Adriane.

Celle-ci fit irruption dans le studio lundi, un peu avant midi, alors que Bill effectuait les ultimes corrections sur le scénario. Une lueur triomphale allumait ses prunelles.

— Ça y est ! Ils m'ont accordé quinze jours ! fit-elle dans un chuchotement que tout le monde sur le plateau put entendre.

Elle rit et deux actrices gloussèrent d'un air entendu. Bill, rayonnant, lui demanda de rester au tournage. Elle le suivit dans la cabine de contrôle.

Ce fut un épisode mouvementé à souhait qui, bientôt, se déroula sous leurs yeux. Lors de la scène finale, Helen appelait un mystérieux correspondant lui annonçant qu'elle se tuerait s'il osait divulguer qu'il était le père de son enfant. Adriane se laissa séduire par le jeu de la comédienne et fut sensible à la puissante émotion que distillait le dialogue.

— C'est un film d'une grande qualité, Bill.

Il la dévisagea, ravi de découvrir l'excitation qui brillait dans ses yeux. Ils parlaient toujours du feuilleton lorsqu'ils quittèrent la cabine. Bill présenta Adriane aux comédiens, et elle félicita l'actrice qui incarnait Helen.

Peu après, en regagnant son bureau, elle adressa une tendre pensée à Bill Thigpen. Elle était impatiente de rencontrer ses enfants. « Pourvu que, début août, j'arrive encore à entrer dans mon jean », pria-t-elle.

# 16

Adam et Tommy arrivèrent mercredi dans l'après-midi, et Bill alla les chercher à l'aéroport. Adriane avait refusé de l'accompagner, par égard pour les enfants. Ceux-ci n'avaient pas vu leur père depuis Pâques, et la présence d'une étrangère n'aurait pas manqué de les choquer. Par ailleurs, elle avait rendez-vous chez son médecin. Et ce jour-là, elle entendit pour la première fois les battements de cœur du bébé. L'obstétricien ajusta les tubes flexibles du stéthoscope à ses oreilles et fit glisser le diaphragme sur son ventre. Il y eut d'abord le lourd martèlement de son propre cœur, suivi de la palpitation du placenta puisant le sang dans le corps minuscule qu'il enveloppait. Puis, derrière ces bruits sourds, un battement plus léger, plus rapide, presque impalpable, un battement infime qu'elle écouta avec une émotion indescriptible.

— Tout va bien, déclara le docteur, lorsqu'elle fut rhabillée.

Sa tension et son poids étaient satisfaisants. Bien sûr, elle avait pris quelques kilos. Sa silhouette se transformait, il n'y avait plus de doute à présent. Ses vêtements la serraient à la taille et en étudiant son reflet dans le miroir, elle avait remarqué tout à coup la légère protubérance du ventre. Elle était enceinte de trois mois et demi maintenant et, pourtant, personne ne pouvait encore s'en douter.

— Des problèmes, Adriane ? s'enquit le vieux médecin, attentif aux expressions qui, tels des orages succédant aux accalmies, s'étaient reflétées sur le visage de sa patiente.

— Non, aucun.

— Est-ce que votre mari s'est fait à l'idée ? demanda le praticien tout en se rinçant les mains dans le lavabo.

La jeune femme ne répondit pas immédiatement. Hormis Zelda, ses collègues et relations ignoraient ce qui s'était passé. À ceux qui s'étonnaient de l'absence prolongée de Steven, elle avait raconté qu'il voyageait énormément. Et elle avait donné la même version à sa mère, lors de leurs rares conversations téléphoniques. À mesure que le temps s'écoulait, elle s'était enferrée dans le mensonge, pour une raison qu'elle n'arrivait pas encore à s'expliquer.

— Il va bien, répondit-elle finalement, d'un ton uni. Actuellement il est en déplacement.

— Ah, tant mieux. Prendrez-vous des vacances, cette année ?

— Euh... nous irons camper quelques jours au lac Tahoe.

— Parfait. Ne vous fatiguez pas trop quand même. Si vous prenez le volant, arrêtez-vous toutes les deux heures et allongez vos jambes. Vous vous sentirez mieux.

C'était une grossesse sans incidents. À ceci près que son mari avait demandé le divorce.

De retour au bureau, elle s'absorba dans le travail. Aucune nouvelle de Bill. Les enfants étaient donc bien arrivés. Il l'appela dix minutes avant la diffusion du dernier journal. Les garçons étaient au lit, il semblait ravi et épuisé.

— Le living n'est plus qu'une plage saccagée par le souffle puissant de l'ouragan, dit-il dans un soupir de pur bonheur.

— Ils devaient être ravis de vous retrouver.

— Nous nageons dans la félicité. Je les emmènerai demain à la télévision. Adam est fasciné par tout ce qui peut se passer sur un plateau de tournage. Tommy, le pauvre chéri, s'ennuie très vite… Nous passerons vous dire un petit bonjour, à moins que vous ayez le temps de déjeuner avec nous. Les garçons ne pensent plus qu'à vous connaître.

— Mais moi aussi.

Une vague réticence s'immisçait dans l'impatience d'Adriane. Sachant que ses gamins étaient le centre de l'univers de Bill, elle redoutait leur jugement. Et s'ils la rejetaient ? Elle s'efforça de penser à autre chose mais, inexorablement, Bill émergeait dans son esprit. Leur amitié – elle tenait énormément au terme d'amitié – était devenue quelque chose de précieux, quelque chose qu'il fallait préserver coûte que coûte. La nature de leur affection restait certes trouble, au point qu'Adriane n'aurait pas su dire ce qu'elle en attendait. Est-ce que Bill, lui, en savait davantage ? La jeune femme n'était pas prête à s'engager, ni à s'impliquer dans une idylle quelconque. Pourtant elle s'était habituée à la présence de cet homme. Pis, elle ne pouvait plus s'en passer.

— Comment fait-on demain ? fit la voix chaude dans l'écouteur, vous montez ou nous descendons ?

Il avait déjà présenté à ses fils quelques-unes de ses petites amies. Certaines d'entre elles étaient même allées en vacances avec eux. Il avait néanmoins essayé de leur expliquer qu'Adriane n'était pas une « petite amie » ordinaire. Qu'il s'agissait d'une personne de qualité que Bill estimait. D'une femme digne de son amour – mais cela il l'avait gardé pour lui.

— Je monterai, décida-t-elle, histoire de voir ce que vous avez encore inventé pour tourmenter vos malheureux personnages. Comment se porte la dame à l'illégitime fruit de ses amours adultères ?

— Elle s'adonne au bourbon, ce que l'on peut comprendre aisément, pendant que tout son entourage cherche à deviner qui est le père de l'enfant. C'est effarant combien ce genre d'imbroglio attire le public. La paternité douteuse est une grande peur de l'inconscient. La procréation tout court, d'ailleurs.

Le sujet prenait une allure inquiétante qu'elle préféra éluder.

— À demain, alors, lâcha-t-elle nerveusement. Donnez mon bonjour à vos garçons.

— Je n'y manquerai pas, répondit-il avec chaleur.

La communication s'arrêta là. Un sourire jouait sur les lèvres d'Adriane lorsque, peu après, elle pénétra dans le studio où Zelda l'attendait. La rousse lui jeta un regard attentif. Elle se faisait du souci pour elle. De temps à autre, elle demandait si Steven avait donné de ses nouvelles, pour récolter invariablement le même « non » laconique.

— Comment vas-tu ? s'enquit-elle d'un ton appuyé.

— Bien, je te remercie.

L'œil de la rousse se fit malicieux. Depuis qu'elle avait croisé son amie au bras du célèbre créateur de *La Belle Vie,* elle n'avait de cesse de rassasier sa curiosité.

— Je t'ai vue avec Bill Thigpen l'autre soir. Ça gaze ?

Adriane haussa un sourcil, scandalisée.

— Nous sommes bons amis. Rien de plus.

L'assistante ne put retenir une moue désapprobatrice. Sa patronne devait encore se faire des illusions sur Steven. À son avis, il n'arrivait pas à la cheville de Bill.

Quand Adriane se glissa dans la cabine de contrôle, le lendemain, le tournage avait déjà commencé. Entourée de caméras, Helen gémissait sur son sort avec une conviction admirable. Son époux se trouvait toujours en prison. Le procès s'annonçait long, l'héroïne pleurait sa sœur assassinée, puis, par un de ces incroyables rebondissements qui avaient hissé le feuilleton au zénith du taux d'écoute, une inconnue entrait en scène et faisait chanter Helen. « Vous allez m'obéir, ma belle, sinon je dévoile l'identité du père de votre bambin. »

Il n'était guère étonnant que l'histoire ait captivé les téléspectateurs. Savamment distillés, drames et malentendus, trahisons, crimes et accidents formaient une fresque hallucinante de la bourgeoisie américaine. Certes, comme dans toute œuvre de fiction, les exagérations s'accumulaient, on frisait le mélodrame, mais les caractères restaient crédibles et les situations n'avaient rien à envier aux aléas de la vie réelle, Adriane en était persuadée.

Dès qu'elle avait franchi le seuil de la pièce vitrée, elle avait aperçu les enfants de l'écrivain. Adam devait être le garçon tout en coudes et en genoux, aux jambes interminables, trop grand pour son âge. Il se tenait tranquillement près de son père. Il avait des cheveux blond cendré et des yeux bleus. Pelotonné sur une chaise, en culottes courtes, Tommy affichait l'air d'intense concentration qu'Adriane avait déjà surpris sur le visage de Bill. Des boucles châtain doré que l'on avait envie d'ébouriffer encadraient sa frimousse et ses immenses yeux bleus pétillaient d'intelligence. Bien que Tommy fût beaucoup plus petit qu'Adam, les deux garçons se ressemblaient comme deux gouttes d'eau.

Ce fut le plus jeune qui la repéra le premier. Il perdit aussitôt tout intérêt pour le film et se mit à la détailler. Elle lui sourit et il tira son père par la manche. Bill se retourna, mais il dut attendre la première pause pour faire les présentations.

Sérieux comme un pape, Adam lui serra la main. Tommy en profila pour lui demander si elle était « la dame qui irait avec eux à Tahoe ». Elle eut à peine le temps d'acquiescer que le tournage reprit. Adriane regarda la scène suivante à côté de Tommy. Cédant à la tentation, elle lui caressa du bout des doigts ses cheveux soyeux. Il se laissa faire.

— Papa, ton film est vraiment chouette, complimenta Adam plus tard.

Ils étaient tous les quatre attablés à la cafétéria devant des boissons et des sandwichs. Tommy fixa Adriane droit dans les yeux.

— Tu connais papa depuis longtemps ? interrogea-t-il carrément, sans se soucier des œillades de son grand frère.

— Tommy, tais-toi ! gronda celui-ci. Les enfants bien élevés ne posent pas de questions.

— Cela ne me dérange pas, sourit Adriane.

Au fait, quand avait-elle connu Bill Thigpen ? Assez récemment, si on s'en tenait à leurs rapports amicaux. Mais si on remontait à leur toute première rencontre, au supermarché...

— Depuis deux mois, répondit-elle après un rapide calcul mental.

— Et tu es souvent sortie avec lui ? voulut savoir le garçonnet, ignorant royalement les grognements de son aîné.

— Quelquefois, oui. Nous sommes de bons amis.

Les yeux de Tommy effleurèrent la main gauche de la jeune femme avant de se lever vers son visage.

— Tu es mariée ?

Adriane s'accorda un temps de réflexion, évitant soigneusement le regard de Bill.

— Oui, répondit-elle au bout d'un moment, en faisant tourner son alliance sur son annulaire. Enfin, je l'étais.

Elle n'avait pas eu le courage de retirer l'anneau d'or, Bill l'avait remarqué.

— Tu es divorcée ? se mêla Adam, oubliant ses leçons de bonnes manières.

— Pas encore. Je le serai bientôt.

— Quand ?

— Aux alentours de Noël, probablement, répondit-elle, le cœur étrangement lourd.

— Bon.

Tommy prit immédiatement le relais.

— Alors pourquoi tu portes toujours ton alliance ? Maman en a une comme ça, avec un gros diamant au milieu.

La jeune femme regarda la mince bande d'or qui luisait à son doigt.

— Oui ? Ça doit être magnifique. Eh bien, je ne sais pas pourquoi je porte mon alliance, Tommy. Je m'y suis habituée, je crois.

— Qui a voulu divorcer, se renseigna Adam, toi ou lui ?

Bill jugea qu'elle en avait assez enduré.

— Dites, les gars, laissez Adriane respirer, voulez-vous ? Tommy, fais attention, tu vas renverser ton Coca-Cola. Je pense que vous devriez présenter des excuses à Adriane. Vous avez été d'une grande indiscrétion.

— Je suis désolé, murmura Adam, d'une voix empreinte de regrets.

À dix ans, il connaissait les règles élémentaires du savoir-vivre mais s'était laissé entraîner par ce petit chenapan de Tommy.

— Oh, ne t'excuse pas. Parfois, mieux vaut poser des questions plutôt que de s'égarer dans des suppositions, n'est-ce pas ? dit-elle avec un sourire lumineux. Mais c'est votre tour, à présent, jeunes gens. Avez-vous jamais été mariés ?

Adam sourit, pendant que Tommy gloussait.

— Eh bien, vous n'allez pas vous en tirer à si bon compte, les taquina-t-elle. J'attends vos réponses.

— On n'a pas été mariés, se lança Tommy, mais lui a une copine. Elle s'appelle Jenny.

Adam devint écarlate et assena un coup de coude dans les côtes de son cadet.

— Menteur !

— Elle est la *deuxième,* souligna Tommy, imperturbable. La première, c'était Carol, mais elle l'a plaqué.

Adriane étouffa un rire sous un toussotement avant d'adresser à Adam un regard plein de compréhension.

— Ces choses-là arrivent aux meilleurs, l'assura-t-elle. Et toi, Tommy ? Pas de petite fiancée en vue ? Tu sais, il faut tout me dire, si tu veux qu'on devienne copains.

« La femme idéale ! se répétait Bill, qui ne perdait pas une miette de la conversation. Douce, intelligente, spirituelle. » Il était vraiment amoureux.

Plus tard, dans la soirée, elle leur fit visiter les studios du journal télévisé mais ne les invita pas à regarder l'édition spéciale, afin de leur éviter les scènes de violence. Elle les présenta à tous ses collaborateurs.

Affalée à son bureau, Zelda suivit le père et les fils d'un regard intéressé. Lorsqu'ils furent sortis, elle fit un clin d'œil à Adriane.

— Je sens que cette belle amitié ne tardera pas à évoluer en passion dévorante.

— Cela m'étonnerait, étant donné les circonstances, répliqua Adriane.

— Oh, il y a pire, rétorqua la rousse, pince-sans-rire. On n'est pas obligée d'être vierge pour rencontrer l'homme de sa vie.

— Je me souviendrai de tes bons conseils, le jour où je déciderai de sauter le pas, pouffa Adriane.

Mais son rire s'éteignit. Il ne pouvait y avoir d'issue à son amitié avec Bill. Elle prenait plaisir à le fréquenter, aimait bien ses enfants, se réjouissait de partir avec eux. Pourtant, Steven occupait toujours une grande partie de ses pensées. Et elle portait son bébé. L'espace d'une seconde, elle songea à lui laisser un mot à la maison, au cas où il passerait durant son absence. L'instant suivant, elle repoussa cette idée ridicule. Steven ne risquait pas de se montrer. Il avait entamé la procédure de divorce, il refusait même de lui adresser la parole. Si toutefois il avait besoin de la contacter, Il pourrait toujours s'informer auprès de Zelda. Celle-ci possédait déjà la liste des hôtels que Bill lui avait donnée. Les questions des deux petits garçons à propos du divorce et de son alliance bourdonnaient encore à ses oreilles. Elle eut quelques difficultés à se concentrer sur son travail.

Le lendemain, les Thigpen firent irruption dans son bureau et Bill lui demanda si elle disposait d'un sac de couchage.

— Mon Dieu, non ! Je n'y ai même pas pensé.

Il l'assura qu'il se chargeait de tout.

— Prenez avec vous une robe pour les sorties et n'oubliez pas une laine bien chaude. Les nuits sont fraîches près du lac.

— C'est tout ? feignit-elle de s'inquiéter. Pas d'autres vêtements ?

Il lui décocha son sourire rayonnant, visiblement heureux de la sentir près de lui. C'était de plus en plus dur de garder ses distances, et il déploya un effort héroïque pour ne pas la serrer dans ses bras.

— Seulement un maillot de bain et un vieux blue-jean, répondit-il.

— Vous risquez de vous lasser très vite si je n'emporte pas ma somptueuse garde-robe.

— Je suis sûr que non.

— Quel genre de divertissement préférez-vous, messieurs ? dit-elle à l'adresse des enfants. Scrabble ? Bingo ? Cartes ?

Elle avait déjà établi une liste de jeux de société. Tommy ne se fit pas prier et commanda un assortiment de bandes dessinées et un pistolet à eau.

— Tommy, en voilà assez ! gronda son père.

Elle les regarda s'éloigner. Le départ était fixé pour le lendemain.

Adriane boucla ses bagages en début de soirée, avant de retourner à son bureau. Lorsqu'elle revint vers minuit, la vue de ses deux sacs disposés dans l'entrée nue la fit frissonner. La demeure déserte, abandonnée, avait quelque chose de déprimant. De profondément triste. Elle aurait pu se procurer quelques meubles, bien sûr, mais ne s'était toujours pas résolue à le faire. Un nouveau mobilier aurait entériné les événements. Sa séparation d'avec Steven aurait pris une tournure définitive. De plus, dans quelques mois, la maison serait mise en vente. Ce n'était pas une raison pour vivre entre des murs vides, mais elle n'avait ni le temps ni le désir d'acheter le moindre objet.

La sonnerie du téléphone déchira le silence. C'était Bill, et ils bavardèrent un long moment. Il paraissait aussi excité qu'elle au sujet du voyage. On eût dit un gamin s'apprêtant à partir en colonie de vacances pour la première fois. Elle l'écoutait parler, envahie soudain par un immense bien-être. Les deux derniers mois avaient été un si effroyable cauchemar : à présent il suffisait que Bill se manifeste pour que la peur disparaisse, comme la brume se dissipe au soleil.

— Nous partons à huit heures, commença-t-il, ce qui nous amènera à Santa Barbara vers dix heures. Nous aurons largement le temps de faire un tour à cheval avant le déjeuner. Les garçons sont de vrais petits jockeys, vous verrez.

— Je préférerais piquer un somme pendant que vous vous prendrez pour des cow-boys.

— Vraiment ? Vous n'aimez pas l'équitation ?

Il avait l'air déçu.

— Pas trop, non. Je suis une très médiocre cavalière.

— Attendez de me voir sur un cheval ! gloussa-t-il. À demain.

— À demain.

Ils avaient hâte d'y être déjà, Adriane monta se coucher, resta longtemps étendue sur le lit, les yeux grands ouverts sur l'obscurité, une main sur la légère courbe de son ventre. Quand les gens commenceraient-ils à s'apercevoir de son état ? Bientôt, très certainement. Dans un mois au plus tard, il serait impossible de dissimuler ses rondeurs. Et alors, son amitié avec Bill prendrait fin. Il n'accepterait jamais – cela ne faisait aucun doute – de se montrer partout avec une femme enceinte. Mais pour le moment, il n'y avait pas de danger qu'il s'en rende compte, pas tant qu'elle laisserait flotter ses amples chemises sur ses jupes ou ses pantalons. Elle décida de vivre pleinement au jour le jour, de goûter chaque instant de ce merveilleux voyage que Bill lui offrait.

Il était exactement huit heures et quart lorsque la sonnette de l'entrée carillonna. Bill s'empara des deux sacs de voyage et alla les ranger dans le coffre d'une grosse Wagoneer de location qui attendait près du trottoir. Adriane le suivit, un grand sac à bout de bras, dans lequel elle avait enfoui ses affaires de toilette et les jeux qu'elle avait achetés pour les enfants. L'équipement de camping, valises et paquets s'entassaient dans le vaste coffre du véhicule. Adam et Tommy avaient pris place sur la banquette arrière. La jeune femme grimpa sur le siège avant, pendant que le conducteur s'installait au volant. Il avait le visage détendu des gens heureux.

— Prêts ? cria-t-il, tout sourire, en jetant un coup d'œil par-dessus son épaule vers ses fils.

— Prêts ! répondirent-ils à l'unisson.

— En avant toute !

La voiture démarra au quart de tour et un peu plus tard, elle roulait en direction de l'autoroute du nord. Muni d'écouteurs, Adam balançait la tête au rythme d'une musique qu'il était seul à pouvoir écouter. Tommy marmonnait à mi-voix des ordres inintelligibles à ses petits soldats de plomb. Adriane et Bill échangeaient des propos anodins. On aurait dit une famille sur la route des vacances. À cette idée, Adriane émit un rire. Bill lui jeta un regard oblique. Avec son foulard bleu sur les cheveux, sa chemise bleu pastel et son blue-jean élimé, elle lui parut si jeune, si vulnérable, à peine plus âgée que ses fils.

— Qu'est-ce qui vous fait rire ?

— Oh, rien. On rit quand on est content. J'ai l'impression de jouer dans une de ces séries familiales du dimanche après-midi.

— Méfiez-vous, car vous pourriez vous retrouver avec un mari alcoolique, une fille qui vient de faire une fugue et un fils secrètement homosexuel, tout en vous battant contre quelque maladie incurable.

Ils éclatèrent de rire. Bill alluma la radio. Un air de danse monta vers leurs visages.

Ils arrivèrent à Santa Barbara et s'arrêtèrent devant le San Ysidro Ranch, un hôtel ceint de bungalows. Bill avait réservé un élégant petit cottage : deux chambres avec salles de bains séparées, coin cuisine et grand living dominé par une cheminée en briques. Il porta ses affaires dans la chambre des enfants.

— Ne serez-vous pas trop à l'étroit ? s'enquit Adriane, qui se sentait coupable de bénéficier de la plus jolie chambre.

— Non, madame.

— Je pourrais dormir sur le canapé.

— Et pourquoi pas par terre ?

Elle finit par rire, rassurée. Bill emmena ensuite ses fils faire du cheval. Adriane se déroba en déclarant qu'elle profiterait de leur absence pour « mettre un peu d'ordre ». En effet, lorsqu'ils réapparurent, ils trouvèrent un intérieur impeccable et parfaitement rangé.

— Vous êtes une excellente maîtresse de maison, complimenta Bill.

— Merci. Comment était votre promenade ?

— Merveilleuse. Les chevaux sont si calmes qu'on peut les monter les yeux bandés. Vous devriez essayer.

— Peut-être la prochaine fois.

L'après-midi, tout le monde se réunit autour de la piscine. Les enfants firent des plongeons et tous se dorèrent au soleil. Bill entraîna le petit groupe vers le court de tennis pour un double. Une partie mémorable s'engagea. Ils étaient les uns plus mauvais que les autres et cela les fit rire aux larmes. Tommy et Adriane gagnèrent la partie uniquement parce que l'équipe adverse, composée de Bill et Adam, se tordait de rire.

Après un délicieux dîner dans la grande salle à manger de l'hôtel, ils regagnèrent paisiblement le cottage. Et après le bain traditionnel, les petits garçons, en pyjama, se retirèrent dans leur chambre. Bill les mit au lit à vingt et une heures tapantes, en précisant qu'il ne « voulait plus entendre un mot ». Naturellement, ils firent du bruit jusqu'à vingt-trois heures, puis Tommy fit irruption dans le salon en sanglotant pour déclarer qu'il était hors de question qu'il s'endorme sans son vieux lièvre en peluche. Le jouet fut découvert sous le lit, où Adam l'avait caché, afin de faire enrager son petit frère. Enfin, lorsque le silence se fit, Bill et Adriane se mirent à papoter sur la véranda.

— Ils sont si gentils, murmura la jeune femme.

À ses yeux, Bill représentait le père idéal, car il les traitait avec fermeté et gentillesse à la fois.

— Surtout quand ils dorment, souligna-t-il. Pensez-vous pouvoir tenir le coup pendant deux semaines à ce régime ?

— Certainement. Je me sentirai bien seule lorsque je serai de nouveau chez moi.

— Je me sentirai seul également, après leur départ, dit-il pensivement. C'est toujours la même chose. Ils s'en vont et, immanquablement, je me rappelle le jour où Leslie m'a quitté.

Grâce à Dieu, il me restait mon travail... Sinon je serais devenu fou. Tout compte fait, j'ai eu de la chance.

Il aurait encore plus de chance si Adriane acceptait de partager sa vie. Auprès d'elle, il n'éprouverait plus jamais cette oppressante sensation de solitude. Mais la personnalité de la jeune femme lui échappait. Tour à tour, elle se montrait proche ou distante. Et que cherchait-elle au juste ? Une liaison ? De l'amitié ? Les deux ? Il l'ignorait mais n'osait la presser de questions, de crainte de l'effaroucher. Elle ne mentionnait pour ainsi dire jamais son mari. Cependant, celui-ci continuait à la hanter, Bill l'avait deviné à travers ses silences. Et par des preuves infimes, comme par exemple le fait d'avoir gardé son alliance, ainsi qu'Adam l'avait si justement observé. Pour quelle raison la portait-elle encore ?

— ... ne vous remercierai jamais assez pour ces vacances, disait-elle, le tirant brutalement de sa méditation.

— Ne vous inquiétez pas. Vous détesterez les Thigpen avant la fin du voyage.

Ils se sourirent, dans la semi-obscurité.

— Impossible, car vos chères têtes blondes m'enchantent. Si je peux vous aider, dites-moi comment.

— Ils vous le feront savoir tout seuls.

— Je n'ai pas l'habitude des enfants...

— Vous vous y ferez très vite... Je crois qu'ils apprécient beaucoup la franchise. La plupart de gosses préfèrent un honnête coup de pied au derrière à un hypocrite discours moralisateur.

— Oh ! moi aussi.

— C'est ce qui me plaît en vous, justement, dit-il à voix basse, afin de ne pas réveiller les enfants. Il y a un tas de choses qui me plaisent en vous, Adriane.

Elle observa un silence avant d'ébaucher une moue dubitative.

— Je ne suis pourtant pas précisément ce que l'on peut appeler une compagne enjouée. Il faut dire qu'il y a eu un tel ouragan dans mon existence...

— À mon sens, vous résistez fort bien au choc. Parfois les catastrophes ne sont que de simples incidents de parcours. Après la tempête survient le beau temps. Souvent même, un malheur est une étape sur le chemin du bonheur. Peut-être que la trahison de Steven vous permettra de connaître une vie meilleure, dont vous ne vous doutez pas.

Elle l'écoutait, le regard bas, sans oser encore trop y croire.

— Comment ont réagi vos parents lorsque vous leur avez annoncé la nouvelle ?

« En bons bourgeois bostoniens, ils ont dû être passablement secoués », supposa-t-il.

— Je ne leur ai rien dit, répondit-elle après une légère hésitation.

— Grands dieux ! Pourquoi donc ?

— Pour leur épargner une émotion inutile... Je dis « inutile », car j'espérais que Steven reviendrait.

— L'espérez-vous toujours ? questionna-t-il avec un curieux petit pincement au cœur.

Elle haussa les épaules, incapable de sonder l'abîme de ses sentiments. De toute façon, Bill ne serait apte à saisir la complexité de la situation que s'il possédait toutes les données. Or, il en manquait une, et de taille, mais pour une raison singulière, Adriane ne voulait pas qu'il en prît connaissance.

— N... non, articula-t-elle péniblement. Je ne crois plus qu'il reviendra, plus maintenant. Mais certains problèmes, qu'il serait trop long de vous exposer, font que je préfère, pour l'instant, taire la vérité à mes parents.

Il haussa les sourcils. Décidément, il ne saurait pas de sitôt quel drame s'était tramé entre Adriane et son mari. Était-il homosexuel ? Si elle savait toutes les idées biscornues qui lui passaient par la tête ! Il n'insista pas, bien sûr, afin de ne pas l'embarrasser, et ils engagèrent une conversation à bâtons rompus jusqu'à une heure avancée de la nuit. Enfin, ils se dirent au revoir, à contrecœur, car ni l'un ni l'autre ne semblait prêt à rompre la magie du moment.

Adriane se retira dans sa chambre dont elle ne ferma pas la porte à clé. Elle faisait une confiance illimitée à Bill. Pour la première fois depuis des mois, elle dormit comme une masse. À huit heures du matin, elle fut réveillée par le poste de télévision. Tommy et Adam regardaient des dessins animés. Elle apparut une demi-heure plus tard, douchée et vêtue d'un jean, avec une chemise rose et de sneakers assortis. Bill avait déjà commandé leur petit déjeuner.

— Œufs brouillés, pancakes et saucisses, cela vous va ?

— Quel festin ! Mais du train où je vais, je serai une grosse bombonne avant d'arriver à Tahoe.

Il avait déjà eu l'occasion d'admirer son appétit féroce, bien qu'elle fût mince, si l'on exceptait ce petit bourrelet à la taille...

— Vous vous mettrez au régime à la rentrée.

Peu après, ils étaient attablés devant un copieux petit déjeuner. Jus d'orange, café, lait, crème, œufs au bacon, saucisses. Comme toujours, Adriane fit honneur au repas, quant aux garçons, ils dévorèrent à belles dents tous les pancakes.

Ils firent un grand tour à Santa Barbara et Adriane acheta aux enfants un cerf-volant. Ils le firent voler contre le vent, sur la plage ensoleillée tout l'après-midi, dînèrent à l'hôtel, regagnèrent le cottage. Épuisés par leur journée au grand air, les garçons plongèrent dans leurs lits douillets dès la tombée de la nuit. Adriane les avait forcés à prendre un bain et ils s'étaient rebiffés, mais Bill l'avait secondée.

— Ce sont quand même de drôles de vacances, avait maugréé Tommy, écœuré.

— Oui, des vacances « propres », lui avait rétorqué Adriane, sans se laisser attendrir.

La petite rébellion prit fin rapidement. La jeune femme alla border les enfants. Elle leur raconta une longue histoire, un conte qu'elle tenait de son père et qui relatait les aventures d'un garçonnet à travers les océans vers une île enchantée. Elle y ajouta quelques épisodes de son cru et ses auditeurs dormaient à poings fermés lorsqu'elle eut terminé.

— Qu'est-ce que vous leur avez fait ? demanda Bill, admiratif. Vous leur avez administré des somnifères ?

— Bien sûr, dit-elle en riant. Des somnifères qui ont pour nom soleil, cerf-volant et bain chaud. Je tombe de sommeil moi-même.

Ils étaient assis dans le salon, face à la cheminée. La température s'était rafraîchie et Bill avait allumé un grand feu. Il versa du vin blanc frappé dans deux verres à pied qu'il posa sur la table basse. Il se sentait si calme, si détendu. Le réalisateur de la série l'avait appelé un peu plus tôt, mais il avait résolu le problème qui s'était présenté en un tournemain. Adriane prit le verre qu'il lui tendait et le porta à ses lèvres.

— Avez-vous toujours aimé les enfants ?

— Oh que non ! répondit-il dans un rire. Je peux même vous avouer que j'ai eu la frousse de ma vie quand Leslie est tombée enceinte.

Steven aussi avait eu peur. Si peur, qu'il avait pris ses jambes à son cou plutôt que de faire face à la réalité. Les deux hommes ne se ressemblaient guère et, cependant, la lueur d'espoir subsistait. Steven n'avait rien d'un monstre… S'il voyait le bébé… s'il faisait un effort pour l'aimer…

— Vous vous débrouillez à merveille avec les gosses, Adriane. Vous feriez une mère parfaite.

— Comment pouvez-vous en être aussi sûr ? demanda-t-il, avec une ombre d'inquiétude dans les yeux.

— Personne ne peut savoir… *avant.* On fait de son mieux et voilà tout.

— Et c'est sans doute ce qui nous effraie.

— Mais tout est effrayant dans la vie, Adriane. Seulement, qui ne tente rien, n'a rien, comme dit le dicton. On ne ferait pas d'études, on ne se marierait pas, on ne se risquerait à aucune entreprise, de crainte d'échouer. Vous vous êtes bien mariée, après tout.

— En effet, et j'ai lamentablement échoué.

— Balivernes ! Ce n'est pas vous qui avez brisé votre ménage.

— Steven avait ses raisons.

— Probablement. Mais vous vous êtes battue pour éviter le naufrage. Vous n'allez pas vous reprocher ce dérapage pour le restant de vos jours, non ?

— Vous ne le faites pas, vous ? Vous ne vous sentez jamais responsable de l'échec de votre mariage ?

— Si, répondit-il en toute loyauté. Mais ce n'était pas entièrement ma faute. Je travaillais énormément et je négligeais ma femme, mais j'étais bon époux et bon père. Il faut faire la part des choses, Adriane. Tout n'est pas tout noir ou tout blanc.

— Hélas, ce n'est pas encore mon cas. Je me sens tellement fautive... Comme si j'avais tout raté.

— Cessez de vous mortifier. Dites-vous que ça marchera mieux la prochaine fois.

— Oh... la fameuse « prochaine fois ». Je ne crois pas qu'il y en aura une pour moi. Il faut être ou trop étourdi ou trop téméraire pour recommencer, et aucun de ces qualificatifs ne s'applique à moi.

Qui voudrait d'une femme avec un bébé ? Avec quel homme pourrait-elle refaire sa vie ? Curieusement, elle n'arrivait pas encore à appréhender l'avenir sans Steven.

— Je vous trouve bien amère, jeune dame, dit Bill, plus amusé qu'attendri. Vous avez à peine trente et un ans et vous pensez que tout est fini ? Ne soyez pas sotte !

Il se retint d'ajouter qu'elle aurait eu tous les hommes à ses pieds, si elle avait voulu.

— Regardez-vous, avant de juger les autres, Bill Thigpen ! Vous ne vous êtes pas remarié, que je sache.

— Parce que je n'ai pas trouvé la femme idéale.

Il s'était bien gardé de la chercher.

— Pourquoi pas ?

— Je vous l'ai déjà dit : la peur. La paresse. Le travail. Un millier de raisons. Quand j'ai divorcé, j'étais plus âgé que vous et j'étais déjà deux fois père, ne l'oubliez pas. Et comme je ne voulais plus avoir d'enfants...

— Pourquoi ne vouliez-vous plus d'enfants ?

— Parce qu'on m'avait enlevé ceux-ci, et qu'une fois suffit amplement. Mon cœur se déchire chaque fois qu'ils repartent pour New York.

— Je comprends. Vous avez dû souffrir.

— Oui. Beaucoup plus que vous ne pouvez l'imaginer.

Il sourit alors, son visage s'éclaira et, pendant un instant, elle fut tentée de lui parler du bébé.

— Parfois, la vie est plus compliquée que les apparences ne le laissent supposer, dit-elle.

— Sûrement.

Il ignorait ce que cachait cette réflexion, mais refoula les questions qui lui brûlaient les lèvres. Quelque chose s'était passé entre Adriane et Steven Townsend. Quelque chose qu'elle n'avait pas voulu lui dévoiler, et il respectait parfaitement sa décision.

Ils bavardèrent longuement, ce soir-là aussi, paisiblement assis sur le canapé, devant le feu qui dansait dans la cheminée. La conversation était animée et agréable. Et à mesure que l'entretien se prolongeait, ils se découvraient mille points communs, mille choses à se dire, mille rêves à partager. Imperceptiblement, Bill s'était rapproché d'Adriane. Depuis un petit moment, il n'entendait plus ce qu'elle disait. Il n'écoutait que son désir pour elle. Sans réfléchir davantage, il se pencha vers elle, ses mains encadrèrent le petit visage délicat, ses lèvres frôlèrent les siennes. Ce fut un baiser tendre, léger, auquel la jeune femme répondit malgré elle. Soudain, elle le repoussa doucement et se dégagea de son étreinte.

— Bill, non…

— Désolé, murmura-t-il.

Il était tout sauf désolé. De sa vie il n'avait ressenti pareil bonheur. Son amour pour Adriane était un brasier, bien plus ardent qu'il ne l'avait été pour n'importe quelle autre femme. Il l'aimait de toutes ses forces, avec toute sa sagesse d'homme de quarante ans.

— Je vous demande pardon, reprit-il, la sentant bouleversée. Je n'avais pas l'intention de vous offenser.

— Vous ne m'avez pas offensée, répondit-elle, avec regret. Je n'arrive pas à vous l'expliquer... Mais je ne voudrais pas vous faire de peine.

Il la regarda, stupéfait.

— Pourquoi me feriez-vous de la peine ?

Il lui prit les mains, les garda prisonnières dans les siennes, plongea son regard dans les grands yeux saphir qui s'étaient embués.

— Ne... cherchez pas à comprendre, bredouilla-t-elle. Je ne peux vous apporter que des ennuis.

— Vraiment ? Je n'en crois pas un mot.

Il déploya un effort héroïque pour ne pas l'embrasser de nouveau.

— Je ne plaisante pas, insista-t-elle d'une voix sérieuse.

« Je n'ai pas le droit de vous mettre mes problèmes sur le dos, pensa-t-elle en même temps, ni de vous encombrer d'un enfant dont son propre père n'a pas voulu. » Bill continuait cependant de la fixer, submergé par sa passion pour elle. Les mots qu'il avait si soigneusement refoulés jaillirent enfin.

— Adriane, je vous aime. Cela peut vous sembler fou, mais c'est ainsi. Je ne vous bousculerai pas, je vous le promets, je saurai attendre le temps qu'il faudra, mais donnez-moi une chance, je vous en supplie... Une toute petite chance.

Ses bras se refermèrent sur le corps tremblant de la jeune femme, ses lèvres réclamèrent sa bouche. Elle se raidit sous le baiser impétueux, puis quelque chose fondit en elle et elle se blottit contre Bill, oubliant le reste du monde. Lorsqu'il se détacha d'elle, il vit ses yeux anxieux, nota la respiration désordonnée qui soulevait sa poitrine. Un sourire illumina son visage, tandis que, du bout des doigts, il lui effleura la joue.

— Je suis un grand garçon maintenant. Les ennuis ne me font pas peur. Je suis prêt à attendre jusqu'à ce que vous ayez mis les choses au point avec Steven.

— Ce n'est pas juste pour vous, Bill.

— Ce serait moins juste si je me désistais. Nous sommes attirés l'un vers l'autre comme des aimants, Adriane, vous ne pouvez le nier. Appelez cela comme vous voulez, destin ou fatalité, c'est la vérité ! Je me battrai jusqu'à mon dernier souffle, s'il le faut, mais ne me demandez pas de renoncer.

Elle eut un imperceptible mouvement de recul, en proie à une vive émotion. Son âme s'élançait vers Bill, son corps se languissait de ses caresses mais sa raison s'opposait farouchement à ces égarements. « Oui, je vous aime aussi, aurait-elle voulu crier, mais j'attends un bébé et cela change tout. » Elle garda le silence. Cette chance que Bill avait demandée, c'était à Steven qu'elle se devait de l'accorder. À Steven, au cas où il changerait d'avis. Son honnêteté naturelle lui interdisait d'aimer un homme alors qu'elle attendait l'enfant d'un autre.

— Adriane, murmura-t-il, je ne vous brusquerai plus, je vous le jure. Je ne vous embrasserai plus, ne vous toucherai plus. Je souhaite seulement être près de vous.

— Oh, Bill... Je ne sais quoi dire...

Sans savoir comment, elle se retrouva entre les bras puissants, avec l'impression que sa place était là. Il la serra contre lui.

— Alors ne dites rien, ma chérie. Soyez patiente et laissez faire le temps. Avec le temps tout s'arrangera, j'en suis convaincu.

— Il y a tellement de choses que vous ignorez de moi.

— Oh, des choses terribles, sûrement ! Quels noirs secrets dissimule ce joli petit visage ?

Un seul. Le bébé. Elle ne put s'empêcher de sourire à ses taquineries et il poursuivit :

— Sachez, jeune dame, que je suis prêt à vous pardonner tous vos vices, si abominables soient-ils.

« Mon Dieu, Bill, aucun homme au monde ne voudrait d'une femme enceinte. Même vous », s'écria-t-elle mentalement.

— Écoutez, Adriane, je vous propose un marché. Nous n'allons plus évoquer ce problème jusqu'à notre retour à Los Angeles. Nous vivrons la beauté de l'instant présent. Ne vous faites pas de souci, je me comporterai comme un gentleman dorénavant.

Il avança la main, avec un air pompeux qui la fit rire.

— Marché conclu ! lâcha-t-elle.

Et ils échangèrent une comique poignée de main.

— Et n'oubliez pas, ajouta-t-il, l'index levé. Je joue pour gagner.

Elle ne risquait pas de l'oublier. Et elle savait également que, tôt ou tard, elle serait acculée à prendre une décision.

## 17

Ils arrivèrent à San Francisco le lendemain. Sur la route, ils avaient fait une halte à Carmel et musardé dans un dédale de petites échoppes. Adriane bavardait en riant avec les enfants, mais Bill, étrangement calme, passait et repassait dans son esprit, comme un vieux film, les événements de la veille. La nervosité de la jeune femme n'avait pas échappé à sa vigilance. Il revoyait le petit visage anxieux, les yeux inquiets, le sourire triste. Qu'est-ce qui la tourmentait ? Il se l'était demandé maintes fois depuis, sans trouver de réponse. Visiblement, la principale cause de son agitation était due à son divorce et, cependant, il avait deviné une angoisse d'une autre nature. Quelque chose qu'elle s'obstinait à taire, mais quoi ?

Il se sentit plus détendu devant la baie de San Francisco. La petite bande se rendit au Fisherman's Wharf, grimpa dans le funiculaire, visita le Ghirardelli Square, passa au peigne fin tous les lieux touristiques. Au bout de deux jours, ils mirent le cap sur Napa Valley. La route traversait des plaines fleuries plantées d'arbres bruissants et bordées de vignobles. Des troupeaux de vaches et de moutons broutaient paisiblement l'herbe grasse, des chevaux trottinaient dans les champs. Après un virage, la voiture prit la direction des collines.

— Vous avez l'air fatiguée, observa Bill, qui tenait le volant.

La pâleur d'Adriane l'alarma. Depuis quelques jours, il avait remarqué qu'un rien l'épuisait, bien qu'elle ne s'en plaignît pas. Pourtant, elle semblait jouir d'une excellente santé et d'un solide appétit. Par moments, elle resplendissait et, soudain, le sang se retirait de ses joues. Après qu'il lui eut déclaré son amour, Bill n'avait tenté aucune autre approche. Par son attitude, Adriane lui avait laissé entendre qu'elle l'aimait également mais quelque chose l'arrêtait. Il lui fallait du temps, n'avait cessé de se répéter l'écrivain. Il était prêt à attendre jusqu'au Jugement dernier pour la conquérir.

Les enfants témoignaient à Adriane une profonde affection. Ils ne s'étaient jamais aussi bien entendus avec les précédentes amies de leur père. Adam la taquinait sans merci, signe qu'il la trouvait sympathique, et Tommy, quant à lui, n'hésitait pas à se pendre à son cou, à lui caresser les cheveux ou à la chatouiller. Partout, on les prenait pour une famille heureuse et unie.

Ils passèrent une nuit dans une plaisante auberge victorienne et explorèrent les chais voisins avant de se remettre en route par un bel après-midi ensoleillé. Nouvelle halte à Calistoga. À la surprise générale, Adriane refusa énergiquement de monter dans le ballon dirigeable que Bill avait loué, afin de montrer aux garçons une vue aérienne de la vallée dans la lumière rouge du couchant. Elle avait la phobie des hauteurs, affirmait-elle, et rien ne put la convaincre.

Sur le chemin de Tahoe, vers le nord, elle voulut prendre la volant, mais s'arrêta toutes les deux heures pour allonger ses jambes, sous prétexte de détendre ses muscles. Ils en profitèrent pour visiter Nut Tree et Placerville.

Ils atteignirent enfin le lac Tahoe, le vendredi après-midi. L'air frais de la montagne les revigora. De petits nuages cotonneux défilaient sur un ciel bleu cobalt. C'était un petit paradis.

Bill repéra facilement le terrain de camping qu'il avait réservé et entreprit d'y installer les tentes. L'une, la plus spacieuse, lui servirait de gîte avec les garçons. La plus petite abriterait la jeune femme. Bien sûr, Tommy déclara tout de go qu'il dormirait dans la petite tente et, en riant, Adriane répondit qu'elle était flattée. Peu après, assise sur l'herbe, elle laissa libre cours à sa rêverie. Bientôt, les mêmes idées moroses l'assaillirent. Elle ne pouvait donner suite à ses sentiments à l'égard de Bill et, cependant, faire marche arrière était au-dessus de ses forces. Sa présence, sa chaleur, sa gentillesse la rassuraient. Elle n'aspirait plus qu'à leurs causeries nocturnes, à cette complicité qui les gardait éveillés tard dans la nuit. Elle désirait sentir ses mains sur son corps, ses lèvres sur les siennes. Et c'était impossible ! Pour la première fois elle se prit à regretter que le père du bébé fût Steven.

— À quoi pensez-vous ?

La voix de Bill la fit sursauter. Elle était restée là, à fixer le cercle de la forêt et une ombre de tristesse avait survolé son visage.

— Oh, à rien de spécial. Je rêvassais.

— J'ai l'impression que vous pensiez, justement, à quelque chose de précis.

Il avança la main mais à peine avait-il effleuré la sienne qu'il la retirait prestement. Il lui avait promis de ne plus la toucher et il tiendrait parole.

L'après-midi s'écoula en préparatifs. Les tentes dressées, les tâches furent réparties. Bill et Tommy mettraient de l'ordre, pendant qu'Adriane et Adam iraient faire des courses. De gros steaks à griller, des hot dogs, une flopée de friandises pour le petit déjeuner.

— On mange trop, gémit Adriane.

Elle ne pensait pas avoir pris du poids, mais son corps avait subi d'autres transformations. Tous ces vêtements la serraient à la taille maintenant. Du jour au lendemain, elle avait eu toutes les peines du monde à tirer la fermeture Éclair de son jean. Elle avait emprunté un ample sweater à Bill qui, fort heureusement, n'avait posé aucune question.

Le bien-être qu'elle éprouvait se muait peu à peu en malaise. Comment s'y prendrait-elle pour couper les ponts avec Bill, sans le blesser ? Le retour à Los Angeles l'obsédait. Et la voix implacable de sa conscience ne cessait de lui répéter qu'elle avait mal agi à l'endroit de cet homme si droit et si généreux.

— Et voilà, c'est encore là, murmura-t-il soudain.

Ils étaient installés devant le feu de camp qui achevait de mourir, dans la fraîche pénombre du soir. Ils avaient dîné, après quoi les garçons avaient chanté à tue-tête avant de se retirer sous la tente.

— Quoi donc ? demanda-t-elle, les yeux rivés sur les braises rougeoyantes.

— Cette pensée qui vous poursuit depuis des jours. Par moments, vos yeux deviennent tellement tristes... Qu'est-ce qui vous tourmente ?

— Rien, je vous assure.

— J'aurais bien voulu vous croire.

— Je n'ai jamais été aussi heureuse.

C'était la vérité. Mais ce bonheur ne pouvait qu'être fugitif, elle le savait. Comme elle savait qu'il serait dur d'élever seule son enfant. La terreur de perdre Bill était venue s'ajouter à son lot de craintes. À cette seule idée, ses yeux s'embuèrent. Bill, qui l'observait intensément, l'attira dans ses bras et lui fit poser la tête sur son épaule.

— Je suis là, ma chérie, ne l'oubliez pas. Et je serai là tant que vous voudrez bien de moi.

— Oh, Bill, pourquoi êtes-vous si bon ? chuchota-t-elle à travers ses larmes. Je ne le mérite pas.

— Ne dites donc pas de sottises.

Elle leva les yeux vers lui, oppressée par un terrible sentiment de culpabiité. Elle n'aurait pas dû lui mentir. Elle n'avait qu'un seul mot à dire pour lui ôter toutes ses illusions, une phrase très simple, mais ses lèvres restaient scellées. Bon sang, que faisait-elle là, à s'amouracher d'un autre homme, alors que l'enfant de Steven grandissait dans son sein ? L'absurde de la situation lui arracha un rire aigu.

— Où étiez-vous il y a quelques années ? s'écria-t-elle.

— Je faisais l'imbécile comme d'habitude, sourit-il, mais je me suis assagi. Mieux vaut tard que jamais.

« Hélas, c'est trop tard », songea-t-elle.

Ils restèrent enlacés, à regarder s'éteindre le feu. Bill mourait d'envie de la dévorer de baisers. Il n'en fit rien, fidèle à sa promesse. Un peu plus tard, il dit qu'il était temps d'aller se coucher. Il l'aida à se faufiler sous la petite tente, puis gagna la sienne et se glissa dans son sac de couchage. Cinq minutes plus tard, un pas crissa devant l'entrée, puis elle fut là, tout près de lui, affolée et tremblante.

— Adriane, qu'y a-t-il ? Vous ne vous sentez pas bien ?

— Si. Mais j'ai entendu un bruit là-bas, chuchota-t-elle, l'index pointé vers une direction indistincte. J'ai eu peur.

Il secoua la tête, à moitié endormi.

— Ce n'est rien. Peut-être des coyotes.

— Et si c'était un ours ?

Il lui sourit. S'il s'était écouté, il aurait affirmé que la forêt était infestée de loups-garous et qu'elle ne serait en sécurité nulle part ailleurs que dans le creux de ses bras.

— Je ne crois pas. De toute façon, les rares ours de la région ne sont pas bien méchants.

Il fallait provoquer les ours pour qu'ils attaquent, et Adriane dans son blue-jean et son sweater flottant, constituait certes une provocation.

— Préférez-vous dormir ici avec nous ? Nous serons un peu à l'étroit mais les gosses adoreront ça.

Elle s'empressa de hocher la tête et disparut pour reparaître aussitôt, munie de son propre sac de couchage. Bill la regarda s'installer, l'aida à refermer la glissière et continua à la contempler à la vague lueur du clair de lune, pendant qu'elle sombrait dans un sommeil de plomb.

# 18

Le lendemain matin, dès qu'ils furent réveillés, Tommy profita de la situation pour bondir sur son père. En poussant un cri de guerrier indien, le petit garçon se mit à chatouiller les côtes de Bill sans merci, insensible à ses protestations. Adam vola au secours du chef de famille et peu après, Tommy essuyait de cruels revers de fortune. Adriane vint alors à sa rescousse. L'instant suivant, la séance de chatouilles battait son plein et tout le monde s'en donnait à cœur joie en riant aux larmes. Adriane les supplia d'arrêter le supplice. Elle riait si fort que la fermeture Éclair de son jean avait sauté.

Ils émergèrent de la tente dans les premiers rayons du soleil, encore chancelants d'avoir tant ri. « C'est une façon merveilleuse de saluer la nouvelle journée », se dit Adriane, une façon bien plus gaie que de déambuler entre les murs de sa maison silencieuse.

Adam s'étira paresseusement dans l'air frisquet.

— Adriane, pourquoi es-tu venue te réfugier sous notre tente ?

Ce fut Bill qui répondit.

— Elle avait peur de se faire dévorer par un grizzli.

— Absolument pas ! se rebiffa-t-elle, à l'instar d'une reine outragée.

— Ah oui ? Alors qui est venu me secouer, alors que je dormais comme un ange, pour me dire qu'il y avait des bruits bizarres dans la forêt ?

— D'accord, mais qui a répondu qu'une bande de coyotes affamés rôdait autour du camp ?

— Moi.

— Et voilà, triompha-t-elle. J'ai simplement eu peur de me faire grignoter les doigts de pieds par ces bestioles.

De nouveaux éclats de rire retentirent et alors qu'ils préparaient le petit déjeuner, Bill annonça qu'ils iraient à la pêche juste après.

— Ce soir, chacun mangera le poisson qu'il aura attrapé, conclut-il.

— Et qui va nettoyer les écailles ? questionna Adam.

— Chacun s'occupera de son poisson, d'accord ?

— Pas de problème, dirent les enfants.

Adriane leva les yeux des braises sur lesquelles elle soufflait.

— Pour moi non plus. Je n'ai jamais rien attrapé de ma vie. Je me contenterai d'un hot dog.

Adam se pencha sur le bacon qui grésillait dans la poêle.

— Avec une canne à pêche, même Tommy attrape des poissons.

— Papa, puis-je avoir un peu de pain de maïs ? s'enquit Tommy.

Aux yeux du garçonnet, le pain de maïs représentait l'un des avantages majeurs du camping, l'autre étant le droit de partager le sac de couchage de son père tout en serrant dans ses bras l'inévitable lièvre en peluche.

— Ce soir, mon petit, c'est promis, répondit Bill, et il dédia à Adriane ce sourire rayonnant qui la faisait fondre.

Celle-ci cassa des œufs par-dessus le bacon.

— Si nous allions nager ? proposa-t-elle.

Les eaux du lac étaient glacées mais ils avaient repéré, la veille, une succession de petites cascades qui formaient dans le vallon une rivière au cours rapide.

— Non, la pêche d'abord, tempêta Bill dans sa tasse de café.

Alors qu'elle leur servait le petit déjeuner, les enfants se rangèrent à l'opinion d'Adriane. Devant l'adversité, Bill baissa les bras.

— Très bien, mais ce n'est que partie remise. J'achèterai les appâts cet après-midi. Et celui qui n'attrapera pas de poisson sera privé de dîner.

Adriane haussa le menton et le fixa dans le blanc des yeux.

— N'oubliez pas mon hot dog.

— Pas question, ma chère. Et ne me dites pas que vous avez aussi peur de l'eau.

Adam et Tommy pouffèrent, tandis qu'elle affichait un air offusqué.

— Je n'ai *pas* peur de l'eau ! Pour votre gouverne, j'étais capitaine de l'équipe de natation à Stanford et j'ai été maître nageur pendant deux étés de suite.

— Et tu sais plonger ? interrogea Tommy, très impressionné par ses lettres de créance.

— Oui, jeune homme, sourit-elle, ébouriffant les boucles satinées du petit garçon.

— Tu m'apprendras à plonger dans la piscine, quand nous rentrerons chez papa ?

— Avec plaisir.

— Et à moi aussi ? jeta Adam. Papa m'a initié l'été dernier mais j'ai tout oublié pendant l'hiver.

Il l'admirait énormément, même si elle avait refusé de monter dans le ballon dirigeable.

— Eh bien, nous nous mettrons à la tâche dès notre retour, promit-elle.

Ses futurs élèves opinèrent, puis l'aidèrent à faire la vaisselle. Tous ensemble défirent les tentes, qui furent enroulées et ficelées. Ils éteignirent les restes du feu, après quoi Bill ouvrit la marche vers la rivière, suivi par Adriane et les enfants. La jeune femme avait passé par-dessus son maillot de bain un ample t-shirt qui affinait sa silhouette.

Il y avait une crique dans le cercle de verdure, bordée d'une bande étroite de galets. Quelques familles avaient pris d'assaut la berge moussue, et un troupeau de gamins s'ébrouait et s'ébattait bruyamment dans l'eau. Plus loin, au milieu de l'onde, le courant rapide charriait les rafteurs qui descendaient le fleuve à une allure incroyable.

Au bout d'une heure, Bill sortit de l'eau, ruisselant, déclarant qu'il irait en ville acheter les appâts et louer une barque. Adriane et les garçons préférèrent l'attendre sur place.

— Rendez-vous au camping, cria-t-il, avant de s'éloigner en direction de la clairière.

Adriane lui adressa un signe de la main, se tourna vers les enfants qui se lançaient en riant des trombes d'eau. Peu après, Adam voulut plonger mais Adriane le découragea.

— Leçon de plongée n° 1, ne jamais s'aventurer sous une eau qui n'est pas suffisamment claire pour que l'on puisse voir le fond.

Le garçon ne fut pas difficile à convaincre. Elle chercha alors Tommy du regard, afin de le mettre en garde lui aussi contre les dangers des roches sous-marines. Il n'était nulle part. Mue par une soudaine pulsion de panique, la jeune femme se mit debout sur la berge. Ses yeux mi-clos furetèrent parmi les nageurs. Elle distingua enfin la frêle silhouette de l'enfant en équilibre sur un banc d'étocs à fleur d'eau. Il regardait les rafteurs sur les radeaux qui suivaient le rapide.

— Tommy ! cria-t-elle.

Il ne parut pas l'entendre. Adriane ordonna à Adam de sortir sur la rive avant de s'engager sur le banc qui s'enfonçait dans la rivière.

— Tommy !

Le garçonnet jeta un coup d'œil insouciant par-dessus son épaule et, de nouveau, s'absorba dans le spectacle des radeaux emportés par le courant, de plus en plus vite. « Ça c'est du sport ! » pensa-t-il, fasciné. C'était cent fois, mille fois plus passionnant que la pêche à la ligne dans le lac voisin.

— Tommy, viens ici.

Adam, agacé par la désobéissance de son frère, grimpa à son tour sur les rochers derrière Adriane, qui se frayait péniblement un chemin parmi l'amas de pierres aiguës. Elle répéta son appel et, tout à coup, Tommy disparut de son champ de vision. Il avait glissé. Il tomba dans les eaux tumultueuses et aussitôt, le tourbillon liquide referma ses spirales sur lui. Au comble de l'angoisse, Adriane vit la tête du petit garçon réapparaître plus loin, au milieu de la rivière. Le torrent l'entraînait à une vitesse vertigineuse vers la cataracte en aval du promontoire caillouteux. Adam se mit à crier le nom de son frère et Adriane chercha frénétiquement un bout de bois, une perche, une rame échouée, quelque chose à quoi il puisse s'accrocher. Mais il n'y avait rien, rien que la rocaille, et elle eut la vision fugitive du visage terrifié de l'enfant, alors qu'il se laissait emporter vers le large. Personne ne s'était encore rendu compte de l'incident. Enfin, deux hommes remontèrent la plage de galets en courant et en hurlant en direction des radeaux :

— Au secours ! Rattrapez le gosse !

Mais le vacarme de l'eau couvrait leurs voix et les rafteurs poursuivirent leur descente sans même remarquer le petit garçon en maillot bleu qui sombrait. Tommy se débattait farouchement en agitant bras et jambes, alors que le vortex écumant l'engloutissait.

Il fallait agir vite, tout de suite. Adam s'était mis à pleurer. Il fit mine de se porter au secours de son cadet. Adriane le repoussa sans ménagements.

— Reste là !

Elle fit demi-tour, regagna le rivage. Les autres baigneurs, dans un mouvement de panique, s'étaient rassemblés sur la plage et assistaient, inutiles, au drame qui se déroulait sous leurs yeux. Adriane écarta d'un geste tranchant la petite foule d'estivants, puis s'élança le long de la rivière, dans le sens du courant. Elle courait à perdre haleine, sans se soucier des cailloux pointus ni des verges épineuses qui lui cinglaient les chevilles. Elle savait exactement ce qu'elle faisait, exactement où elle se rendait et priait le ciel pour qu'il ne fût pas trop tard lorsqu'elle y arriverait. Peu après, elle escalada de nouveau les falaises. Tommy, toujours visible, dérivait inexorablement vers les chutes. Un homme dans une barque tenta de lui jeter une bouée de sauvetage, mais en vain.

Adriane banda ses muscles, son corps s'éleva, décrivit un arc de cercle dans la lumière éclatante et redescendit, tête en bas. L'eau était trouble mais, par chance, elle ne se cogna pas sur les récifs du fond. Sa silhouette toute tendue refit surface.

Un bout de bois flottant lui frôla l'épaule, mais elle se dirigea, par brasses vigoureuses, vers le point où elle avait aperçu Tommy pour la dernière fois. Dans le lointain, des cris lui parvenaient, ainsi que le vague mugissement d'une sirène. Soudain, le maelström l'aspira. Dans les profondeurs obscures, quelque chose la heurta en pleine figure, ses mains se refermèrent sur une forme souple et elle sut que c'était Tommy.

Elle le poussa de toutes ses forces vers le haut et émergea à sa suite, respirant l'air pur à pleins poumons. Il se mit à tousser violemment en s'agitant comme un forcené et en buvant la tasse chaque fois qu'une vague les immergeait. Adriane continua à le pousser fermement à contre-courant, en direction de la rive. Brusquement, elle le perdit. Comme si une force invisible le lui avait arraché.

Tommy, volatilisé, devait se trouver quelque part, hors de sa portée, alors qu'elle coulait à pic dans un trou noir, un gouffre profond et silencieux.

# 19

Bill s'affala sur une chaise en toile dans le terrain de camping et allongea ses jambes au soleil. Une sirène ulula quelque part dans le lointain. À travers les arbres, il eut la vision fugace d'une ambulance qui roulait à tombeau ouvert sur l'autoroute. Assailli brusquement par un funeste pressentiment, il bondit sur ses pieds pour s'élancer en direction de la rivière. À peine eut-il débouché dans la clairière qui surplombait la crique qu'un spectacle inquiétant s'offrit à ses yeux. Adam arpentait la berge, secoué da sanglots, mains tendues en avant. Autour de lui, quelques adultes s'efforçaient manifestement de le réconforter.

— Oh, mon Dieu !

Tremblant de tous ses membres, Bill dégringola le sentier qui sinuait vers la plage. Un cri d'Adam le cloua sur place.

— Tommy !

L'instant d'après, le garçon se précipita dans les bras de son père en pleurant. Bill le serra fortement, puis l'écarta presque aussitôt.

— Qu'y a-t-il ? Que s'est-il passé ?

Incapable de prononcer un mot, l'enfant fit un geste affolé de la main et Bill prit conscience, soudain, de la foule agglutinée devant l'ambulance qui venait de s'arrêter sur la rive, flanquée de deux jeeps des Eaux et Forêts. Des voix indistinctes criaient quelque chose, cependant que des gardes forestiers, trempés jusqu'aux os, tiraient de l'onde une minuscule silhouette blanche barrée d'une bande d'étoffe bleu vif et l'allongeaient à même les galets. « C'est Tommy », réalisa-t-il, pétrifié. Tommy, étrangement raide, inanimé. Les sauveteurs le tournèrent sur le côté en actionnant ses bras puis l'un d'eux s'accroupit et se mit à lui faire du bouche-à-bouche. Bill se rua vers le corps menu, repoussa les badauds et s'abattit sur les genoux, aveuglé par les larmes. Le petit garçon ne bougeait pas... Il devait être mort... Le regard halluciné, Bill passa en revue la ronde des visages horrifiés des témoins avant de fixer la petite figure blême aux lèvres bleuies, aux yeux clos. Une fervente prière monta en lui.

— Mon Dieu, ayez pitié de nous. Ne nous abandonnez pas...

Au bout d'un moment qui lui parut plus long que l'éternité, la petite forme bougea, les cils mouillés frémirent, une sorte de toux caverneuse fit tressauter la poitrine étroite, suivie d'un jaillissement d'eau par la bouche. Le petit garçon ouvrit les yeux, posa sur Bill un regard chaviré et commença à pleurer.

— Papa... je...

Ses paroles furent noyées dans un nouveau torrent d'eau, alors que Bill le berçait doucement.

— Tommy, mon bébé, ça ira...

Lorsqu'il eut fini de vomir, il s'accrocha à son père et aux premiers mots qu'il prononça, le cœur de Bill cessa de battre.

— Et Adriane ?

Adriane… Il ne l'avait pas vue. En se retournant, il aperçut les gardes forestiers qui retiraient un deuxième corps de l'eau.

— Prenez soin de lui, cria-t-il aux sauveteurs, et en trois enjambées, il fut près d'elle.

La jeune femme semblait morte. Elle était d'une pâleur effrayante et deux longues entailles marquaient de rouge sa jambe et son bras gauches. Ce masque de cire lui rappela une inconnue qui avait péri dans un accident de voiture sur l'autoroute et que les policiers avaient sortie de sous l'amas de tôle froissée.

— Oh, mon Dieu, vous ne pouvez rien faire ?

Personne n'eut l'air de l'entendre. Gardes et ambulanciers s'activaient autour de la noyée mais tous leurs efforts pour la ressusciter demeuraient vains.

— C'est votre femme ? demanda quelqu'un. Le petit lui doit la vie. Elle a plongé et l'a maintenu hors de l'eau jusqu'à ce que les secours arrivent. Encore une minute et elle allait s'écraser sur les rochers, en bas des chutes. Je crois qu'elle est blessée à la tête.

Son bras blessé saignait abondamment. Il y avait du sang partout sur les galets.

— Est-ce qu'elle respire ?

Il regarda le quatre hommes lui prodiguer des soins et sentit les larmes brûler ses joues. Elle avait perdu la vie pour sauver celle de Tommy… La sirène fendit tout à coup l'air humide, l'un des hommes se redressa et cria à l'adresse de l'ambulance :

— Son cœur bat !

Ils continuèrent à lui insuffler de l'air dans la bouche. Elle émit un petit hoquet mais ne parut pas reprendre conscience. Le sauveteur jeta à Bill un regard victorieux.

— Elle respire toute seule maintenant. Nous allons la transporter à l'hôpital. Voulez-vous nous accompagner ?

— Bien sûr. Elle va s'en tirer ?

— Les médecins se prononceront quand ils auront examiné la lésion de sa tête. Elle a perdu énormément de sang... la coupure à son bras a presque sectionné une artère... Ce sera juste, conclut-il alors qu'il posait un garrot pour arrêter l'hémorragie.

Adam s'était approché, les yeux rouges. Des infirmiers transportèrent Tommy dans l'ambulance sur une civière. Ce fut ensuite le tour d'Adriane. Ils l'enveloppèrent dans une grosse couverture et lui appliquèrent un masque à oxygène sur le visage. Puis Bill et Adam s'engouffrèrent à leur tour dans l'ambulance.

— Elle est morte ? chuchota Adam d'une voix chavirée.

Bill la regarda. Sa chevelure gorgée d'eau boueuse, à laquelle s'accrochaient des feuilles pourries, encadrait sa face crayeuse.

— Non, répondit-il. Mais elle est encore en danger.

L'ambulance démarra. Durant le trajet, Bill tint les mains de ses fils. Ses yeux ne quittaient pas la jeune femme inanimée. Les infirmiers se penchèrent plusieurs fois sur elle et Bill sentit qu'ils n'aimaient pas ce qu'ils voyaient. Dix minutes plus tard, ils s'arrêtaient devant le Truckee Hospital. Une équipe médicale les attendait. Adriane fut littéralement enlevée par des hommes en blouse blanche.

Bill et Adam durent se cantonner dans une salle d'attente. Une heure plus tard, Tommy revint des urgences accompagné d'une vieille infirmière, qui jeta à Bill un regard compréhensif.

— Je m'occupe de vos gamins, dit-elle. Nous leur donnerons un bain chaud et des vêtements propres. Allez donc au chevet de votre femme.

Il embrassa ses enfants avant de s'engager dans l'allée qui menait au bâtiment où Adriane avait été emmenée. Ses pas pressés résonnaient sur les pavés d'une façon lugubre.

— Où est-elle ? s'enquit-il, sitôt qu'il eut pénétré dans le hall.

Le personnel comprit de qui il s'agissait. Visiblement, Adriane constituait le cas le plus critique parmi les pensionnaires du pavillon. Une infirmière lui montra une double porte battante au fond du corridor. Il y courut sans plus attendre. Il eut l'impression de débarquer sur une planète inconnue. La salle de réanimation, brillamment éclairée, tenait du film de science-fiction, avec ses écrans lumineux sur lesquels défilaient des informations en langage codé, ses dizaines de tubes fluo et ses cadrans. Une douzaine d'individus en uniforme vert entouraient une forme immobile.

Bill resta planté là, figé dans l'attente. Les minutes s'égrenaient avec une lenteur hallucinante. Il avait du mal à rassembler ses idées. Tout ce qu'il savait, c'était qu'il avait failli perdre Tommy et que si celui-ci était en vie, il le devait à cette femme qui luttait à présent contre la mort. Une femme qu'il connaissait à peine et à laquelle il vouerait une éternelle reconnaissance. Si elle survivait, bien sûr, car malgré les soins intensifs dont elle était l'objet, elle demeurait inconsciente.

— Pour l'amour du ciel, faites quelque chose pour elle.

Il s'interrompit. Les médecins, trop occupés, restaient sourds à ses supplications. Ils lui avaient recousu le bras, fait une transfusion, administré un tonicardiaque, mais le petit visage restait blême et glacé. Bill aurait voulu s'approcher de l'étroite banquette sur laquelle elle gisait, mais resta debout, comme anéanti. Enfin, l'un des docteurs vint vers lui, le priant de le suivre. Ils quittèrent la pièce, se retrouvèrent dans le corridor blanc.

— Vous ne voulez pas vous asseoir ?

Reconnaissant, Bill s'effondra sur un siège. Ses pensées se tournaient vers Adriane qui livrait une bataille à l'issue incertaine.

— Que se passe-t-il ? demanda-t-il dans un murmure.

— Votre femme a failli se noyer. Ses poumons ont été remplis d'eau et elle a subi une sévère hémorragie à cause de sa blessure. Le fond de la rivière est tapissé de rochers coupants comme des rasoirs. De plus, elle souffre d'une grave commotion à la tête. Nous avons redouté une fracture de la boîte crânienne mais heureusement, ce n'est pas le cas. Naturellement, compte tenu de son état, les choses risquent de se compliquer.

— Son état ? fit-il, perplexe, sans comprendre vraiment de quel état il s'agissait. Est-ce qu'elle s'en sortira ?

— Il est trop tôt pour le dire. En tout cas, elle risque de perdre son bébé.

— Son bébé ? répéta Bill, stupéfait.

Son interlocuteur le dévisagea un instant. Il avait déjà vu des gens présentant les mêmes signes de confusion, après un choc émotionnel trop fort.

— Oui, poursuivit-il d'une voix patiente. Elle doit être dans son quatrième mois de grossesse n'est-ce pas ?

— Dans son... ah oui, bien sûr...

Mais quelle sorte de folie le retenait soudain de détromper le praticien ? Pourquoi continuait-il à feindre qu'il était le mari d'Adriane ? Mais eût-il été le véritable époux de la blessée, et donc le père du petit être dont il venait juste d'apprendre l'existence, qu'il n'aurait pas agi autrement. Pour quelle raison, Seigneur, Adriane ne lui avait-elle rien dit ?

— Restez là, ordonna le médecin. Je vous tiendrai au courant de la situation.

Il s'éloigna sans attendre de réponse. Bill demeura longtemps prostré, essayant de reprendre ses esprits. Les pièces du puzzle se mirent soudain en place. Tout s'expliquait : l'appétit féroce de la jeune femme, le poids qu'elle semblait avoir pris récemment… Mais déjà d'autres énigmes surgissaient, d'autres fragments du puzzle demeuraient introuvables. Ainsi Steven serait parti, sachant que sa femme attendait un bébé ? Mais le savait-il ? Et si oui, quelle sorte de lâche était-il pour abandonner la mère de son enfant ? Voilà sans doute pourquoi Adriane attendait toujours le retour de son époux, et pourquoi elle avait conservé son alliance… Et aussi la raison pour laquelle elle résistait à ses avances. Le puzzle commençait à s'ordonner dans sa tête… Il se dit qu'elle avait risqué sa vie et celle de son bébé pour sauver Tommy. Son cœur fit un bond, lorsqu'un autre médecin poussa la porte battante. Il se redressa.

— Comment va-t-elle ?

— Elle respire sans assistance, et a reçu une unité de sang. La commotion cérébrale est sévère mais l'absence de fracture est confirmée. Nous avons fait ce que nous pouvions, monsieur Thigpen. Elle est toujours inconsciente… il ne nous reste qu'à attendre…

Cela voulait dire qu'elle pourrait tomber dans le coma et mourir.

— Nous pensons qu'il n'y a pas de séquelles à craindre, reprit l'autre. Si elle survit, ajouta-t-il à mi-voix.

— Et le bébé ?

« Mon Dieu, ne la laissez pas mourir… faites qu'ils vivent tous les deux… s'il vous plaît… » Ses yeux sondèrent avidement ceux du médecin.

— La grossesse est viable, répondit ce dernier. Nous percevons un battement de cœur fœtal régulier. Mais…

La phrase resta en suspens, Bill attendit en vain la suite, mais il n'y en eut pas. Seul le temps apporterait une réponse à sa demande.

— Puis-je la voir ?

— Oui, bien sûr. Elle est toujours en réanimation. Vous connaissez le chemin.

C'était presque incroyable. Quelques heures plus tôt, elle préparait des œufs au bacon, resplendissante dans les premiers rayons du soleil, et maintenant elle agonisait après avoir sauvé Tommy.

— Mon fils va bien ?

— Je ne l'ai pas examiné personnellement, mais aux dernières nouvelles, il dégustait un bon repas en compagnie de son frère dans le pavillon de pédiatrie. (Un sourire étira les lèvres minces du médecin.) Votre garçon est né sous une bonne étoile. Sans les efforts héroïques de votre femme il serait mort à présent. On s'est demandé, au bloc opératoire, comment une créature aussi menue a pu le maintenir aussi longtemps hors de l'eau. Du reste, elle a dû s'esquinter le bras lors de cette manœuvre…

« Le bras, la tête, les poumons, tout… pensa-t-il. Elle n'a pas hésité à mettre sa vie et celle de son bébé en péril pour sauver Tommy. » Sa gorge se contracta. Il lui devait tout. Elle devait survivre, il le fallait, afin qu'il lui prouve sa reconnaissance.

Il pénétra dans la salle des soins intensifs et s'assit à son chevet. Un réseau compliqué de machines se reliaient à son corps par des fils, un masque à oxygène dissimulait une grande partie de son visage. Bill lui prit doucement la main et la porta à ses lèvres. Elle avait les phalanges écorchées et de la vase sous les ongles. Comme elle avait dû se battre pour sauver Tommy de la noyade !

Il se pencha sur la forme immobile recouverte d'un drap aux plis figés.

— Adriane, murmura-t-il, je vous aime. Je vous ai aimée dès la première fois que je vous ai vue au supermarché, vous en souvenez-vous ? Et je vous ai aimée la deuxième fois, quand nous nous sommes rencontrés par hasard dans notre résidence. C'était un dimanche matin… Je vous ai aimée en vous revoyant à la piscine, puis quand vous êtes venue à ma soirée…

Il effleura d'un baiser ses doigts bleuis, et les larmes laissèrent un sillon brillant sur ses joues.

— Je vous aime, reprit-il d'une voix douce mais claire, comme si elle pouvait l'entendre. Et les enfants vous adorent aussi. Adam et Tommy souhaitent que vous guérissiez… Adriane, j'aime le bébé aussi, il faut que vous le sachiez. Le docteur vient de me dire qu'il se portait bien. Alors, tenez bon, ma chérie… J'ai besoin de vous deux…

Il eut l'impression que le corps étendu était parcouru d'un frisson, mais en se penchant de plus près, il conclut que son imagination lui avait joué des tours. Il se remit à lui parler doucement, longuement, en tenant sa petite main pâle entre ses paumes. Le ventre d'Adriane formait une légère saillie sous le drap. Bill le toucha du bout des doigts, sans cesser son monologue.

— Ta maman s'en sortira, mon gars. Elle ne va pas te laisser tomber maintenant, n'aie crainte.

Il se pencha, les yeux brûlants de larmes, embrassa la pommette de la jeune femme, continua à lui parler. L'une des infirmières passa la tête par la porte entrebâillée. Elle n'avait jamais vu un homme aussi amoureux de sa femme. Quelque chose sur un appareil de contrôle capta alors son attention. Sourcils froncés, elle s'avança vers la patiente et alors qu'elle s'inclinait vers l'écran, Adriane ouvrit les yeux et regarda Bill. Cela ne dura pas plus d'une fraction de seconde, ses paupières se refermèrent, et, horrifié, croyant qu'elle avait rendu l'âme, il laissa échapper un grognement d'animal blessé. Les grands yeux bleu saphir se rouvrirent et se posèrent une nouvelle fois sur Bill. Le souffle coupé, celui-ci sentit ses jambes flageoler. L'infirmière vérifia tous les écrans et se tourna vers la blessée avec un sourire.

— Eh bien, vous en avez de la chance ! Votre petit garçon est en pleine forme, je viens de lui donner une tablette de chocolat. Et quant à votre mari, ajouta-t-elle en lançant un regard approbateur à Bill, il n'a pas cessé de vous raconter plein de choses gentilles depuis qu'on vous a amenée ici… Oh, j'oubliais, le bébé se porte comme un charme. Comment vous sentez-vous, madame Thigpen ?

Elle montra le masque à oxygène qui lui comprimait tout le bas du visage et l'infirmière l'aida à s'en débarrasser.

— Pas très bien, souffla-t-elle d'une voix affreusement enrouée. J'ai la nausée.

Elle avait subi un lavage d'estomac et on lui avait pompé l'eau qui avait rempli ses poumons. Une image fulgura dans sa mémoire et elle se revit en chute libre dans un puits aux parois sombres et tièdes, mais la sensation se terminait par une explosion dans sa tête, puis plus rien.

Le sourire de l'infirmière s'élargit.

— Je comprends que vous soyez un peu barbouillée, répondit-elle en ajoutant un oreiller plat sous la nuque de la malade. Vous avez failli y passer, vous savez. Enfin, tout est bien qui finit bien !

Ayant recouvré l'usage de la parole, Bill lui étreignit la main.

— Adriane, Tommy est sain et sauf. Grâce à vous, ma chérie.

Un flot de larmes inonda son visage et il dut s'interrompre. Adriane renifla pensivement.

— Oh, j'en suis ravie. J'ai eu si peur. Je n'aurais pas pu le tenir hors de l'eau plus longtemps. Mes forces déclinaient rapidement. Les courants sont redoutables à cet endroit.

Elle aussi avait les larmes aux yeux. Des larmes de soulagement. Il se rassit, lui reprit la main.

— Pourquoi ne m'avez-vous rien dit au sujet du bébé ?

Il y eut alors un long, un très long silence.

— Parce que… parce que, balbutia-t-elle enfin, je pensais que vous alliez mal le prendre.

— Cela n'aurait rien changé, la preuve ! sourit-il sans jamais quitter des yeux le petit visage anxieux. C'est un peu inhabituel, je l'avoue, mais que diable ! un auteur de soap operas peut tout comprendre. Et dire que votre appétit féroce m'intriguait tant.

Le petit visage anxieux se détendit d'un faible sourire aussitôt remplacé par une expression apeurée.

— Est-ce que le bébé va vraiment bien ? s'enquit-elle dans une quinte de toux.

Il hocha la tête tout en arrangeant ses oreillers.

— Les médecins sont formels. J'imagine que vous allez devoir prendre un peu de repos. Les bébés sont têtus, vous savez.

Leslie avait fait une chute dans l'escalier pendant qu'elle était enceinte, se souvint-il, et pourtant il n'y avait pas eu de conséquences. Sa main effleura le front moite de la jeune femme.

— Adriane, Steven vous a-t-il quittée à cause du bébé ?

Il retint son souffle en attendant la réponse. Ce n'était qu'un soupçon, mais il tenait à le vérifier.

— Oui, murmura-t-elle après un nouveau silence. Il ne voulait pas d'enfant et quand… quand c'est arrivé il m'a demandé de choisir. Le bébé ou lui. Apparemment il n'y avait pas de place pour les deux. J'ai essayé de me plier à sa volonté mais je n'ai pas pu. Non, je n'ai pas eu la force de me faire avorter. Alors, il est parti, acheva-t-elle, en larmes, d'une voix brisée.

— Quel adorable petit mari, en effet !

— Il n'a pas dû faire ça de gaieté de cœur, tenta-t-elle d'expliquer.

— Pourquoi ? Y avait-il le moindre doute sur la paternité de l'enfant ?

— Oh, non. Il savait bien qu'il était de lui. Mais il a décidé de renoncer à ses droits paternels. Son avocat m'a envoyé tous les papiers et je les ai signés. Ainsi quand mon enfant viendra au monde, il sera en fait illégitime.

— Mais c'est odieux.

Elle soupira.

— Peut-être changera-t-il d'avis s'il accepte de voir le petit.

On touchait le fond du problème. Adriane espérait toujours que Steven reviendrait. Bill la considéra un long moment.

— Êtes-vous toujours amoureuse de lui ?

Nouveau silence, puis :

— Non, plus maintenant. Simplement, je pense que l'enfant a le droit de connaître son père naturel.

— Accepteriez-vous de revivre avec lui, s'il vous le demandait ?

— Peut-être. Oui, pour le bébé...

Elle ferma les yeux, soudain épuisée. Bill resta un moment à la contempler d'un air sombre. Elle avait répondu à ses questions avec une honnêteté qu'il ne pouvait qu'admirer. Sa droiture, sa franchise l'avaient frappé dès le début. Oh, le brillant Steven Townsend ne risquait pas de regagner le domicile conjugal, il n'avait aucun souci à se faire de ce côté-là. Le peu qu'il savait de cet individu méprisable lui suffisait amplement pour prévoir ses réactions. On ne fait pas marche arrière quand on veut divorcer parce que sa femme est enceinte et qu'on est prêt à renier jusqu'à la paternité de son propre enfant. Seule une personne aussi intègre qu'Adriane pouvait encore se laisser bercer d'une telle illusion. Mais elle irait jusqu'au bout, il le savait. Comme elle était allée jusqu'au bout pour secourir Tommy. Avec elle, c'était tout ou rien. Il ne s'aperçut pas qu'elle avait rouvert les yeux et qu'elle le fixait.

— Vous me détestez, n'est-ce pas ?

— Vous détester ? Alors que vous venez de sauver la vie de mon fils ? Non, ma chérie.

Il s'approcha d'elle, et lui caressa gentiment le menton.

— Je vous aime, Adriane. Ce n'est peut-être pas l'endroit ni le moment pour vous faire des déclarations d'amour, mais c'est la pure vérité. Je vous ai aimée dès le premier regard que nous avons échangé, ajouta-t-il, en prenant sa main pour la couvrir de baisers.

— Vous n'êtes pas fâché à cause du bébé ?

— Fâché ? Au contraire, je vous trouve admirable. Vous êtes une femme digne et courageuse. Forte et vulnérable en même temps. Et vous êtes faite pour avoir des enfants.

C'était la première parole d'encouragement qu'elle recevait depuis le début de sa grossesse. Sa tête s'agita sur l'oreiller, des larmes jaillirent entre ses cils. Ses pleurs se muèrent en sanglots, alors qu'elle s'efforçait de retracer l'enfer qu'elle avait traversé. Steven l'avait démolie.

— Calmez-vous, maintenant, chuchota Bill en séchant doucement ses larmes. Vous avez déjà eu un choc terrible aujourd'hui, vous devez vous reposer. Cessez de vous tourmenter, ma chérie, vous aurez votre bébé et tout ira pour le mieux… Je suis là, Adriane, et je vous aime, vous et votre enfant, ne l'oubliez pas.

Elle renifla et fixa sur lui un regard incertain. Steven l'avait abandonnée alors qu'il était le père du bébé. Elle sentit les lèvres chaudes de Bill se poser tendrement sur les siennes.

— Mais comment ? murmura-t-elle. Ce n'est même pas votre enfant.

— J'aurais tant voulu qu'il le soit… peut-être qu'il le sera un jour, si j'ai de la chance.

Elle lui dédia un pauvre sourire à travers ses larmes. Bill s'assit à côté du lit. Ses doigts se replièrent sur la main de la jeune femme et il la tint serrée dans la sienne jusqu'à ce qu'elle sombrât dans un sommeil réparateur. L'infirmière revint un peu plus tard, prit la température de la malade, passa en revue les écrans de contrôle et déclara que son état s'était amélioré.

Bill revint au pavillon de pédiatrie. Tommy s'était endormi. Il était encore sous perfusion de glucose. D'après les médecins, il pourrait quitter l'hôpital en fin d'après-midi. Adam regardait un dessin animé à la télévision, dans une petite salle attenante.

— Comment va Adriane ? demanda-t-il quand son père entra.

— Beaucoup mieux, Dieu merci. Elle dort à présent.

Le petit garçon hocha la tête. L'une des infirmières lui avait dit, un peu plus tôt, que « sa maman » était sortie d'affaire. Bill s'assit pesamment près de son fils. Après cette terrible journée, retourner sur le terrain de camping lui parut impossible. Par ailleurs, Adriane n'était pas en état de voyager. Ils avaient tous besoin d'un hôtel de luxe, se dit-il, d'un lieu confortable et tranquille. Il coula vers Adam un coup d'œil oblique.

— Serais-tu très déçu si nous n'allions plus camper ?

— Oh non ! L'important, c'est que tous deux aillent bien. Tu aurais dû la voir, papa. Elle a été formidable. Quand elle s'est mise à courir le long de la rivière, je n'ai pas compris ce qu'elle voulait faire. En fait, elle avait l'intention de rattraper Tommy avant que le courant l'emporte vers la cascade. Et elle a réussi... c'était affreux... J'ai bien cru qu'ils allaient se noyer tous les deux. Tommy réapparaissait pour disparaître aussitôt sous l'eau mais Adriane a continué de le pousser et puis c'est elle qui a coulé...

Il sanglotait à présent, la tête enfouie dans la chemise de son père, qui le cajolait.

— Là, c'est fini maintenant. Tommy n'aurait jamais dû s'éloigner. Que diable faisait-il sur ces rochers ?

— Il regardait les rapteurs qui descendaient le courant. Et il a dû glisser.

— Eh bien, nous tirerons tout cela au clair lorsqu'il sera réveillé.

Il se leva et alla jeter un coup d'œil à Tommy, qui dormait toujours à poings fermés. Ses joues avaient repris des couleurs, il respirait normalement, la fièvre était tombée. Pas une égratignure ne marquait sa peau fine. On avait du mal à imaginer qu'il s'agissait de la même pauvre petite loque qui gisait, quelques heures plus tôt, exsangue, sur les galets. Aussi longtemps qu'il vivrait, Bill n'oublierait pas cette journée.

Il passa quelques coups de fil, réserva une suite dans un palace cinq étoiles, reprit le chemin de la salle de réanimation. Adriane dormait comme une masse. Son médecin, un homme jovial, expliqua à Bill qu'il allait la garder en observation pendant vingt-quatre heures.

— Afin d'éviter tout risque de pneumonie et autres complications dues à sa grossesse, conclut-il. Soyez tranquille, monsieur Thigpen, elle est hors de danger maintenant.

Bill confia Adam et Tommy aux infirmières. Il prit sa voiture et mit le cap sur le terrain de camping. Peu après, encore tremblant d'émotion, il considérait le décor champêtre. Pas plus tard que ce matin, ils étaient tous là, insouciants, heureux, ravis. La vie paraissait simple. Et en un instant, il avait failli perdre deux des êtres qu'il aimait le plus au monde. Trois plus exactement, si l'on comptait le bébé.

L'écrivain respira profondément l'air pur de la forêt. Il se sentait envahi de sentiments chaleureux, allant du soulagement à la reconnaissance. Alors qu'il empaquetait leurs affaires et les chargeait dans le coffre, il ne put s'empêcher d'évoquer la tragédie que, par son courage, Adriane lui avait épargnée.

Il transporta les bagages à l'hôtel, visita brièvement la spacieuse suite. Tommy et Adam prendraient la chambre du fond, Adriane dormirait dans celle-ci, sur le grand lit. Lui-même se réserva le divan d'où il pourrait garder un œil sur elle.

Lorsqu'il regagna l'hôpital, il était dix-huit heures passées, et on lui apprit que les enfants étaient dans la salle à manger. Il s'y rendit, marqua une légère halte à l'entrée.

— Où étais-tu passé ?

C'était Tommy qui avait posé la question. Un Tommy en pleine forme, ressuscité. On lui avait retiré la perfusion et Adam était en train de le réprimander, car il mangeait ses pommes sautées avec les mains. Parmi les rares pensionnaires du pavillon de pédiatrie – une jambe cassée, un bras dans le plâtre, un rescapé d'un accident de voiture mineur – Tommy faisait figure de vedette.

Bill s'approcha de la table de ses enfants pour les embrasser. Il se rendit compte brusquement que son estomac criait famine. Il n'avait rien ingurgité depuis le petit déjeuner. Tommy leva vers lui sa frimousse qu'une ombre d'inquiétude chiffonnait.

— Elle va bien ?

— Oui. Elle se faisait du souci pour toi. Elle s'est blessée au bras en essayant de te tirer du pétrin dans lequel tu t'es fourré. Ce qui m'autorise à te demander, jeune homme, ce que tu cherchais sur ces fichus rochers, alors que je t'avais interdit ce genre d'exploit.

Les yeux bleus de Tommy s'arrondirent et des gouttelettes diamantées festonnèrent aussitôt ses longs cils recourbés.

Depuis qu'il savait qu'Adriane avait failli perdre la vie à cause de lui, les remords le minaient.

— Je te demande pardon, papa. Je suis vraiment désolé.

— Je le sais, fiston.

— Quand vais-je la revoir ?

— Demain, probablement.

— Pourquoi pas ce soir ?

— Nous verrons.

Il aurait voulu passer la nuit au chevet d'Adriane, mais c'eût été trop compliqué. Adam n'était pas un patient, il ne pouvait immobiliser un lit d'hôpital. Mieux valait ramener les deux garçons à l'hôtel et revenir à la première heure le lendemain.

Il se rendit dans la salle des soins intensifs sur la pointe des pieds. Adriane ne s'aperçut même pas de sa présence.

— Allez vous reposer aussi, monsieur Thigpen, suggéra l'aide-soignante avec un sourire indulgent. Votre femme ne se réveillera pas avant des heures... Et elle pourra toujours vous appeler si elle en a envie, ne vous inquiétez pas.

Il lui laissa le numéro de téléphone de son hôtel et celui de sa chambre. Un dernier regard vers le petit visage lisse, les longs cils qui jetaient une ombre bleue sur les joues pâles, et il sortit.

Une heure après, ses garçons sautaient sur leurs lits dans leur chambre d'hôtel, devant le poste de télévision allumé. Il avait du mal à croire qu'il avait survécu aux émotions de cette journée.

Bill leur donna un bain, les coucha, éteignit la lumière et se réfugia dans la deuxième chambre. Il se sentait épuisé. Chaque muscle de son corps protesta lorsqu'il s'étira avant de s'affaler, aussi lourd qu'un mort, sur le lit qu'il avait réservé à Adriane. Sur l'écran de ses paupières closes, la même vision hideuse se formait et se reformait : deux corps au milieu des gardes forestiers, deux silhouettes brisées, au milieu du tumulte des eaux et du vacarme des sirènes... Les cris... les éclats de voix... encore le mugissement strident des sirènes... les deux visages crayeux. Il en aurait des cauchemars pour le restant de ses jours. Il se tourna, se retourna sur le côté. Adriane lui manquait cruellement.

Mais que savait-il exactement d'elle ? Il ignorait même le stade exact de sa grossesse. Quatre mois, un peu plus ? Qu'avait donc dit le médecin ? Ses paupières s'alourdissaient. Curieux comme en une fraction de seconde une ligne de démarcation tranche une existence en deux. Une ligne nette, presque réelle, tracée sur votre parcours. Un nouvel être apparaît dans votre vie et, subitement, il la remplit totalement. Il l'avait aimée passionnément dès le premier jour et aujourd'hui, il l'aimait deux fois plus. Adriane était pour lui... La sonnerie du téléphone mit fin à sa rêverie. Il décrocha machinalement.

— Allô ?

Son cœur fit un bond contre sa cage thoracique lorsqu'il reconnut sa voix. Adriane s'était réveillée et avait tout de suite réclamé Bill. Il lui manquait. De nouveaux liens, indestructibles, s'étaient tissés autour d'eux depuis le drame de ce matin.

— Où êtes-vous ? murmura-t-elle, tout à la joie de le retrouver.

— Sur votre lit, en attendant que vous y soyez également.

Leurs chastes relations lui auraient interdit en temps normal une telle remarque. Adriane ne lui en voulut pas. Son rire frais résonna dans l'écouteur.

— Pas d'ours à l'horizon ? plaisanta-t-elle.

Elle avait encore une voix fêlée mais plus affirmée, lui sembla-t-il.

— Non. Ni coyotes.

« Vu le prix exorbitant des chambres, le ronronnement des Rolls et le bruissement des manteaux de vison constituent les seuls bruits dans les parages », pensa-t-il, amusé, mais il dit :

— Je me sens seul sans vous.

— Moi aussi. Comment vont les garçons ?

— Ils dorment. Du moins je l'espère. Et je ne me risquerai pas à aller vérifier. Le bébé va bien ?

— Oui, merci mais… ça m'embarrasse un peu d'en parler, je ne suis pas encore habituée.

— Vous vous habituerez très vite. Au fait, c'est pour quand l'heureux événement ?

— Début janvier. Vers le 10.

— Parfait. Je fête mon anniversaire le 1er.

— C'est une bonne nouvelle.

— Le bébé aussi, répliqua-t-il. Adam et Tommy étaient si mignons quand ils étaient petits. Celui-ci sera une vraie merveille, s'il vous ressemble.

Elle ne répondit pas tout de suite. Elle n'en croyait pas ses oreilles. Le père de l'enfant l'avait rejeté et Bill, un étranger, exultait à l'idée de sa venue au monde.

— Oh, Bill, pourquoi êtes-vous si bon avec moi ?

Que cherchait-il ? Et où avait-il l'intention de lui décocher la flèche mortelle ? Une telle gentillesse n'existait pas.

— Parce que vous le méritez.

Elle rit, tout à coup.

— Je vois, vous vous inspirez de mon histoire pour votre feuilleton.

Il éclata de rire. En effet, le parallèle entre l'enfant illégitime de son héroïne et celui-ci était une amusante coïncidence.

— Bien deviné, madame Townsend. À moins que vous ne préfériez un autre nom ?

Allait-elle changer de nom maintenant ?

— Mon nom de jeune fille est Thompson et le bébé s'appellera ainsi. Mais j'ai hâte d'être à demain, Bill. C'est si déprimant, ici.

— Quand vous verrez notre chambre d'hôtel, vous oublierez tous vos malheurs.

Elle sourit dans la semi-obscurité. Sans les appareils de contrôle et la perfusion qui lui piquait la saignée du bras, elle se serait crue en voyage de noces. Bien sûr, ses avant-bras et son visage étaient couverts d'égratignures, mais un étrange bien-être gonflait son cœur. Un sentiment inexplicable. Finalement le drame avait eu une fin heureuse. Bill avait découvert la vérité au sujet du bébé et ne l'avait pas envoyée sur les roses. Loin de là. Son sourire s'épanouit. Il lui avait même avoué son amour.

— Reposez-vous, murmura la voix virile au creux de son oreille. Nous nous verrons demain matin. Vous me manquez, Adriane.

Le monde était calme, la nuit silencieuse.

— Vous me manquez aussi, chéri, dit-elle. Bonne nuit.

— Faites de beaux rêves. Et n'oubliez pas combien je vous aime.

# 20

Les trois Thigpen se présentèrent à l'hôpital le lendemain de bonne heure. Bill portait une gerbe de roses, Adam une boîte de chocolats et Tommy fermait la marche en arborant un panneau avec un MERCI gigantesque et multicolore qu'il avait peint lui-même. La jeune femme fut escortée jusqu'à la voiture. Son pas chancelait, la tête lui tournait, mais elle rayonnait. Bill la conduisit directement à l'hôtel.

Agréablement surprise par les somptueux appartements, elle se laissa dorloter et, peu après, calée sur une pile d'oreillers dans une chaise longue, elle savoura la quiétude de leur terrasse privée.

— Je préfère le luxe aux joies frustes de la nature, déclara-t-elle en sirotant un jus d'orange.

En riant, Bill rétorqua que certaines personnes feraient n'importe quoi pour échapper aux servitudes du camping.

— Vous en êtes d'ailleurs l'exemple le plus éclatant que je connaisse, car vous avez réussi en une matinée à quasiment vous noyer, à sauver Tommy et à avouer que vous êtes enceinte.

Après un copieux déjeuner, Bill et ses fils partirent à la pêche. Ils rapportèrent, triomphants, quatre grosses truites qu'ils confièrent aux soins du chef cuisinier.

Le soir, ils dînèrent aux chandelles. Les poissons nappés d'une délicate sauce citronnée et garnis de petites pommes vapeur furent un pur délice. Adriane porta la première bouchée à ses lèvres, les yeux mi-clos de plaisir. Elle doutait que ce fussent des truites sauvages du lac mais s'abstint de ternir la joie dès petits garçons. Ils passèrent une soirée paisible devant le poste de télévision, allèrent se coucher tôt. Et chaque fois que, durant la nuit, Adriane ouvrit un œil, ce fut pour découvrir Bill au pied de son lit, s'assurant qu'elle n'avait besoin de rien.

Elle le remercia le lendemain au petit déjeuner.

— Ne vous faites pas de souci pour moi. Je vais parfaitement bien.

Il prit l'air de la mère poule surveillant sa couvée.

— Vous êtes encore faible. Vous n'êtes sortie de l'hôpital qu'hier, ne l'oubliez pas.

— Je me sens en pleine forme.

Il ne la crut qu'à moitié. Visiblement, Adriane manquait d'entrain, car pendant les jours qui suivirent elle ne fut pas tentée de quitter son nid douillet. Il lui fallut attendre la fin de la semaine pour retrouver son tonus. Les vacances étaient presque terminées. Le petit groupe passa une délicieuse journée aux abords du lac. Adam et Tommy se tinrent sagement loin de la rive. Bill les emmena visiter le parc de Sugar Pine Point, poussa jusqu'à Squaw Valley où ils firent un aller-retour sur les cimes neigeuses en remonte-pente. Lorsque la dernière nuit descendit sur la montagne, Adriane et les enfants étaient d'excellents amis. On eût dit qu'ils se connaissaient depuis toujours. Lors d'un appel téléphonique de leur mère, ils lui avaient narré par le menu l'acte héroïque d'Adriane et Leslie, bouleversée, avait tenu à la remercier personnellement. Adriane avait pris l'écouteur et l'autre femme avait versé des larmes de gratitude.

— Elle m'a donné l'impression d'une grande gentillesse, confia-t-elle plus tard à Bill. Je crois qu'elle vous aime bien.

— Oui, on s'aime bien, quand on ne se dispute pas au sujet des gamins. Son mari est le type même du pisse-froid new-yorkais bourré de préjugés. Vous savez, le genre d'intellectuel qui pense que tous les Californiens sont matérialistes et incultes. Évidemment, il écrase mon feuilleton de son mépris, mais à ce que disent Adam et Tommy, Leslie le traite de snob. Ils ont deux adorables fillettes, respectivement de quatre et cinq ans, qui donnent déjà des concerts pour piano et violon, ceci, bien entendu, à l'instigation de leur père. Personnellement, je trouve cela un peu prématuré, même si Mozart s'est avéré un virtuose précoce du clavier. Qu'en pensez-vous ? demanda-t-il avec un large sourire.

— Je suis d'accord avec vous. En tout cas, Leslie m'a plu.

— Elle cherchait quelqu'un de totalement différent de moi. Un véritable compagnon capable de passer le plus clair de son temps auprès d'elle, sans tempérament artistique et sans états d'âme. Je crois qu'elle l'a trouvé.

— Tant pis pour elle, répliqua-t-elle sans réfléchir, puis se reprenant : je voulais dire que votre personnalité me paraît plus attachante que celle de son second mari.

— Merci.

Il inclina la tête, frôla d'un fugitif baiser la commissure de ses lèvres et s'apprêtait à l'attirer contre lui, quand un espiègle gloussement de Tommy les sépara.

— Adriane, murmura-t-il après un silence, que va-t-il se passer une fois que nous serons rentrés à Los Angeles ?

Elle soutint son regard.

— Je ne sais pas. Que voulez-vous qu'il se passe ?

Elle le savait très bien mais avait envie de le lui entendre dire. Comme elle avait besoin d'éclaircir ses idées à propos de Steven et de son éventuel retour. Le dilemme devenait inextricable. D'un côté, il aurait été indécent de se lier à Bill, sachant qu'elle le quitterait au premier signe de Steven. De l'autre, elle se voyait mal attendre ce dernier toute sa vie sous prétexte qu'il était le père de son enfant.

— Ce que je veux est d'une simplicité divine, signifia Bill après une brève réflexion. Une fin heureuse précédée par des débuts heureux. Être avec vous, faire des choses avec vous, partager mes loisirs avec vous. Vous connaître et vous montrer qui je suis... et m'occuper du bébé à partir de janvier, au même titre que vous. Une naissance est un miracle, Adriane. La vivre avec vous est mon plus cher désir. Je souhaite avoir cette chance.

— Oh, Bill, c'est moi qui aurai de la chance, répondit-elle, les yeux humides, mais pourquoi êtes-vous si bon pour moi ?

Elle avait peine à croire que tous les hommes ne ressemblaient pas à Steven.

— Parce que je vous aime, rappela-t-il sans une ombre d'hésitation. Parce que, depuis mon divorce, je ne croyais plus en rien et que, grâce à vous, j'ai retrouvé ma foi dans la vie. J'ai juré de ne plus avoir d'enfants, de crainte que, de nouveau, on me les enlève, je vous l'ai dit. Si j'aime le bébé et que vous retournez vivre avec Steven, j'en souffrirai, j'en ai conscience. Pourtant, j'ai décidé de prendre ce risque. Quand on a peur de souffrir, on a peur de vivre, Adriane. Je vous demanderai seulement de me tenir au courant de vos résolutions, ne l'oubliez pas comme vous avez oublié de me parler de votre grossesse.

— Je ne l'ai pas oublié, sourit-elle.

— Je sais. Vous ne l'avez pas mentionnée. Légère petite omission, me direz-vous. Je me demande comment vous vous y seriez prise dans un mois ou deux pour justifier votre appétit de plus en plus féroce, se moqua-t-il gentiment.

Elle lui lança un coussin en protestant :

— Je ne mange pas tant que cela !

— Non mais vous devriez. Votre bébé en a besoin.

Elle eut un rire qui s'éteignit aussitôt.

— Bill, parlez-vous sérieusement ? Si Steven réapparaît, je serai obligée de le suivre. Je le lui dois et je le dois à mon enfant.

— Objection, Votre Honneur ! Vous ne lui devez rien du tout après la façon dont il vous a traitée, mais je suis prêt à respecter vos engagements vis-à-vis de cet homme. À mon humble avis, un type qui tient à renoncer publiquement à sa propre progéniture ne se transforme pas en papa-gâteau d'un coup de baguette magique. Bien sûr, je peux me tromper, mais tant pis. Je vous aime trop pour vous perdre sans me battre.

Ce fut elle qui traversa la pièce pour venir l'embrasser. Chaque baiser qu'ils se volaient, si furtif fût-il, enflammait leurs sens. La présence des enfants mettait un frein à leur passion, mais que se passerait-il quand ceux-ci s'en iraient ?

Ils passèrent la dernière nuit sur la terrasse, à bavarder sous les étoiles, main dans la main. Envahi d'un indicible bonheur, Bill éclata d'un rire joyeux.

— C'est fou ! exulta-t-il. Vous rendez-vous compte ? Me voilà amoureux d'une femme enceinte de quatre mois. Ce qu'on va s'amuser quand vous ne pourrez plus voir vos pieds...

Son hilarité se communiqua à sa compagne.

— Vous voyez le scénario ? reprit-il en se tordant de rire. Un homme rencontre au supermarché une femme dont il garde un impérissable souvenir. La belle, qui est mariée, découvre peu après qu'elle attend un enfant de son mari, mais celui-ci la quitte. Fin du premier acte. Deuxième acte : le gars du supermarché réapparaît et nos deux héros tombent éperdument amoureux l'un de l'autre. L'héroïne a maintenant un gros ventre, ce qui ne l'empêche pas de danser des claquettes, à l'instar de comédies musicales classiques du temps de Fred Astaire et Ginger Rogers. Acte trois : ils se marient, le bébé vient au monde, et ils vivent heureux... Épatant, non ?

— Très.

— La version soap opera exigerait, cependant, quelques ingrédients qui pimentent l'action.

— Lesquels ?

— L'épouse délaissée tue Steven qui, bien sûr, n'est *pas* le père du bébé, et quant au héros, il est déjà marié à la sœur de l'héroïne, à moins qu'il ne soit son propre père sans le savoir. Quel beau final !

Leurs rires redoublèrent, puis il redevint sérieux.

— Quand votre divorce sera-t-il prononcé ? Avant ou après la naissance du petit ?

— À peu près à la même époque.

— Nous pourrions peut-être l'appeler autrement que Thompson, murmura-t-il, faisant allusion à son nom de jeune fille.

C'était une demande en mariage et Adriane le regarda avec émotion.

— Bill, vous n'êtes pas obligé de…

— Non, mais d'ici là j'en aurai sûrement envie. Et vous aussi, si les dieux me viennent en aide.

Adriane se renversa sur sa chaise longue, le regard rivé sur les étoiles. Bill lui avait laissé une porte ouverte. L'initiative de la refermer ou d'en franchir le seuil lui revenait à elle. La jeune femme suivit du regard une étoile filante. À peine trois mois auparavant, elle se préparait à un avenir sombre et solitaire. Aujourd'hui, Bill lui avait offert un foyer. Elle s'en voulut de ne pas avoir spontanément répondu oui.

Ils prirent le chemin du retour le lendemain. Nouvelle halte à San Francisco, comme pour l'aller. Ensuite, la voiture emprunta l'autoroute et roula sans encombre vers sa destination. Ils atteignirent Los Angeles dans la soirée. Adriane fit griller des croque-monsieur pendant que Bill préparait les enfants pour la nuit. Ceux-ci s'attablèrent en pyjama et Adriane leur raconta des anecdotes des studios télévisés. Celle du cochon qui s'était échappé lors du tournage d'un film publicitaire et qu'il avait fallu pourchasser à travers tous les bureaux, puis celle d'une séance de « tartes à la crème » monumentale dans une émission en direct qui avait dégénéré en une véritable bataille rangée. À tel point, conclut-elle, que l'équipe de nettoyage avait mis huit jours à récurer le plafond. Adam eut l'air d'apprécier tout particulièrement cette histoire, Bill l'écouta en souriant d'aise, Tommy se mit à somnoler. Ils étaient tous un peu tristes. Bill prolongerait ses vacances d'une quinzaine, afin de rester avec ses fils. Adriane devait reprendre son travail dès le lendemain.

— Nous nous reverrons, n'est-ce pas ? s'inquiéta le petit Tommy.

— Je passerai vous voir tous les soirs, promit-elle.

Et Adam d'ajouter :

— Pourrons-nous te rendre visite au studio ?

— Bien sûr. Mais ce ne sera pas très amusant.

Elle serait submergée de travail et Bill le savait. Il proposa une excursion à Disneyland pour le week-end suivant et Adriane s'empressa d'accepter. Les journées lui sembleraient ainsi moins longues. Mais au fil des heures, sa bonne humeur avait cédé la place à un curieux abattement. Ne plus voir les enfants à chaque instant lui parut soudain insurmontable. Elle les mit au lit, leur lut quelques-uns de leurs contes favoris, après quoi elle se sentit perdue. Après qu'ils eurent nettoyé la cuisine avec Bill, elle ne put s'empêcher de soupirer :

— Mettez-moi à la porte. Je n'arrive pas à partir.

Ils étaient venus directement chez Bill et ses sacs de voyage l'attendaient dans le hall.

— Alors ne partez pas. Prenez la chambre d'amis.

— Que vont dire les garçons ? J'habite tout de même à deux pas.

— Faites semblant d'avoir perdu vos clés.

Elle rit avec lui, rassérénée. Une demi-heure plus tard, en chemise de nuit et drapée dans une robe de chambre du maître de maison, elle se laissait tomber sur le canapé moelleux, la main tendue vers un énorme bol de pop-corn que Bill avait préparé.

— C'est drôle, marmonna-t-elle, en grignotant les délicieux grains de maïs sucrés, je me fais l'effet d'une petite fille qui reste dormir chez les voisins.

— À mon âge, on appelle cela autrement.

— Oui ? Comment donc ?

— Mariage.

Elle reprit du pop-corn en silence, tandis qu'il s'installait à son côté, sur le grand canapé.

— Le mariage n'est pas forcément l'enfer, vous savez, poursuivit-il sur un ton égal. Surtout quand on s'aime… Adriane, nous avons tout pour être heureux. Nous pourrions avoir des enfants, je veux dire plusieurs.

Il avait vaincu si facilement ses réticences passées qu'il était le premier à s'étonner.

— Que penseront Adam et Tommy quand ils sauront que…

— Les gosses prennent les choses comme elles viennent. Si vous leur annoncez dans quelques mois que vous êtes enceinte, ils seront agréablement surpris. En attendant, ils supposeront simplement que vous avez pris quelques kilos.

— C'est exactement ce que je me disais avant de faire le test.

— Et après ?

— J'ai passé des jours entiers à redouter la réaction de Steven.

— Quand le lui avez-vous dit ?

— À son retour de voyage. Il n'était pas très content.

C'était un euphémisme.

Elle dormit cette nuit-là dans la chambre d'amis. Le lendemain matin, les garçons furent ravis de la découvrir. Bill avait raison, ils ne portaient aucun jugement sur les événements. Ils lui demandèrent de rester là tous les soirs, mais elle déclara qu'il fallait bien rentrer chez elle « à un moment ou à un autre ». Elle s'y rendit pour se changer, et ses deux jeunes amis l'escortèrent.

L'intérieur vide était plus sinistre que jamais. Tommy roula des yeux épouvantés.

— Tu n'as pas de meubles ? Pas même un canapé ?

Adam lui enfonça le coude dans les côtes. « Elle est peut-être trop pauvre pour en acheter un, pensa-t-il, papa aurait pu la dépanner. » La réponse le rassura.

— Mon mari a tout emporté quand il est parti.

— C'est horrible ! s'exclama Tommy.

— Et tu n'as rien mis à la place ? s'enquit Adam.

— Je n'en ai pas eu l'occasion. Il n'y a pas longtemps qu'il a déménagé.

— Quand ? voulut savoir Tommy.

— Oh, deux mois… trois, tout au plus.

— Tu ferais bien d'acheter quelques bricoles, l'avisa le petit garçon du haut de ses six ans. Il ne faut jamais se laisser aller.

— Tu as raison. Quand vous reviendrez, cet appartement sera meublé.

Elle disparut dans l'escalier. Peu après, elle redescendit les marches, vêtue d'une élégante robe de lin noire qui mettait en valeur ses longues jambes fuselées.

— Tu devrais te mettre au régime, suggéra Adam d'une voix sérieuse. Maman l'a déjà fait. Si tu perds deux ou trois kilos, tu seras vraiment superbe. Note, tu es déjà très mignonne comme ça, bafouilla-t-il, rouge de confusion, tu as un peu de ventre seulement.

Elle éclata de rire.

— Tes fils ont résolu tous mes problèmes, annonça-t-elle à Bill, venu peu après les chercher. J'achète des meubles et je me mets au régime.

Il fit les gros yeux aux enfants.

— Avez-vous dit une chose pareille à une dame ?

— Mais non, coupa-t-elle, riant toujours. Nous sommes arrivés ensemble à cette conclusion.

La journée sans eux lui fit l'effet d'une triste éternité. À mesure que le soir approchait, elle se sentait tout excitée à l'idée de les retrouver. Mais elle se força à passer la nuit dans sa maison vide, afin de permettre à Bill de jouir de leur compagnie. L'excursion à Disneyland n'en fut que plus enchantée. Le départ s'approchait inexorablement. La veille, Bill les emmena au Spago. Jamais dîner n'avait été plus maussade. Chacun pensait au lendemain et ce soir-là, les petits garçons allèrent se coucher en pleurant. Adriane en eut le cœur brisé. Le jour J se leva sur Los Angeles, et Bill conduisit ses enfants à l'aéroport. Adriane les accompagna. Le moment des adieux fut déchirant, car tous deux se pendirent à son cou, leurs petites figures tannées mouillées de larmes. Puis ils embrassèrent leur père et lui promirent de l'appeler dès qu'ils auraient atterri à l'aéroport Kennedy.

Bill et Adriane reprirent le chemin du retour, et pendant un long moment, personne ne prononça un mot dans la vieille Chevrolet. Enfin arrivés, il se gara avant d'entourer d'un bras câlin les épaules de la jeune femme.

— Chaque fois qu'ils s'en vont c'est pareil, murmura-t-il. Maintenant, il va falloir attendre Thanksgiving. Voilà pourquoi je ne voulais plus d'enfants. De peur qu'on me les prenne.

Cependant, il était prêt à accueillir le bébé d'Adriane comme s'il était le sien. Même si à tout instant Steven pouvait le lui reprendre. Mais Bill Thigpen était un homme hors du commun.

# 21

Sans les enfants, un silence de plomb s'était abattu sur la maison. Bill, qui promenait une tête d'enterrement, s'assit pesamment dans le salon où régnait à présent un calme oppressant. Rien ne semblait pouvoir le dérider. Après quelques vaines tentatives, Adriane annonça :

— Installez-vous tranquillement devant la télévision. Je vais vous faire un bon dîner.

Il la suivit dans la cuisine comme un automate et s'abîma dans la contemplation de l'évier vide, pendant qu'elle s'activait. Des bruits d'ustensiles qui s'entrechoquaient le tirèrent bientôt de sa torpeur. Adriane avait des gestes maladroits, il le remarqua avec un sourire en coin. Elle fit tomber le mixeur, une casserole lui échappa des mains, la grande cuillère en bois dégringola sur le carrelage.

— Si vous avez besoin d'un coup de main...

— Oh, non, répondit-elle distraitement, en chipotant dans un placard. Je cherche une gousse de vanille.

Bing ! La salière atterrit sur le banc de cuisine. Les sourcils de Bill se haussèrent, ses yeux se plissèrent, le coin de sa bouche se souleva un peu plus.

— Si je ne suis pas très indiscret, qu'est-ce que vous nous mijotez ?

La porte du four claqua avec une force inutile.

— Des lasagnes.

Le sourire de Bill s'épanouit.

— Sans vouloir vous offenser, Adriane, il n'y a pas de vanille dans les lasagnes. Pas dans ma recette, en tout cas.

Elle poursuivit, imperturbable, ses recherches. La cuisine évoquait maintenant une foire des arts ménagers, car poêles, poêlons, casseroles et sauteuses s'étalaient pêle-mêle sur le comptoir. Du coin de l'œil, la cuisinière capta le regard amusé de son hôte, qui déployait des efforts honorables pour réprimer son hilarité.

— Oh, ça va ! fit-elle, balayant du revers de la main une mèche collée à son front. Je sais bien qu'on ne met pas de vanille dans les lasagnes. J'avais l'intention de faire des biscuits pour le dessert. Et une salade de fruits.

— Parfait.

— Maintenant, si vous préférez un sandwich...

Il pouffa. C'était la première fois qu'ils restaient seuls, depuis qu'il lui avait avoué son amour. Il en prit conscience brusquement et, cédant à la tentation, la prit dans ses bras et la tint serrée contre lui.

— Allons au Spago, souffla-t-il.

Faisant partie de l'élite hollywoodienne, il avait en permanence une table réservée dans le célèbre restaurant. Il huma le parfum des longs cheveux bruns et lustrés, et la perspective d'une soirée en tête à tête avec elle lui parut infiniment plus séduisante.

— Ou plutôt, non. Je vais vous faire la cuisine.

— Absolument pas ! s'entêta-t-elle. Je vous ai promis un bon petit plat et je n'ai qu'une parole.

— En ce cas, je serai le sous-chef.

— D'accord, rétorqua-t-elle avec un sourire malicieux. Commencez par m'expliquer comment préparer les lasagnes.

Il se mit à rire franchement, tout en rangeant la batterie de cuisine. Ils composèrent ensemble un nouveau menu. Laitue, steaks grillés, pommes sautées à l'ail. La conversation roula mollement sur les vacances, Adam, Tommy, la rentrée. Et, bien sûr, le feuilleton. Toujours à l'affût d'idées nouvelles, Bill énuméra à sa compagne les problèmes auxquels il se trouvait confronté. L'intrigue était dans une impasse, expliqua-t-il, le front soucieux. Adriane répondit par une foule de suggestions qu'il écouta avec la plus grande attention. La discussion battait son plein lorsqu'ils s'assirent à table.

— L'idée du kidnapping est certes plaisante, dit-il d'une voix animée. Voyons... Helen met au monde son bébé. Celui-ci disparaît... oui, c'est un excellent rebondissement, Adriane, mais qui serait le ravisseur ?

Yeux plissés, il poursuivit comme s'il monologuait :

— Quelqu'un qui déteste suffisamment John et qui, naturellement, n'a rien à voir avec Helen, à moins que...

Il s'interrompit un instant, le regard fixe et brillant.

— À moins qu'il s'agisse du père naturel de l'enfant... et qu'après une poursuite infernale à travers plusieurs États, le coupable soit démasqué et que les spectateurs, ébahis, découvrent en même temps sa véritable identité.

Elle le regarda, fascinée.

— Et qui est donc le père de l'enfant ?

— Eh bien, justement, je donnerais cher pour le savoir.

— Bravo ! rit-elle. Votre héroïne est enceinte et vous ignorez le nom de son séducteur ? C'est du propre, monsieur Thigpen !

— Que voulez-vous, nous vivons une époque dépravée.

— Beaucoup trop, à mon goût.

— Alors, trouvez-moi un personnage sympathique aux yeux du public et, à condition que cela reste crédible, nous sommes tirés du marécage gluant de l'immoralité.

— Je ne sais pas… Harry ?

— Harry ? s'écria-t-il, l'œil rond de surprise, mais bien sûr !

Comment n'y avait-il pas songé ? Il survola rapidement la question. Veuf de la meilleure amie de Helen, Harry était l'homme de la situation. Au moment où John, le méchant, se faisait arrêter et condamner à perpétuité pour deux meurtres, Harry, le bon, entrait en scène. Il se tourna vers Adriane, le visage illuminé.

— Ça marche ! Vous êtes un génie, ma chère.

— Un génie doublé d'un cordon bleu, dit-elle modestement.

Il lui prit la main. Contrairement aux autres femmes qu'il avait fréquentées, Adriane témoignait un intérêt absolu à son œuvre. Celles qui l'avaient précédée avaient considéré *La Belle Vie* comme une rivale.

— Chérie, venez travailler avec moi. Vous avez un talent inné de scénariste. Qu'en pensez-vous ?

— Pour le moment, le film affligeant de l'actualité accapare tout mon temps. Naturellement, un soap opera m'amuserait au plus au point… Pourquoi ? Vous recrutez des auteurs ?

— Cela se pourrait. Êtes-vous tentée ?

— Je… crois que oui, bredouilla-t-elle au comble de l'émotion.

— Moi aussi…

Ils se turent un instant, réjouis à la perspective de travailler ensemble. Adriane accepta la tasse de *capuccino* que Bill lui tendait. Elle était toujours en plein divorce, ayant elle-même eu recours à un avocat, et ses responsabilités ne lui laissaient pas une minute de loisir. D'autre part, elle n'avait pas encore demandé son congé de maternité – personne parmi ses supérieurs ou ses collègues, Zelda exceptée, ne soupçonnait la vérité. Elle prit une petite gorgée de café en se disant qu'après l'accouchement, elle pourrait toujours se joindre à l'équipe de Bill au lieu de réintégrer celle des actualités.

— Vous cherchez vraiment des auteurs ? demanda-t-elle. Y a-t-il donc quelque chose que vous ne sachiez pas faire ?

— Oh, plein, sourit-il, puis il posa la paume de sa main sur son ventre. Tomber enceinte, par exemple… À propos, comment vous sentez-vous ?

— Très bien.

Miraculeusement, le bébé avait survécu au tragique incident de la rivière. Il n'y avait pas eu de séquelles ce qui, en soi, était remarquable, avait déclaré le médecin d'Adriane. Celle-ci s'était remise assez vite de ses émotions, quant à Bill, il se comportait comme s'il était le père de l'enfant.

Il se pencha vers la jeune femme, attentif à sa moindre réaction.

— Cela ne vous fait pas peur ? demanda-t-il doucement. Certaines femmes prétendent que la gestation est un cauchemar. Étrange phénomène, n'est-ce pas ? On s'aime, et une petite graine de rien du tout se met à pousser en vous. Quel choc psychologique, n'est-ce pas ? Et pourtant, lorsque la délivrance survient, la plupart des mères sont prêtes à recommencer.

— Je n'ai pas encore pris conscience de ce qui m'arrive, admit-elle à mi-voix. Je ne sens rien de particulier et, surtout, je n'avais personne pour partager mon secret. Je me suis souvent demandé si ce n'était pas un rêve... Bientôt, je serai bien obligée de faire face à la réalité.

Elle prit une seconde tasse de *capuccino,* trempa ses lèvres dans l'onctueuse mousse de lait saupoudrée de chocolat râpé.

— Vous ne sentez pas le bébé bouger ? s'étonna Bill.

— Non, je vous l'ai dit. C'est trop tôt, sans doute.

— Il paraît que lorsque cela arrive, on éprouve une joie extraordinaire. Le miracle de la vie, murmura-t-il... Je ne puis m'empêcher d'y penser quand je vois mes fils, même quand ils marchent avec leurs chaussures crottées sur mes tapis.

Adriane buvait ses paroles. Entre Steven et Bill, c'était le jour et la nuit. Le premier avait pris la fuite, le second tenait à rester à tout prix. L'un était source d'angoisse, l'autre havre de réconfort.

Elle s'approcha de lui, attirée comme par un aimant.

— Oui ? l'encouragea-t-elle, devinant qu'il brûlait de lui poser une question.

— Je m'apprêtais à vous demander quelque chose mais je ne sais pas si je dois.

— Que voulez-vous savoir ? Si je suis vierge ? Bien sûr que je le suis !

Elle gloussa, ravie de sa repartie, et il feignit un énorme soulagement.

— Dieu merci ! Je ne supporte pas les femmes qui ne le sont pas.

— Comme je vous comprends.

— En ce cas, vertueuse créature, accepteriez-vous de passer la nuit dans la chambre d'amis ?

— Je ne sais si je dois… Après tout j'habite à deux pas. « Dans une sorte de mausolée. » À la seule évocation de sa chambre déserte et mal éclairée par une seule ampoule, elle eut envie de rester.

— Sans vouloir vous influencer, insista-t-il, perfide, j'allais vous proposer un grand bol de pop-corn et un bon vieux film à la télé.

Elle saisit aussitôt la perche qu'il lui tendait.

— En ce cas, j'accepte.

Il la fixa, l'œil rieur.

— Éclairez ma lanterne. Qu'est-ce qui a le plus pesé dans la balance ? Le pop-corn ou le vieux film ? Au cas où je voudrais recommencer demain.

— Le pop-corn, pouffa-t-elle. Plus le petit déjeuner, évidemment.

— Holà, je ne vous ai rien promis, jeune dame.

Soyez gentil, sinon je vous mitonnerai des lasagnes à la vanille.

— C'est ce que je craignais. Du reste, j'intitulerai mon nouveau feuilleton *La Vierge à la Vanille*. Qu'en dites-vous ?

— Que vous êtes un homme merveilleux, Bill Thigpen.

Il la prit par les épaules et l'embrassa dans le cou.

— Ravi de vous l'entendre dire. Je crois bien que je suis amoureux de vous.

Elle l'aimait aussi, elle le savait à présent. Elle en avait eu la conviction en reprenant connaissance dans son lit d'hôpital, à Truckee. Depuis ce jour, Bill lui était devenu indispensable au même titre qu'un ami cher et un confident.

— Allez vous installer dans ma chambre, suggéra-t-il. Vous y serez mieux pour regarder la télévision. J'arrive dans cinq minutes.

Elle alla l'attendre sur le grand lit, appuyée sur une pile de coussins. Le téléviseur géant capta son attention un instant mais très vite elle oublia les images qui défilaient sur l'écran. Ses pensées se tournaient vers son hôte. Elle avait hâte de le sentir à son côté... Pouvait-on éprouver une attirance sexuelle pour un homme qui n'est pas votre mari, alors qu'on est enceinte de presque cinq mois ? Apparemment, c'était le cas.

— Le pop-corn de madame est avancé ! cria-t-il de la porte, mettant fin à sa rêverie sensuelle.

Elle fourra la main dans le bol qu'il lui présenta, goûta aux grains croustillants et légèrement salés.

— Hum... apprécia-t-elle.

Il se laissa tomber sur le lit et appuya sur la télécommande à la recherche du canal qui diffusait uniquement de vieux films. Le nom de Cary Grant apparut dans le générique, arrachant un cri de jubilation à Adriane.

— C'est un de mes acteurs préférés !

Les lèvres de Bill sur sa pommette la firent tressaillir mais elle continua à grignoter du pop-corn comme si de rien n'était.

— À moi aussi, marmonna-t-il, incapable de s'arrêter de l'embrasser.

Alors que les premières images du film se succédaient, les lèvres de Bill poursuivirent leur savant périple. Enfin, elles couvrirent gentiment celles de la jeune femme, qui s'entrouvrirent aussitôt. Un ardent baiser les unit, qui embrasa leurs sens. Ils se mirent alors à s'étreindre passionnément.

— Vous prenez la pilule ? chuchota-t-il tout contre la bouche de sa partenaire.

Tous deux éclatèrent d'un rire complice très vite noyé sous leurs baisers. Le film de Cary Grant fut oublié, le bol de pop-corn posé à la hâte sur la table de chevet. Bill éteignit la lampe de chevet. Dans les lueurs vacillantes du téléviseur, Adriane était l'incarnation de ses rêves les plus fous. Elle portait encore la robe de cotonnade légère couleur de pêche qu'elle avait revêtue pour accompagner les enfants à l'aéroport. Les doigts tremblant de désir, il fit sauter l'un après l'autre les boutons de son corsage, avant d'écarter le tissu sur sa gorge épanouie. Adriane passa ses mains sous le sweater de Bill. Il l'enivra de caresses et de baisers, puis leurs corps nus s'étreignirent farouchement, incapables de résister au feu dévorant qui les consumait. Adriane s'arc-bouta sous les assauts de son partenaire et ils s'aimèrent longuement, indéfiniment, jusqu'à ce qu'ils n'en puissent plus.

Enfin apaisés, ils restèrent enlacés, émerveillés par l'extase qu'ils avaient partagée.

— Tu es si belle, murmura-t-il, les mains dans ses cheveux emmêlés.

Elle laissa échapper un soupir, alors que, de nouveau, les doigts magiques de Bill la cajolaient. Elle avait un corps magnifique, encore mince malgré le léger embonpoint dû à la grossesse, des formes douces et voluptueuses.

— Tu vas bien ? demanda-t-il, sondant du regard ses yeux qui brillaient d'amour pour lui.

Le souvenir du bébé revint à la mémoire d'Adriane. Elle avait tout oublié pendant l'étreinte, n'ayant songé qu'à recevoir et à donner du plaisir.

— Oui. Tu es merveilleux, souffla-t-elle, et comme il appliquait ses paumes sur la douce rondeur de son abdomen, elle sursauta : c'est toi qui as fait ça ?

— Quoi donc ?

— Je ne sais pas... quelque chose.

Il avait senti lui aussi un frétillement, une infime petite secousse... Ils échangèrent un regard grave, empreint de connivence et d'émotion. Le bébé avait remué pour la première fois, comme si leur amour venait de lui insuffler la vie.

— Oh, laisse-moi le sentir, dit-il, en posant la joue sur son ventre.

Mais il ne perçut plus rien. Il se redressa alors, la prit dans ses bras et tira le drap pour la couvrir. Quelque part dans la pièce, la voix charmeuse de Cary Grant se fit entendre.

— C'est drôle, confessa Bill, j'ai l'impression que le bébé est à moi maintenant. Je voudrais choisir son berceau avec toi, t'aider à décorer sa chambre, assister à sa naissance... Excuse-moi, mon amour, mais je dois faire des efforts surhumains pour me rappeler qu'il n'est pas de moi.

Un vague regret tremblotait dans sa voix. Le corps d'Adriane contre le sien ranimait son désir.

— J'étais si perdue avant de te connaître, Bill, si seule... Ne me regarde pas ! Je me sens grosse... je me déteste.

Il émit un doux rire.

— Et tu n'as pas fini de grossir, ma chérie. Mais je t'aimerai tout autant, même lorsque tu ressembleras à un ballon.

— Idiot ! jeta-t-elle, horrifiée à l'idée qu'elle deviendrait énorme.

Ses cuisses avaient presque doublé de taille. Elle n'entrait plus dans aucun de ses vêtements. Ses seins, d'ordinaire petits et haut placés, avaient enflé. Ces transformations quasi quotidiennes l'effrayaient et l'intriguaient en même temps.

Heureusement, il y avait Bill. Bill qui avait l'air expert en grossesses et en bébés. Bill qui, calé sur un coude, la couvait d'un regard de mère poule.

— Quand je pense à toutes ces actrices anorexiques que j'ai pu fréquenter, je te trouve encore plus attirante, affirma-t-il.

— Tu me trouveras sûrement moins appétissante quand j'aurai pris la forme d'une baudruche.

— Certainement pas.

— M'aimeras-tu toujours quand je pèserai cent kilos ?

Elle avait formulé sa question sous forme de plaisanterie mais le cœur n'y était pas.

— Plus que jamais. Écoute, ne m'aimerais-tu plus si j'avais grossi ?

Elle haussa les épaules avec un rire.

— Bien sûr…

Avec lui, tout devenait normal. Il avait le don d'apaiser ses pires craintes.

— Alors, cela doit répondre à ta question.

— N'y a-t-il aucun moyen de ne plus prendre de poids ?

— Absolument aucun. C'est un cadeau de la nature. Mais tu devrais peut-être t'inquiéter de l'effet que tu produiras sur moi quand tu seras mince à nouveau. Car telle que tu es là, tu me rends fou de désir, tu ne t'en es pas rendu compte ?

Il lui dédia un sourire diabolique. Elle laissa échapper un rire cristallin. « Je l'aime, se dit-elle. Je l'aime plus que je n'ai jamais aimé un homme. » Même Steven… Steven ne s'était jamais montré aussi attentif, aussi tendre, aussi généreux. Il ne se donnait pas la peine de la comprendre, ni même de l'écouter. Mais William Thigpen faisait partie de ces êtres d'exception que l'on croise une fois dans la vie. Et elle avait eu la chance folle de le rencontrer.

— Adriane, je te veux, chuchota-t-il.

Elle donna une petite tape à la main impudique qui rampait sur son anatomie.

— Mon pop-corn ! réclama-t-elle.

— Seigneur, cette femme n'a pas de cœur, gémit-il. Elle est l'esclave de son tube digestif.

Il se pencha, la gratifia d'un baiser sonore sur la hanche, bondit hors du lit, disparut et reparut presque aussitôt avec deux canettes de soda, afin d'étancher leur soif, devançant, une fois de plus, les désirs d'Adriane.

— As-tu lu dans mes pensées ? s'étonna-t-elle.

— Eh oui, cela vient avec l'âge.

Il reprit sa place et elle se blottit contre lui, inondée d'un ineffable bien-être. La télévision marchait toujours, le popcorn était délicieux. Elle n'arrivait pas à croire à ce bonheur inattendu. Il était impossible qu'elle soit amoureuse d'un homme, alors qu'elle portait l'enfant d'un autre... Et pourtant, c'était vrai. Elle se laissait aller à une douce somnolence, quand le téléphone sonna.

Les voix d'Adam et de Tommy, à l'autre bout du fil, gazouillèrent joyeusement. Ils venaient d'atterrir à New York et tout s'était bien passé.

— Avez-vous fait bon voyage ? interrogea Bill.

— Extra ! cria Tommy. Les hôtesses de l'air sont charmantes. J'ai eu droit à trois hot dogs.

Bill avait commandé un repas spécial pour ses fils.

— Et Adriane ? fit Tommy, plein d'espoir.

— Elle est ici. Nous mangeons du pop-corn, regardons la télé et buvons du soda à votre santé. Vous nous manquez beaucoup, petits gars. Depuis que vous êtes partis, la maison est tellement triste... Adriane et moi avons hâte de vous revoir.

Il s'aperçut confusément qu'il disait déjà « nous » et qu'il incluait la jeune femme dans tous ses projets. Mais elle lui appartenait à présent. Corps et âme... Il nourrissait à son égard des sentiments possessifs.

Adam prit la relève et expliqua à son père le film qu'ils avaient vu pendant le vol. Une de ces innombrables histoires sur la guerre du Vietnam que Bill abhorrait mais qui enthousiasmaient ses fils. Enfin, il demanda à parler à Adriane. Bill, la paume sur l'appareil, l'appela doucement.

— C'est Adam, ma chérie.

— D'accord... Salut, l'ami, tout s'est bien passé ? De jolies filles à bord ? s'enquit-elle en s'efforçant de parler normalement.

Le petit garçon gloussa. Adriane avait été la première à remarquer qu'il s'intéressait aux filles, car il passait des heures entières dans la salle de bains à se gominer les cheveux.

— Pas terribles, répliqua-t-il. Juste une, derrière nous.

— Tu as pris son numéro de téléphone, j'espère.

— Sûr, fit-il, fier de son exploit. Elle vit dans le Connecticut. Son père est pilote de ligne.

— Alors à quand les fiançailles ? le taquina-t-elle.

Lorsqu'ils eurent fini de rire, Tommy vint sur la ligne.

— Bonsoir, mon chou. Ton papa et moi sommes tout tristes sans vous. Même le pop-corn n'a plus le même goût quand vous n'êtes pas là.

— Eh bien, merci ! lança Bill, faussement boudeur.

La conversation se poursuivit, de plus en plus animée, puis Adam voulut reprendre le téléphone. Bill assistait, ému, à l'échange de propos. Ses garçons avaient adopté Adriane, il n'y avait plus de doute. Elle-même leur vouait une grande affection. Il n'oublierait jamais que, sans elle, Tommy aurait péri noyé. Une fulgurante vision de leurs corps inanimés sur la grève le fit tressaillir.

Lorsque Adriane remit l'écouteur entre les mains de Bill, des larmes voilaient ses grands yeux.

— Ils sont à la fois si près et si loin, murmura-t-elle tristement. Ce sera affreusement long d'attendre Thanksgiving.

Il hocha la tête, le visage rembruni.

— Trois mois, c'est en effet terriblement long. Tu comprends, à présent, pourquoi je n'ai jamais voulu fonder un autre foyer. Pour ne plus jamais souffrir. Leslie est, certes, une bonne mère, mais les lois sont injustes. Elle les a tous les jours, alors que je ne les vois que six semaines par an.

Elle le connaissait suffisamment pour déceler sa peine.

— Je vois, murmura-t-elle dans la semi-obscurité. Je ne l'aurais jamais fait, ça, Bill.

— Qu'en sais-tu ? On n'est jamais sûr de rien. Regarde-toi... Tu t'inventes des devoirs vis-à-vis de Steven. S'il lui chante de venir réclamer son enfant, qu'allons-nous devenir ? Tu ne le sais même pas.

Il s'était emporté et avait haussé le ton, signe d'une lancinante douleur intérieure.

— Non, je ne le sais pas, répondit-elle honnêtement. Mais je ne pourrais jamais te blesser.

Elle garda le silence un instant. Bill avait raison. Si Steven réapparaissait, elle ignorait comment elle l'accueillerait. Et si elle se sentait encore liée à son mari, sa rencontre avec Bill avait créé d'autres liens, plus solides et plus forts. Des attaches qui s'étaient formées au fil du temps et que leur étreinte amoureuse avait consolidées. La nature morale d'Adriane lui interdisait de sortir subitement de la vie de Bill ou de lui ôter l'objet de son affection.

— Bill, je t'aime, reprit-elle dans un murmure.

— Je t'aime aussi.

Une flamme darda au creux de ses reins, il laissa ses mains courir sur la peau satinée d'Adriane, puis lui refit l'amour encore plus longuement que la fois précédente. Ils s'endormirent blottis l'un contre l'autre.

Adriane ouvrit un œil le lendemain matin et découvrit dans son champ de vision la moitié du visage de Bill. Il ronflait légèrement, et cela la fit sourire. La longue jambe de son compagnon reposait en travers des siennes. La jeune femme la repoussa doucement. Au moment où elle s'étirait en bâillant, les paupières de Bill se soulevèrent, dévoilant un regard chaviré.

— C'est toi ? grommela-t-il d'une voix enrouée. Ou suis-je mort et reçu au paradis ?

— Tu n'es pas mort, susurra-t-elle. Mais est-ce bien toi ?

Elle aurait voulu lui dire qu'il lui avait offert la nuit la plus heureuse de sa vie.

— Et comment ! grogna-t-il, la face éclairée d'un sourire. Es-tu toujours vierge ?

— Non, j'en ai peur.

— Espérons qu'on n'a pas fait d'enfant, alors.

— Mais non, souviens-toi… La pilule…

Ils se mirent à rire doucement, alors qu'irrésistiblement, leurs corps se rejoignaient dans le lit dévasté.

— Tant mieux, soupira-t-il. Je rêve d'un breakfast aux lasagnes, pas toi ?

— Bien sûr. Et à la vanille.

— J'ai une meilleure idée. Gaufres et pancakes.

— Seigneur… Et mon régime ?

— Nous verrons ça plus tard. Alors, que désires-tu pour ton petit déjeuner ?

— Toi.

Elle le lui prouva sur-le-champ et, peu après, étroitement enlacés, ils gravissaient le chemin du septième ciel.

Deux heures plus tard, vêtus de robes d'intérieur en soie assorties, toutes deux appartenent à Bill, ils savouraient un copieux petit déjeuner dans la cuisine ensoleillée, tout en parcourant les journaux du dimanche.

— Connais-tu meilleure façon de passer le dimanche matin ? demanda-t-il en tournant les pages du journal.

— Non, et toi ?

Bien plus tard, douchés et rhabillés, ils montèrent dans l'antique MG d'Adriane et Bill prit le volant. Ils descendirent à Malibu où ils firent une longue promenade sur la plage. Le crépuscule teintait l'horizon de pourpre lorsqu'ils récupérèrent la voiture et roulèrent doucement vers la ville, capote baissée, cheveux au vent. Ils parlaient en riant, comme deux jeunes gens. Le bonheur leur donnait des mines radieuses, le monde avait été créé pour leur plaisir. Ils firent une courte halte au supermarché avant de regagner la maison de Bill, afin de préparer le dîner.

Il servit deux coupes de champagne sur la terrasse et porta un toast, un sourire lumineux sur les lèvres.

— À l'union de deux cœurs… Je t'aime, ma chérie.

Leurs lèvres se touchèrent.

La soirée s'écoula paisiblement mais, à la fin du repas, Adriane déclara qu'elle voulait rentrer chez elle. Bill s'interposa. À quoi rimait d'aller s'enfermer dans une maison complètement vide ? Elle finit par l'admettre et accepta de déménager ses affaires.

Il la conduisit en voiture à son travail, le lendemain, promettant de repasser la chercher après le premier journal et de la ramener pour l'édition de la nuit. Zelda coula une œillade à Adriane, qui, assise à son bureau, avait l'air aux anges. La rousse s'abstint de poser des questions, du reste inutiles. Son intuition féminine l'avertissait que sa patronne devait filer le parfait amour... Restait à savoir avec qui, bien qu'elle eût son idée là-dessus. Elle en eut confirmation l'après-midi même, quand Bill, rayonnant, fit irruption dans le local.

— Ça a marché ! annonça-t-il sur un ton triomphal.

Adriane leva les yeux de ses dossiers de presse.

— Oui ? Quoi donc ?

— Ton idée... Tu sais bien, à propos de Harry étant le père de l'enfant. Cela fonctionne à merveille. Le réalisateur est content, les scénaristes sont contents, George Orben, le comédien qui joue Harry, est content, quant à moi, je m'incline devant ton génie.

— Flatteur !

Ils se sourirent sous l'œil acéré de Zelda qui sut décrypter le message secret qu'ils échangeaient.

— Tu déjeunes avec moi ? demanda-t-il.

— C'est malheureusement impossible. Un fauve a déchiqueté un enfant au zoo, hier, un policier a été abattu par des gangsters et le gouvernement vénézuélien vient de tomber.

Il hocha la tête, posa sur son front un baiser, et sortit. Il reparut une demi-heure plus tard avec un plateau qu'il posa sur le bureau de la jeune femme.

— Potage, hamburger, salade.

— Merci, chéri. Je t'aime, chuchota-t-elle.

Un furtif baiser les unit et l'une des secrétaires détourna la tête, gênée, mais Adriane eut juste le temps de capter son coup d'œil accusateur. La pauvre femme, ignorant que Steven avait demandé le divorce, ne pouvait que s'indigner de la conduite de sa patronne sur son lieu de travail. « Les gens ne sont pas au bout de leurs surprises », songea Adriane, amusée.

— Qui est-ce ? demanda l'un des présentateurs quand Bill fut sorti.

— Harry, rétorqua-t-elle, l'air mystérieux. Il est veuf depuis quelques mois et sa femme, Helen, était ma meilleure amie.

L'autre haussa un sourcil, intrigué. Adriane se replongea dans ses papiers mais tout le monde put constater qu'elle souriait.

# 22

Septembre s'écoula à une vitesse hallucinante. Vers la fin du mois, certains commencèrent à soupçonner qu'Adriane était dans un état intéressant. À présent, la jeune femme était enceinte de six mois et, malgré les vêtements flottants, il était facile de deviner ses rondeurs suspectes. Finalement, elle n'avait pas demandé de congé de maternité, ayant décidé de travailler jusqu'au dernier moment. Elle prendrait des vacances après l'accouchement.

— J'ai peur de m'ennuyer si j'arrête maintenant, expliqua-t-elle à Bill qui se montra, comme toujours, compréhensif.

Le médecin d'Adriane avait donné le feu vert. L'écrivain espérait qu'après l'arrivée du bébé, sa compagne quitterait le journal pour se joindre à l'équipe du feuilleton. Ils sortaient beaucoup, allaient dîner dans des restaurants au décor reposant, tels The Ivy, le Chianti, le Bistro Garden, et plus rarement dans des endroits plus chics et plus animés comme le Morton's ou le Chasen's et, bien sûr, le Spago. Deux fois par semaine, ils parlaient aux enfants de Bill au téléphone, le feuilleton se portait mieux que jamais, l'avenir semblait sourire aux amoureux. Bill insistait pour accompagner Adriane lors de sa prochaine visite médicale. Au mépris des lois de la génétique, il se considérait comme le véritable père du bébé et Adriane avait fini par l'accepter. Elle n'avait plus eu de nouvelles de Steven depuis juin. Sa dernière conversation téléphonique avec l'avocat de son mari datait de juillet. En fait, elle n'y pensait plus tellement. Son travail l'absorbait, son idylle avec Bill l'emplissait d'un bonheur inouï. Et elle n'avait pas dormi une seule fois chez elle après le départ des enfants.

Pourtant, un appel de son propre avocat, le 1er octobre, lui gâcha sa journée. Steven était pressé de vendre la maison. Cela n'avait rien de nouveau mais la jeune femme en éprouva un douloureux pincement au cœur.

— M. Townsend et son avocat voudraient s'assurer que vous ne serez pas là quand ils feront visiter les lieux.

— Je n'y serai pas, répondit-elle froidement.

— Ils souhaitent que vous remettiez le double des clés à l'agent immobilier qui s'occupera de la vente et que la maison soit rangée, bien sûr.

— Je n'aurai pas de mal, ricana-t-elle. Ces messieurs ne vous ont sûrement pas dit que mon mari a fait enlever tous nos meubles. Je ne dispose plus que d'un lit, d'un tapis et d'un tabouret de cuisine.

Le silence consterné à l'autre bout de la ligne amena un sourire amusé sur ses lèvres.

— Et vous n'avez pas remeublé ? demanda l'homme de loi, au comble de l'étonnement.

L'avocat de Steven avait habilement omis de signaler ce détail au défenseur d'Adriane. Comme il avait dû édulcorer la version objective des faits.

— Non. La maison est vide.

— Les acheteurs n'apprécient pas beaucoup les locaux vides... M. Townsend doit penser que vous l'avez redécorée.

— M. Townsend aurait dû réfléchir avant de tout s'approprier. Je regrette, maître, mais il est hors de question de remeubler une maison dont on veut m'expulser.

— Désirez-vous proposer à votre mari de lui acheter sa part ?

— Non, merci. Je n'en ai pas les moyens.

Elle s'interrompit brièvement, respira profondément avant de poser la question qui la tourmentait.

— Comment se présente le divorce ?

— Nous progressons. Votre grossesse se passe bien ? interrogea-t-il après une hésitation.

— Très bien. Est-ce que, par hasard, l'avocat de mon mari vous l'a demandé ?

— Il n'a rien demandé, dit l'autre avec une pointe de regret dans la voix.

— Y a-t-il autre chose que vous voudriez savoir, maître ?

— Non. Je vous ai appelée seulement pour la maison. Quand sera-t-elle disponible ?

Elle s'accorda une seconde de réflexion, puis haussa les épaules. Il n'y avait pratiquement rien à faire, même les placards étaient débarrassés.

— Dès demain.

— Alors à bientôt.

Elle le remercia. Bill remarqua qu'elle était songeuse, lorsqu'il vint la chercher un peu plus tard. Ils partaient presque toujours ensemble maintenant, sans se soucier du qu'en-dira-t-on. On jasait de plus belle dans leur dos. La rumeur s'enflait chaque jour d'une nouvelle hypothèse. Adriane était-elle enceinte ? Une de ses collègues lui avait carrément posé la question mais n'avait obtenu qu'un « non » sec et sans réplique.

— Chérie, que s'est-il passé aujourd'hui ? s'enquit-il dans la voiture.

— Oh, rien d'important.

— C'est vrai, ce mensonge ?

Elle s'inclina vers lui pour l'embrasser.

— Vous êtes un fin limier, William Thigpen. J'ai eu un coup de fil de mon avocat.

— Rien de grave, j'espère.

— Steven a mis la maison en vente.

Il lui jeta un regard de biais, les sourcils froncés, un peu tendu comme chaque fois que le nom de Steven revenait dans la conversation.

— Tu t'y attendais, non ?

— Oui. Mais je suppose qu'avoir un toit à soi, même si on n'y est jamais, engendre un sentiment de sécurité.

— Pourquoi ? Quelle est la différence ? Tu n'es pas bien chez moi ?

— Si, bien sûr. Mais on ne sait jamais. Nous pourrions nous disputer… Et puis, que dirons-nous à tes enfants quand ils viendront pour la fête de Thanksgiving ?

— Tout simplement que nous nous aimons, que tu attends un bébé et que nous vivons ensemble. Ce n'est pas la mer à boire.

— Pas pour toi, sans doute. Tu as écrit trop de scénarios, Bill. Les enfants risquent d'être choqués. Rien ne prouve qu'ils ne se sentiront pas agressés si je marche continuellement sur leurs plates-bandes.

Il s'arrêta à un feu rouge et lui jeta un regard affolé.

— Qu'essaies-tu de me dire ? Que tu veux louer un appartement ?

— Non, ce serait trop bête. Laisse-moi seulement le temps de m'habituer à l'idée que je n'aurai plus de maison.

Il y en avait eu des changements dans son existence depuis juin. Et elle s'y était adaptée. Le station-wagon de Bill pénétra sur l'aire de parking. Il éteignit le moteur et demanda :

— Il refuse toujours de te parler ?

— Toujours.

Elle appela Steven à son bureau le lendemain matin et demanda poliment à sa secrétaire de lui passer M. Townsend.

— M. Townsend est en réunion, lui fut-il répondu.

— Dites-lui que c'est important.

— Désolée, mais je ne peux pas le déranger.

— Essayez quand même, persista-t-elle, exaspérée.

Visiblement, il avait donné des consignes à son employée.

Celle-ci disparut un moment, trop court pour qu'elle ait eu le temps de prévenir son patron, après quoi sa voix revint sur la ligne.

— M. Townsend est occupé. Voulez-vous lui laisser un message ?

« Eh bien, dites-lui d'aller au diable », fut-elle tentée de crier.

— Dites-lui que je l'ai appelé au sujet de la maison, répondit-elle. Et que j'aurais voulu lui parler du bébé, ajouta-t-elle soudain.

Il y eut de l'autre côté le genre de silence absolu qui suit l'explosion d'une bombe.

— Eh bien, je lui communiquerai, finit par articuler la secrétaire.

— Je vous remercie.

Adriane reposa le combiné sur le récepteur, satisfaite de son effet. Elle savait que si la secrétaire se mettait à papoter avec les autres employés, Steven ne manquerait pas de réagir.

Il n'appela pas. Son avocat le fit à sa place, une demi-heure plus tard. Steven l'avait contacté dans la minute qui avait suivi le coup de fil d'Adriane. Maître Allman avait essayé de joindre l'avocat de la jeune femme, sans résultat, et s'était finalement résolu à parler avec elle.

— Y a-t-il un problème, madame Townsend ? Il paraît que vous avez téléphoné à votre... à M. Townsend ce matin ?

— C'est exact. Je voulais l'entretenir de quelque chose.

« Pourquoi a-t-il fait ça ? hurlait sa voix intérieure. Pourquoi a-t-il tout saccagé ? Pourquoi a-t-il renié notre enfant ? » Cela n'avait pas de sens... Rien à avoir avec son amour pour Bill. Adriane chérissait tendrement Bill. Mais Steven était toujours le père du bébé.

— De quoi ? Si je puis me permettre de vous le demander, madame Townsend ?

— De... c'est personnel.

— Je vois. Je suis désolé.

— Il ne veut toujours pas me parler n'est-ce pas ? dit-elle après une pause.

Son correspondant renifla, tout en recherchant fiévreusement les mots les plus anodins.

— M. Townsend considère qu'un entretien ne ferait qu'envenimer vos rapports, compte tenu des circonstances. Vous savez, il ne voudrait en aucun cas vous blesser.

C'était déjà fait. L'ombre d'un sourire se joua sur les lèvres de la jeune femme. Steven devait être à cent lieues de penser qu'elle vivait avec un homme. Un être d'exception qui l'aimait sincèrement.

— Y a-t-il un problème avec votre grossesse ? questionna l'homme de loi, dérouté par son silence. Quelque chose que je doive rapporter à M. Townsend ?

— Non, ce n'est plus la peine. Sans doute n'avons-nous plus rien à nous dire.

C'était exactement l'opinion de Steven, mais l'avocat se garda bien de le lui dire.

Elle raccrocha, s'effondra sur son siège, le menton appuyé sur ses paumes, les coudes sur le bureau. Dans l'heure qui suivit, elle essaya en vain de comprendre les motifs qui l'avaient poussée à appeler Steven. Et que lui aurait-elle dit si elle l'avait eu au bout du fil ? Elle l'aurait probablement acculé dans ses derniers retranchements. Une enfance malheureuse ne prédisposait pas forcément à la lâcheté. Voilà ce qu'elle lui aurait dit. Or, l'implacable mécanisme que Steven avait mis en place suivait son cours sans possibilité de retour en arrière.

Le lendemain matin, son avocat l'appela pour lui communiquer le nom de l'agent immobilier qui s'occuperait de la vente de la maison.

Bill l'emmena en week-end chez des amis, à Palm Beach. Leur hôte, un ancien acteur de *La Belle Vie* qui avait fait carrière au cinéma, leur réserva un accueil princier. Il embrassa Adriane comme s'il la connaissait depuis toujours et mit Bill en boîte pour le bébé. Sa femme, Janet, y ajouta son grain de sel en se lançant dans une longue diatribe sur « les joies de la maternité ».

— On a beau doubler de volume, on est prêtes à recommencer, conclut-elle.

Adriane hochait la tête. Parfois, elle avait encore du mal à réaliser qu'elle était enceinte. Tout dépendait de son humeur du moment. Mais les paroles de Janet la rassérénèrent. Ils rentrèrent à Los Angeles le dimanche soir. Bill s'était procuré un ouvrage sur la vie intra-utérine. Il lut à Adriane des passages qui l'auraient terrifiée si elle n'avait pas été d'aussi bonne humeur. Et il lui fit l'amour, ce qui la combla de bonheur.

Le lendemain, sitôt qu'elle mit les pieds dans son bureau, le téléphone sonna. C'était son avocat. Il lui annonça qu'un acheteur s'était présenté, et que Steven était pressé de conclure l'affaire.

— Déjà ? s'étonna-t-elle.

— Nous avons été les premiers surpris. L'acquéreur est prêt à payer le prix exigé par votre mari, à dix mille dollars près, à condition que le contrat soit signé avant la fin du mois. Mais peut-être est-ce trop tôt pour vous ?

Le matin même, Bill avait suggéré de transformer la chambre d'amis en nursery.

— Non, cela ira, répondit-elle avec lassitude.

— Eh bien... fit-il, décontenancé malgré tout, je vous envoie les documents à signer, et les renverrai à l'avocat de M. Townsend.

— Parfait, dit-elle d'une voix étrangement calme.

Elle reçut l'enveloppe l'après-midi. Elle contenait une liasse de papiers administratifs. Le nom de Steven Townsend inscrit au bas de chaque page semblait la narguer. Adriane la contempla longuement, comme si, tout à coup, cette simple signature résumait tout leur passé. Bien entendu, Steven n'avait inclus aucun mot, aucun message. Il était brutalement sorti de sa vie et tenait à rester à l'écart. On eût dit qu'il continuait à la fuir. « La peur », songea-t-elle, sans vraiment parvenir à comprendre.

Plus tard, dans la soirée, elle montra à Bill la promesse de vente. Il la mit en garde contre les complications du partage des biens, lui donna quelques judicieux conseils à propos de ses futurs placements, promit d'en discuter avec son avocat.

— À propos, de quel montant sera ta pension alimentaire ?

— Je n'ai rien demandé, et du reste, Steven ne m'a rien proposé. Il compte renoncer à ses droits de paternité, je te l'ai déjà dit. Puisqu'il ne veut plus de moi, ni du bébé, je ne veux pas de son argent.

— Ces nobles sentiments t'honorent, mais n'en sont pas moins stupides. Tu pourrais tomber malade…

— Mon assurance maladie y pourvoira.

Il la dévisagea avec une exaspération tranquille.

— Bon sang, Adriane, on dirait que tu t'acharnes à faciliter les choses à ce type. Es-tu toujours amoureuse de lui ? As-tu oublié qu'il t'a quittée au moment où tu avais le plus besoin de lui ? Il te doit quelque chose, à toi et à ton enfant.

Elle secoua lentement la tête, posa la main sur son avant-bras.

— Je n'éprouve plus rien pour lui, affirma-t-elle. Mais il a été mon mari. Il l'est encore. Et il est le père de mon bébé.

— Est-ce tellement important ?

— Oui, l'interrompit-elle d'une voix douce. Il ne faut pas couper tous les ponts, comprends-tu ? Un jour, il sera tenté de connaître son enfant. Je n'ai pas le droit de le lui refuser.

Il la regarda en serrant les poings mais conserva son sang-froid.

— Un type aussi cynique que Steven ne change jamais d'avis, déclara-t-il le plus calmement qu'il put. Tu rêves,

Adriane, si tu crois qu'il reviendra. Il a été assez clair, là-dessus.

— On ne sait jamais.

Leurs regards se croisèrent. « Elle le croit, mon Dieu, elle le croit », se dit-il. Il l'attira dans ses bras, l'étreignit de toutes ses forces.

— Adriane, si je te perds, j'en mourrai.

Elle le savait pertinemment. Mais le spectre de Steven se dressait toujours entre eux.

— Moi non plus je ne veux pas te perdre.

— Sois tranquille, je serai toujours là.

Le bébé remua, tous deux sentirent le ventre d'Adriane tressauter, et Bill lui sourit.

— Je te remercie d'être si compréhensif, murmura-t-elle.

— Ne dis pas de sottises.

Il l'embrassa fougueusement et ils se laissèrent tomber sur le canapé, enlacés. Leur conversation ne cessa de hanter Bill jusqu'au lendemain matin. Adriane était trop loyale pour fermer la porte au nez de Steven si l'envie prenait à ce type de la revoir. « On ne sait jamais », avait-elle dit. Bill soupira. Il ne lui restait plus qu'à prier le ciel pour que Steven ne se manifeste plus jamais.

# 23

La maison fut vendue vers la fin de la première semaine de novembre. Adriane n'eut qu'à faire quelques dizaines de mètres pour entreposer ses maigres trésors chez Bill. C'était fini. Un important chapitre était clos, le plus simplement du monde. Comme si cette partie de sa vie n'avait jamais existé. Il ne restait plus rien qu'elle puisse regretter, plus un objet auquel elle aurait pu tenir, Steven avait tout emporté cinq mois auparavant, jusqu'à l'album de photos de leur mariage.

— C'est bizarre, dit-elle à Bill qui l'aidait à s'installer dans la chambre d'amis, on dirait que Steve et moi n'avons jamais été mariés. Je me demande même si je l'ai vraiment connu.

« Alors pourquoi l'attends-tu toujours ? » songea-t-il, mais il dit :

— Tu l'as probablement mal connu. Cela arrive, parfois.

« Elle n'a pas l'air abattue », constata-t-il avec plaisir. Juste un peu fatiguée, ce qui était normal à sept mois de grossesse. Thanksgiving approchait et tous deux attendaient impatiemment les enfants de Bill. Une semaine plus tôt, celui-ci avait conduit Adriane au cabinet de son nouveau médecin. La jeune femme avait préféré se séparer de son ancien docteur, s'épargnant ainsi les inévitables explications au sujet de Steven. Une de ses amies l'avait adressée à Jane Bergman, une jeune gynécologue qui avait tout de suite plu à Adriane. Intelligente, compétente, psychologue, Jane commença par rassurer la future maman. « Toutes les femmes ont peur de l'accouchement », dit-elle. Elle avait le don d'apaiser ce genre d'inquiétude. Le fait que Bill et Adriane vivent ensemble sans être mariés ne semblait pas la déranger. Elle ne posa aucune question embarrassante, certaine que Bill était le père de l'enfant. Lors de la dernière visite du couple, elle lui fit même écouter les battements de cœur du bébé. Il resta un moment immobile, muni du stéthoscope, la mine réjouie.

— On dirait un hamster, décréta-t-il d'un ton sérieux, qui fit rire Adriane.

« Le bébé a atteint une taille respectable », déclara le docteur, avant de recommander à Adriane de s'inscrire au cours Lamaze. Bill était au courant de cette méthode pour l'avoir suivie huit ans auparavant, au temps où Leslie attendait Adam.

— J'aimerais avoir mon bébé à la maison, déclara la jeune femme un peu plus tard, dans la voiture.

— Mon Dieu ! gémit-il. Quelle drôle d'idée.

— Pourquoi pas ? Je m'y sentirais plus à l'aise.

Depuis quelques jours, elle faisait montre d'une nervosité à fleur de peau.

— Il n'en est pas question, c'est beaucoup trop dangereux. Tu devras te conformer aux prescriptions du Dr Bergman. Nous irons au cours Lamaze quand mes fils seront repartis, d'accord ?

Cela leur laissait un bon mois avant l'arrivée du bébé. Adriane remua nerveusement sur son siège. Par moments, elle était sujette à des accès d'angoisse, Bill l'avait déjà remarqué. Avec son énorme ventre, elle ne pouvait plus feindre d'ignorer la réalité. Elle avait bombardé Bill de questions sur la naissance de ses propres enfants. En fait, elle redoutait la douleur, il s'en rendait compte.

Il l'accompagna jusqu'à la porte de son bureau.

— N'oublie pas que je t'aime, recommanda-t-il.

L'un des présentateurs du journal émergea alors de la pièce.

— Salut, Harry, lança-t-il en passant.

Bill regarda Adriane, sidéré.

— Qui est Harry ?

Elle laissa échapper un rire.

— Toi ! C'est ce que je leur ai dit... Et j'ai ajouté que tu étais veuf de Helen, ma meilleure amie.

Ce résumé sommaire des derniers épisodes de son feuilleton provoqua l'hilarité de l'écrivain, qui se mit à rire encore plus fort que sa compagne.

— Chérie, tu es impossible ! Maintenant va travailler et cesse de te morfondre pour le bébé.

— Qui se morfond ? crâna-t-elle, affichant une insouciance qu'elle était loin de ressentir.

Bill ne la blâmait pas. Le stress du divorce s'était ajouté aux craintes naturelles que toute femme éprouve à la veille d'un accouchement.

— À tout à l'heure, mon amour, murmura-t-il en l'embrassant. Je t'emmène dîner, ce soir.

Ils se rendirent au Chardonnay. Bill commanda des mets raffinés arrosés de champagne, pour fêter le dernier prix qu'il venait de gagner.

— C'est grâce à tes idées que je dois ce regain de gloire, dit-il, après qu'elle l'eut félicité. Tu es ma muse, Adriane.

Elle n'avait pas cessé, en effet, de l'abreuver de trouvailles depuis le fameux soir où elle avait su donner un nouvel élan au feuilleton. Ils se mirent à en parler avec animation, lorsqu'un couple vint s'installer à la table voisine. Bill ne comprit pas tout de suite de quoi il s'agissait, mais, soudain, Adriane se tut. Les yeux rivés sur l'arrivant, elle commença à se redresser, aussi blanche que si elle avait vu un fantôme. L'homme jeta à Adriane un regard horrifié avant de se tourner vers sa compagne, une jeune fille mince et athlétique. Elle était beaucoup moins jolie qu'Adriane, mais Bill eut à peine le temps de le remarquer que celle-ci s'avançait déjà d'un pas incertain vers la table voisine.

— Steven...

Seule la jeune fille leva les yeux sur l'intruse, l'air étonné. Steven se détourna ostensiblement, feignant de chercher le serveur.

— Steven, répéta-t-elle, assez clairement pour que Bill puisse l'entendre de sa place.

Interloquée, la jeune fille la dévisagea. Elle devait se demander qui était cette femme enceinte et pourquoi une expression aussi bizarre se reflétait sur ses traits. Steven se leva alors brutalement.

— Viens, dit-il à sa compagne d'une voix dure. Le service est déplorable dans ce troquet.

Il s'élança vers la sortie comme s'il avait le diable à ses trousses. La jeune fille se leva à son tour et adressa à Adriane un sourire gêné.

— Je... je crois qu'il ne vous a pas entendue, murmura-t-elle en guise d'excuse.

— Il m'a très bien entendue, répondit Adriane, tremblante et glacée. Le service n'a rien à voir là-dedans.

— Navrée, balbutia l'autre, avant de se précipiter sur les traces de Steven.

Adriane les vit en train de discuter près de la porte vitrée et l'instant suivant, Steven poussa le battant à toute volée pour disparaître dans la nuit, suivi de son invitée.

Entre-temps, Bill avait réglé l'addition. Lui aussi était blême. Sans un mot, ils quittèrent le restaurant. L'air frais du dehors coupa le souffle d'Adriane. Une vague de nausée la fit vaciller sur ses jambes mais elle continua de marcher. Au coin de la rue, elle eut la vision fugace de la Porsche étincelante qui démarrait à toute allure, avec Steven au volant et la fille sur le siège avant.

— Pourquoi t'es-tu abaissée à lui parler ? questionna Bill dès qu'ils furent installés dans la Chevrolet.

Elle lui fit face, les yeux brillant de colère.

— J'ai été sa femme pendant trois ans, et je ne l'ai pas vu depuis des lustres. Tu ne trouves pas normal que j'aie eu envie de lui dire un mot ?

— Non ! Pas après ce qu'il t'a fait. À moins que tu ne veuilles le remercier de sa bonté ! hurla-t-il, fou de jalousie.

Il détestait Steven Townsend. Et il détestait voir Adriane dans cet état. Il la regarda fondre en larmes.

— Ne m'en veux pas, sanglota-t-elle, la main sur son ventre rebondi.

Même le bébé paraissait bouleversé, car il assenait de violents coups de pieds qui la faisaient souffrir. La Chevrolet démarra et la jeune femme, secouée de pleurs, ne parvenait pas à se calmer. Elle n'avait qu'une hâte ; se mettre au lit et s'endormir. Ne plus penser à rien. Oublier Steven. Mais elle n'y arriverait pas, elle en fut brusquement persuadée.

— Il ne m'a même pas regardée, gémit-elle.

— Écoute, lâcha-t-il entre ses dents serrées, ce type est un minable. Combien de temps te faudra-t-il pour le comprendre ? Un an ? Cinq ans ? Dix ? Jusqu'à quand te berceras-tu d'illusions ? Il ne reviendra jamais, Adriane, je n'ai pas cessé de te le dire. J'espère que ce soir, tu t'en es rendu compte par toi-même. Steven se fiche éperdument de toi et du bébé.

« Il s'en est toujours fichu », se retint-il d'ajouter.

— Mais comment est-ce possible ? Comment peut-il rejeter la chair de sa chair ? Il a beau faire semblant de s'en désintéresser, un jour il devra bien regarder les choses en face.

— La seule qui doit regarder les choses en face, c'est toi, Adriane. Steven t'a quittée et son seul mérite est de ne t'avoir laissé aucune lueur d'espoir. Tu ferais mieux de l'oublier.

Elle ne répondit pas, mais une fois à la maison, elle se remit à pleurer. Ils se disputèrent âprement et elle se retira, furieuse, dans la chambre d'amis en claquant la porte. Le lendemain, elle avait l'air épuisée. Bill ne lui adressa pas la parole et, pour la première fois, elle dut préparer seule son petit déjeuner. Enfin, il la toisa du regard, par-dessus les pages de son journal sportif.

— Qu'attends-tu exactement de cet homme, Adriane ?

Une moue tordit les lèvres de la jeune femme.

— Je n'en sais rien. J'aurais simplement voulu discuter avec lui du fait que nous allions avoir un enfant. Lui demander s'il sait au moins ce à quoi il renonce. Et pourquoi Steven a demandé le divorce parce qu'il a cru que je l'avais dupé. En fait, je n'arrive pas à admettre qu'il puisse tourner le dos à son propre enfant. Un jour, il le regrettera.

— Sans doute et ce ne sera que justice. Mais il se peut qu'il n'ait même pas ce courage. Mais en quoi l'aurais-tu dupé ? As-tu prémédité cette grossesse ?

— Absolument pas ! fit-elle d'un ton indigné.

« Alors pour quelle raison se sent-elle aussi coupable ? » se demanda-t-il, perplexe.

— J'ai toujours fait très attention, reprit-elle avec une véhémence qui fit naître un sourire indulgent sur le visage de Bill.

Leurs disputes lui répugnaient, mais il fallait aller jusqu'au bout, crever cet abcès qui avait pour nom Steven. « Assainir la situation, pour son bien et pour le mien. »

— Tu n'as pas répondu à ma question, insista-t-il, sans la quitter des yeux. Qu'attends-tu exactement de ce type ?

— Qu'il reconnaisse le bébé. Qu'il cesse de fuir la réalité, comme il le fait depuis le début. J'aimerais qu'il me regarde droit dans les yeux en me disant : « D'accord, j'ai fait ce gosse avec toi, mais je n'en veux pas. » Ou alors : « Okay, j'ai eu tort et j'aime mon enfant ». Tout sauf ce silence accusateur, comprends-tu ? J'ai besoin d'être libérée de Steven et tant qu'il m'évitera, je me sentirai coupable. Il n'a pas eu la décence de m'envoyer un mot depuis qu'il est parti de la maison.

C'était la première fois qu'elle posait le problème en termes aussi clairs. Bill hocha la tête en un acquiescement muet. Adriane n'arriverait jamais à se débarrasser du souvenir de Steven, tant que celui-ci ne lui aurait pas expliqué les raisons de son comportement. De son refus de l'enfant. Les mots avaient souvent une importance capitale, Bill était bien placé pour le savoir, mais il doutait qu'Adriane obtienne satisfaction. Steven semblait incapable d'assumer ses responsabilités, il l'avait prouvé durant les cinq derniers mois. Il avait choisi la fuite et Adriane n'avait aucune chance de le rattraper. Il ne lui parlerait que par avocats interposés. Et il renoncerait à ses droits paternels sans avoir vu le bébé.

— Encore une fois, tu te fais des illusions, dit-il. On ne peut demander aux gens ce qu'ils ne peuvent pas donner. Et ton Steven ne pourra jamais traiter directement avec toi.

— Comment le sais-tu ?

— Tu l'as bien vu hier soir. Au lieu de te répondre, il a pris ses jambes à son cou devant sa petite amie.

— Sa petite amie ?

Il émit un soupir ennuyé.

— Du moins je l'imagine.

— Elle était si jeune, murmura-t-elle pensivement.

— Et alors ? Tu es jeune toi aussi, non ? Après tout est-ce si important ? Oublie-le, Adriane, c'est ton salut.

— Pourtant, s'il se reprend…

C'était devenu une hantise. Bill ignorait comment, mais elle s'était persuadée que son mari reviendrait après la naissance du bébé.

— Eh bien, s'il se reprend, tu aviseras à ce moment-là.

— Un enfant a le droit de…

Le poing de Bill s'abattit au milieu de la table, faisant valser les tasses dans leurs soucoupes.

— Je sais, je sais, grommela-t-il, exaspéré. Un enfant a le droit de connaître son père naturel, tu me l'as suffisamment dit. Sauf si son père naturel est un petit salopard ! En ce cas, il peut s'en passer.

— Si Leslie avait été en état d'ébriété le jour où elle t'a annoncé qu'elle allait te quitter, n'aurais-tu pas eu besoin qu'elle te répète la même chose quand l'effet de l'alcool se serait dissipé ?

— Sans doute, mais je ne vois pas le rapport.

— Steven était comme ivre, quand il a appris que j'étais enceinte. Ivre de peur. Lorsqu'il se sera calmé, il réagira autrement.

— Pas forcément. Peut-être qu'il déteste vraiment les gosses. Peut-être que c'est plus fort que lui. Pourquoi t'acharnes-tu à ne pas le croire ?

— Je veux juste m'assurer qu'il sait ce qu'il fait.

— Il ne le sait probablement pas. Vas-tu te gâcher la vie pour le restant de tes jours ?

Il n'avait pas osé dire « nous gâcher la vie », mais il le pensait. Comme il pensait qu'il n'était pas facile pour une femme d'oublier l'homme qui lui avait fait un enfant.

— Tu dois me prendre pour une idiote.

Bill se renversa sur sa chaise, avec un lourd soupir.

— Non. Je crois simplement que tu perds ton temps. Laisse tomber, Adriane.

— Parfois, j'ai l'impression de lui voler quelque chose. De lui prendre son enfant pour te le donner. Mais les choses ne sont pas aussi simples. Si Steven réapparaît en réclamant son enfant, que vais-je faire, alors ?

Elle avait réponse à tout. Sauf que Steven ne se manifesterait plus jamais. Bizarrement, Bill en était convaincu.

— Nous verrons, fit-il d'un ton las. Après tout nous ne partons pas avec le bébé à l'autre bout du monde.

Il s'interrompit et passa la main sur son front. Par moments, il avait la sensation que la jeune femme s'efforçait de le protéger, de lui épargner une nouvelle déception. Comme elle essayait d'éviter à Steven de commettre une erreur fatale.

— Chérie, il faut laisser les autres faire leur choix. S'ils se trompent, tu n'en es pas responsable. Supposons que tu aies raison et que Steven réapparaisse. Nous ferons face à cette nouvelle situation *si* elle se produit. Qu'est-ce que nous risquons ? Tout au plus, il aura un droit de visite... Pourquoi te tracasser à l'avance ? À moins...

La phrase resta en suspens, interrompue par une onde de pure panique.

— À moins que tu ne sois tentée de reprendre la vie commune avec lui, acheva-t-il péniblement.

Elle secoua la tête, mais il y avait dans ce geste une infime hésitation.

— Non, je ne crois pas.

Il sentit le sol se dérober sous lui.

— Qu'est-ce que ça veut dire, tu ne *crois pas* ?

— Ça veut dire que je ne l'aime plus, Bill. C'est toi que j'aime. Mais ça dépendra de tellement de choses. Il n'y a pas que nous, mon chéri. Il y a le bébé.

— Vas-tu retourner chez un homme que tu n'aimes pas au nom de je ne sais quel devoir vis-à-vis de ton enfant ?

— Non, non, bien sûr...

Elle ne pouvait pas jurer qu'elle ne le ferait pas. Bill repoussa sa chaise et se leva. Il se sentait désespéré.

Les jours suivants, ils se tinrent sur leurs gardes. Et pendant le week-end, ils se réconcilièrent sur l'oreiller. Entre deux étreintes passionnées, ils purent s'expliquer plus calmement. Adriane voulait s'assurer que Steven ne changerait pas d'avis au sujet de l'enfant. Bill finit par admettre à contrecœur son point de vue. Il espérait secrètement que Steven resterait sur ses positions, même quand il aurait vu le bébé. À condition, toutefois, qu'il acceptât de le voir.

— Tu m'épouseras, après ? demanda-t-il.

Elle eut un sourire radieux.

— Oui. Si tu veux toujours de moi.

L'instant suivant, une nouvelle inquiétude l'assaillait.

— Que diront tes enfants ?

Il s'efforça de la calmer. D'après le Dr Bergman, cet état d'angoisse permanent était naturel. Aux yeux d'Adriane, le moindre souci prenait des proportions démesurées. Tout lui faisait peur, la santé du bébé, les douleurs de l'accouchement, les risques de complications. « Son obsession pour Steven n'est qu'un symtôme de plus », pensa Bill.

À mesure que Thangsgiving approchait, l'anxiété d'Adriane augmentait. Adam et Tommy n'allaient pas tarder à se rendre à Los Angeles et elle redoutait leur jugement. Elle avait décidé néanmoins de répondre honnêtement à toutes leurs questions. Le jour de leur arrivée, elle accompagna Bill à l'aéroport. Dès qu'ils l'aperçurent, les deux garçons contemplèrent son énorme ventre d'un air ahuri.

— Oh ! s'écria Tommy. Que s'est il passé ?

— J'attends un enfant, répondit Adriane, bien que ce fût inutile de le préciser compte tenu de ses rondeurs.

— Un enfant de papa ? s'enquit Tommy, insensible au coup de coude rageur d'Adam.

— Non, expliqua-t-elle plus tard, à la maison, en leur servant une bonne tasse de chocolat chaud. Il est de mon mari et nous... nous allons divorcer.

Bill l'encouragea du regard et elle poursuivit :

— Il m'a quittée parce qu'il ne voulait pas du bébé. Il va renoncer à ses droits sur le petit.

— C'est affreux, s'écria Adam sincèrement choqué.

— Pas du tout, lui répondit Tommy. Si le mari d'Adriane n'avait pas demandé le divorce, elle ne serait pas avec papa, et elle ne m'aurait pas sauvé la vie à Tahoe.

Cette logique irréfutable arracha un rire à Adriane.

— Voilà qui est vrai.

— Quand naîtra le bébé ? voulut savoir Adam.

— En janvier. Dans sept semaines, environ.

— Et où vas-tu vivre ? Dans ta maison ?

Ce fut Bill qui répondit à sa place.

— Non. Ici. Avec moi. Nous mettrons le bébé dans la chambre d'amis.

— Et vous allez vous marier ? questionna Tommy, les yeux pleins d'espoir.

— Oui, certainement. Mais pas tout de suite.

— Chic ! s'exclama Tommy.

Adam entoura le cou d'Adriane de ses bras, encore bouleversé par ses révélations. Un peu plus tard, le petit garçon déclara à son père qu'il aurait dû l'épouser avant l'arrivée du bébé.

— J'y ai songé, mais il faut attendre que le divorce soit prononcé. Je te tiendrai au courant.

Les garçons, contrairement aux craintes d'Adriane, firent preuve d'une merveilleuse compréhension. Le lendemain matin, tout était redevenu normal. La télé marchait à fond la caisse, il y avait du linge partout, et Bill préparait le petit déjeuner dans la cuisine. De nouveau, on eût dit une famille heureuse et unie. On spécula sur le sexe du bébé. Tommy annonça qu'il préférait un garçon, parce que les filles étaient trop bêtes, mais Adam s'empressa de déclarer que cela n'avait aucune importance. Adriane avait retrouvé le sourire. Lorsqu'ils allèrent faire un tour avec leur père, elle rangea leur chambre. Ils revinrent une heure plus tard, avec une énorme gerbe de fleurs.

Le dîner de Thanksgiving fut une grande réussite. Tout le monde semblait parfaitement heureux. Jusqu'au moment où Bill surprit Adriane au téléphone. Elle parlait à sa mère.

— Il va bien, l'entendit-il dire. Il est parti en voyage à Londres.

Bill attendit que les garçons soient couchés, avant d'aborder la question.

— Chérie, pourquoi as-tu menti à ta mère ?

— Pour ne pas l'inquiéter. Personne n'a jamais divorcé dans ma famille et puis… je trouve inutile de leur annoncer une mauvaise nouvelle en période de fêtes.

Interloqué, il la regarda.

— Il y a six mois que ton mari est parti, Adriane. Tu avais largement le temps de le dire à tes parents.

Comme elle ne répondait pas, il la considéra d'un œil soupçonneux.

— Est-ce qu'ils savent que tu attends un bébé ?

La jeune femme se contenta de secouer la tête. Abasourdi, Bill s'effondra sur une chaise.

— Bon sang, Adriane, à quoi joues-tu ? Pourquoi le protèges-tu ?

— Je ne le protège pas ! se défendit-elle, le regard enfiévré. Mais je n'ai pas envie d'en parler à ma mère. Je ne me suis jamais entendue avec mes parents. S'ils savaient, ils ne manqueraient pas de m'accabler de reproches. Je leur dirai tout, un jour.

— Quand ? Dans vingt ans ? Quand le bébé aura fini ses études et que nous aurons eu huit enfants ? Les pauvres gens tomberont de haut.

— Écoute, Bill, ma mère est la dernière personne au monde qui puisse m'apporter un quelconque réconfort.

— Tu aurais pu lui dire au moins que tu étais enceinte.

— Pourquoi ?

Elle regretta aussitôt cette question stupide. Une lueur de colère contenue passa dans les prunelles de Bill et, pour la première fois, une onde de frayeur toucha le cœur d'Adriane.

— Je vois, lâcha-t-il d'une voix blanche. Tu espères toujours que tout rentrera dans l'ordre et que tes parents n'en sauront jamais rien.

— Non, non, fit-elle mollement. Si je n'avais pas laissé passer autant de temps... comment veux-tu que je leur dise maintenant ? C'est tellement compliqué.

— Il va falloir pourtant envisager...

Il s'interrompit en pensant « à moins que Steven revienne au bercail », mais préféra garder le silence, afin de ne pas déclencher une nouvelle dispute.

— Fais ce que tu veux, jeta-t-il finalement. C'est ta vie, après tout. Et ce sont tes parents. Parfois je ne te comprends pas.

— Parfois, je ne me comprends pas moi-même, avoua-t-elle. J'ai eu tort de ne rien dire à personne quand Steven m'a quittée. Au début j'en avais honte, après c'était trop tard et maintenant c'est ridicule. Seigneur, la moitié de mes collègues pensent que je trompe mon mari !

Elle rapprocha sa chaise de celle de Bill, mit sa tête contre son épaule. Il l'enlaça avec un soupir résigné.

— Par moments, tu me rends fou, Adriane. Voilà sans doute pourquoi je t'aime tant.

— Et voilà pourquoi Harry aime Helen, la meilleure amie de sa défunte épouse, qui...

Sa phrase s'acheva dans un rire, alors qu'il roulait des yeux furibonds.

— Assez ! J'ai l'impression d'entendre un verset de l'Ancien Testament.

— Pardonne-moi, chéri, j'ai réussi à tout gâcher.

— Ne t'en fais pas. Nous parviendrons à tirer au clair cette affaire.

« Et le plus tôt sera le mieux », se dit-il en l'embrassant.

# 24

Le week-end de Thanksgiving passa trop rapidement. Depuis qu'ils savaient qu'Adriane était enceinte, Adam et Tommy l'entouraient de mille sollicitudes. Souvent, Adam posait sa menotte sur le ventre de la jeune femme, dans l'espoir de sentir bouger le bébé.

— C'est génial ! s'exclamait-il, ébloui, chaque fois que ses vœux étaient exaucés.

Bill s'empressait de lui donner raison. Ce nouvel être qui s'éveillait à la vie le fascinait.

Le dimanche après-midi, il suggéra un tour au parc. Tout le monde fila se préparer mais, malgré ses efforts, Adriane fut incapable de lacer ses souliers.

— Mon Dieu, gémit-elle, j'ai l'impression de me pencher sur un punching-ball.

— Parfois, moi aussi, murmura Bill, avant de s'agenouiller pour l'assister.

Ils faisaient l'amour aussi souvent qu'ils le pouvaient, malgré les formes épanouies d'Adriane.

— Cela n'arrive pas qu'aux autres, soliloqua-t-il, amusé, tandis que ses doigts agiles nouaient les lacets.

— Quoi donc ?

— Être amoureux d'une femme enceinte de huit mois.

— Tu devrais t'en inspirer, glousa-t-elle. Si Harry quitte Helen, par exemple, celle-ci pourrait séduire un autre homme.

Il se leva et l'aida à enfiler son sweater.

— Évidemment. J'entends d'ici mon bon vieux producteur disant « cette fois-ci vous avez dépassé les bornes, Thigpen, votre truc n'est pas crédible ».

Le petit groupe joua au ballon à Penman Park tout l'après-midi et le lendemain, Adam et Tommy reprirent l'avion pour New York. Bill ramena Adriane à la maison qui, comme à l'accoutumée après le départ des enfants, leur parut morne et silencieuse. Les jours suivants, ils eurent à peine le temps d'y penser. Noël n'était pas loin et la chaîne de télévision réorganisait ses programmes. Tout en travaillant d'arrachepied, Adriane s'était mise à transformer la chambre d'amis en nursery. Un berceau avait pris la place du lit, de nouveaux rideaux masquaient la fenêtre. Bill l'aidait de son mieux. À mesure que l'heureux événement approchait, il se montrait plus tendre, plus attentif. Adriane songeait souvent à la chance qu'elle avait eue de l'avoir rencontré.

Tommy et Adam les appelaient fréquemment de New York et chaque fois, ils demandaient si le bébé était né. Bill leur promit qu'ils seraient les premiers prévenus. Ses fils répondaient alors, « pourvu que ce soit un garçon », mais lui, en son for intérieur, désirait une petite fille.

Après Thanksgiving, il avait accompagné Adriane au cours d'accouchement sans douleur. Tous deux s'étaient inscrits aux séances de nuit. Il y avait une douzaine d'autres couples dont la plupart attendaient leur premier enfant. Adriane, devenue grognon, avait commencé par rechigner. Effectuer des exercices respiratoires au milieu d'un groupe d'étrangers la mettait mal à l'aise. Elle s'en serait bien passée, si Bill et sa gynécologue ne l'avaient « forcée à y aller », ainsi qu'elle le décréta plus tard, à la cafétéria où elle partageait un sandwich à la dinde avec Bill.

— Je ne vois pas en quoi cette méthode peut m'aider. Que je respire ou pas, le bébé sortira, non ?

— Cela t'aidera à te détendre, suggéra-t-il calmement.

Elle le regarda grignoter un pickle.

— Pourquoi ? Tu as déjà suivi ce cours avec Leslie ?

À l'idée qu'il avait déjà eu cette expérience avec une autre et qu'il en savait plus qu'elle sur la grossesse, son front s'empourpra d'une bouffée de jalousie. Bill répondit par un geste vague, évitant astucieusement de comparer le présent au passé.

— Oui, en quelque sorte, finit-il par marmonner sous le regard insistant de sa compagne.

— Je préfère accoucher à la maison...

Il avait déjà entendu ce refrain. Une fois de plus, il opposa son veto.

Ils retournèrent le soir même à l'hôpital pour la première séance de relaxation. Les autres couples étaient assis en tailleur sur des tapis de gymnastique posés à même le sol. Chacun se présenta. Les futures mamans étaient des femmes de tous âges – la plus jeune, une étudiante, avait dix-huit ans. Il y avait deux institutrices, une infirmière, un professeur de natation qui arborait une mine splendide, deux femmes au foyer, une employée des postes, une musicienne. Leurs maris exerçaient des métiers aussi variés. Adriane et Bill déclarèrent simplement qu'ils travaillaient à la télévision, ce qui ne parut impressionner personne. La leçon débuta par une série d'exercices que la monitrice interrompit pour une pause. Les femmes commandèrent des sodas, les hommes du thé et du café.

Pendant qu'ils sirotaient leurs boissons, la monitrice se lança dans une longue énumération des bienfaits de la méthode Lamaze, destinée à rassurer les esprits sceptiques. Après quoi, elle illustra son discours par un film. Sur l'écran, une femme en couches grimaçant de douleur. La main d'Adriane agrippa celle de Bill.

— La personne que vous voyez aura son deuxième enfant, commenta le prof. Elle a eu son premier suivant les techniques de la médecine traditionnelle, ajouta-t-elle, avec une pointe de mépris.

C'était censé être le paradis, en comparaison de l'enfer que la parturiente avait dû endurer lors de son précédent accouchement. Elle haletait, suait et grognait, mais on pouvait voir qu'elle essayait de contrôler sa respiration. « Comme elle a l'air de souffrir ! » se dit Adriane, affolée. On eût dit qu'elle allait rendre l'âme. Tout à coup, elle commença à se tordre en gémissant, comme sous l'effet d'une atroce douleur, sans cesser de souffler et de pousser, puis, au bout d'une éternité, une petite figure cramoisie apparut entre ses jambes. Les exclamations de l'équipe médicale accueillirent la naissance de l'enfant, une petite fille, dont les vagissements emplirent l'espace. Le plan suivant montrait le nouveau-né couché sur le ventre de sa mère. L'heureux père, rayonnant, aidait sa femme à sectionner le cordon ombilical, alors que le mot « fin » s'étalait sur l'image.

Dans la voiture, peu après, Adriane se cantonna dans un mutisme absolu.

— Eh bien, qu'en as-tu pensé ? questionna Bill.

Elle tourna vers lui de larges yeux terrifiés.

— Je voudrais avorter !

La sentant si fragile, si effrayée, il avança une main caressante vers sa joue pâle. Le film l'avait impressionné, lui aussi, et il n'avait pas cessé de maudire intérieurement la monitrice.

— Allons, dit-il, cependant, de son air le plus rassurant. Tout se passera bien, je te le promets.

Le souvenir des souffrances de Leslie lorsqu'elle avait mis au monde Adam fulgura dans sa mémoire. Pour Tommy, l'épreuve avait été moins dure. Il aurait voulu apaiser les craintes d'Adriane mais celle-ci le foudroya d'un regard courroucé.

— Comment le sais-tu ? Tu n'as jamais eu de bébé. Je n'oublierai jamais le visage convulsé de cette femme. À chaque instant, je m'attendais à la voir mourir.

— C'était un mauvais film. N'y pense plus.

— En tout cas, je ne retournerai pas dans cet hôpital.

— Tu as tort. Apprendre à respirer ne te fera pas de mal.

— J'exigerai une anesthésie générale...

Le lendemain, elle en parla au Dr Jane Bergman, qui secoua lentement la tête.

— Nous n'utilisons ce procédé que dans des cas extrêmement rares, quand par exemple on doit pratiquer une césarienne et qu'on n'a pas le temps de faire une péridurale. Il n'y a pas de raison d'avoir peur, Adriane. Continuez à assister aux cours et vous serez étonnée des résultats.

— Je ne veux plus de ce marmot ! soupira la jeune femme, alors qu'elle quittait le cabinet médical en compagnie de Bill.

— C'est un peu tard, chérie.

Il la couva d'une regard tendre. Dans sa robe flottante rose, les cheveux tirés en une lourde queue-de-cheval, elle faisait l'effet d'une petite fille égarée. Chaque image du film s'était gravée dans sa mémoire au fer rouge.

— Cette fichue technique n'empêche pas la douleur, ronchonna-t-elle.

— Chérie, aie confiance. Nous répéterons ensemble chaque exercice.

Le même soir, il la fit allonger sur le grand lit et, montre en main, l'obligea à respirer et à expirer à un rythme régulier. Elle s'arrêta au beau milieu de la manœuvre et posa une petite main hardie sur la cuisse de son instructeur.

— J'ai une meilleure idée, murmura-t-elle avec un sourire tentateur.

— Adriane, tu n'es pas sérieuse !

— Si, pourtant...

Ce disant, elle déploya un effort surhumain pour changer de position. En vain. Son ventre était si lourd à présent que le moindre mouvement s'avérait presque impossible. « Le petit lutin », comme elle avait coutume d'appeler le bébé, avait atteint une taille respectable et ses multiples manifestations la tenaient parfois éveillée toute la nuit.

— Peut-être que je resterai comme ça jusqu'au Jugement dernier...

— Je ne serais pas fâché de retrouver la sylphide qui m'a séduit dès le premier jour.

Elle se remit sur le dos, telle une baleine échouée.

— Merci bien ! Dis que ma silhouette te déplaît.

Sous le ton badin, il décela son anxiété et, se couchant auprès d'elle, il se hissa sur un coude pour la contempler.

— Objection, Votre Honneur ! Tu continues à représenter mon idéal féminin.

Il se pencha, lui effleura les lèvres d'un baiser, sentit les doigts de la jeune femme se nouer autour de sa nuque, alors qu'une larme minuscule miroitait entre ses cils.

— Oh, Bill, j'ai tellement peur…

— Je le sais, mon amour, répondit-il, le cœur serré, mais tout ira bien, je te le jure.

— Et si ça n'allait pas ? Si quelque chose arrivait au bébé ? Si…

C'était ridicule, avoua-t-elle, mais elle avait peur de mourir en donnant la vie. La face grimaçante de la femme dans le film la hantait, elle croyait encore entendre ses cris déchirants. Personne ne l'avait jamais prévenue. Personne ne lui avait jamais dit que l'enfantement pouvait être aussi pénible.

— Rien ne t'arrivera, chérie, et au bébé non plus. Je serai là du début à la fin. Je te tiendrai la main et tout se passera à merveille.

— C'est très douloureux n'est-ce pas ?

Il la fixa droit dans les yeux, s'efforçant de balayer le souvenir de Leslie pendant la délivrance.

— Pas forcément. Cela doit dépendre de la constitution de chaque parturiente.

— Oui. Celles qui ont un bassin comme le canal de Panamá souffrent sûrement moins que les autres, répondit-elle sombrement.

— Tout ira bien, répéta-t-il.

Leurs lèvres s'unirent avec ardeur. Les mains d'Adriane se glissèrent sous le pull-over de Bill, remontèrent le long de sa colonne vertébrale, vers les épaules. Un frisson de plaisir le parcourut et il tenta vainement de refréner sa passion. Au milieu de leurs caresses, il se reprit.

— J'ai honte de m'attaquer à une femme dans ton état.

— Tu ne devrais pas, se moqua-t-elle, s'émerveillant du désir qu'elle lui inspirait.

Tremblant, il se rendit à l'inévitable. Adriane se laissa déshabiller avec délices, puis, lorsqu'il la fit pivoter sur lui, elle exhala un doux gémissement. Ils s'aimèrent fougueusement et quand, surpris par l'extase, ils restèrent un instant immobiles, comme anéantis, Bill passa la main sur son front d'un air coupable.

— Comment te sens-tu ? s'informa-t-il, de crainte que ses assauts ne lui aient fait mal.

— Je ne me suis jamais mieux sentie de ma vie, affirma-t-elle, le regard encore voilé par le plaisir.

— Je n'aurais pas dû céder au démon de la lubricité, soupira-t-il.

— Trop tard, railla-t-elle.

— Veux-tu que nous reprenions l'exercice de tout à l'heure ?

— Oh, non, je me sens pleinement satisfaite après celui-ci.

Un coup d'œil machinal à la pendule la fit bondir. Les aiguilles indiquaient vingt-deux heures.

— Seigneur, je serai en retard pour le journal de la nuit.

En dépit des sages conseils de Bill et de Zelda, Adriane tenait à travailler jusqu'au dernier moment.

— Chérie, pourquoi ne te reposes-tu pas un peu ?

— J'aurai tout le temps de me reposer, *après* la venue du bébé.

— C'est ce que tu crois, sourit-il.

Il ne se rappelait que trop bien les nuits blanches qu'Adam, puis Tommy, avaient fait passer à Leslie. À plusieurs reprises il avait voulu mettre Adriane en garde, mais elle n'avait rien voulu savoir.

Une demi-heure plus tard, elle entrait dans les locaux de la chaîne. Zelda l'avisa, l'œil rond, pointant dans sa direction un index admiratif.

— Oh, là là ! s'exclama-t-elle. Tu peux encore marcher sans plier sous le poids de ton abdomen ?

— Sans problème. On s'y habitue très bien.

— Tant mieux, compatit la rousse, pas très convaincue.

Zelda n'avait jamais désiré d'enfant. À ses yeux, la grossesse équivalait à une sorte de calvaire dont elle préférait se passer. Le mariage ne la tentait guère davantage. Un mari était un être ennuyeux dont on ne pouvait plus se dépêtrer sans y laisser des plumes. D'instinct, elle évitait les couples. Bill avait d'emblée suscité sa sympathie, bien qu'elle le jugeât trop protecteur. Mais le bonheur d'Adriane la ravissait. Sa patronne avait enfin dégoté un homme digne de ce nom, exultait-elle. Rien à voir avec ce petit saligaud de Steven Townsend. Zelda avait déjà aperçu ce dernier dans différentes boîtes de nuit, toujours en galante compagnie. Des créatures affriolantes, jeunes et minces, qui devaient ignorer, bien évidemment, que leur idole avait quitté sa femme parce qu'elle attendait un bébé. Chaque fois que Zelda avait demandé à Adriane si son ex-mari avait donné signe de vie, celle-ci s'était bornée à ébaucher un vague geste de la main en secouant la tête. Au bout d'un moment, Zelda avait cessé de lui poser des questions qui, visiblement, l'embarrassaient.

Bill passa chercher Adriane après la dernière édition du journal télévisé. Côte à côte, ils s'avancèrent vers l'ascenseur. La jeune femme riait à une plaisanterie de son compagnon, quand elle se figea, le visage crispé.

— Qu'y a-t-il ? s'alarma Bill.

— Je ne sais pas...

Essoufflée, elle s'appuya sur lui, encore sous l'effet de la surprise. Cela n'avait duré qu'une minute, mais elle n'était pas prête de l'oublier. Son ventre s'était subitement durci comme pris dans un étau. Le fragment d'un commentaire qu'elle avait entendu au cours Lamaze lui revint en mémoire, et elle fixa Bill, horrifiée.

— Je crois que j'ai eu une contraction.

Aussitôt, un bras protecteur lui entoura les épaules.

— Tu te fatigues trop. Tu ferais mieux de te reposer si tu ne veux pas d'un prématuré.

— Oh, non. Je ne veux pas ! Pas encore. Pas avant Noël.

— En ce cas, cesse de te tuer au travail. Demande-leur ton congé de maternité. Ils comprendront. Après tout, tu es enceinte de huit mois.

Sur le chemin du retour, elle eut deux autres contractions. Une fois à la maison, Bill l'installa sur le canapé et la força à avaler un petit verre de vin blanc. Par miracle, elle se sentit tout de suite mieux.

— Tu es un magicien, s'enthousiasma-t-elle.

Il l'embrassa, puis s'écarta d'elle, le front soucieux.

— Il ne faut plus faire l'amour, décréta-t-il.

Leur étreinte passionnée, quelques heures plus tôt, y était sûrement pour quelque chose, et il se sentit en proie à un vif sentiment de culpabilité.

— Mon médecin ne m'a rien dit.

— Normalement, il n'y a pas de danger mais…

— Alors refaisons l'amour !

Elle termina son verre et fixa, avec un sourire charmeur, l'émail de ses prunelles sur Bill, qui fit mine de s'indigner.

— Adriane, tu n'es qu'une dépravée !

Leurs rires se firent écho. Le pire était qu'il la désirait de nouveau comme un fou. Il la désirait tout le temps et rien ne semblait pouvoir le rassasier d'elle. Et chaque jour, il l'aimait davantage. Adriane était la femme de sa vie. Son intelligence, sa douceur, son entrain l'avaient conquis à jamais. Son ravissant petit visage, sa fragilité, se fraîcheur, tout en elle éveillait sa tendresse. Il avait envie de la protéger et de la câliner. Il se pencha pour l'embrasser. Elle répondit à son baiser avec son habituelle ardeur, mais il se recula, à contrecœur.

— Chérie, si tu continues, tu auras des triplés !

— Grande idée, roucoula-t-elle, avant de se renfrogner, ajoutant sombrement : ça doit faire mal.

— Eh bien, estime-toi heureuse, tu n'en feras qu'un.

Elle sourit à sa plaisanterie et, plus tard, dans l'obscurité veloutée de leur chambre, une petite voix murmura :

— Et si c'étaient des jumeaux ?

— Les médecins s'en seraient aperçus.

Il l'entendit soupirer. Adriane s'affolait pour un rien. Chaque nuit, elle faisait plusieurs allers-retours à la nursery où elle rangeait inlassablement les affaires du bébé : layettes, draps, minuscules chaussons, bonnets, pyjamas qu'elle avait choisis dans les meilleures boutiques de la ville. C'était vraiment touchant et, plus d'une fois, Bill n'avait pu s'empêcher de traiter mentalement Steven d'imbécile.

L'ancienne chambre d'amis, complètement transformée, attendait son petit locataire. Bill avait retapissé les murs d'un joli papier blanc orné d'étoiles bleues et roses, avec une frise en forme d'arc-en-ciel dans les mêmes tons. Délogé par le berceau, le lit à baldaquin avait été relégué à la cave et le mobilier avait fait place à de ravissants meubles pour bébé qu'ils s'étaient procurés début décembre.

Une semaine avant Noël, la maison étincelait. Bill et Adriane décorèrent l'arbre de guirlandes dorées et argentées.

— J'aurais tant voulu que les enfants le voient, dit-il.

C'était la première fois qu'il allait passer les fêtes sans eux. Adam et Tommy étaient allés faire du ski dans le Vermont. Ils ne viendraient pas avant les vacances scolaires de février. Le bébé aurait alors trois semaines et Adriane serait sortie de clinique. Elle avait décidé de l'allaiter. Un couffin placé à côté de leur lit lui éviterait de se lever dans la nuit pour nourrir le nouveau-né.

Un peu avant Noël, elle prit un jour de congé, pour effectuer ses achats. Le 1er janvier, Bill fêterait ses quarante ans. Adriane comptait lui offrir à cette occasion une splendide montre en or qu'elle avait aperçue dans la vitrine d'une boutique de luxe de Rodeo Drive. Le modèle, qui coûtait une petite fortune, avait été conçu par Cartier dans les années vingt pour un sultan, et baptisée, fort à propos, « le Pacha ». Et pour Noël, elle allait le combler de présents. Toutes sortes de gadgets sophistiqués, dont un téléphone de poche sans fil, permettant d'être en contact avec lui à toute heure du jour et de la nuit. Un sweater, une eau de Cologne, un livre sur le cinéma, un ruineux poste de télévision miniature qu'il pourrait regarder dans son bain ou en voiture. Bill avait expédié à ses enfants leurs cadeaux, une paire de skis à chacun. Muni pour la première fois de son propre équipement sportif, Tommy s'était senti pousser des ailes. Adriane leur avait envoyé des parkas doublés de fourrure et des jeux électroniques dont ils raffolaient. Au téléphone, elle leur avait promis de jouer avec eux lors des grandes vacances qu'ils passeraient, cette fois, sur les côtes paradisiaques de Hawaii où Bill louerait un cottage.

Trois jours avant Noël, Adriane avait déjà enrobé de papier glacé les cadeaux de Bill. Elle désirait lui en faire la surprise lorsqu'ils reviendraient de la réception annuelle organisée par le producteur du feuilleton. La jeune femme dissimula les paquets dans le berceau, les recouvrit d'une couverture duveteuse, referma la porte avec un soupir de satisfaction. Tout à sa joie anticipée, elle alla chercher le courrier. Son sourire s'effaça, à la vue d'une enveloppe en provenance du Palais de Justice. Elle la décacheta, en sortit quelques feuillets qu'elle parcourut à la hâte.

Son divorce, lut-elle, avait été prononcé par le tribunal le 21 décembre. M. Townsend, était-il précisé, préférait que son ancienne épouse n'utilisât plus son nom, bien que la loi le lui permît. Suivait la déclaration de Steven renonçant à ses droits paternels. Les papiers échappèrent des mains tremblantes d'Adriane. Son bébé viendrait au monde sans père. Le nom de Townsend ne figurerait pas sur le certificat de naissance. Il n'y avait rien de nouveau, rien que la jeune femme n'ait su déjà et, pourtant, un flot de larmes amères lui brûla les paupières. Désespérée, elle s'affala sur un fauteuil, les yeux fixes. On se marie pour le meilleur et pour le pire, on échafaude mille projets d'avenir, et un beau jour, c'est fini. Il ne reste plus que des papiers, de simples petits rectangles blancs éparpillés sur un tapis, vous signifiant la fin de vos rêves. Un mariage commence dans l'espoir et se termine dans le rejet. Car Steven avait tout renié. Jusqu'à leur enfant.

Elle ramassa les feuillets épars et les rangea dans un tiroir du bureau. Bill n'allait pas tarder à rentrer, il était inutile qu'il les voie. Ses pensées se tournèrent affectueusement vers cet homme si généreux qui avait tout partagé avec elle, son temps, son lit, sa vie, et qui était prêt à donner son nom à son bébé. Le nom que Steven lui avait retiré. Une fois de plus, la comparaison entre les deux hommes jouait en faveur de Bill et, cependant, c'était Steven qui hantait l'esprit d'Adriane. Steven et son refus obstiné d'accepter le bébé.

Elle avait presque fini de s'habiller, quand Bill apparut sur le seuil de la chambre. Du premier coup d'œil, il devina que quelque chose la tourmentait.

— As-tu eu des contractions ? s'inquiéta-t-il.

— Non, je vais bien.

Mais brusquement, elle se décida. Elle ne devait rien cacher à Bill.

— Je viens de recevoir l'avis de divorce. Et celui de la cessation des droits paternels de Steven. C'est officiel maintenant.

Il la prit dans ses bras et embrassa ses paupières gonflées de larmes.

— Je t'aurais félicitée si je m'écoutais, mais je sais ce que tu ressens, ma chérie. On a beau s'attendre à quelque chose, cela donne toujours un choc. Tu te remettras, Adriane. Un jour, tu seras débarrassée du passé.

— Je l'espère. Mon Dieu, quand j'ai ouvert cette lettre, j'ai compris ce que doit éprouver le cancre qui se voit renvoyer de l'école. Même s'il est coupable de…

— Le coupable dans cette affaire est Steven, rappela-t-il, tandis qu'elle s'asseyait sur le bord du lit en reniflant.

— J'ai dû commettre une erreur… Sachant qu'il ne voulait pas d'enfant, je n'ai pas su le convaincre.

— D'après ce que tu m'as dit, aucun argument au monde ne pouvait convaincre ce type. Il serait là, à ma place, s'il avait du cœur.

La scène qui s'était déroulée sous ses yeux trois mois plus tôt au restaurant avait conforté Bill dans son opinion en ce qui concernait Steven Townsend. Les mots lui manquaient pour décrire son mépris à l'égard de cet individu. Quel genre d'homme était-il pour se comporter de la sorte ? Un égoïste et un lâche, avait-il conclu et c'était un verdict sans appel.

— Chérie, oublie-le, supplia-t-il.

Elle répondit par un vague signe de tête, finit de s'habiller, le suivit à la réception de son producteur. Dans la liesse générale, elle faisait piètre figure. Au milieu des autres femmes, minces comme des lianes, elle se sentait grosse, laide, triste. Elle passa une soirée déplorable, alors que tout le monde s'amusait. Attentif à ses moindres réactions, Bill la reconduisit à la maison assez tôt. Ses collaborateurs comprendraient. Et même s'ils lui en voulaient, cela lui était parfaitement égal. Seule Adriane comptait. Lorsqu'ils se couchèrent, elle se plaignit d'avoir des contractions.

— Alors, tu es vraiment déprimée, la taquina-t-il. Veux-tu que j'appelle le médecin ?

Non, elle ne voulait pas. Du regard, elle contemplait tristement le couffin bordé de dentelle blanche. Aux cours d'accouchement sans douleur, elle avait appris à maîtriser les petits inconvénients des dernières semaines. L'enfantement lui faisait toujours aussi peur, mais ce soir, elle n'y songeait pas pour une fois. Son esprit reproduisait inlassablement les images d'un bonheur révolu. Elle pensait à Steven, à leur divorce, au fait que le bébé naîtrait sans père. La main chaude de Bill sur son épaule la ramena au présent.

— J'ai une idée, sourit-il. Une idée géniale et totalement folle. Marions-nous à Noël. Cela nous laisse trois jours pour la visite prénuptiale. La publication des bans doit chercher dans les dix dollars, que je suis prêt à avancer.

— Ce ne sera pas juste.

— Quoi ? Que j'avance les dix dollars ?

— Non. Que tu m'épouses par pitié. Tu mérites beaucoup mieux, ainsi que Tommy et Adam.

Il se tourna sur le dos, avec un grognement.

— Chérie, ne te crois pas obligée de me mettre dans le droit chemin. Je suis un grand garçon et je sais ce que je fais. Et il se trouve que je t'aime.

— Moi aussi je t'aime, murmura-t-elle d'une voix lugubre. Mais ce ne serait pas juste.

— Pour qui, bon sang ?

— Pour toi, pour le bébé… pour Steven.

Il la regarda, exaspéré. Sa manie de se montrer juste envers tout le monde, surtout vis-à-vis de ce fumier de Steven, risquait de tourner à l'idée fixe.

— Peux-tu m'expliquer par quel raisonnement névrotique tu es arrivée à cette conclusion ?

— Je ne veux pas que tu m'épouses sous prétexte que tu te sens obligé de m'aider ou parce que le bébé doit avoir un père. On ne se marie pas par devoir.

— Personne ne t'a jamais dit que tu es idiote ? Jolie, sensuelle, mais idiote ! De quel devoir parles-tu ? Adriane, je suis désespérément, éperdument, passionnément amoureux de toi depuis plus de six mois, au cas où tu ne l'aurais pas remarqué… Coucou ! c'est moi, t'en souviens-tu ? L'homme avec lequel tu vis depuis l'été dernier… Le même homme dont tu as sauvé le fils à Tahoe et dont les enfants te portent aux nues.

Une lueur de ravissement dansa dans les yeux bleu saphir, mais s'éteignit presque aussitôt.

— Je sais… Ce n'est toujours pas juste.

— Pourquoi ?

— Pour le bébé.

Pour la première fois, le regard de Bill se durcit. Cette sempiternelle rengaine, il ne l'avait que trop entendue et il commençait à en avoir par-dessus la tête.

— Et pour Steven, évidemment.

— Évidemment… Il a agi dans un moment de panique. Il faut lui donner une chance de voir clair avant de lui fermer toutes les portes, une chance de connaître son enfant.

— La loi semble avoir tranché dans un autre sens, Adriane. Et puisque tu te réfères sans cesse à la justice, celle-ci a entériné la décision de Steven d'abandonner ses droits sur le bébé.

— Oui, légalement c'est exact. Mais moralement ? Peux-tu le dire ?

— Nom d'un chien, je ne sais plus quoi dire ! grogna-t-il, bondissant hors du lit et manquant se prendre le pied dans le couffin. Je ne sais qu'une chose : je t'aime très fort, comme je n'ai jamais aimé personne. Et j'aime aussi le bébé. Je n'ai pas besoin d'attendre qu'il soit là pour m'assurer qu'il est mignon ou pour savoir si je suis capable de l'élever. Je veux t'épouser, m'endormir avec toi et m'éveiller près de toi tous les jours, jusqu'à ma mort. J'ai fui l'amour pendant sept ans, je te l'ai dit, de peur qu'une femme me fasse subir la même chose que Leslie. J'avais juré de ne plus permettre à quelqu'un de m'enlever mes enfants. Ce bébé n'est pas le mien, comme tu me l'as si souvent répété, mais je ne l'aurais pas aimé davantage si j'étais son véritable père. Je l'ai senti vivre et bouger en toi depuis des mois et je ne veux pas le perdre.

Il s'était mis à arpenter la pièce comme un fauve.

— Maintenant je vais te mettre les points sur les i, Adriane, reprit-il. Je refuse de rester là, bêtement, en attendant que Steven décide si, oui ou non, il va me priver de tout ce que j'aime. Je veux t'épouser et adopter ton enfant mais je ne compte pas rester longtemps dans l'expectative. Fais ce que tu as à faire, mais fais-le vite ! Et puisque tu as l'air férue de justice, mettons les choses au point. Qu'est-ce qui est juste ? Et pour combien de temps ? Jusqu'à quand suis-je censé me comporter loyalement vis-à-vis de Steven ?

— Je ne sais pas, murmura-t-elle, très impressionnée par ses paroles.

Elle l'aimait plus que jamais, mais elle gardait un silence obstiné. Bill avait raison. Elle ne pouvait lui imposer d'attendre indéfiniment.

— Qu'est-ce qui te paraît juste ? Une semaine ? Un mois ? Un an ? Est-ce que si au bout d'un mois après la naissance du bébé ce monsieur n'a pas manifesté l'intention de le voir, je pourrai respirer ?

— Je n'ai pas l'intention de revivre avec lui.

Il la fixa avec incrédulité. Son obsession de loyauté pouvait la mener loin sans qu'elle s'en doute. Les femmes entretenaient souvent des rapports incongrus avec le père de leurs enfants. « Les hommes ignoreront toujours, se dit-il, de qui est réellement leur progéniture. Les femmes sont les seules à le savoir. » Sans doute, Adriane se sentait-elle liée à Steven pour l'éternité, à cause du bébé... Peut-être pas, espéra-t-il, bien qu'elle ne fît que des réponses vagues.

— C'est seulement pour le « petit lutin », Bill...

— Je sais, je sais, lâcha-t-il en se laissant tomber sur le lit. Tu me fais peur, parfois. Je t'aime, ajouta-t-il, les yeux humides.

— Je t'aime aussi, murmura-t-elle tout contre les lèvres qui la réchauffaient.

— Alors, disons un mois ? Quand le bébé sera né, tu donnes à cette ordure un mois pour changer d'avis, après quoi nous l'envoyons paître. D'accord ?

Elle esquissa un sobre oui de la tête. C'était un sursis raisonnable, plus que ne méritait Steven. Steven, qui avait signé la demande de divorce et la cessation de ses droits parentaux d'une main aussi implacable que celle d'un meurtrier ! Oui, Steven l'avait tuée. Et Bill l'avait ramenée à la vie. En vérité, Adriane devait bien plus à Bill qu'à Steven. Certes, ce dernier avait été son mari, mais sans Bill elle serait peut-être déjà morte. Des deux hommes, seul Bill était digne sa confiance. Adriane s'en voulait terriblement de le blesser ainsi mais son sens aigu de devoir l'emportait sur ses sentiments. Un mois... Passé ce délai, la porte qu'elle avait si méticuleusement gardée ouverte se refermerait sur Steven. Pour toujours.

— Tu accepteras de m'épouser, après ? la pressa Bill.

Elle acquiesça.

— Vraiment ?

— Oui. Mais pas avant que je ne te fasse un aveu.

— Seigneur ! Quoi encore ?

— Je t'ai menti, dit-elle avec un sourire malicieux que, dans son affolement, il ne remarqua pas.

— Quand ? À quel sujet ?

— Je ne suis plus vierge.

Dans le silence consterné qui suivit, il la considéra un instant, pétrifié, avant de pouffer.

— Ah... petite peste !

Puis, malgré les remords qui ne manqueraient pas de le harceler, il se mit à lui faire l'amour, et lorsque ce fut terminé, ils s'endormirent paisiblement, blottis l'un contre l'autre, jusqu'au lendemain matin.

# 25

Le 25 décembre, le téléphone les tira à neuf heures quinze d'une hypothétique grasse matinée. À l'autre bout de la ligne les voix claires d'Adam et Tommy leur souhaitèrent « Joyeux Noël ».

Les fils de Bill appelaient des pistes neigeuses de Stowe où ils s'étaient rendus avec leur mère. Leur plaisir n'avait d'égal que leur excitation et cela était charmant à entendre. Lorsqu'ils eurent raccroché, Adriane, souriante, souhaita un bon Noël à Bill. Chacun disparut ensuite en direction de sa cachette, pour réapparaître, les bras chargés de paquets-cadeaux. Ceux de Bill, impeccablement emballés, ceux d'Adriane aussi maladroitement ficelés que sa cuisine. Il tomba en extase devant le poste de télévision miniature et le téléphone de poche, enfila tout de suite le sweater et le blouson de cuir de base-bail que la jeune femme avait achetés deux jours auparavant à Melrose, s'aspergea d'eau de Cologne. En mettant à jour le contenu des paquets, il poussait des cris de surprise.

Adriane reçut une montagne de cadeaux. Une superbe robe verte en daim de chez Giorgio qu'elle porterait après la venue du bébé, un sac en croco de chez Hermès, le fameux modèle appelé « Kelly » qu'Adriane lorgnait chaque fois qu'il leur arrivait de passer devant la vitrine. Un lot de livres, une paire de pimpantes mules roses décorées de minuscules pastèques, trois magnifiques chemises de nuit, une somptueuse robe de chambre, des gants de chez Gucci en cuir noir ornés de pompons rouges. Et un tas de colifichets qu'elle adora, porte-clé en or, porte-plume, montre de Mickey Mouse, breloques, recueil de poèmes d'amour. Des larmes de joie brillaient dans ses yeux…

Réjoui, il s'éclipsa et revint presque aussitôt avec un petit paquet enrobé de papier turquoise et orné d'un ruban de satin blanc.

— Oh, non, assez ! cria-t-elle, le visage enfoui dans ses mains gantées, non Bill, il ne faut pas.

— Tu as raison, répondit-il d'un air amusé, j'ai un peu exagéré. Mais au point où nous en sommes, ouvre celui-là aussi.

À mesure qu'elle considérait le joli petit paquet, son sourire s'effaçait. « Ne le prends pas ! » l'avertissait son instinct.

— Allez ! l'encouragea Bill, ne sois pas poule mouillée.

Les doigts fiévreux d'Adriane défirent le nœud de satin blanc, puis le papier turquoise qui s'écarta sur un écrin du même bleu, où se brodait le nom de Tiffany. Elle souleva lentement le couvercle et resta bouche bée. Un anneau composée d'une rangée de diamants en forme de baguettes étincelait sur le lit de satin. Son regard se reporta, hagard, du bijou au visage de Billy.

— Mets-la, l'incita celui-ci. Ne sois pas bête. Je crois qu'elle est à ta taille. Viens, je vais t'aider.

Les doigts d'Adriane étaient légèrement enflés mais il en avait tenu compte. Les yeux de la jeune femme suivirent la bague qui glissait le long de son annulaire aisément, sans forcer.

— Oh, mon Dieu… oh, Bill…

Ses jambes flageolèrent et elle s'assit lourdement, fascinée par l'incomparable éclat des pierres précieuses.

— C'est très beau, mais…

Elle lui avait déjà expliqué qu'elle ne se sentait pas prête pour le mariage. C'était le genre de bijou que très peu de femmes se targuent de recevoir au bout de vingt ans de vie conjugale. Bill haussa les épaules comme se s'il se fût agi d'un présent ordinaire. Le feuilleton venait de gagner son énième prix, déclara-t-il, ce qui lui avait permis cette petite fantaisie.

— Il fallait que tu aies l'air d'une femme respectable à l'hôpital. C'est une bague de mariage, bien sûr, mais je la trouve plus élégante que les solitaires. Je t'offrirai une alliance en or quand nous serons mariés.

Adriane s'abîma dans la contemplation des diamants. Elle avait retiré son alliance deux mois auparavant, et pas seulement parce qu'elle la serrait.

— Oh, Bill, elle est magnifique.

— Tu l'aimes vraiment ? s'enquit-il avec une touchante sollicitude.

— Tu plaisantes ? Je l'adore… (Elle s'allongea sur le lit, faisant miroiter l'anneau.) Je vais en mettre plein la vue aux infirmières quand j'aurai le bébé.

— C'est drôle, sourit-il, mais tu n'as pas exactement l'allure d'une jeune fiancée. (Il lui tapota doucement le ventre.) À mon avis, c'est une fille, conclut-il, nonchalamment.

— Oui ? fit-elle, les yeux toujours fixés sur la bague. Comment le sais-tu ?

— Elle n'arrête pas de taper des pieds. Peut-être qu'elle veut la même bague que sa mère.

Adriane l'embrassa, souriante, se félicitant d'avoir acheté la montre Cartier qu'elle lui donnerait au premier de l'an, jour de son anniversaire. Elle lui avait coûté une grosse partie de ses bénéfices de la vente de la maison. Le reste, elle l'avait conservé pour son « petit lutin ». Bill s'était proposé de payer la note de l'hôpital mais elle avait refusé.

— Es-tu sûre que tu ne veux pas qu'on se marie tout de suite ?

Cela lui éviterait l'humiliation d'inscrire « père inconnu » sur le livret du bébé. Elle n'avait pas d'autre alternative, à présent, sauf laisser la colonne en blanc.

— Je continue à croire qu'il vaut mieux attendre, murmura-t-elle aussi doucement qu'elle le put, afin de ne pas le blesser.

Ils s'étaient mis d'accord sur février, sans fixer de jour, au cas où Steven se serait ravisé au sujet du bébé. C'était une rude épreuve pour les nerfs de Bill. Une torture de tous les instants qu'il n'avait pas méritée. Et tandis que la future maman continuait à espérer un brusque éveil de la fibre paternelle de M. Townsend, lui priait le ciel pour qu'après son accouchement Adriane retrouve son bon sens. Il avait lu quelque part que les fantasmes vous aidaient à vous échapper de l'emprise de la dure réalité. La fixation d'Adriane sur Steven servait probablement à la protéger des souffrances morales que lui infligeait son indifférence.

L'après-midi se déroula tranquillement. Adriane fit la sieste sur le canapé, pendant que Bill, à ses fourneaux, mijotait une dinde farcie pour le dîner.

Le lendemain, Zelda accueillit au bureau Adriane par un sifflement admiratif, sitôt que son œil exercé eut capté l'éclat de la bague flamboyante.

— Ouaouh ! Tu t'es mariée ce week-end ?

Adriane lui adressa un sourire qui aurait fait pâlir de honte la Sibylle.

— Non. Je me suis fiancée, rit-elle.

— Eh bien, Bill ne s'est pas moqué de toi.

— Ce n'est pas son genre.

La jeune femme passa les jours suivants à ranger ses dossiers et à mettre Zelda au courant de tous ses projets. Elle partirait dans une petite quinzaine, mais laisser tout en ordre semblait relever du domaine de l'impossible. Un des collaborateurs de Bill la contacta en milieu de semaine. La troupe avait mis au point une surprise-partie pour les quarante ans de l'écrivain. La coopération d'Adriane était indispensable pour qu'il se laisse entraîner sur le plateau où tous ses amis l'attendraient avec un orchestre chargé d'exécuter *Happy birthday to you.* Elle accepta avec joie.

Ils passèrent le réveillon du nouvel an chez des amis, en petit comité. Adriane tombait de sommeil, mais attendit courageusement minuit. Ils rentrèrent à la maison peu après. Bill, qui avait bu plus que de coutume, se faufila entre les draps le premier. Il était à moitié endormi lorsqu'elle se glissa près de lui.

— Bonne année, murmura-t-elle, et bon anniversaire.

Elle se rappela la surprise-partie du lendemain, se tourna vers lui, mais il avait sombré dans un sommeil profond. Alors, elle l'embrassa et sentit son cœur fondre de tendresse. Allongée sur le dos, épuisée et pourtant bien éveillée, elle s'obligea à éteindre la lumière et à fermer les yeux quand, soudain, une fulgurante douleur la transperça de part en part. La jeune femme se remémora les exercices qu'elle avait appris aux cours, essaya de se détendre, mais une deuxième crampe, puis une troisième, la laissèrent sans souffle. Ne voulant pas déranger Bill, elle décida de recourir à ce qu'elle appelait un de ses « tours de magie ». Se glissant hors de la pièce, elle s'accorda un demi-verre de vin blanc. Rien n'y fit. De retour dans la chambre, elle crut un instant que c'était passé et l'instant suivant une nouvelle contraction la tétanisa. Vers trois heures du matin, les contractions se succédaient à une cadence régulière. Ses gémissements tirèrent Bill de sa torpeur.

— Chérie, qu'y a-t-il ?

— Rien, dit-elle, les dents serrées. Ce sont ces fichues crampes.

Il ouvrit l'œil, la considéra dans la semi-obscurité, se pencha vers elle.

— Tu crois que c'est pour aujourd'hui ?

— Non. Le bébé n'est attendu que dans deux semaines.

Cependant, aux cours, la monitrice lui avait dit que, techniquement, cela pouvait survenir d'un moment à l'autre.

— Depuis quand as-tu des contractions ?

— Je n'en sais rien. Trois ou quatre heures.

— Va prendre un bain chaud.

Il s'agissait d'une autre de ses recettes magiques. Adriane l'avait déjà essayée et elle s'était toujours révélée efficace. Le médecin lui avait dit que quand elle serait en travail, rien ne pourrait l'arrêter, ni vin blanc ni bain chaud.

— Allez, l'encouragea-t-il. Sinon tu ne fermeras pas l'œil de la nuit.

Il la suivit du regard pendant qu'elle prenait, à tâtons, le chemin de la salle de bains. L'eau ruissela dans la baignoire pendant un moment. Bill se remit à somnoler. Il lui sembla que des heures s'étaient écoulées avant qu'elle ne regagne le lit et, soudain, il la sentit se raidir en laissant échapper un cri étranglé. Complètement réveillé, il alluma la lampe de chevet. Dans la lumière tamisée, le visage d'Adriane était tendu et son corps rigide.

— Chérie, tu vas bien ?

Elle se cramponna à son bras. De fines gouttelettes de sueur laquaient son front. Visiblement, le bain chaud n'avait pas stoppé les contractions. Il sonda du regard ses grands yeux effrayés, lui prit la main et la porta à ses lèvres.

— Je crois que notre « petit lutin » tient à célébrer la nouvelle année avec nous, sourit-il. Je vais appeler le docteur.

— Non, non, protesta-t-elle. Je me sens bien… vraiment… oh non ! cria-t-elle tout à coup, paniquée, je vais très mal… oh, Bill…

Elle lui avait saisi la main et la serrait de toutes ses forces, le souffle court, incapable de mettre en pratique les exercices de respiration qu'elle avait appris.

— Il n'y a pas une minute à perdre, jugea Bill.

Remise sur son séant par sa main puissante, Adriane le dévisagea, l'air égaré. Une longue douleur la déchira, lui arrachant un gémissement, mais cela ne dura qu'un court instant. Bill l'aida à se relever. La jeune femme se rendit aux toilettes. Quand elle reparut sous le chambranle, elle était blanche comme un linge et tremblait violemment de tous ses membres. Bill se précipita, la fit asseoir dans un fauteuil. Une grimace altéra les traits d'Adriane. Nouvelle contraction… La face convulsée de la femme en couches dans le film surgit dans sa mémoire. C'était pire qu'elle ne l'avait imaginé. Le rythme des contractions s'accélérait, la mettant au supplice.

— Ne bouge pas. Reste calme. Respire, ordonna Bill, penché dans la penderie, d'où il extirpa la nippe la plus informe.

Revenu vers Adriane, il fit passer sa chemise de nuit pardessus sa tête et l'aida à enfiler la robe avant de lui mettre de vieux souliers.

— Je ressemble à une clocharde dans ce sac, ronchonna-t-il, entre deux spasmes qui la firent tressaillir.

— Tu es superbe, affirma-t-il tout en s'habillant en un tournemain.

Une seconde plus tard, il composait le numéro de téléphone du médecin, sans quitter Adriane des yeux.

— Elle nous rejoint à l'hôpital dans une demi-heure.

Soutenue par ses bras secourables, la jeune femme traversa péniblement la pièce, s'arrêtant net à chaque nouvelle crampe. Bill l'exhortait doucement à avancer. Au passage, il avait saisi la petite valise d'Adriane. Ils progressaient lentement, à tel point qu'il se demanda s'il ne ferait pas mieux d'appeler une ambulance. Sur le seuil de la maison, Adriane, mortifiée, ne put retenir ses larmes.

— Courage, mon amour, encore un petit effort. Tu seras à l'hôpital dans cinq minutes et tu te sentiras mieux.

— Oh, Bill, c'est atroce ! gémit-elle, les doigts crispés sur les revers de son pardessus.

— Je sais, ma chérie. Ce sera bientôt fini et nous aurons un beau bébé.

Un pâle sourire éclaira le petit visage ravagé, cependant qu'elle respirait et expirait consciencieusement, afin de se détendre. Jamais l'allée menant à la vieille Chevrolet ne fut plus longue. Bill installa la jeune femme dans la voiture, jeta la valise sur le siège arrière et démarra sur les chapeaux de roues. Pour une fois, se faire intercepter par les motards eût été une chance, tant Bill souhaitait une escorte policière. Mais rien n'arriva et peu après le station-wagon s'arrêta devant les urgences. Un infirmier se présenta aussitôt. Une seconde plus tard, pleurant et gémissant, Adriane se laissait pousser à vive allure sur une chaise roulante à travers les interminables couloirs de l'hôpital. Bill courait à son côté.

— Je... n'en peux plus... soupira-t-elle, puis s'interrompit, clouée sur son siège par un élancement foudroyant.

— Mais si, allons, c'est presque terminé.

Ce n'étaient que des mots, bien sûr. Des paroles auxquelles elle avait intérêt à s'accrocher. Les contractions, momentanément calmées, lui accordaient un moment de répit, mais elle savait que la douleur reprendrait et que cela irait en empirant. « Je vais mourir », se dit-elle, terrifiée.

Ils gagnèrent la salle de travail où le Dr Bergman attendait. Une jeune infirmière l'assistait. Adriane ne tarda pas à prendre cette dernière en grippe. Son irritabilité s'exacerbait à chaque instant. Une onde d'hystérie la secoua quand l'infirmière lui retira sa robe, l'aida à s'allonger, puis voulut lui passer « le moniteur », un appareil destiné à détecter l'ampleur et la fréquence des contractions.

— Laissez-vous faire, Adriane, l'examen ne dure pas plus d'une minute, dit gentiment l'obstétricienne.

Ses mains expertes bouclèrent la ceinture étroite et le contact de la machine sur son ventre arracha à Adriane un cri de frayeur. Bill lui tenait les mains, s'efforçant de la faire respirer lentement, mais la jeune femme souffrait trop pour garder son calme.

— Il vient ! glapit-elle soudain, morte de peur. Le bébé va sortir.

— Pas encore, répondit le docteur.

Elle se mit à insister en pleurant.

— Ne poussez pas ! intima le docteur, presque en criant.

Deux autres infirmières pénétrèrent dans la pièce. Le Dr Jane Bergman étudia d'un œil pensif le moniteur.

— Les contractions s'amplifient, dit-elle à Bill, pendant qu'elle se savonnait énergiquement les mains dans un petit lavabo. Le travail est bien entamé.

Adriane hurlait toujours :

— Il arrive ! Il va sortir !

Des sanglots incoercibles l'étranglaient. Bill refoula ses propres larmes. Il ne pouvait que lui tenir la main, alors que le médecin l'examinait de nouveau. Une douleur plus aiguë que les autres darda dans ses entrailles. Elle hurla. Le Dr Bergman lui lança un regard satisfait.

— Vous êtes sur le bon chemin, Adriane. Encore quelques contractions et vous pourrez pousser.

— Non, je ne veux pas ! Je ne peux pas !

Inondée de sueur, elle fit mine de se lever et ses doigts se démenèrent furieusement pour déloger le moniteur de son abdomen.

— Bien sûr que vous le pouvez, déclara l'accoucheuse d'une voix chaleureuse.

Bill caressait le front trempé d'Adriane, la suppliant de respirer. Ne pouvant plus la voir souffrir ainsi, il se demanda, angoissé, pourquoi on ne lui donnait pas quelque chose pour la soulager. À présent, elle se tordait sur le lit étroit. Bill n'eut guère le temps de poser la question au Dr Bergman, que celle-ci annonçait soudain :

— Ça y est. J'aperçois le haut du crâne du bébé. Commencez à pousser.

Adriane laissa échapper un long cri d'agonie, les yeux posés sur Bill, comme si elle l'implorait de la sauver. Les infirmières s'activaient. Des anses furent fixées d'un côté du lit, des étriers de l'autre. Soudain, tout parut enveloppé de papier bleu, Bill se retrouva en blouse d'hôpital verte, un bonnet de bain sur la tête, et il souleva Adriane par les épaules.

— Poussez... Poussez...

La jeune femme répondait qu'elle ne pouvait pas. Son corps était envahi par la douleur. Bill sentit une boule lui serrer la gorge. Cependant, le médecin ne s'inquiétait pas.

— Allons, flanquez ce bébé dehors. Poussez encore.

Elle finit par obéir, en hurlant chaque fois qu'elle poussait, pendant que Bill la soutenait en pleurant silencieusement. Personne n'avait remarqué ses larmes. Et Adriane pleurait aussi. Tout à coup, il la sentit se jeter en arrière, avant de se redresser pour pousser de toutes ses forces. Son long cri douloureux résonna dans la pièce, suivi d'une autre plainte plus grêle, puis le médecin se releva en tenant entre les mains un petit corps frétillant. Adriane était retombée sur l'oreiller, exténuée, et Bill put voir qu'elle souriait à travers ses larmes.

— Félicitations, c'est un garçon.

Adriane et Bill, riant et pleurant en même temps, avisèrent le bébé qui les considérait de ses grands yeux étonnés en fronçant le nez minuscule qu'il avait hérité de sa mère.

— Il est magnifique ! fit Bill dans une rauque exclamation. Il est aussi beau que toi.

Leurs yeux s'accrochèrent et pendant un instant unique, ils échangèrent un regard d'une intelligence absolue, un regard inoubliable, que seules connaissent deux âmes en fusion.

— Est-ce qu'il est en bonne santé ? demanda Adriane d'une voix affaiblie.

— Il est parfait, annonça la docteresse tout en apportant les derniers soins à sa patiente.

Le pédiatre prit le relais pour confirmer les dires de sa collègue. C'était un bébé en pleine santé, qui pesait quatre kilos et demi. Pour un premier accouchement, tout s'était déroulé à une vitesse impressionnante. Bill et Adriane étaient arrivés à l'hôpital à quatre heures et demie du matin et à cinq heures et quart, tout était terminé. Seule la jeune maman avait trouvé le temps long.

Bill accompagna le nouveau-né à la nursery. De retour dans la chambre retenue pour Adriane, il se pencha sur la jeune femme. Un remarquable changement s'était opéré sur ses traits. Les infirmières lui avaient fait sa toilette et l'avaient coiffée. Un peu de rouge à lèvres colorait ses lèvres pâles. Elle n'avait plus grand-chose à voir avec la pauvre suppliciée qui, un instant plus tôt, était à l'agonie.

— Ça n'a pas été trop dur ?

Elle lui décocha un sourire lumineux.

— Pas tant que ça, répondit-elle calmement. Je suis prête à recommencer. Comment va le petit lutin ?

Il la regarda avec tendresse. On eût dit qu'elle avait mûri, qu'en un instant la petite fille était devenue une femme.

— Merveilleusement bien. Les infirmières te l'amèneront dans un moment.

Quelques minutes plus tard, une aide-soignante apporta le bébé, baigné, langé, enveloppé dans une couverture. Il ouvrit les yeux quand sa mère le prit dans ses bras. Adriane contempla son fils. C'était une créature parfaite, un miracle de la nature. Bill effleura du bout de l'index la joue satinée du nouveau-né. Il lui rappelait tellement Adam et Tommy... Ils restèrent longtemps ainsi, dans le silence apaisant et complice, liés à jamais par l'épreuve qu'ils avaient traversée ensemble. Ils ne faisaient plus qu'un seul être, et Bill le ressentit très fort, la gorge nouée d'émotion. Un seul cœur, une seule âme. Le bébé rouvrit alors les yeux et les observa tour à tour, comme s'il essayait de se souvenir où il les avait vus.

— Comment l'appellerons-nous ? demanda-t-elle en donnant le sein à son enfant.

— Je persiste à penser que Thigpen lui irait comme un gant. C'est un nom du tonnerre.

— Il me plaît bien, dit-elle d'une voix tendre.

Jamais elle n'oublierait la présence de Bill pendant l'accouchement. Sans lui, elle n'aurait pu tenir le coup. Elle lui lança un coup d'œil pétillant.

— Le prochain, je l'aurai à la maison.

— Pitié ! Il est à peine six heures du matin.

« Et c'est le 1er janvier », réalisa-t-elle.

— Bon anniversaire, murmura-t-elle en embrassant Bill, sous le regard du bébé.

— Merci pour ce merveilleux cadeau... Mais quel sera son prénom ? Que penses-tu de Teddy ?

— Pourquoi pas Sam ? répondit-elle après réflexion.

— Oh oui, Sam Thigpen, s'extasia-t-il, puis il s'interrompit.

« Sam Thigpen ? Sam Townsend ? Sam Thompson ? » s'interrogea-t-il sans oser lui demander.

Il quitta l'hôpital à huit heures, en promettant de repasser vers midi. Il rêvait d'une bonne douche et d'un petit déjeuner reconstituant. Avant de franchir sur la pointe des pieds le seuil de la chambre, il se retourna. Mère et enfant s'étaient endormis. Ils présentaient tous deux un tableau si serein, si paisible que, pour la première fois depuis longtemps, Bill se sentit pleinement heureux.

# 26

Adriane se réveilla une heure après le départ de Bill et, aussitôt, son regard chercha le bébé. Il dormait toujours. Une infirmière vint demander si tout allait bien, Adriane répondit qu'elle avait encore des contractions, et on lui expliqua que c'était une réaction normale juste après l'accouchement. Rassurée, la jeune femme demeura longtemps immobile, l'esprit en effervescence. Sa main s'avança vers le téléphone posé sur la table de chevet. Elle avait deux coups de fil à passer et le plus tôt serait le mieux. De nouveau, elle baissa les yeux vers le bébé endormi, et son cœur s'enfla d'un bonheur jusqu'alors inconnu. C'était le plus beau jour de sa vie, et elle devait le partager avec quelqu'un.

Elle commença par appeler ses parents dans le Connecticut. Sa mère apprit avec stupeur qu'elle venait d'avoir un nouveau petit-fils.

— Pourquoi ne m'as-tu rien dit ? Est-ce que l'enfant est normal ?

Et ce fut tout ce qu'elle trouva à dire. La question ne surprit pas la jeune femme, elle illustrait parfaitement ses rapports avec sa famille. Surtout depuis son mariage avec Steven. Ses parents n'avaient jamais pris de gants pour lui signifier leur profonde antipathie à l'égard de son époux. Ils n'avaient sans doute pas tort, mais leur attitude négative l'avait irrémédiablement éloignée d'eux.

— Excuse-moi, maman, mais j'ai eu un tas de problèmes. Steven m'a quittée en juin. Au début, pensant qu'il allait revenir, j'ai préféré attendre avant de vous parler du bébé. J'ai été bien bête.

— Je vois. (Long silence.) Est-ce qu'il te paie une pension alimentaire ?

— Oh non, fit-elle, un peu désarçonnée par la brutalité de cette nouvelle question. De toute façon je ne lui ai rien demandé.

— Es-tu sûre qu'il ne réclamera pas la garde de l'enfant ?

— Certaine.

Mieux valait lui épargner certains détails. Le nom de Bill vint sur ses lèvres mais ne les franchit pas. Sa mère pourrait croire qu'elle avait eu une liaison et que Steven l'avait quittée à cause de cela. Elle avait toute la vie devant elle pour s'expliquer avec ses parents.

— Combien de temps resteras-tu à l'hôpital ?

Sa mère s'exprimait d'un ton si égal, si lisse, que la jeune femme eut envie d'écourter l'entretien.

— Je sortirai demain ou dans deux jours. En fait, je ne sais pas.

— Je t'appellerai quand tu seras chez toi. As-tu toujours le même numéro ?

Adriane avala sa salive. D'habitude c'était elle qui téléphonait à ses parents.

— Oui.

Sa ligne avait été transférée chez Bill dans le but, justement, d'éviter ce genre d'écueil.

— … À bientôt, maman.

— À bientôt. Et… félicitations.

Adriane raccrocha avec un drôle d'arrière-goût dans la bouche. Une sorte d'amertume. Sa mère avait été, comme toujours, d'une parfaite froideur. Son père était absent. « Enfin, se dit-elle, soulagée malgré tout, voilà une bonne chose de faite. »

Le prochain appel promettait d'être encore plus pénible. L'avocat d'Adriane avait eu par inadvertance le numéro personnel de Steven et l'avait donné à sa cliente en la priant de ne l'utiliser qu'en cas d'extrême nécessité. La main fine ornée de l'anneau en diamants plongea dans le grand sac rangé près du lit, en tira un répertoire relié en cuir noir, l'ouvrit à la lettre T. Et alors que, chiffre après chiffre, elle composait le numéro sur le cadran, elle caressa du regard Sam, infiniment plus précieux que tout le reste, à peine âgé de quatre heures et, déjà, si familier.

— Hello ! fit dans l'écouteur une voix connue qu'elle n'avait pas entendue depuis des mois.

— Steven, c'est moi, Adriane, articula-t-elle maladroitement. Pardonne-moi de te déranger.

Long, interminable silence. Il devait se demander comment elle avait réussi à le dénicher alors qu'il s'était mis sur la liste rouge.

— Qu'est-ce que tu veux ?

Apparemment, il lui déniait jusqu'au droit de lui adresser la parole. Sa main trembla, tandis qu'elle se lançait :

— J'ai pensé que tu avais le droit de savoir. Le bébé est né ce matin. C'est un superbe petit garçon et…

Elle s'interrompit, découragée par l'accueil réfrigérant de son interlocuteur, regrettant presque son geste.

— Je... je n'aurais peut-être pas dû t'appeler.

Enfin, au bout d'une éternité, la voix dit :

— Est-ce qu'il est normal ?

La même question que celle de sa mère, et, derrière les mots, la même agressivité sous-jacente.

— Il va bien, dit-elle calmement. Il est très mignon.

Une respiration légère à l'autre bout, puis, d'un ton hésitant :

— Cela n'a pas été trop affreux ? Tu vas bien ?

Dans cette réplique, elle retrouva presque le Steven d'autrefois, le beau garçon qui avait demandé sa main. Non, cela n'avait pas été affreux, plus maintenant que Sam était là.

— Tout s'est bien passé, abrégea-t-elle, coupant court aux descriptions qui ne le regardaient pas. J'ai eu connaissance des papiers que tu as signés, mais j'ai tenu à t'appeler, afin de te donner une chance de le voir, si toutefois tu le désires.

C'était en effet une pensée touchante que peu de femmes auraient eue après ce qui s'était passé, mais Adriane avait toujours été quelqu'un d'exceptionnel.

— Je ne m'attends pas à ce que tu accoures, bien sûr. Je devais cependant te mettre au courant et...

— Pourquoi pas ? coupa-t-il, à la grande surprise de la jeune femme. Où es-tu ?

— Au Cedars-Sinaï.

— J'essaierai de passer dans la journée... Lui as-tu donné un nom ? interrogea-t-il, avec un vague regret.

Elle sentit les larmes lui piquer les paupières. Steven, demeuré invisible depuis tant de mois, exprimait le souhait de voir son enfant.

— Il s'appelle Sam, fit-elle dans un murmure.

— Fais-lui un petit bisou de ma part. À tout à l'heure.

La communication fut interrompue. La jeune femme resta étendue, presque prostrée, plus désemparée que s'il avait refusé de venir. Au lieu de l'apaiser, ce brusque revirement l'avait troublée. La tête agitée de pensées contradictoires, elle resta un long moment penchée sur la petite tête endormie. Il était presque l'heure de déjeuner quand elle entendit la porte s'ouvrir, puis aperçut Steven dans l'encadrement, en blazer, pantalon gris et chemise bleu lavande. Il portait ses cheveux plus longs qu'avant, son bronzage s'était intensifié.

— Bonjour, dit-il. Puis-je entrer ?

Elle lui fit signe que oui en refoulant ses larmes. Vaine tentative, car ses joues en furent inondées. Il s'avança dans la pièce, une énorme gerbe de roses jaune thé à bout de bras, encore plus beau que dans son souvenir, et elle se mit à pleurer sur son ancien amour pour lui, ses espoirs déçus, toutes ces années de bonheur perdu.

D'abord, il n'avait vu qu'elle, mais lorsqu'il fut tout près du lit, il aperçut soudain le bébé, confortablement drapé dans une couverture bleu pâle, petits yeux fermés, petit visage rose comme celui de sa mère.

— Oh, mon Dieu, c'est lui ?

— Bien sûr. N'est-il pas mignon ?

Steven hocha la tête. Des larmes lui montèrent aux yeux, alors qu'il regardait tour à tour l'enfant qui était le sien et la femme qui l'avait mis au monde.

Il fit la réponse qu'elle avait toujours espérée mais jamais vraiment attendue.

— Quel idiot j'ai été.

À l'époque, il n'avait rien voulu entendre. Son propre avocat avait essayé de le ramener à la raison, sans résultat.

— Je crois que tu as eu simplement peur.

— Je le sais. L'idée d'être obligé de faire des sacrifices me sortait de mes gonds. Je n'arrive pas encore à me l'imaginer.

Cependant, la vue de Sam le subjuguait. Son fils. La chair de sa chair. Sa création…

— Regarde comme il est beau.

Steven leva la tête. Il n'y avait aucune tendresse dans son regard. Seulement une lueur pragmatique.

— Ta vie n'a pas dû être facile ces derniers temps. Où habites-tu maintenant ?

« Bizarre, ces questions tardives », ne put-elle se retenir de songer. Il s'était désintéressé d'elle des mois durant et voilà qu'il s'inquiétait de son domicile.

— À la même adresse, dans une autre maison, répondit-elle en omettant soigneusement de mentionner Bill. Cela ne le concernait pas.

Il supposa qu'elle avait acheté un logement plus petit avec sa part de la vente.

— Ah, parfait.

Du bout du doigt, il effleura le minuscule poing fermé de son fils.

— Il est tout petit…

— Il pèse presque quatre kilos et demi, dit-elle, prenant résolument la défense du bébé.

La gerbe de roses oubliée sur la table de chevet, Steven scrutait son fils. Il ne le connaissait guère, bien sûr, bien qu'il ait l'air d'une vraie personne.

— Veux-tu le tenir ?

Une flamme de pure panique alluma les sombres prunelles du jeune homme, puis ses bras se détendirent, ce dont il fut le premier étonné. Adriane lui tendit gentiment le bébé. Steven sombra sur une chaise à côté du lit. Il semblait sur ses gardes, comme si on lui avait confié quelque animal dangereux. Mais peu à peu la fascination triompha de la peur et il sourit. Ce fut alors que le battant de la porte roula sur Bill. Il portait un gigantesque bouquet de fleurs, deux douzaines de ballons gonflés à l'hélium, un gros ourson en peluche bleu pervenche. Son pas se figea. Au sublime tableau de la mère à l'enfant qu'il avait admiré quelques heures plus tôt, s'était ajouté un troisième personnage, dont la présence gâchait toute l'harmonie de la composition. Steven Townsend. Celui-ci se pencha pour remettre Sam à Adriane. Pendant une fraction de seconde, Bill contempla amèrement la charmante scène de retrouvailles. Adriane leva alors sur lui un regard alarmé, Steven demeura planté à son côté comme s'il ne l'avait jamais quittée et, pour la première fois, le bébé se mit à brailler, ayant senti que quelque chose d'horrible venait de se produire.

— Excuse-moi, je me suis trompé d'heure, murmura Bill à l'adresse de la fenêtre, évitant soigneusement le regard de la jeune femme.

— Mais non, entre, balbutia-t-elle, voici Steven Tonwnsend, mon…

Elle s'interrompit avant d'ajouter « mon mari ». Le visage de Bill devint blême. Adriane ouvrit la bouche pour l'implorer de rester mais aucun mot n'en sortit. Sous l'œil hostile de Steven, Bill battit en retraite.

— Je repasserai plus tard.

— Non… Bill…

Mais il était déjà dehors. Et l'instant d'après, il longeait le couloir, une grosse boule au fond de la gorge, la même boule qu'il avait ressentie quand Leslie avait rompu avec lui. La vie n'était qu'un éternel recommencement. Tout ce qu'il avait redouté, tout ce dont il s'était protégé se répétait avec une effrayante précision. Le même sentiment d'abandon, le même chagrin, la même solitude. Sauf que cette fois-ci il n'allait pas baisser les bras.

Dans la chambre d'hôpital, Steven scrutait Adriane. Elle paraissait bouleversée.

— Qui était-ce ? questionna-t-il d'un ton irrité.

Il n'avait pas apprécié cette intrusion.

— Un ami.

La colère se reflétait sur les traits de Steven, qui garda le silence. Il n'avait pas le droit d'être jaloux, tous deux le savaient. Il prit un air grave. Il avait intensément réfléchi depuis le coup de fil de son ex-femme et, plus encore à la vue du bébé.

— Je te dois des excuses, commença-t-il.

Adriane était à l'agonie. Elle n'avait pas imaginé que Steven puisse venir si vite, elle avait seulement voulu en finir avec cette histoire, afin de pouvoir vivre librement avec Bill. Et brusquement, d'une façon imprévue, tout avait été chamboulé. Le bébé braillait toujours. Elle sonna l'infirmière qui se proposa de le ramener à la nursery, et Steven en profita pour continuer :

— Je t'ai blessée, Adriane et j'en suis navré.

Le souvenir de leur rencontre au restaurant, alors qu'elle était enceinte de six mois, surgit dans la mémoire de la jeune femme. Il l'avait alors dédaignée.

— Ces six derniers mois ont été une dure épreuve pour toi, je le conçois fort bien…

En effet, sans Bill, elle n'aurait pas survécu.

— J'en ai souffert terriblement, moi aussi, reprit-il, sans remarquer qu'elle était furieuse. Tu m'as défié d'une façon qui m'a littéralement détruit. Je n'ai pas oublié ta trahison.

Adriane le regarda, interdite. Son égoïsme monstrueux n'avait pas reculé d'un pouce.

— Mais, pour le bien de mon fils… de notre enfant, je crois que j'arriverai un jour à te pardonner.

Elle continua de le fixer, incapable d'en croire ses oreilles. Qu'avait-il donc dit ? Qu'il consentait à lui *pardonner* ?

— Ta générosité t'honore, Steven, et je l'apprécie à sa juste valeur, répondit-elle d'une voix étrangement calme. Cependant, tu n'as pas été le seul à souffrir. Tu t'es peut-être senti trahi et je le regrette mais tu m'as abandonnée alors que j'étais enceinte. C'est toi qui m'as rejetée. Toi qui as pris tous nos meubles, qui m'as fichue hors de notre maison. C'est toi qui as voulu divorcer, toi qui as renoncé à tes droits sur le bébé. Tu refusais même de me parler au téléphone.

Il se contenta de hausser les épaules, sourd à ses griefs.

— D'accord, d'accord… Je pense néanmoins que pour le bien de Sam, nous devrions revivre ensemble.

Elle lui lança un regard de pur effroi. Steven n'avait guère changé. Son insensibilité n'avait d'égal que son orgueil. Le bébé ne représentait à ses yeux qu'une sorte de trophée qui flattait sa vanité. Rien de plus. Il n'avait pour lui aucun sentiment particulier, pas la moindre tendresse. Elle aurait voulu lui donner l'occasion de se remettre en question, mais des gens comme Steven ne portaient jamais de jugement sur eux-mêmes. Ils ne montraient ni repentir ni remords. Ni affection ni décence... Non, cet homme qui se tenait face à elle n'avait rien du compagnon fidèle et attentionné, capable d'abnégation et de... Elle se rendit compte brusquement que c'était à Bill qu'elle pensait.

— Je crois que tu n'as pas très bien compris, reprit-elle. Tu t'es toujours fichu éperdument de moi et du bébé. Tu nous as abandonnés. Si je t'ai appelé aujourd'hui, c'était uniquement pour te donner l'occasion de voir ton fils, afin de t'éviter de le regretter plus tard. Mais tu n'as pas de sentiments. Tu ne penses qu'à toi-même et à cette soi-disant trahison que tu te plais à imaginer. Je doute que tu éprouves une ombre d'intérêt pour qui que ce soit. Le fait d'avoir un fils t'a impressionné et voilà tout. Mais qui est-il pour toi ? Que signifie-t-il pour toi ? Qu'as-tu à lui offrir ?

— Le gîte, le couvert, une bonne éducation, des jouets...

Il s'arrêta, incapable de trouver autre chose. Décidément, il n'avait pas beaucoup progressé, à présent elle en était convaincue.

— Tu as oublié le plus important.

Il fit mine de réfléchir, mais rien ne lui vint à l'esprit. Il était toujours aussi séduisant et aussi vide.

— Tu as oublié l'amour, Steven. Quelque chose qu'on ne remplace pas par des jouets. Quelque chose qui est plus précieux que les ordinateurs, les tournois de tennis, les chaînes stéréo, les appartements luxueux, les voyages ou ta carrière. L'amour... que tu as banni de notre mariage. Si tu m'avais aimée, tu ne m'aurais pas laissée avec le bébé.

— Je t'ai aimée... C'est toi qui ne m'aimais pas. Sinon tu n'aurais pas rompu l'engagement de ne jamais faire d'enfants.

— Eh bien, je n'ai pas pu m'en empêcher. Et je ne m'en sens pas coupable.

— Tu devrais, pourtant, rien que pour la peine que tu m'as causée.

— La peine que *je* t'ai causée ? s'écria-t-elle.

Il alla inspecter le gros ours bleu que Bill avait posé près de l'entrée.

— Tu m'as manipulé, répéta-t-il. Voilà la vérité. Pourtant, je veux bien repartir de zéro avec toi. Tu pourrais me témoigner un peu plus de reconnaissance.

— N'y compte pas !

Elle profita du silence qui suivit pour le fixer dans le blanc des yeux, le menton haut, lui posant brutalement la question qu'il redoutait tant.

— Steven, aimes-tu le bébé ? L'aimes-tu vraiment ? C'est-à-dire es-tu prêt à tout faire pour le rendre heureux ?

Pendant un long moment, il parut frappé de mutisme.

— Je... j'apprendrai à l'aimer avec le temps.

Mais elle comprit qu'il ne le pourrait pas. Quelque chose en lui était mort depuis longtemps, sans même qu'il le sache.

— Et si tu te sens encore menacé par nous ? Reprendras-tu la fuite ? Revendras-tu la maison ? Redemanderas-tu le divorce ?

— Adriane, je ne peux rien te promettre. J'essaierai, mais c'est tout. Il faut que tu me donnes une seconde chance, tu me la dois.

Elle la lui *devait.* Tout cela respirait la tendresse et l'affection !

— Sur quelle base ? Est-ce que nous nous remarierons ? fit-elle, désireuse de le mettre au pied du mur.

— Non... je... je te l'ai dit, nous allons faire un essai. Je te propose de revivre ensemble pendant, disons, six mois, un an, de sorte que je me rende compte...

— Si tu es un bon père ou pas, n'est-ce pas ? Et si l'essai se révèle négatif ?

— Alors, tant pis. Le divorce est prononcé. Nous nous serrons la main et nous nous quittons bons amis.

— Et Sam ?

— Dans ce cas, il sera à toi.

— Vraiment ? Et que lui dirai-je plus tard ? Que tu as essayé mais que tu n'as pas pu le supporter ? Non, Steven, l'amour paternel ne se brade pas. On aime ou on n'aime pas. On veut ou on ne veut pas. On fait un choix et on s'y tient. C'est la vie, Steven, pas un match de tennis ou une partie de golf.

— Alors pourquoi m'as-tu appelé ? Pourquoi m'as-tu fait venir ? Est-ce une vente au plus offrant ?

L'anneau de diamants à son doigt n'était pas passé inaperçu, pas plus que les présents que Bill avait abandonnés, dans sa hâte, près de la porte.

— Tu n'y es pas, mon pauvre ami. Mon but était de te permettre de voir ton fils au moins une fois avant de renoncer à lui pour toujours. Je croyais que tu le méritais et espérais que tu pourrais tomber amoureux de lui si tu le tenais un instant dans tes bras. Hélas, tu n'as rien senti. Tu me proposes de « l'essayer » comme s'il s'agissait d'une voiture louée, pis, tu me demandes d'être là pour « l'entretien » de l'engin… et tu te prétends prêt à pardonner ce que tu appelles ma « trahison ». S'il y a un traître, c'est bien toi, Steven.

Il l'écoutait sans broncher, le regard vide de toute expression. Peut-être éprouvait-il même du soulagement. En tout cas, il n'avait guère changé, elle en était sûre à présent.

— Tu pourras lui dire plus tard que je t'ai demandé de revenir et que tu as refusé, puisque tu tiens tant aux explications.

— Aux yeux de la justice ton argument est nul !

Elle s'aperçut qu'elle avait hurlé, et reprit sans baisser le ton.

— J'ai envie d'aimer mon enfant totalement, absolument, qu'il soit beau ou laid, gai ou triste, malade ou en bonne santé... De lui donner tout l'amour que je possède dans chaque cellule de mon corps.

Des larmes perlèrent au bord de ses paupières et elle réalisa soudain qu'elle brûlait d'offrir la même chose à Bill.

— L'amour inconditionnel n'existe pas, répondit Steven d'un ton cynique, sauf pour les fous.

— Alors, je dois être folle.

Ils échangèrent un long regard ainsi que deux étrangers. Le peu qui subsistait de leur ancien amour mourut dans ce regard-là.

— Il ne me reste qu'à te souhaiter bonne chance, dit-il sèchement. Dommage que cela n'ait pas marché.

Aucun remords, aucun tourment n'altérait le ton distant de sa voix. Avoir renoncé à son fils ne semblait pas lui causer le plus infime souci. Pendant un bref instant, il avait été intrigué par le nouveau-né, captivé même, mais c'était déjà passé. Dès l'instant où l'infirmière l'avait sorti de la pièce, Steven n'y avait plus pensé.

— Oui, dommage, lui fit écho Adriane avec la sensation de s'adresser à un parfait inconnu. (Mais qui était-il du temps où elle croyait le connaître ?) Dommage pour toi...

« Enfin libre ! » pensa-t-elle en même temps, et elle fut doublement heureuse de l'avoir appelé.

— Ce n'est pas grave, Adriane. Je ne me sentais pas prêt pour vivre cette expérience. Sans doute ne le serai-je jamais, ajouta-t-il avec une honnêteté inattendue, car il n'avait plus rien à perdre.

— Je sais, dit-elle avec lassitude, en renversant sa tête sur les oreillers. Merci d'être venu.

Il lui toucha la main, puis tourna les talons et sortit de la pièce sans un mot. Adriane sut alors qu'elle ne le reverrait plus et que cela lui était parfaitement égal, car Steven ne lui manquerait pas. Elle ferma les yeux, cherchant à retrouver le visage de Bill tel qu'elle l'avait vu pour la dernière fois. Sa pâleur. Ses yeux désespérés quand il l'avait surprise en compagnie de Steven. La jeune femme pria le ciel pour qu'il revienne.

Pendant ce temps, Steven Townsend suivait le corridor d'une démarche rigide et solennelle. Devant la vitre de la nursery, il fit une halte, afin de jeter un dernier coup d'œil à son fils. Le bébé était là, petit ballot bleu pâle dans une cuvette de plastique, avec une petite pancarte bleue indiquant : « Thompson. Sexe masculin. 52 centimètres. 4 kilos 300 grammes. 5 h 15. » Ainsi elle avait repris son nom de jeune fille, comme il l'avait souhaité.

Steven considéra le bébé. Un joli minois, une forme minuscule et vulnérable que l'on avait envie de toucher. Lorsque, un peu plus tôt, il l'avait tenu dans ses bras, il y avait eu en lui un curieux tressaillement, une intense émotion aussi singulière qu'inoubliable. Il attendit un moment, mais l'émotion ne revint pas. Alors, un immense soulagement l'envahit à l'idée que le bébé ne porterait pas son nom. Tout était fini à présent, il ne reverrait plus Adriane, plus jamais. Elle réclamait sans cesse des choses qu'il ne pouvait lui donner. C'était une femme trop exigeante.

— Il est à vous, le p'tit bonhomme ?

Le vieil homme qui venait de poser cette question était petit et chauve, avec un gros cigare au coin des lèvres. Steven fit non de la tête. Non, ce bébé n'était pas de lui. Il l'avait juste regardé comme ça.

Il fit demi-tour et se dirigea vers la sortie d'un pas souple. Il se sentait à nouveau en paix avec lui-même. Pour Steven Townsend l'épreuve était terminée.

# 27

Les secondes se muaient en minutes, puis en heures, mais Bill ne revenait pas. Adriane essaya de l'appeler à plusieurs reprises. Les longues sonneries du téléphone restèrent sans réponse. Vers quatre heures de l'après-midi, son désespoir culmina. Il fallait qu'elle le revoie, qu'elle lui raconte ce qui s'était passé avec Steven, qu'elle le rassure. Les aiguilles d'une pendulette sur la table de chevet poursuivaient implacablement leur parcours, mais Bill restait introuvable. À cette heure-ci, ses amis de la télévision, caméramen, scénaristes, comédiens, devaient se rendre à la surprise-partie qu'ils avaient organisée pour lui souhaiter son anniversaire. Elle composa fébrilement le numéro des studios. Personne… Adriane recommença, la mort dans l'âme. À six heures du soir, quelqu'un décrocha enfin.

— Allô ? Qui est à l'appareil ?

C'était l'assistant-réalisateur. Elle pouvait entendre, en fond sonore, de la musique et le brouhaha des voix, et dut s'époumoner pour se faire comprendre.

— Ah, Adriane, c'est vous ? Félicitations ! hurla son correspondant.

Oui, ils étaient tous ravis pour le bébé. Comment ? C'était Bill qui leur avait annoncé la nouvelle. Bien sûr, qu'il allait bien, bien que, ce soir-là, il parût à ses proches étrangement calme. La fatigue, sans doute, le contrecoup de l'émotion, après une pénible nuit blanche à l'hôpital. Non, finalement personne ne l'avait prévenu pour la réception, Bill s'était rendu à son bureau par hasard, et ç'avait été une véritable surprise.

Elle coupa court au bavardage de son interlocuteur.

— Est-ce qu'il est là, s'il vous plaît ?

— Non, il vient de partir.

L'assistant-réalisateur avait sûrement quelques verres dans le nez, car il se lança dans une longue description des festivités. Les invités s'amusaient si bien qu'ils n'avaient pas remarqué que leur hôte leur avait faussé compagnie.

Adriane rappela Bill à la maison mais tomba sur le répondeur. Elle s'affaissa sur ses oreillers, au comble de l'angoisse. L'avait-elle perdu à jamais ? Ne lui donnerait-il pas une chance de s'expliquer ? Il savait qu'elle avait l'intention de contacter Steven, mais elle imaginait parfaitement ce qu'il avait dû éprouver en le voyant à son chevet, le bébé dans les bras. Et à mesure que l'attente se prolongeait, elle commençait à envisager le pire. Bill ne reviendrait pas. Et elle, prisonnière de sa chambre d'hôpital, ne pouvait partir à sa recherche.

La jeune femme resta longtemps immobile, les yeux fixés sur le gros ourson bleu pervenche qu'une infirmière avait mis sur une chaise. Sam dormait à poings fermés dans son petit lit, à côté du sien. À la fenêtre, la lumière déclinait.

Une aide-soignante passa la tête par l'entrebâillement de la porte. Il était vingt heures à la pendule.

— Désirez-vous un somnifère ?

Elle fit signe que non, et l'autre se retira silencieusement, en pensant que, comme beaucoup de femmes après un accouchement, la patiente se sentait déprimée. Adriane n'avait pas touché à son dîner et avait nourri son bébé sans enthousiasme.

Sitôt le battant refermé, elle bondit sur le téléphone pour laisser un pathétique message sur le répondeur de Bill, le suppliant de la rappeler.

La nuit se collait aux vitres, les aiguilles de la pendule affichaient vingt et une heures. Adriane avait repris Sam dans ses bras et le regardait. Petits yeux clos, nez minuscule, petite bouche rose, petits doigts repliés. Ils étaient seuls au monde. Elle était si fascinée par le bébé qu'elle n'entendit pas le doux chuintement de la porte, mais soudain elle releva la tête, alertée par une présence, et alors elle le vit. Son souffle se bloqua dans sa poitrine, sa main se tendit vers lui, son corps voulut s'élancer hors du lit.

— Reste là, dit Bill d'une voix douce. Ne bouge pas. Je suis venu te dire au revoir.

Il était remarquablement bien habillé – costume de tweed, chemise crème, cravate de chez Hermès, chaussures noires. Mais il n'avait pas pu mettre ce costume pour la surprise-partie, songea-t-elle, étonnée, puisqu'il s'y était rendu par hasard. Elle aperçut ensuite un pardessus d'hiver sur son bras et sut brusquement qu'il s'apprêtait à partir.

— Où vas-tu ? interrogea-t-elle, d'une voix inquiète.

Bill s'était arrêté au milieu de la pièce, comme s'il avait voulu garder ses distances. Quelque chose avait irrémédiablement changé entre eux. En quelques heures seulement. Ce matin encore, ils ne formaient qu'une seule âme, et voilà qu'il s'arrachait aux tendres liens qui les unissaient. Adriane sut pourquoi. Et elle se demanda s'il lui pardonnerait un jour la peine qu'elle lui avait faite.

— Je pars pour New York voir mes enfants, dit-il. Je ne reste pas plus de cinq minutes, j'ai un avion à prendre.

Le cœur serré, elle tenta en vain d'accrocher son regard, qui se détournait d'elle et du bébé.

— Est-ce qu'ils savent que tu y vas ?

— Non. Je leur ferai la surprise.

— Resteras-tu longtemps absent ?

Comment lui dire qu'elle l'aimait plus que tout ? Qu'elle regrettait ce qu'elle lui avait fait endurer ? Qu'elle avait eu tort de tant se préoccuper de Steven ? Que Sam avait besoin d'un père comme lui ? Si seulement Bill restait, si seulement il lui pardonnait... Enfin, leurs yeux se rencontrèrent et Bill se troubla.

— Je... n'en sais rien. Une semaine ou deux. Peut-être plus. J'ai envie de les emmener faire un tour quelque part, si Leslie est d'accord.

Il était toujours à la merci des autres. De Leslie, d'Adriane... de Steven. Mais il avait décidé de s'offrir ce voyage comme un cadeau d'anniversaire. Il allait en profiter pour réfléchir, pour se retrouver. Ses scénaristes pouvaient finalement se passer de lui.

— J'ai engagé une infirmière pour toi, reprit-il. Elle viendra tous les jours à la maison et pourra aussi rester la nuit si tu en as besoin. Je n'ai pas eu le temps de la voir, mais l'agence de placement n'a pas tari d'éloges à son sujet.

« Il pense toujours à tout », se dit-elle avec émotion.

— Il ne fallait pas. Je peux me débrouiller toute seule.

— J'ai pensé qu'avec le bébé tu...

Il s'interrompit un instant, comme si une idée venait de jaillir dans son esprit, avant de reprendre :

— À moins que tu ailles t'installer chez Steven.

Adriane eut mal pour lui.

— Je n'irai pas m'installer chez Steven, répliqua-t-elle. Ni demain ni jamais. Je ne le verrai plus.

Bill la regarda, frappé par la fermeté de sa voix.

— J'ai pourtant eu l'impression ce matin que vous vous étiez réconciliés. Je savais que tu l'appellerais mais je ne m'attendais pas à ce que tu le fasses aussi vite. J'aurais dû être préparé, bien sûr… Il semble que je ne l'étais pas. Alors, quand je vous ai vus réunis, tous les trois, j'ai… j'ai été pris de court.

Il y avait une telle tristesse dans sa voix, qu'Adriane fondit en larmes.

— Bill, je voulais en finir. Je pensais qu'en voyant le bébé, Steven changerait d'attitude. Qu'il prendrait conscience de ses contradictions et que nous pourrions nous séparer en bons termes. J'ai été stupide de croire que je lui devais quelque chose. J'ignore pourquoi je me sentais si coupable à son égard. Sans doute parce que j'avais l'impression de le priver d'un trésor que je partageais avec toi. Il n'a rien compris. Il ne sait même pas ce qu'un enfant représente. Et il ignore ce qu'est l'amour. C'est un pauvre crétin égoïste et sans cœur. Je regrette de l'avoir épousé.

Ses larmes se muèrent en sanglots, et le bébé se mit à pleurer, lui aussi. Bill jeta son pardessus sur une chaise et vola à leur secours.

— Là, là, fit-il, soulevant Sam adroitement. Est-ce qu'il a faim ?

— Je l'ai nourri il n'y a pas longtemps.

— Alors, il est peut-être mouillé.

Il vérifia d'une main experte, avant de l'envelopper étroitement dans la petite couverture. Adriane ne put s'empêcher de l'admirer. Il était habile dans tout ce qu'il faisait. Les cris du bébé cessèrent.

— Je crois qu'il avait juste envie d'être plus serré, dit-il. Les bébés aiment se sentir bien empaquetés, comme dans un cocon.

Adriane reprit Sam, se moucha, et poursuivit :

— Je ne sais pas pourquoi j'ai fait venir Steven. Mais dès qu'il a été ici, j'ai su que j'avais commis une erreur. Et puis tu es entré et avant que je puisse te dire un mot, tu es parti.

Elle se remit à sangloter. L'aide-soignante repassa la tête par la porte entrebâillée, sourcils froncés. Décidément, Mme Thompson présentait tous les signes de la dépression. Et son mari qui restait planté là au lieu de la consoler ! Elle se retira en se promettant de revenir un peu plus tard.

— Je t'ai appelé toute la journée, continua Adriane en reniflant, mais tu n'étais jamais là. Et c'est ton anniversaire en plus.

— Je sais, dit Bill en souriant pour la première fois.

Il fit un pas vers elle. Adriane leva sur lui un regard pathétique. On lui avait noué les cheveux avec un ruban bleu et elle avait l'air d'une toute jeune fille.

— Mets-toi à ma place. J'entre et je tombe sur un tableau idyllique, expliqua-t-il. J'ai cru que le ciel m'était tombé sur la tête.

— Au début, c'était assez émouvant. Steven a regardé Sam d'un air ahuri, comme s'il n'avait jamais vu de bébé. Mais il est si prétentieux, si insensible ! Il n'a jamais aimé personne, sauf peut-être sa Porsche ou le tennis. Monsieur a décrété qu'il voulait bien passer l'éponge sur ma trahison et m'a proposé de me reprendre avec le bébé à l'essai !

— Et s'il n'avait posé aucune condition ? S'il t'avait dit qu'il n'avait jamais cessé de t'aimer ?

— En le revoyant, j'ai compris que c'était trop tard, que tout était fini entre nous. C'est un être superficiel et puéril. Bill, avant de te rencontrer, j'ignorais le véritable amour.

Il repoussa le pardessus et s'assit sur la chaise, près de l'ourson bleu. Son regard se reporta du bébé endormi à la jeune femme.

— L'idée de te perdre m'est insupportable, Adriane. Je me croyais capable d'y faire face. Ce matin, j'ai réalisé ce que c'était. Je ne veux pas te perdre. Mon souhait le plus ardent, c'est de t'avoir près de moi, avec Sam, Adam et Tommy, pour toujours. Mais je n'ai pas le droit de t'imposer mes désirs. Steven a été ton mari, tu es libre de reprendre la vie commune avec lui. Seulement, si tu as pris la décision de rester avec moi, il faut me le dire maintenant. J'ai besoin de le savoir.

Elle lut une immense peine sur ses traits. On eût dit qu'il avait subitement mûri, d'un seul coup, le jour de ses quarante ans.

— Je n'ai jamais aimé personne comme je t'aime, murmura-t-elle. Je ne pourrais pas vivre sans toi.

Il se leva, se pencha sur le lit pour la serrer contre lui et elle se blottit dans ses bras, encore toute tremblante d'avoir failli le perdre par sa bêtise. Bill prit le bébé et le posa doucement sur son lit avant de se tourner vers elle.

— Si tu savais combien je t'aime, Adriane…

Il lança un coup d'œil à la pendule, puis sourit.

— Je crois que j'ai raté l'avion. Adam et Tommy ne m'attendaient pas, alors ils ne seront pas déçus. À ton avis, je peux passer la nuit ici ?

Elle se moucha une nouvelle fois en riant. La journée avait été riche en émotions.

— Que vont dire les infirmières ? demanda-t-elle.

Aucun des deux ne s'en souciait vraiment. Ils s'installèrent côte à côte sur le lit, lui en costume de voyage, elle dans la chemise de nuit rose qu'il lui avait offerte à Noël. L'aide-soignante jeta un coup d'œil dans la pièce et, les voyant s'embrasser, referma doucement la porte. Mme Thompson allait beaucoup mieux.

— Elles vont penser qu'on ne sait pas se tenir, pouffa Adriane.

— Et elles auront raison.

— J'ai un cadeau pour toi, dit-elle, entre deux baisers, se rappelant brusquement la montre en or qu'elle lui avait achetée.

— Déjà ? rit-il.

— Quel esprit mal tourné !

Il lui reprit les lèvres en un long baiser qui la laissa pantelante, puis se cala sur l'oreiller, la tenant enlacée. Le monde avait repris ses justes dimensions.

— Et moi j'ai une surprise pour toi, déclara-t-il.

— Laquelle ?

Ils se parlaient tout doucement, de peur de réveiller le bébé, et aussi parce qu'ils se sentaient en paix.

— Nous allons nous marier dans quelques jours.

— Il était temps, soupira-t-elle, moqueuse, en faisant miroiter sa bague en diamants.

— Et j'exige que mon nom soit inscrit sur l'acte de naissance de Sam.

— Samuel William Thigpen, renchérit-elle, avec un charmant sourire. Cela te plaît ?

Il l'embrassa.

— Bonne idée, sourit-il. Très bonne idée.

Il la tint longtemps serrée contre lui, et leurs cœurs se fondirent en un seul et même battement.

Composé par Facompo
à Lisieux, Calvados

Imprimé en France par

MAURY-IMPRIMEUR
à Malesherbes (Loiret)
en février 2012

POCKET – 12, avenue d'Italie – 75627 Paris Cedex 13

N° d'impression : 171598
Dépôt légal : mars 2012
S22797/01